KNAUR

Über den Autor:
Markus Heitz, geboren 1971, studierte Germanistik und Geschichte. Kein anderer Autor wurde so oft wie er mit dem Deutschen Phantastik-Preis ausgezeichnet, weshalb er zu Recht als Großmeister der deutschen Fantasy gilt. Mit der Bestsellerserie um »Die Zwerge« drückte er der klassischen Fantasy seinen Stempel auf und eroberte mit seinen Werwolf- und Vampirthrillern auch die Urban Fantasy. Markus Heitz lebt in Homburg.

MARKUS HEITZ

AERA

DIE RÜCKKEHR DER GÖTTER

ROMAN

KNAUR

Besuchen Sie uns im Internet:
www.knaur.de

FSC
www.fsc.org
MIX
Papier aus verantwortungsvollen Quellen
FSC® C083411

Originalausgabe November 2015

Ein Imprint der Verlagsgruppe
Droemer Knaur GmbH & Co. KG, München

Dieses Werk wurde vermittelt durch die AVA international GmbH
Autoren- und Verlagsagentur, München
www.ava-international.de
Redaktion: Hanka Jobke
Covergestaltung: Guter Punkt, München | www.guter-punkt.de
Coverabbildung: Anke Koopmann, Guter Punkt unter Verwendung von Motiven von © Elm Haßfurth/www.elmstreet.org
Umschlagabbildungen innen: Elm Haßfurth/www.elmstreet.org, FinePic, Heiko Jung
Satz: Adobe InDesign im Verlag
Druck und Bindung: CPI books GmbH, Leck
ISBN 978-3-426-51861-8

2 4 5 3 1

Prolog

Auszug aus:

TUN & LASSEN

Die informativ-amüsante Ratgeber-Serie für die Welt von 2019, in der es GÖTTINNEN und GÖTTER gibt.

Mit exemplarischen Beispielen

342. erweiterte Auflage, November 2019

keine Gewähr, keine Haftung

Geneigte Leser und Leserinnen,
mit diesem kleinen Ratgeber wollen wir die einschneidenden Ereignisse der letzten Jahre Revue passieren lassen … Wir erinnern uns an das Jahr 2012:

Von einem Tag auf den nächsten waren sie wieder da: Götter.
Und zwar die *alten* Götter.
Jene, welche die Bibel mit *Du sollst neben mir keine anderen Götter haben* meinte – und deren Existenz die Heilige Schrift der Christen niemals leugnete oder in Abrede stellte.

Manche Götter eroberten sich ihre alten Kultstätten zurück, auf welche vor allem die Christen ihre Kirchen gestellt hatten. Prächtige Bauten wurden dem Erdboden gleichgemacht und durch vergessene Symbole ersetzt.

Manch einer von Ihnen erinnert sich sicher an die Verwirrung, das Chaos auf der Welt; manch einer von Ihnen war vielleicht sogar dabei, als die Götter sich erstmals zeigten. Für Sie und alle anderen haben wir in den Archiven gegraben und einige Beispiele der damaligen Vorkommnisse zusammengestellt.

#1

Deutschland, Radioaufzeichnung Antenne Hamburg, **21.12.2012, 00.14 Uhr**

SPRECHER: »Das war das Wetter in dieser wunderschönen Winternacht. Und jetzt haben Sie wie immer die Gelegenheit, in unser Studio durchzuklingeln und uns zu erzählen, was Sie alles an Silvester machen werden. Hier ist unser erster Anrufer, nein, eine Anruferin, wie ich gerade höre: Iris aus Horn.«

IRIS: »Ja, hallo, aber das … das ist gerade total abgefahren!«

SPRECHER: »Was genau machen denn du und deine Freunde?«

IRIS: »Wir wollten eben ins Auto steigen, dann kam da dieses Licht und … das ist gar kein Licht. Das ist so ein Wagen mit einem Mann drauf.«

SPRECHER: »Auf der Straße?«

IRIS: »Am Himmel! Kein Scheiß! Mit einer … keine Ahnung. Sah aus wie … der hatte zwei Vögel dabei, die um uns rumgeflattert sind! Nachts!«

SPRECHER: »Yo, Iris, ihr habt aber ganz schön einen gebechert, kann das sein?«

IRIS: »Ich verarsche dich nicht! Und jetzt … Scheiße, da ist noch einer. Der hat einen Hammer und … Scheiße! Scheiße, der hat die Kirche weggerissen! Das ganze Gebäude ist eingestürzt! Und …«

Das Telefonat bricht an dieser Stelle ab.

Im 21. Jahrhundert rechnete niemand damit, dass die Götter zurückkehren. Mitten hinein in das, was man Realität nennt.

Pyramiden, Tempel, Schreine und jedwede Heiligtümer oder besonderen Orte bekamen ihre Wichtigkeit zurück.

Mannigfaltig kamen die Götter und wirkten. Die Meldung über Sichtungen häuften sich und über die Wunder, die sie vollbrachten.

Hier unser nächster Beleg.

#2

Deutschland, TV-Aufzeichnung ZDF heute-Nachrichten, **1.1.2013, 00.19 Uhr**

MODERATOR: »Die Meldungen über Sichtungen von rätselhaften Wesen häufen sich. Experten gehen von einem perfekt koordinierten Streich aus. Die Weltuntergangshysterie rief so manche Spaßvögel auf den Plan. Teilweise sind die in den sozialen Netzwerken hochgeladenen Filmchen von extrem hoher Qualität, andere hingegen erinnern an das *Blair Witch Project*. Wir schalten live zu David Brauer, der mit einem Kamerateam für uns die Feier in Berlin am Brandenburger Tor begleiten sollte und erstaunliche Beobachtungen machte. David, was haben Sie gesehen?«

BRAUER: »Es ist schwer zu verstehen, was sich genau ereignete, aber mitten im Feuerwerk gab es einen gigantischen Lichtblitz wie bei einer elektrischen Entladung, und sämtliche Raketen erloschen. Man hat das Knallen gehört, aber es gab keine Explosionen am Himmel. Und dann erschien dieses übergroße Wesen, das die meisten Besucher, die wir anschließend befragten, an einen Wikinger erinnerte. Es hatte nur ein Auge und rief einige Worte in schwer verständlichem Deutsch.«

– Einblendung der aufgezeichneten Bilder vom Team, danach abgefilmte Handydisplays –

MODERATOR: »Die Skepsis befiehlt zu fragen: Kann es sich dabei um einen der zahlreichen Scherze handeln, mit der eine Gruppe von Hackern und Spaßvögeln die Welt in Atem hält?«

BRAUER: »Allerdings. Davon gehen zurzeit alle aus. Die Polizei sucht die Dächer der umliegenden Gebäude sowie das Brandenburger Tor ab, um die Projektoren zu finden. Es muss sich um sehr starke Apparate handeln, vermutlich ausrangierte Filmprojektoren.«

MODERATOR: »Wie lässt sich das Nichtzünden der Raketen erklären?«

BRAUER: »Die Polizei geht davon aus, dass der oder die Täter die eigentlichen Pulverkammern oder die innenliegenden Zündvorrichtungen einfach durchnässten. Das wäre durchaus möglich gewesen.«

MODERATOR: »Danach gingen die Feiern trotz der ungeplanten Unterbrechung weiter?«

BRAUER: »Ja. *Das* kann man wohl sagen!«

– Er tritt zur Seite, dahinter werden zahlreiche Holzfässer sichtbar. –

BRAUER: »Die Ablenkung nutzten die Täter, um fünfzig Fässer mit Met auf dem Platz abzuladen. Und es soll …«

– er hebt die Hand mit einer Tasse –

BRAUER: »… ausgezeichnet schmecken.«

Manche Götter traten vor Kameras, gaben Interviews und damit denen Mut und Antrieb, die immer an sie geglaubt hatten und deswegen verspottet worden waren.

Und ja: Sie offenbarten dabei auch ihre Persönlichkeit.

#3

Schweden, Oslo *(nach der Abspaltung)*, **Film auf einer Internetplattform, 29.12.2012, 21.11 Uhr**

Ein Typ in einem Loki-Kostüm aus dem Film THE AVENGERS

MANN 1: »Ich bin Loki, Erdenmenschen! Ich bin gekommen, um …«

Die Tür geht auf, ein Mann in einem perfekt sitzenden Anzug kommt herein.

MANN 2: »Es tut mir leid, aber du bist eine Fälschung.« *– lächelt in die Kamera –*»Hallo, liebe Channel-User. Ich bin Loki und wollte mich kurz vorstellen. Ihr müsst wissen, dass eine neue Ära angebrochen ist.«

MANN 1: »Raus, du Idiot. Du versaust mir den Stream!«

MANN 2: *– sieht Mann 1 an –*»Welch albernes Kostüm. Damit folgt dir kein Mensch, mein Junge. Aber ich schlage dir eine Wette vor: Wenn du es schaffst, innerhalb von drei Sekunden meinen Namen zehnmal hintereinander richtig auszusprechen, mache ich dich steinreich! Und besorge dir ein besseres Kostüm.« – *nickt in die Kamera* –»Ich schwöre es!«

MANN 1: – *schaut verwirrt* –»Dann: Loki Loki Loki Loki Loki Loki Loki Loki Loki Loki!« – *lacht laut* –»Bämm! So!«

MANN 2: »Ich meinte meinen anderen Namen: Hveðrungr.« – *zuckt mit den Achseln* –»Aber ich will nicht so sein.« – *macht eine Handbewegung, von der Decke lösen sich ganze Stücke und begraben den Typen unter sich samt Stuhl* –»*Stein*reich sollst du dennoch werden.« – *schaut in die Kamera* –»Liebe Zuschauer: Vertraut den Bildern – ich bin zurück. Folgt mir. Spielt mit mir. Werdet reich, aber anders als er.« – *lächelt und deutet eine Verbeugung an* –

Fazit der Beispiele:

Egal ob Großer Geist, ob Mictlantecuhtli, ob Anubis, ob Odin und Thor, ob namenlose Naturgottheiten oder Legenden wie Mars und Hephaistos, ob Olorun, ob Erdmutter und Loa, ob Shiva oder Kami oder Manifestationen Buddhas oder Cai Shen – sie existieren. Real.

Aus *Glaube* wurde *Wissen*.

Aber warum tauchten sie erst im Jahr 2012 auf?

Dazu gibt es verschiedene Theorien, die von Zufall bis Absicht reichen. *TUN & LASSEN* will sich an dieser Stelle nicht an Spekulationen beteiligen.

Gerne bemüht wird dazu der Maya-Kalender, der seiner ganz eigenen Zeitrechnung folgte und bis Ende 2012 reichte, was von vielen als »Ende der Welt« interpretiert wurde.

Allerdings, so ergaben die *T&L*-Recherchen, wurden bis heute keine Inschriften entdeckt, die auf den Untergang beziehungsweise den Anfang einer neuen Welt hinweisen. Lediglich das Inschriftenmonument 6 (Fundort: El Tortuguero, westlich von Palenque) liefert eine interpretierbare Auslegung: Die Gottheit Bolon Yokte' K'uh erscheine in einem großen Akt.

Doch dass *so* viele Entitäten zurückkehren, davon wird nichts geschrieben.

Dementsprechend gibt es keinerlei Hinweise darauf, dass der Christengott oder Allah oder Jahwe (*dazu später mehr*) erscheinen.

Forschungsergebnisse dazu fallen sehr unterschiedlich aus und genießen aufgrund der fehlenden Relevanz für die Gegenwart keine gesteigerte Aufmerksamkeit.

Oft zitiert von Skeptikern werden Erklärungsmodelle nach Malleus Bourreau, Ermittler bei Interpol, der als Atheist verschiedene Kriminalfälle verfolgt, in denen Gottheiten oder göttliches Einwirken eine Rolle spielt oder zu spielen scheint (*siehe Kapitel: Persönlichkeiten*).

Was tun die Götter weltweit?

Darauf kann leider auch bei dieser erweiterten und aktualisierten Ausgabe von *TUN & LASSEN* keine pauschale Antwort gegeben werden. Für die Eigenheiten und Handlungen regionaler Gottheiten nutzen Sie bitte unser *T&L*-Produkt: *WO DIE GOTTHEITEN LEBEN* im *T&L*-Shop (*Datei und App*).

Generell: Manche Götter leben unter den Sterblichen, in alten Tempeln, in neu errichteten Anlagen, in Hochhäusern, alleine in unterirdischen Bunkern oder kilometerhohen Türmen.

Manche von ihnen gründeten Firmen, um ihren Einfluss in der Welt der Sterblichen auszuweiten, mischen sich in Wertpapierhandel ein, betätigen sich in der Wirtschaft. Die Konzerne haben ein enormes Interesse daran, mit den Göttern ins Geschäft zu kommen.

Sollten Sie zu den Reisewilligen und Abenteuerlustigen gehören: Gerüchten nach nehmen manche Götter Auserwählte mit auf andere Planeten. Die Menschen bringen Andenken von dort mit oder errichten Gebäude, um dort zu verweilen.

TUN & LASSEN liegen keine schlüssigen Beweise vor, dass es sich dabei um wahrhaftige extraterrestrische Aufenthalte handelt oder ob die Personen einer vorsätzlichen Wahrnehmungstäuschung aufsaßen.

Das Mysterium der großen Drei

Bis zum heutigen Tag (*Nov. 2019*) warten Christen, Moslems und Juden nach Informationen von *TUN & LASSEN* unverändert auf das Erscheinen ihrer Gottheiten Allah, Gott und Jahwe.

Wiederum beteiligen sich *TUN & LASSEN* nicht an Spekulationen oder stellen gar die Existenz fehlender Entitäten infrage.

Womöglich wandeln die Erwarteten bereits im Geheimen auf der Erde oder wirken unerkannt Wunder, die bisher falsch zugeordnet wurden. Auch nach intensiven Recherchen ist *T&L* nicht in der Lage, hierauf eine Antwort zu geben.

Aus dem Fehlen der großen Drei folgte aber:

Die einst mächtigsten Religionen der Historie schrumpften zu *Sekten ohne Gott.*

Ihre Anhänger werden aktuell verlacht und verspottet, die betroffenen Glaubensrichtungen müssen ihre Gottesdienste im Geheimen oder dürfen sie nur unter Auflagen abhalten (*siehe Kapitel: Religiöse Minderheiten*).

Es folgten nach 2012 Massenkonvertierungen und Kriege, bis sich das Gefüge neu eingepasst hat (*siehe Kapitel: Wie die Welt sich wandelte*).

Fazit unserer kleinen Einleitung:

Die Welt *hat* sich gewandelt.

Sie wurde düsterer, nicht wenige Analysten vergleichen die Zeiten mit einer Stimmung, die man aus Filmen wie *Blade Runner*, *Sin City* oder dem klassischen Film *noir* kennt.

Aber das Positive ist: Es gibt die Menschheit noch.

Wir von *TUN & LASSEN* sind der festen Überzeugung, dass die Wandlung im November 2019 noch nicht abgeschlossen ist.

Und wir sind ebenso hoffnungsfroh, dass die Welt sich zum Guten entwickelt – denn Götter können keinen Gefallen daran finden, die Menschheit ins Unglück zu stürzen.

[…]

Die historisch interessierten LeserInnen haben mehrfach den Wunsch geäußert, eine einfache Zusammenfassung der gravierendsten Veränderungen von 2012 bis 2019 zu erhalten.

Diesen Anfragen kommen wir von *TUN & LASSEN* gerne nach.

Zur Vertiefung einzelner geschichtlicher Meilensteine empfehlen wir die Eigenlektüre sowie das Studium von *T&L: Die Kontinente, die Gottheiten, die Veränderungen* (*24. dig. u. erw. Aufl., Mai 2019*).

Wie es unsere Leserschaft gewohnt ist, bieten wir >>>*exklusiven histo-Content*, den Sie sonst nirgends finden werden.

Beginnen sollte man mit dem **Dezember 2012**, gemeinhin »die Phase des Wunderns, des Staunens, der Ungläubigkeit« genannt.

Die Welt hielt es zunächst für einen Scherz von Hackern in Verbindung mit Schauspielern und engagierten Nerds, um der Menschheit rund um den 21.12.2012 einen Schrecken einzujagen – bis die ersten echten nicht negierbaren Wunder und Angriffe durch Götter und göttliche Wesen geschahen (*siehe Einleitung, Fallbeispiele*).

Die erste größere Übertrittswelle begann **Anfang 2013** in *Europa (inkl. Russland)* vom Christentum zu germanischen Gottheiten, Keltentum/Druiden, slawischen Gottheiten. Jene, die immer schon an den alten Riten festgehalten hatten, wurden von den Göttern bevorzugt. Auch Naturgottheiten, wie der Wicca-Kult, bekamen stärkeren Zulauf.

Die christlichen Kirchen wetterten, konnten aber nichts dagegen unternehmen.

Die erste Übertrittswelle im Nahen Osten beziehungsweise in muslimischen Staaten begann extrem moderat, zu stark waren die Bindungen der Menschen an Allah, egal ob Sunnit oder Schiit. Zudem war sehr wenig über die alten Gottheiten, wie beispielsweise Marduk, bekannt.

Ausnahme bildete hierbei Ägypten.

Die Götter hatten leichtes Spiel, ihr Volk wieder für sich einzunehmen. In Scharen traten die Ägypter zu den Entitäten über, was man in muslimischen Nachbarstaaten und Israel misstrauisch beäugte. Der herrschende Präsident ernannte sich zum Prä-Pharao.

>>>Exklusiver histo-Content
Erwähnt werden muss an dieser Stelle der Fall von Amunet Syrah Abdelghani.

Die junge Frau war als Fremdenführerin in den Pyramiden unterwegs. Bei einer solchen Tour blieb sie für mehrere Tag verschollen. Auch ein Suchtrupp fand keinerlei Spuren von ihr.

Als sie nach vier Tagen plötzlich in ihrer Wohnung auftauchte, konnte sie sich an nichts erinnern. Es gab keinerlei Zeichen von Gewalteinwirkung an ihr, ganz im Gegenteil: Sie war gebadet, geölt, und ihre Kleidung duftete.

Bei der abendlichen Dusche fiel Abdelghani ein Mal an ihrem Bauch auf, das an eine alte Hieroglyphe erinnerte. Auch wenn es sich nicht um eine Tätowierung handelte, ließ sich das Zeichen nicht mehr entfernen.

Als die junge Frau neun Monate später ein Kind zur Welt brachte, hatte das gesunde Mädchen exakt an der gleichen Stelle dieses Mal.

Somit lautet das **Fazit 2013**: Die Welt veränderte sich extrem, was teils gefürchtet, teils herbeigesehnt, teils gefeiert wurde.

Das größte Problem damit hatten jene Länder, welche den großen monotheistischen Religionen angehörten.

Die fernöstlich-asiatischen, polytheistischen Länder waren eindeutig im Vorteil: Sie bejubelten die Götter, götterähnlichen Wesen und Kreaturen, die sich plötzlich zeigten und die Gläubigen in ihren Ansichten bestärkten.

Auch in Australien und in den arktischen Gebieten wurde von vielen Wundern berichtet.

Kommen wir nun zum Jahr **2014**.

Es brachte keine Ruhe oder gar eine rationale Auflösung der rätselhaften Erscheinungen. Vielmehr festigte es die Unterschiede und schürte Neid sowie das Begehren.

Die Konvertierten und Alt-Gläubigen erhielten in Europa zahlreiche Zuwendungen seitens ihrer Gottheiten, von Häusern, die aus dem Nichts entstanden, bis zu Gold und Reichtümern – sie wurden sogar von Krankheiten geheilt.

Die unendlich vielen Filme und Fotografien im Internet und im TV hinterließen ihre Spuren. Es war die beste und billigste Propaganda, welche sich die Gottheiten wünschen konnten.

Verschwiegen darf dabei nicht werden, dass es zu Streitereien bis hin zu Eskalationen kam und bis heute (*Nov. 2019)* zwischen den Alt-Gläubigen und den Konvertierten kommt.

Dazu unterteilt man die Alt-Gläubigen in *Traditionalisten* und *Neo-Pagans* (Anhänger des Neu-Heidentums, das je nach Strömung noch exakter sein möchte als die Traditionalisten oder sich mehr als Fortsetzung von Woodstock begreift und nichts mit Riten zu tun haben will).

Es wurden mehrere Fälle von Raub, Erpressung und Totschlag bekannt, bei denen die Alt-Gläubigen von den neu Konvertierten zusätzliche Abgaben verlangten, da sie sich als die besseren und ehrlicheren Anhänger der Entitäten sahen.

Entstand der Eindruck, dass jemand nicht aus Überzeugung, sondern aus reiner Berechnung übertrat, kamen durchaus Morde vor.

Nicht selten traf es Politiker, die aus den etablierten Parteien ausscherten, um sich den neuen Strömungen anzuschließen. Von *Tribunalen* war die Rede, die manche gar mit der Inquisition auf eine Ebene stellten.

>>>*Exklusiver histo-Content*
Es gab und gibt *(Nov. 2019)* die Prüfung der Steine in Carnac.

Menschen, denen vorgeworfen wird, ihre Konvertierung nicht ehrlich zu meinen oder absichtlich gegen die Entitäten zu lästern und zu beleidigen, werden gezwungen, in Neumondnächten durch die Steinfelder von Carnac zu gehen. Die Gegend in der Bretagne ist berühmt für ihre mehr als dreitausend Menhire, die zu Steinreihen gruppiert sind.

Wer lebend aus den Steinfeldern zurückfindet, darf in der Gemeinschaft bleiben. Die Toten werden am nächsten Morgen eingesammelt und verbrannt.

Es gab und gibt zahlreiche Personen, die mit tiefen Wunden erschienen; manche erholten sich mental niemals von dem, was ihnen zugestoßen war, wobei keiner genau zu sagen vermochte, was in den Feldern vor sich ging.

Ein äußerst bemerkenswerter Umstand: In London zeigten sich verstärkt indische Gottheiten.

Hielten sich die Entitäten allgemein bei ihrem Auftauchen überwiegend an die Grenzen ihres geografischen Einflussbereichs, so scherten Shiva und Co. in der Stadt an der Themse aus.

Die hinduistische Gemeinde wuchs beständig an, London wurde zum Brückenkopf für die hinduistischen Entitäten nach Europa.

Allerdings setzte keinerlei Missionierung ein, vermutlich aus Respekt vor den vorherrschenden keltischen Gottheiten. Dennoch ist bis heute (*Nov. 2019)* nicht zu übersehen, dass London einem starken indischen und somit hinduistischen Einfluss unterliegt.

Werfen wir einen Blick über den großen Teich.

In den Vereinigten Staaten ging 2014 die Angst um: Während die Beklemmung unter den Weißen zunahm, erstarkten die First Nations, im Volksmund Indianer genannt.

Sie forderten mit der Rückkehr des Großen Geistes eine Beteiligung an der Regierung der USA und sämtlichen Einnahmen sowie eine Ökologisierung der amerikanischen Wirtschaft.

Die Sorge vor allem bei den Weißen trieb mitunter merkwürdige Blüten – denn man machte sich auf die Suche nach indigenen Wurzeln, um vor möglicher Rache durch den Großen Geist, Manitu oder wie auch immer man das Wesen nennen möge, geschützt zu sein und Vorteile zu erlangen.

Ahnenforscher konnten sich vor Aufträgen nicht retten, manche Expertisen wurden rasch gefälscht und DNA-Untersuchungen massenhaft vorgenommen.

Somit wäre das beunruhigende **Fazit 2014**: Die Veränderungen gingen weiter, aber die christlichen, islamischen und jüdischen Machthaber rüsteten sich heimlich zum Gegenschlag. Sie wollten ihre Religion nicht abgeschlagen wissen, nur weil ihre Gottheiten nicht erschienen. Man bereitete sich auf schnelle, harte Aktionen gegen errichtete Zentren der Entitäten vor, auch wenn nicht alle am Tisch mit dem Vorgehen einverstanden waren: Es gab Gegenstimmen und Enthaltungen.

Doch die Reaktion erfolgte prompt: Politiker, die zu den neuen alten Göttern übergetreten waren, wurden von den Besprechungen ausgeschlossen.

Eine Abstimmung ergab dennoch eine klare Mehrheit für *Operation Theoclast: die unmittelbare Attacke auf Gottheiten und deren Wirkungsstätten.*

Wer hätte gedacht, wie dramatisch das **Jahr 2015** werden sollte: *Operation Theoclast* startete, ohne dass zunächst klar war, ob sie überall stattfinden würde.

Wie geplant führten die Militärs an manchen Stätten harte Schläge gegen neu errichtete Zentren der Entitäten, überwiegend in Europa und Nordamerika. Im asiatischen, mittel- und südamerikanischen sowie mittel- und südafrikanischen Raum geschah so gut wie nichts.

(*Details zu den Übergangskriegen entnehmen Sie bitte der T&L-Detaildatei zum Selbststudium: Die Übergangskriege-Gewinner und -Verlierer.*)

Aber in Europa gab es Abweichler; gerade die skandinavischen Staaten entschlossen sich überraschend zur Neutralität, auch Griechenland und Italien scherten unabgesprochen aus.

In Deutschland ergab sich ein recht gemischtes Bild.

Die Anhänger der germanischen Stätten leisteten erheblichen und massiven Widerstand. Großkalibrige Waffen und Sprengstoffe kamen zum Einsatz, nur mit schwerem Gerät konnten die Einheiten der Polizei vorrücken.

>>>*Exklusiver histo-Content*

Es wiederholte sich bei Bramsche in den waldreichen, feuchten Geländen eine Varusschlacht in kleinerem Maßstab.

Vorrückende Spezialkräfte wurden vom Anführer der germanischen Kultgemeinschaft, Irmin Menius, und seinen Leuten in einen Hinterhalt gelockt und aufgerieben. Eingesetzte Hubschrauber vermochten aufgrund der dichten Wipfel nicht einzugreifen, und mithilfe der erbeuteten Waffen wurden weitere Einheiten der Staatsmacht zurückgeschlagen.

Aufsehen erregten mehrere kurze Filmausschnitte, welche die Arminiusstatue zeigt, die sich mit ihren knapp 28 Metern Höhe und ihrem sieben Meter langen Schwert an den Kämpfen beteiligt und auch gegen Helikopter vorgeht, indem sie Baumstämme wirft.

Hielt man die Aufzeichnungen zunächst für einen Trick, zeigten sich an der Statue auf dem Sockel in der Grotenburg Dellen, Einschusslöcher sowie Blut an der Klinge, was von *T&L* verifiziert worden ist.

Weniger heftig ging es in China zu. Das Land war seit jeher ein bunter Schmelztiegel voller religiöser Vorstellungen.

Aber die kommunistische Staatsmacht hatte kein Interesse daran, ihren Führungsanspruch zu teilen. Sie führte eine sogenannte Aufklärungskampagne durch, die an *Operation Theoclast* zumindest angelehnt war.

Es wurden Tempelanlagen eingerissen oder zu Sport- und Volkspalästen umgewidmet zum Beweis, dass die Götter nur Blendwerk seien. Anhänger der chinesischen Volksreligion wurden schwersten Repressalien ausgesetzt.

Doch sickerten Nachrichten von dort bis nach Europa. Die verifizierten Aufnahmen liegen *T&L* vor.

So zeigten sich die Acht Unsterblichen bei verschiedenen Gelegenheiten, wenn die Repressalien des Staates zu groß wurden. Verschiedene heimlich angefertigte Aufnahmen unterstützten die Berichte darüber.

Auf einem Foto ist eindeutig ein Mann in traditionellen chinesischen Gewändern zu sehen, der auf einem schwarzen Tiger reitet, in einer Hand einen goldenen Stab, in der anderen eine lange Lanze haltend, mit der er gegen eine Truppe der Aufklärungsbeamten antritt.

Auch Lei Gong, der chinesische Donnergott, erschien an mehreren Orten, und diese Gestalt ist mit ihren Vogelfüßen und Flügeln unverkennbar. Mit Hammer und Meißel, die sinnbildlich für den

Donner stehen, richtete er eingerissene Tempel wieder auf. Der reißzahnbewehrte Schnabel zerfetzte diverse Beamte.

Natürlich stufte die Regierung diese Bilder, Filme und Zeugenaussagen als plumpe Fälschungen ein. Wir von *T&L* prüften die Daten und kamen zur Erkenntnis, dass keine Manipulationen daran vorgenommen wurden.

So lautet das **Fazit 2015**: Die christlichen, islamischen und jüdischen Machthaber, die sich an *Operation Theoclast* beteiligten, standen mit dem Rücken zur Wand und mussten kämpfen, um ihren eigenen Fortbestand zu sichern.

Die Regierungen und Initiatoren, Politiker und Geistliche wussten, dass sich nun entschied, was mit ihnen geschehen sollte. Denn die alten Götter waren wenig zu Nachsicht und Milde aufgelegt.

Im **Jahr 2016** schlugen die Gottheiten in den Ländern, in denen die *Operation Theoclast* stattfand, hart zurück. Damit zündete die zweite Stufe der sogenannten *Übergangskriege.*

Ganze Dörfer, Städte und Landstriche wurden verwüstet, wobei nicht wenig Zerstörung durch reguläre Truppen und konventionelle Waffen geschah.

Es dauerte daher nicht lange, dass es zu Waffenstillständen und neuen Regierungen kam.

Die Entitäten zeigten sich gütig, indem sie von Strafaktionen gegen die Politiker absahen, die sie vernichten wollten, sondern den Schwachen und Gebeutelten halfen mit großen und kleineren Wundern. Sie gründeten eigene Hilfsorganisationen, ihre Wohltaten waren begehrt.

Dort, wo *Operation Theoclast* stattgefunden hatte, hinterließ der Krieg Spuren: in Spanien, Portugal, Frankreich, England, Nordirland, Österreich, Deutschland, den Benelux-Staaten und den christlichen beziehungsweise russisch-orthodoxen Länder Osteuropas.

>>>Exklusiver histo-Content
Was allerdings nicht ganz aufgeklärt werden kann, auch nicht durch die Experten von *T&L,* sind die Meldungen über das Auftauchen während der Kampfhandlungen von göttlichen beziehungsweise mystischen Wesen, die mit dem europäischen Kulturkreis *nichts* zu tun haben.

Auf sie gehen die meisten Gräueltaten zurück: entvölkerte Areale, Dörfer und Städte, die nachweislich nicht unter Beschuss lagen. Viele menschliche Überreste wurden nicht gefunden.

Die wenigen Zeugenaussagen zum Aussehen dieser Wesen sind unterschiedlich und widersprüchlich, Filmmaterial gibt es nicht. So schnell, wie sie zuschlugen, so rasch verschwanden sie wieder.

Kein keltischer oder germanischer oder slawischer Gott gibt bis heute (*Nov. 2019*) zu, für deren Auftauchen verantwortlich zu sein.

T&L bleibt dran, wir haben ein eigenes Recherche-Team darauf angesetzt.

Somit bleibt als **Fazit 2016**: Die Regierungen wurden hinweggefegt oder passten sich an. Viel Unruhe herrschte bis Ende des Jahres dort, wo die Übergangskriege wüteten. Trotzdem hatten die Menschen verstanden und akzeptiert, dass die Götter da sind. Und real sind.

(Details zur restlichen Welt entnehmen Sie bitte der T&L-Detaildatei zum Selbststudium: Wie die Welt sich wandelte.)

Zum **Jahr 2017** ist zu sagen, dass sich die Machtverhältnisse in Europa endgültig verschoben.

Italien, Griechenland, die Republik Irland, die skandinavischen Länder Island, Schweden, Nordwegen, Dänemark, Finnland, außerdem Schottland, Italien und Griechenland stabilisierten sich weiter und erlangten wirtschaftliche Vorherrschaft in Europa. Sie hatten sich neutral verhalten oder die Götter akzeptiert.

Die besiegten und niedergerungenen *Theoclasten* Spanien, Portugal, Frankreich, England, Nordirland, die Benelux-Staaten, Österreich, Deutschland und die christlichen beziehungsweise russisch-orthodoxen Länder Osteuropas erholten sich allmählich. (*Details in T&L: Wie die Welt sich wandelte.)*

Der Wiederaufbau war in vollem Gang, die Wirtschaft wurde angekurbelt, die Entitäten zeigten sich gnädig und unterhielten nicht nur soziale und medizinische Einrichtungen, sie kümmerten sich um Kultur und Wirtschaft. Etliche Götter stiegen bei Firmen mit ein oder gründeten welche, errichteten in den Städten eigene Gebäude oder ganze Viertel für ihre Anhängerschaft.

>>>Exklusiver histo-Content
Der Gott Loki fällt besonders auf, weil er keinen Hehl aus seinem Engagement macht. Er errichtet sein eigenes Spiele- und Rundfunk-Imperium in Europa.

Die Show *Loki's Lost*, die durch unglaubliche hohe Gewinne und eine hohe Todesrate auffällt, ist ein Quotenrenner.

Die Kandidaten spielen dabei um ihr eigenes Leben und manchmal mit dem ihrer Kandidaten. Es ist eine perfide Mischung und fällt durch den unberechenbaren Ablauf auf.

Besonders berühmt wurde die Ausgabe vom 21.12.2017 zur Wintersonnenwende, bei der sämtliche zweihundert Kandidaten ums Leben kamen, weil der Gewinner als Statement für seinen Gott (der nicht Loki war) erst alle anderen umbrachte und danach sich selbst opferte – allerdings wurde der Name der Entität ausgeblendet.

Bis heute ist es ein Geheimnis, welche Gottheit dahintersteckte. Loki kündigte an, den Schuldigen zu vernichten, ganz gleich, wer oder was es sein möge.

Auch Pläne für brandneue Städte wurden realisiert, angelehnt an alte Formen des Zusammenlebens in germanischer, keltischer beziehungsweise slawischer Zeit.

Als **Fazit 2017** kann festgehalten werden, dass Ruhe auf der Welt einkehrte.

Die Menschen akzeptierten die zurückgekehrten Entitäten und empfanden sie nicht mehr als Bedrohung oder Nachteil. Ganz im Gegenteil: Die Gottheiten traten nach den Kämpfen und Schlachten als Helfer auf, die zwar hart, aber gerecht über jene urteilten, die den Krieg begonnen hatten.

Mit den neuen Regierungen gingen auch Gesetzesänderungen einher: Beispielsweise wurden Strafgesetzgebungen im Sinne der Entitäten gewandelt, was zunächst nicht nach außen drang.

Und: Die ersten menschlichen, aber von Entitäten gezeugten Kinder wurden geboren sowie weitere Kinder aufgefunden, die ganz offenbar von Göttinnen abgelegt worden waren.

T&L liegen Aufzeichnungen und Dateien zum Beweis vor, dass manche von ihnen sehr schnell wuchsen, zuweilen (unter größter Geheimhaltung) innerhalb eines Jahres vom Säugling zum Jugendlichen wurden. Mitunter griffen die überforderten Elternteile zur Ausrede der Adoption.

Die Halbgötter waren unter uns, die Verschmelzung hatte spätestens nun begonnen.

>>>Exklusiver histo-Content

Ein junges Model namens Aurora Monti macht seit Ende 2017 Furore, da sie mit ihrer blendenden Schönheit alle in ihren Bann schlägt.

Was auch immer sie trägt, ob Schmuck, Pelz, Unterwäsche, es wird ein Verkaufsschlager.

Ein Model-Agent sagt über sie: »Sie kann Waschmaschinen über den Catwalk ziehen, und die Leute werden die Dinger kaufen.«

Gerüchten zufolge ist sie eine Tochter von Venus, da man sie in der Öffentlichkeit ausschließlich mit ihrem Vater sieht.

Als Mutter ist eine Jane Doe in der auf 2016 datierten Geburtsurkunde eingetragen.

Die Behörden sind sichtlich überfordert mit den neuen Umständen.

Das **Jahr 2018** hatte es in sich: Vollkommen überraschend riefen die verbliebenen christlichen und islamischen Geistlichen zur *Reconquista*, zum *Kreuzzug*, zum *Jihad*, zum Kampf für den jeweiligen Gott auf.

Insgeheim hatten sich Freiwillige ein Jahr lang auf diese Aktion vorbereitet. Sie spionierten im Vorfeld die Zentren der Entitäten und kundschafteten die wichtigsten Persönlichkeiten vor Ort aus.

Als der Befehl kam, schlugen Tausende Überzeugte und Fanatische in Europa los: Heiligtümer brannten, Gebäude wurden eingerissen, Menschen umgebracht, und sogar Angriffe auf Götter und göttliche Wesen geschahen.

(*Details zur restlichen Welt entnehmen Sie bitte der T&L-Detaildatei zum Selbststudium: Wie die Welt sich wandelte.)*

Die Antwort erfolgte umgehend, denn die Entitäten rechneten nach den ersten Schlachten der Übergangskriege damit, dass der Widerstand der unterlegenen Glaubensrichtungen nicht beendet war.

Die Gottheiten ließen Verderben und Vernichtung los – aber wohldosiert und ausschließlich gegen jene gerichtet, die den Aufstand wagten. Zusammen mit ihren Anhängern vernichteten sie die überwiegende Zahl der Angreifer oder verstümmelten die Überlebenden, verpassten ihnen Brandzeichen, damit alle wussten, dass diese Leute einen Aufstand gegen die Entitäten gewagt hatten.

Dabei kam es zu bemerkenswerten Auftritten von Gottheiten, die sich zeigten und straften, ohne die Umgebung der Menschen, die sie richteten, in irgendeiner Weise zu verletzen oder zu beschädigen.

>>>*Exklusiver histo-Content*

In Stuttgart besuchte eine keltische Entität persönlich die Versammlung der Bewegung *Protestanten gegen die Rückkehr der Götzen* – ProgediRüdeGö –, erschlug den Pfarrer und gab den Anhängern die Möglichkeit, sich ihr anzuschließen.

Jene, die sich weigerten, starben; die anderen durften ihm folgen.

Auch wenn wir die *T&L*-Detaildatei zum Selbststudium *Wie die Welt sich wandelte* empfehlen, möchten wir nochmals über den Atlantik schauen.

Spannend wurde es in 2018 in den Vereinigten Staaten, denn: Mexiko sah seine Gelegenheit gekommen, die eigene Macht auszudehnen, und zwar nicht nach Süden, sondern nach Norden.

Das durch die aufgetauchten Götter plötzlich sehr selbstbewusst gewordene Land eignete sich große Teile von Texas, New Mexico, Arizona und Kalifornien an.

Der mexikanische Präsident verteidigte den Angriff, der in den Wirren ohne große Probleme vonstatten ging, mit den Repressalien der Staaten in den vergangenen Jahrhunderten gegen den Nachbarn. Außerdem habe sich die USA in der Vergangenheit nicht weniger bedient.

>>>Exklusiver histo-Content
Angeführt wurden die mexikanischen Truppen, so sagen es Augenzeugen, von den Entitäten Itzli und Xocotl sowie Mextli.

Die USA nahmen den Gebietsverlust hin, da sich die betroffenen Gebiete ohnehin von den Vereinigten Staaten losgesagt hatten (*siehe T&L-Detaildatei*). Aber niemand würde mehr den Fehler begehen, die Mexikaner zu unterschätzen.

Rätselraten herrschte in den eroberten Gebieten lediglich bei den First Nations darüber, warum sich der Große Geist nicht gegen die Angreifer aus Mexiko stemmte.

Somit kann das **Fazit 2018** folgendermaßen gezogen werden: Es kam erneuter Aufruhr in die Welt, der aber rasch beseitigt wurde. Die Entitäten zeigten, welche Macht sie haben.

Auch gesetzlich gingen die Gottheiten gegen die Religionen vor: Sie verlangten von den Regierungen, ein Verbot des Christentums, des Islam und des Judentums zu verhängen oder zumindest die öffentliche Ausübung mit Strafen zu belegen.

Es kam zu zahlreichen Einschränkungen, wie Verbot des Geläuts und religiöser Feiern, die bislang noch geduldet worden waren.

Christentum, Judentum und Islam wurden fortan als *Sekten* tituliert, da sie keinen Gott vorweisen konnten.

Für das laufende **Jahr 2019** ist festzuhalten, dass sich die Welt mit den Entitäten arrangiert hat. Die Staaten konzentrieren sich darauf, wieder auf die Füße zu kommen.

Auch wenn *Reconquista*, *Jihad* und *Kreuzzug* ihre Spuren hinterlassen haben, erholen sich die Länder.

>>>T&L-Sicherheitshinweis
Wer sich offen zum Christentum bekennt, wird von vielen inzwischen als Querulant betrachtet, als jemand, der den Zorn der Entitäten weckt, indem er an etwas glaubt, das es nicht gibt.

Meistens gelingt das Zusammenleben recht gut, gelegentlich kommt es zu Übergriffen und Lynchmobs gegen Christen, Muslime und Juden.

Die Obrigkeit schreitet zwar ein, dennoch ist die Motivation oftmals gering.

Sollten Sie den Sekten angehören, achten Sie zu Ihrem eigenen Wohl auf Ihr Umfeld, in dem Sie sich gerade aufhalten. Beten Sie an sicheren Orten, verzichten Sie auf laute Gesänge o. ä.

T&L empfiehlt die Sekten-App, die Ihnen anzeigt, welche Areale sicher und welche unsicher sind. Das gilt sowohl für Entitäten als auch für Bewohner.

Eine Ausnahme bildet der Vatikan.

Ihn ließ man bis zum heutigen Tag *(Nov. 2019)* stehen, auch der Papst blieb unangetastet, weil man keine Empörung heraufbeschwören wollte; zudem ist es ungebrochen ein Zufluchtsort für die verfolgten Katholiken der Welt.

Anders als die Christen hielten die Juden nicht an ihrem traditionellen Pilgerort fest.

Der Staat Israel löste sich am 1.1.2018 aufgrund der immensen Bedrohung durch die Nachbarstaaten, die alle mit Gottheiten aufgerüstet sind, bis auf Weiteres auf, hielt sich aber offen, an diese traditionelle Stätte zurückzukehren.

Die Bewohner schwärmten in sämtliche Ecken der Welt aus, wo sie hofften, ungefährdeter leben zu können. Die ultraorthodoxen Juden zogen nach Masada, das inzwischen eine Festung geworden ist und weiter ausgebaut wird.

Ansonsten drehen sich die Räder auch im November 2019 weiter, die Leben der Menschen schreiten voran.

Die Entitäten zeigen sich mal mehr, mal weniger, errichten Bauwerke, gründen Firmen entweder selbst oder über Vertraute.

Das lässt Forderungen nach speziellen Gerichten für Entitäten laut werden (*siehe Kapitel: Persönlichkeiten, Malleus Bourreau*). Allerdings fanden sich bisher keine Wege, solche Gerichte durchzusetzen.

>>>Exklusiver histo-Content

Aktuell wird das Aufbauen der alten Stätten noch schneller vorangetrieben, von Babylon, Sodom, Gomorrha, Nimrud, Assur, Hatra, Ninive, Machu Picchu und Angkor bis Petra, Chichén Itzá und viele mehr.

In Europa erheben sich vergessene Gebäude und Monumente wieder und bilden einen spannenden Kontrast zwischen Moderne und Antike.

Auch wenn Silvester noch nicht erreicht ist, kann man als **Fazit 2019** vorsichtig andeuten: Die Welt wird ruhiger.

Die Entitäten sind Normalität und bringen sich mehr ins Leben der Menschen ein. Weitere Halbgötterkinder tauchen auf, überall auf der Welt.

Die Grenze zwischen Menschen und Entitäten verschwimmt immer mehr, wobei es auch hierbei große Unterschiede im Verhalten gibt: von unnahbar bis kumpelhaft, von Geschäftsfrau bis Wohltäter.

Anscheinend haben sich die Gottheiten abgesprochen, was ihre Zuständigkeitsbereiche angeht: Es gibt kein Ausbrechen über die Grenzen hinaus, abgesehen von kleineren Niederlassungen oder London als Brückenkopf der Hindu-Götter (*siehe dieses Kapitel und die T&L-Datei: London – seine Welten*).

Nach wie vor werden treue Anhänger von Entitäten an fremde Orte mitgenommen, es wird von fremden Planeten und Welten gesprochen.

Die neue AERA stabilisiert sich.

Und dennoch treibt die letzten Gläubigen unter unseren LeserInnen vielleicht die Frage um: Wo sind Allah, Gott und Jahwe?

Sind sie unter den Menschen und spenden Trost?

Oder erscheinen sie nicht als Götter, um die Menschen zu prüfen?

Es gibt keine Antworten, die wir von *TUN & LASSEN* an dieser Stelle geben können.

Auszug Ende

EPISODE 1
OPFERGABEN

INTRO

Es geschah 2012.

Von einem Tag auf den nächsten waren sie wieder da: Götter.

Und zwar die *alten* Götter.

Jene, welche die Bibel mit *Du sollst neben mir keine anderen Götter haben* meinte – und deren Existenz die Heilige Schrift der Christen niemals leugnete. Oder in Abrede stellte.

Im 21. Jahrhundert rechnete jedoch niemand damit, dass die Götter zurückkehren. Mitten hinein in das, was man Realität nennt.

Sie ritten aus den Himmeln.

Sie stiegen aus Pyramiden, aus Tempeln, Schreinen und Heiligtümern, aus Wäldern, Sümpfen und Nebeln.

Sie sprachen zu den Ihren – überall.

Mannigfaltig kamen sie und wirkten.

Die Meldungen über Sichtungen häuften sich und über die Wunder, die sie vollbrachten.

Egal ob Manitu, ob Mictlantecuhtli, ob Anubis, ob Odin und Thor, ob namenlose Naturgottheiten oder Legenden wie Mars und Hephaiston, ob Olorun, ob Erdmutter und Loa, ob Shiva oder Kami oder Manifestationen Buddhas oder Cai Shen – sie existierten.

Manche Götter traten vor Kameras, gaben Interviews und damit denen Mut und Antrieb, die immer an sie geglaubt hatten und deswegen verspottet worden waren. Manche Götter eroberten sich ihre alten Kultstätten zurück, auf die vor allem die Christen ihre Kirchen gestellt hatten. Prächtige Bauten wurden dem Erdboden gleichgemacht und durch vergessene Symbole ersetzt.

Manche Götter lebten unter den Sterblichen, in alten Tempeln, in neu errichteten Anlagen, in Hochhäusern oder ganz alleine in unterirdischen Bunkern und kilometerhohen Türmen.

Manche von ihnen gründeten Firmen, um ihren Einfluss in der Welt der Sterblichen auszuweiten, mischten sich in Wertpapierhandel ein, betätigten sich in der Wirtschaft.

Und die Konzerne hatten ein enormes Interesse daran, mit den Göttern ins Geschäft zu kommen.

Manche Götter nahmen Ausgewählte mit auf andere Planeten.

Sie brachten Andenken von dort mit oder errichteten Gebäude, um dort zu verweilen. So sagen es die Gerüchte.

Und siehe, eine neue Ära der Historie begann: Aus *Glaube* wurde *Wissen.*

… nur die Christen, die Moslems und die Juden warteten vergebens.

Kein Gott, kein Allah und kein Jahwe.

Keine Engel, keine Dämonen.

Nicht einmal der Teufel erschien.

Die einst mächtigsten Religionen der Historie schrumpften zu Sekten ohne Gott. Ihre Anhänger wurden verlacht und verspottet.

Es folgten Massenkonvertierungen und Kriege, bis sich das Gefüge neu eingepasst hatte.

So änderte sich die Welt.

Ob zum Guten oder zum Schlechten – würde sich noch herausstellen …

»Ich habe die Götter, die meine Eltern mich gelehrt haben, verehrt alle Zeit meines Lebens, und jene, die mir das Leben geschenkt haben, habe ich immer in Ehren gehalten.

Von den anderen Menschen aber habe ich keinen getötet und keinen eines mir anvertrauten Gutes beraubt noch sonst ein nicht wiedergutzumachendes Unrecht begangen.«

Ägyptisches Totenbuch,
um 1500 v. Chr.

Mich hätte das nicht interessiert. Überhaupt nicht.

Wer in diesen Tagen lebt, kennt die Grausamkeiten, von alten abgefuckten Wesen begangen, von verblendeten dumpfen Menschen bejubelt. Oder auch mal umgekehrt.

Modern-komplizierter.

Archaisch-brachialer.

Wir stecken in einem beschissenen diametralen Gegensatz, und das macht uns fertig. Technik, Wunder, Grausamkeiten. Ohne meinen Wodka wäre ich am Arsch.

Als die Nachrichten Bilder aus der Via del Sudario sendeten, da dachte ich: Scheiß drauf.

Dann aber sah ich bei einem verhuschten Schwenk über die Hausfront ihn – den Mann, der aus dem Fenster blickte.

Man muss wissen, wer er ist, um ihn zu erkennen.

Er ist um die vierzig, per se nicht sonderlich auffällig, weder an Statur noch Gesicht, das recht schmal ist. Die schwarzen Haare trug er an den Seiten kurz, oben etwas länger und im Nacken ausrasiert. Er ließ sich neuerdings eine abgespeckte Version des Fu-Manchu-Schnittes mit Kinnbärtchen stehen, was zusammen mit den Stoppeln recht verwegen aussah, wie ein verfickter älterer Musketier – nur in männlich. Unterhalb des rechten Auges verläuft eine kaum sichtbare waagrechte Narbe, die ihm ein Messer verpasste. Das weiß ich.

Zusammen mit schwarzem Hut und runder Sonnenbrille war er so gut wie unkenntlich.

Aber nicht für mich.

Es gab für mich kein Halten mehr: Ich musste dorthin!

Ich füllte mit zitternden Fingern den Flachmann, zog mich an und kramte meine Automatik aus den Müllbergen meiner heruntergekommenen Bude.

Und seitdem folge ich ihm.

Er weiß nicht, dass es mich gibt. Aber ich bin da.

Ich bin da …

* Α Ω *

Italien, Rom, November 2019

Malleus betrachtete das Büro des Bürgermeisters, in dem sich nichts mehr befand, abgesehen von dem großen steinernen Schreibtisch in Grau, der den Tätern wohl zu schwer zum Mitnehmen und zu stabil zum Zerschlagen gewesen war; dafür hatten sie ihn mit aufrecht stehenden roten Pfeilen beschmiert, wie ein Laie vermuten würde.

Hellere Rechtecke an den vertäfelten Wänden zeigten, wo einst Bilder gehangen hatten, staubfreie Flecken am Boden und auf den Teppichen sprachen von Gegenständen, die mitgenommen worden waren. Musikanlage, Boxen und andere elektronische Einbauten wie den Fernseher hatten sie fachmännisch entfernt, wie die heraushängenden Kabel bezeugten. Die Tür zum Tresor stand offen, darin herrschte gähnende Leere.

Was Malleus ins Auge sprang, waren grobe Seile, die bei näherer Betrachtung aus frischen, zähen Zweigen bestanden. Er konnte riechen, dass die Ästchen vor nicht langer Zeit abgeschnitten worden waren. Drei Schlingen lagen um den schweren Tisch, die Stränge führten zum offenen Fenster.

Man hätte vermuten können, dass die Diebe – aus welchen Gründen auch immer – statt Kunststofffasern Naturmaterial bevorzugt hatten, um den Tatort zu verlassen.

Dagegen sprach das, was am anderen Ende der Seile hing.

Leise knirschten die verdrehten Zweige, bewegten sich sachte, als würde jemand daran ziehen.

Malleus machte einige große Schritte durch das Zimmer und warf einen Blick aus dem Nachbarfenster, zuerst hinaus auf die Straße, die im Schein der untergehenden Sonne lag und voller Menschen war.

Die Neugierigen drängten sich in der Via del Sudario hinter den Polizeiabsperrungen. Es wurde fotografiert und diskutiert, einige gingen, manche kamen hinzu, angelockt von der Neuigkeit, um sie mit eigenen Augen zu sehen.

Malleus hob seinen *Personal Digital Assistant* – kurz PDA – und filmte die Menge in einem Schwenk. Dabei fing er auch die aufragenden Tempel und Paläste ein, die sich überall im Stadtbild in neuer Pracht erhoben, aufmerksamkeitsheischend mit Scheinwerfern beleuchtet; auf einzelnen Säulen und Flachdächern loderten Flammen in riesigen Feuerschalen.

Aus dem notdürftigen Instandhalten war nach dem Erscheinen der alten Götter ein prunkvolles Restaurieren geworden. Ein neues Rom entstand, prächtig und neo-antik.

Im Kolosseum strahlten die Lichter, beleuchteten die vielen Bögen und warfen helle Kegel in den sich verdunkelnden Himmel, um Jupiter zu grüßen.

Das Forum Romanum, einst buchstäblich ruinöse Touristenattraktion, erstand von Neuem. Die Arbeiten liefen noch, die Planungen für Neubauten gingen bis 2050, hatte Malleus in einer Zeitung auf dem Weg nach Rom gelesen. Die Götter wollten es so.

Die Götter wollen viel, dachte er.

»Monsieur Bourreau! Kommen Sie runter, damit wir das unwürdige Schauspiel beenden können«, rief einer der Kriminalkommissare in Zivil hinauf. »Die hingen lange genug.«

Malleus nickte und steckte den PDA ein, durchquerte den Raum und besah ihn ein letztes Mal, bevor er in den Flur trat und durch das Haus nach unten ging. Er trug seinen dunklen Gehrock, dessen Schnitt an indischer Herrenmode angelehnt war, darüber einen schwarzen Militärmantel mit extra hohem Kragen. Die Füße steckten in flachen, schwarzen Schuhen.

Unterwegs entzündete er eine seiner krummen, dünnen Zigarren, die sich Culebras nannten und richtig rochen und genug Qualm fabrizierten, um sämtliche Feinstaubmessgeräte der Welt zu überlasten. E-Zigaretten hasste Malleus ebenso wie Rauchverbote, daher ignorierte er beides. Er paffte eine Culebra mit grüner Banderole. *Sie helfen am besten beim Denken.*

Er hätte den herumbrüllenden Beamten korrigieren können: Er war kein *Monsieur*, weder Franzose noch Belgier. Er war Deutscher, so stand es zumindest in seinem Pass. Aber es hätte nur unnötig die Aufmerksamkeit der Menge erregt. Er mochte es nicht, erkannt zu werden, was trotz Sonnenbrille und Hut gelegentlich geschah.

Als Malleus das Freie betrat, ballten sich die Wolken zu einem grauschwarzen Konvolut, aus dem erste Blitze zuckten; leiser Donner grollte über den Köpfen und Gebäuden.

»Zeus kommt! Seht, er kommt und sieht nach dem Rechten«, hörte er im Vorbeigehen eine Frau voller Überzeugung sagen. Sie schoss wie eine Verrückte Fotos von den rollenden Gespinstformationen. »Er findet die germanischen Mörder noch vor der Polizei. Achtet auf seine Zeichen!«

Malleus rückte seinen Hut zurecht. Ihm lag vieles auf der Zunge. Beispielsweise dass es Zeus nicht interessierte, wer wen umbrachte. Dass Zeus bestimmt gerade eine wie sie hinter einem Busch vernaschte. Oder dass Zeus sich nicht die Mühe machte, sich als Gewitter zu tarnen. Zudem stand man auf römischem Boden, und damit wäre es Jupiter, der anrücken müsste.

Aber wer an diese scheinbar göttliche Show glauben wollte, glaubte eben an die Show. Seit ein paar Jahren gab es dazu die vermeintlichen Beweise. Überall auf der Welt.

Malleus blieb davon unbeeindruckt.

Für ihn gab es ein halbes Dutzend Erklärungen für die Rückkehr der Götter; beispielsweise dass Außerirdische es verstanden, wie man den menschlichen Geist übertölpelte, und sich in den Gesamtpantheon von Terra eingelesen hatten. Oder Massenhypnose in Kombination mit Technik, um den Menschen etwas zu geben, auf das sie Energie verschwendeten, sodass sie nun lieber zu Wesenheiten beteten, anstatt gegen Dinge und Zustände aufzubegehren. Das und vieles mehr zog er in Betracht.

Malleus schritt an der Absperrung vorbei und erreichte den grauhaarigen Ermittler, der passend zur Stadt auf den Namen Romano hörte. Der Mantel war auch grau, die Augen, die Barthaare, einfach alles an diesem Polizisten schien grau zu sein.

Sie schüttelten sich die Hand, dann wandten sich beide dem Haus zu.

Aus dem Fenster baumelte – gut sichtbar im Schein der Straßenlampen – eine männliche, nackte Leiche. Den Ausmaßen und Tätowierungen nach handelte es sich um Bürgermeister Emanuele Domenico, über dessen Kopf ein schwarzer Sack gezogen war. Rechts und links von ihm hingen toten Haushunde, ebenso aufgehängt wie ihr Herr. Schneeweiße Labradore; die Zungen ragten schlaff und lang aus den Schnauzen.

Der auffrischende Wind spielte mit den drei Körpern, die am frühen Morgen von Passanten entdeckt worden waren. Tiere und Mensch begannen einen grotesken Tanz, pendelten und stießen zusammen, drehten Pirouetten. An den Beinen des Mannes hafteten Exkremente, die inzwischen eingetrocknet waren.

»Eingenommen ist die Stadt Rom, die zuvor die ganze Welt besiegt hatte«, las Romano die gekrakelten Runen, die über den Fenstern geschrieben standen. »Und dazu wieder die aufrecht stehenden Pfeile.«

»Tīwaz: das T und die Rune des Gottes Tyr.« Malleus paffte an der krummen Zigarre, die in seinem linken Mundwinkel steckte und ihren Rauch gen Himmel sandte, als würde sie mit eigenen Zeichen protestieren. Er nahm die Sonnenbrille ab, um besser sehen zu können; die blauen Kontaktlinsen kaschierten, dass er verschiedenfarbige Augen hatte. »Stammvater der Germanen und in der späteren Mythologie zu einem Sohne Odins erklärt.« Er steckte die Hände in die Taschen und achtete darauf, die Brille nicht zu knicken. »Schlachtenlenker. Und Kriegsgott.«

»So weit waren wir auch schon.« Der graue Romano zuckte zusammen, als sich ein Blitz knisternd über den Himmel erstreckte und verblassend auflöste. Einige Zuschauer klatschten und priesen Jupiter. »Unsere Götter mögen es nicht, wenn Germanen Morde in ihrer Stadt begehen.«

»Würden sie es mögen, wenn sich die eigenen Gläubigen umbringen, Commissario?« Malleus grinste breit. »Die Götter sind sich mal wieder ähnlicher, als sie wollen.«

»Wie meinen Sie das?«

»Tīwaz besitzt eine verwirrend große Ähnlichkeit mit dem Planetenzeichen für Mars. Da könnte man doch überlegen, ob Tyr, Jupiter und Zeus und Mars nicht doch …«

Romano schnaubte. »Keine blasphemischen Abhandlungen. Ich weiß, was Sie sind, Monsieur Bourreau.«

»Und genau *deswegen* stehe ich hier. *Weil* ich klar denken kann.« Malleus blieb in seinem Tonfall stets höflich. Er nahm die Rechte aus der Tasche und zeigte auf den Satz an der Wand. »Es ist ein Zitat, das dem Kirchenvater Hieronymus zugeschrieben wird, als er von Roms Plünderung durch Alarichs Truppen erfuhr. Das war im Jahr 410, nach christlichem Kalender.«

»Wissen wir.« Der graue Romano war entnervt, musste jedoch erdulden, dass er die gesamte Unterrichtsstunde bekam.

Das kostete Malleus aus. »Das ausgeräumte Büro spielt ebenso auf die Plünderung an.« Er zog die linke Hand aus der Tasche und nahm die Zigarre aus dem Mundwinkel, spuckte einige Tabakkrümel auf den Boden. Der Nachteil, wenn man das Ende anschnitt und nicht anbohrte. »Das Aufhängen an einem öffentlichen Ort, die Stränge aus Zweigen, die Kapuze über dem Kopf, die toten Hunde, das alles ist eine Reminiszenz an eine germanische Bestrafungsform. Sie haben ihn zudem hoch aufgehängt, was eine besondere Schmach darstellt.«

»Sie?«

»Es braucht mehr als zwei Männer, um Hunde zu bändigen, diesen Brocken von Bürgermeister zu hängen und das Büro komplett zu leeren.« Malleus zeigte mit dem Daumen hinter sich, die Zigarre malte wieder Rauchzeichen, während ein lauter Donner auf sie niedergrollte. »Sehr viel Aufwand.«

Die ersten Menschen verließen den Bereich. Man fürchtete das Unwetter oder eben doch, Opfer von Jupiters Zorn zu werden. Ein Blitz in den Boden würde etliche von den Beinen holen und schwer verletzt zurücklassen.

»Dachten wir uns auch schon.« Romano machte beschwichtigende Gesten in Richtung seiner Einsatztruppe, die zu den Leichen hinaufzeigte und anschließend in den Himmel deutete. Sie wurden nervös. »Alles in allem hielten wir es für einen religiös motivierten Mord: Germanen, die ihr Kommen ankündigen und Tyrs Macht zur Schau stellen wollen. Deswegen töteten sie Signore Domenico nach alter Sitte. Wir wollten die Expertise eines Fachmannes dazu. Sicherheitshalber, bevor wir damit vor die Medien und das Pantheon treten. Teilen Sie meine Einschätzung?«

»Pantheon. Richtig. Das wollte ich mir noch anschauen.« Malleus kratzte sich an der linken Augenbraue.

Romano blickte entsetzt. »Sie wollen nicht allen Ernstes einen Fuß in das Heiligtum setzen?«

Malleus lachte. »Was soll geschehen? Stürzt der Bau dann ein?« Er paffte und blies den Rauch nach oben. Der blaugraue Dunst stieg senkrecht hinauf, als könnten ihm die Böen nichts anhaben.

Der Ermittler hatte sich rasch wieder im Griff. »Ihre Sache, was Sie in Ihrer Freizeit anstellen. Nicht meine.« Er sah zu den Leichen, die stärker pendelten und sich drehten, als tanzten sie vor Freude, an der frischen Luft sein zu dürfen. »Dann lasse ich sie jetzt abschneiden.«

»Für meine genaue Expertise ist es noch zu früh. Ich werde mir die Schrift und Farbe genauer ansehen«, warf Malleus ein. »Doch wer immer diese Runen schrieb, war nach meiner ersten Einschätzung kein versierter Germane.« Er zeigte mit der linken Hand auf die Schrift an der Wand, deutete auf und ab, die Zigarrenglut zog die Runen in der Luft rot nach. »Krakelig, ungleich, unsicher. Auch die Tyr-Runen auf dem Schreibtisch des Opfers waren unsauber gemalt. Zeit hatten die Täter genug, also war Hektik nicht der Grund. Jemand, der den Anspruch seines Gottes öffentlich machen will, würde sich Mühe geben. *Viel* Mühe. Der Verfasser hier hat abgemalt.«

»Aha?«

»Das Erhängen war eine Diebesstrafe.« Malleus zeigte auf den Toten. »Eigentlich hätten sie ihm den Kopf abschlagen müssen und den Schädel separat zur Schau stellen. Es handelt sich immerhin um den Bürgermeister. Eine Persönlichkeit. Den Stellvertreter jenes Roms, das man brechen will. Und Blut wirkt auch besser, wenn es irgendwo runterläuft.« Er sah den Kommissar an. »Kennen Sie doch von den Opferungen in den Tempeln.«

Der graue Romano biss die Zähne fest zusammen, wie an den hervortretenden Wangenmuskeln zu sehen war. »Also doch nichts Religiöses?«

»Nein. Und dass die vermeintlichen Germanen den Tresor fanden, ihn öffneten ohne Gewaltanwendung …«

»Domenico hätte es ihnen verraten können.«

Malleus nickte ablehnend. »Denke ich nicht. Es gibt keinerlei Wunden, die auf Folter und Prügel hinweisen. Zumindest sind von hier aus keine zu erkennen. Dazu kommt: Sie haben alles Wertvolle mitgenommen – ausschließlich aus dem Arbeitszimmer. Was für eine Plünderung ist *das* denn?«

»Eine symbolische?«

»Ich bitte Sie, Commissario.« Malleus lachte Qualm in den Wind. »Germanen und gesittet? Bei einer Plünderung? Würde das zusammengehen?« Er paffte die Zigarre und schnippte den Stummel davon. Kaum hatte sie seine Hand verlassen, erlosch die Glut, und die Rauchkringel vermochten sich nicht mehr gegen die Böen zu wehren.

Ein leichter Regen setzte ein, und weitere Schaulustige entfernten sich. Nasser Boden leitete Elektrizität besser. Viele Gesetze der Physik griffen nach wie vor, auch wenn die Götter sich gezeigt hatten und manche es Wunder nannten, was geschah.

»Finden Sie heraus, woher die Gegenstände in Domenicos Büro stammten, denn ich wage zu behaupten: Nichts davon hat er bezahlt. *Dann* haben Sie den sehr irdischen Grund, warum er und seine Hunde aus dem Fenster baumeln«, empfahl Malleus. »Meine Vermutung: Jemand hat sich die Geschenke zurückgeholt sowie das Geld, das er dem Bürgermeister zuvor gegeben hatte. Kann sein, dass es ein Mafia-Arm war. Kann sein, dass es ein enttäuschter Industrieller war, der seine Repo-Leute nach Bestechungsgaben ausschickte. Und um die Spannungen zwischen Germanien und Italien anzufachen und vom eigentlichen Hintergrund abzulenken, stichelt man zwischen den Göttern.«

»So wie Atheisten?«, erwiderte der graue Romano schneidend.

Malleus lächelte. »Lieber Commissario! Atheisten können sich nicht über etwas lustig machen, was es nicht gibt. Das wäre ein Paradoxon.«

Romano sandte sein Team aus, das unter vielen halblauten Kommentaren Vorbereitungen zum Bergen der Leichen traf. »Dann sage ich den Medien, dass wir nicht von einem religiös motivierten Mord sprechen.«

»Wäre weiser, Commissario. Sie verlieren zwar den Vorsprung, weil die echten Täter danach wissen, dass Sie nicht auf das emotionale Ablenkungsmanöver hereinfielen, doch es ist seriös.« Malleus setzte zu einem weiteren Satz an, als sich kreischend ein Blitz aus den Wolken löste.

Die elektrische Spannung in der Luft wurde auf der Haut spürbar, die knisternde Energie jagte gleißend in den Bürgermeister und ließ ihn Funken schlagen.

Die Menge an der Via del Sudario schrie im Kollektiv auf.

Die Wucht der Entladung riss den Leichnam auseinander, das Blut spritzte über die Hauswand, der verbrannte Unterkörper klatschte auf die Straße, verkohlte Zehen zerplatzten beim Aufschlag. Die Innereien folgten, manche hingen wie lang gezogene Würmer aus dem Kadaver, bevor sie rissen. Der Geruch nach Exkrementen verstärkte sich.

Der Strang aus Zweigen hatte sich entzündet, das Tuch über dem Kopf fing ebenso Feuer und verbrannte das Antlitz des Ermordeten.

Die Schaulustigen starrten und schwiegen und dachten fassungslos nach, wie man dieses Zeichen des Gottes zu deuten hatte.

Malleus reichte dem perplexen Romano die Hand und schüttelte sie, ohne dass der Kommissar den Druck nennenswert erwiderte. »Sie täten gut daran, *dieses* Ereignis in der Öffentlichkeit zu einem späteren Zeitpunkt als göttliche Bestätigung für die kriminellen Machenschaften von Signore Domenico zu interpretieren. Jupiters Strafe oder so. Aber so schlau« – er ging los und winkte – »sind Sie von selbst, Commissario.«

Malleus zog die auberginefarbenen Handschuhe an, schlüpfte unter dem Absperrband hindurch und drängte sich durch die verstummte Masse, die den herbeispringenden Feuerwehrleuten zusah, wie sie die Kadaverreste mit Pulver löschten.

Ihn zog es ins Pantheon wie einen Wissenschaftler zu den schlimmsten Seuchenherden.

* Α Ω *

Ich folge ihm.

Auch am Abend der ersten Begegnung, von der er nichts bemerkt.

Wie locker er durch Roms Straßen geht – als fürchte er nichts und niemanden. Er hat keine Angst, das merkt man.

Es gibt verschiedene Geschichten über ihn, und alle habe ich gesammelt.

Er kämpfte in den Übergangskriegen, als sich Islam, Christentum und Judentum gegen die ubiquitären Götter auflehnten und echt dachten, sie könnten gewinnen.

Diese arroganten Narren. Sie kämpften gegen GÖTTER!

Und da ihre eigenen nicht auftauchten, endete es mit einer Niederlage. In den christlichen Hochburgen der USA, in Mittel- und Südamerika wurde es besonders unschön, aber auch in der arabischen Welt und dort, wo die Muslime stark gewesen waren, spritzte das Blut nur so. Auch Europa kam nicht ohne Tote aus.

Tja, so ist das, wenn Glaube auf Wissen trifft: Eines davon bleibt auf der Strecke.

Heute sind die Verfechter der ehemals mächtigen Religionen kleine Häufchen, die sich über die ganze Welt verteilt haben und belacht werden. Die Völker ohne Gott, so werden sie genannt. Nichts anderes als Sekten. Das eint sie. Scheißgeile Ironie, wenn man mich fragt.

Die Kirchen wurden eingerissen oder umgebaut und umgewidmet, den meisten Moscheen und Synagogen ging es ebenso. Hing vom Gott ab, wie tolerant er sich denen gegenüber zeigte, die ihn einst als Aberglaube abgetan hatten. Manche von ihnen wollten die Unterdrücker von einst einfach brennen sehen und schlachteten ganze Gemeinden ab. Muss viel Spaß gemacht haben, schätze ich, über Jahrhunderte angestaute Wut rauszulassen. Entchristianisierung nennen sie es.

Gerade ist Ruhe unter den Göttern, abgesehen von Gerangel und Muskelspielchen und Wunderwettstreiten: Verletzte heilen, Unwetter machen und so was. Schwanzvergleich. Aber kein Gott scheint viel Lust zu haben, seine alten Weltreiche wiederaufzubauen. Das ist gut für die Menschen.

Früher hatten die Supermächte wegen der Atombomben Schiss, den Knopf zu drücken.

In diesen Tagen hat jeder Götter in der Garage, vor deren Kraft man sich fürchtet.

Ich bin sicher, dass es heute hässlicher enden würde als damals mit den nuklearen Sprengköpfen.

Auf welcher Seite Bourreau gekämpft hat?

Ich glaube, er war Freischärler. Hat ordentlich ausgeteilt, in sämtliche Richtungen. Es geht das Gerücht, dass er einen persönlichen Verlust erlitten hat, der ihn umso unbeugsamer machte. Angeblich hat er es sogar geschafft, ein paar von den kleinen Göttern umzubringen, um sich danach zu ergeben und von der Amnestie Gebrauch zu machen.

Schlauer Hund.

Harter Hund.

Wenn Sie mich fragen, respektieren ihn die Götter deswegen.

Er geht aufs Pantheon zu, dieses Frischhaltegebäude für die römischen Überwesen, das krachneu und doch alt ist. Anbauten, Erweiterungen und der ganze alte Grabkram flogen raus. Ist jetzt alles neoromanisch. Irgendein Priester ist immer da und opfert, damit die Götter über Rom und Bella Italia wachen.

Bourreau ist zum ersten Mal in der Ewigen Stadt. Klar, dass er sich einen Ort ansehen will, an dem sie versammelt sind, von Jupiter bis … keine Ahnung.

Das ist mehr als Mut, was er da abzieht.

Wahnsinn?

Schwachsinn?

* Α Ω *

Malleus erreichte die *Piazza della Rotonda* vor dem Pantheon, das mehr als 1700 Jahre lang mit seinen 43 Metern Höhe und Innendurchmesser die größte Kuppel der Welt besessen hatte.

Neben dem ägyptischen Obelisken in der Mitte des Platzes blieb er stehen und ließ den Anblick auf sich wirken.

Die Rotunde war von Kaiser Trajan im Jahr 114 nach Christus begonnen worden und hatte seitdem einiges an Veränderungen durchlaufen. Doch niemals besaß sie mehr Bedeutung als jetzt – für die Menschen, die sich dem römischen Götterhimmel verpflichtet fühlten, und jene, die ihn hassten.

Dem beeindruckenden Kuppelbau war ein rechteckiges Gebäude vorgeschoben, der Pronaos, der mit seiner Fassade und Säulen an einen klassischen Tempel erinnerte. Man hatte viel Blattgold auf die korinthischen grauen Marmorsäulen aufgetragen, auch die vergoldeten Bronzeplatten, mit denen die Kuppel einst gedeckt war, saßen seit Oktober an ihrem Platz und warfen das Licht der Scheinwerfer von den umliegenden Gebäuden in den Abendhimmel.

Prunk.

Reichtum.

Göttlichkeit, die an Malleus' Überzeugungen scheiterte. Wo sich andere in den Staub warfen, zündete er sich eine Culebra an und stellte Fragen. Auch einem Gott, wenn es denn einer wagte, sich seinem Verhör zu stellen.

Jeweils im Osten und Westen der Säulenhalle hatte man Brunnenbecken aufgestellt, Statuen der Flussgötter Tiber und Nil waren vom Kapitolsplatz hierher verfrachtet und als Brunnenfiguren aufgestellt worden – auch sie mit viel Aufwand verschönert.

Verschwendung.

Malleus ging die Stufen des rechteckigen Tempelvorbaus hinauf und durch die offene, sechs Meter hohe Bronzetür ins Innere. Anfang des fünften Jahrhunderts hatte man den Tempelbetrieb eingestellt, danach bekam das Bauwerk während seiner christlichen Nutzung den Namen Sancta Maria ad Martyres, im Anschluss Santa Maria Rotonda.

Aber das Katholische war hinweggefegt, wie sich deutlich vor ihm offenbarte.

Malleus wusste, dass die Gräber des Malers Raffael ebenso aus der Rotunde entfernt worden waren wie das von Carracci oder das Herz des Kardinals Ercole Consalvi. Den verschrumpelten Muskelüberrest hatte man auf Geheiß des Jupiter verbrannt, die Überreste der Künstler und Könige hingegen umgebettet, um nicht zu viel Aufregung in Italien zu erzeugen. Das Pantheon gehörte wieder ganz den römischen Göttern.

Malleus zog seinen Hut ab. Er sah das Schimmern der vielen Fackeln und Kohlefeuer, die im Innern der Rotunde brannten und der immensen Rundkuppel eine besondere Mystik verliehen. Man verzichtete bewusst auf LED-Scheinwerfer und andere moderne Lichtquellen, sondern lobpries die Vergangenheit.

Vielfarbiges Gestein aus allen Teilen der damaligen römischen Welt war zum Einsatz gekommen. Große Quadrate und Kreise aus Porphyr, grauem Granit und *Giallo Antico* fügten sich zu seinem Bodenmuster; Malleus bestaunte die beiden verschiedenen Dekorzonen der umlaufenden Wand.

Im Innenraum gab es sieben Nischen, mal rechteckig, mal halbrund und von Säulen umrahmt, in denen sich überlebensgroße Götterstatuen erhoben und vor denen Gläubige standen oder knieten, um leise murmelnd um ihre Anliegen zu bitten.

Priester in traditionellen Togen gingen umher, sammelten die Opfergaben der Menschen ein und verbrannten sie in gewaltigen Kohlebecken, die zu den Füßen der Abbilder ruhten.

Malleus blickte dem Rauch nach, der die Götter erreichen und sie gnädig stimmen sollte. Er zog in Schwaden hinauf und verschwand durch die kreisrunde Öffnung von neun Metern Durchmesser: das Opaion. Das Loch und das Eingangsportal bildeten die einzigen Lichteinlässe.

Malleus orientierte sich und entdeckte die Statue von Jupiter, setzte sich in Bewegung. Der aufwendig gestaltete Boden war leicht abschüssig, gegen Überflutung durch das Regenwasser war er zum Mittelpunkt geneigt und mit Abflüssen versehen.

In den Zeiten, bevor die Götter zurückgekehrt waren, rätselten Archäologen und Wissenschaftler, welche Gottheiten man in dem Pantheon verehrt hatte. Inzwischen waren den Priestern klare Anweisungen erteilt worden, wen die Götter in der Rotunde zu sehen wünschten. Die weniger bedeutsamen Wesen bekamen einen Platz in den Ädikulen, kleinen Wandaufbauten, die einer Tempelfront nachempfunden waren.

Malleus ging vorbei an Mars und Venus, Sol, Luna, Mercurius und Saturnus, bis er Jupiter erreicht hatte und sich in die Schlange davor einreihte.

Niemand schenkte ihm besondere Beachtung.

Nicht einmal die sogenannten Götter. Grinsend sah er über die Wände und die marmornen Abbilder, die aus leeren Augen gleichgültig auf die Menge stierten. Weder zerbarsten sie, noch wurden sie lebendig, um ihn aus dem Pantheon zu vertreiben.

Als Malleus an die Reihe kam, näherte sich ihm ein Priester, um seine Opfergabe in Empfang zu nehmen.

»Was ich anbieten kann, sind meine Worte«, sagte Malleus freundlich zu dem Mann und hielt den Hut mit den behandschuhten Fingern vor der Gürtelschnalle. »Hallo, Jupiter. Du wirst wissen, wer ich bin. Ihr Götter wisst ja angeblich so viel. Und da du, so sagen sie sicherlich, die Leiche von Bürgermeister Domenico eben mit einem Blitz zerfetzt hast, nehme ich an, wir sind beide der gleichen Meinung, was den Mord angeht.« Er sprach laut und deutlich, sodass seine Stimme durch das Gemurmel der Gläubigen drang und im Pantheon nachhallte. »Du weißt, ich lasse mir solche Gelegenheiten nicht entgehen, einem Gott zu begegnen und vielleicht ein kleines Streitgespräch über seine Herkunft zu führen.« Er sah sich um, seine Blicke schweiften über die entsetzten Blicke der Menschen. »Aber ich sehe, du hast nur das Stück Marmor abgestellt.«

»Ich muss dich bitten, zu gehen«, sagte der Priester und breitete die Arme aus, als wolle er Hühner hinausscheuchen.

»Kann das Jupiter nicht selbst, wenn er mich nicht bei sich haben möchte?«, konterte Malleus in freundlichem, unaufgeregtem Tonfall. »Ich hätte nichts gegen einen Rausschmiss durch ihn.«

»Verschwinde!«, rief ein Mann aus der Schlange hinter ihm. »Jupiter kommt nicht einfach wegen dir vorbei.«

»Jupiter wird dich strafen«, versprach ihm eine Frau. »Wie kannst du ihn derart beleidigen?«

»Du solltest jetzt gehen«, verlangte der Priester mit Nachdruck.

»Sicher.« Malleus wandte sich der Statue zu. »Wirklich schade. Wenigstens im Pantheon hätte ich auf dein Erscheinen gehofft. Bis zum nächsten Versuch.«

Er drehte sich um und ging auf das Portal zu.

Dem Geräusch nach bespuckte ihn jemand.

Malleus ließ es ungesühnt. Er provozierte und lebte zu einem gewissen Grad mit den Konsequenzen. Das war gerecht, wie er fand. Außerdem war der Militärmantel imprägniert.

Jemand raunte seinen Namen, und lautes Getuschel setzte ein. Sein Besuch würde sich herumsprechen. In mehr als einem Heiligtum dieser Welt hatte er Hausverbot erhalten – stets ausgesprochen von Priestern und Mönchen und den Zuständigen vor Ort. Niemals von einem göttlichen Wesen.

Genau darauf hoffte Malleus.

Bislang vergebens. Die Entitäten schienen sich vor ihm zu fürchten oder derart zu widern, dass sie ihn mieden.

Dabei gäbe es viel zu besprechen. Ich bin neugierig, wie sie auf meine Fragen reagieren. Malleus durchschritt das Portal des Pantheons sowie den Säulengang des Tempelvorbaus und begab sich in ein kleines Café auf der Piazza della Rotonda, setzte sich in den überdachten Außenbereich unter die Wärmelampe und nahm das große Silberetui aus seinem Gehrock.

Er wählte daraus eine krumme, dicke Zigarre mit grüner Banderole, bohrte sie am Mundstück an. Danach entzündete er mit dem Feuerzeug einen Span, der ebenfalls im Etui lagerte, und steckte sich damit die Zigarre an. Nur dann schmeckte es perfekt.

Malleus paffte und betrachtete die Menschen, die bei dem ungastlichen Wetter über die Piazza eilten.

Das Unwetter hatte zugelegt, es rumpelte und krachte öfter. Der Regen wurde stärker, als wollte Jupiter die Spuren des Mordes am Bürgermeister vom Haus abwaschen.

Das Prasselgeräusch der Tropfen gefiel Malleus.

Er hatte natürlich nicht damit gerechnet, dass sich der Gott ihm zeigte, aber es galt, die Gelegenheit zu nutzen. Schon der nächste Auftrag, ob für Interpol oder einen Privatkunden, könnte ihn aus der Stadt führen.

Malleus hatte bereits einige Orte dieser Welt gesehen, hässliche und schöne, vom Krieg verwüstete und von Göttern errichtete, naturbelassene und in Stahl, Beton und Gold gegossen. Und doch galt es überall, seine Expertise abzugeben oder Ermittlungen zu führen.

Er geriet ins Nachdenken.

Im Jahr 2012 hatte sich alles geändert.

Die Mehrzahl der Vorhersagen sprachen vom Ende des Maya-Kalenders, vom Weltuntergang, die Menschheit rechnete mit Seuchen, mit Vulkanausbrüchen und Erdbeben, mit Kometen, kurz: Apokalypse.

Einige wenige interpretierten es jedoch als Beginn einer neuen Zeitrechnung, als eine neue Ära. Sie sollten recht behalten. 2012 kehrten die Entitäten zurück. Die Karten wurden wahrlich neu gemischt, und manche davon schienen gezinkt.

Meine Hand muss zu denen gehört haben, die das Spiel verlieren sollten. Malleus hatte gerade beim Ober einen doppelten Espresso und ein Wasser bestellt, als eine Konsequenz seines Besuchs nahte: Zwischen den Säulen des Pronaos traten ein Mann und eine Frau hervor, die auf den Stufen stehen blieben und sich umschauten. Als sie Malleus vor dem Café entdeckten, hob der Mann das Smartphone und telefonierte.

Malleus bekam seine Getränke und gab Zucker in den Kaffee, rührte langsam, wie er es immer tat. Er nutzte den Moment der trügerischen Ruhe, um die Nachrichten auf seinem PDA zu checken.

Das Gerät hatte er einem Freund abgekauft, der die absonderlichsten Umbauten an Markengeräten betrieb. Ein Bastler, der Extras einfügte, vom stärkeren Akku bis hin zu Verschlüsselungstechnologie und Sonderfunktionen, die Malleus noch nicht alle entdeckt hatte. Der Freund machte sich einen Spaß daraus, dass Funktionen nach und nach freigeschaltet wurden.

Malleus rieb sich über den Fu-Manchu-Bart und las verschiedene E-Mails von Ermittlergruppen aus ganz Europa, die ihm Bilder sowie Beobachtungen von Tatorten sandten, um sicherzugehen, dass nichts Religiöses oder Göttliches im Spiel gewesen war. Aufgrund der herrschenden Unsicherheit, welche die Ankunft der Entitäten nach sich zog, wollte man sich absichern.

Aber manchmal, so pflegte Malleus zu sagen, war ein Mord einfach nur ein Mord oder Totschlag oder ein Unfall.

Malleus gehörte zu dem Team von Interpol, das seine Zentrale in Paris-Lutetia hatte. In seiner Freizeit verdingte er sich als privater Ermittler und nahm Fälle entgegen, die Kapitalverbrechen beinhalteten und bei denen Auftraggeber göttliches Einwirken vermuteten. Es war heikel, eine Entität offen eines Verbrechens zu bezichtigen, ohne Beweise vorlegen zu können.

Bislang steckten aber stets nur verblendete Anhänger oder Täuschungsversuche dahinter, die – und das fand Malleus bemerkenswert – stets ohne göttliche Interventionen oder Strafen einhergingen. Die Entitäten schienen es nicht für nötig zu halten, die Anmaßungen selbst zu ahnden. Malleus führte die Missetäter daher dem irdischen Gesetz zu.

Schade. Nichts dabei. Er trank seinen Espresso, die kontaktlinsenblauen Augen auf das Display gerichtet.

Ein Schatten fiel auf ihn.

»Wenn Sie *nicht* der Ober sind«, sagte Malleus ganz ruhig und freundlich, »gehen Sie bitte weiter. Falls Sie es doch sind, bringen Sie mir bitte ein neues Wasser.«

Ein Frauengesicht schob sich an der Hutkrempe vorbei in sein Blickfeld. »Du bist dieser Bourreau. Der die Götter verhöhnt.«

»Niemals explizit, Signora. Ich fordere sie lediglich zum Dialog auf. Eine leider einseitige Sache.« Er sah auf und bemerkte zwei Männer, die sie flankierten. Sie hatte sich Verstärkung organisiert. »Es liegt nicht an mir, dass sie sich nicht melden. Bei anderen Leuten klappt es, so wird behauptet. Übrigens: Wir sind nicht per Du, Signora.« Malleus hasste es, von Menschen, die er nicht kannte und kennen wollte, auf eine vertraute Ebene gezogen zu werden. Er empfand es als anmaßend.

»Du hast Jupiter beleidigt!«, zischte sie, ihre Augen wurden zu Schlitzen.

»Das habe ich nicht, Signora. Sie standen doch in der Schlange und hörten, dass ich ihm sagte, dass wir wohl der gleichen Meinung sind, was Bürgermeister …«, setzte er seelenruhig zu einer Erklärung an, weil er hoffte, sie in die Flucht reden zu können, um eine handfeste Auseinandersetzung zu vermeiden. Er schlug ungern Frauen. Außerdem hinterließen seine Schlagringe gebrochene Knochen, wenn man den Kiefer richtig traf. Das wollte er ihr nicht antun.

»Warum sollte er mit dir sprechen?«, unterbrach sie ihn. »Du bist ein Spötter, ein Lästerer. Geh ins Pantheon und entschuldige dich bei Jupiter.«

»Bei seiner *Statue*«, korrigierte Malleus. »Den *Gott* habe ich nicht gesehen, Signora. Sie übrigens auch nicht, oder?« Er lächelte einnehmend. »Ich lasse Ihnen Ihren Glauben, und ich erlaube mir meine Zweifel. Die wissenschaftliche Variante des Glaubens, verstehen Sie?«

»Es ist kein *Glaube*. Es ist *Wissen*«, schaltete sich der Mann rechts von ihr empört ein. »Geh und bring Jupiter wegen deines Verhaltens ein Opfer!«

»Sollte hier nicht ein Priester stehen und das fordern, Signore?« Malleus paffte an der Zigarre und steckte dabei die Linke wie zufällig in die Tasche, in der, wie in der anderen auch, ein Schlagring steckte. Mit der Rechten zog er den Hut ab und legte ihn auf den Tisch »Immer fühlen sich jene berufen, denen es nicht zusteht.«

Seine Finger schoben sich durch die Ringe, die Hand legte sich um das verdickte Mittelteil, das aus einem ausklappbaren Deringer und einer höllisch scharfen Schnappklinge bestand. Es war der modernisierte Nachbau einer Apache Knuckle Duster Pepperbox. Den eingebauten Revolver vom Kaliber 9 mm würde er nicht brauchen, hoffte er.

»Ich bin eine Anhängerin Jupiters. Mir steht es zu!« Die Frau holte aus und versuchte einen Hieb gegen sein Gesicht.

Malleus wartete nicht, sondern schob sie mit dem Fuß nach hinten, sodass ihre Faust nicht bis zu ihm reichte und an ihm vorbeiwischte. Ihre Begleiter fingen sie auf.

»Ich warne Sie alle drei«, sagte er, ohne die Stimme zu erheben. »Ich werde mich verteidigen. Das kann schmerzhaft für Sie enden. Ich versichere Ihnen, dass ich nicht beabsichtigte, Ihre religiösen Gefühle gegenüber Jupiter zu verletzen. Doch ich wiederhole: Wenn er der Meinung ist, ich verdiene eine Strafe für mein Verhalten, soll er selbst vorbeikommen.«

Die Frau erwiderte etwas auf Italienisch, aber einer der Männer zog die Protestierende davon; inzwischen standen auch zwei Kellner an der Tür, die aber eher zum Zuschauen aufgelaufen waren.

Der zweite Begleiter machte einen drohenden Schritt auf Malleus zu. »Atheisten wie du werden von den Göttern bald vernichtet«, raunte er kalt. »Ihr seid wandelnde Beleidigungen, die verschwinden werden. So oder so.« Damit drehte er sich um und ging.

Das würde ich gerne sehen. Malleus nahm die Finger aus dem Schlagring und rief dem Kellner zu, noch ein Wasser haben zu wollen.

* Α Ω *

Die drei Trottel, selbst berufene Jupiter-Verteidiger!

Ich stehe neben dem Obelisken auf der Piazza und beobachte die Bella Donna im dunkelroten Mantel, die sich ihm nähert. Sie kommt aus einer ganz anderen Richtung als die Götterrächer. Hat nichts mit denen zu tun. Er sitzt ganz entspannt, liest auf seinem PDA. Natürlich hat er die Idioten längst bemerkt.

Keine Ahnung, wie viel Ärger sie machen wollen. Jedenfalls ist es nicht nach meinem Geschmack. Ich habe ihn entdeckt, er gehört mir.

Das Trotteltrio läuft diskutierend an mir vorbei. Die Frau will ihm die Eingeweide herausreißen, die Männer versprechen zumindest eine Abreibung, die er nicht vergessen soll.

Ob sie noch so überzeugt klingen, wenn sie eine Kugel durch ein Bein oder einen Arm bekommen?

Nein, nicht von ihm.

Von mir.

Ich schraube im Schutz meines Mantels den Schalldämpfer auf die gute APB, eine vollautomatische Pistole, die Einzelschuss, kurze Salven oder Dauerfeuer verballert. Zwanzig Schuss plus eine Patrone im Magazin. Gleich danach lasse ich die Stahlschulterstütze einrasten. Nette Wumme, die die Russen damals bauten. Schwer, klobig, zielgenau.

Es kommt zu einem kurzen Gerangel vor dem Café, er ist souverän. Ich muss die APB nicht zum Einsatz bringen, um für Beruhigung zu sorgen.

Die drei Stooges verlassen schäumend das Areal und gehen wieder an mir vorbei über die Piazza. Die Bella Donna im dunkelroten Mantel setzt sich zu ihm. Ich denke, sie ist eine neue Kundin. Ich werde es bald herausfinden.

»… rufe die anderen an«, höre ich die Jupiter-Schlampe keifen. »Wir passen ihn ab, wenn er zu einem Hotel geht.«

Ich drehe den Kopf zum Trotteltrio, das sich eben in eine Seitenstraße verdrückt. Also ist er noch nicht außer Gefahr.

Aber bald. Dafür sorge ich.

Ich löse mich aus dem Schutz des Obelisken, blicke nochmals zu ihm, der sich mit der Frau angeregt unterhält. Zwei, drei Minuten wird er ohne mich auskommen.

Der Regen ist stärker geworden, die Tropfen trommeln regelrecht auf Straßenpflaster und Dächer. Sie erzeugen ein Rauschen, das Geräusche schluckt oder dämpft.

Das Trio läuft etwa fünfzig Schritte vor mir, sie diskutieren, und die Schlampe macht eine Geste mit dem Zeigefinger am Hals entlang. Dann bleiben sie unter einem Vordach stehen, sie zückt ein Smartphone.

Den Anruf kann ich nicht zulassen, die Absichten sind eindeutig.

Ich gehe einen Schritt zur Seite, in den Schatten, und hebe die schallgedämpfte APB, presse die sehr schmale Stütze gegen die Schulter.

Zielen, abdrücken, schwenken.

Zielen, abdrücken, schwenken.

Zielen, abdrücken – aus.

Das hektische, metallische Klacken des vor- und zurückschnellenden Verschlusses ist das lauteste Geräusch, die Schüsse selbst sind nicht zu hören.

Die drei Idioten fallen fast gleichzeitig, ihr Blut sprüht gegen die Hauswand dahinter.

Ich lasse meine Vollautomatik sinken, sie verschwindet unter dem Mantel, als hätte es sie nie gegeben. Das Smartphone der Frau fällt auf das Kopfsteinpflaster, das Display zerspringt.

Hätte nicht sein müssen, denke ich und atme den Rauch ein, der aus dem Lauf dringt und im Mantel nach oben steigt. Hättet ihr ihn in Ruhe gelassen, wärt ihr am Leben.

Langsam gehe ich zur Piazza zurück, um nach ihm zu schauen. Mantel und Kapuze halten die herabstürzende Feuchtigkeit von mir ab.

Die Polizei wird die Projektile finden. Akribisch markiert. Ebenso die Hülsen, die ich nie mitnehme. Niemals. Visitenkarten. Eingravierte Symbole lassen keinen Zweifel, wer zugeschlagen hat.

Die Bullen werden sich wundern, weil sie dachten, ich hätte längst damit aufgehört. Dann werden sie nach Verbindungen zu den alten Fällen suchen und nichts finden.

Würde mich zumindest sehr wundern.

Als ich den Platz betrete, erklingen hinter mir die ersten erschrockenen Rufe von Passanten.

Das Grinsen entsteht von selbst auf meinem Gesicht.

Das ist mein Applaus. Mein Lohn, meine Anerkennung.

Dafür lasse ich sterben.

* A Ω *

Malleus paffte die schiefe Zigarre weiter und sah auf seinen PDA.

»Sie sind eben sehr cool geblieben«, sagte eine Frauenstimme neben ihm. »Auch angesichts der Drohung.«

Malleus hatte ihr Parfum bereits gerochen, eine Mischung aus Meer und frischem Gras, in dem sich herb-süßliche Blüten reckten. Er wandte den Kopf und sah eine Brünette, der eine dunkelrote Strähne am linken Stirnansatz entsprang, die Haare fielen lang auf den Rücken hinab.

Sie trug ein knielanges, enges Kleid in Weiß, hohe, graue Stiefel und einen dunkelroten Mantel darüber; die Finger schützte sie mit schwarzen Handschuhen.

Er erhob sich und deutete eine Verbeugung an, eine Hand legte er auf die Lehne des Nachbarstuhls. »Sie wollen mir Gesellschaft leisten, Signora?«

Sie nickte und ließ sich von ihm das Sitzmöbel zurechtschieben.

Die Kellner umschwärmten sie auf der Stelle, sie bestellte in akzentfreiem Italienisch einen Espresso und dazu *dolci*, Süßigkeiten.

Malleus sah ihren Anhänger, der über dem Kleid hing. Es schien Weißgold zu sein und zeigte das Götterpaar Aeracura und Dis Pater: Totengöttin und Herrscher der Unterwelt. Sie war also jemand, der nicht einen der Hauptwesen des Pantheons wählte. Das fand er spannend.

»Meine Aufmerksamkeit ist geweckt.« Er deutete auf ihren Schmuck und bemerkte einen stecknadelkopfgroßen roten Punkt an ihrem Mantelsaum, der frisch zu sein schien, ebenso mehrere grobe, schwarze Haare. »Sie haben bei der Opferung nicht aufgepasst.«

»Woher …?« Sie blickte an sich hinab. »Natürlich. Guter Blick.«

»Mein Lebensunterhalt.« Malleus lächelte sie an. »Welche Behörde schickt Sie?«

Sie musste lachen. »Offensichtlich, ja?«

»Sehr.« Malleus blieb aufmerksam, was das Umfeld anging. Seine Blicke wanderten am Obelisken vorbei zum Eingang des Pantheons, ob sich noch mehr echauffierte Gottesanbeterinnen zu ihm aufmachten. »Sie haben geopfert, um sich den Beistand zu sichern. Etwa für das Gespräch mit mir, Signora?«

Die Brünette nickte. »Es gibt ein paar Ecken weiter einen unterirdischen Altar von Aeracura und Dis. Der Zugang war heute für persönliche Gebete geöffnet. Normalerweise ist er nur aufgedeckt, wenn Säkularspiele abgehalten werden.«

Malleus machte sich einen Vermerk in seinem PDA. Er müsste mehr über die zwei Götter recherchieren. »Geopfert werden schwarze Tiere?«, vermutete er und zeigte auf die Haare an ihrer Garderobe.

»Dis, ja.«

»Katze?«

»Ein schwarzes Ferkel.« Sie nahm sich von den gebrachten *dolci*. »Sie analysieren mich. Immer bei der Arbeit?«

»Die vermeintlichen Götter scheinen nie zu schlafen, daher muss ich zusehen, dass ich mithalten kann.« Er trank von seinem Wasser, während sie das keksummantelte Schokostückchen zwischen die Lippen schob. »Darf ich erfahren, welche Börde sich für meine Dienste interessiert?«

Sie griff in die Innentasche des dunkelroten Mantels und zog eine Visitenkarte heraus, auf der nichts stand als ihr Name und eine E-Mail-Adresse.

»Ich nehme an, Sie sind Oona Milord?«

Die Frau nickte. »Langes o, bitte. Ein finnischer Vorname.«

Malleus steckte die Karte ein. »Ich gehöre ganz Ihnen und Ihren Erklärungen dazu.«

Milord wählte ein weiteres *dolci* und trank von ihrem Espresso. »Es wird nicht besonders konkret, Herr Bourreau. Sie werden sowohl von internationalen Behörden als auch Privatleuten für Ermittlungen kontaktiert, meist im Zusammenhang mit divinen Tathintergründen.«

Malleus machte eine bestätigende Geste und überlegte, ob es das Wort *divin* im Deutschen überhaupt gab. Es klang schön.

»Wir würden Sie bitten«, fuhr Milord fort, »jeglichen Verdacht an uns weiterzumelden, den Sie in Bezug auf die Herkunft eines göttlichen Wesens haben. Ort, Datum, Grund für Ihre Einschätzung. Nichts weiter. Für Ihre Meldung erhalten Sie je eintausend Euro, bei Bestätigung weitere zehntausend und einen Auftrag.«

Malleus fand, dass der Vorschlag nicht nach einer bekannten Verbrechensbekämpfungsbehörde klang. Doch sie würde es ihm nicht verraten, das sah er an ihrem Blick. Er fuhr sich mit Daumen und Zeigefinger über die schwarzen Bartenden des Fu-Manchu. »Was meinen Sie mit *Herkunft*?«

Milord schien nachzudenken, dann nahm sie einen Tabletcomputer aus ihrer Handtasche, klappte die Schutzhülle zurück und schob ihn zu Malleus.

Zu sehen waren mehrere kleine Gegenstände: durchsichtige Gesteinsstücke, die funkelten und in denen Sterne zu explodieren schienen, elektronisch-mechanische Gegenstände wie aus einem Steampunk-Roman, geometrische Anhänger mit hieroglyphenähnlichen Symbolen.

»Sie haben davon gehört, dass Auserwählte gelegentlich die Gnade erfahren, durch Raum und Zeit an unbekannte Orte gebracht zu werden?«, erkundigte sich Milord.

Malleus nickte abwesend. Er studierte die abgebildeten Artefakte, die für viel Geld weiterverkauft und für die durchaus Verbrechen begangen wurden. Auch Konzerne interessierten sich für diese Gegenstände und die unbekannte Technologie – und natürlich den Zugang zu jenen weit entfernten Welten.

»Das brachten Menschen von ihren Reisen mit Göttern in andere Welten zurück. Devotionalien. Es gibt Besonnene auf der Erde«, setzte Milord an, »die sich darüber Gedanken machen.«

»Ich habe verstanden, was Sie meinen.« Malleus deutete auf den dargestellten Anhänger mit den Symbolen. »Andere … divine Wesen könnten durch die Reisenden auf die Erde aufmerksam werden und versuchen, eigene Kulte zu etablieren.«

Die Frau nickte. »Genau das. Wir sind der Meinung, dass das Gesamtpantheon der Erde gut bestückt ist und keine weiteren Götter benötigt. Wenn Sie, Herr Bourreau, die Augen offen halten, können wir verhindern, dass sich fremde Kulte einschleichen.« Sie hob die Tasse und sah ihn mit ihren braunen Augen über den Rand hinweg an. »Was ganz in Ihrem Interesse liegt. Oder täusche ich mich?«

Malleus schob den Tablet zurück zu ihr. »Wäre es nicht Aufgabe der Götter, ihr Territorium zu verteidigen?«

Milord stellte die Tasse mit lautem Klirren auf den Unterteller. »Die Götter können nicht überall sein. Außerdem haben sie schon genug damit zu tun, sich gegenseitig in Schach zu halten, während sie die Menschen regieren oder ihnen beistehen.« Sie blickte ernst. »Stellen Sie sich vor, wenn eine unbekannte Größe in den Gesamt-Pantheon eindringen will. Die Gefechte könnten die Welt vernichten.«

»Oder sie befreien.« Malleus konnte es nicht lassen, seine Zweifel zu zeigen.

»Ich bevorzuge es, nicht in Ruinen und zwischen Leichenbergen zu leben. Die Übergangskriege genügten mir vollkommen.« Milord nahm sich das letzte Gebäckstückchen. »Sie können dabei weiterhin Atheist sein, soviel Sie wollen, Herr Bourreau, und sich den Tatsachen verschließen. Wir brauchen lediglich Ihre Meldungen.«

»Ich denke darüber nach, Signora.«

»Fein.« Milord lächelte, hatte aber an Freundlichkeit verloren. Sie schien mit einer sofortigen Zusage gerechnet zu haben und stand auf; er erhob sich aus Höflichkeit ebenfalls. »Ich freue mich, von Ihnen zu lesen, Herr Bourreau. Den Segen der Götter« – sie strich über ihren Anhänger – »erspare ich Ihnen.«

Er verbeugte sich und wartete, bis sie sich zwei Schritte entfernt hatte, dann setzte er sich wieder. *Dis*, grübelte er und schlug in seiner PDA-Datei nach. *Ach ja!*

Es war ein anderer Name oder Verkörperung oder Facette der Götter der Unterwelt Pluto und Orcus, sagte ihm sein schlaues Gerät. Aeracura wurde teils als keltisch-germanische, teils als illyrische Gottheit und Posperina nahe gesehen.

Zu viele Götter. Malleus gab dem Kellner das Signal, zahlen zu wollen. *Zu viel Opium für das Volk. Die Überdosis wird die Menschheit umbringen.*

Warum waren er und ein kleines Häuflein die Einzigen, die das erkannten?

Sein PDA leuchtete auf und wies ihm die Nachricht seiner Dienststelle: Es gab Arbeit in Germanien.

* * *

Germanien, Treva (Hamburg), November 2019

Malleus hatte darüber nachgedacht, eine E-Mail an Oona Milord zu senden. Einfach so. Um zu sehen, ob sie oder jemand anderes antwortete.

Gleichzeitig grübelte er, ob es eine Möglichkeit gab, einen Spionagevirus mitzusenden, der die Spur der E-Mail rückwirkend sichtbar machte und ihn zum Server führte. Sein Kumpel sollte sich damit beschäftigen.

Er ließ den BMW i8 seinen Weg durch das Straßengewirr selbst suchen, der Autopilot funktionierte ausgezeichnet und fehlerfrei, sodass es sicherer war, Maschine und Elektronik die Fahrt anzuvertrauen, während Malleus Nachrichten auf dem PDA las; eine verbogene Zigarre mit blauer Banderole steckte in seinem rechten Mundwinkel, der Rauch war verschwindend gering.

Abgesehen von den üblichen Meldungen über göttliches Wirken, Wunder und Erscheinungen, gab es irdische Nachrichten zu Börsenverläufen, Weltgeschehnissen, Naturkatastrophen und Ähnliches, was man von früher kannte. Die Welt befand sich in einer neuen Ära, aber nicht alles änderte sich gravierend.

Malleus las von einem Dreifachmord in Rom, an der Piazza, an der er und Milord gesessen hatten. Die Männer und die Frau waren mit präzisen Schüssen niedergestreckt worden, ohne dass es Hinweise auf einen Überfall gab. Von deren persönlichen Habseligkeiten fehlte nichts.

Ach? Malleus sah die Bilder und erkannte die Frau wieder, die vor dem Café versucht hatte, ihn zu schlagen. Betroffen war er nicht, wunderte sich jedoch.

Er suchte nach weiteren Meldungen zu dem Vorfall, ließ sie aus dem Italienischen ins Deutsche übersetzen und fand eine nicht näher genannte Quelle, die von der Spurensicherung gehört haben wollte, dass die gefundenen Hülsen mit Symbolen versehen seien. Noch gab es keine Stellungnahme von der Polizei.

In der Seitenleiste fiel ihm Werbung ins Auge, welche die vorläufige Fertigstellung zweier großer, ehrgeiziger Bauprojekte seit der Rückkehr der Götter verkündete:

Besuchen Sie
SODOM & GOMORRAH
Die historischen Perlen am Toten Meer,
neu aufgebaut, aber in alter Pracht.
Luxuriöse Hotels,
unendliche Vergnügungsmöglichkeiten.
Buchen Sie heute, und erhalten Sie
Gratiskomfort und Überraschungen

Ihrer Wahl.
Alles ist erlaubt.
ALLES.
Wir erwarten Sie
und Ihre sehnlichsten Wünsche!

Malleus schüttelte den Kopf.

Aus dem Ort Numeira hatten Investoren und ein Sklavenheer von Arbeitern im Zusammenspiel mit neusten Maschinen Gomorrah gemacht, und das Ausgrabungsgebiet um Bab edh-Dhra wurde zu Sodom. Die sündigen Stätten aus dem Alten Testament erhoben sich teils kitschig auf Altertum getrimmt, teils modern am Ufer des Toten Meeres, angelegt für jene, die sich hemmungslos vergnügen wollten.

Alle einstigen Orte des Vergnügens, von Las Vegas bis Shanghai, hatten damit ausgedient. Sie wurden zu spießigen netten Familien-Parks im Vergleich zu dem, was diese neuen Städte auffuhren.

Dahinter steckte die *S&G Limited*, ein undurchschaubares Konsortium an Firmen und Finanziers, angeblich auch ein nicht namentlich genannter Gott, und man munkelte den Namen Marduk, der ebenso mit der Aufrichtung Babylon beschäftigt gewesen war.

Den inoffiziellen Berichten nach tummelten sich Wesen in den Städten, die nichts Menschliches besaßen. Das Ende der Vorherrschaft von Islam, Christen- und Judentum setzte Tausende Jahre alte Kräfte frei, gerade im Orient.

Für Malleus war das nicht ohne Reiz. Vielleicht gab es die Möglichkeit, in Sodom oder Gomorrah auf Marduk zu treffen. Hatte er seine Karriere als Stadtgott von Babylon begonnen, erhob man ihn der Legende nach alsbald zum obersten Gott des dortigen Pantheons.

Das ist ein Aufstieg. Aber Malleus wusste: Marduks Anhänger galten als extrem fanatisch. Sobald man ihn erkannte, würde es eng für seine Gesundheit werden.

Der i8 bog ab, das Telefon meldete sich. Der Klingelton verhieß nichts Gutes.

»Anruf annehmen«, sagte Malleus laut.

Auf dem Bildschirm vor ihm wurde das rundliche, bärtige Gesicht seines Vorgesetzten Ilja Lautrec sichtbar, der ihn aus der Interpol-Zentrale in Paris-Lutetia kontaktierte. Der Mittsechziger sah aus wie ein Grieche, sprach Französisch mit russischem Akzent und kannte keine gute Laune. Die hellblaue Krawatte biss sich mit dem lindgrünen Hemd. Die Mode des Vorgesetzten war nicht mutig, sondern eher von allen guten Geschmacksgeistern verlassen. »Wo bleiben Sie, Bourreau?«

»Ich verlasse mich auf den Autopiloten.«

Gedanklich hing Malleus noch bei Sodom und Gomorrah, die von den zurückgekehrten Entitäten, ihren Firmen und der Anhängerschaft stets weiter ausgebaut wurden.

Es war natürlich eine Provokation der hartgesottenen jüdischen Gemeinde, die sich seit der freiwilligen Auflösung des Staates Israel bis an die Zähne bewaffnet nach Masada zurückgezogen hatte. Die Festung auf dem Tafelberg besaß neben Symbolcharakter massive Verteidigungsanlagen, in aller Eile errichtet. Dort ließen die Götter sie gewähren, während sie den traditionellen Schwur hochhielten: *Mezadá darf nie wieder fallen.*

Die meisten gläubigen Juden hatten sich wie Christen und Muslime in die Diaspora begeben und warteten, bis ihnen Jahwe ein Zeichen gab, so hieß es. Ohne die freiwillige Aufgabe des Gelobten Landes hätten die Nachbarländer ein Arsenal an Vernichtung über Israel ausgeschüttet – inklusive göttlicher Kräfte.

»Sie sind überfällig, sagten mir die Kollegen aus Germanien«, belehrte ihn Lautrec und streifte schwarze Locken aus dem Gesicht, die sich dem Gel verweigerten.

Malleus warf einen Kontrollblick auf die Anzeigen. »In fünf Minuten.«

»Gut. Die Pressemeute drängt, wie mir Ihr Ansprechpartner in Treva berichtete. Nehmen Sie den Hintereingang.« Lautrec legte auf.

»Autopilot: Hintereingang der Adresse ansteuern«, befahl Malleus.

»Bestätigt«, erwiderte die Unisexstimme, und der i8 bog wieder ab. »Zeitpunkt der Ankunft: eine Minute.«

Malleus kniff die Augen zusammen, als der Wagen laut Navigationsanzeige den Stadtteil Altona durchquerte, vorbei am ehemaligen Bahnhofsareal, das nun ein schickes Wohnviertel war.

Die Fassaden der Hochhäuser wurden leicht angestrahlt, große LED-Plakate schrien ihre Werbung dagegen und erhellten die Straßen, ohne dass weitere Lampen notwendig gewesen wären; die Motive wechselten minütlich. Menschen gingen umher, bummelten in den vielen Geschäften, obwohl es empfindlich kalt war und Nieselregen aus dem Himmel fiel. Erhöhte Luftfeuchtigkeit, wie man in Treva sagte.

Auf einem Plakat wurde für den Tyr-Glauben geworben. Der Gott sprang in einem gut animierten Filmchen durch die Szenen, tätigte Wunder und teilte zum Schluss Bier aus, das von einer Brauerei in Flensburg hergestellt wurde, wie der Untertitel verriet. »Konvertiert jetzt«, sagte der animierte Gott getragen und sah in die Kamera. »Kommt zur wahren Religion.« Anschließend wurden Anschriften eingeblendet, wo sich Haine und Opferareal befanden, an denen bald die Wintersonnenwende gefeiert werden sollte.

Malleus wollte nicht wissen, wie viele sich auf den Weg dorthin machten.

Der i8 rollte in die Fußgängerzone und hielt auf die Adresse zu, zog an den Medienvertretern vorbei, die dem Fahrzeug auswichen – und natürlich einen Blick hineinwarfen. Jemand zeigte auf Malleus, der sich ärgerte, die Verdunklung der Scheiben nicht befohlen zu haben. Nun konnte er es sich auch sparen.

Der BMW fuhr an den Hintereingang und hielt an. »Sie haben Ihr Ziel erreicht«, sagte die Automatenstimme scheinbar stolz.

Da rannten die Fotografen und das Kamerateam schon heran und umringten den Wagen.

Nein, Intelligenz kann man von einem Navigationsprogramm nicht erwarten. Malleus setzte sich die Sonnenbrille auf, zog sich den Hut ins Gesicht und verließ den Fond, während er mehrmals an der Zigarre paffte. Zusammen mit dem hohen Kragen seines Militärmantels verschwand sein Gesicht beinahe vollständig.

Sofort prasselten Rufe und Fragen auf ihn ein.

Er kannte das Spiel und ging einfach durch die Menschentraube; der Rauch, der aus seinem Mund und vom Glutende aufstieg, waberte gegen die Journalisten. Sie mussten husten, die Sätze erstickten in ihren Kehlen, und die Aufnahmen verwackelten.

»Sie sind nichts gewohnt, meine Herren«, rief Malleus gut gelaunt und wurde von dem Streifenpolizisten in das Fachwerkgebäude gelassen, auf dem germanische Runen angebracht waren. Der Besitzer hatte sich den Beistand von Thor und Freya erbeten.

Einmal mehr ohne Erfolg. Malleus löschte die Culebra und steckte sie in das Etui zurück. Er zeigte dem Beamten seinen Ausweis, reichte ihm wie selbstverständlich Hut und den schweren Mantel, unter dem er sein kurtaähnliches Oberteil trug. *Aber das ignoriert jeder.*

Er streifte die Schuhe ab und bewegte sich barfuß durch den Flur dorthin, wo die Spurensicherung Scheinwerfer zum Ausleuchten des Tatortes aufgestellt hatte. Er konnte sich besser konzentrieren, wenn die Sohlen den Untergrund fühlten.

Malleus betrat lautlos den Verkaufsraum eines Souvenirladens, in dem sich auch einige antike Möbelstücke befanden, darunter zwei Sekretäre, ein Küchenschrank und mehrere Tische, die seiner Schätzung nach um 1900 entstanden waren.

Die zwei Mann starke Spurensicherung in den weißen Ganzkörperschutzanzügen nickte ihm zu, auch die beiden Ermittler grüßten ihn mit knappen Gesten.

Sie standen um die Leiche eines grau melierten Senioren herum, dem man die Kehle durchgeschnitten und eine lange Klinge mehrmals an der gleichen Stelle in die Brust gestochen hatte. Neben dem Toten lag ein Stück Zunge, ein langer Nagel verband es mit den abgelaufenen Dielen. Um den Körper hatte sich eine Pfütze aus geronnenem Blut gebildet. Die Kleidung des Mordopfers sah nicht teuer aus:

Bluejeans, blau-schwarz kariertes Hemd, Hausschuhe. Die Armbanduhr zeigte ebenso wie der massive Goldsiegelring Thors Hammer.

»Guten Tag, die Herren Kollegen.« Malleus zeigte seinen Ausweis, auf den keiner blickte. »Ist einer von Ihnen der Ansprechpartner für Interpol?«

Sie schüttelten die Köpfe, die weißen Anzüge raschelten dabei.

»Das wäre Oberkommissar Grenzner«, lautete die knappe Auskunft. »Der sitzt aber im Präsidium.«

Malleus sah sich im Raum um. Die Kasse stand offen, der Tresen dahinter war durchwühlt worden.

In den Regalen stapelten sich Mitbringsel, Tassen, Schals, Shirts, Wimpel, Gläser, Kappen und alles, was man aus Treva mitbringen wollte. Dazu gesellten sich Statuetten von germanischen Göttern oder wie man sich jene vorstellte, die noch nicht gesichtet worden waren, einige römische, keltische und asiatische standen verschämt auf den unteren Brettern. *Drastisch reduziert,* prangte in Neonschrift daneben.

Wird den Entitäten nicht gefallen, den Wert verloren zu haben. Malleus drehte sich und erfasste weitere Einzelheiten.

In einem Glaskühlschrank lagerten Getränkedosen, auch eine stattliche Auswahl an Süßigkeiten hatte der Mann für seine Kunden vorgehalten. Alte Plakate hingen an der Decke und an den Wänden, dazu zwei schiefe Bilder mit historischen Grafiken.

»Mehr als hundert Euro Wechselgeld wird nicht in der Kasse gewesen sein«, mutmaßte er laut und richtete den Blick auf die Leiche. Er sog die Luft ein. »Hat einer von Ihnen an einem Grillabend teilgenommen?«

Seine Frage wurde verneint.

Malleus ging neben dem Toten in die Hocke und zog mit den Fingerspitzen das Hemd zur Seite.

Auf der faltigen Haut kam unterhalb des Halses eine frische Brandwunde zum Vorschein. Germanische Runen formten das Wort *Verräter.*

Malleus schnalzte mit der Zunge. »Herzstiche, abgeschnittene Zunge, durchtrennte Kehle, Brandmarkung«, fasste er zusammen. »Jemand machte deutlich, dass der Herr seine Strafe verdiente – aber ich entdecke zumindest in diesem Raum keinen Grund für die Bestrafung.« Er sah hoch und zwischen den beiden Ermittlern hin und her. »Warum das mediale Aufgebot? Ist der Mann eine Persönlichkeit?«

»Wie man es nimmt«, erwiderte der Korpulentere von beiden. »Hannes Hein, dreiundsiebzig, hat den Laden seit fünfzig Jahren betrieben und galt als Schlichter im Viertel, wenn es was gab, was die Polizei nicht regeln konnte oder wollte. Es leben viele verschiedene Kulturen in den Neubauten, und das sorgte je nach Göttern für gelegentliche Reibereien.«

»Auch Kleindealer, die Ärger machten, brachte er zur Räson«, fügte sein Kollege hinzu. »Hannes war eine Mischung aus Vater und Friedensstifter.«

Das war noch kein Grund, um das Hinzuziehen von Malleus zu rechtfertigen. Ganz im Gegenteil. *Einer der Dealer oder der Gemaßregelten könnte dahinterstecken.* »Noch was?«

»Er war der zuständige Mann für die Jahresriten«, antwortete der Korpulente. »Sommer- und Wintersonnenwende. Ein Druide.«

»Ah, wir kommen der Sache näher.« Malleus erhob sich und ging zu den gemalten Bildern. Vorsichtig nahm er sie ab, doch dahinter gab es nichts, was den oder die Täter interessieren konnte. Weder ein Tresor noch verborgene Fächer in der Wand, wie er durch Abklopfen feststellte. »Jemand betrachtete ihn als Verräter. An was?« Er sah zum Ermittlerduo. »Sein Haus trägt germanische Runen, auf dem Ring prangt Thors Hammer. Germanen hatten aber keine Druiden. Er wird höchstens der Organisator der Feste gewesen sein.«

»Ja, so was. Genau«, erwiderte der Beamte, der plötzlich nervös wurde. Sein Kollege sah ihn verwundert an. »Ich … kümmere mich ja nicht so um …« Er verstummte.

Malleus verdrehte die Augen. Die Menschen waren mit ihren eigenen Glaubenshintergründen überfordert, nach all den Jahren immer noch.

Es blieb die Frage, weswegen man Hannes Hein trotz aller Verdienste als Verräter schmähte.

Malleus wollte das Bild zurückhängen, scheiterte jedoch an dem feinen Haken. Also legte er das Gemälde auf den Tresen – und sah dabei einen blinden Fleck auf der Darstellung eines Torbogens. *Als wäre die Farbe nur dort stumpf geworden.*

Vorsichtig drückte er mit dem Zeigefinger darauf und fühlte einen leichten Widerstand.

An der Wand hinter einem der Spurensicherer summte es, und eine Tür öffnete sich lautlos. Licht flammte in der Kammer dahinter auf.

»Sieh einer an.« Malleus zeigte auf das Gemälde. »Ein feiner Funksensor.« Er betrachtete den Rahmen genauer und sah, dass sich obenauf Solarzellen befanden. Sie speisten das raffiniert verborgene Sendegerät mit Elektrizität.

Die Polizisten reckten die Hälse, um in das Kabuff zu schauen, aber sie ließen Malleus den Vortritt.

Auf leisen Fußsohlen durchquerte er den Raum, vorbei an der ausgebluteten Leiche, der Lache sowie den Beamten, und warf einen ersten sondierenden Blick in die Kammer.

Hier lagerten Behältnisse, mal groß wie Teelichter, mal Päckchen, mal Umschläge, die sich aufwölbten. Einige Kassetten bestanden aus Holz, schlicht oder bemalt, mit Intarsien versehen oder mit Metallbeschlägen, andere waren aus Stein, aus Muscheln, aus Edelmetallen.

Auf einer Regalreihe sah Malleus Einmachgläser mit Gliedmaßen, Finger, Zähne, Kieferstücke, eine ganze Hand. Auch Kruzifixe, eine Thora und klerikale Gewänder des christlichen Glaubens fanden sich, die einige Hundert Jahre auf dem Buckel hatten.

Jedes Behältnis, egal von welcher Beschaffenheit, war mit einem deutlich erkennbaren Codeaufkleber versehen.

»Wir haben wohl den Grund für das Ende des Mannes gefunden«, verkündete Malleus halblaut. Er hob seinen PDA und schoss zuerst Fotos, danach machte er einen Film mit dem Gerät. »Herrschaften, wir brauchen die Liste, um …«

Einer der Spurensicherer hob ein eingetütetes Blatt, auf dem sich neben Blutflecken auch Codes fanden. »Hier, Herr Bourreau.«

Malleus nahm es entgegen und sah, dass die Bezeichnungen verschlüsselt waren. Tüftelarbeit schien auf ihn zu warten. »Wäre zu schön gewesen«, sagte er und fotografierte das Papier ab.

»Das sind Reliquien oder so was«, befand der Korpulente überzeugt.

»Exakt, Herr Kollege.« Malleus hatte eines der aneinandergelehnten, mehr als mannsgroßen Kruzifixe an der hinteren Wand erkannt, die sehr einfach geschnitzt erschienen. »Das Aschaffenburger Triumphkreuz, um 980 nach Christus. Verschollen, seit die Stiftskirche St. Peter und Alexander eingerissen wurde. Es galt als eines der wenigen erhaltenen ottonischen Großplastiken. Und wo findet man es? In Treva.«

»Wertvoll, nehme ich an?«, hakte der andere Spurensicherer ein.

Eine Schatzkammer. Unglaublich. »Mehrere Hunderttausend sicherlich.« Malleus zeigte auf die Gefäße. »Reliquien, allesamt aus Kirchen gestohlen oder gerettet. Die genaue Begrifflichkeit wäre eine Spitzfindigkeit. Herr Hein war ein ganz besonderer Devotionalienhändler.« Er entdeckte im unteren Bereich Truhen mit germanischen und keltischen Symbolen. »Ich ziehe meine Aussage zurück.« Auf der rechten Seite bemerkte er Schatullen verschiedenster Ornamentik, die in den orientalischen Bereich gehörten. »Es sind auch Sakralgegenstände aus anderen Kultusbereichen darunter.«

»So eine Scheiße«, entfuhr es dem Korpulenten. »Ein Hehler.«

»Vielleicht sogar Auftraggeber für Diebstähle und Raubüberfälle.« Malleus zählte sieben leere Stellen auf unterschiedlichen Brettern und Regalen, an denen sich den Abdrücken in der Staubschicht nach bis vor Kurzem etwas befunden hatte.

Er rief die Fotografie der Liste auf seinem PDA auf, verglich die Codes mit den Gegenständen, bis er nach einer Weile herausgefunden hatte, was fehlte.

Nun galt es, die Verschlüsselung zu knacken.

»Es wird immer besser«, murmelte Malleus.

Er unterstellte den Mördern des Händlers, sich Zugang zur Kammer verschafft und die sieben Dinge mitgenommen zu haben. Seine Neugierde wuchs ins Unermessliche, was die Mörder hatten mitgehen lassen.

»Sie sollten das alles gut sichern lassen, Kollegen«, sagte er zu den Ermittlern. »Sie werden einige Museen oder kleine Gemeinden glücklich machen, wenn Germanien verschwundene Kunstschätze zurückgibt.« Malleus blätterte in einem Stapel Papier, der umgedreht auf dem Regal lag und erkennbar einst als Schmierzettel gedient hatte.

Additionen von großen und kleinen Summen, Prozentrechnungen. Es war um Anteile und den zu erwartenden Profit mit Reliquien und Heiligtümern gegangen.

»Gut verdient hat er«, merkte der andere Polizist an.

»Bezahlen durfte er das Geld mit seinem Leben.« Malleus fiel ein kleines Fetzchen in die Finger, auf dem eine Adresse stand; darunter war ein Häkchen gesetzt worden. Er steckte es ein, um die Anschrift von der Zentrale in Paris-Lutetia überprüfen zu lassen. »Und wieder raffte Religion eine Existenz dahin.« Er lachte leise.

Niemand fiel mit ein.

»Gut. Ich steige in die Ermittlungen ein.« Er pochte auf die Seitentasche seines Obergewands. »Um die Adresse kümmere ich mich, Sie ermitteln in Altona. Bestellen Sie Kollege Grenzner einen schönen Gruß. Ich melde mich bei ihm.«

Die Beamten bestätigten mit einem Nicken.

Malleus ging hinaus und bekam von dem Streifenpolizisten seine Sachen zurückgereicht. »Sind sie immer noch draußen?«

Der junge Beamte nickte.

Malleus setzte den Hut auf, nahm das Etui mit den verbogenen Zigarren und wählte eine mit schwarzer Banderole. Die Journaille hatte es nicht besser verdient.

»Halten Sie die Luft an«, riet er dem Polizisten. »Sonst kotzen Sie sich die Seele aus dem Leib.«

Klackend ließ er das Feuerzeug aufspringen und entzündete wie immer zuerst den Span.

* A Ω *

Ich folge ihm.

Sein Wagen trägt nun meinen Peilsender, damit er mir nicht entkommt.

Germanien, Treva. Lange her, dass ich hier gewesen bin. Mochte das Wasser, den Hafen und die Atmosphäre.

Sie haben im Norden auch kräftig Kirchen zu Wohnhäusern und Tempeln umgebaut. An der einen Stelle rissen sie das Haus des Christengottes ab und legten einen Opferhain an. Die Neo-Germanen fackelten nicht lange. Aber es gibt auch einiges Römisches, klein und unauffällig, damit sie toleriert werden.

Alles in allem lassen sich die verschiedenen religiösen Richtungen hier in Ruhe, wie es aussieht. Das wird sich ändern, sobald ein Glaube fanatisch wird. Garantiert gibt es noch viele heimliche Christen unter ihnen, doch die werden bis auf das übliche Häuflein verschwinden.

In Altona kenne ich mich nicht aus, aber Straßen sind auch nichts anderes als Schluchten: Man findet den Weg hinein und wieder hinaus.

Sie haben ihn zu einem Mord gerufen. Kleines Lädchen, Touristenabzocke und Stadtteiltreff.

Als die Bullen weg sind, bin ich rein.

Ein Glaubensfledderer fiel seiner Gier zum Opfer, vertickte Reliquien, Artefakte, Heiligtümer, quer durch die Gottheiten, aufgereiht wie im Supermarkt.

Guter Vergleich. So ergeht es den meisten Menschen – sind überfor-

dert von der plötzlichen Auswahl. Vorher Tante Emma, jetzt haben sie Gänge voller Angebote.

Götter als Produkte: Inhaltsstoffe, Nebenwirkungen, Haltbarkeit. Und natürlich der Preis, den man für sie zahlen muss.

Schätze, die wenigsten lesen das Kleingedruckte und lassen sich von der Verpackung beeindrucken, vom Etikett, von der Werbung. Sie greifen zu. Manchmal sind die Produkte sogar identisch, ohne dass sie es merken. Oder merken wollen.

Götter und Supermarkt. Doch, das passt.

Wenn ich es richtig sehe, fehlen sieben Stücke im Glaubenskabuff.

Halt, nein!

Das Licht ist zu schlecht, aber … da sind Abdrücke, auf dem linken Regal. Zwei mehr, das macht neun.

Deswegen haben sie den Fledderer umgebracht: um an seine kleine Schatzkammer der neuen und verlorenen Gottheiten zu gelangen. Kostenlos. Wie Räuber im Supermarkt.

Wird ein spannender Fall für ihn, schätze ich.

Ich nehme mir noch was Kleines mit, ein Souvenir aus Treva, dann hänge ich mich wieder an seine Fährte.

Er entgeht mir nicht.

Nichts von dem, was er tut und lässt.

***

Celtica (Frankreich), Bretagne, November 2019

Der BMW i8 fuhr über die D780, die Küste entlang, gelegentlich nahe vorbei am tosenden Atlantik, der sich gegen die Felsen warf.

Wellen brachen an den Steinen und Klippen, auffliegende Gischt legte sich auf die Scheiben des Wagens, die Wischer hatten auch ohne Regen ständig zu tun. Das Rumpeln und Grollen der explodierenden Wogen drang hinauf.

Malleus verfolgte gebannt das Naturschauspiel und trank dabei

Tee, der vom integrierten Heißgetränkeautomaten frisch zubereitet worden war. Die Annehmlichkeiten der Moderne.

Er befand sich auf dem Weg zur gefundenen Adresse.

Ein schneller Abruf der Daten und eine Anfrage bei den Behörden von Celtica, wie sich Frankreich nannte, hatte nichts Ungewöhnliches ergeben.

Eingetragen waren Monsieur und Madame Duhamel, 65 und 59 Jahre alt, Betreiber eines kleinen Hotels im beschaulichen, knappe zweitausend Seelen großen Dörfchen Arzon. Keine Vorstrafen, keine Auffälligkeiten.

Aber Malleus ließ sich dadurch nicht abwimmeln. Auch Hannes Hein hatte von außen wie ein Heiliger gewirkt, doch sein Nebenerwerb erwies sich als alles andere als gesetzestreu, weder vor den Göttern noch vor deutschen und internationalen Paragraphen.

Daher blieb nur der Ausflug nach Arzon.

Er hatte sich als Gast im Hotel *Fleur de la Mer* unter falschem Namen eingemietet. Etwas sagte ihm, dass es schlauer war, nicht als Ermittler aufzutauchen, zumal sich der Tod von Hein in der Hehlerszene und unter einstigen Kunden herumgesprochen haben dürfte.

Malleus sah vereinzelte Menhire auf der anderen Straßenseite, was ihn an das riesige Steinfeld in Carnac denken ließ.

Im Westen von Celtica hatten trotz der Christianisierung die alten Lehren überdauert. Zu Tausenden standen dort die Dolmen und Menhire und Tumuli, hielten die Andenken an die uralten und später keltischen Gebräuche über Jahrhunderte aufrecht. Le Menec, Kermario, Kerlescan fanden zu neuen Ehren und erlangten mehr als archäologische Bedeutung.

Ein Hinweisschild zog vorbei. Am nächsten Kreisverkehr sollte man umkehren und nach Brocéliande abbiegen, verlangte der Tourismusverband.

Malleus lächelte. *Die Artus-Sage lässt grüßen.*

Früher hatte er *Wald von Paimpont* geheißen, aber nun rangierte er unter seinem legendären Namen. Als größter Wald und im Herzen der Bretagne gab es unzählige Sagen dazu, die nun natürlich von vielen für wahr gehalten wurden.

Alles drehte sich um Merlin und Nimue, von der Geheimnisbrücke bis zum Tal ohne Wiederkehr, *Le Val sans Retour*, bis zum See von Comper.

Malleus wusste, dass sich Expeditionen aufgemacht hatten, die Orte zu suchen – und dass sie fündig geworden waren. Merlins Grab nahe dem See von Marelles im Osten des Waldes wurde zu einem Kultplatz der Druiden.

Fehlen nur noch Einhörner. Der i8 bog in den Kreisel ein, fuhr nach einem leichten Schwenk die Küstenstraße weiter und erreichte wenige Minuten darauf Arzon.

Das kleine Hotel lag am Hafen auf einer Felsenerhebung über dem Örtchen, mit bestem Blick auf das wogende Meer und die Klippen im Norden. Es war aus Stein errichtet, um den Winden zu trotzen, und hatte grüne Fensterläden mit keltischen weißen und roten Ornamenten. Rauch stieg aus den beiden großen Kaminen und wurde von den Böen hinfortgerissen.

Malleus konnte nicht verhindern, dass er sofort daran dachte, dass es *ihr* hier gefallen hätte.

Seine Frau hatte das Meer geliebt, das raue, wilde Meer, mächtig und beeindruckend. Er dachte sehr oft an sie. Und an die Kleine.

Der Gedanke an die verlorenen Menschen brachte zuerst ein Lächeln, dann die aufkommende Schwermut. *Nicht jetzt.*

Der Autopilot hatte die Stellplätze vor dem Hotel registriert und ging in den Einparkmodus.

Kaum standen die Räder, und das leise Brummen des Motors verebbte, stieg Malleus rasch aus, als könnte er so die Erinnerungen an seine Familie im Wagen zurücklassen.

Den schweren Mantel ließ er vorerst im Wagen.

Er nahm seine Reisetasche und ging durch die verwitterte Doppeltür in das Hotel.

Ein bretonisches Lied erklang leise aus unsichtbaren Lautsprechern, das hell tönende Glöckchen über der Tür geriet ins Schwingen und verkündete die Ankunft des Gasts. In der Luft lag ein Duft von Holzpflegemittel und kaltem Rauch.

Die dunkelhaarige Patronin erschien, er erkannte sie sofort. Die neunundfünfzig Jahre sah man ihr an, sie war von sehniger Statur und braun gebrannt, trug ein Kleid, das an die bretonische Tracht erinnerte. »Bonjour, Monsieur. Bienvenue chez nous. Comment allez-vous?«

»Bonjour et merci, Madame«, verfiel Malleus ins Französische, ohne den harten Akzent der Bretagne. Er zog den Hut ab. »Ich habe eine Suite reserviert, auf den Namen Claudius.«

»Sehr gute Wahl, Monsieur.« Madame Duhamel nickte und langte unter den Tresen, nahm einen Schlüssel heraus. »Sie bleiben wohl nicht lange in Arzon, Monsieur Claudius? Das ist *sehr* kleines Gepäck.«

»Unglücklicherweise, nein. Mein Urlaubsprogramm ist straff.« Malleus nahm den Schlüssel entgegen. »Ich fahre die Küste entlang und besuche die alten Stätten.«

Sie lächelte begeistert. »Sehr gut. Machen Sie sich mit den Göttern vertraut? Sie in Germanien haben ja andere.«

»Ja. Allerdings. Vielleicht trete ich zum keltischen Glauben über, wenn er mir mehr zusagt.« Malleus sah sie freundlich an. »Hätten Sie eine Empfehlung, was Heiligtümer angeht? Irgendein besonderer Ort?«

»Sie sind alle besonders«, gab Duhamel überzeugt zurück. »Waren Sie schon beim größten Tumulus? Bei dem sich Lenus der Verwunder zeigte?«

Malleus schüttelte den Kopf und strich mit Daumen und Zeigefinger über die Bartenden. »Wo liegt der?«

»Östlich von Carnac. Den müssen Sie sehen: über hundert Meter lang, sechzig breit und ungefähr zehn hoch, und seine obere Plattform ist fast achtzig Meter lang.« Sie lachte fröhlich. »Bis zur Rückkehr der Götter stand eine Kapelle auf dem Tumulus. Dann erschien Lenus der Verwunder und fegte sie mit Axt und Speer davon. Genau am ersten September, als die Christen Messe darin abhielten und ihren Schöpfer um Beistand baten. Lenus nahm ihr Opfer gerne an.«

»Das hat wohl viele überzeugt.« Malleus tat so, als würde es ihn auch freuen.

»Mich auf jeden Fall. Die Kapelle ist weg, und Lenus hat seinen Speer in den Tumulus gerammt, als Zeichen, wem dieser Ort gebührt.« Duhamel deutete zur Treppe. »Zweites Stockwerk, rechte Seite, Monsieur Claudius.«

»Vielen Dank für Zimmer und Tipp, Madame«, erwiderte er und begab sich zur Stiege.

Schritt um Schritt ging es aufwärts.

Das Holz knarrte unter seinen Schuhen, durch das Haus schleichen konnte er vergessen. Quietschende Balken waren der beste Schutz gegen heimliche Gäste, das wussten schon die japanischen Shogune, als sie sogenannte Nachtigallenböden installieren ließen.

Malleus juckte es, zu diesem Tumulus zu fahren und den Speer zu untersuchen, den ein angeblicher Gott in den Boden gerammt hatte.

Er verschloss sich keineswegs den Geschehnissen. Er hatte nur im Gegensatz zu den Verblendeten und Beeinflussten und Unterworfenen seine eigene Meinung zu den Überwesen, die sich plötzlich auf der Erde drängten. Und diese Meinung blieb streng wissenschaftlich und selbstverständlich kritisch. Und noch sah er es nicht als erwiesen an, dass es sich wahrlich um Entitäten handelte.

Malleus konnte die vielen Toten nicht anzweifeln, die bei den Übergangskriegen für ihren Glauben gestorben waren. Außerdem hatte er selbst darin gefochten. Gegen Menschen. Gegen Wesen.

Moslems und Christen hatte es zahlenmäßig am schwersten getroffen, ihr Widerstand wurde durch das Eingreifen der Gottheiten gebrochen. Waffen, Panzer und Bomben halfen nicht gegen deren Kräfte. Es war im Fernsehen und im Internet zu sehen gewesen, wie Gebäude von Blitzen und Naturgewalten vernichtet wurden; zwischendurch zeigten sich auch sogenannte göttliche Wesen, setzten sich an die Spitze von Kämpfern, die für sie eintraten. Stets mit Erfolg. Eine Konvertierungswelle folgte.

Nun denn. Malleus erreichte sein Zimmer und betrat es.

Es war für eine Suite klein, doch sehr gemütlich und komplett neu eingerichtet. Bretonischer Stil, dazu keltische Malereien an den Wänden. Das mannsgroße Fenster, das sich über drei Meter erstreckte, bot einen fantastischen Ausblick auf den Atlantik.

Er stellte die Reisetasche ab und begab sich vor das Glas, starrte hinaus auf die sich hebende und senkende See, die zu atmen schien.

Warum diese Adresse? Malleus vermutete, dass entweder das Ehepaar zum Ring der Hehler gehörte und aus den bretonischen Tumuli Artefakte besorgte, oder dass es sich beim *Fleur de la Mer* um einen Treffpunkt handelte. Malleus schloss nicht aus, dass das Ehepaar unschuldig war. *Das gilt es herauszufinden.*

Arzon lag am Ende einer Halbinsel. Das hieß, das Dörfchen war leicht von den Hehlern zu überwachen, wenn ungebetene Schnüffler auftauchen sollten. Umgekehrt erlaubte die Lage eine schnelle Flucht mit dem Boot, sollte es brenzlig für die Kriminellen werden.

Er nahm seinen PDA und prüfte den Tumulus von Lenus dem Verwunder.

Das kann sich sehen lassen. Darin lagerten als Opfergaben und Beilagen 39 original Steinbeile aus Jadeit und Fibrolith, ebenso zehn Anhänger und eine Kette mit 97 Callaïsperlen sowie Reste einer Perlenkette aus einer Substanz, die Elfenbein ähnlich war.

Sicherlich gibt es Leute, die ein Vermögen für eine solche Perle zahlen.

Hinter dem Hotel standen zwei Karossen mit Celtica-Kennzeichen, ein nobler Lexus und ein gewaltiger Toyota-Geländewagen. Auch sie wirkten sehr neu. Geldmangel schienen die Duhamels nicht zu leiden.

Malleus verließ seine Unterkunft und streifte durch die Etagen, scheinbar, um das Hotel wie ein Gast zu erkunden, der zum ersten Mal eincheckte.

Er besah die Landschafts- und Porträtbilder, die Kunstgegenstände auf den Anrichten, spähte in Räume, die von einem charmanten Zimmermädchen fertig gemacht wurden, und erkannte nagelneue Einrichtung. Überall.

Danach verließ er das *Fleur de la Mer* und nahm den schweren Militärmantel, der schon einiges zusammen mit ihm erlebt hatte, aus dem i8. Den Schutz hatte er nötig, denn es frischte gehörig auf.

Mit dem Hut fest auf die schwarzen Haare gedrückt und den Kragen aufgestellt, spazierte er zum Hafen hinab, stemmte sich gegen den Wind und tauchte in die Gässchen ein, in denen ihm wenige Menschen entgegenkamen und von denen keiner wie ein Tourist wirkte.

Malleus wählte eine Zigarre mit pastellfarbener Banderole und steckte sie in einer geschützten Nische an, bevor er sein Flanieren fortsetzte.

Seine Gedanken schweiften, er ging die Möglichkeiten durch.

Es müsste ihm gelingen, die Privaträumlichkeiten der Duhamels zu untersuchen. Fand sich eine belastende Verbindung zu Hein, könnte er sie bequem stellen und sogar zum Verhör abholen lassen. Ging dieser Schuss jedoch ins Leere, müsste er sich etwas einfallen lassen. Wie beispielsweise das Unterkunftsverzeichnis durchgehen. Name für Name.

Ein leeres, aber geöffnetes Café namens *Poivre* machte im Vorbeigehen einen schönen Eindruck. Da sich am Himmel schwarze Regenwolken auftürmten, die erste Tropfen verloren, flüchtete er hinein.

Malleus legte Mantel sowie Hut ab und wählte den Tisch mit Blick durch die enge Gasse; im Hintergrund ragte das Schieferdach des Hotels empor. Es roch nach warmem Karamell und Holzfeuer, als wäre er in eine Zuckerbäckerei geraten.

Das Einzige, was ihn störte, war die Fernsehwand, die auf zwei mal vier Metern die Spielshow *Loki's Lost* mit dem Gott Loki übertrug.

Eine kleine Armee von Bewerberinnen und Bewerbern, als *Lokis Verlorene* bezeichnet, musste sich verschiedenen Herausforderungen stellen; nach und nach schieden sie aus bis auf einen, der von der Entität persönlich ein Geschenk erhielt. Ganz der verschlagenen Mentalität entsprechend, war in dieser Sendung alles erlaubt, was die Konkurrenten ausschaltete. Verletzungen gehörten dazu, Todesfälle gab es ständig, gerade wenn nur noch ein Dutzend Leute übrig waren. Manchmal erwies sich das Geschenk als Lohn mit ungewollten Folgen, mit Risiken, mit Nebenwirkungen, ganz Loki entsprechend.

Malleus fand es barbarisch, archaisch. Die Menschen opferten fremde und das eigene Leben einer Entität, ohne dass sie merkten, dass sie für Loki starben und nicht für einen Lohn.

Bei der blonden Kellnerin, die eine weiße Bluse und eine Schürze trug, bestellte er einen Kaffee sowie einen süßen Crêpe mit Calvadosäpfeln, Schlagsahne und Nusskrokant. »Und wären Sie so nett und schalten das aus, bitte, Madame?«

Sie nickte und verschwand sogleich in der Küche, Pfannen klapperten. Offensichtlich war sie auch die Köchin.

Die TV-Wand wurde schwarz, Ruhe kehrte in das *Poivre* ein.

Während Malleus wartete, las er auf seinem PDA neue E-Mails und Nachrichten, die ihn jedoch nicht betrafen.

Lediglich sein Freund sandte ihm die Mitteilung, dass er sich den Code aus der Abstellkammer angeschaut habe, aber ohne den passenden Dechiffrierschlüssel – er vermutete ein Buch – sei es unmöglich, dahinterzukommen.

Das wird hart. Schlecht gelaunt überlegte Malleus, sich eine Flasche Cidre zu bestellen.

Rasch schrieb er eine E-Mail nach Deutschland an den Kollegen Grenzner, dass er sämtliche Bücher in Heins Laden und aus der Wohnung des Toten aufgelistet sowie ihren Zustand beschrieben haben wolle. Darin konnte der Schlüssel stecken. *Konnte.* Manchmal brauchte man Geduld.

»Voilà«, machte die Kellnerin auf sich aufmerksam und stellte den

Teller mit dem duftenden Crêpe vor ihm ab. Gerade noch schnell genug bekam Malleus den PDA in Sicherheit gebracht. Mit einem Feuerzeug entflammte sie den auf dem Gebäck stehenden Calvados, die bläulichen Lohen tanzten über Crêpe, Obst und Krokant, bevor sie erloschen. Der Geruch intensivierte sich und ließ Malleus den Mund wässrig werden. »Guten Appetit.«

»Danke sehr.«

»Ah, ein Germane«, schloss sie aus seinem Akzent. »Wo sind Sie denn abgestiegen?«

Er deutete mit der Gabel durchs Fenster. »Fleur de la Mer«, sagte er und nahm einen ersten Bissen von der Speise, schloss die Augen und versank in dem unfassbar leckeren Geschmack, der sich auf Zunge und am Gaumen ausbreitete.

Normalerweise hätte er sein Hotel nicht genannt, aber vielleicht bekam er von ihr Informationen. Da er der einzige Gast war, hatte sie gewiss Zeit für einen Plausch.

Prompt stieg sie darauf ein. »Ah, sehr gute Wahl, Monsieur. Alles neu gemacht worden«, plauderte sie und drückte das Tablett an sich, blieb neben ihm stehen.

»Ist sehr schön«, gab Malleus mit vollem Mund zurück und pochte zweimal mit der Gabel gegen den Tellerrand. »Das ist geradezu göttlich.«

Sie lachte und setzte sich zu ihm. »Danke, danke. Ich bin Charlène. Das Rezept bekommen Sie aber nicht, Monsieur.«

»Ich komme einfach jeden Tag wieder«, erwiderte er und zwinkerte. »Gab es einen Grund, warum das *Fleur de la Mer* renoviert wurde? Meistens ist alter Charme doch was Gutes.«

»Oh, es war schon *sehr* alt. Und vielleicht wollten sie sich von ihrer Tochter ablenken.«

»Ich habe keine gesehen«, hakte er gleich nach.

»Können Sie auch nicht. Sie ist vor einem halben Jahr verschwunden.« Charlène machte ein betrübtes Gesicht. »Ich hoffe, die Götter beschützen sie.«

»Verschwunden.« Malleus machte sich einen internen Vermerk. »Wie schrecklich.«

»Beim Spazierengehen am Meer. Kam nicht wieder. Manche sagen, sie habe ihre Karriere als Model nicht verkraftet. Der Druck, Depressionen.« Charlène seufzte. »Wir haben uns gut gekannt. Das hätte sie niemals gemacht.«

»Schlimm«, floskelte Malleus und aß weiter am Crêpe. »Als Eltern hätte ich mir auch ein Projekt gesucht, das mich von der Sorge ablenkt.«

Charlène nickte. »Und was treibt Sie im November nach Arzon, Monsieur? Sie sehen ja: raues Wetter, wenig los. Sie können froh sein, dass wenigstens das *Poivre* geöffnet hat.«

»Oh, das bin ich, Madame.« Malleus lächelte sie an. »Ich mache Urlaub. Eine Küstentour auf den Spuren der Götter.«

»Da sind Sie bei Madame Duhamel genau richtig. Die kennt sich aus.« Eine Tür klapperte im Haus, und Charlène erhob sich. »Oh, là, là, der Chef. Ich gehe mal und tue, als würde ich arbeiten, bevor er mich bei Ihnen sieht«, verabschiedete sie sich. »Sie kommen doch wieder?«

»Jeden Tag«, antwortete er und zeigte auf den beinahe leeren Teller. »Und natürlich wegen Ihnen.«

Charlène lachte auf und hielt sich schnell eine Hand vor den Mund, eilte in die Küche.

Malleus genoss in Ruhe seinen süßen Imbiss und gab erst danach seine Suchanfrage in den PDA ein, um nach der verschollenen Tochter der Duhamels zu suchen. Das leicht salzige Krokant schmeckte fantastisch.

Es war ein wenig knifflig, weil sie unter einem anderen Namen Karriere gemacht hatte, doch er fand sie: Elizà Royale.

Malleus starrte auf die Bilder. *Beeindruckend.*

Niemals hatte er eine schönere junge Frau gesehen. Siebzehn Jahre alt, groß, extrem helle Haut, kupferfarbene Haare und tiefblaue Augen. Die Züge waren makellos und von einer Ebenmäßigkeit, dass man annehmen konnte, ein Bildhauer habe sie erschaffen.

Elizà lief für verschiedene Designer, machte auch Parfum- und Schmuckwerbung. Mehrmals wurde sie von Modemachern mit dem Titel »göttlich« und »schönste Frau der Welt« versehen.

Noch eine E-Mail ging gleich darauf von Malleus an Grenzner in Germanien. Sämtliche gefundene Gliedmaßen im Kabuff, egal wie groß oder wie klein, sollten eine Alters- und DNA-Untersuchung bekommen.

Malleus lehnte sich nach hinten und sah zum Dach des *Fleur de la Mer.*

Er hatte das unbestimmte Gefühl, das nicht vom Calvados stammte: *Elizà Royale ist mein Ansatz!*

* A Ω *

Ich folge ihm in das beschissene Kaff.

Zu der Jahreszeit fällt man als Fremder sofort auf. Es gibt nichts, was einen langen Aufenthalt rechtfertigt.

Außerdem mag ich das Meer nicht. Unberechenbar, heimtückisch, tödlich. Nicht nur wegen des Wassers, sondern auch wegen dem, was darin lebt.

Wer jemals Lovecraft gelesen hat, weiß es: Je weiter man vom Meer weg ist, desto besser. Die Großen Alten sind auch Götter. Wenn ein Marduk sein altes Babylonien aufbaut, warum sollte Dagon nicht sein Glück versuchen? Innsmouth ist überall, wo das Meer liegt.

Er ist im Fleur de la Mer abgestiegen, dem besten Hotel.

Ich penne im Wagen, auf einem Parkplatz außerhalb, denke ich.

Arzon. Das wird keine Spur, die ihm was bringt.

Aber wenn doch?

Fuck, was ist, wenn er genau richtigliegt und sich Gestalten an ihn ranmachen, gegen die er mit seinen Spielzeugwaffen keine Chance hat?

Ich muss doch im Ort bleiben.

Das Haus am Hafen, schräg gegenüber vom Fleur, sieht gut aus. Mal sehen, wer darin wohnt. Ich werde mich dort einnisten, mit bestem Blick auf das Hotel.

Denn ich folge ihm.

* A Ω *

Das Wetter beruhigte sich, daher beschloss Malleus, am Strand spazieren zu gehen.

Es kam selten vor, dass er sich in einer solch reinen Landschaft bewegte, ohne nervende Menschen, ohne Lärm von Großstädten, ohne Hektik und die Grausamkeiten seines Berufslebens.

Das musste er einfach ausnutzen, zumal sich ein schmaler Streifen Sonne am wolkigen Himmel zeigte, auch auf die Gefahr hin, dass ihm durch den Anblick der Natur die Erinnerungen an sein einst durch und durch fröhliches, schönes Leben zusetzten.

So kam es, dass Malleus am Hafen eine rostige Leiter nach unten kletterte und den festen Steinstrand entlangstapfte, der zwischen großen und kleinen Felsen zu sehen war.

Die abgerundeten Kiesel knirschten unter seinen Sohlen, Tang und Muschelschalen lagen verstreut dazwischen. Das Meer zog sich nur scheinbar zurück, die Ebbe hatte ihren niedrigsten Stand schon lange hinter sich gelassen.

Möwen umkreisten Malleus zunächst neugierig, da sie wohl hofften, er würde sie füttern oder hätte etwas zu essen dabei, das sie stehlen konnten. Als sie ihren Irrtum bemerkten, zerstreuten sie sich und pickten halbherzig an den Muscheln herum.

Der Spaziergang verkam nach wenigen Hundert Metern bereits zu einer Kletterpartie. Die Atlantikküste war rau, übersät mit vorspringenden Felsen und gigantischen Steinbrocken, als wären sie von Riesen abgelegt worden.

Malleus atmete die salzige Luft tief ein. Der Wind versuchte, ihm den Hut zu rauben, die Kälte trieb ihm die Tränen in die Augen, und doch genoss er es. Der Mantel mit dem hohen Kragen barg ihn vor den Böen, Sonnenstrahlen wanderten über sein Gesicht, wärmten es. Leise raschelte das Gras auf den aufragenden Klippen, zu denen immer wieder kleine Pfade und Wege hinaufführten.

Malleus stapfte weiter und gelangte bis an einen meterhohen, senkrecht hervorragenden Klippenausläufer.

Hier war Schluss.

Wollte er seinen Marsch fortsetzen, würde er durch knöchelhohes Wasser waten müssen, was ihm mit Sicherheit nasse Schuhe und Socken bescherte.

Er bemerkte linienförmige Kratzer auf Augenhöhe im Stein und wischte den anhaftenden Schmutz herab. Die Flut hatte Algen und Muscheln dagegen gepresst, die nun vor seine Füße fielen.

Die Schrift war in einem neokeltischen Dialekt verfasst, dem Aussehen nach vor nicht allzu langer Zeit.

Betritt das Heiligtum von Lir,
wenn du Gaben bringst
oder Gabe bist.

Lir. Malleus aktivierte den PDA. Dieser Name war ihm noch nicht begegnet. *Zu viele Götter, nach wie vor.*

Lir, so verriet ihm seine Datenbank, galt als Meeresgott und Vater von Manannan sowie als einer der Könige der Túatha Dé Danann.

Der eingekratzte Hinweis, der garantiert von Menschenhand in den Fels eingebracht worden war, konnte durchaus bedrohlich verstanden werden.

Das reizte Malleus umso mehr.

Er watete durch das Wasser, das sofort in seine Schuhe lief und die Hosenbeine tränkte, und gelangte in eine kleine hufeisenförmige Bucht, in deren Steilwänden sich Höhlen und Nischen zeigten.

Angenommen, die verschwundene Elizà hätte sich in das Heiligtum begeben und war kultisch übermotivierten Anhängern in die Hände gefallen. Dann wäre erklärt, wo die junge Frau abgeblieben war. Von wegen Selbstmord.

Hätte die örtliche Polizei sie nicht finden müssen? Malleus blickte sich um. *Was, wenn die Gesetzeshüter das Göttliche über das Irdische stellen?* Auch das kannte er aus alten Fällen. Auch deswegen rief man ihn.

Seine kontaktlinsenblauen Augen sahen draußen im zurückgezogenen Meer einen Pfahl aus dem Wasser ragen.

Er zog seinen PDA und nutzte die Zoom-Funktion, die ihm gleich darauf den Holzbalken in aller Deutlichkeit zeigte – mit alt anmutenden Eisenschellen daran. Perfekt, um menschliche Opfergaben daran festzubinden, damit sie von *mori*, dem Meer, wie es die Kelten nannten, geholt werden konnten. Die Kelten glaubten, dass die See ein eigenes Reich bildete, wo sich auch eine Anderswelt befand, die jedoch nichts mit der Totenwelt gemein hatte.

Im Schlick unterhalb des Pfahls steckte ein Gegenstand, den er mit Mühe als eingesunkenen Schuh identifizierte.

Malleus senkte das Gerät und betrachtete seine eigenen Schuhe. *Nass sind sie eh.* Da konnte er ebenso gut hinauslaufen und den Gegenstand bergen, um weitere Anhaltspunkte zu erlangen.

Dass der Schuh Elizà gehörte, nahm er nicht an, aber vielleicht brachte ihn der Fund auf eine bessere, frischere Spur. Zudem galt es, Vermisstenanzeigen der letzten Jahre für die Region durchzugehen. Er war gespannt, wie viele Menschen Lir dargeboten worden waren.

Malleus warf einen Blick auf die Nischen und Höhlen. Das Dunkle darin schreckte ihn nicht. Er fragte sich lediglich, was sinnvoller war: *Zuerst zum Pfahl oder lieber die Hohlräume erkunden?*

Da er sich mit den Gezeiten nicht auskannte, konsultierte er seinen elektronischen Ratgeber, der ihm prompt mitteilte, dass noch vier Stunden Zeit wäre, bis die Flut ihren Höchststand erreichte; für den Bereich, in dem er sich befand, bedeutete dies einen Pegelunterschied von mehr als zehn Metern. Der Strand würde verschwinden und mit ihm die Höhlen.

Malleus entschied sich für den raschen Spaziergang hinaus ins Watt. Das Meer würde sich den Schuh sonst greifen und mit sich ziehen.

»He, mein fremder Freund! Schön, dass du zu uns gefunden hast. Welche Gabe bringst du mit?«, traf ihn eine laute Männerstimme in den Rücken. »Wie möchtest du Lir und das Meer um seine Gunst bitten?«

»Oder bist *du* die Gabe?«, fiel ein Zweiter ein.

Malleus wandte sich um. Schon wieder duzte man ihn, was die Leute nicht sympathischer machte.

Zwischen den steilen Felsen kletterten drei Männer behände zu ihm herab. Sie trugen einfache Kleidung und dicke Jacken gegen die Witterung. Über ihre Gesichter hatten sie blaue Masken gezogen, an denen Seegras, Fischgräten und Muscheln angebracht waren. Es machte den Anschein, als bekannte man sich ungern offen zum Kult von Lir.

»Ich bin nur spazieren gegangen«, erklärte Malleus höflich und steckte die Hände in die Manteltaschen. »Ich wusste nicht, dass es ein Heiligtum ist.«

»Die Warnung ist nicht zu übersehen«, sprach der dritte Mann und sprang auf den Steinstrand.

Langsam kam die Gruppe auf ihn zu. Sie waren unbewaffnet, aber die Finger sahen kräftig und rau aus. Malleus vermutete, dass sie Fischer waren. Es könnte eine hübsche Schlägerei werden.

»Wo soll die gewesen sein?«, stellte er sich dumm. »Da war kein Schild.«

Sie bauten sich vor ihm auf, der Abstand betrug etwas mehr als eine Armlänge.

»Scheiß-Touristen«, befand der Rechte. »Keine Augen für die Besonderheiten.«

»Das tut mir sehr leid, Messieurs. Ich will keinen Ärger«, begann Malleus. »Weder mit Ihnen noch mit Lir.«

»Das glaube ich dir«, erwiderte der Anführer, der braune Augen hatte. »Aber du hast das Heiligtum beschmutzt. Und da du keine Gabe mit dir führst, werden wir Lir und dem Meer dein Leben anbieten.« Er zeigte zum Pfahl. »Da wirst du ausharren. Bist du mit der nächsten Ebbe nicht tot, hat Lir dir verziehen.«

»Acht Stunden unter Wasser«, überschlug Malleus knapp. »Wie soll das gehen?«

»Lir würde dich retten, wenn er möchte.« Der Anführer grinste sichtlich unter seiner Maske, um die Augen entstanden Fältchen. »Du kannst aber auch Geld als Gabe darreichen. Ausnahmsweise.« Seine Begleiter lachten leise. »Lir geht mit der modernen Zeit.«

»Oh, da habe ich Glück.« Er nahm sein Portemonnaie heraus, wählte den Hunderter. »Das ist ausreichend, hoffe ich?«

Der Anführer nickte und hob den Arm, um das Geld an sich zu nehmen.

Aber Malleus knüllte den Schein rasch, um ihn mit Schwung hinaus ins Wasser zu werfen. »Lir, ich bitte dich: Nimm meine Gabe«, rief er, dann blickte er zum Trio. »Gut so?«

Die Männer starrten ihn an.

»Nicht ins Meer werfen, du Trottel«, entfuhr es dem Anführer. »Du musst es *uns* geben!«

»Das haben Sie nicht gesagt, Monsieur.« Malleus zuckte mit den Schultern. »Jetzt kann Lir sich den Schein holen und damit einkaufen. Vielleicht auf einer Fähre. Oder unten in La Baule.« Er sah sie unschuldig an. »Schönen Tag, Messieurs.« Er drehte sich um und ging in Richtung Pfahl.

»Der verarscht uns«, flüsterte einer.

»Das war ein Hunderter. Der ist einfach nur dämlich«, erwiderte ein anderer. »Der hat noch mehr dabei.«

»Hey«, wurde dem grinsenden Malleus nachgerufen. »Hey, bleib stehen!«

Er reagierte nicht und marschierte forsch voran. Sein Ziel war der Schuh.

»Lir ist noch nicht fertig mit dir.« Platschende, schnelle Schritte folgten ihm und schlossen auf. »Er will, dass du uns alles gibst.«

Malleus steckte eine Hand in die rechte Tasche und schlüpfte in den Schlagring des Apache Knuckle Duster mit kombiniertem Minirevolver und doppelschneidigem Messer.

Als er eine Hand auf seiner Schulter spürte, drehte er sich und zog dabei seine Waffe, versetzte dem Anführer einen kurzen, harten Hieb unterhalb des Solarplexus gegen den Leib.

Aufkeuchend wurde der Mann auf die Zehenspitzen gestellt, klappte zusammen und fiel auf die Knie, rang nach Atem. Tropfen spritzten in die Höhe.

Malleus schlug gerade über ihn hinweg, die Titanringe landeten zielgenau auf der Stirn des linken Angreifers.

Der Einschlag schleuderte den Mann zurück, die Maske und mehrere kleine Platzwunden sprangen auf, und er landete rücklings im seichten Wasser.

Malleus führte den noch ausgestreckten Arm ruckartig nach rechts und erwischte den dritten Gegner mit dem äußeren Schlagring an der Schläfe, der daraufhin mit einem Schrei zur Seite taumelte und ebenfalls stürzte. Einige neugierige Möwen hopsten kreischend zur Seite.

Malleus packte den Anführer vor sich im Nacken und drückte ihn in das kalte, flache Wasser, damit Mund und Nase eintauchten. »Wo ist Lir?«, fragte er neugierig und sehr kontrolliert. »Kommt er, um Sie vor mir zu retten?«

Der Mann schrie blubbernd und ruderte mit den Armen, um dem Griff zu entkommen.

Malleus erlaubte ihm ein kurzes Luftholen, dann ging es wieder abwärts. »Wo ist Ihr Gott?«, erkundigte er sich ruhig und sah nach den anderen beiden Männern, die langsam auf die Beine kamen. »Wird er noch warten, um Sie zu retten?« Ein weiteres Mal erlaubte er dem Anführer das Atmen und stieß ihn anschließend hart von sich; er landete rückwärts auf einer Schlickerhebung, hustete und spuckte. »Ich würde sagen, Ihre Gaben waren eine ziemliche Verschwendung.« Er säuberte den Schlagring vorsichtig im Wasser vom Blut.

»Arschloch!«, schimpfte der Mann mit der Platzwunde, dem das Rot über die Maske strömte. Er half seinem Freund auf die Beine. Sie schienen sich für einen neuen Angriff zu sortieren, während vor ihren Füßen das 100-Euro-Kügelchen vorbeitrieb. Sie beachteten es nicht.

Malleus zog seinen Interpol-Ausweis. »Das reicht, würde ich sagen.« Er zeigte damit hinter sich auf den Pfahl. »Haben Sie Elizà Royale auch dort angebunden?«

Zur Wut in ihren Blicken mischte sich Verwunderung und Furcht.

»Nein, natürlich nicht«, erwiderte der Anführer und hielt sich den Magen. Der Schlagring hatte ihm eine veritable Prellung beschert. »Lir bekommt keine Menschenopfer.«

»Dann hängen die Schellen zur Dekoration dort?«

»Sie sollen Angst machen«, erklärte der Mann mit Platzwunde und versuchte, das Rot aus den Augen zu reiben, was nicht gelang, da Blut unentwegt nachlief. »Die Leute zahlen dann schneller.«

»Die Messieurs sind schnöde Abzocker.« Malleus blickte sie verächtlich an. »Dann geben Sie einen Dreck auf Lir, richtig?«

Alle drei schüttelten sofort die Köpfe.

»Nein, nein, wir huldigen ihm und opfern ihm frisches Gras und auch mal andere Sachen wie … Perlen«, widersprach der Anführer. »Lir ist mächtig. Wenn wir mit den Booten rausfahren, brauchen wir seine Gunst.«

Malleus sparte sich die Frage, ob sie das Wesen schon mal gesehen hatten. »Ist Elizà Royale auch bei euch vorbeigekommen?«

»Wir tun den Einheimischen nichts«, erklärte der dritte Mann. »Nur die Touristen sind fällig.«

»Es gab keine Anzeigen gegen Sie?«

»Na ja. Es wird auf die Warnung hingewiesen. Ist wie bei einem Privatstrand. Wer den betritt, muss auch mit allem rechnen. Und die Anzeigen … mh …« Der Anführer druckste herum. »Hénri hat sie nicht weiterverfolgt«, sagte er hüstelnd.

Malleus würde eine Dienstaufsichtsbeschwerde gegen die Beamten in Arzon einleiten lassen. »Hat einer von Ihnen Mademoiselle Royale an dem Tag gesehen, an dem sie verschwand?« Er bemerkte, dass das Wasser um seine Füße stieg, die Strömung schmiegte und rieb sich an seinen Beinen.

Der Mann mit der Platzwunde hob den Arm zur Wortmeldung. »Sie war ab und zu im Heiligtum, und dann kletterte sie gerne den Felsen hoch, um weiter über die Dünen und Klippen zu laufen.«

»An *dem* Tag auch?«

»An dem Tag auch«, bestätigte er. »Weiter oben stehen die Ruinen eines Signalturms, und von dort führt ein Weg zur Kante der Selbstmörder.« Er suchte ein Taschentuch heraus und drückte es gegen die Verletzung. »Wir mochten Elizà, von Anfang an«, fügte er hinzu. »Sie war toll, und sie sah so gut aus. Kein bisschen eingebildet.«

Malleus nickte ihm zu. »Ist das da draußen ein Schuh?«

»Auch zum Angst machen«, räumte der Anführer ein.

»Alles klar.« Malleus zeigte zum Strand. »Zurück mit uns, Messieurs.« Er bückte sich und hob seinen Hunderter auf, drückte ihn aus und steckte ihn ein.

Das Trio schlich vor ihm her, sie kämpften sich gegen das Meer auf das Festland zurück.

Malleus spürte, dass sie die Wahrheit gesagt hatten. »Monsieur, was meinten Sie mit *von Anfang an?*«, erkundigte er sich.

»Was?«

»Als Sie von Elizà sprachen.«

»Na ja, sie lebte erst seit zehn Jahren bei den Duhamels«, erklärte der Mann artig. »Sie kam als Pflegekind zu ihnen.«

Noch ein Detail, das es spannend macht. Malleus schwenkte herum und ging an dem Klippenvorsprung vorbei auf den Teil des Strandes, den er vorhin entlanggekommen war. Die Schuhe quietschten, Wasser lief aus den Nähten. Vermutlich waren sie ruiniert.

Während er den Kragen aufstellte und das Heiligtum von Lir hinter sich ließ, reifte in ihm die Zuversicht, dass die wahre Abstammung von Elizà Royale der Grund für ihr Verschwinden und die Adresse in Heins Kabuff war.

Denn eines sah Malleus als sicher an: Die junge Frau hatte sich garantiert nicht ins Meer gestürzt.

* A Ω *

Ich folge ihm, oberhalb der Küste und auf den Klippen entlang.

Er kann mich nicht sehen, aber ich habe ihn stets im Blick. Während er im Café war, habe ich seine Klamotten im Hotel verwanzt, damit ich ihn finde, ganz gleich, wo.

Der Weg auf den Klippen ist gefährlich, ich muss aufpassen, sonst rutsche ich ab und verstauche mir den Knöchel oder jage auf meinem Arsch die Böschung runter, genau vor seine Füße wie ein beschissener Anfänger.

Sieh einer an: Drei Typen erscheinen, direkt aus einer Ruine, und ich knie mich hin.

Sie ziehen sich im Laufen Hippie-Masken über, sehen mich nicht. Sie klettern den Hang runter, genau dorthin, wo er ist und sich umschaut.

Ich lege mich auf den Bauch, krieche im Schutz des hohen Grases nach vorne an die Steilkante und schraube den Schalldämpfer auf die APB, montiere die Schulterstütze und nutze den Stein vor mir als Auflage. Nicht optimal, aber besser als nichts.

Sie rangeln, erpressen ihn ein bisschen, und er macht die Euer-Gott-kann-mich-mal-Show. Fantastisch! Dann schlägt er sie auch noch um. Er ist einfach der Beste!

Was sie reden, verstehe ich nicht, aber sie scheinen friedlicher geworden zu sein. Na schön. Lasse ich ihnen ihr lausiges Leben.

Sie klettern wieder hoch, er geht den Weg zurück, den er gekommen ist.

Könnte mir schnell diese Höhlen ansehen. Aber wozu? Noch ein Gottesloch, das von Menschenhand gemacht ist.

Wenn man ehrlich ist, sind es nicht so viele Leute, die mit Göttern gesprochen haben. Ich will nicht unfair sein, es hängt natürlich von den Göttern ab. Manche lassen sich die ganze Zeit in ihren Palästen und

Hochhäusern oder in den Hainen feiern, andere belassen es bei Zeichen oder sprechen nur zu ihren Anhängern.

Das da unten sieht nicht aus, als wäre hier mal ein Gott an Land gestiegen. Spare ich es mir also.

Ich stehe auf, schraube Schulterstütze und Schalldämpfer ab und trabe los, um gleichzeitig mit ihm im Dorf anzukommen.

Ohne mich geht es nicht.

Denn ich folge ihm.

* * *

Malleus saß bei einem kräftigen Schwarztee in seiner Suite, unmittelbar am Fenster, und hatte sich von seinem portablen Drucker die Liste mit den Codes aus Heins Kabuff ausgeben lassen.

Vor ihm auf dem Schreibtisch lag sein Tabletcomputer, auf dem er die Liste von Büchern betrachtete, die ihm die Kollegen aus Treva gesandt hatten. Von jedem hatte er sich eine PDF-Version schicken lassen, mit identischem Erscheinungsjahr und gleicher Auflagenausgabe.

Die Menge der Titel konnte sich sehen lassen, wenn man die kleine Bibliothek in der Wohnung des Ermordeten hinzuzog. Und *jedes* Buch davon konnte der Schlüssel für die Dechiffrierung der Gegenstände sein.

Das Licht in dem großen Zimmer war gedimmt, das Feuer im offenen Kamin knackte leise und warf Helligkeit und Wärme in den Raum, während vor der Scheibe ein neuerlicher Wintersturm fegte und mit Regen nicht sparte.

Das leise, beständige Rumoren rührte jedoch nicht von einem Unwetter, sondern von der Brandung her. Die Flut drängte mit Macht gegen das Land und scheiterte an den Steilklippen.

Malleus hatte den Fernseher vor dem Bett eingeschaltet und den Nachrichtensender gewählt. Er wollte wegen der Vorkommnisse in den USA auf dem Laufenden bleiben, im Kongress und im Senat wurde über Gesetze abgestimmt.

Der konservative »weiße Mann« hatte mit der Rückkehr der Götter empfindliche Veränderungen hinnehmen müssen. Zum einen waren die Amerikaner mit weißer Abstammung zahlenmäßig hinter Latinos und Afroamerikaner zurückgefallen, zum anderen bekamen die *First Nations* oder auch Indianer vor allem in Nordamerika und Kanada den Beistand vom Großen Geist oder Manitu oder wie auch immer man ihn nennen wollte.

Und das bedeutete: Einfluss.

Viel Einfluss.

Es führte zum Ende des Daseinfristens in Reservaten und zur unmittelbaren Beteiligung an der Regierung, um den Großen Geist nicht zu verärgern, der es sicher nicht witzig fand, dass man seinem Volk das Land gestohlen oder für billigen Glasschmuck, Gewehre und Schnaps abgekauft hatte.

Ansonsten wurden die Vereinigten Staaten zu einem Sammelsurium für Religionen, bedingt durch die keltischen und germanischen Wurzeln der Einwanderer, auch wenn die Lehre des Großen Geistes beständig um sich griff. Die zahlreichen Latinos mit südamerikanischen Ahnen brachten Schwung in den Götterreigen, bei dem afrikanische Glaubensrichtungen ebenso mitmischten.

Dann gab es Hardcore-Inseln auf der Landkarte, regelrechte Stadtstaaten von radikalen Christen und Moslems und kruden Sekten, die fanatisch um ihren Glauben kämpften. Aber ihre Zahl schrumpfte.

Malleus zählte einhundertvierzig Bücher.

Er fuhr mit Daumen und Zeigefinger über die Bartenden, nippte am Tee und wischte auf dem Tablet herum, traf eine Vorauswahl und kehrte jene Ausgaben zur Seite, deren Zustand beschrieben worden war, als wären sie kaum zur Hand genommen worden.

Blieben einundfünfzig. Zudem war nicht gesagt, dass er die richtigen ausgesondert hatte.

Irgendwo muss ich anfangen. Malleus verglich den ersten Code mit Seitenzahlen im Buch *Der Hobbit*.

Der passt schon mal nicht.

Zuerst wollte er das Buch weglegen, als ihm der Gedanke kam, dass sich unter Umständen der zweite Code als Treffer erwies. Denn konnte er nicht ausschließen, dass Hein mehr als ein Buch genutzt hatte.

Das führte bei einhundertvierzig Büchern nicht zu unendlichen Möglichkeiten, wohl aber zu einer Kombinationsfülle, die Malleus zum Seufzen brachte. Alles in allem umfasste die gesamte Liste siebenundneunzig Gegenstände. Sieben davon blieben verschwunden.

Die Prokrastination meldete sich und wollte ihn dazu veranlassen, Nachrichten zu schauen.

Oder einen neuen Tee zu brauen.

Oder spazieren zu gehen.

Oder eine Culebra-Zigarre zu rauchen, eine mit blauer Banderole.

Malleus sah in das Dunkel hinaus, wo es heulte, rumpelte und regnete. *Nein, nicht spazieren gehen.*

Tablet und PDA machten gleichzeitig *Ping*. Neuigkeiten aus Celtica.

Er öffnete die E-Mail, die eine Antwort auf seine Anfrage an die hiesigen Behörden enthielt.

Dank seines Interpol-Sonderstatus hatte man ihm die vertraulichen Informationen zur Herkunft von Elizà Royale zukommen lassen.

Sie hieß eigentliche Fabienne Azincourt und stammte aus Marseille, ihre Eltern waren Robert und Antoinette.

Malleus hob die Augenbrauen: Elizà hatte noch zwei ältere Schwestern, Bilder von damals und heute waren angeheftet. Die Kinder waren Vater und Mutter weggenommen worden, weil sie sich einen Namen im organisierten Verbrechen gemacht hatten. Antoinette war vor sechs Jahren erschossen worden, Robert saß lebenslänglich hinter Gitter.

Malleus musste zugeben, dass die Geschwister allesamt *extraordinaire* hübsch waren: rötliche Haare, blaue Augen, schneeweiße Haut, keine Gesichter, sondern Antlitze.

Carmen und Susanne, wie die Schwestern inzwischen hießen, lebten in Bordeaux und in Nantes. Vermerkt war, dass es nichts Auffälliges zu ihnen gab. Sie studierten, eine Jura, die andere Religionswissenschaft und Psychologie, und gehörten der keltischen Religion an, c'est tout.

Elizà Royale wurde offiziell in den Akten als vermisst geführt, weil ihre Leiche nicht aufgetaucht war. Der Atlantik schien so viel Schönheit nicht herausgeben zu wollen, und die Lir-Anhänger sahen sie bestimmt in den Reihen des Meeresvolkes aufgenommen.

Das wiederum schloss Malleus aus.

Die Lebensversicherung der jungen Frau zahlte die Summe nicht aus, solange es keinen Beweis für ihr Ableben gab. Es würden Jahre vergehen, bevor die Pflegeeltern in den Genuss des Geldes kamen.

Woher stammt der Reichtum der Duhamels? Es wurde Zeit, mit der Patronin oder dem Patron ein wenig zu plaudern und zu sehen, wohin er die Gespräche lenken konnte.

Außer ihm gab es nur drei weitere Gäste, also hoffte er, Madame alleine an der kleinen Bar im Frühstücksraum vorzufinden. Das Vorhaben kam seiner Prokrastination sehr entgegen.

Malleus erhob sich und warf sich seinen indisch-europäischen Gehrock über, nahm den PDA und verließ die Suite.

Bereits auf dem Weg nach unten bemerkte er den metallischen Hauch in der Luft.

Das Kupferne kannte er zu gut aus dem Krieg und von zahllosen Tatorten, an denen er sich befunden hatte: Frisches Blut war vergossen worden, und zwar nicht zu knapp.

Malleus streifte die Schuhe ab und den Schlagring über die linke Hand, klappte den integrierten vierschüssigen Revolver aus, der mit seinen 9-mm-Kugeln auf kurze Distanz tödlich war; auch die doppelt geschliffene Klinge ließ er aufschnappen.

Damit er nicht die knirschenden Stufen hinabmusste, rutschte er langsam auf dem Geländer nach unten. Lautlos landete er auf dem schwarz-weißen Marmorboden.

Der Blutgeruch verstärkte sich.

Malleus ging in die Hocke und sah in der dunklen Lobby einen zusammengesunkenen Körper vor dem Eingang kauern, den Umrissen und der Kleidung nach konnte es die Patronin sein; zu ihren Füßen hatte sich eine schwarze Lache gebildet. Im Durchgang zum Frühstücksraum lag ein lebloser Mann mit dem Gesicht nach unten in einer dunklen Pfütze. Für diese beiden gab es keine Hilfe mehr.

Malleus horchte.

Und tatsächlich kam ein leises Klappern aus der Küche, gleich darauf schwang die Tür zum Frühstücksraum auf, Licht fiel herein.

Malleus sah, dass der Tote der Patron war, dem ein glatter Schnitt die Kehle geöffnet hatte. Neben dem Kopf war ein Stück Zunge an einem Nagel in den Boden getrieben worden. *Das gleiche Vorgehen wie in Treva.*

Eine Frau in schwarzer Kleidung wurde im Türrahmen sichtbar. Er schätzte sie auf Mitte zwanzig. Sie biss seelenruhig in ein belegtes Brot, dann langte sie hinter sich, es klickte, und das Licht in der Küche erlosch. Dunkelheit kehrte in das Hotel zurück.

Malleus kroch im gleichen Rhythmus zurück, wie sie sich in die Lobby vorwärtsbewegte, damit das Knarzen des Holzes zu einem Laut verschmolz.

Die Mörderin steuerte auf die Treppe zu. Sie ging dicht an ihm vorbei, ohne ihn zu bemerken. In der einen Hand hielt sie das Sandwich, in der anderen einen Dolch, der einen aufwendigen Pommel besaß. Die dunkle Flüssigkeit an der Schneide war das Blut von Monsieur und Madame Duhamel, die nicht mehr verraten könnten, welche Rolle ihnen in diesem Fall zukam.

Stufe um Stufe ging sie hinauf.

Malleus wartete nicht länger. Er erhob sich, richtete den Revolver auf sie und schaltete das Licht im Treppenhaus ein.

»Stehen bleiben und langsam umdrehen«, befahl er. »Waffe fallen lassen.«

Die braunhaarige Frau erstarrte.

Ihre Finger öffneten sich, der Dolch bohrte sich nach kurzem Fall in die Stiege unter ihr, wippte leicht.

Behutsam wandte sie sich zu ihm um und biss dabei lässig von ihrem Brot ab. Sie war weder hübsch noch hässlich, ein Gesicht von vielen. Ihrer Figur nach trieb sie viel Sport, was Sinn ergab, wenn sie durch die Gegend reiste und Menschen umbrachte. *Da sollte man in Form sein.*

»Ah«, machte sie nur und kaute, betrachtete ihn. »Zu Ihnen wollte ich gerade.«

»Sie sind festgenommen wegen des Mordes an Monsieur und Madame Duhamel.« Malleus hatte seine Kabelbinder zum Fesseln in der Suite gelassen. Eine Kordel vom Vorhang würde es auch tun. »Ich bin Fahnder von Interpol.«

»Internationaler Bulle. Dachte ich mir.« Die Unbekannte blieb unbeeindruckt. »Wegen der Sache in Treva.«

»Kommen Sie langsam runter, dann legen Sie sich auf den Boden.«

Sie aß weiter. »Wie sind Sie auf diese Spur gekommen?«

»Ein Zettel in Heins Kabuff. Mit dieser Adresse.«

»Sehr einfach.«

»Richtig. Aber noch lückenhaft.« Malleus fühlte sich hingehalten. »Runter jetzt. Ihr Verhör wird mich erleuchten, hoffe ich.«

»Oder?«

»Schieße ich Ihnen ins Bein.«

»Hören Sie genau zu, denn mehr werde ich nicht verraten.« Die Frau hatte fertig gegessen und leckte jeden der fünf Finger einzeln ab. »Hein war ein gieriger Pisser. Wollte Geld oder über seine Dienste reden. Wie *die* da.« Sie nickte zu den Duhamels. »Sie sandte mich aus, jene Ehrlosen zum Schweigen zu bringen.«

»Wer ist *sie?* Ihr Boss? Eine Göttin?«

»Sie ist sie.«

»Und die Gegenstände?«

Die Unbekannte wirkte irritiert. »Welche Gegenstände?«

»Die in Heins Kabuff.«

»Ich war in keinem Kabuff. Das gehört nicht zu meinem Auftrag.« Sie musterte ihn abschätzend. »Ich habe die verräterischen Zungen zum Schweigen gebracht. Hier endet es.« Sie vollführte eine ruckartige, fegende Bewegung mit dem Fuß.

Ihre Sohle traf den im Holz steckenden Dolch und verwandelte ihn in ein wirbelndes Geschoss, das auf Malleus zuraste. Gleichzeitig warf sie sich auf ihn.

* Α Ω *

Guter Platz.

Habe es mir im dunklen Frühstücksraum gemütlich gemacht, während er oben sitzt und arbeitet. Denn ich folge ihm.

Neben mir steht ein Glas Traubensaft mit einem Stück Ingwer darin. Das hält frisch und wach. Ich war leise genug, als ich mir das Getränk aus der Küche holte. Wie sicher sich die Leute doch in den eigenen vier Wänden fühlen.

Niemand sieht mich in der Finsternis, ich bin nur ein weiterer Schatten, eine optische Täuschung auf einem Stuhl. Das gilt für die Hotelfrau ebenso wie für ihren Mann.

Und die Unbekannte, die hereinkommt.

Sie sticht die überraschte Patronin noch am Eingang nieder, mehrmals durchs Herz, dann ein Kehlenschnitt. Sauber und schnell.

Ich trinke von meinem Saft und bin neugierig, was sie als Nächstes macht.

Die Unbekannte schleicht zum Tresen, hört den Patron, der gerade aus der Küche kommt und nach seiner Frau ruft.

Sie springt ihn an, packt ihn am Hals und drückt ihn gegen die Wand, die Klingenspitze legt sich auf Herzhöhe gegen ihn. »Was bildet ihr euch ein?«, flüstert sie. »Wie könnt ihr mehr Geld verlangen, als sie euch versprochen und gezahlt hat?«

Er will etwas antworten, da sieht er das Blut seiner Frau um die Ecke sickern. Das beflügelt ihn und seinen Widerstandswillen. Idiot.

Natürlich sticht sie ihn sofort ab. Vier, fünf schnelle Stöße, zwischen den Rippen hindurch. »Eure Seelen sollen vergehen. Dafür, dass ihr sie betrügen wolltet!« Sie lässt ihn los und schneidet dem Fallenden die Kehle auf, anschließend bückt sie sich und greift in seinen Mund, um ein großes Stück Zunge abzuschneiden. Einen Nagel hat sie auch mitgebracht, das Stück Fleisch spießt sie auf und tritt den Nagel mit dem Absatz in den Dielenboden.

»Siehe, Kostjanaja Noga, ich erfüllte deinen Willen«, sagt sie freudig. »Niemand wird erfahren, was mit ihr wurde, die wir dir brachten.«

Ihr Magen knurrt deutlich, und sie geht in die Küche. Den Geräuschen nach macht sie sich was zu essen.

Abgebrüht, die Kleine.

Ich ziehe die APB, setze den Schalldämpfer auf. Vermutlich wird sie ihn auch töten wollen. Das aber kann ich nicht erlauben. Da kann … Dings noch so toben. Noga? Naga? Egal.

Er kommt runter und ahnt schon, dass etwas nicht stimmt. Das nenne ich Timing. Und seine niedliche Waffe hat er auch dabei. Gut so!

Sie kommt raus, er stellt sie, es geht ein bisschen hin und her.

Meine Automatik habe ich bereits in der Hand, stütze den Lauf mit der anderen Hand und halte mich bereit. Diese Frau wird sich nicht ergeben. Eher stirbt sie.

Als sie nach der Klinge tritt, feuere ich. Einen einzigen Schuss.

Ich höre das leise Klirren, mit dem meine Kugel gegen den fliegenden Dolch prallt und ihn abfälscht. Mehr wollte ich nicht, denn den Rest schafft er alleine.

Falls nicht, bin ich da.

Ich bin immer da.

* A Ω *

Malleus drückte zweimal ab, der Deringer brüllte auf und spie seine Kugeln gegen die Feindin.

Dennoch wurde Malleus von der Unbekannten umgerissen, die

bereits ihre Körperspannung verlor. Die Projektile hatten sie gut getroffen. Beim Zusammenprall bohrte sich die Klappklinge durch ihren Hals, gemeinsam gingen sie zu Boden.

Er wälzte sie von sich, zog das Messer aber erst aus ihrer Kehle, als er sich aus dem Sprühbereich entfernt hatte. *Du hättest dich ergeben sollen.*

Er sah die beiden Löcher in ihrem Oberkörper, eine kleine und eine große Austrittswunde in ihrem Rücken. Malleus lud eine Kammer des Deringers mit Stahl-, eine mit Dumdumgeschossen. Damit war er gegen die meisten Feinde gewappnet.

Ihren auffälligen Dolch entdeckte er auf dem Boden an der Wand. Die Klinge hatte ihn verfehlt und war beim Auftreffen gegen die Steine abgebrochen.

Er durchsuchte die braunhaarige Killerin und fand nichts bei ihr, was Aufschluss über ihre Person gab.

Dafür sah er zahlreiche Tätowierungen, die unter ihrem Shirtkragen hervorschauten.

Malleus öffnete die Knöpfe und förderte noch mehr eingeritzte Bilder zutage.

Er kannte diese Art von Körperschmuck, aber nicht aus Westeuropa. Die kyrillischen Buchstaben bestätigten seine Vermutung. Sie hatte zu den russischen Gesetzlosen gehört, die *wory w sakone*, Diebe im Gesetz, die mit ihren Tätowierungen klare Botschaften vermittelten. Um diese zu verstehen, bedurfte es eines Profis.

Mit einer solchen Spur habe ich nicht gerechnet. Malleus rief zuerst seinen Vorgesetzten an und bat ihn, Polizisten aus der nächsten Großstadt zu senden. In diesem Ort traute er keinem Ordnungshüter. Dann schoss er ein Foto vom Gesicht der Frau und ließ es durch die Interpol-Datenbank laufen, in der Hoffnung, sie sei auffällig geworden und bereits erfasst.

Neben ihr sah er einen Anhänger liegen, sein Messer hatte das Lederband durchtrennt.

Malleus hob das blutige Riemchen an und betrachtete das abstrahierte, schwarz gebeizte Figürchen, das weibliche Formen aufwies. *Bist du ihre Auftraggeberin?*

Das aus dunklem Holz geschnitzte Götzenmännchen war von dieser Sekunde an seine beste Spur.

Er schien sich in ein Dickicht begeben zu haben. Ein Dickicht aus Vertuschung und grausamen Geheimnissen, hinter denen offenbar eine Göttin steckte.

Und trotz der Toten und der verschwundenen Elizà blieb die Frage: Wer hatte die sieben Gegenstände aus Heins Hinterzimmerschatzkammer gestohlen?

* * *

Germanien, Treva, November 2019

»Wir haben Ihre Kleine, Bourreau.« Der Ermittler in dem schicken Designeranzug kam auf Malleus zu, der sich an einen freien Arbeitsplatz im Kommissariat gesetzt hatte, und legte voller Stolz zwei Ausdrucke ab. Er roch nach teurem Rasierwasser, die langen weißen Haare wurden durch einen Zopf hinten gehalten. »Das File habe ich Ihnen geschickt.«

Zuerst dachte Malleus, Oberkommissar Grenzner meinte Elizà, aber kaum warf er einen Blick auf das Bild, erkannte er: Es war die Killerin aus Arzon.

Die Behörden aus Russland, das sich neuerdings *Altrussischer Staat* nannte, waren so freundlich und hatten die Akte der Frau gesandt.

Ihr Name lautete Julia Djomotschka, und sie hatte sich bereits mehrfach mit dem Gesetz angelegt.

Zunächst begann es mit Kleinigkeiten in Jugendjahren, wie die üblichen Diebstähle und Schwarzfahrten, dann folgte das Abzocken, aus dem Raubüberfälle auf Menschen und Geschäfte geworden waren.

Djomotschka wurde wegen mehrerer Gewaltdelikte im Altrussischen Staat gesucht: Körperverletzungen mit Todesfolge und ein Überfall auf einen Geldtransporter. Über sie war die Todesstrafe verhängt worden, was sich mit ihrem Ende auf dem Lobbyfußboden des *Fleur de la Mer* erledigt hatte.

»Wir sollen den Russen die Leiche schicken«, sagte Grenzner.

»Ich informiere die Franzosen«, erwiderte Malleus und blätterte die Bilder und Vermerke durch. Djomotschka hatte sich aus ihrer Heimat abgesetzt. Es war von den lettischen Behörden eine Adresse in Riga herausgegeben worden; bei ihrer Religion stand *orthodox*, obgleich das Figürchen etwas anderes sagte.

Malleus kannte die Schwierigkeit der Behörden, dass die wenigsten Bürger ihre Daten aktualisierten, obwohl es online zu machen war. Die Entchristianisierung lief noch immer, auch wenn die verschiedenen Wellen nach den Übergangskriegen das Abendland weitestgehend vom Einfluss der christlichen Konfessionen befreit hatte.

Das bedeutete nicht, dass es einfacher wurde.

Etwa achtzig Prozent der Europäer waren mit den alten Religionen und ihren Bräuchen überfordert, doch plötzlich gab es Götter, die genau jenen in Vergessenheit geratenen Kultus einforderten oder mit Strafen drohten.

Malleus wusste, dass sich diese Wesen noch zurückhielten, nachdem sie ihre Schlachten gegen die christlichen Aufbegehrer geschlagen hatten. Aber die Nachsicht gegenüber laxer Anbetung, falschen Gebetsformeln oder unpassender Opfer würde ein Ende haben. *Früher oder später.*

So wie Konstantin der Große bald nach der Schlacht bei der Milvischen Brücke im Jahr 312 das Christentum zur Staatsreligion erhoben hatte, so wurde es nun beseitigt: schlagartig. *In hoc signo vinces* hatte sich erledigt.

Auch Djomotschka schien sich umarrangiert zu haben.

Malleus nahm das Göttinnen-Figürchen aus der Schublade und

betrachtete es. Die Wohnung der Frau befand sich in Riga, sie stammte aus Russland, folglich stellte diese Gestalt mit großer Sicherheit eine slawische Wesenheit dar.

Die Slawen hatten eine Vielzahl von Gottheiten, Naturgeistern und Naturkulten.

Malleus müsste demnach nach Riga reisen und sich vor Ort nach dem Kult umsehen und umhören. Das wiederum konnte gefährlich werden, wenn es fanatische Anhänger wie Djomotschka gab, die auf Geheiß einer Entität oder eines Priesters mordeten.

Malleus drehte und wendete das geschwärzte Figürchen, nahm einen Pinsel und eine Lupe zur Hand und kehrte den Dreck herunter. Dabei überlegte er, was er zur slawischen Religion wusste.

Wie so oft existierten Berührungspunkte zur indogermanischen Mythologie. Es gab den Donnergott, Perun genannt. Um es kompliziert zu machen, tauchten Gemeinsamkeiten zur persischen, baltischen, germanischen, keltischen und den antiken Kulturen der Griechen und Römer auf, was sich in Orakelkulten, Totenverbrennung oder vielköpfigen Götterbildern niederschlug.

Malleus hatte schon immer den Verdacht gehabt, dass sich das Christentum nur deswegen durchsetzte, weil es lediglich einen Gott gab. *Es war einfacher.*

Die europäische Menschheit hatte es dennoch geschafft, sich in Konfessionen aufzuspalten, Abtrünnige hervorzubringen und sich auch wegen *eines* Gottes untereinander abzuschlachten. Man brauchte gar keine anderen Religionen, um sich umzubringen.

Das hat sich ja erledigt. Malleus verglich das Figürchen mit archäologischen Funden der Slawenzeit und neueren Ausgaben, die sich seit Jahren in Umlauf befanden.

Die Borsten des Pinsels kehrten die Farbe vom Figürchen herunter, darunter schimmerte es hell. Das Material stellte sich als Gebein heraus, das schwarz angemalt worden war.

Menschliche Knochensubstanz? Malleus sammelte die dunklen Krümel ein, damit sie analysiert werden konnten, wusch den Talisman anschließend behutsam unter warmem Wasser ab und legte eine feine Gravur frei.

Die Schrift war kyrillisch: *Kostjanaja Noga*.

Die Übersetzung geschah rasch: *Knochenbein*.

Malleus kostete es nur wenige Sekunden, um herauszufinden, dass es sich um den Beinamen der Baba Jaga handelte.

Forscher betrachteten die Figur der sagenumwobenen Hexe des Ostens als eine slawische Totengöttin, welche die Verstorbenen in die Nachwelt führte. Oft wurde sie als Hüterin der Wasser des Lebens und des Todes bezeichnet.

Also gab es um Riga einen Kult der Jaga, der seine Hand bis nach Treva und Arzon ausstreckte.

Es meldete sich eine E-Mail der Behörden aus Celtica, von denen er die Adressen der Elizà-Schwestern erhalten hatte.

Nach seinem Hinweis auf die jungen Frauen hatte eine Überprüfung in Nantes und Bordeaux ergeben: Carmen war nicht mehr zu ihren Kursen erschienen und von einem Professor als vermisst gemeldet worden; und Susannes Abschiedsbrief war aufgetaucht, in dem stand, dass sie sich umbringen würde.

Nun begann die Suche nach den beiden, die sich die Polizei nach Malleus' Einschätzungen sparen konnte.

Die Frauen befinden sich nicht mehr in Celtica.

Er steckte das Figürchen ein und verließ das Kommissariat.

Es galt, eine Katastrophe zu verhindern. In Riga.

* * *

Lettland, Riga, November 2019

Der kurze Flug reichte nicht aus, um weiter am Rätsel um die sieben gestohlenen Gegenstände zu arbeiten. Malleus beauftragte die Kollegen in Treva via E-Mail, den gesamten Tatort im Souvenirladen nochmals abzusuchen.

Ohne eine Spur auf den Dieb blieb ihm nur die chiffrierte Liste, und ob sich aus den gesicherten Artefakten etwas ableiten ließe, fand er zu ungewiss.

Er glaubte Djomotschka, dass sie nichts gestohlen hatte. Ihr Auftrag war klar umrissen: töten und das Geheimnis um die verschwundene Elizà und ihren Schwestern sichern.

Die ersten DNA-Analysen lagen vor und erreichten Malleus beim Verlassen des Fliegers in Riga.

Die abgetrennten Gliedmaßen in den Gefäßen – sowohl in den Gläsern als auch den Reliquiaren – waren menschlich, stammten aber von verschiedenen Völkern. Nichts wies auf Veränderungen oder Unerklärlichkeiten im Erbgut hin, das die Verbindung zu einer Entität welcher Religion auch immer erlaubte.

Einige Schatullen und Kästchen erwiesen sich nach einem ersten Datenbankabgleich als wertvolles Diebesgut, entwendet aus Museen und privaten Sammlungen, was Malleus nicht verwunderte.

Manche Körperteile waren wie die Behältnisse mehrere Hundert Jahre alt, andere jünger als eines. Hannes Hein hatte sich die Andenken beschaffen lassen oder selbst frisch hergestellt. Nur die entschlüsselte Liste würde enthüllen, warum man den jüngeren Gliedmaßen derartige Besonderheiten zutraute, dass man sie in seinem Besitz haben wollte.

Vielleicht gehörten sie hingerichteten Verbrechern. Oder sind Anomalien. Zur Verwendung als sinnlose Glücksbringer. Malleus durchquerte die Ankunftshalle und stieg in den online gemieteten Wagen, natürlich einen BMW i8.

Er nannte Djomotschkas Adresse und überließ dem Autopiloten das Fahren durch die unbekannte Stadt.

Er hatte gehört, dass Riga schön sei, aber seine innere Anspannung war zu groß, um aus dem Fenster zu schauen und Impressionen aufzunehmen.

Stattdessen kontrollierte er seine beiden Apache sowie die zwei modifizierten Cobray Pepperbox Deringer 410, einen mittelgroßen

Deringer mit längerem Lauf, in dessen fünf Kammern er abwechselnd Schrot- und Vollmantelgeschosse geladen hatte. Massenkontrolle und Einzeltöter.

Kaum hielt der Wagen, stieg er aus und ging in das heruntergekommene Hochhaus, das am Stadtrand lag.

Am Fahrstuhl klemmte ein unleserliches Hinweisschild, auf das jemand einen großen Pimmel gemalt hatte. Die Kabine würde wohl nicht kommen.

Natürlich wohnte Djomotschka im obersten Stockwerk.

Malleus fuhr sich über die Bartenden und begann seinen Aufstieg, Absatz um Absatz, vorbei an vielen Türen, die schon lange nicht mehr aufpoliert worden waren; vorbei an Klingelschildern, mal lieblos, mal einfallslos, mal waren sie nur ein Zettel mit hingekritzeltem Namen; vorbei an Abfallhaufen, die widerlich stanken.

Je weiter er hinaufgelangte, desto verwahrloster sah es aus. Auf den letzten Stockwerken gab es eingetretene Türen, es roch nach Schimmel und Feuchtigkeit. Hierher kam mit Sicherheit kein Tourist, um die Perle der Ostsee zu besuchen. Dieses Gebiet von Riga war eher die weggeworfene, hässliche Schale, die keiner brauchte.

DJOMOTSCHKA stand groß mit Edding in Kyrill und europäischer Schrift auf die Tür geschrieben.

Malleus gönnte sich einige Sekunden tiefes Einatmen, zog den Hut ab und wischte sich den Schweiß von der Stirn. Dann steckte er eine Hand in die Manteltasche, die Finger legten sich um den Griff des Apache und klappten den Schussmechanismus nach vorne.

Geheimnisse, ich komme. Abrupt trat er gegen die Tür.

Der Eingang schwang auf, und ein Schwall kalten Räucherdufts wallte ihm entgegen. Ansonsten blieb alles ruhig.

Vorsichtig bewegte sich Malleus durch die Unterkunft der Mörderin, um sich zu orientieren, seine Waffe gezückt und halb erhoben.

Aber die Wohnung war verlassen, halbwegs aufgeräumt und sauber.

Malleus schloss die Eingangstür und lehnte einen Stuhl davor, der kippen würde, sobald jemand versuchte, hineinzugelangen. Anschließend durchsuchte er die Einrichtung, die als spartanisch zu bezeichnen war.

Djomotschka schien ihren Lebensunterhalt mit Raub und Diebstählen zu bestreiten.

Es gab loses Bargeld in Euro, die neuen Stribog-Rubel, Dollar, britische Pfund, einige Gold- und Silbermünzen mit Götterbildern darauf. In manchen Städten und an manchen Stätten konnte man nur damit bezahlen.

Smartphones, Pads, Kameras … Djomotschka musste einen erfolgreichen Beutezug in einer Touristenhochburg hinter sich gebracht haben. Aber Aufzeichnungen, die ihm auf der Suche nach den Geschwistern halfen, entdeckte er nicht.

Verflucht. Malleus sah die vielen Poster und Zeichnungen von Baba Jaga an den Wänden sowie einen kleinen Altar draußen auf dem Balkon.

Er öffnete die Schiebetür und schaute sich um.

Kalte Winterluft stürzte sich auf ihn, hier oben wehte der Wind recht stark. Er war froh über seinen Mantel.

Malleus fand Räucherwerk, Kohlebröckchen, Weihrauch, getrocknete Kräuter, Knochen – alles fein säuberlich in einer kleinen Anrichte verstaut. Der Altar, ein Schemel mit einer Wasserschüssel drauf, neben der geschnitzte Figurinen aus Knochen aufgestellt waren, war angelehnt am Außengeländer.

Malleus inspizierte ihn genau, nahm Teil für Teil weg, suchte daran nach Anhaltspunkten – bis seine Blicke auf die Markierungen am Geländer fielen.

Es waren Sonnenstandsmarkierungen, darunter ein Pfeil.

Malleus hob den Kopf, spähte in die Ferne, wo sich ein Wald erhob.

Und darin erkannte er ein kleines Loch.

Eine Lichtung. Mithilfe des PDA stellte er fest, dass sich die Stelle ziemlich genau zehn Kilometer von ihm entfernt befand und es keine Straße dorthin gab.

Er markierte die Koordinaten, damit er bei seiner anstehenden Wanderung zwischen den Stämmen nicht verloren ginge, und verließ die Wohnung der Mörderin.

Malleus eilte die Stufen hinab, trat aus dem Hochhaus und begab sich querfeldein auf den Weg zum Wald. Er nahm an, dass sich auf der Lichtung eine Kultstätte befand. *Warum sonst sollte der Altar dorthin ausgerichtet sein?*

Er stellte den Kragen hoch, zündete eine Zigarre mit grüner Banderole an und marschierte zügig. Nach einer guten Stunde erreichte er den Waldrand und schob sich ins Dickicht.

Seine beiden Mädels, Frau und Tochter, hatten sich stets vor Bergen und dem Forst gefürchtet, ohne dass es dafür einen konkreten Grund gab. Bei Wanderungen durfte es nur durch Wälder gehen, die hell und licht wuchsen.

In so etwas hätten sie keinen Fuß gesetzt.

Malleus schob den Gedanken an die Familie zur Seite. Er lenkte ab und war schmerzhaft. Ihren Verlust würde er nie überwinden, das wusste er. Zeit heilte niemals Wunden. Sie schuf höchstens andere, die schmerzhafter waren und überdeckten.

Nach zwei weiteren Stunden hatte er sich durch das dichte Unterholz gekämpft und erreichte in der Dämmerung den Ort, den er sich auf seinem PDA markiert hatte.

Gefunden. Malleus kniete sich am Rand der kreisrunden Lichtung nieder und beobachtete sie. Nebel stieg aus dem feuchten Gras auf, waberte kniehoch und milchig umher.

Der Boden war zum Zentrum leicht vertieft, als wäre vor langer Zeit etwas darin eingeschlagen; in der Mitte stand eine Schale von knapp einem Meter Durchmesser, die er kaum richtig erkannte. Die Baumstämme der Eichen und Birken ringsum wiesen in regelmäßigen Abständen geschnitzte und farbige Markierungen auf, die Malleus der Reihe nach fotografierte.

Es lag ein Findling am östlichen Rand, der jedoch nicht aussah, als würde auf ihm regelmäßig geopfert. Man hatte ihn mit Symbolen und Ranken geschmückt, er schien eine Anbetung zu erfahren oder als Erhöhung für die Priester zu fungieren.

Malleus überlegte, ob er es wagen konnte, die Lichtung zu betreten, als in der Mitte fauchend eine Flamme aufleuchtete. Sie brannte auf glasklarem Wasser, das sich in der Schale befand. Wegen des Lichts sah er das Behältnis besser und vermutete Gebein als Material.

Wasser ist Leben, und die Knochenschale steht für den Tod. Malleus lauschte, ob Stimmen erklangen. *Die Zuständigkeiten von Kostjanaja Noga.*

Es wurde rasch dunkel, und der Nebel verschwand allmählich. Tiere riefen durch den Wald, in dem, abgesehen von dem Flämmchen, bald tiefste Finsternis herrschte. Wolken hingen vor den Gestirnen und verweigerten jegliches Licht. Das machte die kleine Lohe, die sich aus dem Wasser zu speisen schien, umso wertvoller.

Dann löste sich eine Gestalt aus dem Dickicht und ging auf die Schale zu, kniete sich davor, um mit leisem Gebet zu beginnen.

Kaum saß sie, folgte eine zweite Gestalt, eine dritte, eine vierte, bis sie zu elft um das zuckende Feuer knieten und gemeinsam Worte riefen, die Malleus aufgrund der unbekannten Sprache nicht verstand. Einige der Gesichter konnte er durch den erhellenden Schein gut erkennen; es schienen nur Frauen zu sein, ihr Alter lag zwischen dreißig und siebzig.

Noch gab es für ihn keinen Grund, einzugreifen. Das Anbeten einer Entität war nicht strafbar.

Gleichzeitig wusste Malleus, dass er sich am richtigen Ort befand. Eine Totengöttin würde sich nicht mit Gras oder Nüssen als Gaben zufriedengeben. Vielleicht wollten sie die Azincourt-Schwestern opfern.

Eine Stunde verging.

Malleus wartete, fotografierte, filmte aus seinem Versteck heraus.

Dann kamen drei Frauen, in Weiß gekleidet und mit langen roten Haaren, die sie offen trugen, auf die Lichtung gewandelt. Ihr Gang sah ungelenk aus, als müssten sie überlegen, wohin sie als Nächstes traten.

Malleus erkannte Elizà, Susanne und Carmen. Ihre Lider waren weit geöffnet, der Blick leer und die hübschen Gesichter ausdruckslos. Er vermutete Hypnose oder Drogen, um ihren Willen zu kontrollieren.

Sie näherten sich aus verschiedenen Richtungen, und der Kreis um die Schale wurde von den Betenden um etliche Meter erweitert.

Die Schwestern begaben sich an das Gefäß, legten sich bäuchlings in das nasse Gras, sodass die Köpfe die Schale berührten; dann reichten sie sich die Hände.

Die Betenden verstummten.

Eine der Frauen erhob sich und ging zu den Schwestern, die gehorsam dalagen und abwarteten.

Malleus sah keinen Dolch oder ein Tötungswerkzeug in ihren Fingern. Dennoch nahm er seinen Cobray Deringer heraus und hielt sich bereit. *Und nun?*

Wenn diese Person »sie« war, von der Djomotschka gesprochen hatte, sah er die Auftraggeberin der Morde an den Duhamels und Hein vor sich. Er würde sie festnehmen.

Auch dass die Schwestern freiwillig an dieser Zeremonie teilnahmen, wagte er zu bezweifeln. Das würde sich beim Verhör herausstellen.

Die Frau begann einen Singsang, immer wieder fiel der Name Kostjanaja Noga.

Vom Flämmchen in der Mitte des Wassers liefen plötzlich brennende Linien weg und näherten sich dem Schalenrand, auf die Köpfe der jungen Frauen zu.

Also sind sie doch Opfergaben! Malleus musste eingreifen. Er steckte sich den PDA an den Mantel, damit das Gerät aufzeichnete, was geschah, und trat aus seinem Versteck.

»Polizei! Sie sind vorläufig festgenommen«, sagte er auf Russisch und danach auf Englisch und richtete den Lauf der Cobray auf die Beschwörerin. »Sie stehen im Verdacht, die Morde an Monsieur und Madame Duhamel in Arzon sowie an Herrn Hein in Treva in Auftrag gegeben zu haben. Und Sie haben die Schwestern entführen lassen.« Er zog einen zweiten Cobray, um seiner Aufforderung Nachdruck zu verleihen. »Auf die Knie, und warten Sie, bis ich bei Ihnen bin. Die anderen verhalten sich ruhig.«

Die Frau brach ihre Anrufung ab und sah zu ihm; der Blick war noch verklärt von der Trance, in der sie sich befunden hatte.

Die Feuerlinien auf der Wasseroberfläche vergingen – und mit ihnen auch die kleine Lohe.

Damit wurde es schlagartig schwarz auf der Lichtung.

Ein lauter Befehl wurde von einer Frauenstimme gegeben, in der sehr viel Wut lag. Wut auf ihn, den Störer.

Malleus kniete sich hin, hörte das Rascheln von Stoff und vieler Schritte im Gras, die sich auf ihn zubewegten. »Ich warne Sie«, rief er und schoss einmal in die Luft.

Das Mündungsfeuer beleuchtete für den Bruchteil einer Sekunde die heranstürmenden Frauen, die ihre krallenartigen Finger nach ihm ausstreckten, um ihn bei lebendigem Leib auseinanderzureißen. Hinter ihnen stand die Anführerin, aufrecht und stolz, und zeigte mit ausgestrecktem Arm auf ihn.

Schon fiel die Finsternis erneut über die Lichtung herein.

Leider blieb Malleus keine andere Wahl, und so zog er den Hahn zurück, drehte den Cobray-Lauf eins weiter: Die nächste Kammer war mit Schrot geladen.

* A Ω *

Er kann froh sein, dass ich ihm folge.

Ganz klar ist ihm nicht, auf was er treffen wird, als er sich alleine aufmacht. Er verlässt sich auf mich, ohne dass er von mir weiß.

Die Lichtung ist von oben ganz gut überschaubar, ich habe es mir in seiner Nähe auf einer laublosen Eiche bequem gemacht. Schulterstütze und Schalldämpfer des APB sind schon lange montiert.

Immer mehr Weiber. Ich tausche das kleine Magazin lieber gegen das große aus.

Das Spektakel ist nett. Ich verstehe nicht ganz, was die Alte murmelt und ruft, aber die drei Mädels, die gerade daliegen, als würden sie Gras fressen oder die Disziplin Formationsliegen um eine Schale ins Leben rufen, sind keine Opfer.

Da geht was anderes vor. Doch das ist sein Ressort. Soll er rausfinden, was die Damenrunde veranstaltet.

Im Gegensatz zu ihm bin ich auf Dunkelheit vorbereitet. Meine Brille hat einen Nachtsichtmodus, die Lichtung liegt so hell vor mir, als würde die Sonne draufscheinen.

Natürlich greift er ein. Muss er ja. Ist sein Job. Er macht seinen, ich mache meinen.

Die Alte knipst das Licht aus und hetzt natürlich die anderen Schlampen gegen ihn.

Na, von mir aus. Ich habe genug Kugeln.

Der Gentleman gibt sogar noch einen Warnschuss ab, sehr zuvorkommend. Dass sich ihm drei von hinten nähern, bekommt er gar nicht mit. Die Nägel, die Hühnerkrallen alle Ehre machen, würden ihm glatt das Fleisch aus dem Nacken fetzen.

Die Schrotladungen aus seinen größeren Deringern holen die ersten Schlampen von den Füßen, und ich erledige die drei in seinem Rücken mit kleinen Salven, jede bekommt drei Treffer spendiert.

Dann hat er nur noch vier vor sich und die Oberschlampe, die sich dezent aus dem Gefecht heraushält.

Aber ich sehe ihr an, dass sie keine Lust mehr hat und sehr, sehr wütend ist. Die Verluste sind ihr zu hoch. Irgendwas hat sie vor.

Sie geht zur Gebeinschüssel und schöpft eine Handvoll Wasser.

Was immer sie damit vorhat – ich kann es nicht erlauben.

Ich wechsele die APB in den Einzelschussmodus, warte, bis er wieder eine Schrotladung auslöst, und schieße der Alten durch den Oberschenkel.

Kreischend knickt sie ein, und ich setze ihr lieber noch einen durchs Knie, damit sie unten bleibt.

Er hat sich inzwischen genug Luft verschafft und leuchtet mit dem PDA umher, damit er sieht, was er angerichtet hat.

Ich mache mir keine Sorgen, er ist hart genug. Er kommt damit klar.

Wie gut, dass ich da war.

Ich folge ihm gerne.

* Α Ω *

Malleus hatte die Cobrays leer geschossen und war sich sehr sicher, dass der Schrot die Frauen zurückgeschlagen hatte. Die Mündungsfeuer hatten kurzes Licht auf die Ziele geworfen, was aber bei Schrot weniger eine Rolle spielte.

Keine der Angreiferinnen war bis zu ihm gelangt.

Vorbei? Mit der eingebauten, verwunderlich leistungsstarken Lampe des PDA leuchtete er auf der Lichtung umher und sah die Angeschossenen; den Notruf hatte er bereits abgesetzt. Hoffentlich waren die lettischen Behörden schlau genug, einen Hubschrauber zu seiner Position zu senden. *Ja, es ist vorbei.*

Die Hände der Frauen sahen normal aus, doch er hätte geschworen, sie ähnelten vorhin Raubvogel- oder Hühnerkrallen. Er hatte es aufgezeichnet, falls es Beweisen bedurfte.

Die Verletzten halfen sich selbst, andere humpelten oder rutschten über das Gras zu jenen, die sich nicht rührten. Natürlich roch es nach Blut, aber ohne Notwehr läge er selbst ausgeweidet auf der Lichtung.

Malleus lud im Gehen die Waffen nach, verstaute einen Cobray und fuhr sich mit Daumen und Zeigefinger über die Bartenden. Er begab sich zu den Schwestern, löste ihre Hände und drehte sie nacheinander auf den Rücken. *Lass sie am Leben sein.*

Die Azincourts hatten die Augen geschlossen, der Atmung nach schliefen sie. Das Dröhnen der Schüsse und das Kreischen hatte sie unbeeindruckt gelassen. Nacheinander kontrollierte Malleus die Pupillen, die stark vergrößert waren und nicht auf Licht reagierten. *Wie ich es vermutete: Drogen.*

Malleus erhob sich und leuchtete zur Anführerin, die sich eben am Findling in die Höhe zog; Blut rann aus Wunden in ihrem Bein. Er schätzte sie auf um die fünfzig, ihre halblangen grauschwarzen Haare hingen ihr wirr und nass ins Gesicht, auf dem ihre Schmerzen abzulesen waren.

»Sie wollen uns verlassen?« Er begab sich zum Stein, den Cobray in der rechten Hand. »Mein Name ist Malleus Bourreau von Interpol. Sie sind verhaftet, wegen Widerstand, Verdacht auf Anstiftung zum Mord und dreifacher Entführung.« Er nahm eine Plastikhandschelle aus dem Mantel und verzurrte die Handknöchel der Frau auf dem Rücken. »Ich bin gespannt, was Sie zu den Hintergründen zu erzählen haben.«

»Kostjanaja Noga wird dich töten«, versprach sie ihm mit stechendem Blick, der unter den Haarsträhnen hervordrang. »Du hast die Ankunft der Göttin nicht verhindert. Nur verzögert!«

Malleus blinzelte, sah zu den schlafenden Geschwistern, die sich zusammenrollten und aneinanderkuschelten, um Wärme zu finden. Es wirkte selbstverständlich, vollkommen vertraut, als hätten sie trotz ihrer Trennung ihr ganzes Leben miteinander verbracht.

Er bekam unvermittelt eine Ahnung, was sich auf der Lichtung hätte zutragen sollen.

Kostjanaja Noga oder auch Baba Jaga galt als Teil einer dreifaltigen Göttin, zusammengesetzt aus Jungfrau, Mutter und altem Weib. Er hatte im Flugzeug eine Erzählung gelesen, in der sie mit zwei Schwestern zusammenlebte, die den gleichen Namen wie sie trugen.

Malleus sah zu den Azincourts. *Geschwister. Die gleichen Namen.* »Ihr wolltet die Gottheit in diese Welt holen, damit sie in den Frauen lebt«, mutmaßte er. »Ohne Rücksicht auf die Schwestern.«

»Sie wären Tod und Wiedergeburt geworden«, gab sie hasserfüllt zurück. »Wir hätten sie unsterblich gemacht!«

»Ihr hättet sie ihres echten Lebens beraubt.« Malleus schüttelte den Kopf. »Des Lebens, das sie führen wollen!«

»Ich spreche die Wahrheit. Wäre eine von ihnen gestorben, hätten die anderen sie mit dem Wasser des Todes benetzt« – sie nickte zur Gebeinschale –, »und sie hätte sich erhoben. Geheilt und schön wie zuvor. Sie wären göttlich geworden, erfüllt von überirdischer Macht! Jetzt bleiben sie einfache Menschen.« Sie spie ihm vor die Füße, ein Teil der Spucke blieb in ihren Haaren hängen und sickerte hinab. »Kostjanaja Noga wird dich finden.«

»Ich werde sicherlich eines Tages sterben, aber das wird nicht durch eine Entität geschehen«, erwiderte Malleus ruhig. »Ich habe schon viele von denen zum Feind, und ich lebe immer noch.«

Das Rattern eines Helikopters näherte sich.

Ein starker Suchscheinwerfer schnitt gleich falschen, kalt-mechanischen Sonnenstrahlen durch die Finsternis, ruckte hin und her, bis er die Lichtung gefunden hatte.

Wind kam auf, die Rotoren drückten künstliche Böen auf die Menschen. Die Maschine stand über dem baumfreien Areal, während der Pilot nach einem geeigneten Landeplatz suchte.

Malleus atmete auf.

Die Unschuldigen waren beschützt, und die Verletzten würden medizinische Versorgung erhalten. Danach ging es für die Frauen in Untersuchungshaft, um die ganzen Ausmaße der Organisation zu erfassen.

Er nahm eine Zigarre raus. Eine mit roter Banderole.

Die hatte er sich verdient.

* * *

Germanien, Treva, November 2019

Malleus hatte verschiedene Dokumente auf drei Monitoren nebeneinander geöffnet, auf dem mittleren lief der Mitschnitt der Verhöre, die er in Riga mit den Frauen geführt hatte. Er hörte und sah sie sich zum zehnten Mal an, um jedes Detail aufzusaugen und um die Faszination zu verstehen.

Was finden die Menschen am Göttlichen? Malleus fragte es sich bei jedem Fall.

Die verschwendete Energie auf Kulte, Regeln, auf Debatten, interreligiöse Grabenkämpfe, Auslegungen von Gesetzen und Schriften und Worte, die eine Entität angeblich gesagt, geschrieben, sonst wie hinterlassen hatte – dabei benötigte die Gegenwart die volle Aufmerksamkeit.

Ihm gaben andere Dinge Halt, aber nicht das, was die Menschen für Götter hielten.

Malleus konzentrierte sich auf den Abschluss des Falles.

Inese Šķēle war die Anführerin, daraus hatte sie in den Verhören niemals einen Hehl gemacht. Die Sechsundfünfzigjährige stand zu allem, was vorgefallen war: die Entführungen, die Morde.

Sie behauptete, dass Kostjanaja Noga ihr im Traum erschienen sei und ihr befohlen habe, ihre Rückkehr als Dreifachgöttin vorzubereiten. Sie wolle die Menschen führen, habe ihr die Todesgöttin eröffnet. Dafür brauche sie drei Schwestern, in die sie die drei göttlichen Facetten einfließen lassen wolle.

Die anderen Frauen waren begeisterte Anhängerinnen, die auf Šķēles Versprechungen einer neuen Gottheit hereingefallen waren. Sie wollten von der ersten Stunde an dabei sein, sobald die Dreifachgöttin auf die Erde kam. Sie versprachen sich die besondere Gunst und Vorteile für ihr Leben, wenn sie der dreifaltigen Göttin dienten und ihr Wort verbreiteten.

Malleus merkte in den Verhören mit den Überlebenden sehr schnell, dass sie keine Fanatikerinnen waren. Sie zeigten sich bereit, an das Wesen zu glauben, und waren überzeugt, dass es existierte. Dafür hätten sie viel getan, aber nicht alles, wie sie beteuerten.

Doch als er ihnen die Aufnahmen von ihrem Angriff auf ihn vorspielte, wie sie furienhaft heranstürmten, mit verzerrten Gesichtern und den Fingern wie Krallen, erschraken sie. Sie hatten nicht bemerkt, wie sehr sie sich auf der Lichtung verändert hatten und dass sie ihn umbringen wollten. Weil es ihnen befohlen wurde.

Malleus ordnete es unter der üblichen Massenhypnose ein. *Das* war die stärkste Waffe gegen die menschliche Psyche: das Gefügigmachen durch psychologische Spielchen, durch Illusionen, durch Manipulationen, bei denen Drogen eine Rolle spielen konnten, aber nicht mussten. Die Frauen waren zu Opfern von Šķēles Worten und einnehmendem Wesen geworden.

Vier hatten den Kampf auf der Lichtung nicht überstanden. Aber wenn er nicht geschossen hätte, säße er nicht am Computer.

Skrupel hatte Malleus nicht. Mitleid, sicherlich. Verständnis, keine Frage. Doch vorher schaltete er alles aus, was sein Leben bedrohte – das sagte er sich zumindest immer wieder. Es überzeugte ihn nicht durchgehend.

Das Rufzeichen erschien am Monitor. Elizà Royale wollte mit ihm über das Internet sprechen.

Malleus steckte sich den Mini-Sender ins Ohr, der seine Stimme ebenso übertrug, und aktivierte die Verbindung; schnell fuhr er sich mit Daumen und Zeigefinger über die Bartenden, um die Haare zu ordnen.

»Bourreau«, sagte er geschäftsmäßig, lächelte aber dabei, als sich das Dialogfensterchen öffnete.

Die junge Frau mit den strahlenden, blauen Augen wurde sichtbar, im Hintergrund saßen ihre beiden Schwestern. »Hallo, Monsieur Bourreau«, sagte sie auf Französisch. Sie hatte ihre roten Haare hochgesteckt. »Geht es Ihnen gut?«

Er musste lachen. »Das sollte ich Sie drei fragen.«

»Uns geht es gut – dank Ihnen«, erwiderte Elizà leicht verlegen.

»Sie haben uns vor diesen Verrückten gerettet.« Sie schluckte. »Danke, dass Sie mich nicht aufgegeben haben. Ohne Sie …«

»Ist schon gut, Madame«, unterbrach er sie freundlich. »Sie sind sicher vor Šķēle.«

»Wirklich?«

»Ja. Sie hat gestanden, die Entführungen und die Morde in Auftrag gegeben zu haben.« Er sah Elizà an, dass ihr der Tod ihrer Pflegeeltern nach wie vor zu schaffen machte.

Daher verschwieg er ihr, dass die Duhamels Geld dafür bekommen hatten, dass sie bei der Geschichte mit dem Selbstmord blieben und die Entführung deckten. Sie hatten ihre Tochter verschachert, sie verraten und buchstäblich verkauft.

Und er erwähnte ebenso wenig, dass Šķēle überzeugt war, Kostjanaja Noga käme und befreie sie aus dem Gefängnis.

»Woher wusste diese Frau von uns?«

»Sie behauptet, die Göttin habe ihr die Bilder gesandt, aber ich habe da meine Zweifel. Die Ermittlungen erweisen sich allerdings als schwierig, weil ihr Mittelsmann in Treva und die Killerin tot sind«, fasste er zusammen. »Bei ihm fand ich die Adresse Ihrer Pflegeeltern.«

»War das dieser furchtbare Mann?« Elizà beschrieb in knappen Worten ziemlich genau den ermordeten Hannes Hein.

Damit hatte Malleus nicht gerechnet. »Sie haben ihn gesehen?«

»Kurz. Ich lag gefesselt und geknebelt in einer engen Kammer, während er draußen Geschäfte gemacht hat, irgendwelchen Touristen Dinge verkaufte«, berichtete sie angewidert. »Er kam zwischendurch immer wieder rein, hat nach mir gesehen und gesagt, ich solle bloß nicht abkratzen. Von dort wurde ich weiterverfrachtet.«

Malleus überlegte, ob sie eines der gestohlenen Artefakte hatte sehen können. Aufgeregt zog er die Bartspitzen erneut nach. »Madame, es mag ein bisschen viel verlangt sein, aber können Sie mir beschreiben, was Sie in diesem Kabuff sahen?«

Elizà dachte nach und beschrieb wahllos verschiedene Gegenstände, bis er sie mit einer Geste unterbrach und ein Bild hochhielt, auf dem die Regale zu sehen waren. »Versuchen wir es auf diese Weise: Was stand dort, wo Sie die leeren Stellen erkennen? Erinnern Sie sich, Madame?«

Elizà beugte sich nach vorne, drückte auf Tasten auf ihrem Keyboard. Sie nutzte anscheinend die Vergrößerungsfunktion.

»Oben rechts. Dahin leuchtete die Deckenlampe jedes Mal, wenn er hereinkam. Und schräg links unten: Dahin wurde das Licht reflektiert.« Sie dachte einen Moment nach. »Unten lag ein rechteckiger Ziegel: fünf glatte Seiten und auf der oberen Seite mit einer unleserlichen Schrift versehen.«

Verflucht. Malleus rieb sich überrumpelt mit Daumen und Zeigefinger über die Bartenden. *Da hatte ich keine fehlenden Dinge bemerkt.* Folglich gab es mehr als sieben gestohlene Artefakte. »Details?«

Elizà schloss die Augen. »Die Zeichen waren in fünf, nein, sechs Zeilen angeordnet. Zum besseren Lesen, schätze ich, hat man sie durch eingeritzte Linien getrennt.« Sie pochte sich gegen die rechte Schläfe. »Der Mann erwähnte den Ziegel am Telefon, denke ich. Er sagte zumindest ›Backstein‹ und ›Tschogha Zanbil‹.«

Beschriftete Ziegel. Garantiert etwas aus einer Tempelanlage. Über Tschogha Zanbil würde sich etwas herausfinden lassen, ganz gleich, um wen oder was es sich handelte. »Das ist ein guter Anfang«, sagte Malleus zuversichtlich. »Und der andere Gegenstand?«

»Es sah aus wie eine Krone, aber ziemlich … primitiv gemacht«, schilderte sie. »Ich glaube, es war Gold, aber mit grüner Schicht unter den Goldarbeiten, man hat die Ränder gesehen, an denen die Einzelteile zusammengefügt wurden. Und Edelsteine saßen darauf. Ich glaube, es waren rote. Dazu gab es Verzierungen mit knubbeligen Blumen aus Gold. Besser habe ich es nicht gesehen.«

Malleus freute sich und bedankte sich überschwänglich. Es gab viele Details, die Elizà genannt hatte, die ihm bei der Suche weiterhalfen. Womöglich erleichterte es auch das Knacken des Codes. »Sie sind noch in Riga?«

Elizà schüttelte den Kopf. »Wir sind spontan nach Lutetia geflogen und haben beschlossen, eine Woche miteinander zu verbringen. Die getrennten Schwestern müssen viel reden. Die Erinnerungen an die gemeinsame Zeit in Marseille ist sehr verblasst, und die Erlebnisse der letzten Wochen und Tage … erscheinen wie in Nebel.«

Malleus warf einen Blick auf den rechten Monitor, wo er den Vermerk mit den Blutwerten der Geschwister abgelegt hatte. Es fanden sich Reste von Opiatderivaten, die das Verhalten auf der Lichtung und die Schilderung erklärten, dass vieles verschwommen bliebe. Man hatte sie ruhiggestellt und gefügig gemacht.

»Es ist sicherlich das Beste, was Sie tun können«, stimmte er zu. »Psychologische Betreuung können Sie jederzeit in Anspruch nehmen.«

»Ich weiß. Es wurde uns angeboten.« Elizà atmete tief durch. »Ich habe mich schon bedankt, aber … wenn ich einmal etwas für Sie tun kann, Monsieur Bourreau, lassen Sie es mich wissen. Geld spielt keine Rolle. Und bitte keine falsche Bescheidenheit. Sie wissen, dass ich reich bin.« Sie lächelte mit einer Ernsthaftigkeit, wie es eigentlich nur Ältere konnten. Die Entführung hatte tiefe Spuren in ihrer Seele hinterlassen. »Vielen Dank.«

»Leben Sie Ihr Leben, Madame Royale. Sie und Ihre Schwestern«, erwiderte er. »Ohne Götter.«

»Versprochen.« Die jungen Frauen winkten zum Abschied, das Dialogfenster schloss sich.

Malleus machte innerlich drei Striche. *Hoffentlich drei weniger, die auf das Spiel hereinfallen, das auf der Erde stattfindet.*

Eine blondierte Frau in seinem Alter, vielleicht etwas jünger, kam zielstrebig auf ihn zu; sie trug ein rotes Businesskostüm mit weißer Bluse und Pumps, was sicherlich in den Achtzigern modern gewesen war. In der Rechten hielt sie einen Ausdruck, und sie sah sehr zufrieden mit sich aus.

»Ich habe eins herausgefunden, Herr Bourreau«, sagte sie auf Französisch.

Malleus musterte sie. »Sie müssten mir auf die Sprünge helfen, bitte, Madame.«

»*Familiar Studies of Men and Books*, verfasst von Robert Louis Stevenson.« Sie legte das Papier vor ihm hin. »Das war ein Buch, das Hein und vielleicht noch jemand benutzt hat, um seinen Code zu bauen. Darunter« – ihr Finger mit der dunkelblauen Metalliclackierung tippte auf die Chiffrierung sowie die Übersetzung unterhalb – »finden Sie den ersten der Gegenstände, den der oder die Mörder mitgenommen haben, nachdem sie den Mann umbrachten. Die Götter waren mit mir, wie es scheint, und ließen mich einen raschen ersten Erfolg feiern.«

»Djomotschka war die Mörderin, aber keine Diebin.« Malleus fiel ein, dass er seinen Bericht an die Interpol-Zentrale noch nicht fertig geschrieben hatte. Lautrec wartete sicherlich bereits. »Die Suche geht für mich weiter. Aber die Götter haben sicherlich nichts damit zu tun.« Er sah sie neugierig an. »Wir hatten noch nicht das Vergnügen. Wer hat Sie beauftragt, mich bei diesem Fall zu unterstützen?«

Die Blondierte sah ihn verblüfft an. »Sie haben die Nachricht noch nicht bekommen?« Ihr war es sichtlich peinlich, vorgeprescht zu sein. »Oh, verzeihen Sie. Mir wurde gesagt, Sie werden informiert, sobald Sie in Treva ankommen.«

»Leider nein.« Er wartete fünf Sekunden, damit sie sich erklären konnte, was sie jedoch nicht tat. »Und wer sind Sie jetzt, wenn ich nochmals fragen darf, Madame?«

Sie hielt ihm die Hand entgegen. »Marianne Lagrande. Ich bin Ihre Partnerin.«

Seine rechte Augenbraue schoss in die Höhe, und er spürte, wie sich die Barthaare des Fu-Manchu sträubten.

»Monsieur Lautrec schien der Meinung zu sein, dass Sie Unterstützung nötig hätten, und hat mich hergeschickt«, beeilte sie sich zu erklären. »Bevor Sie sich aufregen: Es gilt auch nur für diese Mordsache mit den verschwundenen Gegenständen«, relativierte sie hastig weiter, da sie sein Unbehagen und seine Ablehnung bemerkte.

»Ich freue mich jedenfalls mehr als Sie«, schloss sie ihre Vorstellung ab.

Malleus hielt alles, was ihm durch den Kopf ging und über die Zunge nach draußen drängte, mit Macht zurück. »Gute Arbeit«, lobte er stattdessen.

»Ja, danke. Leider ist es aber so, dass Hein verschiedene Bücher nutzte«, erklärte Lagrande erleichtert, dass er beim Fachlichen blieb. »Wir haben noch einiges an Dechiffriersucherei vor uns.«

Er sah auf seine Aufzeichnungen, die er im Verlauf der Unterhaltung mit Elizà auf seinem Block gemacht hatte. »Es kann sein, dass es ein bisschen leichter wird.«

Noch wollte er sich nicht damit abfinden, eine Partnerin zur Seite gestellt zu bekommen. Sie hatte garantiert eine andere Einstellung zu den Entitäten als er. *Niemand sonst* besaß seine Haltung. Nur deswegen vermochte er seinen Beruf auszuüben, wie er es tat.

Lagrande stand unschlüssig vor ihm, das Rot ihres Kostüms strahlte schmerzend in seine Augen.

»Dann machen Sie mal weiter.« Malleus lächelte belanglos. »Ich warte auf die Nachricht.«

Sie nickte und ging.

Malleus würde ihre ständige Anwesenheit um sich herum zu vermeiden wissen. Das brauchte er beim besten Willen nicht.

Ungehalten sah er auf Lagrandes Übersetzung.

Graviertes, in Silber gefasstes Horn von Nandi (rechts). Preis: 1,9 M. Herkunft: nur auf Anfrage

Darunter hatte Lagrande notiert:

Nandi, Buckelstier der hinduistischen Mythologie und Reittier sowie treuer Diener des Hindu-Gottes Shiva.

Das war ein guter Anfang, und doch freute er sich nicht darüber.

»Partnerin«, stieß er wie ein Schimpfwort hervor.

Er hatte es zweimal versucht, aber früher oder später fielen sie auf diese Götter-Sache herein und warfen sich in den Staub oder gerieten ins mentale Schwanken, zweifelten und neigten dazu, Beweise nicht mehr nüchtern zu betrachten.

Ich binde sie einfach an den Schreibtisch. Malleus schob seine schlechte Laune zur Seite. Er musste gestohlene Gegenstände suchen, von denen Lagrande eines identifiziert hatte, und zwei weitere ließen sich anhand der Beschreibungen von Elizà Royale herausfinden. Anhand der Details, die das junge Model geschildert hatte, würde er rasch fündig werden.

Die üblichen Verdächtigen, die Interesse an solchen Stücken besaßen, waren die Kulte der jeweiligen Gottheiten und natürlich vermögende Sammler, wobei das eine das andere nicht ausschloss.

Eine E-Mail kam herein und unterbrach seinen Gedankenfluss. Sie stammte von Lautrec, und in der Betreffzeile stand: *Zuteilung einer Rechercheassistentin.*

Malleus lachte leise mit geschlossenem Mund. *Das klingt anders als Partnerin.* Lagrande schien es zu gefallen, sich ein bisschen wichtiger zu machen als vorgesehen.

Mit einer *Assistentin* konnte er leben, die sich durch Heins Bücher kramte. Sie wäre ihm bei den Recherchen vor Ort nicht im Weg, und das fand er allerbestens.

Er sah auf die Uhr.

Bevor er in sein Hotel zurückkehrte, würde er noch mal bei Hannes Heins Laden vorbeifahren. Grenzner hatte ihm bei seiner Rückkehr aus Riga mitgeteilt, dass die Spurensicherung ihre zweite Runde noch nicht gedreht hatte. Man habe wichtigere Fälle in Treva, zumal die Mörderin gefunden und der Fall abgeschlossen sei.

Malleus wusste, dass der Diebstahl keine große Resonanz bei der Polizei fand. Die Ware war schnell versteckt und womöglich bereits ganz regulär in einem Paket auf dem Weg ans andere Ende der Welt zu einem Sammler oder zu einer Kultstätte.

Aber Malleus interessierte es. Brennend.

Es musste einen triftigen Grund geben, warum der oder die Diebe ausgerechnet jene neun Gegenstände mitnahmen und die anderen, zweifelsfrei wertvollen Dinge zurückließen. Alleine das gefundene Kästchen aus Jade, das im Londoner Museum für Vor- und Frühgeschichte vermisst worden war, hätte bei entsprechenden Abnehmern oder dem Museum selbst mehr als zwei Millionen Euro gebracht.

Warum ließen sie die sonstigen Schätze zurück?

Malleus verließ seinen provisorischen Arbeitsplatz und das Gebäude, kletterte in den i8 und ließ sich vom Autopiloten nach Altona fahren, wo er erneut am Hintereingang des Ladens ausstieg.

Im Vorbeifahren hatte er gesehen, dass Anwohner Blumen, Kerzen und Figürchen vor der Eingangstür abgelegt hatten. Hein schien angesehen gewesen zu sein, sein Dasein als Hehler änderte daran nichts oder hatte sich noch nicht herumgesprochen.

Malleus löste die elektronische Polizeiverriegelung mithilfe seines Chips im Ausweis, der Empfänger gab den Eingang frei, die Warnhinweise erloschen. Gewaltsames Eindringen aktivierte den Alarm in der nächsten Wache und einen Stromschlag des Moduls vor Ort, dem kein Erwachsener standhielt.

Malleus ging ins Haus, schaltete das Licht ein und schlenderte umher.

Seine Blicke schweiften, ohne auf der Suche nach etwas zu sein, um Eindrücke zu erfassen. Er vertraute darauf, dass seinem Unterbewusstsein etwas auffiel. Dazu nahm er eine Zigarre aus dem Etui und paffte sie nebenbei. Violette Banderole.

Irgendwann ertappte er sich dabei, dass er ein Whiskey-Glas aus der Gründerzeit in die Hand nahm, das seiner Frau gefallen hätte.

Sie hatte die kräftigen Sorten gemocht, die Single Malts, die sie gemeinsam am Meer getrunken hatten. *Und dann …*

Einen Tick zu hastig stellte er es zurück, als könnte es als Erinnerungsverstärker dienen. Folter, die alles übertraf, was er körperlich auszuhalten vermochte.

Sein Fonknöpfchen im Ohr brummte.

Malleus nahm den Anruf entgegen. »Bourreau.«

»Hier spricht Mischner, Herr Bourreau«, hörte er eine unbekannte Frauenstimme. »Ich bin die Assistentin von Doktor Wunderlich vom Gerichtsmedizinischen Institut in Treva. Wir sind gerade bei der Obduktion einer Leiche und haben etwas gefunden, das Sie interessiert.«

»Was könnte das wohl sein, liebe Frau Mischner?« Er schlenderte am Touristenangebot vorbei und fand es schrecklich, wie viele Menschen schlechten Geschmack hatten und sich nicht schämten, ihn offen zu zeigen. »Vielleicht einen kleinen Gott, der einen Menschen wie einen Roboter steuert?«

Mischner lachte hell und ehrlich amüsiert. »Nein. Es ist trivialer. Es ist … sagen wir, ein Gegenstand. Dieser trug einen Aufkleber mit einer Zahlen-Buchstaben-Kombination. Als wir sie in der Ermittlungsdatenbank abgeglichen haben, wurde auf Ihren aktuellen Fall hingewiesen.«

»Der Raubmord an Hannes Hein?«

»Genau.«

Malleus blieb stehen und nahm einen längeren Zug, der Tabak knisterte beim Verbrennen. »Ich komme sofort vorbei. Danke, dass Sie mich angerufen haben.«

»Keine Ursache. Die Adresse ist Butenfeld 34.«

»Bestens. Bis gleich.« Er legte auf und drehte sich noch einmal um die eigene Achse, besah sich den Laden, der ihm weitere Aufschlüsse beharrlich verweigerte.

Dafür lag ein Hinweis auf dem kalten Stahltisch der Rechtsmedizin, mit dem er so nicht gerechnet hatte.

* Α Ω *

Ich bin sehr zufrieden.

Wirklich, er hat einen guten Job gemacht, und seit ich ihm folge, wird es immer besser mit uns beiden.

Aber noch hat er nicht bemerkt, dass es neun Dinge sind, die dem toten Hein gestohlen wurden. Oder? Das würde ich ihm stecken, wenn er von selbst nicht darauf kommt.

Mir gefällt mein neues Dasein.

Er gehört mir, mir ganz alleine. Ich bin mit ihm unterwegs, solange es mir gefällt.

Und wenn es mir nicht mehr gefällt … nun, ich bin ein sehr guter Schütze. Niemand darf ihm etwas antun.

Niemand außer mir.

Deswegen bin ich dort, wo er ist.

* Α Ω *

Keine dreißig Minuten später fand der i8 das Gebäude und Malleus den Eingang, den richtigen Korridor und die passende Tür, die in den weiß gekachelten Saal führte, in dem es nach Desinfektionsmittel, rohem Fleisch und Blut roch, einem Schlachthaus nicht unähnlich.

Eine Knochensäge kreischte und fraß sich durch Gebein, als er am anderen Ende des Untersuchungsraumes eintrat.

Ein Mann machte sich am Schädel eines Toten zu schaffen und stand mit dem Rücken zu ihm, die Assistentin bemerkte Malleus und bedeutete ihm, näher zu kommen. Ihre Schürzen, die Ganzkörperanzüge sowie Plastikvisiere wiesen rötliche Sprenkel auf. Ganz ohne Schweinerei ging so eine Untersuchung nicht.

Malleus überlegte, ob wohl ein Haruspex zugegen war, wenn die Gerichtsmediziner in den Innereien wühlten. Dabei waren die Ärzte die wahren wissenschaftlichen Hellseher, weil sie aus dem Zustand der Organe mehr Wahrheit erfuhren, ohne sie deuten zu müssen, wie es ein Haruspex auf mystische Art und Weise zu tun pflegte.

Der Mann schaltete auf ein Zeichen der Frau die Säge ab und legte sie zur Seite, drehte sich zu dem Besucher um. Seine Handschuhe waren verschmiert, auf das Fingerschütteln würde man verzichten. »Ah, Monsieur Bourreau. Willkommen in meiner Unterwelt, auch wenn ich nicht Hades oder Hel heiße, sondern Wunderlich«, sagte er undeutlich durch den Schutz über Mund und Nase. Er deutete auf die Ablage. »Da ist das gute Stück. Das haben wir aus dem jungen Mann hier geschnitten.«

Malleus nickte den beiden freundlich zu und begab sich zum Tisch.

Dort stand das aus Ebenholz geschnitzte Abbild einer Entität, kinderfaustgroß und dem Geruch nach sauber. Dem Äußeren und der Gestaltungsart nach handelte es sich um eine afrikanische Gottheit. Das wiederum machte es nicht leichter.

»Darf ich es anfassen?«

»Sie können es *mitnehmen*, wenn Sie mir den Empfang quittieren«, erwiderte Wunderlich, von dem man nur die Augenpartie sah. »Es gehört wohl zu Ihrem Fall. Meiner Assistentin fiel das Etikett auf. Sie haben es ihr zu verdanken, dass Sie hier stehen.«

»Sie helfen mir wirklich aus einer Sackgasse.« Malleus nahm die Statuette hoch, betrachtete sie, wendete und begutachtete sie weiter. »Sie steckte *in* ihm?«

»Im Rektum«, erklärte Wunderlich. »Umwickelt von Folie, deswegen ist es auch sauber geblieben. Anscheinend sollte es in einem Flieger geschmuggelt werden. Da es nicht metallisch ist, wäre er damit durch die Kontrollen gekommen.«

»Stattdessen liegt er bei Ihnen.« Malleus näherte sich dem Tisch, um einen Blick auf den Toten zu werfen. »Todesursache ist …« Er verstummte, als er den Kopf sah, um dessen Stirn sich bereits die Säge gefressen hatte. »Ah, ich sehe.«

»Männliche Leiche, Anfang zwanzig, kaukasisch, wie man sagt. Gefunden in der Elbe im Hafenbecken, in der Nähe der Werft. Todeszeitpunkt: vor weniger als drei Tagen, und warum er starb, haben Sie gesehen: Kopfschuss aus kürzester Distanz durch das rechte

Auge. Die Pulververbrennungen beziehungsweise die Partikel sind deutlich um die Wunde und im Gesicht zu erkennen.« Wunderlich klappte die nach außen gebogenen Hautlappen zurück, die sich durch den Y-Schnitt ergeben hatten. »Sie sehen die Vielzahl von Schnitten und Stichen in Brust und Unterkörper, dazu die Blutergüsse an den Rippen, am Hals und im Gesicht«, referierte er weiter.

»Man hat ihn zusammengeschlagen und verhört«, schätzte Malleus und wollte mit Daumen und Zeigefinger die Bartenden entlangreiben, unterließ es aber.

»Das *kann* man so interpretieren.« Wunderlich nickte seiner Assistentin zu, die mit anpackte, sodass sie den Toten zur Seite drehen konnten. »Erkennen Sie etwas?«

Malleus sah Schultern, Rücken, Hintern und Beine entlang, entdeckte jedoch keine Auffälligkeiten. »Er hat keine Tätowierungen oder sonstige Narben«, sprach er das Offensichtliche aus.

Wunderlich und Mischner legten den Toten ab. »Ausgezeichnet! Der junge Mann war gepflegt, ging regelmäßig zur Pedi- und Maniküre, die inneren Organe zeigten sich uns in bestem Zustand. Ich schätze, er kommt mindestens aus der gehobenen Mittelschicht.«

»Keine Ausweispapiere?«

Mischner verneinte. »Seine Kleidung stammt aus dem hochpreisigen Bereich, Designerstücke zwischen hundert und zweitausend Euro. Mehr wissen wir noch nicht.«

Malleus wusste die Leiche noch nicht in Einklang mit den Geschehnissen zu bringen, freute sich allerdings, den ersten gestohlenen Gegenstand gefunden zu haben.

Er besah sich das Etikett, das auf der Standfläche angebracht war. *Unzweifelhaft aus Heins Bestand.*

Rasch füllte er die bereitgelegte Übergabebescheinigung für das Artefakt aus und unterschrieb es. »Dann nochmals danke fürs Bescheid geben«, sagte Malleus und bewegte sich zum Ausgang. »Darf ich Ihnen etwas als kleine Aufmerksamkeit schicken, Frau Mischner?«

»Gerne.« Sie lächelte hinter ihrer Maske. »Fürchten Sie, dass wir noch mehr finden, das mit dem Fall zu tun hat? Mehr Leichen?«

Malleus zuckte mit den Schultern. »Ich denke nicht, aber ausschließen kann ich nichts.«

Wunderlich zeigte auf die Tüte mit den Innereien der Leiche. »Ich kann einen Haruspex kommen lassen.«

Malleus grüßte stumm und sagte damit alles.

Kaum trat er vor das Gebäude, musste er einem rasenden Radfahrer ausweichen, der ohne Licht auf dem Trottoir fuhr. Dabei stieß Malleus gegen den Türrahmen, und die Statuette rutschte ihm aus den Fingern.

Bevor er nachgreifen konnte, landete sie mit einem knackenden Geräusch auf den Pflastersteinen – und zerschellte.

Malleus starrte auf die Einzelstücke, bis er erkannte, dass sie keineswegs aufs Geratewohl zersprungen waren, wie es im ersten Schreck den Anschein gehabt hatte.

Sollbruchstellen? Er beugte sich herab und sammelte vorsichtig die Fragmente des Figürchens ein, das jedes für sich Markierungen, Einkerbungen und Haltestifte aufwies; lediglich einer davon war abgebrochen. *Auf ein Rätsel folgt das nächste.*

In seinem Ohr fiepte das Mini-Fon leise, ein Anruf ging ein.

»Bourreau?«, meldete er sich und steckte die Stücke in die Tasche, um zum i8 zu gehen. Ein zerlegbares Artefakt, dessen Herkunft ungeklärt war, versprach anregende Unterhaltung für seinen Verstand. Geduldsspiel mit Mehrwert.

»Es gab einen Todesfall. Die Zeichen sprechen für mehr als einen einfachen Mord«, sagte die Stimme seines Vorgesetzten. »Das könnte in Ihr Ressort fallen.«

»Ich bin noch in Treva«, erklärte er unwirsch. »Der Fall Hein …«

»Der Fall Hein ist abgeschlossen. Die verschwundenen Sachen kann sich Ihre Assistentin vornehmen«, unterbrach ihn Lautrec. »Das hier hat Vorrang.«

»Wo?« Malleus öffnete die Tür des schnittigen BMWs.

»Im Vatikan.«

Malleus gefror in der Bewegung.

Der einst mächtige Kirchenstaat hatte schwer unter der Entchristianisierung gelitten. Es wurde gemunkelt, dass die römischen Götter dem Vatikan als Kuriosum erlaubten, weiterhin in der Ewigen Stadt zu bestehen. Es gab kaum Bilder von dem Ort, der angeblich dem Zerfall anheimgefallen war. Sowohl innerlich als auch baulich.

Malleus fand das Verhalten geschickt: Die Entitäten demonstrierten, dass sie sich als stark genug betrachteten, den Stellvertreter des Christengottes auf Erden in ihrer Heimat zu belassen. Sie weideten sich an dem Machtverfall, während überall neoromanische Bauten entstanden. Zu ihren eigenen Ehren.

Allerdings wäre ein Mord am höchsten Oberhaupt der Christen – Sekte hin oder – ungeschickt.

Schon jetzt schloss Malleus aus, dass die vermeintlichen römischen Götter etwas mit der Tat zu tun hatten. *Nicht mein Ressort.* »Der Papst?«

»Nein.« Lautrec räusperte sich. »Sein Sohn.«

* * *

Episode 2
VATIKAN-RÄTSEL

»Auf der Erde wird man Lebewesen sehen, die immer gegeneinander kämpfen, was zu unheimlich großem Ungemach und häufig zum Tod auf beiden Seiten führen wird. Ihre Tücke wird keine Grenzen haben; […] und wenn sie einmal satt sind, dann wird die Speise ihrer Wünsche sein, allem, was lebt, Tod, Ungemach, Mühen, Ängste und Flucht zu bringen.«

Leonardo da Vinci,
Von der Grausamkeit des Menschen, um 1590
Codex Atlanticus

Italien, Rom, November 2019

Malleus Bourreau fuhr sich mit Daumen und Zeigefinger über die schwarzen Bartenden seines Fu-Manchu und sah nachdenklich aus dem Flugzeugfenster.

Der Airbus A390 zog eine leichte Kurve und setzte zur Landung an. Dabei konnte Malleus einen kurzen Blick auf das bisschen Glanz werfen, das vom Vatikan übrig geblieben war. Gleich darauf verhüllte sich der Petersdom vor ihm, warf Regenwolken und Nebel als Umhang um sich, als wäre er beleidigt.

Oder vor Scham. Malleus hätte nicht geglaubt, derart rasch mit dem nächsten offiziellen Auftrag von Interpol in die Ewige Stadt zurückzukehren, in der die Reste des Kirchenstaates lagen. *Oder Trauer.*

Der Tod des Papstsohnes war eine unerhörte Begebenheit, die von einem Spezialisten wie ihm untersucht werden musste. Da die vatikanische Polizei auch Interpol angehörte, war es nur rechtens, dass sie nach ihm verlangten. Malleus grinste leicht. *Wie nennt man eigentlich den Sohn des Stellvertreters Gottes auf Erden?*

Ganz offenbar schien das Oberhaupt der wenigen verbliebenen bekennenden Katholiken der Meinung zu sein, dass eine Entität ihre Hand im Spiel gehabt hatte. Eine Entität, die nicht *ihr* Gott war.

Der A390 setzte mit einer butterweichen Landung auf. Es folgte eine Fahrt über die verschlungenen Pfade des Flughafens, bis Malleus und die übrigen zweitausend Passagiere endlich von Bord durften. Im Gegensatz zu ihm hatten sie bei ihrer Reise einen Zwischenstopp in Kauf nehmen müssen, um innereuropäische Flugpassagiere wie ihn in Treva aufzunehmen.

Sein Handgepäck sowie das Einsatzköfferchen führte er mit sich, dank seines Interpol-Ausweises kam er ohne lange Kontrollen in die Ankunftshalle.

Die meterhohen LED-Wände kannte Malleus schon. Sie zeigten Impressionen von Rom und von der Umgebung, die man besuchen solle.

Auch hier hatte das Pantheon rund um Jupiter ganze Arbeit geleistet.

Ostia Antica, Tibur, die Hadriansvilla und Praeneste am Monte Ginestro – die antiken Stätten lockten in renovierter Form.

Danach erschienen die Götter in einem modern geschnittenen Spot und gaben den Ankommenden ihren Segen, und Jupiter riet dröhnend, sich ihm und seinen Mit-Entitäten anzuschließen.

Es folgten mehrere nachgewiesene Wunder, die von Jupiter und Co gewirkt worden seien, inklusive Zeugenaussagen von dankbaren Menschen. Anschließend warb ein sichtlich angeheiterter Bacchus für den Besuch der Bacchanalien, die zweimal im Jahr stattfanden. Übersetzt bedeutete es: viele Orgien und viel Wein.

Malleus ging weiter und sah einen älteren, blonden Mann in einer schwarzen Soutane mit einem kleinen, gestickten weißen Kreuz auf der Brust; auf dem Kopf trug er eine Mischung aus Barett und Hut. Eine schmale Umhängetasche lag an seiner Hüfte.

Er wartete an der Absperrung, flankiert wurde er von zwei Männern in dunklen Anzügen, die bunte Abzeichen auf den Kragenspiegeln trugen. Schweizer Garde. Anscheinend fühlte sich der Geistliche mit ihnen wohler als mit der Vatikanpolizei.

Die Umstehenden ignorierten das Trio, bis auf einige übermütige

Jugendliche, welche die starre Haltung der Leibwächter nachahmten und dabei fies grinsten; einige schossen Selfies.

Malleus setzte seine runde Sonnenbrille auf, klappte den Kragen des Militärmantels hoch, ging auf das Empfangskomitee zu und deutete an, seinen Hut zu lupfen.

»Die Herrschaften erwarten mich, nehme ich an?«, sprach er sie auf Englisch an.

»Ganz recht. Willkommen, Mister Bourreau«, erwiderte der Mann in der Soutane freundlich, aber zurückhaltend. »Ich bin Pater Severinus, der persönliche Assistent des Heiligen Vaters, und soll Sie in den Vatikan bringen.« Er machte einen Seitwärtsschritt und deutete mit der rechten Hand zum Ausgang. »Wir parken direkt vor der Tür.«

Malleus lehnte die angebotene Tragehilfe eines Gardisten ab, nahm mit einer Hand das Zigarrenetui hervor und wählte eine Culebra mit blauer Banderole, die er beim Einsteigen ins Flugzeug bereits angeschnitten hatte.

»Wenn Sie danach in Ihr Hotel möchten, werden Sie gefahren«, erklärte der Pater.

»Vielen Dank. Aber ich denke, ein Mietwagen wird mir besser gefallen.«

Der Gang durch die Flughafenhalle verlief ohne Zwischenfälle, auch wenn gerade ankommende Touristen dem Pater und den Schweizer Gardisten nachsahen.

In anderen Ländern zeugte es von gesundem Selbsterhaltungstrieb, den christlichen, muslimischen oder jüdischen Glauben nicht offen zur Schau zu stellen.

In Rom wurde es hingegen geduldet, dass sich die Christen zeigten, als habe sich seit 2012 mit der Rückkehr der Götter nichts geändert. Das lag sicher auch daran, dass sich die wichtigste Kultstätte der Christenheit an ihren Mauern befand und es viele Besucher gab, die den Dom besichtigen wollten. Ein Monument, ein alt-neues Kuriosum. Solange der Papst die Touristen zuließ, war alles in Ordnung.

Im Gehen schaffte es Malleus, mit dem Feuerzeug den Span aus dem Etui und damit die Zigarre zu entzünden. Er gab nichts auf Rauchverbote. Die Luft war rings um einen Flughafen voller krebserregender Stoffe. *Als würde der Tabak ins Gewicht fallen.*

Pater Severinus redete nicht. Die Leibwächter zogen das Schweigen vor, waren aber äußerst wachsam, sicherten und schauten ununterbrochen in die verschiedenen Richtungen.

Die Anspannung des Trios konnte Malleus fühlen. Sie waren umzingelt von wiedererstarkten Religionen, zu denen man früher in Konkurrenz gestanden, die man gnadenlos bekämpft und jahrhundertelang unterdrückt hatte.

Revanche – einige Entitäten hatten sie sich bereits blutig erlaubt, woanders übernahm das die Anhängerschaft. Es konnte jederzeit geschehen. Ein eifernder Tourist aus einem weniger christenfreundlichen Land genügte.

Kaum verließen sie das Gebäude und gingen auf den kantigen, schwarzen Rolls-Royce *Phantom II* zu, auf dessen Wagentüren die Standarte des Papstes prangte, wurde es richtig ungemütlich.

Ein Rudel verwegener Touristen, die laut auf Russisch sprachen und über deren Kleidungsgeschmack man nicht diskutieren konnte, hatten den Rolls entdeckt und knipsten ihn. Dabei vollführten sie obszöne Gesten oder hielten ihre eigenen religiösen Symbole in die Kamera. Man machte deutlich, wer sich für den Sieger im Götterwettstreit hielt.

Malleus paffte ruhig und erkannte die Zeichen von Stribog und Chors, Götter des ostslawischen Raumes, auf den Amuletten. *Wind- und Mondentitäten.*

Natürlich wurden sie bemerkt.

Die Meute sprang lachend und johlend herbei, umringte sie und bedachte sie mit Schimpfworten. Noch mehr Fotos wurden geschossen.

Malleus fand es kindisch, doch mit Vernunft kam man bei diesen Menschen nicht weiter. *Eigentlich bei den wenigsten*, dachte er lächelnd.

Die Heckklappe des *Phantom II* öffnete sich von selbst, und Malleus wuchtete das Handgepäck sowie den kleinen Einsatzkoffer hinein, während ein Leibwächter hinter das Steuer des Wagens schlüpfte und der zweite dem Pater die hintere Tür aufhielt.

In dem Moment traf den Geistlichen ein zur Hälfte gegessener Burger in den Nacken.

Ketchup und Senf spritzten, die Soutane bekam dunkle und gelbe Flecken, das gebratene Fleisch zerkrümelte und rutschte unter den Kragen.

Malleus schloss die Klappe und sah zu der Gruppe, in der eine der Frauen einen Shakebecher zum Wurf hob.

Das Behältnis flog los und landete klatschend im Rücken des Geistlichen, der aufdringlich gelbliche Inhalt verteilte sich auf dem schwarzen Stoff wie Wandfarbe.

Aber der Pater blieb ruhig und wandte sich nicht den grölenden Angreifern zu, die ihre Attacken filmten und Kommentare riefen. Er stieg einfach ein, langsam und würdevoll, als wäre er soeben gesalbt worden.

Der Leibwächter schloss die Tür und bedeutete Malleus, ebenfalls im Rolls-Royce Platz zu nehmen. Anscheinend hatten sie den Auftrag, nur einzuschreiten, wenn wirkliche Gefahr drohte.

Einer der Randalierer blickte zum Ermittler als letztes verbliebenes Ziel und riss seinem Kumpel die Schachtel mit den Fritten aus der Hand, holte aus.

»Ich erkläre es Ihnen in aller Deutlichkeit: Dieser Mantel kostet in anderen Ländern mehr als Ihr Leben«, sagte Malleus ganz ruhig und freundlich auf Russisch.

Der Mann senkte die Box verdutzt. »Drohst du Arschloch mir?«

»Nein. Ich wies Sie nur auf die Relation hin.« Er wandte sich ab und stieg in den *Phantom II* ein. »Einen guten Tag. Grüßen Sie Stribog und Chors, wenn Sie sie sehen.«

Die Tür schlug zu, ohne dass ihn Pommes oder andere Lebensmittel trafen. Die Überraschung hatte ihren Zweck erfüllt.

Malleus roch das Mango-Aroma, das der Shake auf der Soutane verströmte. Die weißen Lederpolster waren mit Plastikfolie überzogen. Er pochte auf das dünne, raschelnde Plastik. »Passiert das öfter, Pater?«

»Ständig.« Severinus lächelte schwach. »Meistens sind es Getränkebehältnisse in jeglicher Form. Und Essen. Ich bin dem HERRN dankbar, wenn es nichts Heißes oder Eisiges ist.«

»Sie haben Humor. Braucht man wohl als Christ.« Malleus nickte mehrmals anerkennend und sah aus dem Fenster, rauchte die Culebra weiter.

»Als Atheist noch viel mehr, denke ich.«

»Touché. Aber ich beschränke mich auf Ignoranz.«

Das auferstehende neoantike Rom erhob sich links und rechts der Straße, Tempelanlagen wurden renoviert oder glänzten in neuem Schick, im Kolosseum brannten jede Nacht die Scheinwerfer und Opferfeuer.

Malleus wusste: Wer wollte, durfte in die Arena und kämpfen wie früher, jetzt allerdings zu Ehren der Götter. Und es fanden sich so viele *morituri*, dass es Wartelisten gab. Wer überlebte, bekam Geld. Wer mehrmals überlebte, wurde ein reicher Mann oder eine reiche Frau. Götterlieblinge.

Es gab durchaus Bestrebungen innerhalb der italienischen Regierung, die Todesstrafe einzuführen, verbunden mit den Spielen. Somit wäre auch der Nachschub an Teilnehmern gesichert, sobald sich keine Freiwilligen und Verzweifelten mehr fanden.

»Sie halten die andere Wange hin, Pater.« Malleus zeigte mit der krummen Zigarre auf die Gardisten, die glühende Spitze zog eine orangefarbene Linie. »Aber sie schlagen zu?«

Severinus lachte leise. »Das wird Sie enttäuschen, aber ich lasse mich mit Ihnen nicht auf eine theologische Erörterung ein.« Er bekam von einem Leibwächter ein Handtuch gereicht, mit dem er sich den Nacken abwischte. »Nicht mit *Ihnen*, Mister Bourreau. Sie haben *nichts. Gar* nichts. Daher verstehen Sie nichts.«

»Oh, Sie irren sich, Pater.« Er stieß den Rauch gegen den Wagenhimmel, der flüchtige Gesichter zu formen schien. »Ich habe *mich.*«

»Und sind damit doch alleine.«

»Ich fühle mich sehr wohl. Auf mich ist Verlass.« Malleus richtete die kontaktlinsenblauen Augen auf den Geistlichen, während der Rolls leise schnurrend durch Rom fuhr. Die Federung fing jegliche Unebenheit ab, es fühlte sich ein wenig wie Schweben an. »Auf Entitäten niemals, egal ob real oder imaginär. Sie enttäuschen sogar jene, die auf sie vertrauen und ihnen ganze Schätze und Länder opferten.« *Sogar wenn man sie auf Knien anfleht.* Unschöne Bilder aus der Vergangenheit drohten an die Oberfläche seines Verstandes zu steigen. Aus dem Krieg. Aus seinem anderen Leben, das noch eine Familie kannte.

»Der HERR enttäuscht mich niemals.«

»Ich weiß, es war niemals das Konzept des neutestamentlichen Christengottes, sich aktiv einzumischen. Deswegen brauchen Sie und die Handvoll Christen mehr Geduld.« Malleus blieb freundlich und paffte die eigenen Erinnerungen davon. »*Hilf dir selbst, dann hilft dir Gott* – war das nicht ein Sprichwort?«

»Mehr eine Redewendung. Und nicht von wahren Gläubigen.« Severinus blieb unbeeindruckt.

Malleus lachte leise. »Sie haben es *doch* getan, Pater.«

»Was?«

»Ein bisschen theologisch erörtert.« Er ließ die Scheibe nach unten gleiten und schnippte den Stummel hinaus. »Aber reden wir über den Fall. Das kommt uns beiden mehr entgegen.«

»Sie meinen, über Gott zu reden, wäre Zeitverschwendung?«

Malleus setzte die Sonnenbrille, danach den Hut ab, womit die kurzen schwarzen Haare zum Vorschein kamen, die im Nacken zur Fasson geschnitten waren und obenauf länger wuchsen. Die Brille landete im Hut und dieser auf seinen Schoß. »Beschränken wir uns vorerst auf das Irdische und den Ort, an dem Blut vergossen wurde.« Er zückte seinen PDA, um die Aufnahmefunktion zu aktivieren.

»Nun, gut.« Severinus faltete das Handtuch zusammen. »Der Heilige Vater fand die Leiche seines Sohnes gestern, gegen ein Uhr nachts, in der Pinacoteca Vaticana, Saal neun, wo die Werke da Vincis aufbewahrt sind.«

»Wie viele Menschen im Vatikanstaat wissen, dass es der Sohn des Papstes ist, Pater?«, hakte Malleus ein.

»Offiziell: ein halbes Dutzend. Inoffiziell« – Severinus sah zerknirscht aus – »vermag ich es nicht zu sagen. Das Wort ist oft schneller als der Verstand. Er wurde *Frater Theodorus* genannt.«

Theodorus – Gottesgeschenk. Malleus sah zu den beiden Schweizer Gardisten, die zwar mit einer schusssicheren Glasscheibe vom Fond getrennt waren, aber auf ihren Patrouillen in den Sälen, Korridoren und Hallen vermutlich Details mitbekamen. »Wurde die Leiche bewegt?«

»Nein. Wir sperrten Saal neun ab. Der Heilige Vater ließ über die Vatikanpolizei bei Interpol sofort nach Ihnen verlangen.«

»Was gab den Ausschlag?«

»Auf die Stirn der Leiche wurde die Zahl 666 mit Blut geschrieben.«

»Ernsthaft? Die Zahl des Biestes? Ein bisschen zu dramatisch und plakativ.« Malleus unterdrückte das Auflachen. »Sein Blut?«

»Nein. Er wurde erwürgt.« Severinus griff in die Tasche und nahm Fotos heraus. »Ich habe darauf bestanden, Aufnahmen anzufertigen, falls sich etwas in der Zeit verändern sollte, während wir auf Ihre Ankunft warten, Mister Bourreau.«

»Guter Einfall.« Malleus nahm sie entgegen.

Es begann mit einem Detailfoto. Am Hals waren Abdrücke zu sehen, die größer als die einer normalen Männerhand erschienen. Darüber hinaus waren die Abdrücke gerötet, die Haut warf Blasen oder war schwarz oder fehlte ganz, sodass rohes Fleisch zutage trat.

»Verbrennungen, richtig?«

»Ja. Es scheint, als habe Satan persönlich ihn erwürgt.«

Malleus musste grinsen, es ging nicht anders. »Das würde bedeuten, dass sich das christliche Böse zeigt, aber der Gott nicht?«

»Der HERR ist überall«, erwiderte der Pater gütig. »Er prüft uns wie Hiob. Die Unerschütterlichsten von uns werden sich beweisen und jenen ein Vorbild sein, die sich verbergen müssen und heimlich beten.«

Natürlich. Malleus betrachtete kommentarlos die Fotografien.

Der junge braunhaarige Mann trug eine schwarze Soutane, hatte die Ärmel hochgekrempelt, als habe er vor seinem Tod etwas Schweres wuchten wollen.

Neben ihm stand ein Pult, auf dem sich Pinsel, kleine Klingen, Lupen und Sprühflaschen befanden. Das Bild auf der Staffelei, vor dem die Leiche lag, zeigte sich in sehr schlechtem Zustand. Die Ölfarben waren teils aufgelöst, teils abgekratzt, ein Drittel davon schien aus weißer Fläche zu bestehen.

»Ist das ein unvollständiges Bild von da Vinci?«, fragte Malleus und hielt Severinus andeutungsweise die fragliche Aufnahme hin.

»Ich weiß es nicht. Frater Theodorus war unser Experte für Gemälderestaurierung. Er arbeitete an verschiedenen Bildern, quer durch die Säle der *Pinacoteca.*«

»Ich hätte gerne eine Liste davon«, bat Malleus.

Nun schaute ihn der Pater verwundert an. »Was hat *das* mit dem Mord zu tun?«

Er lächelte leicht. »Das weiß man nie. Es kann ein trivialer Mord sein, der weder mit Satan noch mit irgendeiner Entität im Zusammenhang steht. Menschliche Schwächen und Befindlichkeiten sind übrigens als Motiv am meisten verbreitet. Die Gier. Nach Geld, Macht, Anerkennung, Besitz. Und Liebe. Pardon, *Fleischeslust.*« Malleus sah den Mann an. »Hatte Theodorus Liebschaften?«

Severinus stieß die Luft aus. »Ah. Sie verfallen dem Klischee: Alle Klerikalen sind schwul und unterhalten … «

»*Ich* sagte nichts von homosexuell«, unterbrach ihn Malleus freundlich. »Es leben Männer und Frauen im Vatikan. Auswahl hatte er genug. Auch außerhalb.« Er fuhr sich mit Daumen und Zeigefinger über den Bart. »Zudem ist es mir, werter Pater, herzlich gleichgültig, welche Vorlieben der Tote hatte. Sie haben interpretiert, ich hingegen fragte neutral.«

Der Pater errötete. »Verzeihen Sie meinen Ausbruch«, entschuldigte er sich. »Aber…«

»Hatte er nun oder nicht?«

»Ich weiß es nicht.«

»Lebt die Mutter des Opfers noch?«

Severinus schluckte. »Ich würde es vorziehen, wenn Sie nicht in diese Richtung ermitteln, Mister Bourreau. Sprechen Sie den Heiligen Vater am besten nicht darauf an, falls Sie sich treffen sollten.«

»Rangiert Theodorus wirklich unter *Gottesgeschenk?*« Malleus kam der Gedanke, dass die Vaterschaft des Papstes niemals geprüft worden war.

»Nennen wir ihn *ein Kind der Liebe, das nicht sein durfte.*« Severinus' Mund wurde schmal. »Die Mutter lebt nicht im Vatikan.«

»Doch es ist zu einhundert Prozent sicher, dass der Heilige Vater …«

»Seiner Meinung nach: Ja.« Der Pater räusperte sich. »Wie gesagt: Sie werden *nicht* in diese Richtung ermitteln.«

In Malleus' Verstand entstanden viele Theorien zur Herkunft von Frater Theodorus, der womöglich nichts anderes war als ein Kuckuckskind, das durch eine gute Gelegenheit im Vatikan abgestellt worden war, um an anderer Stelle nicht im Weg zu sein.

Oder es handelte sich um eine heimliche Adoption. Durfte ein Papst so etwas überhaupt: Kinder adoptieren?

So oder so käme es zu einem Skandal, wenn sich die Kunde verbreitete.

Die Päpste der Neuzeit taten sich weniger durch Nachrichten über üppigen Lebensstil oder Mätressen hervor, als dies in der Historie durchaus vorgekommen war.

Ein solcher Skandal träfe vor allem die verstreuten Katholiken, die in dem Heiligen Vater ihre letzte Identifikationsfigur auf Erden hatten. Es gab sonst keine Gemeinden, keine Priester und Bischöfe, keinerlei Strukturen mehr.

Das würde die Kirche erschüttern und schwächen. Malleus vermutete in dem Mord daher eine politische Absicht, und dass er durchaus von einer Entität begangen worden sein konnte. *Das wird sich zeigen.*

Aber den klassischen Teufel schloss er aus.

Satan, Luzifer, wie auch immer hatte sich 2012 nicht gezeigt, von daher brauchte er jetzt nicht damit anzufangen.

* Α Ω *

Rom.

Schon wieder.

Aber ich bin da, ich folge ihm und wache.

Was? Ist das sein Ernst? Er muss in den Vatikan, einen Hort voller Verzweifelter und im Stich Gelassener, die sich gegenseitig Mut machen, dass es ihren Gott gibt und dass er ihnen zuhört.

Eigentlich wie in den Jahrhunderten zuvor. Nur haben die anderen dieses Mal einen klaren Vorteil.

Habe gelesen, dass der christliche Gottesstellvertreter die Menge der Entitäten mit der Sintflut verglich: Sie würden wegschwemmen und ausspülen, was nicht zum Christentum gehörte, und vergehen, wenn der Tag des Jüngsten Gerichts käme.

Wie unpassend. Verzweifelt.

Aber was will der alte Mann sonst machen?

Wunder wirken klappt nicht. Die Fürze der anderen stinken besser. Sie wandeln in ihren Kirchen nicht mal das Wasser zu echtem Wein. Das können die anderen mit einem Fingerschnippen.

Harte Zeiten für Christen.

Habe gehört, dass Mekka die Ehrwürdige noch existiert und sie die Kaaba haben stehen lassen. Was man den Christen gönnte, wollte man der Handvoll Moslems nicht nehmen. Die neuen alten Götter sind mitunter gnädig.

Aber der Schwarze Stein ist weg, glaube ich.

Das Teil war umstritten, sogar unter den Prophetengefährten, von wegen Anbetung eines Dings.

Niemand weiß, wo er jetzt steckt. Irgendein antiker Kult wird ihn sich zurückgenommen haben. Back to the roots, steinzeitlich für alle.

Er fährt los, und ich nehme mir das nächste Taxi. Natürlich geht es zum Vatikan. Wohin auch sonst, mit dem Wagen?

Ich war schon an Orten, an denen sie Zielübungen auf Autos machten, die es wagten, ein christliches Symbol zu zeigen. Der Christenfisch am Heck war ein Garant für eine Salve aus mächtig großen Knarren. Selbstmörder klebten sich das Kreuz auf die Stirn und gingen einfach ins Freie.

Keine drei Sekunden, und sie waren erlöst.

Wer wird wohl gestorben sein?

Das ist verfickt lustige Ironie: Die Institution, die früher eigene Exorzisten ausbildete, muss sich einen Atheisten ins Haus holen, um eine Tat aufzuklären!

Mord. Garantiert.

Der Papst?

Das wäre der Hammer – vielleicht Odins Hammer?

Ich werde es bald wissen.

Weil ich ihm folge.

* Α Ω *

Malleus kniete im überschaubar großen Saal neun der Vatikanischen Pinakothek mit Bildwerken aus dem 15. und 16. Jahrhundert, darunter das Werk *Der heilige Hieronymus* des Universalgenies Leonardo da Vinci und weitere von Bellini, de' Conti und Caravaggio, neben dem toten jungen Mann.

Laut Aussage von Pater Severinus hatte dieser gerade einundzwanzig Lebensjahre erreicht.

Umgeben von den kostbaren Bildern, wirkte der Leichnam unwirklich plastisch und erweckte vor dem zu restaurierenden, teils leeren Bild ein wenig den Eindruck, als sei er aus jenem Rahmen in den Raum gestürzt und von der Wirklichkeit getötet worden.

Malleus betrachtete die Fingerspuren am glatt rasierten Hals und hielt seine Hände darüber, ohne den Toten zu berühren.

Wer immer Frater Theodorus erwürgt hatte, musste groß sein, wenn man die menschliche Proportionenlehre anwandte.

Die Verbrennungen zeigten sich dort, wo die Glieder auf den Hals getroffen waren, sehr deutlich: Brandblasen, verkohlte und fehlende Stellen im Gewebe. Beim Lösen des Griffs hatte der Täter verbackene Haut mit abgerissen.

»Wir brauchen die Spurensicherung.« Malleus fand es merkwürdig, die eigene Stimme mit Hall zu hören. Der kleine, aber leere Saal gab Worten ebenso viel Raum wie den Gemälden.

Er sah, dass sich Fingernägel ins Fleisch gebohrt und Schnittwunden hinterlassen hatten. Die Augen des Toten standen weit offen, die glasigen Pupillen waren gebrochen und ohne Leben. Sein Gesicht zeigte keinen besonderen Schrecken, sondern nur Verzerrung, die vom Todeskampf herrührte. Aber herausragende Furcht, die man im Angesicht Satans empfinden könnte, erkannte er nicht. Auf der Stirn stand *666* geschrieben, und es schien zumindest farblich Blut zu sein.

»Der Vatikan hat keinen eigenen Erkennungsdienst«, antwortete Severinus. »Der Heilige Vater fürchtet, dass die staatlichen Mitarbeiter zur Indiskretion neigen, Mister Bourreau.«

»Das verstehe ich. Aber wir kommen so kaum voran. Ich kann Interpol…«

Der Pater schüttelte den Kopf. »Höchstens einen unserer Ärzte. Aber ich glaube nicht, dass er Ihnen viel hilft.«

»Oh, ich denke, dass sich durch ihn einiges klären lässt. Die Todeszeit wäre gut. Außerdem eine Analyse des Blutes, sowohl das des Fraters als auch von dem auf seiner Stirn«, erbat sich Malleus ermittlungstechnischen Beistand. »Wenn er so gut wäre und eine Obduktion vornimmt und zumindest grob weitere Verwundungen und Anomalien aufdeckt?«

»Ich frage den Heiligen Vater, ob er es erlaubt.«

»Es wäre in seinem Interesse.« Der rechtliche Sonderstatus des Vatikans war nicht nur von Vorteil. Malleus roch, dass der Tote Parfum verwendet hatte, und – abgesehen von ersten Verwesungserscheinungen – machte er einen gepflegten Eindruck. Sogar die Frisur saß perfekt, die dunklen Haare dufteten nach Spray.

Aber es haftet ihm ein weiteres Odeur an. Malleus zog den Hut ab. Schnuppernd näherte er sich der krakeligen 666.

Kein Zweifel: Eine Nuance von Eisen, von Schmieröl, von Ruß ging von dem Fremdblut aus.

»Würden Sie bitte die Rauchmelder ausschalten lassen, Pater?« Er richtete sich auf und nahm eine Culebra mit grüner Banderole sowie den Holzspan aus dem Etui. Es folgte das bewährte Ritual: mit dem Feuerzeug den Span anzünden und mit dem Span wiederum die angebohrte, schiefe und gewundene Zigarre.

Severinus nahm einen Tabletcomputer aus seiner Umhängetasche und tippte darauf herum. Es sah routiniert aus. »Geschehen, Mister Bourreau. Und herzlichen Glückwunsch: Seit mehr als achtzig Jahren sind Sie der erste Mensch, der in der *Pinacoteca Vaticana* rauchen darf.«

»Ich weiß es zu schätzen.« Malleus zwinkerte dem Mann in der schwarzen Soutane zu. Mit dem Hut in der Hand näherte er sich dem Bild, das der Tote zuvor restauriert hatte. »Was können Sie mir *dazu* sagen?«

»Sie verraten mir nichts zu Theodorus' Tod?«, erwiderte Severinus verwundert.

Malleus paffte mehrmals schnell und blies den Rauch senkrecht in die Höhe, gegen die herabhängenden Pendelleuchten. »Er wurde erwürgt.«

»Was Sie nicht sagen«, entfuhr es dem Pater ärgerlich.

»*Vermutlich* erwürgt. Deswegen hätte ich gerne, dass die Wunden und das Blut untersucht werden. Außerdem muss ich mir den Tatort genauer ansehen.« Er zeigte mit dem glühenden Ende der Zigarre auf das Gemäldefragment, der Qualm bildete ein Fragezeichen. »Das Bild könnte der Grund für den frühen Tod des jungen Mannes sein.« Seine Blicke schweiften über das Pult mit den Behältnissen, Pinseln und Werkzeugen, Lampen und Lupen. »Um das auszuschließen, brauche ich mehr Informationen. Bitte, Pater, erklären Sie mir, was ich vor mir sehe.« Dabei wandte er sich dem Werk zu, paffte einmal und rieb mit Daumen und Zeigefinger über die schwarzen Bartenden.

Severinus wischte über die Tabletoberfläche. »Ich habe mir die Liste mit den Projekten anzeigen lassen, mit denen sich Frater Theodorus beschäftigte.« Er verglich die Ansicht auf dem Display mit dem ramponierten Gemälde auf der Staffelei. »Das müsste *Madonna mit der Spindel* sein. Und zwar nicht eine der beiden existierenden Kopien, sondern das Original. Von da Vinci selbst gemalt.«

Malleus hörte am Stolz in der Stimme des Mannes, dass er sich erkundigen sollte, was Besonderes daran war. »Erzählen Sie ruhig mehr, Pater.«

»Alles in allem geht man von fünfzehn erhaltenen Gemälden aus, die dem *maestro* zugeschrieben werden, entweder in Beteiligung oder gänzlich. Die meisten von ihnen sind mit Ölfarben auf Holz gemalt.« Severinus wies auf das rudimentäre Gemälde und hielt das Tablet, das eine erhaltene Kopie zeigte, zum Vergleich daneben. »Die Kunstwelt nahm an, dass das Original nicht erhalten ist. Wir haben es aufgespürt und gerettet.«

»Was macht Sie so sicher?«

»Die Darstellung. Dazu zitiere ich Pietro da Novellara: *eine Madonna, die dasitzt, als ob sie eine Spindel wickeln will, und das Kind, den Fuß in einem Spindelkörbchen, hat die Spindel genommen und betrachtet aufmerksam die vier Strahlen, welche das Kreuz darstellen sollen. Als ob es sich nach dem Kreuz sehnt, lacht es und hält die Spindel so fest, dass es ihm die Mutter nicht wegnehmen kann.* Auftraggeber des Bildes aus dem Jahr 1501 war Florimond Robertet, Staatssekretär von Ludwig dem Zwölften.« Severinus zeigte auf das Gemälde. »All das sehen Sie hier, wenn auch stark beschädigt. Die Kopien unterscheiden sich deutlich. Wir haben Analysen der Farben vorgenommen und auch da Vincis Unterschrift verifiziert.«

»Demnach ist es ziemlich wertvoll.«

»Der aktuelle Marktwert dürfte, gemessen an der *Mona Lisa*, selbst in diesem Zustand bei etwas unter einer Milliarde Euro liegen.« Severinus schien das Geld gleich zu sein. »Wäre Frater Theodorus fertig geworden, nun ja …«

»Wenn es keiner weiß, ist es auch nicht versichert.« Malleus fand es schräg, wie viel Geld ein Stück Holz mit Farbe aus dem 16. Jahrhundert wert sein konnte. »Aber da es noch an seinem Platz ist, ging es dem Täter weniger um …« Er sah Hilfe suchend zum Pater.

»Madonna mit Spindel.«

»Genau.« Malleus paffte nachdenklich und hüllte sich mit wohlduftenden Tabakschwaden ein. »Eine Milliarde. Einfach auf der Staffelei stehen gelassen, um einen Frater umzubringen, die 666 auf die Stirn zu malen und zu verschwinden.«

»Ein Frater mit *Besonderheit*«, fühlte sich Severinus verpflichtet, auf die Brisanz hinzuweisen.

»Ich bin inzwischen bereit, werter Pater Severinus, die *Besonderheit* beinahe außer Acht zu lassen.« Malleus schwenkte die Culebra, die glühende Spitze malte Linien in die Luft, die mehrere Herzschläge lang zu sehen waren, als würden sie seine Worte unterstreichen. »Würde ich meinem Erzfeind einen Schlag versetzen wollen und seinen Sohn töten – ließe ich ihn einfach an dessen Arbeitsplatz liegen?«

»Würden Sie, Mister Bourreau?«

Malleus lachte leise. »Nein.« Er musterte die Decke. »Keine Kameras?«

»Das System ist schon seit Monaten defekt. Wenn Touristen kommen, haben wir in jedem Raum zwei Aufpasser.«

»Nachts nicht?«

»Wachleute. Aber sie bemerkten nichts.«

Es wäre zu einfach gewesen. »Zurück zu Ihrer Frage.« Malleus schürzte die Lippen. »Wäre *ich* der Mörder, hätte ich den Leichnam des armen Fraters geschnappt, ihn zum Petersdom gebracht, ihn nackt ausgezogen, seinen ganzen Leib mit 666 überzogen und danach an der Fassade aufgehängt, um die Scheinwerfer der umliegenden Gebäude darauf zu richten, damit Rom versteht: Sehet! Selbst das Böse ist mächtiger als der dazu passende Gott. Dazu würde es Flugblätter mit der Nachricht regnen, dass der Heilige Vater der überaus leibliche Vater von Frater Theodorus ist. Und natürlich Meldungen an TV-Sender und sämtliche Medien, die man sich vorstellen kann.«

»Das wäre … effektiv.« Severinus erbleichte.

»Und ich bin nicht einmal der Teufel. Der würde noch mehr unternehmen. Er ist um einiges einfallsreicher, wenn ich die Geschichten um ihn richtig interpretiere.« Malleus zeigte auf den Toten. »Hat er aber nicht. Theodorus liegt hier, erwürgt wie en passant.« Er hob den Kopf und betrachtete die restlichen Gemälde von Saal neun. »Haben Sie geprüft, ob etwas davon fehlt? Oder ersetzt wurde?«

Severinus schluckte. »Nein.«

»Weil Sie sich zu sehr auf den Mord konzentrierten.« Malleus zog lange an der Culebra und lauschte auf das Knistern des verbrennenden Tabaks, der ein Echo im kleinen Saal erschuf. Er atmete langsam aus und setzte den Rauch in kleinen Kringeln frei, die er mit seinen Lippen formte. Eine Vermutung bahnte sich an. »Der arme Frater war womöglich einfach nur im Weg und *nicht* das Ziel. Warten wir, was die Obduktion ergibt.«

Severinus sog die Luft laut durch die Nase ein, was ebenso einen leichten Nachklang im Raum erzeugte. »Dann gehe ich und informiere den Arzt. Danach erstatte ich dem Heiligen Vater einen knappen Bericht, und anschließend machen wir gemeinsam eine Inventur, wenn Sie nichts dagegen haben, Mister Bourreau?«

»Sehr gerne.« Malleus steckte die Zigarre in den rechten Mundwinkel. »Ich bleibe so lange hier und sehe mich um.«

»Sie können mich jederzeit anrufen, falls Sie nicht aus dem Gebäude finden sollten oder etwas brauchen. Seit den baulichen Veränderungen ist es nicht immer leicht, den richtigen Weg zu wählen.« Der Pater nickte zum Gruß und verließ Saal neun.

Malleus wanderte umher, vor der Gemäldereihe entlang, betrachtete die altehrwürdigen Rahmen, den Boden davor, die Halterungen. Er achtete auf jedes Detail, das auf Veränderungen hindeutete.

Aber sosehr Malleus suchte und den PDA zur Vergrößerung hinzuzog, ihm fiel nichts auf. Das mochte sich in der Zusammenarbeit mit Severinus ändern, der sich vermutlich besser auskannte.

Frater Theodorus hätte Unregelmäßigkeiten erkannt. Er warf einen Blick über die Schulter.

Aber die Stelle, an welcher der Tote gelegen hatte, war leer.

* Α Ω *

Vielleicht gab's Gründe, weswegen ich bisher nie einen Fuß in den Vatikan gesetzt habe.

Jetzt ist er mein Grund, warum ich es doch tue. Denn ich folge ihm.

Man hört ja draußen die ganze Zeit, dass es so schlimm aussehen soll. Runtergekommen. Abgefuckt.

Dachte also, ich schleiche mich in eine Mischung aus Auffanglager für Geriatrie-Altkatholiken und Lazarett, dekoriert mit Pest und dem Gestank von Fäulnis. Hatte Angst vor Ansteckung.

Aber es sieht manierlich aus, auch wenn die Putzfrauen besser arbeiten könnten.

Der Vatikanstaat platzt fast aus allen Nähten. Refugium. Schutz. Im Glaubensbunker gegen die unentwegten Wissensangriffe und Spottabwürfe und Hohntreffer.

Sie haben die Menschen überall auf den null Komma irgendwas Quadratkilometern untergebracht, in wirklich jedem Haus. Außer in einigen Ausstellungsräumen wie der Pinakothek oder den Museen. Da will man die Kunst nicht stören. Oder in der Sixtina. Aber wählen werden die eh keinen Papst mehr da drin.

In den Gärten stehen Zelte, große und kleine, für Dutzende, für Hunderte. Da muss der ehrwürdige Rasen wohl durch. Die Brunnen erheben sich mittendrin wie abgeworfen.

Ich setze tausend Euro, dass sich die paar überlebenden Kardinäle ihren Lebensabend so nicht vorgestellt haben. In Armut. Schlafen in Feldbetten, zwischen ihren Schäfchen, geben Trost und … na ja. Was man eben so gibt. Aussichtslose Zuversicht. Wie im Krieg, auch wenn die Bomber zum hundertsten Mal angeflogen kommen.

Es fällt mir bei der Masse an Menschen sehr leicht, mich vorwärts zu bewegen. Sie grüßen mich sogar, als wäre ich einer von ihnen.

Die Schweizer Gardisten und Polizisten sind zu sehen, aber in den hoffnungslos überfüllten Hallen, Gängen, Korridoren und Gärten ist es unmöglich, Kontrollen durchzuführen. Der Papst hat zudem angeordnet, die Tore niemals zu verschließen. Die Gläubigen sollen jederzeit Zutritt bekommen, um Schutz zu suchen.

Als gäbe es keine Attentäter oder besoffene Trottel, die andere für ihren Gott sterben lassen wollen.

Ich klettere außen an der Fassade der Pinakothek in die Höhe, weil ich über meine Wanze in seiner Kleidung gehört habe, dass sie in Saal neun sind. Das Klettern ist recht einfach, die Vorsprünge und Verzierungen machen es mir leicht. Bin ganz andere Dinge hoch, um meine Opfer zu killen.

Da sind sie. Er und der Pater reden, sinnieren, mutmaßen.

Schicke Fingerabdrücke am Hals der Leiche. Groß, feurig.

Aber nicht Satan. Ganz bestimmt nicht. Der Beelzebub, Teufel, Höllenfürst, wie auch immer könnte gar nicht herein. Es ist geheiligter Boden, und diese Spielregeln sollte er einhalten.

Ein Mensch war das ebenso wenig.

Der Pater geht weg.

Er bleibt, flaniert, sondiert – und bemerkt nicht, dass er Besuch hat. Woha, nicht schlecht! Schnell und lautlos, habe nur noch den Schweif gesehen. Und schon ist die Leiche weg.

Schöner Scheiß.

Er merkt es, und klar: Er geht los, raus aus Saal neun. Meine Freude ist riesig…

Ich hangle mich außen entlang, bis ich ein offenes Fenster finde und mich hineinschwinge; die APB ist schnell gezückt, der Schalldämpfer aufgeschraubt.

Wobei – ich bin mir nicht sicher, was meine Kugel gegen das ausrichten kann, das durch die Pinakothek hetzt und einen Toten mit sich schleift, als wäre er eine gigantische, zerfetzte Einkaufstüte voller Innereien.

Aber es muss sein.

Weil ich ihm folge.

Wo er ist, bin auch ich – klingt fast biblisch.

Passt ja.

* A Ω *

Malleus hatte den Apache *Deringer* gezogen und die ausklappbare 9-mm-Pistole bereit gemacht. Er wollte sich nicht auf eine Schlägerei mit einem Killer einlassen, dessen Berührungen Verbrennungen dritten Grades anrichteten.

Das Verschwinden der Leiche kam unerwartet.

Der Unbekannte hatte blitzschnell zugeschlagen, aber das leise Schleifen, das er bei seiner Flucht erzeugte, war in dem totenstillen Gebäude sehr gut zu vernehmen. Es konnte nur vom Toten stammen.

Malleus hatte die Schuhe bereits abgestreift und folgte dem Geräusch.

Das Licht in den übrigen Sälen war ausgeschaltet, nur das bisschen Helligkeit, das von außen hereinfiel, beleuchtete die Umgebung.

Der Unbekannte, der die Überbleibsel von Frater Theodorus hinter sich herzerrte, schien sich bestens auszukennen. Nicht ein Mal kollidierte er mit etwas oder stockte, um sich zu orientieren.

Malleus konnte nicht verhindern, dass er mitten in der Verfolgung bereits an einer Erklärung herumdachte.

Warum sollte man den Ermordeten stehlen?

Wegen Spuren, die sich darauf befanden?

Oder stand noch eine deutlichere Schändung bevor?

Das Schleifen hörte plötzlich auf.

Sofort blieb Malleus stehen, duckte sich und strengte sein Gehör an.

Die Dunkelheit fürchtete er nicht, er hatte sie in den Übergangskriegen zu schätzen gelernt. Solange kein hektisches, flackerndes Licht einsetzte, war alles gut.

Er nahm ein leises Ticken wahr, als würde eine Uhr ablaufen oder eine Mechanik mit zahlreichen Zahnrädchen schnurren. Malleus entsann sich an die Nuance von Öl und Ruß, die er an der Leiche wahrgenommen hatte.

Sein Gegner lauerte ebenso irgendwo im Halbdunkel.

»Sie werden den Vatikan nicht mit dem Toten verlassen«, rief er und bewegte sich augenblicklich weg von der Stelle. »Lassen Sie den Frater hier.«

Zur Antwort erhielt Malleus ein lautes Ratschen: Stoff war zerrissen worden.

Die Soutane. »Lassen Sie den Verstorbenen in Frieden«, rief er nochmals und pirschte sich dorthin, von wo er den Laut vernommen hatte.

Neben dem Frater kauerte eine humanoide Gestalt über der Leiche, die keine Kleidung am Leib hatte und in der Düsternis kein Geschlecht erkennen ließ; die raue, dunkle Haut erinnerte an Schieferstein. Theodorus' Gewand war aufgeschlitzt und auseinandergebreitet, große prankenähnliche Hände wühlten sich durch die Unterwäsche, zerrten und rissen daran.

Er durchsucht ihn. Malleus hob den Apache. Die Distanz zum Ziel lag bei geschätzten acht Metern. Für den Revolver war trotz dem minimalen Lauf eine Treffsicherheit zu schaffen.

Allerdings hatte Malleus noch nicht herausgefunden, um welche Art von Wesen es sich bei seinem Ziel handelte. In dieser Haltung könnte es vieles sein. Er tippte auf einen verkrüppelten oder mutierten Menschen.

»Gehen Sie weg von dem Toten«, befahl Malleus und verstärkte die Kraft auf den Abzug, bis er den Druckpunkt erreichte.

Die Prankenhände hielten inne, das Wesen hüpfte in den Schutz einer Säule, riss den Leichnam mit sich.

Jedenfalls ist es nicht der Teufel. Malleus löste sich aus seiner Deckung und zog den zweiten Apache aus seinem Mantel, klappte den Revolver aus.

Kaum sah er die Gestalt, die immer noch an dem unglücklichen Frater herumzog und die Kleidung durchkramte, schoss er.

Zwei Ladungen Schrot und eine Vollmetallkugel trafen ihr Ziel, ein metallisches Prasseln erklang wie Hagel auf Autoblech.

Der kauernde Schatten brüllte auf. Ein tiefroter, feuriger Schlund wurde sichtbar, aus dem Funken tanzend emporstiegen. Dort, wo die Projektile kleine und große Löcher in die Haut gerissen hatten, glomm es, als befände sich unter der Haut nichts als wütende Glut.

Das schnelle, hohe Sirren von Zahnrädern erklang, ein Schweif peitschte daraufhin zischend heran.

Was ist denn… ? Malleus sprang rückwärts und hob die Arme, um der Attacke zu entgehen.

Das Schwanzende pfiff dicht an ihm vorüber, streifte eine Säule und hinterließ eine Kerbe, Marmorbröckchen und Staub flogen umher.

Nochmals drückte er ab, die zweite Schrotpatrone wurde abgefeuert.

Sofort taten sich im Gegner neue Öffnungen auf, in denen es finsterrot leuchtete.

Das Wesen hatte genug. Es warf sich herum, schleifte einen Teil der Soutane mit und ließ den Leichnam zurück.

Ich muss wissen, was es damit auf sich hat. Malleus nahm die Verfolgung auf. Dabei rannte er an der Stelle vorbei, wo sein Gegner zuvor gesessen hatte. Durch die Strümpfe stach ihn etwas in die Sohlen, klirrend und klingelnd rutschten kleine Teilchen davon, die er in der Dunkelheit nicht erkannte. Die Entdeckung müsste warten bis später.

Er lud nach, gelangte in die neu vorgebaute, notbeleuchtete Eingangshalle und blickte sich um.

Der geheimnisvolle Eindringling, der gebückt rannte, als könne er nicht aufrecht laufen, hatte die Tür fast erreicht. Funkenbahnen zogen aus den Einschüssen hinter ihm her wie Abgasstrahlen.

Von draußen näherten sich drei Personen, die Malleus durch das Fenster sah, zwei Männer und eine Frau, die eine Trage mit sich führten. Anscheinend kam der verlangte Arzt, um den Toten zur Obduktion zu bringen.

Malleus sah das Unglück kommen. Sie würden unvermeidlich auf das Wesen treffen.

Zu ihrer Warnung schoss er nach dem Fenster.

Klirrend barst es unter dem Einschlag des Vollgeschosses, die drei blieben erschrocken stehen und duckten sich leicht.

Die gebeugte Kreatur hatte die Tür erreicht und riss sie auf, in der Rechten hielt sie noch immer den Soutanefetzen. Sie erstarrte, als sie die Leute sah.

Der Arzt und seine Begleiter wiederum wichen langsam zurück, die Frau hob das Kruzifix, das sie um ihren Hals trug.

»Das ist nicht Satan«, schrie Malleus und rannte vorwärts, hob die beiden Apache Deringer. Man konnte das Wesen verletzen, demnach war es nicht unmöglich, es auszuschalten.

Der Mediziner rief laut auf Italienisch etwas, das nach *Polizei* und *Garde* klang, schob seine Begleiter mit ausgebreiteten Armen und behutsam rückwärtsgehend vom Eingang weg.

Der Angreifer fauchte. Wieder jagten die tanzenden Pünktchen in großer Zahl aus den Löchern, als befände sich im Innern der Kreatur eine heiße Esse, die von einem Blasebalg befeuert wurde; dazu erklang das Surren und Summen mechanischer Teile.

Der missgestaltete Kopf drehte sich um 180 Grad, die dunklen Augen sahen zum heranstürmenden Malleus, anschließend wandte sich der Schädel ruckartig den Geistlichen zu. Das Wesen duckte sich zum Sprung.

Doch bevor es abhob, wurde es von einer ganzen Schussreihe aus den Apache getroffen, Schrot und Stahl schlugen ein, erneut erklang metallisches Reißen.

Das Sirren veränderte sich, wurde arhythmisch.

Anstatt zu springen, wirbelte das Vieh herum und wandte sich Malleus zu, sein Schweif peitschte zur Tür hinaus und wischte in Bauchhöhe an den drei Leuten vorbei. Ein gemeinsamer Aufschrei erklang, sie stürzten.

Malleus hatte die Kammern leer geschossen. Mit einer raschen Handbewegung ließ er die Pistolenstücke nach innen klappen und die beidseitig geschliffenen Klingen über den Schlagringen herausschnappen.

Anscheinend muss ich doch in den Nahkampf. Die Funkenbahnen, die wie Kometenschweife hinter dem heranhetzenden Wesen waberten, zeigten die Hitze, die sich gleich auf ihn werfen würde.

Das hatte er vermeiden wollen.

In dem Moment bekam Malleus einen Einfall, *wessen* Kreatur Frater Theodorus umgebracht hatte.

Leider ergab es keinen Sinn.

Gar keinen.

* A Ω *

Von der anderen Seite der Eingangshalle blicke ich zur Tür, husche hinein und ducke mich schräg in die Ecke, um einen besseren Schusswinkel zu erhalten. Die Säule ist gut.

Er, dem ich folge, hat die Schlagringe und die Klingen freigelegt, als würde er sich auf eine Kneipenschlägerei mit dem größten, gemeinsten Arschloch am Tresen einlassen.

Ganz so leicht wird es nicht.

Der Kampf mit dem Ungetüm ist eine heiße Sache. Scheint ihn aber nicht zu jucken.

Die APB liegt fest an der Säule an, ich ziele auf das Ding, das den drei Predigern mit dem angeschliffenen Schweifende die Bäuche aufgeschlitzt hat. Da liegen sie rum, Ärzte und Schwestern. Ausgehaucht. Bluten die Erde voll.

Ich schalte in den vollautomatischen Modus, meine APB wird das nicht kümmern. Die Schulterstütze gibt ihr den Halt für beste Treffer.

Das Vieh rauscht heran, die Arme zucken nach vorne und wollen ihn erreichen. Die weit geöffneten Hände glühen weiß vor Hitze.

Ich drücke ab, bevor sie zu dicht zusammen sind und ich ihn treffen könnte. Noch brauche ich ihn, noch unterhält er mich. Ohne ihn hätte ich das Ding da unten niemals getroffen. Im doppelten Sinn.

Die Kugeln jagen durch den Brustkorb, und ich lasse die kaum rebellierende APB im Dauerfeuer gerade nach oben wandern.

Die Projektile durchschlagen den Hals, erwischen den Kopf. Sie fegen durch den Körper, lassen beim Austreten lange Funkenlohen entstehen und reißen Stückchen heraus, die klingelnd auf den Marmorfliesen landen.

Dann ist das Magazin leer.

Sieht aus wie … Metallfragmente, große und kleine Zahnräder. Was immer die Gottesanbeter gekillt hat, es ist nichts Menschliches. Macht es deswegen nicht weniger mies.

Innerhalb weniger Sekunden ist das neue Magazin im Schacht, aber das Vieh ist schon bei ihm.

Ich halte die APB ruhig, ganz ruhig, und die Luft an. Das Visier liegt über den Kämpfern.

Sobald ich freies Schussfeld habe, drücke ich ab.

Ich will ihm noch lange folgen.

* A Ω *

Der Angreifer hatte Malleus beinahe erreicht, als es wie aus dem Nichts zu weiteren Eruptionen in seinem Innern kam.

Zahlreiche Löcher taten sich in der Schieferhaut auf, Eisenfragmente, Spänchen und zerstörte Zahnräder stoben durch die Luft, immer in Verbindung mit glühenden, heißen Funken. Die internen Schäden mussten zu groß geworden sein, es zerfiel innerlich.

Das bremste das Wesen so weit, dass Malleus Zeit bekam, seine Attacke zu planen. Es gab einen Kopf – und genau dieser sollte einen Schwinger erhalten; die andere Hand würde die Klinge in die Brust rammen und sie aufschlitzen.

Er unterlief die weiß glimmenden Krallenhände und fühlte die Hitze, die sein Gesicht dabei streifte; irrsinnigerweise sorgte er sich dabei um seinen Fu-Manchu-Bart, weniger um seine Haut.

Sein erster Hieb saß, die Titanschlagringe knallten von links gegen die Wange und ließen den Kopf herumschnappen. Das Metallische beim Auftreffen war unüberhörbar, der Widerstand anders als der von menschlichen Knochen.

Der Mund der humanoiden Kreatur öffnete sich wie zu einem Schrei, Funken tanzten heraus.

Aber Malleus ließ sich nicht beirren. Der zweite Schlag punzte die Klinge durch den harten Brustkorb, er riss sie nach oben.

Tatsächlich gelang es ihm, die Schneide einige Zentimeter aufwärtszuziehen, doch dann brach sie einfach ab.

Hat das gereicht? Malleus sprang zurück, weg von der Gestalt, und starrte für zwei Herzschläge auf seinen Apache: Die Klinge war nicht abgebrochen – sondern *weg*geschmolzen.

Das Wesen sackte auf die Knie, aus dem Loch flogen die Funken in einem fetten Strahl und hagelten auf den Marmor, es roch nach heißem Eisen; danach folgten mehrere kleine, schmale Ringe und Zahnrädchen. Krampfend und schüttelnd hielt es inne, das Summen und Sirren war zu einem stockenden Rattern geworden.

Mit einem lauten *Ping* endeten die Geräusche aus seinem Innern.

Langsam neigte es sich nach vorne und fiel auf die Fliesen, zerbrach an mehreren Stellen wie eine Puppe. Weitere Funken ergossen sich aus ihm, erkaltend wie sterbende Wunderkerzenstücke, Zahnkränze kullerten umher. Das Glühen in den zerschellten Körperpartien erlosch schlagartig, die Hitze schwand. Es roch nach Ruß und Öl, dunkle Flüssigkeit verteilte sich in einer kleinen Lache um den Torso.

Malleus lud die Apache nach und eilte zur Tür, um nach dem Arzt und seinem Gefolge zu sehen.

Sie lagen aufgeschlitzt und beinahe zerteilt auf den Stufen, Ober- und Unterkörper waren verrutscht, die Innereien hingen heraus. Das Blut bildete um sie einen kleinen schwarzen See, wie es im Nachtlicht den Anschein machte.

Da für sie keine Hilfe mehr nötig war, kehrte Malleus rasch zum besiegten Wesen zurück, steckte die Apache Deringer ein.

Die Kreatur hielt nach wie vor die Soutanereste in einer Klaue. Malleus barg sie aus den Krallen und tastete sie ab.

Er vernahm ein leises Knistern.

Da ist was! Als er den zerfetzten Stoff entknüllte, erkannte er ein handtellergroßes Blatt, das aussah, als wäre es aus einem sehr alten, unlinierten Notizbuch gerissen worden. Es roch nach Farbe und chemischen Mitteln.

Was Malleus in der geringen Helligkeit erkannte, sah nach einer verschnörkelten Handschrift aus, jedoch in Spiegelschrift verfasst. Die Sprache hielt er für Italienisch.

Warum trug es Frater Theodorus bei sich? Für Malleus war wegen des Geruchs klar, dass es nur einen Platz gab, von dem es der junge Restaurator entfernt hatte: aus dem zerstörten Da-Vinci-Bild.

Er ging in einer zweiten Annahme davon aus, dass er geheime

Aufzeichnungen des Gelehrten in der Hand hielt, die der Mann selbst um 1500 in dieses Bild mit eingebaut hatte.

Um sie zu schützen? Um sie sicher und unerkannt transportieren zu können?

Frater Theodorus hatte das Blatt oder sogar die Blätter wahrscheinlich beim Prüfen der *Madonna mit Spindel* bemerkt und sie entfernt.

Und genau *dabei* war er überrascht worden.

Malleus sah auf die künstlich hergestellte Kreatur. Eindeutig war das Ziel nicht der Mann gewesen, sondern da Vincis Notizen.

Ergo: Der mechanische Mörder kehrte an die Stätte seiner Bluttat zurück, weil er bemerkt hatte, dass noch ein Blatt fehlte.

»Es hat überhaupt nichts mit Satan zu tun«, murmelte Malleus vor sich hin und steckte das Blatt vorsichtig in seinen Mantel. *Aber mit einem Gott.*

Er bückte sich und scharrte mit den Fingern suchend in den Einzelteilen, die weder Batterie noch eine andere Form von Energiequelle in sich trugen.

Ihm war nur eine Entität bekannt, die sich darauf verstand, mechanische Diener anzufertigen, und aus der Nähe stammte.

Hephaistos, den die Römer unter dem Namen Vulcanus anbeten. Doch warum?

Er nahm den Zettel erneut heraus und versuchte, etwas darauf zu lesen und den Sinn zu erfassen. Die Spiegelschrift machte es nicht leicht, die Bedeutung der italienischen Wörter vermochte er allenfalls vage herzuleiten.

Erst, als er den Begriff *macchina* erkannte, durchzuckte es ihn.

Da Vinci hatte viele Maschinen und Apparate entwickelt. Womöglich gehörten diese Handschriften zu einer solchen Bauanleitung.

Das ergab Sinn.

Wenn es eine Entität gab, die sich dafür besonders interessierte, war es die Gottheit des Feuers und der raffiniert-künstlerischen

Schmiedekunst. Einer Legende nach hatte Hephaistos selbst zwei mechanische Dienerinnen aus Gold angefertigt. Diese antiken Roboter wären weitaus weniger gefährlich für Frater Theodorus geworden als das Funkenwesen.

Um den wahren Grund für den Mord zu verheimlichen, wurde die 666-Ablenkung initiiert. Malleus hatte das Gefühl, wichtige Teile des Mordpuzzles zusammengesetzt zu haben.

Aber beweisen konnte er nicht sehr viel davon.

»Wenn ich meinen Besitz von dir bekomme«, sagte eine rauchige Stimme aus der Dunkelheit, »erhältst du von mir einen Hinweis auf einen der Gegenstände, nach denen du suchst.«

Malleus blickte sich um. »Ich nehme an«, erwiderte er unerschrocken, »Sie sind Hephaistos?« Wieder wurde er gegen seinen Willen geduzt, aber von einem Gott konnte man wohl nichts anderes erwarten. Traurig, doch nicht zu ändern.

»So ist es.« Eine sehr große Männergestalt, mit unglaublichen Muskeln bepackt, trat aus dem Schatten in das Mondlicht, das durch die offene Tür in die neue Eingangshalle der Pinakothek fiel. Sie hatte langes, schwarz gelocktes Haar und hinkte leicht beim Gehen, wie es in den Sagen und Legenden geschrieben stand.

Das Gesicht ist wirklich nicht hübsch, dachte Malleus, *die Augen zu klein, alles leicht schief und unansprechend.* Die Kleidung hingegen wirkte wie die moderne Überarbeitung einer kurzen Toga, genäht aus schwarzem Leder und Metallteilen, versehen mit Intarsien und eingeätzten Bildern auf den Plättchen.

Zumindest gibt sich das Wesen Mühe, wie die Hephaistos-Vorlage auszusehen. Aber ein göttlicher Existenzbeweis war dies für ihn noch lange nicht. Malleus deutete, ungerührt vom Auftritt, auf das zerstörte Mechanikwesen. »Darf ich erfahren, was vorgefallen ist? Damit ich dem Papst sagen kann, warum Frater Theodorus sterben musste?«

»Er hätte es nicht müssen. Mein schlichter Diener, erschaffen aus Funken meiner Schmiede und viel Mechanik, übertrieb seinen Auftrag und versuchte sich an einer Vertuschung«, sprach Hephaistos ruhig, wenn auch ohne Mitgefühl oder echtes Bedauern. »Er nahm sich dazu noch die falschen Unterlagen. Dieses Mal geriet er an dich. Du kannst dem Papst mein Beileid aussprechen.«

»Er sollte Ihnen da Vincis geheime Unterlagen für eine seiner erfundenen Maschinen bringen«, sagte ihm Malleus auf den Kopf zu.

»So ist es, Sterblicher.« Hephaistos nickte. »Vieles in dieser Welt verdient meine Aufmerksamkeit, denn ich war lange weg. Da Vincis Entwürfe sind gut. Anders. Ausbaubar. In meiner Schmiede bringe ich sie zur Vollendung.« Seine gewaltige schwielige Hand, in die Malleus' Faust spielend hineinpasste, reckte sich. »Gib mir die Seite.«

»Das Mitgefühl dürfen Sie dem Papst selbst aussprechen. Ich werde ihm sagen, wer seinen… Frater auf dem Gewissen hat«, erwiderte Malleus ruhig, aber deutlich. »Von welchem Artefakt sprechen wir?« Er fand es bemerkenswert, dass eine griechische Entität von seiner Suche nach den gestohlenen Gegenständen in Treva wusste. Anscheinend steckte hinter diesen Dingen weitaus mehr als ein Hinterhofgeschäft, das der Hehler Hannes Hein betrieben hatte.

»Suche dir *eines* aus«, lockte Hephaistos. »Bringst du mir die beiden anderen Seiten, die jemand im Vatikan gestohlen hat, sehe ich davon ab, meine Helfer Kratos und Bia auf diesen Ort loszulassen und sie erst zurückzubefehlen, wenn sie die Blätter beschafften.«

»Es gibt noch mehr?«

»Es gab ein ganzes Büchlein, das ich als meinen Besitz betrachte.« Hephaistos sah Malleus fordernd an. »Drei Seiten fehlten mir. Ich schlug dir einen Handel vor. Ist dir all das« – er wies um sich – »nichts wert? Kannst du seiner Zerstörung zusehen? Die Kunst, die Gebäude und die Menschen? Sie würden sterben. Wegen zweier Blätter.«

Malleus fluchte innerlich.

Er wusste nicht auswendig, wer oder was Bia und Kratos anrichteten, aber es würde dem Papst und seiner Gemeinde nicht gefallen. Abgesehen vom Tod der Unschuldigen, könnte sich eine neue Christen-Verfolgungswelle ergeben, deren Startschuss Hephaistos selbst gab.

Malleus hasste es, in Zugzwang gebracht zu werden.

»Sie bekommen die drei Seiten, ich bekomme Auskunft über ein Artefakt«, vergewisserte er sich.

»Ja.«

»Sie schwören es?«

»Ich gebe dir das Wort eines Gottes, Sterblicher!«, donnerte er.

Das für einen Atheisten nichts gilt, auch wenn er eine Entität vor sich sieht, die er wiederum als Hirngespinst, Einbildung oder Alien abtut, fügte Malleus in Gedanken hinzu und grinste. »Auch, wo ich es finde?«

»Jede Auskunft, die du haben möchtest.« Hephaistos wackelte auffordernd mit den schwieligen, verhornten Fingern. »Die Seite. Als Anzahlung.«

»Eine Information. Als Anzahlung«, erwiderte er freundlich.

Die Entität lachte dröhnend, kleine Funken kamen aus seinem Mund und tanzten zur Decke hinauf. »Nun verstehe ich, warum die anderen dich mögen: Du bist unterhaltsam. Welch Abwechslung, wenn sich Menschen nicht gleich auf den Boden werfen.« Er atmete ein. »Eines deiner Artefakte ist eine besondere Krone, die ein Geheimnis in sich birgt, von außen unsichtbar. Du kannst sie in einem Land finden, das nicht weit entfernt von deiner Heimat liegt«, orakelte er.

Malleus händigte die Seite aus, indem er sie auf den Marmor vor sich legte. »Gibt es noch Informationen zum Dieb im Vatikan, der den Toten beraubte?«

»Er stahl die Seiten wohl aus dem Bildnis, ohne dass es Frater Theodorus wusste. Jedenfalls war er erstaunt, als ihn mein Helfer danach befragte.« Hephaistos sah zur offenen Tür und den drei Leichen. »Auch deren Tod bedaure ich.«

»Weswegen? Sie folgten Ihnen nicht.«

»Sie starben sinnlos und nicht vorgesehen. Auch wenn sie keinen Gott haben, wären sie zu irgendwas nützlich gewesen.«

Die Haltung konnte Malleus aus der Sicht einer Entität heraus verstehen: Menschen als niedrige Wesen, als Erfüller, als Spielzeug oder Beschäftigungstherapie. »Wandern die Seelen nun in den Hades oder in den Himmel?«, erkundigte sich Malleus neugierig.

»Es kümmert mich nicht.«

Das war die Antwort, die er von einem alten Gott erwartet hatte. »Ich mache mich auf die Suche nach… «

»Ich gebe dir zwei Tage«, unterbrach ihn Hephaistos. »Danach sende ich Kratos und Bia in den Vatikan.« Er klopfte mit einer Hand gegen eine Säule, die augenblicklich Risse bekam. »Nichts wird davon stehen bleiben. Wenige werden überleben. Spute dich.« Er trat einen Schritt nach hinten, und gleich darauf wirbelte ein Funkenstoß aus den Schatten, trug das Blatt empor und fegte zum geborstenen Fenster hinaus.

Malleus griff in seinen Mantel und nahm das Etui heraus, hantierte in der ritualhaften Reihenfolge von Feuerzeug, Span, Feuer und Zigarre. Die Banderole der Culebra war sepiafarben, der Rauch schien sich beim Ausatmen gelblich zu färben, als käme er nicht aus der Lunge, sondern direkt aus einem alten Film.

Er richtete seinen Hut und schritt zum Ausgang, betrachtete nochmals die Leichen und hob seinen PDA. Es wurde Zeit, den Countdown von 48 Stunden zu starten und Pater Severinus anzurufen, um ihm von der Entwicklung der Dinge zu berichten.

Zwei Tage waren absolut utopisch, um bei der Menge an Menschen einen Dieb aufzuspüren.

Malleus hoffte auf eine Eingebung, die er aufgrund des Ortes auch Epiphanie nannte, ohne es wirklich ernst zu meinen. Dazu war er zu sehr Atheist.

Im Fokus seiner Ermittlungen würde Saal neun stehen. Der Dieb hatte hoffentlich Spuren hinterlassen. Im Raum, auf dem Bild, dem Rahmen, den Werkzeugen.

Geistesblitz. Er paffte an der Zigarre und hob den Blick zum bewölkten, vom Nebel beinahe unsichtbar gemachten Himmel. *Der käme sehr gelegen.*

Pater Severinus machte ein sehr unglückliches Gesicht und stand am Eingang zu Saal neun. »Ich habe nachgeschlagen, was Kratos und Bia sind«, verkündete er dem rauchenden Malleus, der in allerbester Detektivmanier mit einer Lupe das lädierte *Madonna mit Spindel* absuchte, ob sich ein Haar oder sonst was vom Dieb darauf fand; den Hut hatte er auf der Fensterbank abgelegt. »Die Griechen bezeichnen Kratos als Gott der Macht, der zusammen mit seiner Schwester Bia den Helden Prometheus an den Felsen kettete und bereits gegen die Titanen kämpfte.«

»Und Bia?« Malleus, der sein indisch-europäisches Oberteil in Dunkelgrau trug, hörte zu; sein Militärmantel lag säuberlich gefaltet in einer Ecke.

»Die Personifikation der Gewalt. Beide sind Hephaistos' Gehilfen.« Severinus seufzte und bekreuzigte sich. »HERR, du prüfst uns schon sehr.«

»Er passt sich den Zeiten an«, kommentierte Malleus. »Für Hiob stand alles auf dem Spiel, und dem Vatikan ergeht es nicht anders.«

»Nur dass wir den ermittlerischen Fähigkeiten eines Atheisten ausgeliefert sind«, warf der Pater ein. »Hiob hatte wenigstens seinen Glauben.«

»Ist das nicht eine ganz herausragende Prüfung Ihres Gottes?«, erwiderte Malleus freundlich. »Ein Atheist muss Sie vor der Willkür einer römisch-griechischen Entität beschützen. Und das Ganze wegen da Vincis Aufzeichnungen.« Malleus sah zwinkernd zu Severinus. »Unterstellte man dem nicht auch Homosexualität? Das macht es doch perfekt, oder?«

»HERR, deine Wege sind unergründlich«, betete der Geistliche und ließ erneut eine Bekreuzigung folgen. »Benötigen Sie noch etwas, Mister Bourreau?«

»Nein. Außer einer Liste von Leuten, die mit dem Frater gut befreundet waren.«

»Sie vermuten den Dieb in deren Reihen?«

»Vielleicht. Oder er steht eins dahinter und delegierte.« Malleus berührte den Rahmen der *Madonna mit Spindel.* »Jemand mit Geldnöten, der sich mit handschriftlichen Aufzeichnungen des *genius* ein bisschen Geld verdienen wollte? Das wäre leichter, als ein solches Gemälde auf dem Schwarzmarkt loszuwerden.« Leider hatte die Inspizierung nichts gebracht, und er richtete sich auf. »Kennen Sie zufällig eine Person, auf die das zutrifft und die von der Restauration wusste?«

»Natürlich hatte Frater Theodorus gelegentlich Helfer«, räumte Severinus ein. »Enthusiasten, die diesen Gemälden einmal nahe sein wollten. Aber die meisten von ihnen sind nicht mehr hier.«

»Wohin hat es sie verschlagen?«

»In die Mission. Bereits vor längerer Zeit. Sie ziehen aus in diese Welt und versuchen, den Götzen Widerstand zu leisten, indem sie das Wort des HERRN verbreiten.«

Oder als Märtyrer enden.

Severinus wandte sich halb um. »Ich gehe und fertige eine Liste an, Mister Bourreau. Sie erreichen mich jederzeit.«

»Vielen Dank, Pater.« Malleus hob die Hand mit der Zigarre zum Gruß. »Wenn Sie einen Kaffee hätten?«

»Selbstverständlich.« Nochmals laut seufzend, verschwand der Mann aus dem Saal, seine Schritte wurden alsbald leiser und verklangen.

Die letzten Stunden hatte der Ermittler damit verbracht, den gesamten Raum im Schein von zusätzlichen Scheinwerfern abzusuchen, mit seinem Vorgesetzten Lautrec von Interpol zu telefonieren und ihn in Kenntnis zu setzen sowie Severinus zu beruhigen, der die größten Bedenken des Papstes vortrug.

Malleus plädierte schon lange dafür, dass es ein Gericht gegen Entitäten-Willkür geben musste, doch damit war er ziemlich alleine.

Er verstand das Grundproblem: Einen Gott vermochten nur andere Götter zu strafen – wer würde das übernehmen? Wie bemaß sich Gerechtigkeit? Wie wurde aufgewogen? Oder kämen Entitäten mit Strafzahlungen davon, wie sie es zumeist in der Antike gehandhabt hatten?

Er ging zum Fenster, nahm den Hut und legte ihn auf den zusammengefalteten Mantel, und öffnete die Flügel, um das Morgenlicht, den Stadtlärm und die saubere Winterluft hereinzulassen.

Die Glocken des Doms und der Kirchen tönten nicht mehr, das Geläut war bei Strafe verboten worden wie in den einst islamisch geprägten Gebieten der Ruf des Muezzins.

Stattdessen erklangen dröhnende Schläge verschiedener Gongs und Glocken aus den Tempeln von Apollo und Sol Invictus, mit dem das Taggestirn begrüßt wurde. Darunter mischte sich weit entfernter Gesang, der aus einem Helios-Heiligtum stammte.

All das erschuf einen ähnlich geheiligten Klangteppich wie einst die Glocken von Rom, doch schwang darin überdeutlich die neue Ära der alten Götter. Das war etwas, woran sich sogar ein Atheist erst einmal gewöhnen musste.

Malleus atmete tief ein, streckte sich und sah zu den vatikanischen Dächern sowie dem Kuppeldach des Doms, die scheinbar verstummt die Schmach hinnahmen.

Ihr hätte es sicherlich gefallen, Rom zu besuchen. Noch ein Ort, den seine Frau niemals sehen würde.

Sie hatte sich sehr für Architektur interessiert, ein Studium begonnen und es trotz der Kleinen rasant vorangebracht. Ihr Traum: eine neue Art von Hochhäusern, in sich autarke Gebilde. *Es wäre ihr gelungen.* Malleus atmete tief durch, schluckte.

»Sie hatten einen Kaffee bestellt?«, erklang hinter ihm unerwartet eine Frauenstimme, die mit östlichem Akzent sprach.

Er wandte sich vom Ausblick ab, nahm die Culebra aus dem Mund. »Das habe ich.«

Auf der Schwelle stand eine junge Frau, die ihre langen schwarzen Haare zu einem Dutt am Hinterkopf gefasst hatte, sodass ihr schönes Gesicht betont wurde; ein graues Häubchen saß auf dem Schopf. Das Grün ihrer Augen leuchtete im Schein der aufgehenden Sonne, der schwarze Habit, der an der Taille sehr eng geschnitten war, betonte ihre schlanke Figur. In ihren Händen balancierte sie ein Tablett mit Kaffeekanne, Tassen und Zubehör, inklusive *dolci*.

»Das ist ein ganz ausgezeichneter Service. Haben Sie vielen Dank.«

»Gerne. Wenn Sie etwas zu essen wünschen, Mister Bourreau, lassen Sie es mich wissen.« Sie kam näher und stellte alles auf einem Tischchen ab. »Mein Name ist Schwester Marina, aber mich rufen sie hier Marinuschka.«

Der osteuropäische Name erklärte, warum sie mit dem markanten Zungenschlag sprach.

»Das ist sehr liebenswürdig von Ihnen, Schwester.« Er schätzte sie auf knapp zwanzig Jahre und fragte sich im Stillen, was sie in die Arme der katholischen Kirche getrieben hatte, bei der die Zukunftsaussichten nicht zum Besten bestellt waren. Ein Leben in Armut als junge Frau musste man in diesen Tagen sehr wollen.

Malleus goss sich Kaffee ein, gab Milch und Zucker hinzu. »Sie auch, Schwester?«

Nach kurzem Zögern und einem unsicher-flüchtigen Lächeln, das sie umso hinreißender wirken ließ, tat sie es ihm nach.

»Kannten Sie Frater Theodorus?«

Marina schüttelte den Kopf. »Er lebte zurückgezogen, sagen die anderen. Die Arbeit an den Bildern war seine Art, seinen Dienst an Gott zu leisten.«

»Waren Sie öfter hier?«

Sie nickte und schien sich auf seine Worte konzentrieren zu müssen. Vermutlich beherrschte sie das Englisch nicht allzu gut. »Ich mag Kunst. Bilder. Alles.«

Malleus nippte an dem starken Kaffee und genoss die milchig süße Bitterkeit, die über seine Zunge abwärtsfloss und in den Magenwindungen zu spüren war. Er hatte schon lange nichts mehr gegessen.

»Pater Severinus und ich haben zwar alles abgesucht«, begann er, »aber fällt Ihnen vielleicht etwas auf, Schwester Marina? Eine Veränderung?«

Sie sah sich mit großen Augen um, während sie über ihr heißes Getränk pustete, und wirkte kindlich. Unschuldig. Die Tasse wurde von ihr mit beiden Händen gehalten, als müsse sie sich daran wärmen.

Tippelnd drehte sie sich hin und her, der Habit schwang. Dazu summte sie eine Melodie, die mehr nach einem osteuropäischen Volks- denn einem Kirchenlied klang.

Amüsiert beobachtete Malleus die Geistliche, während er trank und zwischendurch eine Culebra paffte; die sepiafarbene Banderole hatte er beibehalten.

»Das riecht gut.« Sie wandte sich ihm zu. »Haben Sie noch eine?«

Er verschluckte sich bei seinem nächsten Zug. »Sie meinen …?«

»Genau.« Marina zeigte die weißen Zähne. »Wir kommen nicht so einfach an die guten Sachen.«

»Woher wollen Sie wissen, dass meine Zigarren *gut* sind?« Malleus musste aufpassen, nicht loszulachen.

»Die Banderole.« Sie schob den Kopf nach vorne, deutete mit der Nase darauf. »Habe ich noch nie gesehen. Die werden nur für Sie angefertigt, habe ich recht?«

»Wer hätte das gedacht? Eine Kennerin.«

»Lassen Sie sich nicht von meinem Äußeren täuschen«, warnte sie leise und tat geheimnisvoll. »Ich hatte ein Leben vor diesem.« In den grünen Augen flackerte etwas Unbestimmbares.

Im ersten Moment musste Malleus an diejenigen denken, welche in den Übergangskriegen ihren Verstand verloren hatten. Das war in den Gefechten gegen die seltsamsten Wesen oft geschehen, wenn die Entitäten durch die Schützengräben und Häuserruinen jagten, um Überlebende aufzuspüren. Das Unstete im Blick war ein Hinweis, dass sich in ihrer Psyche Ungereimtheiten verbargen. *Vielleicht der Grund, weswegen sie in den Schutz der Kirche ging.* »Sie sind höchstens zwanzig Jahre.«

»Dann stellen Sie sich vor, Mister Bourreau, was ich schon alles erlebt haben könnte.« Ihre Worte kamen mit Koketterie über ihre geschwungenen Lippen, die voller lockender Sünde zu sein schienen. Es passte kein bisschen zu einer Geistlichen.

Malleus lächelte sie an. »Es tut mir leid, Schwester, aber von denen bekommen Sie keine. Aber sollten wir uns wiedersehen, was ich nicht hoffe, denn dann wäre schon wieder jemand ermordet worden, bringe ich Ihnen gute Zigarren mit.«

»Abgemacht«, stieg Marina ein. »Ich könnte jemanden umbringen. Das würde es beschleunigen.« Sie sagte es zwar mit einem Lächeln, doch mit einem Ernst in der Stimme, der Malleus stutzig werden ließ. Es fügte sich zu seinem ersten Verdacht.

Aber schon drehte sie sich zum schmiedeeisernen Absperrgitter vor dem *Heiligen Hieronymus,* dem zweiten Da-Vinci-Bild in Saal neun. »Die Abdeckung auf dem dritten Pfosten von rechts«, sagte sie. »Die steht weiter hoch als die restlichen.«

Verblüfft folgte Malleus ihren Blicken.

»Sie haben recht«, entfuhr es ihm elektrisiert. Nur jemand mit einem sehr guten Augenmaß würde es erkennen, und anscheinend war die Schwester damit gesegnet.

Er stellte den Kaffee auf der Fensterbank ab, streifte die Handschuhe über und drehte zuerst behutsam an der Pfostenabdeckung, wackelte und ruckte, bis sich die Kappe ablöste.

Malleus leuchtete mit der kleinen Lampe des PDA hinein.

Im Innern der Metallröhre reflektierte weit unten durchsichtiges Plastik. Mit den Fingern würde er nicht heranreichen.

Er wollte zum Tablett gehen und es mit einem Löffel versuchen, da stand Marina neben ihm und reichte ihm eine Stricknadel.

»Damit müsste es gehen«, sagte sie und sah neugierig in das Rohr.

Woher hat sie die? Malleus dachte, dass sie eine wesentlich bessere Assistentin abgab als Madame Lagrande, die in Germanien saß und den gestohlenen Artefakten aus einem anderen Fall nachrecherchierte. Hielt sich Hephaistos an sein Wort, würde er mit jenen Diebstählen bald weiterkommen. Noch glaubte er es nicht.

Er stocherte mit der langen Nadel umher, bis er die Folie zu fassen bekam und sie behutsam nach oben zog.

Eingeschlagen in eine Klarsichttüte, kamen die beiden gerollten Seiten des geheimen *codici* zum Vorschein.

Malleus grübelte zum einen, was Hephaistos mit diesen Aufzeichnungen nachbauen wollte, zum anderen interessierte ihn, welche Schaffenskraft in da Vinci gelebt hatte und was von solcher Wichtigkeit war, dass es in einem anderen Gemälde verborgen wurde. *Wie viel Sprengstoff verbirgt sich darin?*

»Sprechen Sie Italienisch, Schwester?«

Marina nickte.

Malleus zog die beiden Blätter behutsam aus der Folie und entrollte sie vorsichtig, damit sie nicht rissen. »Darf ich Sie bitten, mir zu übersetzen?«

Sie kniff die Lider zusammen, riss sie weit auf, kniff sie erneut zusammen. »Das ist eine sehr, sehr schlechte Handschrift. Und … es ist Spiegelschrift«, stellte sie fest. »Wer schreibt so?«

»Da Vinci.« Malleus freute sich diebisch über ihren überrascht-ungläubigen Gesichtsausdruck.

»*Der* da Vinci?«

»Ebenjener.« Er musste sie einfach ansehen und sich an ihren wachen grünen Augen erfreuen. Noch wurde er nicht schlau aus ihrem Verhalten, das voller Widersprüche zu sein schien. »Wären Sie so freundlich, Schwester? Ich hole rasch einen Spie…«

»Geht schon.« Marina nickte heftig, und eine schwarze Strähne löste sich aus dem strengen Haarknoten, sprang als Locke nach vorne und hing seitlich von ihrem Gesicht herab. Sie las:

»… jenes Wunder der Kunst des mechanischen Getriebes ist fortgeführt. Die Überarbeitung ging voran, ich verbesserte den ersten Entwurf.

Und all jene, die meinten, man könne kein Perpetuum mobile bauen, werden eines Besseren belehrt.

Kriegsgeräte werden niemals stehen bleiben, niemals ins Stocken geraten, auf dass Kriege, so sie zu führen sind, schnell zu Ende gehen, da ein rascher Sieg errungen wird.

Auch der Körper ist nichts anderes als eine Maschine, und so wird es ein Einfaches sein, aus einer Puppe bald einen Golem mechanicus zu erschaffen.

Aus ihm und dem Perpetuum mobile vermag ich eine neuartige Kampfmaschine zu erschaffen …«

Marina hielt inne. »Das war's.«

Malleus hielt das zweite Blatt in die Höhe.

Doch es erwies sich sogleich als komplizierte Skizze mit zahlreichen Berechnungen und Formeln, die von der Schwester nicht zu übersetzen waren.

Aber er wusste jetzt, weswegen Hephaistos diese Blätter in seinen Besitz bekommen musste: Ohne die Berechnungen und Anweisungen würde sich das große Ganze nicht bauen lassen.

Golem mechanicus. Kriegsgerät. Er paffte schnell, brauchte das Nikotin in seinem Verstand. Vor Malleus' geistigem Auge erschuf die Entität aus da Vincis Anfangsüberlegungen schlimmere Geräte, als es sich die Macher der Terminator-Filme jemals hatten ausdenken können.

Für was? Einen Krieg? Oder einfach nur, weil er da Vinci bewunderte? Malleus konnte sich vorstellen, dass Hephaistos und das Universalgenie sicherlich Wochen und Monate über Apparate hätten sprechen können.

»Was machen Sie damit, Mister Bourreau?«, erkundigte sich Marina und hatte sich ihren Kaffee genommen.

Malleus sah in ihre großen grünen Augen, aus deren Blick er verschiedene Botschaften empfing. Unschuld, Aufforderung, Neugier sowie etwas Lauerndes. *Ein großes Kind mit Geheimnissen.*

»Was ich mache?« Er holte tief Luft – und stippte die kostbaren Blätter in ihre zu zwei Dritteln gefüllte Tasse.

Das alte Papier sog sich augenblicklich voll.

Malleus drückte es ganz in den Milchkaffee. Anschließend rührte er mit dem behandschuhten Finger mehrmals um.

Marina verfolgte seine kreisenden Handbewegungen wie eine Katze, die auf ihr Spielzeug starrte. »Sie vernichten gerade da Vincis Aufzeichnungen, Mister Bourreau.«

»Genau. Und da sie geheim waren, wird sie niemand vermissen.« Er fischte das Papier heraus, legte es auf die Heizung. »Jetzt werden *Sie*, verehrte Schwester, und Pater Severinus im gesamten Vatikan verkünden, dass man Saal neun komplett ausräumen lassen wird, inklusive der Absperrungen. Wegen der Spurensuche.«

Sie grinste. »Und der Dieb wird kommen, um sich seine versteckte Beute zu greifen.« Marina leerte den Kaffee aus ihrer Tasse mit Schwung durch das geöffnete Fenster und stellte das Gefäß auf das Tablett. Im Vorbeigehen streifte sie ihn wie zufällig und lächelte, senkte den Kopf und verschwand hinaus.

Malleus fand die Schwester wirklich sehr ungewöhnlich. Seine Frau hätte festgestellt: unreif und unsicher. *Sie ist im Vatikan besser aufgehoben als in der Welt draußen.*

Dann setzte er Severinus in Kenntnis, dass mit dem Fund der Blätter der Fortbestand des Vatikans zumindest vorerst gesichert war.

Nun blieb zum Abschluss des Falls noch die Jagd auf den Ganoven im Umfeld von Frater Theodorus. Sobald die beiden Blätter getrocknet waren, würde er sie wieder in die Plastikfolie wickeln und alles zurück in den Metallpfosten der Absperrung stopfen. Das Lockmittel.

Diebe im Vatikan. Malleus überlegte, wo er sich am besten verbarg. *So weit ist es schon.*

Noch bevor er die Person überführen und stellen würde, stellte sich eine gewisse Zufriedenheit ein. *Fall gelöst, den Kirchenstaat vor Kratos und Bia bewahrt, die Erfindung da Vincis unschädlich gemacht.*

Es grämte ihn lediglich, dass man Hephaistos wegen des Todes von vier Menschen nicht haftbar machen konnte. Das war die ihm verhasste Willkür der übermächtigen Entitäten.

Malleus nahm an, dass die Menschheit auch davon eines Tages genug haben würde und sich erhob, um Widerstand zu leisten.

Dann müssten sich die sogenannten Götter etwas einfallen lassen, um ihre Anhängerschaft nicht zu verlieren.

Andererseits könnten sie sich einfach neue Menschen erschaffen, die weniger rebellisch waren, brav und folgsam – sofern sie dazu in der Lage waren.

Es musste einen Grund geben, warum die Götter nicht viel härter durchgriffen und Tod und Verderben ausschütteten.

Sofern echt ist, was ich sehe und erlebe. Seine Überlegungen wurden ihm schon wieder zu kompliziert. *Was soll's. Ich mache das Beste draus, solange ich auf der Erde bin.* Daher suchte er paffend nach einem Platz, von dem aus er den Eingang zu Saal neun im Blick hatte. Der Rauch der Culebra malte das Wort *Golem* in die Luft.

* A Ω *

Sieh an, sieh an.

Die kleine Schwester macht ihm schöne Augen.

Kess, die Kleine. Könnte seine Tochter sein. Aber wenn sie auf ihn steht, was soll's?

Ich sitze auf dem Dach der Casina Pio gegenüber der Pinakothek, betrachte das Geschehen mit der elektronischen Vergrößerungsfunktion meiner Brille.

Sie wurden fündig, die letzten beiden Seiten für Hephaistos, und unbrauchbar hat er sie auch gleich gemacht.

Clever und furchtlos. Das mag ich an ihm.

Mal sehen, wie der Gott reagiert, wenn er einen da Vinci à la Macchiato bekommt.

Ich werde mir gleich eine Soutane besorgen, habe ich beschlossen. Das ist der beste Tarnmantel, den man in Pfaffenhausen tragen kann. Man gehört dazu, keiner glotzt dich an. Draußen ist es genau umgekehrt.

Wird spaßig, weil ich nahe an ihn herankommen kann. Und er weiß nicht, wer ich bin. Dass ich da bin.

Oh, was macht die Kleine denn da?

Sie ist in Saal zwölf und flippt total aus! Sie tritt gegen Wände, hämmert auf sie ein.

Da hat jemand einen klassischen Wutanfall. Oder sie ist ein Fall für einen Exorzisten, die Arme.

Hahaha, ich verstehe: SIE war die Diebin!

Und jetzt hat sie das Problem, es mit einem… Nein, Moment. Sie hat ihn doch aufmerksam gemacht. Auf dieses Versteck.

Schlechtes Gewissen?

Angst vor der Vernichtung des Zuhauses?

Ich denke trotzdem, sie war's.

Aber jetzt los und Soutane beschaffen. Ganz egal, wen ich dafür aus dem Weg räumen muss.

Denn ich bin da.

Sollte Hephaistos sein Wort brechen wollen, wird er sich wundern: Ich zeige ihm einen Hades, den er noch nicht kennt!

* Α Ω *

Malleus hatte sich vier Micro-Cams mit Bewegungssensoren aus seinem Einsatzkoffer geholt.

Eine davon platzierte er gegenüber dem Eingang zu Saal neun, eine gegenüber dem fraglichen Pfosten mit den Blättern darin, eine am Eingang und eine über dem Durchgang in den Ausstellungsraum. Sein PDA lieferte auf Knopfdruck die Bilder, wenn die Sensoren nicht ansprangen und von selbst dorthin schalteten, wo sich etwas tat.

Sein Blick fiel beim Checken der Sendeleistung auf den Countdown. *8h 21min 21sec.*

Die Nachricht vom Ausräumen des Saales hatte sich im Vatikanstaat verbreitet, der Dieb würde hoffentlich nicht länger als acht Stunden auf sich warten lassen.

Es wäre eine persönliche Genugtuung, den Schuldigen vor der

Übergabe zu fassen. Wenigstens ihn könnte Malleus wegen Diebstahls verhaften, wenn er schon die Entität nicht zur Rechenschaft ziehen konnte. Irdischer Ausgleich.

Malleus verbarg sich in Raum sieben, trank einen weiteren Kaffee aus der verschließbaren Thermostasse, den er dringend nötig hatte. Noch war er nicht zum Schlafen gekommen. Um die entscheidende Phase nicht zu verpennen, musste er wach bleiben, dafür hatte er sich Aufputschmittel in das Getränk gerührt. Von Raum sieben aus konnte er in Raum zehn blicken, durch den man in neun zu da Vinci gelangte.

Zu gerne hätte er eine Culebra geraucht, eine mit teefarbener Banderole. Doch der Rauch hätte die Person gewarnt, daher musste er warten.

Es wird meine Belohnung sein. Malleus blickte auf das Display des PDA, schaltete wieder.

Die Zeit verging.

Nirgends zeigte sich jemand oder etwas. Die Pinakothek lag ruhig vor ihm und badete ihre Gänge und Räume in schummriger Notbeleuchtung. Das Rötliche kam den empfindlichen Optiken zugute, es gab keinerlei Rauschen.

Malleus dachte über die Entitäten auf der Erde nach.

Manchmal interessierte es ihn wirklich, was dahintersteckte.

Clevere Aliens?

Masseneinbildung dank bewusstseinsverändernder Mittel der Regierungen im Trinkwasser und in der Luft, um die Menschen besser beherrschen zu können?

Oder lag er ganz schnöde im Koma und albträumte das alles, weil es für ihn als Atheisten nichts Schlimmeres geben konnte, als in einer solchen Welt zu leben?

Dann gab es Phasen, in denen es ihm komplett gleichgültig war. Er bewegte sich in einem Umfeld, das er nicht verändern konnte – also fand er sich damit ab.

Und ganz selten, wie gerade, wünschte er sich, mit diesen Entitäten verhandeln zu können, um so etwas wie einen Vertrag über

Recht und Gesetz bei Straftaten festzulegen, dem sie sich unterwerfen mussten.

Das war natürlich Unsinn, denn die Götter waren im Prinzip unangreifbar.

Meistens. Malleus dachte an die Übergangskriege, in denen Christen, Muslime und Juden von alten Göttern und ihren Anhängern überwiegend niedergerungen und *überzeugt* wurden; in denen er gekämpft hatte, auf verschiedenen Seiten und schließlich alleine für sich; in denen er zu viel verloren hatte – viel zu viel, und weitaus mehr als den Glauben; in denen er auch gegen kleine Götter angetreten war und sie erledigte.

Wenn er es recht bedachte, hatte es sich vermutlich mehr um Wesen wie die Helfer des Schmiedgottes gehandelt, die auf Unbedarfte göttlich wirkten. Aber gegen eine Entität vom Schlag eines Hephaistos würden seine Apache oder die Cobray nichts bringen. Ebenso gut könnte er gegen sie spucken.

Ein Blick, mehrere Klicks, und immer noch kein heimlicher Besucher.

Malleus rief daher die neusten E-Mails ab.

Sein Vorgesetzter verlangte bereits einen Abschlussbericht. Seine Assistentin Lagrande hatte neue Ansätze für die verschwundenen Artefakte aus dem Fall in Treva.

Das freute Malleus sehr, auch wenn Rom gerade seine grauen Zellen vorrangig forderte.

Lagrande, die leibhaftige Verkörperung der Achtziger, recherchierte aufgrund eines Bildes etliche Informationen zu einer Statuette, die im Rektum der Leiche eines jungen Mannes gesteckt hatte.

Es handelte sich um die Darstellung einer afrikanischen Entität, die auf verschiedene Namen hörte.

Der einfachste davon lautete Oddua oder auch Odùduwà.

Lagrande fand recht schnell heraus, dass dessen Herkunft ein Rätsel darstellte. Er wurde im Schöpfungsmythos als der erste Mensch betrachtet und löste den betrunkenen Gott Obatala beim Weltenbaum ab, weil dieser im umnebelten Zustand zu viele Lebewesen mit Missbildungen formte. Mal wurde er, je nach afrikanischer Tradition, als männliche, mal als weibliche Gottheit verehrt.

Odduas Statuette wurde nicht offiziell vermisst, allerdings wurde sie von verschiedenen Sammlern gesucht und nachgefragt. *Für sehr viel Geld.*

Zur Leiche des ermordeten jungen Mannes, der sie schmuggeln wollte, gab es nichts Neues.

Immerhin bekam Malleus damit Spuren, die er verfolgen konnte, wenn sich ein Zeitfenster ohne Aufträge für ihn ergab.

Die Suche nach den Artefakten war zu seinem Privatvergnügen geworden, gnädigerweise unterstützt von seiner Assistentin, die Interpol nicht bezahlen würde, sobald Lautrec wüsste, *woran* Lagrande gerade wirklich recherchierte. Er ließ seinen Vorgesetzten in dem Glauben, sie beschäftige sich mit dem Mord im Vatikan.

Die Cam am Durchgang zu Saal neun aktivierte sich von selbst, der Sensor hatte etwas bemerkt.

Ein Schemen in Soutane mit separater Gugelkapuze über dem Kopf näherte sich. Er bewegte sich nach Möglichkeit durch die Schatten, dann kam er an Malleus' Durchgang vorbei.

Die Gestalt schlich, blieb stehen und sah sich um, horchte und ging dann behutsam in den Ausstellungsraum neun.

Die Kameras in der Ecke und am Absperrgitter sprangen an.

Malleus sah, wie sich die Gestalt zielstrebig näherte – und sich dann am zweiten Pfosten zu schaffen machte.

Den habe ich nicht kontrolliert, durchfuhr es ihn, und sogleich setzte Ärger über sich selbst ein. Er hatte sich zu sehr über den Fund gefreut, dass er die Möglichkeit außer Acht gelassen hatte, weitere Dinge könnten in den Stangen verborgen sein.

Aber der Schemen, dessen Gesicht wegen der vorragenden Kapuze nicht zu sehen war, ließ von der Metallhalterung ab, zählte mit dem Finger und stieß einen leisen Fluch aus. Dann kniete er sich vor den dritten Pfosten.

Malleus grinste. *Da habe ich Glück gehabt.* Vor seinem geistigen Auge hatte er bereits so viele Diebe wie Rohre in den Saal neun kommen sehen, die ihre Beute in Sicherheit bringen wollten.

Er verließ sein Versteck, steckte die rechte Hand in die Tasche seines Mantels und schob die Finger in den Schlagring.

Jetzt konnte es losgehen.

Pater Severinus, das vatikanische Gendarmeriekorps und einige der Schweizer Gardisten hielten sich in der Pinakothek in verschiedenen Räumen und vor dem Fenster bereit, um auf Malleus' Kommando zu erscheinen und eine Flucht zu vereiteln, sollte die Person Widerstand leisten. Sie empfingen die gesendeten Bilder parallel, um auf dem Laufenden zu sein.

Malleus näherte sich dem Saal, verfolgte auf dem PDA, wie die Gestalt die Kappe abschraubte und mit einem Finger versuchte, an das Tütchen mit den Blättern zu gelangen.

Aber das Mühen, das mit Schnaufen, Fluchen und Keuchen einherging, fruchtete nicht.

Malleus blieb misstrauisch stehen, fuhr mit Daumen und Zeigefinger den Bart nach.

Der echte Dieb hätte gewusst, wie tief sein Versteck war, und sich einen gebogenen Draht mitgebracht.

Was geht hier vor?

Der Schemen blickte sich rechts und links im Raum um. Er suchte etwas, womit er in das Rohr gelangen würde. Dann entdeckte er das Tablett mit dem Geschirr, räumte Tassen, Kanne und *dolci* ab. Mit kräftigen Schlägen auf den Boden zerlegte er die Tragehilfe in Einzelteile, wählte ein langes, schmales Stück aus und kehrte zum Pfosten zurück.

»Sollen wir eingreifen?«, vernahm Malleus die Stimme des Paters in seinem Ohrfunkgerät.

»Das ist nicht der Dieb«, gab er flüsternd zurück und trat in den Schatten. »Wir folgen ihm.«

Die Gestalt hatte die Folie herausgeangelt und steckte sie ein, ohne den Inhalt zu prüfen. Dann erhob sie sich und lief los, raus aus dem Saal und durch die Pinakothek.

Malleus folgte ihm auf Strümpfen, die flachen Schuhe steckten in den Manteltaschen.

Es ging quer durch das Gebäude, den Hauptausgang hinaus.

Malleus streifte die Schuhe über, um im Freien besser rennen zu können.

Die Jagd verlief nach rechts, und in schnellem Lauf durch die Zeltstadt am Kloster und am ehemaligen Verwaltungsgebäude des stillgelegten Radio Vatikan vorbei.

»Wir kommen«, gab Severinus über Funk durch.

»Aber halten Sie sich zurück, Pater«, bat Malleus. »Wir müssen die Übergabe abwarten. Nur dann finden wir den *echten* Schuldigen.«

Er eilte an den großen und kleinen Zelten vorbei, die sich in den Parkanlagen erhoben. Der Platz war knapp geworden, und er schätzte, dass es auch bald Feldbetten im Petersdom und den Museen geben würde.

An der Lourdesgrotte schwenkte die Gestalt auf den Durchgang zum Amerikanischen Garten ein.

Da verstand Malleus, dass das Ziel der Heliport sein würde. Der Dieb ließ seinen Boten offenbar antanzen, um sich von dort durch die Luft abzusetzen.

Er beschloss, einzugreifen.

Malleus holte die allmählich erlahmende Person ein, noch bevor sie vom Landeplatz aus zu sehen war, und trat ihr von hinten in die Beine.

Die Gestalt fiel und überschlug sich. Die Kapuze verrutschte und gab das Gesicht eines Vierzigjährigen mit schütterem, hellem Haar frei, der zuerst um sich schlug, dann aber angesichts des auf ihn gerichteten Apache Deringers einzufrieren schien.

»Ich kann Sie gleich von der Gendarmerie verhaften lassen«, sagte Malleus hart, ohne sein Lächeln zu verlieren. »Wegen Beihilfe zum Kunstraub.«

»Ich war es nicht«, stammelte der Mann sofort und sah kurz an ihm vorbei. Eilige Schritte näherten sich, die Verstärkung rückte an. »Sie hat mich erpresst. Wenn ich ihr die Blätter nicht bringe, dann würde sie dafür sorgen, dass meinen Geschwistern etwas geschieht.«

»Pater Bonifacius«, sagte Severinus überrascht, als er sie erreichte.

»Ich musste das tun«, beteuerte der Mann erneut und sah verzweifelt aus. »Sie würde meiner Familie die Hölle auf Erden bereiten.«

»Wer ist sie?«

»Eine der Neuen. Ich habe ihren Namen vergessen.« Bonifacius rieb sich mit den Handballen die Augen, atmete heftig. »Sie meint es ernst.«

Der Mann würde in seiner Verfassung niemals in der Lage sein, eine Übergabe der Beute so zu handhaben, dass der Dieb nichts bemerkte.

Muss er auch gar nicht. Denn Malleus hatte eine bessere Idee.

»Würden Sie bitte aus der Soutane steigen?«, bat er und legte Hut, Mantel sowie Gehrock ab, die er einem Gardisten in die Hand drückte. »Ich werde anstelle von Ihnen zum Heliport gehen.«

»Aber… «, wollte Bonifacius widersprechen, doch Severinus bedeutete ihm, der Aufforderung Folge zu leisten. Also erhob er sich und streifte die Gugel, danach den Einteiler ab, reichte ihn herüber. »Sie wartet in der hinteren Ecke, sagte sie.«

»Ich verspreche Ihnen« – Malleus sah dem ertappten Boten in die Augen –, »dass wir sie fassen. Ihrer Familie wird nichts geschehen.« Er warf sich den schwarzen Stoff über, zog die Kapuze auf seinen Kopf und streckte die Hand aus. »Das Tütchen mit den Blättern, wenn ich Sie bitten dürfte, Pater Bonifacius?«

Er nahm es aus seinem Unterhemd hervor. »Sie haben es versprochen«, sagte er leise.

»Ich halte meine Versprechen.« Malleus steckte es ein, nahm die beiden Apache mit und ging um die Ecke, vorbei am Grotteneingang.

Er begann, ein wenig zu hinken, beugte sich nach vorne und hielt sich die Hüfte, um eine Verletzung vorzutäuschen. Damit würde der Frau, die auf Bonifacius wartete, der leichte Größenunterschied nicht auffallen.

Malleus hoffte sehr, dass es sich bei »der Neuen« nicht um Marina handelte.

Er fand sie sympathisch, doch gerade der leichte Wahnsinn in ihren grünen Augen prädestinierte sie für unerklärliche Taten.

»Wir halten Pater Bonifacius vorläufig fest«, sagte Severinus in seinem rechten Ohr. »Wir brauchen ihn als Zeugen.«

»Sehr gut«, stimmte Malleus leise zu und näherte sich dem Hubschrauberlandeplatz, der aus zwei Feldern bestand, eines kreisrund, das andere viereckig und mit einem H auf dem glatten Asphalt gekennzeichnet. »Danach ist er ein freier Mann, was mich angeht. Interpol interessiert sich mehr für den echten Dieb.«

Er ging quer über den Rasen unter einer Baumgruppe hindurch und näherte sich dem Areal, blickte sich unter der Kapuze heraus um.

Nicht an der hinteren Mauer, wie der Pater gesagt hatte, sondern zu seiner Rechten stand eine Frau in einer schwarzen Kutte, dicht an einen Baumstamm gelehnt, und hob rasch den Arm, um ihm zuzuwinken.

Malleus erwiderte den Gruß und schlug den Weg zu ihr ein.

Schritt für Schritt wuchs seine Erleichterung: Es war *nicht* Schwester Marina, die auf ihn wartete.

Die Geistliche war viel älter und etwas kräftiger, das Gesicht kantig und mit kräftigem Kinn. Über ihrer schwarzen Nonnentracht lag ein großes Holzkreuz um ihren Hals, die Haare wurden von einer ausladenden grauen Haube bedeckt.

»Hierher«, sagte sie. »Hast du es gefunden?«

»Ja«, gab er gespielt leidend zurück. »Aber ich glaube, ich habe mir was gebrochen.«

Sie lachte. »Sei froh, dass ich deiner Familie nichts breche.« Sie machte zwei Schritte auf ihn zu, als könne sie es nicht abwarten. »Her mit dem Beutel.«

Malleus blieb stehen und streifte die Gugel zurück, zog den Derringer und richtete ihn auf die Nonne. »Ich fürchte, den bekommen Sie leider nicht von mir. Aber Sie werden eine schöne Zelle erhalten. Betrachten Sie es als Klausur. Das wird Ihnen geläufig sein.«

Sie griff blitzschnell in ihre Kutte und zog etwas Klobiges heraus. »Einen Scheiß werde ich!«

Malleus zielte und drückte ab.

Das Vollmantelgeschoss jagte durch ihren Oberarm, mit einem Aufschrei ließ sie die großkalibrige *Beretta* Halbautomatik fallen. Sie hielt sich die getroffene Stelle, aus der Blut austrat, geriet ins Torkeln und musste sich mit dem Rücken an den Baumstamm lehnen.

»Du Arschloch«, schimpfte sie und verlor die Gesichtsfarbe zusammen mit ihrer Freude.

Severinus und die Gendarmerie rückten im Laufschritt an, einige hatten ihre Waffen auf die Frau angelegt.

»Ich bin Kommissar Bourreau von Interpol. Darf ich Sie fragen, wer Sie sind?«, wandte sich Malleus höflich an die Nonne. »*Schwester Clepta* würde passen, aber ich vermute, dass Sie nicht einmal eine echte Ordensdame sind.«

Die Frau ließ es geschehen, dass die Vatikanpolizisten ihr Handschellen anlegten und einer nach ihrer Wunde sah. Mit Verbandsmaterial wurde die Blutung gestoppt. »Roberta Mazzini. Aus Rom.«

Malleus nickte und streifte die Soutane von Pater Bonifacius ab. Es wurde ihm deutlich zu warm darunter. »Wie Sie sehen, gehöre ich auch nicht zum Vatikan. Kommen Sie. Wir lassen einen Arzt nach Ihrer Wunde sehen. Erzählen Sie uns, wann Sie Frater Theodorus bestohlen haben. Es kann Ihre Lage nur verbessern, wenn Sie kooperieren.«

»Er war schon tot, als ich reinkam«, gab sie brummend zur Antwort und ließ sich von einem Polizisten am unverletzten Arm stützen. »Ich wusste, dass er etwas im Bild gefunden hatte. Er hatte es mir nach dem Sex erzählt.«

Pater Severinus sog die Luft ein.

»Der Kleine redete immer danach. Von den Bildern, von den Schätzen, von seiner Entdeckung«, zählte sie auf, während sie langsam weg vom Heliport gingen.

»Sie haben sich gezielt dem Frater genähert?«

»Klar. Ich wollte herausfinden, wie ich am besten an die teuersten Bilder komme, ohne dass irgendwelche Alarmanlagen losgehen«, gestand sie freimütig. »Als er so dalag, wusste ich, dass ich die restlichen Papiere aus dem Bild lösen musste, und schon wären meine… Probleme gelöst.«

»Ihre Probleme?« Malleus war das Stocken nicht entgangen.

»Geld. Ich wollte eigentlich noch die *Madonna mit Spindel* aus dem Rahmen entfernen und mitnehmen, aber dann wurde es zu knapp, und ein uralter Nachtwächter erschien.«

Malleus lachte. »Das war der Papst, der nach seinem… Bild sehen wollte.«

Die Frau biss die Zähne zusammen, die Armwunde schmerzte.

»Dann haben Sie Pater Bonifacius eingespannt, damit er Ihre Beute holt.« Malleus sah auf die *Beretta*, die einer der Polizisten mit Handschuhen am Griff hielt.

Sie nickte. »Falls man ihn erwischt hätte, könnte ich mir das Bild immer noch schnappen. Dachte ich.«

Malleus verlangsamte seine Schritte, dann blieb er stehen. »Warum am Landeplatz?«

Mazzini sah ihn alarmiert an. »Verstehe Ihre Frage nicht«, gab sie schlecht geschauspielert zurück.

»Halten Sie mich nicht für so dämlich, Sie für dumm zu halten. Also, warum wollten Sie sich mit dem Pater am Heliport treffen, Signora Mazzini?«, wiederholte er die Frage deutlicher.

Sie biss sich auf die Lippen.

»Pater Severinus, schicken Sie zwei Wagen nach draußen. Rasch. Die Gendarmerie soll das Gebiet an den Außenmauern überprüfen. Ich bin sicher, dort wartet jemand darauf, dass Signora Mazzini die

Blätter rüberwirft. Ihre Mission war noch nicht zu Ende.« Malleus ließ sich Hut, Gehrock und Mantel reichen, schlüpfte hinein und rannte zurück zum Landeplatz. »Ich schaue, ob ich etwas erkenne.«

Severinus gab Anweisungen über Funk, die sofort bestätigt wurden.

Malleus war überzeugt, dass Mazzini nicht alleine im Vatikan schnüffelte. Das weitere Verhör würden die Kollegen der italienischen Polizei führen, aber er nahm an, dass eine ganze Kunsträuberbande innerhalb der Mauern am Werk war.

Das erklärte, warum Mazzini dem armen Pater Bonifacius drohen konnte, dessen Familie anzugreifen, und warum sie eine *Beretta* mit sich herumschleppte. Andere der Gang arbeiteten sicherlich daran, die Alarmanlagen auszuhebeln, wieder andere beobachteten das Verhalten der Gendarmerie und der Schweizer Garde.

Der junge Frater Theodorus erwies sich als anfällig für die Reize der Signora, die sicherlich eine gute Figur und viel Erfahrung in Sachen Sex mitbrachte. Sie hatte ihm den Kopf verdreht und eine Möglichkeit entdeckt, nebenbei mit dem *codici* Geld zu verdienen, bevor die Gemälde auf dem Plan standen.

Fall fast gelöst. Malleus wollte sich die Culebra erst später gönnen.

Er erreichte die Mauer und sah eine Stahlleiter, die hinauf zu einem der Scheinwerfer führte, mit denen der Landeplatz nachts ausgeleuchtet werden konnte.

Rasch erklomm er sie und fand sich auf einer kleinen Plattform wieder, die bis an die Zinnen ragte, sodass er einen Blick über die Befestigung werfen konnte.

Unmittelbar dahinter gab es einen Parkstreifen, auf dem sich Fahrzeuge nebeneinanderreihten.

Malleus grinste, als er die Gendarmerie in zwei schwarzen Fiat und mit Blaulicht heranbrausen sah. Sie wollten den Eindruck erwecken, als wüssten sie, wo sich die Mittäter von Mazzini befanden.

Prompt scherte einer der geparkten Wagen unbekannten Fabrikats rückwärts aus der Lücke und wollte mit durchdrehenden Reifen die Flucht ergreifen.

Aber zwei Polizisten brachten die Reifen mit gezielten Schüssen zum Platzen. Die Motorhaube krachte einige Meter weiter gegen die Mauer, das Fahrzeug wurde umstellt; gleich darauf zerrten sie zwei Männer heraus und drückten sie auf den Boden.

Das war es. Malleus war sehr zufrieden und hob den Blick, besah sich die Ewige Stadt, die mehr und mehr ihre antike Pracht zurückerhielt. Auf Geheiß von Jupiter und dem Olymp. Kräne standen saurierskeletthaft umher, unzählige Tempel und natürlich das Kolosseum beherrschten die Skyline.

Malleus wandte sich zum Petersdom um, der in Dunkelheit lag. Kein Scheinwerfer machte auf das Zentrum der verbliebenen Christenheit aufmerksam. *Buchstäblich ein Schatten seiner selbst geworden.*

Er stieg zurück auf den Boden und schlenderte auf den Dom zu.

Davor stand hoffentlich bereits sein i8, den er via Fernleihe geordert hatte und mit dem er gleich zum Vulcanus-Tempel fahren würde, der einst außerhalb der Stadt gelegen hatte. Nun befand er sich mittendrin, auf dem Marsfeld des antiken Roms.

Malleus war sich sehr sicher, Hephaistos dort anzutreffen. Dass sich Griechen und Römer die gleichen Entitäten teilten und ihnen nur andere Namen verpassten, machte dieses Pantheon halbwegs überschaubar.

Sicherlich hätte er auch zum *lapis niger* im auferstehenden Forum Romanum fahren können, wo das älteste Heiligtum aus frührömischer Zeit des Schmiedegottes lag, aber es bestand aus einem gewaltigen Altar aus schwarzen Steinen, auf dem eine Lohe in einer fünf Meter durchmessenden Feuerschale unter freiem Himmel Tag und Nacht brannte. Malleus' Erscheinen dort würde nicht unbemerkt bleiben. Verhandlungen mit der Entität wollte er in Ruhe führen.

Er nahm den PDA heraus, sah auf den Countdown: *0h 31min 45sec.*

Ich bin knapp in der Zeit. Malleus ging an einem Baum vorbei, als sich ihm eine Gestalt in den Weg schob. Es ging zu schnell, als dass er reagieren konnte.

Duftende, weiche Frauenhände legten sich an sein Gesicht und zogen es nach vorne, Lippen drückten sich sanft auf seine.

Ein warmer Körper schmiegte sich an ihn, er fühlte die Brüste an seinem Oberkörper und spürte, wie sie ihr Becken gegen seinen Schritt schob.

Malleus erwiderte den Kuss nicht. Längst wusste er, wer ihn auf diese Art überfiel. Marinuschka hatte ihn abgepasst.

Sie nahm seine Hände und schob sie unter ihren Habit. Die Finger trafen auf glühend heiße Haut, und sie brachte ihn mit einer Körperdrehung dazu, ihre festen Brüste zu umfassen.

»Du kannst mich hier nehmen«, raunte sie zwischen den Zärtlichkeiten.

Malleus schob Marina sanft von sich, als sie mit einem Stöhnen zu ihm drängte. »Nein«, sagte er freundlich. Er wollte nicht. Er konnte nicht. Er hatte keine Zeit, um der jungen Frau von seiner Vergangenheit zu erzählen. Von seinem immensen Verlust. Von seinen Schmerzen. Von dem Schwur, so etwas niemals mehr zu erleben.

Sie sah ihn giftig an. »Du weist mich zurück?« Ihr Blick war gierig, angefüllt mit Verlangen, das zusehends Wut und Empörung wich. »Weißt du, *was* ich gerade für dich tue? *Was* das bedeutet?« Marina wich zurück. »Du hast keine Ahnung. *Gar* keine!« Sie starrte ihn wütend an, die Hände waren zu Fäusten geballt, schließlich warf sie sich mit einem spitzen Aufschrei herum und rannte davon.

Malleus sah ihr nach. Das Verhalten kam ihm wahrlich rätselhaft vor. Übertrieben. Unkontrolliert. Von einer wesentlich jüngeren Frau begehrt zu werden, konnte er als schmeichelhaft betrachten, doch ihre Art besaß psychopathische Züge.

Der Countdown blieb deswegen nicht stehen.

In raschem Trab eilte Malleus weiter und gelangte zum wartenden i8, der Autopilot brachte ihn mit höchster Geschwindigkeit zum Marsfeld.

Malleus sah auf den PDA. *0h 14min 56sec.* Es wurde knapp.

Nach kurzem Tasten an seinem Mantel fand er zu seiner Erleichterung das knisternde Tütchen. Für eine winzige Sekunde hatte er befürchtet, Marina habe das Verlangen vorgetäuscht, um ihn zu bestehlen. Das Misstrauen eines Ermittlers schlief selten.

Sicherheitshalber schaute Malleus sich beide Seiten genauer an. Es waren die richtigen.

Erleichtert zog er das Etui mit den Culebras heraus. Seine Belohnung.

* Α Ω *

Beinahe hätte ich die kleine Nonne weggeschossen. Gerade noch gemerkt, wer es ist.

Verführung im Vatikan – klingt wie ein schlechter Porno. Fifty Soutanes of Grey.

Aber der, dem ich folge, ist Profi, da kann die Kleine noch so gut aussehen. Er hat andere Dinge zu erledigen. Schlampen, die auf ihn abfahren, gibt es genug auf der Welt.

Sie zischt ab, wieder wütend wie eine Furie, und er geht los. Vermutlich zum Wagen. Entweder fährt er zum Vulcanus-Heiligtum am Forum Romanum oder zum einstigen Marsfeld.

Ich glaube nicht, dass die beiden eine Chance hätten. Er und die Nonne, die dazu noch ein bisschen bekloppt… was macht sie denn da?

Sie zieht sich aus?

Tatsächlich. Macht sich neben einem Baum nackig, wie ihr Herr sie schuf.

Ah, da liegt eine Tasche mit… Unterwäsche, schwarzes, langes Kleid, Absatzschuhe. Sie verwandelt sich in eine normale Frau – um ihm zu folgen? Damit sie auf der Straße nicht wegen des Habits angesprochen wird, schätze ich.

Sie zieht den geschlitzten Rock ein wenig hoch, befestigt einen dünnen Dolch mit einer eigens angefertigten Hülle am Oberschenkel, die Gravuren kann ich nicht lesen, aber… es ist nichts Christliches.

Das ist merkwürdiger, als ich angenommen habe. Sie ist merkwürdiger.

Sie zieht sich eine dunkelrote Lederjacke über das Kleid, nimmt ein Smartphone aus der Tasche, drückt hektisch die Ziffern.

Ich muss weiter, weil jener, dem ich folge, schon fast außer Sichtweite ist.

Die Nonne ist keine. Darauf wette ich das Leben des Papstes.

Das nächste Mal schieße ich sie weg, sobald sie sich ihm nähert.

Ich kann nicht zulassen, dass jemand anderes mein Vorrecht übergeht.

* Α Ω *

Malleus stand im auferstandenen Vulcanus-Tempel, in dem sich niemand sonst befand.

Ein Priester in einer feuerroten Toga mit schwarzen Flammen am Saum hatte ihn bei seiner Ankunft am Eingang bereits erwartet und ihn schweigend hineingeleitet, um anschließend durch eine Seitentür zu verschwinden. Die Entität schien Anweisungen gegeben zu haben.

Er paffte an seiner Zigarre, die eine violette Banderole zierte, nahm den PDA heraus und blickte durch den Rauch auf den Countdown: *0h 01min 09sec.*

Pünktlich. Malleus hob den Kopf, ließ die Blicke schweifen und gehauchte Kringel aus seinem Mund steigen; das elektronische Gerät steckte er in die äußere Brusttasche, sodass es leicht herausragte. Den Hut hielt er in der Linken.

Der im Innern glutrot und schwarz gehaltene Tempel war in seiner Ausgestaltung nicht vollendet, die Fresken harrten noch der Bemalung. Die Feuerschale von fünf Metern Durchmesser, die leicht versetzt und nicht im Zentrum des Tempels ruhte, war in Gebrauch. In ihr loderte eine gewaltige Flamme, die eine enorme Hitze ausstrahlte.

Dahinter erhob sich die marmorne Statue des Gottes, aufrecht, voller Muskeln und gekleidet in Kurztunika und mit Lederschürze, auf seinem Haupt saß eine himmelblaue Filzkappe, mit der er schon in der Antike dargestellt wurde. In der einen Hand hielt er Schmiedehammer und Zange, die andere ruhte auf einem Amboss; das leicht eingeknickte rechte Bein spielte auf das Hinken an.

In der Pinakothek zog er eine leicht modernisierte Ausgabe von sich vor. Die Asche, die Malleus in der Schale am Rand bemerkte, stammte von Opfergaben, die Vulcanus übergeben worden waren. Er grinste. *Ob sie die Statue umarbeiten, sobald es rauskommt?*

Sein PDA piepste warnend, der Countdown hatte die Null erreicht.

Zeitgleich fauchte das Feuer und gebar prasselnd eine Funkenwolke, die zu Boden sank und sich zu Hephaistos zusammenfügte.

Er hatte sich für die gleiche – geschätzt mehr als zwei Meter hohe – Gestalt wie im Vatikan entschieden und hinkte langsam auf Malleus zu, den Kopf leicht geneigt; das Leder knirschte bei jedem Schritt.

»Malleus Bourreau«, sprach er dröhnend und spie dabei leuchtende Pünktchen aus. »Du bist verlässlich.«

Malleus nickte und zog die beiden Seiten aus dem *codici* des Leonardo da Vinci aus der Manteltasche. Mit dem Duzen hatte er gerechnet, aber schöner wurde es nicht. »Ich habe, nach was Sie verlangten.« Er legte die Seiten vor sich auf den schwarzen Marmorboden. »Bitte sehr. Als Zeichen meines Vertrauens in das Wort eines Gottes.« Bei dem Satz kam er sich vor wie ein Lügner.

»Ausgezeichnet.« Die Entität hob einen Finger.

Aus dem Opferbecken schwirrten daraufhin Funken, welche die Blätter anhoben, ohne sie zu verbrennen, und zu ihm brachten.

»Ich habe mir überlegt, dass ich als Wiedergutmachung für die Toten, die mein Helfer hinterließ, eine Entschädigungssumme an die Angehörigen zahle. Denkst du, dass hundert Goldstücke pro Leben ausreichen?« Behutsam schlossen sich Hephaistos' übergroße Zeigefinger und Daumen um eine Ecke des Papiers.

»Sofern man ein Leben mit einer irdischen Währung zahlen kann«, kommentierte Malleus.

»Du hast recht. Ich lasse ihr Gewicht in Gold aufwiegen. Das erscheint mir rechtens.« Die Augen richteten sich auf die vom Kaffee durchgefärbten Seiten, auf denen nichts mehr zu erkennen war.

Nur ein Dutzend Buchstaben hatten sich dem Bad widersetzt, was als Beweis galt, die Originale geliefert zu haben. Wie verlangt.

Wie reagiert er? Malleus konnte nicht verhindern, dass er schneller an der Culebra zog.

Ruckartig richtete sich Hephaistos auf, der glühende Blick lag voller Zorn auf dem Menschen. »Was soll ich *damit* anfangen?«, tönte er, sodass es in Malleus' Ohren schmerzte.

»Das weiß ich nicht. Ich weiß auch nicht, was Sie mit dem gesamten *codici* anfangen wollten«, antwortete er in seiner höflichen, ruhigen Art. »Ich habe meinen Teil der Abmachung eingehalten.«

»Darauf finde ich nichts, was mir nützt!«

»Das ist nicht mein Verschulden. Es muss dem Dieb passiert sein, als er seine Beute studierte.« Malleus nahm die Zigarre aus dem Mundwinkel. »Doch es sind jene beiden vermissten Blätter. Lassen Sie das Alter bestimmen oder sonst wie analysieren. Sie sind ein Gott. Sie können das bestimmt im Handumdrehen.«

Hephaistos atmete die Luft ein, was einem Blasebalggeräusch glich. »Ich lasse mich nicht von einem Sterblichen hintergehen«, rief er und ließ die Papiere in einer Stichflamme auf der Hand vergehen. Graue Ascheflöckchen stiegen tanzend auf.

»Das tat ich nicht.« Malleus legte die Hand mit der Culebra flach aufs Herz, der Rauch formte ein Ausrufungszeichen. »Ich gab Ihnen mein Wort.« Er gab sich Mühe, seine Anspannung nicht zu offenbaren.

Hephaistos' Augen wurden schmal, sie glommen zuerst glutrot, danach essenweiß. »Nun finde ich dich nicht mehr lustig und unterhaltsam«, grollte er. »Aber: Ich halte mein Wort. Der Vatikan mag meinetwegen stehen bleiben. Und du lass mich wissen, zu welchem Artefakt ich dir mehr verraten soll.«

»Die Krone, von der Sie sprachen.«

»Dann höre mir gut zu, Malleus Bourreau. Ich werde es nur einmal sagen.« Hephaistos richtete sich auf, die Muskeln zuckten.

Seine Lippen bewegten sich anhaltend und deutlich – aber keine hörbaren Silben drangen hervor. Er enthüllte das Geheimnis, ohne es laut auszusprechen.

»Hast du alles verstanden?«, erkundigte er sich anschließend höhnisch. »Ich vergelte Gleiches mit Gleichem.« Er zerstob im Lachen zu einer Funkenwolke, die sich rasch auflöste.

Malleus fuhr sich die schwarzen Bartenden entlang, wandte sich um und schlenderte auf den Ausgang des Tempels zu. *Wundert mich nicht.*

Die Anspannung fiel von ihm ab. Das Zusammentreffen mit der Entität hätte wesentlich schlechter für ihn und den Vatikan ausfallen können, das musste er einräumen.

»Warte«, traf ihn die Stimme des aufgetauchten Priesters in den Rücken, und die Worte hallten in dem hohen Gebäude. »Du musst Vulcanus noch eine Opfergabe bringen.«

Ohne hinzuschauen oder sein Gehen zu unterbrechen, schnippte Malleus die zur Hälfte aufgerauchte krumme Zigarre hinter sich, die nach langem Flug in der Feuerschale landete, mit violetter Flamme verbrannte und die gesamte Lohe einfärbte.

Der Priester fluchte laut.

»Die war teuer«, rief Malleus zurück, setzte den Hut auf und verließ das Heiligtum.

Er ging die Stufen hinab und stieg in den i8, ließ ihn nach einigen Sekunden des Nachdenkens zum Hotel fahren.

Er fand es besser, den Vatikan nicht noch einmal zu betreten. Der Dank des Heiligen Vaters war ihm nicht wichtig, er hatte nur seinen Job gemacht.

Alles Weitere, wie die Übergabe der Blätter an die Entität und dessen Reaktion sowie das Schuldeingeständnis, würde er im Bericht notieren und an seinen Vorgesetzten Lautrec senden. Der Interpol-Chef konnte entscheiden, wie viel davon er dem Stellvertreter Gottes erzählen wollte. Der Tod von vier Menschen würde immerhin mit Gold aufgewogen, ohne dass Malleus wusste, wie Hephaistos deren Gewicht messen wollte.

Zwar hätte es Malleus interessiert, warum der Papst Frater Theodorus als einen Sohn bezeichnete und was er dazu sagte, dass sein Spross mit einer falschen Nonne geschlafen hatte, aber sicherlich verschwieg ihm Severinus dieses pikante, unkeusche Detail.

Malleus schaltete die Aufnahmefunktion des PDA ab und gönnte sich ein leises Lachen.

Hephaistos mochte nichts *laut* gesagt haben – aber die Lippenbewegungen waren von der Kamera erfasst worden. Eigentlich hatte Malleus den Hinweis zur Sicherung auf der Speicherkarte festhalten wollen, nun erwies sich der Geistesblitz als Volltreffer.

Wehe, du hast mich verarscht, drohte er mit einem Blick aus dem Fenster zum Tempel, während der BMW geräuschlos anrollte. *Dann werde ich so lange in Feuerschalen pinkeln, bis du dich zeigst.*

Malleus wandte sich nach vorne und ließ den Getränkeautomaten des Wagens einen Tee zubereiten, einen starken, der perfekt zu einer frischen Culebra mit rubinroter Banderole passte. Er war durchaus zufrieden.

Als der i8 an einer roten Ampel stoppte, sah Malleus auf die Werbetafel an der Hauswand gegenüber. Die aufwendige Anzeige für einen neuen Horus-Tempel am Ostrand von Rom flimmerte, es wurde um Anleihenkauf gebeten. *Die Ägypter werden mutig. Das ist nicht ihr Gebiet.*

Eine lang gestreckte, silbermetallic Mercedes-Limousine hielt neben ihm, hinter deren getönten Scheiben die Umrisse einer Frau zu sehen waren.

Die dunkle Scheibe glitt eine Handbreit nach unten, sodass man den dunkeln Haaransatz, die geschwungenen Brauen und die Augenpartie sah. Das durchdringende Grün erkannte er sofort.

Marina!?

Der i8 fuhr los, und der lange Silbermercedes bog ab, ohne dass sich das Fenster schloss. Der durchdringende, flackernde Blick der Frau verfolgte Malleus lange.

Wie kann das sein? Das Fahrzeug trug keine Hoheitszeichen des Vatikans.

Das Kennzeichen wusste er noch und notierte es hastig auf seinem PDA. Eine Schnellabfrage über die italienische Polizei-Datenbank ergab, dass die Limousine einem Chauffeur-Service gehörte.

Er musste sich geirrt haben.

Malleus nippte am Tee und erhielt Nachrichten von Severinus, von Lautrec und von seiner Assistentin, die er gerade nicht lesen wollte.

Sein Interesse wurde von einer anderen E-Mail geweckt, die über sein privates Auftragsportal einging.

Malleus öffnete sie, las.

Fasziniert von den darin geschilderten Ereignissen, lehnte er sich nach vorne, fuhr mit Daumen und Zeigefinger über seinen Fu-Manchu.

Zeile um Zeile tauchte er in den Bericht ein, der eine ungeheure Begebenheit ausbreitete, die eine Herausforderung für seinen Intellekt und Spürsinn bedeutete.

Nach London wollte er ohnehin schon seit Jahren reisen. Den Brückenkopf der hinduistischen Entitäten nach Europa verlangte nach seiner Aufmerksamkeit.

Das konnte sich Malleus ebenso unmöglich entgehen lassen wie die acht nackten Leichen in einem Herrenhaus. Dabei konnte es unmöglich mit rechten Dingen zugegangen sein.

* * *

Episode 3
PRETA

»Seinen Tod stirbt der Vollbringende, siegreich, umringt von Hoffenden und Gelobenden. Also sollte man sterben lernen.
(…) In eurem Sterben soll noch euer Geist und eure Tugend glühn, gleich einem Abendroth um die Erde: oder aber das Sterben ist euch schlecht gerathen.«

Friedrich Nietzsche,
Vom freien Tode,
Also sprach Zarathustra, 1883–1885

Großbritannien, London, November 2019

Malleus Bourreau ließ sich vom Autopiloten des gemieteten BMW i8 durch Londons indischstes Stadtviertel fahren – wenn man von Harrow sowie Southall im Bezirk Ealing im Westen absah.

Mit der physischen Rückkehr der alten Götter war die Stadt an der Themse ein europäischer Brückenkopf für das Hindu-Pantheon geworden. Wenn sich Malleus richtig erinnerte, hatte diese Religion mehr als 30.000 Entitäten und Avatare, was es rein mengenmäßig schwer machte, den Überblick zu behalten – oder eine Invasion zurückschlagen, sollte sie anrücken, um dieses Mal die Kolonialmacht zu werden.

Fast, als wäre man nicht in der Alten Welt. Malleus rieb sich über die Enden seines Fu-Manchu-Bartes und sah die vielen Häuser im Stadtteil Brent, sorgsam nebeneinandergereiht und sehr indisch verziert: bunt, mit Ornamenten und verspielten kleinen Anbauten, die durchaus Flair hatten.

Über die englischen Häuschen war ein orientalischer Designsturm hinweggezogen. Im Gegensatz dazu stand die sehr westliche Infrastruktur, doch auch die Straßenlampen wurden mittlerweile von bunten Wimpeln geschmückt. Die Hindu-Gemeinde unterstrich, wie stolz sie auf ihre Götter war.

Dass hier ein spirituelles Zentrum lag, kam nicht von ungefähr.

Seit Mitte der Neunziger stand in Neasden der Shri Swaminarayan Mandir, ein gigantischer Hindu-Tempel, den Malleus sich noch ansehen wollte. Ihn interessierten die Architektonik und das Essen im angeschlossenen legendären Restaurant, das rein vegan war und sogar auf Zwiebeln und Knoblauch verzichtete.

Aber weder Bauwerke noch Kulinarik hatten ihn nach London verschlagen.

Sondern ein Auftrag.

Ein sehr lukrativer und herausfordernder Auftrag.

Die umgewandelten Häuschen zogen an dem i8 vorbei. Auch ein Hinweisschild zum umgebauten Wembley-Stadion tauchte auf, wo scheinbar rund um die Uhr Kricket und Squash gespielt und dies auf eigenen Sendern übertragen wurde, wie er bereits im Flugzeug und am Airport Heathrow auf den Anzeigemonitoren bemerkt hatte.

Malleus überlegte, ob er sich noch eine Culebra anzünden sollte, aber die Routenberechnung machte ihn darauf aufmerksam, dass er das Ziel in wenigen Minuten erreicht habe. Also verzichtete er.

Sein PDA machte sich mit einem Piepsen bemerkbar, eine Nachricht war von seinem Vorgesetzten Lautrec aus dem Interpol-Hauptquartier eingegangen.

Nicht jetzt. Malleus hoffte, dass es sich nicht um einen offiziellen Einsatzbefehl handelte und er umgehend wieder abreisen müsste. Sollte es nicht dringend sein, würde er erst die Befragung seines Privatklienten angehen.

Aber als er die Mail öffnete, bekam er lediglich eine Information. Über einen Umstand, den er verwunderlich und beunruhigend zugleich fand.

Die Interpol-Datenbank verglich automatisiert Projektilfunde von Verbrechen und Schießereien, sobald die Spurensicherung ihre Arbeit abgeschlossen hatte. Dabei hatte sich herausgestellt: In Italien waren drei Römer mit der gleichen Waffe erschossen worden wie drei Frauen in Lettland.

Was das Ganze alarmierend machte: Die drei Römer waren Malleus vor ihrem jähen Ende auf der Piazza della Rotonda vor dem Pantheon verbal angegangen. Die Toten in Lettland gehörten zu der Gruppe von Baba-Jaga-Anhängerinnen, die Malleus auf einer verlassenen Lichtung davon abgehalten hatte, Unbeteiligten Schaden zuzufügen.

Es kam noch besser: Die sehr präzisen, nicht tödlichen Schusswunden der Anführerin in Knie und Oberschenkel stammten nicht – wie zuerst angenommen – aus Malleus' Apache Deringer, sondern aus derselben tödlichen Waffe: eine APB Stetschkin, eine sehr spezielle schallgedämpfte vollautomatische Pistole russischer Herkunft, die 9-mm-Patronen nutzte. Entwickelt worden war sie für den KGB und russische Spezialeinheiten.

Sechs Tote, eine Verletzte, dieselbe Waffe. Immer um mich herum. Malleus' Verwunderung stieg, als er den Vermerk der italienischen Behörden sah.

Nicht nur die APB erwies sich als besonders, sondern auch die Kugeln und die Hülsen an den Tatorten. Sie waren graviert, in einer noch nicht übersetzten Geheimschrift, die eine Zuordnung erleichterte.

Somit stand für die italienischen Behörden fest, dass der *assassino di glifo*, der Glyphen-Mörder, zugeschlagen hatte; ein Querverweis leitete auf die entsprechende Ermittlungsakte.

Malleus rief sie auf und sah die zahllosen Einträge zu Tatorten und Opfern. *Zweiundfünfzig.* Sein Mund wurde trocken.

Ihm fehlte die Zeit, sich so kurz vor der Ankunft bei seinem Klienten damit zu beschäftigen, aber ein Überfliegen sagte ihm, dass der Mörder irgendwann einfach aufgehört hatte. Aus welchen Gründen auch immer. Und nun erst wieder in Malleus' Fällen auftauchte.

Ich habe einen mörderischen Schutzengel. Malleus fragte sich, ob man im Vatikan – seinem letzten Auftrag – auch gravierte Projektile und Hülsen finden würde. Da sich die italienischen Behörden aufgrund des Ausnahmestatus von Vatikanstadt nicht zuständig gefühlt hatten, war keine Spurensicherung zum Einsatz gekommen.

Malleus rief sich den Kampf gegen die mechanische Kreatur in Erinnerung, die Schaden genommen hatte – gänzlich ohne seine Einwirkung. Er hatte es auf ihre defekte Mechanik zurückgeführt – nun allerdings sprach alles dafür, dass jemand mit der APB eingegriffen hatte.

Ich brauche Gewissheit. Rasch schrieb Malleus eine Mail an Pater Severinus, seinen Ansprechpartner im Vatikan, und bat um eine Suche nach Munitionshülsen in der Vatikanischen Pinakothek.

Der i8 bog in die Braemer Avenue ein.

Malleus schüttelte die beunruhigenden Gedanken an den Glyphen-Mörder ab, so gut es ging. Das konnte er keinesfalls gebrauchen, wenn er vor einem Klienten stand.

Das Sträßchen führte an einen See, wie er durch die Bäume neben den Gebäuden sah. Hier standen größere Anwesen, es war sehr viel aufgestockt und verändert worden, Marmor und Säulen und Türmchen sorgten für einen ansprechenden Stilmix aus europäischer und indischer Bauweise. Seine Frau wäre begeistert gewesen.

Der BMW stoppte vor dem schicksten, schönsten Haus, das hinter einer geweißelten Mauer palastgleich emporragte und seine beiden flankierenden, schlanken hellen Türmchen mit den langen Spitzen in die graue Wolkendecke zu rammen schien. Ein geschlossenes Bronzetor, auf dem hinduistische Ornamente graviert waren, hielt Besucher ab.

Malleus tippte anhand der Länge der Mauer darauf, dass sein Auftraggeber die umliegenden Grundstücke aufgekauft hatte. Die Wirkung machte deutlich: Hier wohnte jemand, der es zu Wohlstand gebracht hatte.

Er stieg aus und schlüpfte in den Militärmantel, korrigierte den Sitz seines Huts auf den schwarzen Haaren, die er an den Seiten kurz und oben länger trug.

Ihm war bewusst, dass seine Kleidung mit dem leicht indischen Stil entweder Anklang fand – oder man ihn für einen Anbiederer hielt. Aber Malleus mochte die Mode, die er sich erdachte und anfertigen ließ.

Er hatte sich stets auf die Nachmittage gefreut, die er bei seinem Schneider zum Abmessen oder zur Anprobe verbrachte, plaudernd, bei Tee oder einem guten Rum. Seine Tochter hatte sich währenddessen im Atelier unter der Nähmaschine oder in den Stoffschränken versteckt, und Malleus hatte sie gesucht. Ein fröhliches Spiel zwischen Vater und seiner Kleinen. Er hatte sofort den Geruch des Tuchs in der Nase und das Lachen seiner Tochter in den Ohren.

Früher. Vor unwirklich langer Zeit. Er riss sich zusammen und konnte nicht verhindern, dass er sich umwandte und aufmerksam die Straße entlangblickte.

Malleus rechnete nicht damit, seinen Stalker zu entdecken, aber er wollte sich vergewissern, alleine zu sein. Nun, wo ihm die Information von Lautrec zugegangen war, müsste er sich um eine Aufklärung kümmern. In eigener Sache.

Mit einem elektrischen Summen schwang das Bronzetor schräg hinter ihm auf.

Malleus wandte sich dem Eingang zu.

Der Anblick des Anwesens, das zentimeterweise zum Vorschein kam, verschlug ihm die Sprache.

Millionen mussten investiert worden sein, in die Marmorfassade, die Springbrunnen und Wasserbecken, den Garten und die Pflanzen, die Wege und Veranda – in einfach alles.

Vor ihm ragte eine Miniaturausgabe eines Maharadscha-Palastes auf, daran änderte auch das trübe Wetter nichts. Dahinter folgte der See, der wirkte, als sei er exklusiv für den herrschaftlichen Sitz angelegt worden.

Je weiter das Bronzetor zurückglitt, desto mehr wurde ein Mann mit stattlichem, sauber gestutztem schwarzen Bart sichtbar, der unmittelbar dahinter wartete. Er trug einen traditionellen Sherwani in hellem Weiß mit Jacquardmusterung, auf seinem Kopf ein weißer Turban, die Füße steckten in hellen Stoffschuhen.

Unkundige würden in der lebensbejahenden Farbe Freude erkennen. Aber Malleus wusste, dass es in Indien für Trauer stand, während Westeuropa Schwarz bevorzugte.

»*Namaste*, Mister Bourreau«, grüßte der Mann und deutete eine Verbeugung an, bevor er die Hand ausstreckte. Sein Teint war dunkel, die Augen so braun, dass sie schwarz wirkten. »Ich bin sehr erleichtert, dass Sie gekommen sind.«

Malleus ging auf ihn zu und fand es erstaunlich, dass der Hausherr selbst erschienen war, anstatt einen Diener zu senden, der ihn durch das gewaltige Anwesen zum ersten Treffen lotste.

»*Namaste*«, erwiderte er und reichte seine Hand. »Mein aufrichtiges Beileid, Mister Gautama.«

»Ich danke Ihnen. Mit Ihrer Hilfe finde ich heraus, gegen wen sich mein Zorn richten kann.« Er deutete auf die schneeweißen Treppen, die zur Doppeltür hinaufführten. »Ich habe einen Chai vorbereitet. Aber wenn Sie etwas anderes möchten, lassen Sie es mich wissen.« Sein Auftraggeber ging voraus, legte die Arme auf den Rücken.

Leise summend fuhr das Tor wieder zu.

Malleus folgte Shankar Kumar Gautama über den geharkten Kies zum Anwesen. Der gebürtige Inder gehörte zu den dreißig reichsten Menschen in Großbritannien und galt als bestens vernetzt in britischer Politik und Gesellschaft. Seine Familie führte den indischen Adelstitel *Tazimi Sardar*, ohne dass Malleus genau sagen konnte, was es bedeutete. Nicht sein Spezialgebiet.

Sie betraten das Foyer, in dem sich der marmorne Überfluss ebenso zeigte. Die Wände waren vertäfelt, riesige handgeknüpfte Teppiche lagen auf dem Boden, und eine gewaltige Freitreppe führte hinauf in das zweite Stockwerk, aber auch ein Fahrstuhl war eingebaut. Bilder und goldene Lampenschirme hingen an den Wänden, und ein Kristallkronleuchter, groß wie ein Mensch und ausladend wie eine Baumkrone, schwebte in der Halle.

Was Malleus sofort auffiel: Stille.

Keine leisen Geräusche, keine Gespräche, keine Musik. Nichts.

Der schwere Duft von Weihrauch oder Räucherstäbchen hing in

der Luft und würde sogar den Qualm der Culebras innerhalb von Sekunden auffressen.

»Wie Sie bemerken«, sagte Gautama mit seiner warmen, dunklen Stimme, »gibt es kein Leben in diesem Luxus. Ich bin der einzige Mensch in diesem Grabmal, und doch fühle ich mich innerlich tot. Das letzte bisschen Leben in mir ist der Hass. Hass auf jene, die mir das antaten.« Er deutete nach rechts auf eine geöffnete Tür. »Nach Ihnen, Mister Bourreau.«

Malleus musste den Schauder bei den Worten unterdrücken. Er betrat den Salon, der im Kolonialstil eingerichtet war. Rote Stofftapeten an den hohen Wänden, Ventilatoren, die sich nicht drehten, dunkle Möbel, Chesterfield-Sessel und Sofas.

Malleus begab sich in die Sitzecke neben den Kamin, in dem ein kleines Torffeuer brannte, legte den Mantel sowie den Hut ab und zog den PDA aus der Tasche des indisch-europäischen Gehrocks, um ihn auf dem Teaktischchen zu platzieren. Dort stand bereits eine große Gusseisenkanne auf einem Stövchen, drum herum zwei Schalen sowie indische Knabbereien und Sandwiches.

Draußen rollte der graublaue See gegen den Steg, der vom Garten ins Wasser ragte; über ihm ballten sich Regenwolken.

Gautama setzte sich ihm gegenüber, das Gesicht um Freundlichkeit bemüht und doch erkennbar von Gram gezeichnet. Er sagte etwas auf Hindi, und das Licht schaltete sich gedimmt ein. Danach goss er Chai ein. Mit dem aufsteigenden Dampf des Milchtees verbreitete sich das Aroma von Zimt, grünem und schwarzem Kardamom, Honig und Nelken.

»Danke.« Malleus nahm die Schale und probierte. »Es schmeckt ausgezeichnet, Mister Gautama.«

Der Inder lächelte kurz. »Das Rezept meiner Frau«, brachte er rau hervor und trank ebenfalls. »Sie werden sich wundern, weswegen niemand hier ist.«

»Das tue ich.« Er fuhr sich mit Daumen und Zeigefinger über die Bartenden des Fu-Manchu.

»Meine Angestellten haben es vorgezogen, dem Anwesen den Rücken zu kehren. Sie glauben, ein *Preta* geht um«, erklärte Gautama und lehnte sich zurück. »Sie dürfen gerne rauchen, Mister Bourreau. Ich habe von Ihrer Vorliebe gehört.«

»Später, aber danke.« Malleus konnte mit dem Begriff nichts anfangen, der sicherlich aus der Hindu-Mythologie stammte. »Ein Preta ist ein Spuk?«

»Viel mehr als das. Die *antim sanskar*, unsere Totenriten, sind maßgebend, damit mit unseren Verstorbenen nach dem Tod alles gut verläuft. Vor etwa einem halben Jahr starb meine Mutter, und angeblich wurde vom Brahmanen nicht genau auf die *antim sanskar* geachtet«, erklärte Gautama. »Sie sei nun eine Preta, das heißt, sie zieht vom Moment des Todes bis zur Ankunft ihrer Seele an ihrem Bestimmungsort hier umher.« Er nippte am Tee. »Sie werden es natürlich mit einem mitleidigen oder gar verächtlichen Lächeln betrachten, was ich nachvollziehen kann, Mister Bourreau. Aber Sie müssen verstehen, dass Pretas zum Todesgott Yama gehören und grundsätzlich böse sind. Sie trachten danach, den Menschen zu schaden.«

»Und ich vermute, eine Besänftigung hat nicht funktioniert, Sir?« Diesen Teil des Falles hatte sein Auftraggeber in seiner Nachricht nicht erwähnt. Bislang war Malleus von achtfachem Suizid ausgegangen.

Gautama schüttelte den Kopf, der tiefschwarze Bart fuhr raschelnd über seinen weißen Sherwani. »Wir überließen dem Preta verschiedene Opfergaben, aber nichts fruchtete.« Wieder gab er einen Befehl.

Ein Teil der Wand verwandelte sich daraufhin in einen Bildschirm, auf dem die Aufnahme einer dunkelhaarigen Fast-Teenagerin in einem rot-gelben Sari zu sehen war, die Gautama ähnelte. Sie lag auf dem Boden.

»Die Aufnahme hat ein Zimmermädchen mit ihrem Smartphone gedreht, kurz nachdem meine jüngste Tochter Anjay gefunden wurde«, erklärte er und sah aus dem Fenster. Er schien den Anblick nicht ertragen zu können.

Das Filmchen startete.

Im Hintergrund erklangen viele aufgeregte Stimmen, die Kameraführung war entsprechend verwackelt. Anjays Hals war aufgeschlitzt, sie musste tot sein. Malleus sah keine Bewegung der Halsschlagader. Er schätzte das Alter des Kindes auf acht oder neun Jahre.

Und trotzdem drehte Anjay abrupt den Kopf in die Kamera, die toten Augen richteten sich auf die Linse. Der Mund bewegte sich, die Sprache war für Malleus unverständlich, aber die Feindseligkeit war deutlich herauszuhören.

»Ihr werdet alle sterben. Ein jeder von euch«, übersetzte Gautama tonlos. »Nicht ein Leben, das in diesem verfluchten Palast lebt, soll überdauern. Mein Sohn soll leiden, wie ich leide! Ich verfluche …«

Dann wurde entsetzt durcheinandergeschrien, die Aufzeichnung endete.

Malleus atmete aus und trank vom Chai. Schnell verdrängte er die Erinnerung an seine eigene tote Tochter. Der Fall würde ihn viel innere Ruhe kosten.

»Danach verließen mich meine Angestellten.« Gautama drehte den Kopf wieder und blickte den Ermittler an, aus dem rechten Augenwinkel quoll eine Träne, ohne dass sein Gesicht Anzeichen für Weinen zeigte. Sie rollte über die Haut und verfing sich glitzernd im dichten Bart, wo sie blieb. »Ich bin bereit, den Gesetzen der Götter zu folgen«, sagte er leise, »aber ich will wissen, wer mir mein Leben nahm und vergaß, mich zu töten.«

Malleus fand den Mann und seine Art sehr beeindruckend. »Sie glauben demnach nicht, dass es ein Preta ist, der Ihre Familie dazu brachte, sich umzubringen, Sir?«

»Niemals.« Gautamas braune Augen schienen in dem schwachen Licht zu bodenlosen Löchern zu werden. »Etwas wollte meine Dienerschaft glauben machen, es sei so. Und dieses *Etwas* muss ermittelt werden, Mister Bourreau.« Er stellte die Schale mit dem Chai ab.

»Sie haben den Polizeibericht gelesen, den ich Ihnen zukommen ließ, nehme ich an?«

»Selbstverständlich.«

»Fragen dazu kann ich Ihnen nicht beantworten, auch das schrieb ich Ihnen«, sprach Gautama weiter. »Ich hielt mich zum Zeitpunkt des Geschehens in Mumbai auf. Aber ich kann Ihnen alle Zimmer zeigen. Es wurde nichts darin verändert.«

»Die Leichen sind …?«

»Bereits unter Einhaltung sämtlicher Riten verbrannt. Ihre Asche lasse ich heute nach Indien fliegen, wo sie in den Ganges verstreut wird«, antwortete Gautama. »Meine Frau hatte sich eine rituelle Totenbehandlung gewünscht.« Er tippte auf den Tisch, und ein eingelassenes Tastaturfeld erschien auf der Oberfläche. Die Finger bewegten sich rasend schnell, und Malleus' PDA brummte keine zwei Sekunden später. »Ich habe Ihnen ein Programm geschickt. Betrachten Sie die Räume gleich durch die Linse Ihrer Smartphonekamera, wird Ihnen in Echtzeit die Lage und der Zustand der jeweiligen Toten eingeblendet.«

Augmented Reality. Malleus bedauerte den Umstand, auf elektronische Hilfsmittel zurückgreifen zu müssen, da er lieber die Leichen in Augenschein genommen hätte, um mögliche Spuren zu finden, die ihm weiterhalfen.

»Ich weiß, was Sie denken. Aber die Fotos sind hochauflösend. Nichts bleibt Ihnen verborgen.« Er rieb die Hände aneinander, als wollte er Dreck entfernen. »Mit welchem Zimmer möchten Sie beginnen, Mister Bourreau? Ich erkläre Ihnen unterdessen, in welche Richtung Sie ermitteln sollten.« Er erhob sich.

»Arbeiten wir uns von oben nach unten durch.« Malleus trank seinen Chai aus, rieb über die Bartenden. Er betrachtete es bereits als besonderen Fall.

Gemeinsam verließen sie den Salon und schritten die schneeweiße Treppe hinauf; das leise Echo der Schritte sowie das Rascheln des Stoffes blieben die einzigen Geräusche.

»Sie haben demnach einen Verdacht, was anstelle des Pretas dahintersteckt, Sir?«

»Den habe ich.« Gautama dirigierte ihn durch die Korridore, vorbei an Gemälden und Bildern, die indische Landschaften, Tempel, Ahnen und mitunter abstrakte Zeichnungen zeigten.

Es standen Statuen von Göttern und göttlichen Wesen in den Nischen, Blumenvasen mit Sträußen oder Orchideen schmückten die Flure. Gautama schien – wie beim Chai – selbst Hand anzulegen.

Natürlich gab es auch ein mannsgroßes Abbild der Entität Kali, die sogar Menschen erkannten, die sich nicht mit Hinduismus beschäftigten. Die schwarze Göttin schwang einen krummen Dolch, tanzte mit einem Bein auf einem Menschen und hielt eine Schale in einer anderen Hand. Der Geruch von Weihrauch durchdrang jeden Winkel. Man hatte den Preta ausräuchern wollen.

»Meine älteste Tochter Narami hatte an dem Tag Besuch von ihrem Freund, Robin Warwick. Sie wollten heiraten.« Gautama lachte freudlos. »Jugendliche Schwärmerei, mehr war es nicht. Der junge Mann ist Soldat und glühender Anbeter eines keltischen Gottes namens Barrex. Meine Frau berichtete mir, dass es zu einem Streit zwischen Narami und ihm kam.« Gautama blieb vor einer Tür stehen, an der das Polizeisiegel klebte. »Er wollte, dass sie zu seiner Religion übertrat.«

»Was Ihre Tochter ablehnte?«

»Selbstverständlich.« Gautamas dunkle Augen richteten sich auf den Ermittler. »Warwick verließ wütend mein Haus. Stunden danach waren alle tot, die ich liebe.«

»Sie denken, dass Barrex für die Zurückweisung Rache übte.«

»Narami ist bekannt für ihre spitze, scharfe Zunge. Ich kann mir vorstellen, dass Worte fielen, die verletzend waren. Es mag Barrex getroffen haben, doch was er aus Rache anrichtete, ist feige und heimtückisch. Und er will mich glauben machen, es sei ein Preta gewesen.« Gautama legte die gepflegte, kräftige Hand auf die Klinke, drückte sie nieder und stieß die Tür auf. Leise ratschend riss das Siegel. »Finden Sie den wahren Schuldigen, Mister Bourreau, und ich mache Sie zu einem sehr reichen Mann.«

Malleus nickte und trat ein.

* Α Ω *

London.
Ripperstadt.

Immer gut für einen Mord, würde ich sagen, und jener, dem ich folge, hat natürlich wieder was zu tun. Acht Leichen, acht Selbstmorde, acht verschiedene Methoden, wenn ich die Spekulationen in der Boulevard-Presse richtig in Erinnerung habe.

Muss mich beeilen, um seinen PDA zu hacken. Habe das Gefühl, dass mir viele Informationen flöten gehen, die er bekommt. Die Abhörwanze, die ich ihm verpasste, ist nett, aber wenn er nicht laut vorliest, weiß ich gar nichts. Schlecht.

Es geht raus, nach Brent. Indien lässt grüßen. Bollywood ist nichts dagegen.

Wahnsinn, wie viel Aufwand die Hindus betreiben, und der Tempel da drüben ist der Hammer! Hoffe, er geht noch hin und besucht dieses Monument.

Hat sich ein bisschen was getan, in der Neun-Millionen-Metropole. War mal das Zentrum des Islam in England. Hat sich erledigt dank der neuen alten Götter. Die Bezirke Tower Hamlets und Newham sind nahezu leer gefegt, die meisten Moslems sind gegangen, und Moscheen stehen verwaist herum.

Dafür ist die Zahl der Hindus gestiegen, knapp eine Million leben in der Ripperstadt. Brent, Harrow, Southall. Natürlich ziehen sie auch nach Newham und Tower Hamlets. Ist ja ein bisschen was frei geworden.

Die Juden sind überwiegend geblieben, in Stamford Hill und Golders Green, und man lässt sie überwiegend in Ruhe.

Die Christen, was soll ich sagen? Die alten Riten waren in England, gerade auf den kleinen Inseln und Schottland, niemals verschwunden. Leichtes Spiel für die Götter und fare well, anglikanische Kirche! Der Rest betet zum LORD heimlich, still und leise. Es gibt sogar die ersten Prediger, die sagen, es seien Vorboten, dass der LORD einen neuen Erlöser schickt. Glaube ich erst, wenn ich ihn sehe.

Ich mag es, wenn die Ursprünge durchkommen.

Nur die Sache mit den Hindus könnte durchaus noch knifflig werden. Viele Götter, viele Ansprüche. Damit haben die Briten nicht gerechnet, als sie sich Indien schnappten. Jetzt haben sie mehr als Curry von dort bekommen.

Sein Klient ist ziemlich bekannt. Für seinen Reichtum. Für seine Geschäfte. Für seine Härte.

Gautama.

Klingt ein wenig nach Gotham. Passt zur Psyche des Mannes.

Habe da einige Sachen von ihm erfahren, die mir sagen, dass ich mich nicht mit ihm anlegen sollte. Sieht kultiviert aus, kann aber dieses indische Kampfsportzeug und rippt seine Gegner vollkommen auseinander. Irgendwas mit Kalari. Indischer Meister 2014 und 2015.

Meine alten Verbindungen haben mir gesteckt, dass er in Indien mindestens in vier Fälle verwickelt ist, bei denen es um Bedrohung, Körperverletzung und Mord geht – niemals Bestechung. Der macht keine halben Sachen.

Bei der Anzahl von indischen Göttern kann ich mir vorstellen, dass einer von denen sauer auf ihn ist und seine Familie umbrachte. Als Rache für die Taten in der Heimat.

Da werde ich auf ihn, dem ich folge, aufpassen müssen. Hoffe, er hat sich ebenso über Gautama erkundigt.

Und da sind wir auch schon.

Nett hier, lebt wie ein Maharadscha. Oha, er, dem ich folge, scheint was auf seinem PDA zu lesen, was ihn beschäftigt. Bevor er durch das

Tor geht, schaut er sich um. Auch die Straße entlang, als würde er wissen, dass ihm jemand folgt.

Ich tippe darauf, dass die Spurensicherung ihre Arbeit gemacht und die Geschosse verglichen hat.

Ja, es wird Zeit, den PDA zu hacken.

Sobald er schläft, kümmere ich mich darum.

* A Ω *

Malleus ging in den dunklen Raum und roch nichts als Weihrauch. Hätte es andere Gerüche gegeben, die ihm bei dem Fall halfen, wären sie von dem würzigen Aroma überlagert worden.

Von daher zog er das Etui aus der Gehrockt, steckte den Span mit dem Feuerzeug an und damit wiederum eine Culebra. Hellgrüne Banderole.

Das Aufflackern des Feuers beleuchtete die vier Wände und den Boden rudimentär, der eingetrocknete Blutfleck war zu sehen.

Das hektisch zuckende Licht machte ihn für einen halben Herzschlag lang nervös, es erinnerte ihn an die Übergangskriege und das Erlebnis, dem er knapp entkommen war. Als es erlosch, entspannte er sich.

Malleus paffte mehrmals, die Glut leuchtete in der Dunkelheit orange, der verbrennende Tabak knisterte laut.

Dann schaltete er das Licht ein und hob den PDA, öffnete das *Augmented-Reality*-Programm und blickte auf das Display, während er das Gerät schwenkte; gleichzeitig aktivierte er die Aufzeichnungsfunktion.

Es gaukelte ihm sofort vor, dass der Selbstmord gerade eben erst geschehen sei.

Die Leiche von Narami lag auf dem Teppich, nackt; sie hatte sich mit einem indischen Dolch, den das Programm als Gurkha-Messer identifizierte, den Bauch aufgeschlitzt. Weitere Angaben wurden eingeblendet, wie Körpertemperatur der Toten, Gewicht und andere Daten, die aus der Gerichtsmedizin stammten.

Malleus bewegte sich durch das Zimmer der jungen Frau, sah sich mit und ohne PDA um, befühlte die Stelle, an der die Tote gelegen hatte, ohne etwas im Teppich zu bemerken. Es war seltsam, Narami einmal vor sich zu sehen, dann nicht.

Was er unter ihrem Bett fand, war ein münzgroßer Anhänger, der eindeutig andere als hinduistische Symbole trug: Zwei Kurzschwerter lagen nebeneinander, zwei Speere kreuzten sich darüber.

Malleus setzte sich auf den Boden und betrachtete seinen Fund.

Der Anhänger besaß eine Öse für ein Lederband oder eine schmale Kette, war neuerer Machart und mit keltischen Ornamenten auf der Rückseite. Die Prägung besagte: *Barrecis der Höchste schütze mich.*

Malleus suchte mit dem PDA schnell nach Informationen und fand, dass die keltische Gottheit Barrecis oder Barrex vor allem in Nordengland Popularität besaß. Die *Interpretatio Romana* stellte ihn mit Mars auf eine Ebene, *mars barrex* war sogar in einer Weihinschrift am Hadrianswall in Carlisle gefunden worden.

Der Anhänger gehörte demnach dem Schwarm, den Narami zu heiraten gedacht hatte. Es war kein Geheimnis, dass er sich vor den schrecklichen Ereignissen bei ihr befunden hatte.

Malleus hielt den PDA hoch und schwenkte über die von Geistermalerei entstehende Leiche im Raum. Er zoomte auf den Nacken und Hals der jungen Frau.

Dort befand sich eine dünne Linie.

Malleus erhob sich. *Ich habe mich geirrt.* Also hatte Narami sich im Streit den Anhänger vom Hals gerissen. Oder ihr Verehrer. *Oder jemand anderes, der erbost war, dass die Hindu den Talisman eines fremden Gottes trug.*

Den Preta ließ er in seinen Überlegungen außen vor. Spuk in allen Ehren, den hatte es bereits vor der Rückkehr der Entitäten gegeben. Doch die wütende Großmutter hatte nicht die Macht, acht Leute in den Selbstmord zu treiben. Ein Preta würde, wenn er Gautama richtig verstanden hatte, höchstpersönlich Schaden zufügen. Schnitte, Knochenbrüche, Prellungen. Aber das fehlte alles bei den Toten.

Malleus sah mit seinem PDA rasch nach, was man gegen den *hungrigen Geist* unternehmen konnte, wenn die Opfer ihn nicht besänftigten.

»Natürlich«, murmelte er angesichts der angezeigten Lösung und paffte an der Zigarre. *Götter, niedere Entitäten und andere Geister können sie unter Kontrolle bringen.*

Er verließ das Zimmer und sah den Inder vor sich, der geduldig gewartet hatte. Allerdings nicht vor der Tür, sondern vor der imposanten sechsarmigen Kali-Statue, die Arme auf den Rücken gelegt, als hielten er und das Abbild Zwiesprache.

»Kommen Sie, Mister Bourreau«, sprach er, ohne sich umzuwenden. »Besehen Sie sich das Zimmer meiner Frau.«

Malleus schloss rasch zu ihm auf, betrachtete die eindrucksvolle Statue der Schöpfungs- und Todesgöttin im Vorbeigehen und wurde von Gautama in den nächsten Raum gelassen.

Zimmer um Zimmer ging es durch das palastgleiche Anwesen, begleitet von buchstäblicher Todesstille.

Zu sehen bekam der Ermittler über den PDA sechs weitere Leichen: aufgeschlitzte Pulsadern, an der Decke erhängt, ein Stich durchs Herz, ein Messer im rechten Auge, am Himmelbett erdrosselt, mit einer Plastiktüte erstickt.

Immer waren sie nackt, nirgends fand sich ein Anzeichen auf Fremdeinwirkung, weder in den Zimmern noch an den Toten. Sie schienen sich gerichtet zu haben, Gautamas Frau, ihre beiden Schwestern, die teils erwachsenen Kinder.

Im Freien hatte ein heftiger Regen eingesetzt, dessen Plätschern und Trommeln deutlich zu vernehmen war. Leise grollend schob sich ein Gewitter über den Himmel, Blitze zuckten unter den Wolken entlang.

Malleus sog an der geschrumpften Culebra. Er hatte viele Tote gesehen, doch die rasche Folge nacheinander setzte ihm allmählich zu.

Der härteste Anblick sollte noch folgen. Ganz zum Schluss gelangte er in das Zimmer der Jüngsten, Anjay.

Auch hier gab es eine riesige, getrocknete Blutlache in dem rosafarbenen Teppich. Es war ein Kinderzimmer, wie es sich jedes Mädchen gewünscht hätte, mit Liebe gestaltet, mit Postern, Puppenhaus, Computer, Spielzeug und Kuscheltieren, einem Himmelbett und sogar einer Schaukel, die sich durch einen Luftzug leicht bewegte.

Malleus schauderte und musste an seinen eigenen Verlust denken. Er hob den PDA widerstrebend, aus Angst vor zu vielen Erinnerungen.

Bei seinem Schwenk hatte er für wenige Herzschläge den Eindruck, dass das tote indische Mädchen auf der Schaukel saß.

Aber das Display zeigte nichts.

Erst als er das Gerät senkte, erkannte er Anjay, die in ihrem blutigen gelbroten Sari auf der Schaukel hockte und ihn neugierig anblickte – bis sich die Gestalt auflöste, als die tastenden Rauchfinger der krummen Zigarre sie erreichten.

Malleus zwang sich zur Ruhe und wartete, bis sich die aufgerichteten Nackenhärchen legten, nahm einen langen Zug von der Culebra.

Geister hatten nun mal Tradition in England. Daran änderte der Hinduismus nichts.

* * *

Celtica, Paris-Lutetia, November 2019

Marianne Lagrande stand ein wenig verloren in ihrem kleinen Büro des Interpol-Hauptquartiers und sah auf die Aktenregale, in denen sich die Ausdrucke der aktuellen Fälle verschiedener Kollegen stapelten. Gegenüber gab es einen klimatisierten Glasschrank, in dem Festplatten die ganzen Vorgänge digital festgehalten hatten: Berichte, Fotos, Videos, Zeugenprotokolle. Dioden leuchteten und blinkten, Lüfter summten, Kabel wanden sich wie erstarrte Schlangen in einem zu kalten Terrarium umeinander.

Lagrande, die blondierten Haare in einem mädchenhaften Pferdeschwanz zusammengebunden, strich das eng anliegende rote Kleid nach unten und zog eine Schnute.

Sie mochte den Mief nicht mehr.

Sie mochte das Eingesperrtsein nicht mehr.

Es hatte ihr unglaublich viel Spaß bereitet, für Malleus Bourreau Erkundigungen in Treva zu sortieren, zu mailen und telefonieren, sich sogar nochmals den Tatort anzuschauen, nach den Codes zu suchen, um das Rätsel der Liste mit den gestohlenen Artefakten zu knacken. Obwohl es nichts mit seinem letzten Fall im Vatikan zu tun hatte.

Aber Lautrec hatte es spitzbekommen und sie zurückbeordert. Solange Bourreau keinen offiziellen Interpol-Fall verfolgte, musste sie wieder verwalten, eingeben, erfassen und überprüfen, interne Nachfragen beantworten.

Langweilig. Lagrande setzte sich hinter den Schreibtisch, nahm ihren Klapprechner, den Datenstick und ihre Thermoskanne heraus, in der sich der beste Kaffee der Welt befand. Und weil sie ihn nicht teilen wollte, brachte sie ihn von zu Hause mit. Die Schnorrer im Büro konnten sie mal. *Furchtbar langweilig.*

Die Mittdreißigerin, die so viel Schminke auflegte, dass sie stets älter wirkte, weil sie keine Lust hatte, von gleichaltrigen Männern angesprochen zu werden, goss sich etwas von ihrem Luxusgetränk in eine Tasse ein und inhalierte den aufsteigenden Geruch.

Ihren Polizeicomputer schaltete Lagrande ebenfalls ein, schob die Alu-Tastatur jedoch zur Seite.

Stattdessen öffnete sie den eigenen Laptop und sichtete ihre Ergebnisse, die sie erst an Bourreau senden würde, sobald sie sich hundert Prozent sicher war, einen Code geknackt zu haben.

Lagrande konnte es nicht lassen, wie bei einem uralten Zauberwürfel, bei dem nur noch zwei Steine für die richtige Reihenfolge fehlten – und doch war es nach wie vor verzwickt.

Ein Kommunikationsfenster öffnete sich von selbst auf dem titanischen Triple Screen, Lautrecs rundlich bärtiges Gesicht zeigte sich. Das blassrosafarbene Hemd irritierte fast so sehr wie die gelbschwarz gestreifte Krawatte.

»Madame Lagrande, hätten Sie wohl die Freundlichkeit und würden die Fälle aus der 32/21B-Reihe in der Bearbeitung vorziehen?«, bat er sie, ohne in die Kamera zu blicken. Er schien Akten zu lesen, während er mit ihr sprach. »Wir brauchen sie rasch.«

»Natürlich, Monsieur le chef«, erwiderte sie, weil sie Nichtbeachtung gewohnt war.

Er nickte abwesend. »Wenn ich Sie dabei erwische, dass Sie an den Artefakten rumforschen, gibt es eine Abmahnung.«

»Aber natürlich, Monsieur le chef. Würde ich niemals tun.«

Er gab ein unfröhliches Auflachen von sich, als würde er genau sehen, was auf dem umgedrehten Laptop aufgerufen war, und schaltete ab.

Lagrande seufzte. *32/21B.* Autodiebstähle, Neuwagen direkt von den Transportwaggons. Aber das war einfach – *langweilig.*

Sie rief die Interpol-Dateien auf und begann lustlos, sie zu sichten, während sie gleichzeitig immer wieder auf dem Klapprechner die Seitenzahlen der Bücher aus Heins Wohnung mit den Ziffernfolgen der gefundenen Artefaktliste verglich.

Bei Belenos! Ich hab's!

Lagrande rollte auf dem Bürostuhl vor ihren Laptop, damit sie jederzeit vor die Dienstmonitore zurückkehren und tun konnte, als sei nichts gewesen. Lautrec wartete sicherlich schon.

Sie hatte das nächste Buch gefunden, das einen Code lesbar machte: »Treva und sein Hafen im Wandel der Jahrhunderte«, las sie murmelnd.

Als Alibi sandte Lagrande die ersten offiziellen Auto-Akten an Lautrec und machte sich dann fieberhaft ans Übersetzen.

Es handelte sich anscheinend um den Ziegelstein, den die Zeugin nachträglich beschrieben hatte. Damit kamen sie auf neun gestohlene Artefakte. *Elamitischer Ziegel aus der Zikkurat von Tschogha Zan-*

bil, formte sich vor Lagrande, während sie Zeile um Zeile in Klarschrift umwandelte. *Gebrannter und glasierter Ton, massiv, vermutlich aus der Wand der Zikkurat von Dur-Untasch.* Sie fand es unglaublich aufregend. *Westiran, 1260 v. Chr.*

Sie klatschte einmal begeistert in die Hände und nippte an ihrem Getränk. Lautrec konnte sie mal – ebenso wie alle, die auf ihren Kaffee spekulierten. Sie arbeitete sich durch die Geschichte und durch deren Geheimnisse. Das, was sie gerade tat, war groß. Richtig groß!

Die nächsten Zeilen waren die Übersetzung der Inschrift:

Ich, Untaš-Napiriša,
Sohn von Ḫumban-numena,
König von Anschan und Susa,
wollte mein Leben und meine gute Herrschaft verlängern,
und wollte jedwede Unterbrechung meiner blühenden königlichen Linie vermeiden,
deshalb errichtete ich diesen Tempel aus gebrannten Ziegeln,
und den hohen Tempel aus glasierten Ziegeln.
Ich gab ihn dem Gott des Tempels Siyankuk.
Ich weihte den Tempelturm Zikkurat.
Was ich tat und schuf, wurde von mir
als Geschenk an den Gott Inšušinak gegeben.
Dem einen Gott,
den es nur einmal gibt und den doch viele verehren,
ohne es zu wissen.
Erweist ihm Ehre,
denn er ist alles und alle.

Lagrande goss sich Kaffee nach und bekam nicht mit, dass sich auf dem Polizeimonitor das Dialogfenster öffnete und Lautrec erschien.

»Sie sind heute langsam, Madame«, sprach er ungehalten. »Wir brauchen die Fälle aus den Jahren 2017 bis heute, alle mit den Vermerken *Juri*.«

Sie rollte leise auf dem Stuhl ins Bild. »Bin dran, Monsieur le chef. Ich hatte ein Datenproblem.«

Lautrec nickte. »In einer Stunde.« Wieder schaltete er ab.

Lagrande fluchte, wie man in den Achtzigern geflucht hatte, und schaltete gegen die Vorschrift ihr privates Soundsystem an; es erklang – passend zu ihrer Laune – *Love Missile F1-11*.

Schnell wie nie hackten die Finger auf die Tastatur ein und wischten über die dynamischen Monitore, die Fingernägel in Blaumetallic hinterließen keinerlei Kratzer. Nach dreißig Minuten hatte sie die fraglichen Fälle aussortiert und sandte sie Lautrec. *Sklaventreiber.*

Seufzend machte sie sich wieder an die Recherche nach dem Ziegelstein.

Lagrande wühlte sich durch Ausstellungskataloge und Museumsberichte, wurde rasch fündig.

Der Stein gehörte zu einer Fundgruppe elamitischer Ziegel, die in verschiedenen Jahren im Westiran ausgegraben worden waren.

Dieser hier war eine Besonderheit, gefunden im Jahr 1936 in der antiken Stadt Dur-Untasch, nahe des heutigen Susa. In der Tempelanlage gab es zwar etliche weitere beschriftete Ziegel, aus denen die Wände errichtet worden waren – aber nur dieser lobpries den *einen* Gott.

»Inšušinak, oder auch Inschuschinak, galt als eine der elamitischen Hauptgottheiten«, murmelte sie fasziniert. *Gott der Unterwelt und Totenrichter.*

Wo der Ziegel fehlte – die uralte Wand in Westiran außen vor gelassen – fand Lagrande ebenso heraus: Das Britische Museum für Vor- und Frühgeschichte vermisste den Stein. Anscheinend war sein Verlust erst bei der Inventur aufgefallen, der angegebene Schätzwert lag bei 80 000 britischen Pfund.

Sie wartete nicht lange, sondern sandte ihre Erkenntnisse an Bourreau.

Sie hoffte so sehr, dass es dem Mann irgendwie gelang, Lautrec dazu zu bringen, dass sie offiziell nach den Artefakten suchen durfte und rund um die Uhr zu Bourreaus Assistentin wurde. Jetzt hatte sie Feuer gefangen, der Erfolg beflügelte sie.

»Eins von diesen Dingern finde ich noch heraus«, schwor sie und vertiefte sich in die Literatur.

***

Großbritannien, London, November 2019

Malleus ließ den i8 durch den strömenden Regen und aufkommenden Nebel zur Adresse fahren, an der Robin Warwick lebte, wenn er sich nicht gerade bei seinem Regiment in der Kaserne befand.

East End, ins südliche Hackney.

Der Autopilot machte ihn unverzüglich darauf aufmerksam, dass das Gebiet nicht frei von Verbrechen sei und er jederzeit mit einem Überfall rechnen müsse. Das East End hatte durch die veränderte religiöse Entwicklung nicht an Reichtum und Sicherheit gewonnen. Die britische Wirtschaft war durch die Übergangskriege und die Abspaltung von Schottland in Turbulenzen geraten; die Erholung ging nur schleppend voran.

Aber damit kam Malleus klar.

Es hätte ihm weniger gepasst, zum Hauptquartier am Tower zu fahren, da der junge Mann dem *Royal Regiment of Fusiliers* angehörte. Mit Sicherheit hätte die Militärpolizei versucht, eine Befragung zu verhindern. Dass sich Warwick hatte beurlauben lassen, kam ihm sehr zupass. Die Besichtigung der Tatorte ergab für Malleus nichts, was ihn voranbrachte. Daher erhoffte er sich von der Befragung des jungen Mannes zumindest die Lösung des Rätsels um den gefundenen Talisman.

Malleus sah Gautama vor sich, den eindrucksvollen Gentleman, der ihn stoisch am Tor verabschiedet hatte, ohne den Hass aus seinem Blick zu verlieren. Wer von diesem Hass getroffen wurde, würde sein Leben verlieren. *Mehr als das. Alles, was er liebt.*

Er traute seinem Auftraggeber zu, sogar gegen Entitäten ins Feld zu ziehen, um Rache für den Tod seiner Familie zu bekommen.

Malleus sichtete nochmals die Ergebnisse der Gerichtsmedizin, ohne über ein verräterisches Indiz zu stolpern. Es war nur vermerkt worden, dass die tödlichen Wunden mit Klingen herbeigeführt und mit großer Kraft entstanden waren. Der Wille zum Sterben musste sehr groß gewesen sein. *Toxine, Drogen, Alkohol: Fehlanzeige.*

Der i8 verkündete, dass er sich in Hackney befand; klackend verriegelte der BMW die Türen.

Der strömende Regen verhinderte, dass Malleus viel von seiner Umgebung sah. Aber durch die dahinjagenden Schleier ragten gedrungene, einfache Häuser auf, die schon lange keinen neuen Anstrich bekommen hatten. Arbeiterviertel, heruntergekommen, zu wenig gute Stellen für Menschen, die lediglich einfache Jobs stemmen konnten.

Immer wieder leuchteten haushohe Reklametafeln, mal mehr, mal weniger von Steinwürfen, Munition oder Farbbeuteln getroffen. Wie zum Hohn machten sie Werbung für teure Produkte oder ein eigenes Häuschen, Luxuswagen und andere Dinge, die sich niemand in Hackney würde leisten können. Auch Entitäten erschienen, übergroß und lächelnd, warben für den entsprechenden Kult. Es schien, als hätten auch die Ägypter Lust, in England Fuß zu fassen.

Der i8 reduzierte die Geschwindigkeit.

»In hundert Metern ist das Ziel erreicht«, verkündete die weibliche Computerstimme. »In den letzten vierundzwanzig Stunden wurden von der Polizei keinerlei Vorfälle in diesem Gebiet gemeldet. Seien Sie dennoch vorsichtig, und achten Sie auf Ihre Umgebung, Sir.«

Der BMW hielt an.

Malleus zog den Hut auf die schwarzen Haare, klappte den Kragen hoch und stieg aus.

Die Tropfen stürzten sich auf ihn, klatschten gegen den imprägnierten Stoff, ohne ihn durchdringen zu können; in Rinnsalen schoss das Wasser vorne und hinten über die Hutkrempe.

Malleus sah zum vierstöckigen Backsteinbau, Downs Park Road Ecke Ferncliff Road, wo Robin Warwick lebte, zusammen mit seinen Eltern und zwei Schwestern.

Er ging in aller Ruhe durch den heftigen Schauer und klingelte bei mehreren Familien gleichzeitig, damit eine von ihnen öffnete.

Sein Plan ging auf. Er trat ins Treppenhaus und begann mit dem Aufstieg ins dritte Geschoss, wobei er eine Tropfenspur hinter sich herzog.

Es roch nach Essen, nassen Kleidern und altem Putz. Die Stufen waren abgewetzt, die Wände verkratzt, bemalt und fleckig. Der Vermieter hatte seit Jahren nicht mehr in eine Renovierung investiert. Hinter einer der Türen bellte ein Hund, der nicht klang, als würde er in eine niedliche Handtasche passen.

Auf dem zweiten Absatz saßen ein paar Jugendliche in Joggingklamotten auf der Treppe, rauchten und redeten lautstark, hielten Bierdosen in den Händen. Sie starrten Malleus erst entgegen und dann hinterher, als er einfach zwischen ihnen hindurchging und dabei höflich grüßte.

The Warwick Family stand auf dem Schild an der Tür, und Malleus klingelte.

Es dauerte einige Sekunden, dann wurde ihm von einer Frau um die fünfzig geöffnet. Sie trug eine Schürze mit einer schlichten hellen Bluse darunter, sah ihn verwundert an und stellte einen Fuß hinter das Türblatt.

»Wir konvertieren nicht«, sagte sie.

Malleus musste leicht grinsen. Sein leicht indisch angehauchter Gehrock unter dem Mantel könnte die Vermutung nahelegen, er sei Werber für die Hindu-Religion. »Das müssen Sie auch nicht, Miss Warwick.« Er zog den Hut ab und schüttelte das Wasser weg. »Ich habe einige Fragen an Ihren Sohn Robin. Es geht um den Tod seiner Verlobten.«

»Verlobten?«, kreischte sie, ihr braun-silberner Kopf schnellte herum. »Robin? Warst du mit der Curryfresserin verlobt?!«

Sehr diskret. Malleus ahnte, dass es Geheimnisse um die Liaison zwischen dem jungen Mann und Narami gab. Er hatte Schwierigkeiten, ihrem Englisch zu folgen. In Hackney sprach man einen ganz eigenen Slang.

»Was redest du für eine Scheiße?«, kam die gebrüllte Antwort aus einem Zimmer.

»Da steht ein Bulle an der Tür und sagt, du wärst mit der toten, reichen Curryfresserin verlobt«, zeterte sie zurück. »Du wirst auf der Stelle aus deiner Bude kommen und das klären!«

Robin erschien, in Unterhemd und Jogginghose, die dunkelblonden Haare waren kurz rasiert. Er hatte ein spitz zulaufendes Gesicht, was ihm etwas Besonderes verlieh, aber um Model zu werden, fehlte es ihm an Länge. Trainiert war er.

»Was laberst du für eine Scheiße, Bulle?«, fuhr er Malleus gereizt an und legte einen Arm um die Schultern seiner Mutter.

Schritte erklangen auf der Treppe. Die Jugendlichen kamen hinterher, um sich das Spektakel nicht entgehen zu lassen.

»Können wir das bitte drinnen besprechen, Mister Warwick?«, erwiderte Malleus freundlich. »Ich muss ein paar Sachen klarstellen.«

»Yo, Rob?«, erkundigte sich einer der jungen Leute drohend. »Macht der Typ Ärger?«

»Der klingt wie ein Hunne«, mischte sich ein Mädchen ein. »Das ist keiner von hier.«

»Ein Austauschbulle«, gluckste einer aus der Gruppe.

Malleus deutete mit dem Hut in den Flur. »Darf ich, Miss Warwick?«

Sie stieß ihren Sohn von sich und scheuchte ihn weg. »Rein«, sagte sie und zeigte in die Küche.

»Vielen Dank, Miss Warwick.« Er folgte Robin, dem man ansah, dass es ihm nicht passte, bloßgestellt zu werden.

Der junge Mann setzte sich an den aufgeräumten Tisch im rauchgeschwängerten Zimmer. Auf dem Herd standen Pfannen und Töpfe mit den Resten des Mittagessens.

Seine Mutter lehnte sich an den Türrahmen, kreuzte die Arme unter der Brust und verfolgte das Geschehen wie eine Richterin.

Malleus zog den schweren Mantel aus, hing ihn an ein Regal und nahm Robin gegenüber Platz. Den Hut positionierte er an der Lehne.

»Sie sind ein komischer Bulle«, befand der Blonde und taxierte ihn mit Blicken. »Laufen rum wie ein halber Curry.«

»Mister Warwick, Mister Gautama engagierte mich, um die Vorgänge in seinem Haus zu untersuchen.«

Robin sah zu seiner Mutter. »Fuck, Mom! Du hast einen Hunnenspitzel reingelassen! Dem muss ich gar nichts sagen.«

»Halt den Rand«, gab sie resolut zurück. »Wusste ich ja nicht.«

Malleus zog das Medaillon aus der Tasche und legte es auf den Tisch. »*Das* fand ich unter Naramis Bett. Den Spuren nach hing es an einem Kettchen oder Band um ihren Hals.« Er schob es mit dem Zeigefinger in Richtung des jungen Mannes. »Haben Sie es ihr abgerissen, oder tat sie es selbst?«

Robins Blick änderte sich, Unsicherheit und Schuld blitzten darin auf.

Es klopfte von außen gegen die Tür. »Alles klar da drin?«, rief eine Stimme durch das Holz. »Braucht ihr Hilfe gegen den Fritz? Wir schleifen den gerne die Treppe runter.« Vielstimmiges Gelächter erklang.

»Mom, kannst du denen sagen, dass sie die Fresse halten sollen?«, bat Robin.

Sie drehte nur den Kopf und schrie »Haltet die Fresse!« über den Flur.

»Ihre Verlobte …«

»Sie war nicht meine Verlobte«, hakte er bockig ein, sein Blick huschte verstohlen zu seiner Mutter.

»Ihre *Freundin* starb zusammen mit sieben weiteren Familienmitgliedern einen grausamen, sinnlosen Tod. Ich glaube nicht, dass ein Preta dahintersteckt. Sie können mir helfen, das Ereignis aufzuklären, Mister Warwick.« Malleus tippte auf den Anhänger. »War das ihrer?«

Robin nickte schwach.

»Haben Sie ihn abgerissen?«

Er machte eine verneinende Geste.

»Haben Sie sich gestritten?«

Wieder ein Nicken. »Aber ich habe sie nicht umgebracht«, sagte er leise. »Nicht sie oder die anderen.«

Malleus bemerkte, dass er seine Gesichtsfarbe verlor. Der Fund des Barrex-Glücksbringers schien ihn aus der Fassung gebracht zu haben. »Sollen wir uns vielleicht lieber in Ihrem Zimmer unterhalten?«

»Nee. Keinen Fall«, warf die Mutter ein. »*Das* will ich wissen.«

Erneut klopfte es anhaltend gegen die Tür. »Hey! Was ist jetzt mit dem Hunnen?«

»Mom, bitte, verjag sie«, schnarrte Robin, und sie verschwand mit einem Schnauben im Flur. »Ich wollte das nicht«, flüsterte er, kaum dass seine Mutter gegangen war. Er fuhr sich mit einer Hand über die kurzen Stoppeln auf seinem Kopf.

»Was ist geschehen?«

»Wir wollten wirklich heiraten«, raunte er haspelnd, »aber dazu hätte sie zu Barrex übertreten müssen, zum keltischen Glauben. Sonst hätte sie meine Familie niemals angenommen.« Er zeigte auf das Medaillon. »Hab ich ihr geschenkt. Aber Narami flippte aus, als ich die Hochzeit an die Bedingung knüpfte. Riss sich das Medaillon ab und beleidigte mich, nannte mich feige, und sie machte sich über Barrex lustig. Da bin ich raus und …« Robin sah verzweifelt aus, Tränen stiegen in den blassblauen Augen empor. »Ich habe ihr gedroht: Barrex würde ihr zeigen, wie groß seine Macht sei. Wäre stärker als ihre scheiß Hindugötter mit den Rüsseln und vielen Armen. Und danach käme sie zu mir und müsste sich entschuldigen.« Tropfen sprangen über die Lidränder und rollten die glatt rasierten Wangen hinab, sammelten sich am Kinn. »*Er* hat sie getötet. Sie alle«, quietschte er. »Das wollte ich nicht. Wollte ich nicht!« Schluchzend sprang er auf und lief aus dem Zimmer.

»Mister Warwick!« Malleus folgte ihm. »Mister Warwick, beruhigen Sie sich. Ich …« Auf der Schwelle erstarrte er: Der junge Mann hielt eine Pistole in der Hand und lud sie routiniert durch. Als Soldat wusste er mit Waffen umzugehen. »Ruhig, Mister Warwick. Bitte!«

»Was machst du?«, rief die Mutter ungehalten und kam in schnellen Schritten durch den Flur, schob sich neben den Ermittler. »Scheiße, Robin, leg die Knarre hin! Du wirst auf niemanden ballern, verstanden?«, befahl sie harsch und wandte sich an Malleus: »Was haben Sie zu ihm gesagt? Gedroht?«

»Rufen Sie einen Krankenwagen«, entgegnete er besonnen und ließ ihn nicht aus den Augen.

»Sie Memme! Der Junge wird nicht auf Sie schießen«, gab sie höhnisch zurück.

»Ich wollte das nicht!«, schrie Robin unter Tränen und hob die Halbautomatik, der Lauf schwenkte über Malleus hinweg, der sich nicht rührte, und landete in einer fließenden Bewegung unterhalb des eigenen Kinns. »Ich wollte Narami und ihre Familie nicht umbringen. Es tut mir leid!« Er sah zu seiner perplexen Mutter. »Es tut mir leid.«

»Nicht!« Malleus machte einen Schritt nach vorne und streckte die Hand nach der Waffe aus, aber der Schuss löste sich.

Die Kugel jagte von schräg unten durch den Hals quer durch den Schädel, Blut spritzte aus der Nase und dem offenen Mund, die Haut auf der Schädeldecke explodierte. Der Druck sprengte Hirnfetzen und Knochen davon, die an der Wand kleben blieben. Im Bruchteil einer Sekunde war hinter Robin alles rot gesprenkelt.

Der junge Mann brach zusammen, beim Aufprall knallte ein weiterer Schuss, weil der tote Finger nochmals über den Abzug rutschte. Das Projektil verfehlte Malleus und riss Teile der Zarge davon.

Miss Warwick schrie gellend. »Mein Junge! Mein Junge!«, kreischte sie und wusste nicht, was sie tun sollte.

Gleichzeitig flog die Eingangstür auf. Einer der Jugendlichen kniete noch, er musste das Schloss geknackt haben.

Seine Kumpel drängten herein, zwei hielten Revolver in den Händen, die Mündungen waren auf Malleus gerichtet. Sie riefen durcheinander, was sich trotz des Hackney-Slangs deutlich nach Flüchen und Todeswünschen anhörte.

Zeit zum Erklären blieb nicht, die aufgestachelte Meute wollte *den Hunnen* tot sehen.

Malleus zog den Kopf ein und rannte in die Küche. Schüsse krachten in die Wände ringsum, Dreck spritzte gegen ihn.

Er schlug die Tür zu und verkeilte den Stuhl darunter, dann nahm er das heimische Telefon und wählte den Notruf. Polizisten aus der Gegend wussten besser, wie man den jugendlichen Mob zur Räson brachte. Er wollte niemanden verletzen oder gar töten müssen.

Mehrmals krachte es, Löcher wurden in das Holz gestanzt, die Kugeln jagten in den Wandschrank gegenüber und zerschmetterten hörbar Geschirr.

»Wir haben Ihren Notruf erhalten, Sir«, vernahm Malleus aus dem Hörer. »Ihre Position ist geortet. Zwei Beamte werden in wenigen Minuten bei Ihnen sein.«

Minuten. Malleus sah zum Stuhl. *Hoffen wir, dass er so lange hält.*

Hastig schnappte er sich das Medaillon, danach seinen Mantel und den Hut, bevor sie von Querschlägern getroffen wurden. So hatte er sich den Besuch bei Robin Warwick nicht vorgestellt.

Aber: Er hatte eine Spur.

Er rieb mit dem Daumen über den Segensspruch. Barrex nahm Beleidigungen sehr persönlich. *Muss er wohl. Als Soldatenentität.*

»Drecks-Hunne!«, rief einer durch die Tür. »Wir machen dich kalt!« Dann rumpelte es, der Stuhl wackelte unter dem Einschlag.

Malleus schwieg und nahm seine beiden Apache Deringer heraus.

* Α Ω *

Da hat er sich aber eine abgefuckte Gegend ausgesucht. Hier leben die größten Opfer der Übergangskriege: Wirtschaftsverlierer. Verschuldet, ohne Job, besoffen und genervt.

Auf Typen wie ihn warten die Verlierer nur, noch dazu ist er Germane. In der Gegend kamen im The Blitz stattliche Bombenmengen runter. Hat man den Fritzes und Krauts nicht vergessen.

Sehe ich jetzt schon, dass es schiefgeht.

Ich gehe zum Haus gegenüber, schaffe es ins Innere und haste das Treppenhaus hinauf, bis ich zum Dachboden komme. Das Schloss ist schon ausgebaut, wie praktisch.

APB zusammenbauen, langes Magazin rein. Ich rechne mit Schießübungen. Warwick ist bei den Fusiliers, jemand, der mit Knarren umgehen kann. Hoffe, er, dem ich folge, behält das im Hinterkopf.

Mit ein bisschen Akrobatik komme ich hinaus auf die rutschigen, nassen Ziegel und lege mich flach hinter den First, nutze den Grat als Auflage. Vorsichtshalber setze ich das Zielfernrohr auf. Geht nichts über Spezialanfertigungen.

Der Regen ist unangenehm, spritzt wie Quecksilber auf dem Schalldämpfer und macht das Zielen schwer.

Er ist bei dem Jungen, sie sitzen in der Küche, reden … was macht … shit, nein. Leg die Waffe weg, oder ich … oh. Okay. Die Gefahr hat sich von selbst erledigt.

Auf der Straße rasen Autos ran, schlittern über den nassen, löchrigen Asphalt und halten reichlich hektisch. Typen springen raus, Bomberjacken, Joggingklamotten, Fußballtrikots. Baseballschläger, Ketten, Knarren.

Sie schütteln sich grimmig die Hände, gehen dabei rein, die Treppe hoch.

Jetzt kommen die Ersten durch den Flur der Wohnung, und er muss sich in die Küche zurückziehen. Die Fenster erlauben mir, nur einzelne Segmente des Ganges einzusehen. Die Glasbausteine im Haus verzerren zu viel.

Dann will ich mal: entsichern, zielen, Einzelschuss.

Den Typen mit dem Stiernacken und der Pumpgun – Luft anhalten, abdrücken.

Klassischer Kopfschuss, er fällt in sich zusammen wie ein gesprengtes Gebäude.

Sie brüllen rum, ich kann sie hören bis zu mir. Denken, dass es er war, der in der Küche hockt. Trottel. Wie soll er das gemacht haben? Keiner sieht das Loch in der Scheibe.

Jetzt schreien sie durcheinander, einer will die Pumpgun aufheben.

Na, na! Habe ich das erlaubt?

Luft anhalten, abdrücken – und wieder einer weniger. Er fällt auf seinen toten Kumpel, das Hirn klebt an der Wand neben ihm.

Ah, sie haben es gecheckt.

Einige rennen das Treppenhaus runter, spähen aus dem Eingang und suchen, wo genau ich sitze.

Will mal nicht so sein und gebe ihnen einen Hinweis.

Luft anhalten, abdrücken – schon liegt einer, schöner Durchschuss, mitten ins Knie. Die APB ist eine tolle Waffe, sehr akkurat.

Oben versuchen sie in der Zwischenzeit einen Durchbruch. Nicht mit mir!

Luft anhalten – warten, bis sich ein Ziel zeigt.

Zwei Typen in Westham-United-Trikots wollen durch den Flur, einer springt wie ein verrückt gewordenes Känguru, der andere kriecht. Das klappt vielleicht in euren Actionfilmen, Jungs. Die Realität sieht anders aus.

Abdrücken, schwenken, abdrücken. Und … Ruhe.

Aus der Ferne erklingt das Heulen einer Polizeisirene, bunte Lichter blinken hektisch durch den grauen Regen. Die Cops rücken wahrscheinlich auf seinen Wunsch hin an.

Ich bleibe mal lieber auf dem Posten, bis er in Sicherheit ist.

Oh, ein Mutiger. Hält ein Gewehr, irgendwas Militärisches, kniet sich hin und zielt zu mir herüber. Na, meinetwegen, einen Schuss erlaube ich dir, Junge.

Es knallt mehrmals, und eine schöne rotgelbe Feuerblume steht durchgehend vor dem Lauf, umgibt die Mündung sehr symmetrisch; das Glas der Schreibe wird komplett aus dem Rahmen gefegt.

Die Kugeln fliegen zu mir herüber, zerschlagen einige der Ziegel, Bruchstücke und Splitterchen lösen sich und rutschen abwärts.

Jetzt ich.

Umschalten auf Salvenmodus, Luft anhalten, abdrücken – Blattschusstreffer, vier Kugeln mitten in die Brust. Er fällt nach hinten um, die Arme ausgebreitet, und regt sich nicht mehr.

Da sind die Bullen, parken und rennen zu dritt mit gezogenen Waffen ins Treppenhaus; ein zweiter Einsatzwagen donnert heran, vier weitere kommen als Unterstützung dazu.

Ich kann abrücken. Der, dem ich folge, ist sicher. Leider hat er spätestens jetzt begriffen, dass er nicht alleine ist.

* Α Ω *

Malleus hatte sich neben der Tür in Position begeben und hielt sich bereit, eventuelle Angreifer, die es durch den Eingang in die Küche schafften, mit den Schlagringen außer Gefecht zu setzen.

Dann erklangen entsetzte Rufe, es wurde still; danach folgten noch mehr bestürzte, wütende Schreie.

Schritte hetzten zum Flur hinaus, leises Tuscheln erklang. Die Belagerer schienen ihre Taktik zu überdenken.

»Hey, du beschissener Hunne«, rief jemand. »Pfeif deinen verfickten Scharfschützen zurück. Wir lassen dich gehen!«

Malleus fuhr sich mit Daumen und Zeigefinger über die schwarzen Bartenden. Bis vor Kurzem hätte er nicht gewusst, was damit gemeint gewesen wäre. Aber durch den Interpol-Bericht über die Projektile in Rom und Riga ahnte er, wer ihm den Rücken freihielt, ohne dass er es verlangt hatte.

Er schwieg und wartete ab.

Es dauerte eine Weile, dann hörte man erneut einen schweren Körper fallen.

»Hey! Hey, scheiß Kraut! Hör zu: Ich schwöre dir«, schrie eine Frau, »ich werfe einen verwichsten Molotowcocktail in die beschissene Küche, wenn der Arschficker nicht aufhört, meine Freunde wegzuballern.«

Malleus blickte sich um.

Es gab zwei Fenster, durch die er entkommen konnte. Auf einem der gegenüberliegenden Dächer lag anscheinend sein Schutzengel und schaltete die Angreifer aus. *Assassino di glifo.*

Er schob die Frage zur Seite, warum die Person ihm folgte und ihn beschützte. Gerade kam es ihm recht, nicht alleine gegen die Meute zu sein, die ihn irrtümlich für den Mörder von Robin Warwick hielt. Diesen Fehler bezahlten sie mit Verletzungen und ihrem Leben.

Vorsichtig sah er durch die Gardine auf die Straße, auf der Autos wild geparkt umherstanden. Niemand wagte sich ins Freie, um nach dem verborgenen Schützen zu suchen.

»Es mag danach aussehen«, vernahm Malleus überraschend eine Stimme in der Küche, die nach schleifendem Metall klang, »als wäre ich der Mörder an diesen acht Unschuldigen. Aber ich tat es nicht.«

Er wandte sich um.

Auf der Klinge eines Hackbeils, das an der Wand hing, bildeten sich die verschwommenen Umrisse eines humanoiden Gesichts, aus dem ein Mann mit Bart wurde, ohne dass Malleus Details erkannte.

»Ich bin Barrex«, stellte sich der undeutlich sichtbare Kopf vor. »Ich kam, um dir zu sagen, dass du auf der falschen Fährte bist, Sterblicher.«

Ich werde schon wieder geduzt. Auch Götter kannten anscheinend wenig Anstand. »Warum kamen Sie nicht früher, um Robin Warwicks Leben zu retten?«

»Seine Seele reiste durch seinen Tod zu mir. Sie erzählte, was in diesem Haus vorfiel.« Barrex' Stimme blieb gleich, sie kam aus sämtlichen Ecken des Raumes. »Wisse: Robins Deutung des Vorfalls im Haus der Orientalen war falsch.«

Warwicks Seele war also vor den Gott getreten, dem er Treue geschworen hatte. Das klang, sofern man dem gängigen Modell folgen wollte, sogar plausibel. Nicht, dass es ihn aufrichtig kümmerte.

Malleus schaltete den PDA auf Aufnahme. »Und warum korrigieren Sie seinen Fehler? Haben Sie Angst um Ihren Ruf?«

»Ich genieße ein großes Ansehen unter denen, die Soldaten sind. Sie würden mich zumindest infrage stellen, wenn du in deinem Bericht schreibst, ich sei verantwortlich für acht tote Orientalen. Und das nur, weil mich eine von ihnen beleidigte.« Barrex blieb ein Männergesicht-Schemen. »Suche weiter, Mensch. Finde den Verantwortlichen, dem nun auch Robin Warwick zum Opfer fiel. Ich achte auf dich.« Die Umrisse lösten sich auf.

Aus dem Nachbarraum erklangen mehrere Schüsse hintereinander, die nach einem Schnellfeuergewehr klangen – und abrupt endeten. Noch ein Körper fiel deutlich vernehmbar, auch die Waffe klapperte zu Boden.

Malleus vernahm das Heulen der Sirenen, die bunten Lichter fielen durch das Fenster in die Küche. Die Polizei rückte an.

Es war vorbei.

Aber für Malleus würde die Suche von Neuem beginnen, sobald ihn die britischen Polizisten aus dem Verhör entließen, das unweigerlich folgen musste. Man würde ihm zugutehalten, dass er ein bekannter Kollege war, wenn er sich auch nicht offiziell im Einsatz befand.

Den tödlichen Schutzengel würde er ihnen verschweigen oder dessen Existenz verleugnen und sich wundern. Sie kämen noch darauf, dass es sich um den Glyphen-Mörder handelte. *Ich könnte meinen Stalker zu einem offiziellen Interpol-Fall machen.*

Barrex behauptete also, nicht der Schuldige zu sein.

Malleus würde sich intensiver jemandem zuwenden, den er bislang aufgrund der Kürze der Zeit noch nicht getroffen hatte: dem Hausmädchen, das den Film mit der sprechenden Toten gedreht hatte.

Ihre Zeugenaussage war wichtig. Es ging um Details, welche die Kamera in dem Moment nicht erfasst hatte: Gerüche, Geräusche, Empfindungen.

Er hoffte sehr, dass sie noch lebte und nicht Opfer des Pretas geworden war. Denn manchmal wurde aus Sorge vor einem Fluch nichts anderes als eine selbst erfüllende Prophezeiung.

»Polizei!«, erklang es harsch von draußen. »Alle runter! Los, alle runter, habe ich gesagt! Du auch, Lilly. Weiß dein Vater, was du hier machst?«

Na dann. Malleus glitt in den Militärmantel und setzte den Hut auf die schwarzen Haare. Seinetwegen konnte es weitergehen.

* * *

Celtica, Paris-Lutetia, November 2019

»Das gibt es doch nicht!« Marianne Lagrande hatte sich geschworen, nichts mehr laut vor sich hin zu sagen, aber die Erkenntnisse zum nächsten gestohlenen Artefakt aus Treva waren eine noch größere Überraschung als der überantike Ziegelstein.

Bourreau hatte ihr die Hinweise aus Rom weitergegeben, die Andeutungen, die Hephaistos gemacht hatte, plus dessen aufgezeichnete Lippenbewegungen.

Das Analyseprogramm von Interpol kam zuerst nicht mit der Deutung der Worte zurecht, bis Lagrande eingefallen war, dass ein griechischer Gott sicherlich auch tote Sprachen nutzte.

Kaum hatte sie das Programm auf Griechisch eingestellt, da es Alt-Griechisch nicht gab, kamen immerhin einige Worte heraus: *Krone, Nagel, eisern, Herrscher, lang.*

Lagrande kombinierte die Stichworte mit der Beschreibung der Zeugin, was das Äußere des Kopfschmuckes anging, und kam auf die Lösung, noch bevor die Liste ihr Aufschluss zu geben vermochte.

Die Frau sah auf das Bild der Eisernen Krone, der Herrscherkrone der Langobarden, erschaffen Anfang des 9. Jahrhunderts. Sie deckte sich eins zu eins mit der Beschreibung der Zeugin.

Sie bestand aus einem sechsteiligen, grün emaillierten, goldenen Reifen; im Innern saß ein eiserner Streifen, der Legende nach aus einem Nagel vom Kreuz Christi hergestellt. Daher rührte ihr Name, woran auch die 22 Edelsteine auf der goldenen Außenseite nichts änderten.

Wahnsinn. Lagrande saß immer noch im Büro, sie konnte sich nicht von ihren mehr oder weniger verbotenen Recherchen lösen.

Angeblich besaß schon Kaiser Konstantin der Große diesen Nagel, den er als Geschenk von seiner Mutter Helena erhalten hatte. Und ebenjener Kaiser machte das Christentum zur römischen Staatsreligion. Somit gesellte sich zum Materialwert ein nicht zu vernachlässigender symbolischer Charakter.

Lagrande las, dass die Krone sich im Domschatz zu Monza in Oberitalien befunden hatte, aber in den Wirren der Übergangskriege und bei Plünderungen verschollen war.

Ihr Wert: drei Millionen Euro.

Jetzt muss ich nur noch den passenden Eintrag auf der Liste finden. Lagrande strahlte. Sie sandte die neuste Info direkt zu Bourreau und machte sich bereit, das miefige Büro zu verlassen.

Sie hatte gerade alles zusammengepackt und verstaut, als sie eine Nachricht von Oberkommissar Grenzner aus Treva erreichte.

Die Leiche des jungen Mannes, der die afrikanische Statuette in sich getragen hatte, war identifiziert, weil er von seinen Angehörigen inzwischen europaweit als vermisst gemeldet worden war.

Vollkommen passend zu den bisherigen Erkenntnissen handelte es sich um den Sohn eines britischen Kunsthändlers, der im nordenglischen York sein Geschäft hatte.

Auch das sandte Lagrande an Bourreau. *Es geht voran.*

* * *

Großbritannien, London, November 2019

Malleus befand sich bei Einbruch der Dunkelheit vor der Eingangstür zu einem betonneuen Hochhaus auf dem Broadway von Southall im Londoner Bezirk Ealing. Im achten Stock lebte Sushmita Chopra, das Hausmädchen.

Alles, wirklich alles war zweisprachig angeschrieben: einmal auf Englisch, einmal auf Panjabi. Leuchtreklamen der maximal zweistöckigen Geschäftshäuser plärrten ihre Angebote in die Dunkelheit, Menschen mit Taschen und Tüten schwirrten auf dem Trottoir entlang, schleppten ihre Einkäufe nach Hause. Die aufragenden Hochhäuser wirkten wie Übergebäude, zu denen die kleinen Bauwerke aufschauen mussten.

Malleus vernahm gelegentlich Englisch, aber überwiegend sprachen die Menschen um ihn herum Hindi oder einen indischen Dialekt. Europäisch wirkende Gesichter gab es kaum, Ealing schien mehr denn je fest in der Hand der Zuwanderer. Asiatische, schwarze, jüdische Leute, wie die getragenen Kippot zeigten, rundeten das Stelldichein der Völker ab.

Ein christlicher Priester, der in einer schwarzen Kutte an einer Ecke im Gewimmel stand und ruhig auf Latein aus der Bibel vorlas, wurde geduldet. Auf einem LED-Bildschirm hinter ihm machte Hekate Werbung; es wurde Wert darauf gelegt, dass es sich bei ihr um eine *magna mater* handelte, die bereits lange vor den griechischen Göttern auf Erden wandelte. Der Wicca-Kult erlebte auf der Insel ziemlichen Zulauf.

Und das übergroß im Rücken des Christentums. Malleus betrat den Neubau und nutzte die Treppen. Er wollte beim Aufstieg seine Gedanken ordnen.

Das Verhör durch die englischen Kollegen hatte keine halbe Stunde in Anspruch genommen. Sobald er den Namen Gautama erwähnte, gab es keine weiteren Schwierigkeiten mehr. Die Toten und Verletzten in Hackney, die der unbekannte Scharfschütze hinterlassen hatte, wurden als Gang-Schießerei abgetan. Anscheinend gingen die Polizisten davon aus, dass Gautama ihm Rückendeckung mitgegeben hatte. Robin Warwick hatte sich selbst erschossen, was unzweifelhaft war, die Gründe interessierten nicht. Keine weiteren Fragen.

Malleus geriet im fünften Stock allmählich ins Schwitzen.

Da Barrex erschienen war, um klarzustellen, dass er nichts mit den Suiziden zu tun hatte, und Gautama das Wirken eines Pretas ausschloss, blieb eine dritte Entität, die ihre Finger im Spiel hatte.

Aber was nützten einem Gott die acht Toten?

Will man Gautama in Verzweiflung stürzen? Aus England vertreiben? Sein Imperium ins Wanken bringen, indem man die Grundfesten abträgt?

Wer den Inder nur ein bisschen kannte, wusste, dass sich dieser Mann nicht verjagen ließ. Die Tode hatten Hass gesät, der ein Ziel suchte. Dieses Ziel würde vernichtet werden, egal ob Entität oder Geist.

Direkt nach dem Verlassen der Polizeiinspektion hatte Malleus eine Abfrage über seinen Auftraggeber gestartet und dabei um Amtshilfe in Indien gebeten. Er glaubte nicht an eine Verwicklung des Mannes in die Morde, aber womöglich lag eine Spur in der Vergangenheit. Hatte Gautama sich einen der 30 000 Hindu-Götter zum Feind gemacht?

Außerdem leitete Malleus das Smartphone-Filmchen des Hausmädchens an einen Freund bei Interpol weiter, den er bat, jedes kleinste Detail im Hintergrund sichtbar zu machen.

Im siebten Stock nahm Malleus den Hut ab, im achten zog er den Mantel aus.

Leicht schnaufend stand er in dem neonlampenhellen Flur vor Sushmita Chopras Wohnungstür – und stutzte: Das Klingelschild zeigte: *Singh*.

Dennoch läutete er und wartete ab.

Einige Sekunden darauf öffnete ihm ein Mann mit Turban und prächtigem Bart, der ihn – abgesehen von dem Namen – als Zugehöriger der Sikhs auswies. Diese Religionsgemeinschaft glaubte an ein einziges Schöpferwesen und hielt sich von den Tausenden indischen Göttern fern. Gerade wollte Malleus nicht einfallen, ob auch diese Entität sich bereits gezeigt oder Wunder gewirkt hatte.

»Ja?« Dunkle Augen musterten ihn.

»*Namaste.* Verzeihen Sie bitte die Störung, Mister Singh, aber ich dachte« – Malleus schaute auf das Schildchen –» hier wohnt Sushmita Chopra.«

»Das *tat* sie. Wir bekommen auch noch Post für sie.« Er wartete.

Malleus auch.

»Das Essen ist fertig«, sagte der Mann dann. »Ich würde gerne zu Tisch, Sir. Tut mir leid, dass ich Ihnen nicht helfen kann.«

»Wann ist sie denn umgezogen, Sir? Das wäre mir eine große Hilfe.«

Eine Frau rief aus dem Hintergrund etwas auf Hindi; er antwortete: »Wir wohnen seit vorgestern hier.«

»Kann ich die Post sehen, Mister Singh?«

»Es ist nicht Ihre Post«, erwiderte der Mann unfreundlich. »Wer, sagten Sie, sind Sie gleich noch mal?«

Eigentlich durfte er es nicht, doch er tat es dennoch: Malleus zog seinen Interpol-Ausweis. »Aber seien Sie bitte diskret, Sir. Danke für Ihr Verständnis.« Er reichte ihm eine Visitenkarte. »Sollte Miss Chopra sich bei Ihnen melden, soll sie mich kontaktieren.«

Singh nickte, steckte sie ein und verschwand für Sekunden in der Wohnung und kam mit vier Umschlägen zurück. »Bitte sehr. *Namaste.*«

Die Tür fiel zu.

»Guten Appetit, Sir«, rief Malleus durch das Holz und grinste.

Er bekam zum einen Hunger, was seinem Faible für indisches Essen in diesem Stadtteil sehr entgegenkam, und Lust auf eine Culebra. Eine, die das Denken anregte.

Der überstürzte Auszug des Hausmädchens erschien ihm übertrieben. Glaubte sie, dass der Preta sie bis hierhin verfolgte?

Malleus ging zum Fahrstuhl, fuhr damit nach unten und sichtete währenddessen rasch die Post: die Wohnungsabnahmebestätigung durch den Mieter, die Endabrechnung der Energieversorger, die Mitteilung, dass die Aufenthaltsgenehmigung bald ablaufe, und Werbung eines Reiseunternehmens.

Mittels seines PDA ließ sich Malleus die Kontaktdaten der übrigen Angestellten des Hauses Gautama anzeigen, und schon bald stand fest: Drei weitere gingen nicht ans Telefon und nahmen keine Computeranrufe entgegen.

Ahmir Khan, Rajesh Jankat und Rakish Sahid Kapoor.

Um seinen Hunger zu bekämpfen, ging Malleus in das *Indian's Finest Cuisine* neben dem Hochhaus, in dem reger Betrieb herrschte.

Er setzte sich ans Fenster, legte Mantel und Hut ab, bestellte sich Mango-Lassi vorweg und eine gemischte Platte verschiedener Grillstücke mit diversen Saucen.

Das Warten überbrückte er, indem er sich die Personalakten der Verschwundenen vornahm.

Sie hatten unterschiedlich lange für die Gautamas gearbeitet, von vier Jahren bis zu einem halben Jahr, was bei Sushmita Chopra der Fall war. *Loyal, verschwiegen, pünktlich, niemals Fehler oder Patzer.*

Malleus scrollte.

Alle übrigen Angestellten hatten sich Tadel oder Lohnabzüge eingehandelt.

Diese vier hingegen nicht.

Wieder nutzte er seinen Interpol-Zugang und prüfte Khan, Jankat, Kapoor und Chopra.

Khan und Jankat waren in England geboren, Kapoor lebte seit zehn Jahren hier, und Chopra war vor einem halben Jahr gekommen. Wieder lag nichts gegen sie vor.

Sie sind die perfekten Angestellten. Malleus bekam sein Essen serviert und genoss die gegrillten Stücke, die raffinierten Marinaden und Gewürze der Dips; dazu aß er das frittierte Hefebrot, das die Finger fettig und den Magen sehr glücklich machte.

Er beschloss, gleich nach seinem Imbiss die Adressen abzuklappern, auch wenn er damit rechnete, keinen mehr vorzufinden.

Warum tauchten sie ab? Er war sich sicher, dass es einen ganz anderen Grund für die Geheimnistuerei als den vermeintlichen Preta gab.

Beim Essen blickte er durch die Scheibe auf die quirlige Straße und beobachtete die Szenerie, die fast ebenso in Mumbai spielen könnte, wenn man von den noch erkennbar englischen Häuserfassaden absah.

Sein Kauen wurde langsamer.

Ein Gedanke drängte sich durch seine Überlegungen, den er zuvor zur Seite geschoben hatte. Ihm fiel ein, dass im Getümmel auf dem Broadway von Southall sein Stalker steckte, der ihn sicherlich in dieser Sekunde betrachtete; der ihn vor den mordlustigen Hackney-Jugendlichen beschützt hatte, ohne Rücksicht auf das Leben der jungen Bande; der ihm mindestens seit Rom folgte.

Malleus wusste nicht, womit er die Aufmerksamkeit und die Fürsorge verdient hatte.

Außerdem wollte er sie nicht.

Das muss aufhören. Es brachte Menschen in Gefahr, nein, es brachte Menschen den Tod. *Ich werde ihm oder ihr eine Falle stellen.*

Sein PDA meldete ihm eine eingehende Nachricht.

Malleus reinigte sich die Finger und öffnete die Datei, die sich um Gautama drehte.

Seine Augenbrauen wanderten beim Lesen langsam in die Höhe, der Drang nach einer Culebra ließ sich kaum mehr unterdrücken.

Shankar Kumar Gautama hatte sich in Indien mehreren Ermittlungen stellen müssen, die jedoch im Sande verliefen: Erpressung, Bedrohung, Körperverletzung und Mord, überwiegend als angeblicher Auftraggeber.

Außerdem hatte er einem Gast auf einer Veranstaltung in Neu-Delhi beide Handgelenke sowie den Unterkiefer gebrochen, der es angeblich gewagt hatte, eine seiner Töchter unsittlich zu berühren. Der Gast erstattete niemals Anzeige.

Zwei Konkurrenten im Bieterwettstreit um ein Neubauprojekt in Bangalore wurden tot in einem Bordell aufgefunden, vollgekokst und betrunken, obwohl sie vorher niemals Drogen genommen hatten.

Malleus sah auf die weiße Weste, die sich Gautama in England zugelegt hatte. Nicht ein Blatt der Yellow Press berichtete über die Dinge, die in Indien vorgefallen waren.

Er schob den leeren Teller zur Seite und blickte erneut in die belebte Straße.

Dies erklärte die Glut in den Augen seines Auftraggebers. Gautama war es gewohnt, Dinge final zu regeln. *Ich hätte mich vorher informieren sollen.*

Malleus erhob sich, legte die geforderten Geldscheine auf den Tisch plus Trinkgeld und verließ das Restaurant, um zu seinem i8 zu gehen.

Er musste drei weitere Wohnungen überprüfen, um Licht in die Suizide zu bringen.

* * *

Es wunderte Malleus nicht, dass ihm niemand öffnete, als er in Harrow zum vierten Mal an der Tür des kleinen Häuschens klingelte.

Allerdings machte ihm das Klingelschild Hoffnung, dieses Mal keine neuen Mieter anzutreffen. Die zwei zuvor geprüften Adressen hatten sich als Nieten erwiesen: Die Angestellten hatten das Weite gesucht wie Sushmita Chopra. Rakish Sahid Kapoor jedoch lebte anscheinend noch immer in dem bescheidenen Gebäude, das nach außen viel weniger indisch wirkte als die umliegenden.

Malleus fuhr sich mit Daumen und Zeigefinger über die Bartenden und sah sich um.

Es war eine sehr ruhige Wohnstraße, in der um kurz vor Mitternacht entsprechend wenige Menschen umherstreiften. Ein, zwei Hundebesitzer führten ihre Vierbeiner Gassi, mehr zeigte sich nicht.

Malleus fand es angenehm, nicht von den Leuchtreklamen umzingelt zu sein, sondern dass es wahrlich so etwas wie Dunkelheit in diesem Teil von Harrow gab.

Ihm spielte es in die Karten, denn er beabsichtigte nicht, unverrichteter Dinge abzuziehen.

Malleus zog seinen kleinen elektrischen Dietrich aus der Manteltasche und setzte ihn am Schloss an.

Leise vibrierend tat das Gerät seine Arbeit, es klickte in rascher Folge, als der Schließzylinder geknackt wurde. Der Weg war frei.

Rasch trat Malleus in das finstere Haus, lauschte und hielt Ausschau.

Ein Lämpchen blinkte gegenüber von ihm an der Decke, zuerst grün, dann sprang es auf Rot um. Kapoor hatte ein Überwachungssystem in seinem Zuhause installiert, vermutlich war Malleus gerade herrlich auf dem Display eines alarmierten Smartphones zu bewundern.

Keine Zeit zu verlieren. Malleus ging eilig durch die Zimmer und deaktivierte die Kameras, die sich fast überall fanden, bevor er das Licht einschaltete und hastig die Räumlichkeiten durchsuchte.

Er brauchte nicht einmal Einfallsreichtum, um die Indizien zusammenzuzählen: Den Kleidern und Unterlagen nach, die er fand, hatten sich die drei Verschwundenen bei Kapoor versammelt. Er bot ihnen offensichtlich Unterschlupf.

Was geht hier vor?

Es könnte die Angst vor dem Preta sein, die sie einte.

Oder etwas ganz anderes.

Malleus öffnete einen Wandschrank, in dem er Vorräte vermutete – und erkannte seinen Irrtum. Darin erhob sich die lebensgroße Statue einer zehnarmigen Gottheit, die selbst Nicht-Kenner zu identifizieren vermochten.

Sie schien aus schwarzem Ebenholz geschnitzt zu sein, umgeben von einem großen Bronzering, trug eine ausladende Halskette aus abgeschlagenen Schädeln sowie ein rockähnliches Unterleibsgewand aus abgetrennten Armen. In einer Hand hielt sie ein sichelartiges Schwert, in der anderen eine Blutschale; auf ihrer Stirn saß das dritte Auge, und die herausgestreckte Zunge schien Malleus zu verhöhnen. Eine Hand hatte sie wie zum Segen oder Trost erhoben, dazu stand sie tanzend mit einem Bein auf einem toten Mann.

Kali. Frische Blütenblätter lagen unterhalb der Statue, auf denen sich Blutspritzer zeigten. Es roch zudem nach Opium, weißliche Kristalle konnten Zuckerkrümel sein. *Göttin des Todes und vieles mehr.*

Auch Gautama betete zu ihr.

Sein PDA machte sich bemerkbar, eine Mitteilung drängelte sich in den Datenspeicher.

Malleus warf grübelnd einen Blick darauf.

Die Mail kam von seinem Freund von Interpol, der die Smartphoneaufnahme auf Details absuchen sollte.

Aber zu seiner Verwunderung hatte der Spezialist etwas anderes herausgefunden: Das Filmchen wurde bearbeitet. Die ursprüngliche Aufzeichnung war mit viel Aufwand in den Preta-Modus versetzt worden, die Tonspuren wiesen Ungereimtheiten auf, was er auf die Nachsynchronisierung schob. Sein Freund wollte wissen, ob er trotzdem weitermachen sollte.

Malleus bedankte sich und sah von weiteren Untersuchungen ab.

Ein künstlich erschaffener Preta, ein römisch-keltischer Gott, der keine Verantwortung übernehmen will, und die Verschwundenen, die sich bei Kapoor versammeln. Er richtete den Blick auf Kali. *Das Bindeglied zu Gautama ist diese Entität …*

Etwas huschte seitlich heran, dann legte sich ein Band um seine Kehle und zog sich blitzschnell zu.

Mit viel Kraft wurde er daran nach oben auf die Zehenspitzen gezogen, der Oberkörper nach hinten gebogen, während sich der Druck um seine Kehle verstärkte. Die eingeschnürten Adern leitete das Blut innerhalb von Sekunden nicht mehr zum Gehirn, der Adamsapfel knirschte bedenklich.

Malleus' Tritte auf den Fußspann des Unbekannten brachten

nichts, obwohl er deutlich hörte, dass er dem Angreifer den Knochen brach. Seine Hand, die in die Jackentasche nach dem Apache Deringer tauchte, wurde zur Seite geschlagen.

Die Art, wie er gerade umgebracht wurde, machte es für ihn gewiss: Er hatte eine Thug-Bande ausfindig gemacht. Ohnmacht senkte sich übermächtig auf den keuchenden Malleus und reduzierte den Wert seiner Erkenntnis deutlich.

Kali streckte ihm ungebrochen die Zunge heraus und schien vor Freude mit den Armen zu wackeln.

* A Ω *

Der, dem ich folge, wird übermütig. Muss am Curry liegen.

Bei seiner Sucherei bemerkt er nicht, dass er nicht länger alleine in der Bude von Kapoor ist. Kann nicht erkennen, wer das ist, aber er geht gerade durch die Seitentür rein.

Shit. Von hier draußen sehe ich zu wenig. Irgendwo hier war doch … ah, die Sturmhaube.

Und los. Im Rennen setze ich den Schalldämpfer auf die APB.

Die Töne, die ich über den Wanzenempfänger in meinem Ohr höre, sind nicht gut! Er keucht, röchelt, würgt.

Die Tür ist noch unverschlossen, ich kann vorne rein, quer durch den Flur ins … da! Da ist der Typ und hat ein Seidentuch um seinen Hals geschlungen. Kräftiger Bursche.

Ich ducke mich, pirsche heran und wachse neben dem Arschloch in die Höhe, drücke ihm die Mündung gegen die Schläfe.

Aber er lässt den, dem ich folge, einfach fallen, zieht den Kopf weg und schlägt mit dem Tuch so geschickt zu, dass sich das beschwerte Ende um den Dämpfer der Automatik wickelt und aus der Bahn bringt.

Meine Schüsse verfehlen ihn.

Er versetzt mir einen Tritt in die Körpermitte und zwingt mich zurück, zieht dabei einen Dolch aus einer Gürtelhalterung am Rücken und springt mich an.

Ich schlage mit der APB zu, der Schalldämpfer knallt ihm in die Fresse, und mit dem hochgerissenen Knie fälsche ich seinen Stich ab.

Mein rechter Ellbogen krachte ihm gegen die Wange, er taumelt gebückt zur Seite. Seine Pupillen sind riesig groß, er muss sich was reingepfiffen haben.

Mein Arm mit der Automatik ruckt hoch, der Lauf richtet sich auf die Beine des Arschlochs. Ich schalte auf Salvenmodus, die Pistole zittert ganz leicht beim Auslösen. Zwei Kugeln rechts, zwei links.

Schreiend und mit Löchern in den Knien fällt er vor Kali nieder, winselt und windet sich, dass ich lachen muss.

»Thug, was?«, flüstere ich, damit er mit meiner Stimme nichts anfangen kann. Ein einfacher Trick, wenn man keinen Stimmmodulator zur Hand hat. »Mieser Pisser. Bring deine eigenen Leute um. Das ist gesünder für dich.«

Er hebt die Hand zur Statue, redet irgendwas. Alles, was ich verstehe, ist: Kali.

Er schmiert sein Blut auf ihren Fuß, küsst die Holzzehen.

»Was wird die Scheiße?«, raune ich und gehe neben ihm in die Hocke. »Denkst du echt, dass sie …«

Es ist mehr eine Ahnung, aber ich drücke mich rückwärts ab, lande auf dem Arsch. Über mir hat sich was bewegt.

Direkt vor mir jagt die Schwertsichel in den Boden. Diese Holzgöttin hat nach mir gehackt – und ihrem treuen Anbeter den Kopf schräg durchgeschlagen. Was für eine Sauerei!

Ich stehe auf, lausche auf weitere Schritte.

Aber er ist wohl alleine zurückgekommen.

Der, dem ich folge, atmet noch. Gut. Er hat noch was zu erledigen.

Viel zu erledigen.

Gut, dass ich ihm folge. Das mag ihm eine Lehre gewesen sein.

* Α Ω *

Malleus' Bewusstsein kehrte rasch zurück, aber er brauchte eine Weile, um die Augen zu öffnen. Sein Hals schmerzte, er spürte genau, wo das Band entlanggelaufen war.

Vor der Statue lag der Angreifer.

Der Statuenarm mit der übergroßen Sichel hatte sich gelöst oder war abgebrochen und hatte ihm im Niederfahren den Schädel gespalten, um sich dann ins Parkett zu bohren. Die Blutpfütze war stattlich, auch aus Schusswunden in den Knien sickerte das Rot.

Malleus entdeckte die verstreuten Munitionshülsen auf dem Teppich, danach die Einschüsse in der Wand, die auch Kali gestreift hatten; die Zunge war durch einen Querschläger abgerissen.

Malleus wusste, wer ihn gerettet hatte. *Erneut.*

Der Stalker konnte ihm gefallen oder nicht, aber ohne ihn wäre es in Hackney sehr eng und in diesem Haus tödlich geworden.

Ein jähes Ende. Atheist tot vor Kali-Statue aufgefunden. Diese Schlagzeile entging der britischen Yellow Press.

Malleus erhob sich und durchsuchte den Toten, der sich als Kapoor erwies, wenn er das zerteilte Gesicht richtig identifizierte.

Es fand einen Ausweis, Autoschlüssel, noch ein Messer an der Wade unter dem Hosenbein verborgen, dazu ein Smartphone, auf dem die Nachricht blinkte: *Wann kommst du? Die anderen warten.*

Als Absender war Sushmita Chopra angezeigt.

Warten. Malleus sah zur Statue der Todesgöttin, rieb sich den geschundenen Hals. *Die Thugs liegen auf der Lauer, um jemanden zu ermorden.*

Da sie vermutlich die acht Menschen im Gautama-Anwesen umgebracht hatten, würden sie es wohl dieses Mal auf den letzten Bewohner abgesehen haben. Denn der Patriarch war bei ihrem ersten Anschlag in Indien gewesen, vermutlich überraschend.

Sie werden ihren Fehler in der Planung zu spät bemerkt haben. Malleus setzte seinen Hut auf, rieb sich mit Daumen und Zeigefinger über den Fu-Manchu.

Er vermutete, dass sich die Thugs die Ablenkung mit dem Preta hatten einfallen lassen, damit sie zu einem späteren Zeitpunkt an Shankar Kumar Gautama herankamen. Nun sollte er dem *hungrigen Geist* mit Verspätung zum Opfer fallen.

Er versuchte, den Inder zu erreichen, aber niemand reagierte auf seine Nachrichten und Anrufe.

Also informierte er die Polizei, damit sie einen Streifenwagen in die Braemer Avenue sendeten. Außerdem hatte ihn Lagrande mit neuen Informationen versorgt. *Das muss warten.*

Malleus lief hinaus, stieg in den i8 und setzte sich selbst hinters Steuer. Geschwindigkeitsüberschreitungen waren mit dem Autopiloten nicht zu machen.

In halsbrecherischem Tempo donnerte er durch Londons Straßen, die um diese Zeit zumindest auf den Fahrbahnen wenig befahren waren. In seltenen Fällen setzte er Hupe und Scheinwerfer zur Warnung ein, Fußgänger sprangen rechtzeitig zur Seite.

Ob Gautama auch ein Thug ist? Malleus sah in seiner Erinnerung den eindrucksvollen Mann vor der Kali-Statue in seinem Anwesen stehen, im Gebet versunken. *Ich bin in einen Bruderkrieg der Täuscher und Mörder geraten.*

* Α Ω *

Wilde Fahrt von ihm, dem ich folge.

Ich riskiere es und nutze eine eigene Route. Weiß ja, wohin er will. Er fährt ein bisschen umständlich. Mit dem Motorrad bin ich schneller als er.

Schon jage ich in die Braemer Avenue, stelle die Maschine einige Häuser weiter ab und nehme den Weg zum Anwesen durch die Nachbargärten, wate ein paar Meter durch den See. Klar gibt es Kameras hier, aber … sie sind abgeschaltet.

Damit ist sicher, dass sie schon da sind.

Drei Mörder, in einem solchen Palast. Können in jeder Ecke lauern.

Wird spannend.

Ich ziehe die APB, Schalldämpfer aufschrauben und im Gebüsch warten, bis er ankommt.

Nicht, dass ich ihn verpasse.

* Α Ω *

Malleus hielt den BMW vor dem bronzenen Tor an und stieg hastig aus, in der Linken den Cobray Deringer. Gegen drei Gegner, die ausgebildete Mörder waren, würde Schrot durchaus ein geeignetes Mittel sein.

Da sich das Bronzetor nicht öffnete, kletterte er auf das Dach des i8, sprang bis zur Kante hoch und zog sich hinauf, um auf der anderen Seite im weichen Kies zu landen.

Das riesige Anwesen lag in Dunkelheit, die Statuslämpchen der Außenkameras waren erloschen. Damit sah es Malleus als gesichert an, dass die Thugs sich im Innern auf der Jagd nach seinem Auftraggeber befanden. Er setzte sich in Bewegung und näherte sich dem Eingang.

Die Hintertür, die zum gewaltigen Park und See führte, war nicht abgeschlossen.

Er huschte ins Innere und hielt den Deringer bereit. Behutsam streifte er die Schuhe ab, ließ den Mantel auf den Boden gleiten und legte den Hut darauf. Es würde ihn beim Schleichen behindern.

Malleus bewegte sich langsam, lautlos durch die untere Etage.

Erneut gab es nur Stille und durchdringenden Weihrauchduft um ihn herum.

Die Thugs und Gautama verrieten sich durch keinerlei Geräusche, nicht mal ein Atmen oder ein Stoffrascheln. Er hingegen hatte den Eindruck, sein Gehrock würde laut knistern wie starre Folie.

Bevor Malleus sich lange mit Suchen aufhielt, begab er sich auf Strümpfen dorthin, wo er die Kali-Statue gesehen hatte. Wenn er den Patriarchen richtig einschätzte, erwartete er die Eindringlinge an diesem Ort. Der Mord an ihm würde sicherlich schwerer für das Trio werden, als acht Unschuldige im Schlaf zu meucheln.

Malleus schob die aufkommenden Grübeleien zur Seite. Vorrang hatte sein eigenes Überleben und Gautamas Unversehrtheit.

Er erreichte die obere Etage, kroch mehr, als er ging, den Flur entlang. Die Statue der Entität des Todes und der Auferstehung im weitesten Sinn stand in der Dunkelheit, leer und verlassen.

Dort ist er nicht.

Unter einem Türspalt quoll sanftes, goldenes Licht hervor, Geräusche hingegen fehlten noch immer.

Malleus holte tief Luft, hob den Cobray und öffnete den Eingang, schwang sich hinein und hielt die Waffe im Anschlag, schloss die Tür sogleich hinter sich.

Er war in der Bibliothek gelandet, in der sich die Nussbaumregale an den Wänden und im Saal bis zur Decke reckten. Einband schmiegte sich an Einband, alte und neue Literatur, dicke Werke, uralte Atlanten und Kartensammlungen fanden sich ebenso wie ein hüfthoher Globus in der Mitte des Raumes. Mehrere Kerzen brannten, ein Kaminfeuer sorgte für zusätzliches Licht.

In einem gemütlichen Ohrensessel schlief Gautama, ein aufgeschlagenes Buch auf dem Bauch, als gäbe es keinerlei Gefahr. Sein Smartphone lag auf dem Beistelltisch neben einem Glas mit Chai, es leuchtete und summte.

Malleus näherte sich ihm.

Kaum kam er auf vier Schritte an den Mann heran, knackte der Fußboden laut und verräterisch, als gäbe es eine absichtlich eingebaute Sicherheitszone um den Sessel.

Gautama hob abrupt die Lider, die dunklen Augen erfassten den Ermittler sofort.

»Guten Abend, Mister Gautama«, sagte Malleus und stellte sich so, dass er die Tür im Blick hatte. »Ist das der einzige Zugang in diesen Raum?«

»Das ist er.« Er rieb sich über das bärtige Gesicht. »Wie kommen Sie rein?« Er nahm das Smartphone und blickte auf das Display. »Oh«, entfuhr es ihm, als er die Nachrichten ablas.

»Sir, ich habe die Polizei alarmiert, weil ich davon ausgehe, dass die verbliebenen drei Thugs Sie umbringen wollen«, hob Malleus zu einer Erklärung an. »Der Strom in Ihrem Haus ist ausgefallen. Sie sind bereits hier.«

Gautama griff nach dem Chaiglas und trank es leer. »Erklären Sie mir, was Sie zu dem Schluss veranlasst, dass es sich um *Thugs* handelt, Mister Bourreau, die meine Familie auslöschten, und nicht um einen Preta oder um Barrex. Diese Organisation ist seit hundertfünfzig Jahren vernichtet.«

»Die Indizien sind in meinen Augen eindeutig.« Malleus wunderte sich, wie ruhig dieser Mann angesichts der lauernden Mörder war. Allzu überrascht schien er nicht zu sein.

Er berichtete rasch, aber sachlich, was er in den letzten Stunden erlebt hatte, von Hackney über die manipulierte Smartphoneaufnahme bis zum Kampf in Kapoors Haus, der als Treffpunkt der Täuscher diente.

»Die Methode mit dem Halstuch, das auf einer Seite beschwert ist, um den Griff sicherer zu machen oder den Wurf um den Hals zu erleichtern, ist recht eindeutig. Dazu noch die Kali-Statue. Im Verhör wird bestimmt weiteres Licht in die Angelegenheit kommen.« Malleus sah den Inder abschätzend an. Die britische Polizei wäre *not amused*, wenn sich auf ihrem Boden ein Thug-Ableger etablierte. »Ich hätte nicht gedacht, dass mich der Auftrag zwischen die Fronten eines Bruderschaftskriegs führt.«

»Bruderschaftskrieg? Sie irren sich.« Gautama lächelte nichtssagend. »Ich habe Feinde, Mister Bourreau. Wie alle reichen und mächtigen Menschen. Anscheinend hat mir ein besonders feiger Gegenspieler die Mörder auf den Hals gehetzt. Ich teile Ihre Ansicht, was die Morde an meiner Familie angeht: Ich überlebte, weil ich außerplanmäßig und geheim nach Mumbai musste.« Er nickte langsam, sein langer schwarzer Bart schimmerte gepflegt im Kerzenlicht. »Sie haben mir Namen gegeben, Ziele gegeben. Der Fall ist gelöst, die Morde sind meines Erachtens aufgeklärt.«

»Sollte das nicht die Polizei …«

»Die Polizei hat entschieden, dass es Suizide waren«, unterbrach ihn Gautama. »Lassen wir sie in dem Glauben. Ich kümmere mich um den Rest.« Er nahm sein Smartphone und öffnete ein Computerprogramm. »Ich weise Ihnen eine Million Pfund an. Ist Ihnen das recht, Mister Bourreau? Es sollte Sie für die Erlebnisse in London entschädigen. Und natürlich eine Anerkennung für Ihre Leistung sowie Ihre Diskretion sein.«

»Mein Tagessatz genügt, Sir.«

»Mir aber nicht.«

Malleus wusste, dass Gautama sein Schweigen über die Vorgänge erkaufen wollte. Der Eingang einer solch hohen Summe für ein paar Stunden Arbeit ließ sich nicht anders erklären. Dazu war er noch Ermittler bei Interpol.

Gautama behielt ihn im Blick und vollführte die letzten Tippbewegungen auf dem Gerät. »Es ist mir eine Ehre, Sie für Ihren Scharfsinn zu entlohnen, Mister Bourreau. Gerne empfehle ich Sie weiter.«

Malleus beschloss, bis auf seinen üblichen Satz alles zu spenden. An diesem Geld klebten offenkundig Blut und zahllose Verbrechen in Indien. »Belassen wir es dabei, dass ich Ihnen helfen konnte.«

Gautama nickte huldvoll und telefonierte kurz mit der Polizei, rief den Streifenwagen zurück und erklärte, dass es sich um ein Missverständnis gehandelt habe.

»Sie wollen es wirklich selbst regeln.« Malleus konnte nicht gutheißen, dass sein Auftraggeber das Gesetz in die Hand nahm, wusste aber nicht, wie er es verhindern konnte – außer eben seine Interpol-Karte zu spielen. *Das sollte ich wohl tun.* Schon alleine deswegen, weil Gautama vermutlich in die Thug-Verbindungen gehörte.

Seine Entscheidung fiel innerhalb dreier Herzschläge: Er würde den britischen Kollegen einen Tipp geben, was Kapoor und Co anging. Gautama konnte sich seines Erachtens als Opfer stilisieren.

Da öffnete sich die Tür zur Bibliothek.

Da ist er!

Er springt über das Tor, umwandert geschickt den kleinen Thug-Palast und entdeckt die geöffnete Gartentür.

Dann mal los. Sein Vorsprung darf nicht zu groß werden, sonst verliere ich ihn in den Zimmern und Fluren.

Kaum bin ich drin, ist er verschwunden. Verdammt, er hat die Wanze abgelegt. Wird er zu misstrauisch?

Aber nach meinem Beistand in Hackney ist ziemlich eindeutig, dass er einen Schutzengel hat. Wie kann man mich loswerden wollen?

Meine Suche nach ihm beginnt. Fange mit dem Untergeschoss an, am besten im Salon, wo er sich zum ersten Mal mit Gautama getroffen hatte.

Die Nachtsichtfunktion meiner Brille ist sehr praktisch, die Dunkelheit stört mich kein bisschen.

Da ist der Salon und … nanu?

Ein Teil der Wandvertäfelung ist weggeklappt, dahinter steht ein Tresor offen. Es liegt sehr viel Geld darin, und Unterlagen, geschrieben teils von Hand in Hindi, teils ausgedruckt. Sieht nach Schuldscheinen aus. Festplatten, Datensticks. Und Fotos von Menschen.

Die nächsten Opfer?

Erpressung?

Auf den ersten Blick würde ich sagen, die Thugs haben bei Gautama was gesucht.

Jedenfalls ist der, dem ich folge, nicht hier.

Weiter!

* Α Ω *

Herein kamen Ahmir Khan und Rajesh Jankat, leicht versetzt und lange Dolche in den Händen haltend. Sie trugen schwarze Kleidung und leichte Schuhe, die ihre Schritte unhörbar machten.

»Bourreau, verschwinden Sie«, befahl Khan und deutete auf die Tür. Die Pupillen waren extrem geweitet, er stand unter Drogen. »Das geht Sie nichts an.«

»Da diese Herren Sie umbringen wollen« – Malleus hob den Cobray – »fürchte ich, dass es mich doch was angeht, Sir.«

Die beiden blieben stehen, während sich Gautama aus dem Sessel erhob.

»Sie wollen für einen mehrfachen Mörder in den Krieg ziehen?«, erkundigte sich Jankat vorwurfsvoll. »Als Polizist?«

»In diesem Fall müsste Mister Gautama vor Gericht.« Malleus räusperte sich. »Ihnen steht nicht das Recht auf Mord zu.«

»Es ist *Vergeltung*. Kein Mord.« Kahn zeigte mit der Klingenspitze auf Gautama. »Er ist ein Thug wie wir und führt eine große Bruderschaft an. Ein Guru, der seinen Leuten befahl, unsere Familien umzubringen.«

Gautama lachte leise und böse. »So ein Unsinn. Thugs nutzen die Lüge. Sie heißen nicht umsonst Täuscher und Betrüger. Es war gut, dass die Briten diese Mörder vernichteten.« Er trat neben den Ermittler. »Bis auf diese Exemplare. Aber das übernehmen wir, nicht wahr, Mister Bourreau?« Er drehte den Kopf zu ihm. »Diese Männer haben soeben achtfachen Mord gestanden. Inspektor.«

Malleus hörte zu und dachte darüber nach, dass Sushmita Chopra nicht zu sehen war. Kamen die zwei zur Ablenkung, während die Frau einen Hinterhalt plante?

Er hasste es, wie sich der Fall entwickelt hatte. Fast wäre es ihm lieber gewesen, einen Preta zu jagen.

Die Mündung seines Cobray blieb auf die zwei Männer gerichtet. »Ich fürchte, ich muss Sie festnehmen. Wegen Mordes und versuchten Mordes.«

Khan und Jankat lachten und sagten etwas auf Hindi.

Gautama erwiderte ihre Worte verächtlich und zog die Schublade des Tischchens auf, aus dem er einen langen, geschlängelten Kris-Dolch mit Elfenbeingriff und eine verchromte *Browning* Halbautomatik nahm.

»Betrachten Sie mich als Ihren Helfer, Inspektor Bourreau«, sprach er auf Englisch und entsicherte die Waffe. »Sollten diese Mörder Widerstand bei der Verhaftung leisten, breche ich ihn.« Er zeigte mit der Spitze auf die beiden Gegner.

»Können wir wohl klären, wo sich Miss Sushmita Chopra befindet, Gentlemen?«, hakte Malleus ein. »Ich nehme an, sie bewacht die Halle?«

Gautama hob die metallisch glänzende Pistole und zielte. »Jankat«, sagte er kalt. »Kali findet dich und alle, die dir dabei halfen, meine Familie auszulöschen. Das schwöre ich dir.« Bevor Malleus eingreifen konnte, drückte er ab.

Vier Schüsse lösten sich.

Jankat machte beim Einschlag der Geschosse einen kleinen Schritt rückwärts, bevor er keuchend zusammenbrach. Blut rann aus den tödlichen Wunden in Kopf, Hals und Brust; Spritzer und Schlieren verteilten sich auf den Regalen und dem Boden.

»Gautama, nein!«, rief Malleus.

»Es ist mein Recht.« Er schwenkte die *Browning* auf das nächste Ziel.

Khan sprang hinter das Regal in Deckung. »Kali findet dich zuerst«, rief er aus der Deckung. »Ich bin ihr Arm, ihr Schwert, ihr Wille.«

»Sie gehen nach rechts, Mister Bourreau.« Gautama setzte sich in Bewegung, die Halbautomatik am ausgestreckten Arm haltend. »Zögern Sie nicht. Sonst sind Sie tot.«

Malleus ging tatsächlich in die entgegengesetzte Richtung. »Sie werden den Mann nicht erschießen«, befahl er scharf; dabei wählte er erneut die Nummer der Polizei, um Beamte anzufordern. »Sie haben mich *Inspektor* genannt und darauf bestanden, dass ich mich einmische.«

»Ich werde mich nur wehren«, erwiderte er kalt und verlogen.

Malleus sah Khan vor sich, der hinter dem Regal kniete und den Stoßdolch in der Rechten hielt. Er kümmerte sich nicht um ihn, hatte nur Augen für Gautama, lauerte angespannt. »Aufstehen«, ordnete er an. »Ganz langsam. Den Dolch …«

Ein Bücherregen ging unvermittelt aus großer Höhe auf ihn nieder.

Die schweren, in Leder gebundenen Werke taten beim Aufprall gegen Kopf, Schulter und Arme weh, der Deringer wurde ihm aus der Hand geschlagen.

Malleus wich hastig zurück und versuchte, den Apache aus der Tasche zu ziehen.

Inmitten des nachlassenden Buchwasserfalls landete eine zierliche Gestalt, die sich unverzüglich auf ihn warf, einen Katar-Stoßdolch in der Linken.

Die Klinge zischte heran und zielte auf sein Gesicht.

Malleus erkannte die schwarz gekleidete Sushmita Chopra, die sich anscheinend oben auf dem Regal verborgen hatte.

Er wich der Attacke halb aus, halb fegte er den Katar mit dem Schlagring zur Seite. Es klirrte, als Stahl auf Titan traf.

Auch wenn es ihm schwerfiel, versetzte er Chopra einen Kniestoß in den Unterleib und ging rückwärts. Er mochte es nicht, Frauen zu schlagen, aber wenn sie ihn umbringen wollten, gab es keine Alternative.

»Sie sind festgenommen, Miss Chopra«, sagte er deutlich und klappte den Revolver des Apache nach oben. »Legen Sie den Dolch auf den …«

Chopra hielt sich den Bauch und richtete sich ächzend auf. »Du hättest gehen sollen«, stieß sie hervor und hob den Katar.

Sie sprang vorwärts, den Dolch in gerader Linie nach vorne führend. Die Spitze sollte sich in seinen Solarplexus bohren.

Da zeigte sich das schemenhafte Gesicht von Barrex auf der Klinge, und der Dolch änderte von selbst seine Richtung und fuhr weit an Malleus vorbei.

Chopra sah verwundert aus und konnte sich nicht erklären, warum die Waffe ihr nicht gehorchte.

Malleus trat gegen ihr Knie, um sie zu Fall zu bringen.

Aber dieses Mal entging sie seiner Sohle, revanchierte sich mit einem Fausthieb in seine Nieren, um gleich darauf die Klinge durch seinen Hals ziehen zu wollen.

Aber das Antlitz der Entität erschien erneut, die Schneide ging wieder fehl.

Malleus schoss zweimal mit dem Apache, zielte absichtlich vorbei. Das laute, peitschende Knallen sollte Chopra zurücktreiben.

Sie schrak unwillkürlich zusammen und führte ihren dritten Angriff nicht zu Ende. Sie starrte auf den widerspenstigen Dolch. »Kali will deinen Tod nicht?«

Malleus ging wieder auf Abstand zu ihr. »Das reicht«, sagte er. »Lassen Sie den …«

Es krachte erneut zweimal – und Chopra sackte mit einem Seufzen vor ihm zusammen. Blut strömte aus zwei Löchern in ihrem Rücken.

»Nein!« Malleus drehte den Kopf zu Gautama, der die rauchende Halbautomatik senkte und zwei weitere Schüsse auf den vor ihm liegenden Khan abgab. Aus dessen Brust ragte der lange Kris-Dolch, der ihn ohnehin getötet hätte.

»Sie können mir später danken, Mister Bourreau«, erwiderte er kalt und feuerte nochmals auf den Mann zu seinen Füßen, leise klirrend landete die Hülse auf dem Boden. »Ich habe Ihnen das Leben gerettet.«

Ich werde ihn anzeigen. Wegen Mord. Malleus kniete sich neben die junge Frau, die nach Atem rang. Die Lunge hatte Schaden genommen, und dem roten Strom nach zu urteilen, der sich unter ihr ausbreitete, hatte eines der Projektile eine Schlagader verletzt. »Sie hätten sich …«

»Nur sein Tod sichert das Überleben von vielen Menschen in Indien«, flüsterte sie abgehackt und musste mehrmals schlucken. Blut stieg ihr die Speiseröhre nach oben. »Es ist vollbracht.«

Malleus sah zu Gautama, der langsam auf sie zukam. »Nein. Er lebt.«

Chopra lachte hustend. »Kali findet ihn. Der Chai …« Sie deutete zum Regal. »Ich war bereits hier, als er reinkam. Ich wollte sichergehen. Das Gift …« Ihr Körper entspannte sich, die Augen schienen zu Glas zu werden.

Gautama hatte sie erreicht. »Da liegen sie, die Mörder meiner Familie«, kommentierte er emotionslos. Aber der Hass in seinem Blick war nicht verschwunden. »Ich danke Ihnen, Mister Bourreau. Ohne Sie wäre ich das nächste Thug-Opfer geworden.«

Für einen kurzen Moment glaubte Malleus, er würde die verchromte *Browning* auf ihn richten und abdrücken. Er hielt sich bereit, den Apache zum Einsatz zu bringen. »Für Sie ist es noch nicht vorbei, nehme ich an?«

Der Inder lächelte wie ein gnadenloser Rachegott, wie die indische Variante von Barrex. »Sie können jetzt gehen. Ihr Gehalt haben Sie bekommen.« Dann veränderte sich sein Gesichtsausdruck. Er legte die freie Hand auf seinen Bauch, stöhnte auf und würgte.

Malleus sah zum Glas, in dem sich der Chai befunden hatte.

Gautama folgte seinem Blick – und verstand.

»Nein«, presste er hervor und kniete sich keuchend neben die Tote, durchwühlte ihre Taschen, bis er ein Plastiktütchen herauszog, in dem lediglich noch schwarze Krümel hafteten.

Gautama erbrach Blut und grünlich schwarze Flüssigkeit auf Chopra, schwankte, kippte krampfend zur Seite. Klackernd fiel die Pistole auf die Dielen.

Er wollte sprechen, aber die klappernden Zähne zerhackten die Zunge, das Blut rann bachgleich aus dem Mund in den Bart und von dort auf den Boden der Bibliothek.

Malleus erhob sich und betrachtete den Inder in seiner Agonie, die erst nach etlichen Minuten mit dem Sterben endete. Der rot getränkte Bart malte zuckend Muster auf das Holz.

Er nahm das Etui aus der Jacke und suchte eine Culebra mit hellblauer Banderole heraus, steckte sie mit einem Span aus dem Kamin an und setzte sich in den Sessel, auf dem Gautama geschlafen hatte.

Malleus paffte und musste verarbeiten, was vorgefallen war.

Der Fall – gelöst.

Die Mörder – zur Rechenschaft gezogen.

Ein Thug-Guru – ausgelöscht.

Weiteres Sterben – verhindert.

Und doch hatte er noch nie ein derart unbefriedigendes Gefühl nach dem Abschluss eines Auftrags empfunden.

Er würde den britischen Kollegen von den Thugs erzählen, damit sie diesbezüglich Recherchen anstellten. Möglicherweise gab es weitere Banden der Täuscher, die sich über die Grenzen von London auszubreiten drohten.

Durch die Rauchschwaden, die aus seinem Mund stiegen, sah er die gespensterhaften Umrisse der kleinen Anjay, die neben dem Buchregal stand und auf ihren toten Vater blickte, bevor sie sich auflöste wie der Qualm der Zigarre.

Malleus schob es auf die Einbildung. Und England.

* Α Ω *

Versagt.

Als ich, den Geräuschen folgend, die Bibliothek gefunden habe, ist es schon vorbei.

Ich schaue durch die Tür.

Er bemerkt mich nicht, sitzt da auf dem Sessel wie auf einem Thron und schmaucht eine Culebra, die Farbe der Banderole kann ich nicht erkennen. Wechselt sie gerne. Hat bestimmt eine besondere Bewandtnis.

Alle tot, erschossen, erstochen und … vergiftet?

Bis auf ihn.

Ich schwöre ihm stumm, dass mir das nicht wieder passiert. Hätten die Thugs ihn erwischt, wäre mein Leben ohne Sinn gewesen. Hab ihn doch grade erst gefunden.

Er ist zu kostbar.

Viel zu kostbar.

Muss ihn noch besser beschützen.

Weil ich ihm folge wie sein Schatten.

* * *

Celtica, Paris-Lutetia, November 2019

Marianne Lagrande saß in ihrem winzigen Wohnzimmer im einundzwanzigsten Stockwerk des Hochhauses in der Banlieue und starrte auf den Monitor.

Es war fünf Uhr morgens, und in der Nachbarwohnung schrie der Mann seine Frau wieder an, bevor er zur Arbeit gehen würde, und die Frau plärrte zurück. Außer samstags und sonntags lief dieses Spiel jeden Tag.

Lagrandes Augen brannten, sie konnte kaum mehr klar denken – und doch hatte sie eine weitere Chiffrierung geknackt.

Zum einen fand sie den Eintrag in der chiffrierten Liste samt des Buchs, das ihr den Fund der Eisernen Krone bestätigte. Wie eine Zugabe zum Menü aus dem Schnellimbiss führte das Werk *Ein Herz und eine Krone* zur sicheren Erkenntnis, dass sich das Artefakt in Heins Kabuff befunden hatte.

Das Buch *Die Kunst des Krieges* von Sun Tzu eröffnete ihr den Zugang zu einem weiteren entwendeten Gegenstand.

Es handelte sich um einen japanischen Fächer, den die codierte Liste einem Wesen namens Susanoo oder Susanoo no mikoto zuschrieb. Lagrande hatte zuerst voreilig *Susanne* übersetzt, bis ihr der Fehler aufgefallen war.

Mehr geht beim besten Willen nicht mehr. Den Rest mache ich … morgen. Nachher. In ein paar Stunden. Sie rieb sich über die geschlossenen Lider und stellte den Laptop zur Seite, sandte aber Bourreau rasch noch eine Mail. Er sollte sehen, dass sie sich anstrengte, gegen den Befehl ihres gemeinsamen Vorgesetzten.

Wenn er mich dann nicht als persönliche Assistentin will, kann er mich kreuzweise, der Monsieur. Sie wankte ins Bett, das Schlurfen machte einem Untoten alle Ehre.

Lagrande versank im Schlummer, noch bevor ihr Kopf das Kissen berührte.

Daher bemerkte sie nicht, dass das Schloss ihrer Eingangstür entriegelt wurde und sich die Klinke langsam nach unten bewegte.

* * *

Großbritannien, nördlich von London

Malleus saß im i8 und ließ den Autopiloten fahren, während er auf der externen Tastatur, die an seinem PDA hing, seinen Abschlussbericht an Lautrec schrieb.

Aus dem anfänglich privaten Auftrag war ein polizeilicher Interpol-Einsatz geworden. Eine Thug-Zelle konnte er nicht ignorieren, schon gar nicht zur Sicherheit des Kingdom.

Der MI5 hatte sich ausführlich bedankt. Mehr nicht.

Bei den toten Thugs hatte Malleus vor dem Eintreffen der Polizisten gestohlene Unterlagen gefunden, die offenbar aus Gautamas Besitz stammten. Darin gab es massig weitere Fotos und Aufzeichnungen, die zu hohen Persönlichkeiten in Großbritannien führten. Reinstes Erpressungsmaterial.

Malleus hatte alles im Kamin vernichtet. Die Festplatten und Kleinst-Datenspeicher folgten ebenso in die Flammen. Er schürte das Feuer ordentlich, damit nichts mehr zum Reparieren übrig blieb.

Er war nicht so naiv, zu glauben, es gäbe die Daten nur einmal. Aber womöglich hatte er irgendwelchen indischen Täuschern, die Gautama gefolgt waren, das Leben damit schwerer gemacht.

Die Route, die er dem i8 genannt hatte, führte Malleus nicht zum Flughafen Heathrow, sondern nach York. Dort lebte der Vater des jungen Mannes, den man in Treva tot aus der Elbe gezogen hatte, mit dem afrikanischen Artefakt im Rektum.

Malleus versprach sich von dem Gespräch mit dem Mann zumindest Aufschluss über die Statuette. Im besten Fall konnte er ihm weitere Auskünfte zu den übrigen Gegenständen geben, die in der Kammer des trevaer Händlers fehlten.

Er ließ die wageninterne Kaffeemaschine einen doppelten Espresso ausspucken und rührte Zucker hinein, drückte die *senden*-Taste.

Lautrec würde innerhalb von Sekunden seinen Bericht erhalten, wenn auch nur den Teil mit den Thugs. Den Schutzengel mit der APB, der Menschen erschoss, als wären es Zielscheiben, verschwieg er seinem Vorgesetzten. *Privatsache.*

Draußen zog die nordenglische Landschaft vorbei, überwiegend hügelig, mit Wiesen und wenig Bäumen, über die Wolkentürme hinwegzogen, getrieben vom Atlantikwind; scheinbar aus Protest gegen die Behandlung ließen sie ihre Tropfen auf England regnen. Grauen Vorhängen gleich hingen die Schauer heraus und bestrichen die Gegend auf der rechten Seite der Fahrbahn, während auf der anderen Seite die Sonne durch den Dunst schien.

Auch dieser Anblick hätte seiner Frau gefallen. *Sehr sogar. Wir haben zu selten Dinge unternommen.*

Malleus sah in den Rückspiegel, als würde sich der Wagen des Stalkers darin zeigen, der in der Bibliothek erstaunlicherweise nicht eingegriffen hatte. Keiner der Thugs wies zusätzliche Schusswunden auf, wie er bei einer Inspizierung gesehen hatte. Sie waren ausschließlich durch Gautamas Waffen gestorben.

Ob es sich wirklich um Barrex, der den Dolch der Täuscherin abfälschte, oder Einbildung gehandelt hatte, scherte ihn nicht. Er wäre ihren Attacken ohnehin entgangen, da er zu kämpfen verstand. Auf Almosen von Entitäten war er nicht angewiesen.

Gerade wollte er die Neuigkeiten sichten, die ihm Lagrande gesandt hatte, da vermeldete sein Privatermittleraccount eine Nachricht.

Malleus sah auf die Betreffzeile des neuen Auftrags, öffnete ihn aber nicht. Es ging um den Unfalltod eines Kindes, den die Mutter jedoch für den Mord eines eifersüchtigen Gottes hielt.

Er brauchte die Nachricht nicht zu öffnen. Sein Mitgefühl war ihr sicher, die Zusage gewiss. Es ging um ein Kind, da gab es für ihn kein Halten.

Doch zuerst musste er nach York.

* * *

Episode 4
STERNENKIND

»Tod und Schönheit sind zwei hohe Dinge, die gleich viel Schatten und Licht enthalten,
sodass man sie für zwei Schwestern halten könnte,
gleich schrecklich und furchtbar, erfüllt von demselben Rätsel und demselben Geheimnis.«

Victor Hugo
(1802–1885)

Großbritannien, York, November 2019

Malleus Bourreau saß in einer mit Renfell bezogenen Sitzgruppe dem Mann gegenüber, dessen Sohn in Treva tot aus der Elbe gezogen worden war.

Im Büro des Kunsthändlers war es ruhig, das leicht hallende Ticken der mannshohen Standuhr blieb vorerst das einzige Geräusch in dem stilvoll und antik eingerichteten Zimmer. Die hohen Wände waren mit weißen Tapeten versehen, es hingen alte Gemälde und historische Waffen daran, an der grün vertäfelten Decke gab es eingelassene Lämpchen, die für harmonisch-warmes Licht sorgten. Da im Norden Englands empfindliche Kälte herrschte, prasselte ein Kaminfeuer, die Funken wurden durch einen Eisendrahtschirm davon abgehalten, in den Raum zu springen und die kostbaren Teppiche zu versengen.

Die Wärme machte Malleus leicht schläfrig, daran änderte auch der starke Tee nichts, der von einem Angestellten des Händlers serviert worden war.

Er trug seinen dunklen Gehrock, darunter das längere helle Hemd mit dem ebenfalls hohen Kragen, schwarze Stoffhosen und Schuhe. Vor ihm auf dem Tischchen lag der PDA, von dem er die Informationen zum Tod von Stephen Ryan Crick abgelesen hatte.

Malleus beobachtete den gesetzten, älteren Mann ihm gegenüber, von dem er wusste, dass er Anfang sechzig war.

Ganz Geschäftsmann und Verehrer der Kunst, trug er einen noblen Anzug, der viel Geld gekostet haben musste, in Dunkelrot mit feinem schwarz-weißen Karomuster, das schottisch anmutete. Es sah elegant aus, dazu ein weißes Hemd mit schwarzer Krawatte, die mit doppeltem Windsorknoten gebunden war. Den beherrschte nicht jeder.

Seit etlichen Minuten sprach der silberhaarige Marcus Roy Crick kein Wort, starrte aus grauen Augen auf seine gefalteten kräftigen, gepflegten Hände. Der wuchtige Siegelring am rechten Mittelfinger trug zwei Raben als Zeichen.

Hugin und *Munin*. Der Händler betete zu den nordischen Entitäten, was in York trotz der starken keltisch-römischen Kräfte keine Besonderheit war. Malleus schätzte anhand der gebräunten Haut und den muskulösen Händen, dass sich Crick viel im Freien aufhielt, vermutlich Segelsport betrieb.

Unerwartet hob der Mann den Kopf, der Blick richtete sich auf Malleus, die Lampen warfen einen Lichtreflex auf den dunkelgrauen Bart. »Danke, dass Sie extra gekommen sind, um mir die Nachricht vom Tod meines Sohnes zu überbringen, Inspektor«, sprach er gefasst; die Knöchel wurden weiß, er presste die Finger fest zusammen. »Meine Warnungen nahm er nie ernst.«

»Warnungen, Sir?« Malleus hatte die Aufnahmefunktion des PDA betätigt.

»Unsere Familie sammelt und handelt mit Kunst in der vierten Generation. Es begann mit Kolonialkunst, die den Grundstock des Crick'schen Vermögens legte.« Er hielt kurz inne. »Mein Junge wollte diesen Zweig aufleben lassen. Ich hatte mich in den letzten Jahren auf Gemälde und Wikinger-Artefakte spezialisiert. Ich nahm den legalen Weg, er … suchte das Risiko. Und den höheren Profit.« Crick atmete ein, löste die Finger und langte zum Tischchen, auf dem Whiskyflaschen standen. »Es gab deswegen oft Streit zwischen uns.« Mit geübtem Griff wählte er eine aus, nahm sich ein Glas und goss sich reichlich ein. »Auch einen, Inspektor Bourreau?«

»Einen kleinen, Sir. Danke.« Malleus bekam einen geschliffenen Kristalltumbler gereicht, in dem sicherlich sechs Zentiliter der bernsteinfarbenen Flüssigkeit gegen die Wände schwappten. *Was ist bei ihm dann groß?*

»Ich erzähle Ihnen das, Inspektor, weil ich will, dass Sie den Mörder meines Jungen finden«, holte Crick aus. »Dazu müssen Sie wissen, was er tat und welche Verbindungen er hatte.« Er hob sein Glas leicht an. »Auf die Verlorenen.«

»Auf die Verlorenen«, erwiderte Malleus und reckte seinen Tumbler ebenfalls.

Ein kleiner Schluck zeigte ihm, dass der Händler einen ausgezeichneten Geschmack hatte: mild, aromatisch, kaum ein Brennen auf der Zunge, Noten von Karamell und leichtem Salz.

Seine Gedanken gingen bei dem Trinkspruch jedoch nicht zu seiner ausgelöschten Familie, sondern katapultierten Malleus regelrecht in Szenen der Übergangskriege, an die Fronten, in die Gefechte, in das Kreischen der niederstoßenden Granaten und das Heulen der aschfarbenen Kreaturen, die durch die Reihen der Kämpfer jagten und den Tod brachten. Mitten ins Sterben.

Auf die Verlorenen. Malleus trank nochmals und versuchte, sich von den unguten Flashbacks zu befreien. Panik konnte er nicht gebrauchen.

»Mein Sohn unterhielt verschiedene Kontakte zu zwielichtigen Händlern, die Sie, Inspektor Bourreau, Hehler nennen würden«, sagte Crick und ließ den Whisky im Glas kreisen.

»Wie Hannes Hein in Treva.«

Der Mann schüttelte zu seiner Verwunderung den weißgrauen Kopf. »Der Name fiel nie. Beim vorletzten Gespräch mit meinem Sohn berichtete er mir stolz, dass er die Statuette von Oduduwa aufgetan habe. Ein Händler namens Mohr habe ihn aus Treva angerufen.«

»Tat das Mohr öfter?«

»Mohr ist ein kleines Licht, eigentlich ein Gelegenheitsdieb, der schlecht gesicherte Artefakte aus Museen klaut und sie auf dem Flohmarkt verschachert«, antwortete Crick verächtlich. »Ich habe mich sofort gewundert, wie der an Oduduwa gekommen sein soll. Ich warnte meinen Sohn vor einer Fälschung, aber er schien absolut davon überzeugt, die echte zu haben.«

»Wie viele gibt es, die nach dem Artefakt suchen?«

»Ein gutes Dutzend wird es sein. Ich kenne alleine drei Kunden, die mir die Statuette abkaufen würden.« Crick trank vom Whisky. »Bei unserer letzten Unterhaltung war er bei Mohr, zusammen mit anderen Leuten, die sich verschiedene Gegenstände anschauten.«

»Wissen Sie, was der Hehler noch im Angebot hatte?«

»Mein Sohn berichtete von vier weiteren Artefakten, die er jedoch mäßig spannend fand.« Crick dachte nach. »Ein japanischer Fächer, eine mittelalterliche Krone, ein beschlagenes und verziertes Horn mit vermutlich indischem Hintergrund sowie ein kleiner goldener Käfer, dessen Herkunft er in Südamerika vermutete und von denen es noch mehr gäbe«, zählte er auf. »Er hat mir Bilder davon geschickt, die er mit seinem Smartphone schoss. Ich überlasse sie Ihnen, Inspektor.«

»Besten Dank. Aber erstanden hat Ihr Sohn nur die Statuette, Sir?«

»Für zehntausend Euro«, brummte er ungläubig. »Mohr hatte keine Ahnung, wie viel diese Gegenstände wert sind.« Er trank den Alkohol aus und goss sich neuen ein. »Dank Ihnen weiß ich auch, warum er sie billig loswerden wollte. Es waren keine Fälschungen. Er hatte sie von einem anderen Hehler gestohlen.«

Malleus rieb sich mit Daumen und Zeigefinger über die Bartenden. Er teilte die Einschätzung nicht. Jemand hatte es beim Verkaufen von bekannter teurer Ware nur eilig, wenn er sein eigenes Leben in Gefahr sah. Und das tat er nicht, wenn er einen genauso linken Hehlerkollegen beklaute.

Daher vermutete er, dass Mohr jemand anderen beschissen hatte.

Eine Person, welche jene fünf Artefakte bestellt sowie bezahlt hatte und nun ohne Lieferung geblieben war.

Mutmaßte Malleus richtig, fand man bald noch mehr Leichen, die über Umwege mit dem Einbruch bei Hannes Hein in Verbindung standen. Mohr würde nicht ungestraft davonkommen.

»Ihr Sohn, Mister Crick, wurde vermutlich vom eigentlichen Auftraggeber des Einbruchs abgefangen, gefoltert, verhört und umgebracht«, äußerte er seine Theorie. »Mohr war ein kleines Licht, der die Sachen unter Wert verkaufte, um das Weite zu suchen. Man wird seine Leiche sicherlich bald finden.«

»Sollten Sie richtigliegen, sind die vier Käufer, die am gleichen Tag wie mein Sohn bei dem Hehler waren, in Lebensgefahr«, folgerte Crick.

»Leider, Sir. Umso wichtiger wäre es, zum einen den Auftraggeber für den Einbruch zu ermitteln und zum anderen jene Herrschaften zu finden. Sie haben sich zwar durch den Kauf von Diebesgut strafbar gemacht, aber der Tod ist gewiss eine zu harte Strafe.« Malleus nippte an seinem Whisky. »Sie sind Kunsthändler, Mister Crick. Ihre Verbindungen in die Szene von Sammlern und anderen Händlern sind bei diesem Fall unschätzbar wertvoll. Denken Sie, Sie könnten Interpol behilflich sein?«

Crick willigte mit einem Knurrlaut ein. »Bei Odin, ich will, dass Sie dieses Arschloch finden, das meinen Jungen umbrachte, Inspektor Bourreau. Ziehen Sie ihn zur Rechenschaft.«

»Mit Ihrer Hilfe könnte das gelingen.«

»Ich tue alles dafür. *Alles!*« Crick erhob sich und ging zum Fenster, um die Blicke über die Innenstadt von York und den fallenden Schnee schweifen zu lassen. »Sagen Sie mir, wie mein Beistand aussehen kann.«

»Es wäre gut, wenn ich wüsste, um welche Art von Gegenständen es sich handelt, die Mohr verkaufte.«

»Ich sichte die Bilder, die mein Sohn mir geschickt hat, und teile Ihnen mit, was ich denke.« Crick winkte Malleus zu sich. »Sie sagten, mein Sohn habe die Statuette schmuggeln wollen?«

»Ich fürchte, ja, Sir. Am Zoll hätte man Fragen gestellt, und ohne Ausfuhrgenehmigung wäre es in der Asservatenkammer gelandet.«

»Wo befindet sich Oduduwa jetzt?«

Er rieb sich wieder über den Bart. Das war eine gute Frage, die Malleus spontan nicht beantworten konnte, während er sich erhob und sich zum Kunsthändler gesellte, der ihm offenkundig etwas zeigen wollte. Er hatte die Statuette mit nach Paris-Lutetia genommen, um sie dort zu verwahren. Aber womöglich spielte seine Möchtegern-Assistentin Lagrande gerade mit dem Artefakt herum, um weitere Geheimnisse zu ergründen.

»An einem sicheren Ort«, antwortete Malleus daher ausweichend. Zugleich machte er sich Sorgen um Madame Lagrande. Die Zeitungen hatten sicherlich von der Statuette berichtet, da sie im Polizeibericht erwähnt wurde. Der Auftraggeber würde sich auf die Suche danach machen. Zuerst in Treva, danach in Lutetia. *Ich muss Lautrec informieren, dass sie ein Auge auf die Statuette haben sollen. Und Lagrande.*

»Das ist gut. Mein Sohn war fest davon überzeugt«, setzte Crick zu einer Erklärung an, »dass sich im Innern etwas Wertvolles befindet.«

Malleus zuckte zusammen. Er erinnerte sich, dass ihm Oduduwa vor der Gerichtsmedizin aus der Hand gefallen und zerschellt war. Zwar fand er sämtliche Stücke wieder – aber ob sich etwas darin befunden hatte, wusste er nicht. *Zu dunkel.*

»Wertvoll im materiellen Sinn oder … spiritistisch? Oder ein Zettel mit einer Nachricht?«, versuchte er, es einzugrenzen.

Crick zuckte mit den breiten Schultern. Er hielt das Glas in einer Hand und steckte die andere in die Hosentasche. »Da ist sie: eine Stadt, drei Namen. York, Jórvik, Eboraceum. Wir sind jetzt nordisch, keltisch und römisch. Viele Götter sind unterwegs.« Er schnalzte mit der Zunge. »Keiner von denen kam meinem Jungen zu Hilfe. Nicht mal derjenige, den er im Arsch hatte.«

Malleus nippte am Whisky.

Es lag ihm eine Erwiderung auf der Zunge, aber er wollte nicht taktlos sein. Er schwieg und betrachtete die Altstadt, die sich vor dem hoch gelegenen Büro des Kunsthändlers auftat und dank der Perspektive ein beinahe geschlossenes Dächermeer abbildete, in dem sich kaum Lücken zeigten.

Auf dem Weg in die Altstadt war er in seinem BMW i8 am Clifford's Tower vorbeigefahren, der ehemals erbaute Bergfried des York Castle.

Die Brandspuren auf den ehrwürdigen Mauern waren nicht für die Besucher der Stadt aufgemalt, um an das Massaker aus dem Jahr 1190 an der jüdischen Gemeinde zu erinnern – sondern neu.

Im Laufe der Übergangskriege hatte sich Geschichte ein wenig wiederholt, als militante christliche Gläubige zuerst in der Stadt Morde an Juden sowie keltischen und nordischen Religionsanhängern begingen. Sie verschanzten sich auf der Flucht vor den wütenden Verfolgern in den Ruinen des Bergfrieds und starben im Beschuss sowie in den Brandsätzen, die geworfen wurden. Zur Krönung schlug der Blitz mitten in sie hinein. Niemand zweifelte, dass es Thors Werk gewesen war.

Auch das York Minster, die einst zweitgrößte gotische Kathedrale im nördlichen Teil des alten Europas, hatte es erwischt. Sie wurde ein Raub der Flammen, die von zahlreichen Blitzschlägen ausgelöst worden waren. Übernatürlich vielen Blitzschlägen, wie die nordische Gemeinde in York stolz betonte. Thor und Odin hatten zweifach gezeigt, wer in *Jórvik* einen Hammer trug.

»Ich lebe sehr gerne hier«, sagte Crick leise und stellte das Glas auf die Fensterbank. »Als Junge bin ich durch die *Snickelways* gerannt, habe Fangen und Verstecken gespielt.«

Malleus hatte von den engen Gassen aus dem Spätmittelalter gehört, die sich rund um die Marktplätze verteilten. Die ersten Etagen wurden dicht an dicht gebaut und bildeten mit den abschließenden Dächern regelrechte Gewölbe. Heute waren diese *Shambles* funktionierende Touristenattraktionen.

»Dort ist es an manchen Tagen stockdunkel, und im Winter sind es gespenstische Orte, in denen die Spukgestalten lauern«, erzählte

Crick weiter. »Wussten Sie, dass wir Hunderte von Geistern haben, Inspektor?«

»Nein.«

»Ich habe schon welche gesehen. Glauben Sie an Geister?«

Malleus musste grinsen. »Manchmal erscheinen sie mir realer als Entitäten, Sir.«

Crick nickte kaum merklich. »Vielleicht sollten wir Geister anstelle von Göttern anbeten. Von denen erwartet man weniger.« Er blickte auf seinen Ring mit Hugin und Munin, küsste ihn behutsam, als wolle er um Verzeihung bitten. »Danke für Ihre Zeit, Inspektor. Sie erhalten Nachricht von mir, sobald ich mehr über die Gegenstände herausgefunden habe, sowie sämtliche Informationen, die ich zu Mohr habe.«

»Wären Sie so freundlich, und senden Sie die Informationen auch an meine Assistentin, Madame Lagrande? Ich gebe Ihnen ihre Kontaktdaten.«

»Natürlich.« Er wandte sich Malleus zu und streckte ihm einladend die kräftige Hand entgegen. »Ab heute haben Sie einen Verbündeten auf der Suche nach dem Mörder meines Jungen.«

»Solange Sie mir versprechen, dass Interpol den Mann jagen und stellen wird und Sie davon absehen, Selbstjustiz zu verüben, Sir?«

»Es ist Ihre Aufgabe, Inspektor. Da mische ich mich nicht ein.« Crick zeigte mit der anderen Hand in den grauen Schneehimmel. »Aber wenn Odin oder Thor einen Blitz in den Schuldigen fahren lassen, können Sie mich nicht verantwortlich machen. Dann wurden lediglich meine Gebete erhört.«

Ich wette mein Jahresgehalt, dass dies nicht geschieht. Malleus schlug ein.

* Α Ω *

Da formt sich eine schicke Allianz, zwischen jenem, dem ich folge, und Mister Crick.

Gute Sache. Wird ihn voranbringen mit den Artefakten.

Und das ist also York, die Stadt der Geister und Spukgestalten. Mache hier bestimmt mal Urlaub. Gefällt mir. Alte Substanz, alte Geschichten und Geschichte.

Er ist jetzt noch besser verwanzt als vorher. Aber an seinen PDA komme ich nicht ran. Passt besser darauf auf als auf seine Tussi, wenn er eine hätte.

Scheiße, er könnte so viele haben, wie die kleine Nonne, die keine ist.

Hab herausgefunden, dass es eine Schwester Marina oder Marinuschka niemals im Vatikan gegeben hat. Kostete mich nicht viel, habe ich noch kurz vor dem Abflug angeleiert.

Den Wagen, den sie gemietet hat, wurde von einer Marina Dotch angefordert. Dotch – spricht man es russisch aus, hieße das Tochter. Scheint, als wäre sie in den Vatikan gekommen, allein um ihm nahe zu sein.

Den Dolch, den sie am Oberschenkel verborgen trägt, muss ich noch checken.

Ob er für ihn bestimmt war?

Hat sich die kleine falsche Nonne in ihn verguckt? Oder will sie ihn erwischen?

Hätte sie vielleicht doch besser weggeschossen. Mache ich auch. Wie vorgenommen.

Egal. Er ist in York, sie nicht.

Er kommt aus Cricks Haus, stapft durch das Schneetreiben zum i8. Aber zurück nach Germanien geht es wohl nicht. Er hat einen neuen Auftrag bekommen, glaube ich.

Bin echt gespannt, wie sich das mit den Artefakten entwickelt.

Werde es sehen.

Denn ich folge ihm. Wer ist er schon ohne mich?

***

Celtica, Paris-Lutetia, November 2019

Marianne Lagrande lag erwacht im Bett und hatte das Gefühl, nicht mehr alleine in ihrer kleinen Zweizimmerwohnung zu sein.

Ihr Schlaf war nicht grundlos von ihrem Unterbewusstsein unterbrochen worden.

Als Bewohnerin der Banlieue achtete sie auf ihre Umgebung, und diese Achtsamkeit ließ sich nicht abschalten. Nur für den, der sich auskannte, gestaltete sich das Leben weitaus ruhiger, als die Medien einen glauben machen wollten. Ohne Vorsicht kam niemand im Schatten der immensen Hochhäuser aus, die auf ihren Fronten Solaranlagen und LED-Anzeigenplakate montiert hatten.

Mit der Rückkehr der Götter hatte sich das Leben in den ghettoisierten Gebieten von Paris-Lutetia stark verändert. Die überwiegend muslimischen Bewohner hatten zuerst gekämpft, um ihren Glauben behalten zu können. Je nach Strenge der Auslegung drohte einem Muslim gar der Tod, sollte er dem Islam abschwören. Ganze Gebäudekomplexe waren dabei zu titanischen Fackeln geworden, die staubend und brennend einstürzten, zusammen mit jenen, die für Allah starben. Danach waren viele geflohen, ohne den neuen Realitäten entfliehen zu können, oder konvertiert, wie es die meisten Christen auch taten. Es gab keine Argumente gegen Götter, aus deren Händen Flammen und Blitze schlugen. Ende 2019 lebten alle möglichen Religionen in der Banlieue, ohne dass sich Wohlstand ausgebreitet hatte.

Lagrande ließ die Augen geschlossen, lauschte.

Aus dem zweiten Zimmer drang eine geraunte Unterhaltung zwischen zwei Männern, eine Tastatur klackerte. Anhand des Keyboardklangs wusste sie sofort, dass es sich um ihren Rechner handelte. Anscheinend suchten sie etwas.

Lagrande schloss Diebe aus. Sie hätten längst den Laptop geschnappt, vielleicht noch die Musikanlage, und wären geflohen.

Leise wurden Schubladen geöffnet, nun durchsuchten sie das Zimmer. Es war eine Frage der Zeit, wann sie zu ihr kamen.

Lagrande öffnete die Augen und blickte sich um.

Noch befand sich niemand bei ihr, die Schränke sahen geschlossen aus. Anscheinend beließ man es zunächst dabei, einen Raum auf den Kopf zu stellen.

Leise rutschte sie aus dem Bett, langte unter den Rahmen und zog den Taser heraus, der vier Pfeile an dünnen Drähten mit elektrischen Ladungen abfeuern konnte und Kontakte zum direkten Aufsetzen auf den Körper besaß.

Genau das Richtige, um mit ungeladenen Besuchern umzugehen.

Lagrande aktivierte über die Telekommunikationseinrichtung in ihrer Wand den Notruf. Somit wurden sowohl die Hausverwaltung als auch die Polizei alarmiert.

Sie trug eine schwarze Panty und ein langes Schlabbershirt, das ihr maximale Bewegungsfreiheit erlaubte. Die langen blonden Haare trug sie nachts in einem Pferdeschwanz.

Schleichende Schritte näherten sich ihrem Zimmer, langsam wurde die Tür aufgedrückt. Ein maskierter Kopf schob sich durch den Spalt, die Schultern folgten.

Mit aller Kraft trat Lagrande gegen das Kunststoffblatt.

Die vordere Türkante krachte dem Einbrecher gegen den Schädel. Blut spritzte unter dem Stoff heraus, seufzend brach der Mann zusammen.

Branleur! Sie öffnete ruckartig den Eingang, den Taser im Anschlag.

Noch vollkommen überrumpelt saß ein zweiter maskierter Eindringling am Küchentisch, die Finger auf der Tastatur ihres Laptops. Er trug wie der andere normale Straßenkleidung, die Lederjacke wirkte ziemlich ausgebeult.

»Mach keinen Scheiß, Schlampe«, sagte er warnend.

»Du hast ja wohl Scheiße gemacht«, gab sie unerschrocken zurück. Sie sah, dass er sich durch ihre Mails mit Inspektor Bourreau wühlte. *Es geht ihnen um die Artefakte!* Ein Stick steckte im Slot, der nicht von ihr stammte, ein Kontrolllämpchen leuchtete. »Was wird das?«

Er sprang blitzschnell in die Höhe und drückte sich ab, griff nach ihr.

Lagrande ging einen Schritt zurück und löste in ihrer Hektik den Taser doppelt aus.

Zwei Pfeile schossen in die Brust des Mannes, und das hektische Knistern von elektrischer Entladung erfolgte – doch die Elektroden hatten sich in eine kugelsichere Weste gebohrt und richteten keinen Schaden an.

Die Faust mit der Quarzsandverstärkung kam zu schnell, die Knöchel landeten an ihrer linken Wange.

Die Wucht des Hiebs schleuderte sie gegen das kleine Regal, in dem sie ihr Geschirr aufbewahrte. Teller, Sammeltassen, Vasen klirrten auf den Boden. Ihr Kiefergelenk hatte einen schmerzhaften Stich von sich gegeben, der Geschmack von Blut breitete sich in ihrem Mund aus.

Lagrande packte eines der Regalbretter und knallte es dem Angreifer im Herumwirbeln auf den Schädel.

Aber der Mann riss den rechten Unterarm in die Höhe, die Holzstücke zerbrachen. Zwar fluchte er dabei, aber es geschah ihm nichts.

Doch die Sekunde nutzte sie, um den Kontakttaser an seinen Arm zu halten und wieder den Auslöser zu drücken.

Dieses Mal brachte ihm seine Kevlarweste nichts, der Strom jagte durch ihn hindurch und ließ ihn nach einer knappen Sekunde zuckend vor ihren Füßen zusammenbrechen.

Lagrande trat ihm mit der Ferse in den Schritt, damit er noch lange was davon hatte. Ihr Kiefer tat höllisch weh, sie hoffte, dass er nicht gebrochen war. Während sie darüber nachdachte, trat sie ihm nochmals ins Skrotum.

»Lass das, dumme Schlampe.« Da bekam sie einen Stoß in den Rücken, der sie über den Liegenden stolpern und auf der Couch landen ließ. Ein dritter Typ war aus ihrem Bad gekommen.

Lagrande wälzte sich auf den Rücken, wollte den Taser heben, in dem noch zwei geladene Pfeile steckten – und sah in die Mündung einer schallgedämpften, großen Halbautomatik. Sie erstarrte.

»Wo ist diese scheiß Statuette?«, raunte der Maskierte.

»Keine Ahnung, was Sie …«

Er drückte ab, klackend fuhr der Schlitten nach hinten, und neben ihr jagte eine Kugel ins Kissen. Füllung flog heraus, Schaumstofffetzen verteilten sich auf ihr.

»In der Asservatenkammer«, antwortete sie hastig.

»Kommst du rein?«

»Nein«, log sie. »Ich bin nur eine einfache Assistentin. Die Zugriffsrechte liegen bei den Ermittlern.«

Stöhnend erhob sich der Mann auf der Schwelle zu ihrem Schlafzimmer, stützte sich an der Zarge ab und trat nach Lagrande, traf sie schmerzhaft gegen das Schienbein. »Dafür gibt es gleich noch eine aufs Maul«, zischte er und betastete seine Schläfenwunde.

»Stell William auf die Beine«, lautete die Anweisung vom Bewaffneten. »Durchsucht das andere Zimmer.« Er sah zu ihr. »Die nehmen wir mit. Wir lassen Bourreau das Ding aus dem Tresor holen. Sonst sieht er sie nur in Stückchen wieder.«

Stöhnend wurde der dritte Mann auf die Füße gehievt, er hielt sich den Schritt, konnte nur breitbeinig sitzen und atmete tief ein und aus. Bei ihm ging nichts mehr. Die Blicke, die er Lagrande zuwarf, versprachen ihr einen langsamen, qualvollen Tod.

»Er hat die Statuette kaputt gemacht«, presste William endlich hervor.

»Was?« Der Bewaffnete sah fragend zu ihm, der Lauf blieb auf die Assistentin gerichtet.

»Hat er in der letzten Mail geschrieben. Sie soll vor der Gerichtsmedizin in Treva suchen«, ächzte er mehr, als er sprach. »Wir können abrücken.« Er stöhnte. »Scheiße, mir läuft ein Ei aus.«

Da klopfte und klingelte es.

»Madame Lagrande. Hausverwaltung und Polizei sind hier«, rief jemand durch die Tür. »Sie haben den Notruf …?«

Der Bewaffnete schwenkte die Halbautomatik herum und feuerte auf Torsohöhe das komplette Magazin ab, von draußen erklangen

Schreie. Er ließ das leere ausklinken, lud ein neues in den Schacht und feuerte weiter. »Abrücken«, befahl er dabei, als würde er einkaufen. »Nehmt die Schlampe mit.«

»Branleurs!« Lagrande trat William, der sich leise stöhnend erhob, mit dem Spann ins Gesicht und schoss dem dritten Mann eine Schockernadel ins Bein.

Die Ladung reichte nicht mehr aus, ihn komplett kaltzustellen, aber es genügte, dass er vor ihr auf die Knie fiel.

Lagrande rammte ihm das Bein gegen die Nase und hechtete ins Schlafzimmer, knallte die Tür zu und sperrte ab, sprang dann sofort weg, rollte sich unter das Bett.

Keine Sekunde darauf bohrten sich die Kugeln durch das Plastik, das keinerlei Widerstand bot. Die Projektile sirrten an ihr vorbei, Querschläger fuhren ins Bett, klirrten gegen das Metallgestänge.

Mit klopfendem Herzen lag sie unter der Matratze, atmete hastig vor Furcht und Anstrengung.

Das Schießen endete, mehrere Stimmen erklangen, dann wurde von draußen geschossen und geschrien. Das Piepsen von Funkgeräten ertönte zwischendurch, die Polizisten riefen Verstärkung.

Nach einer Weile, von der Lagrande nicht sagen konnte, wie lang sie war, wurde es ruhig.

Sie wagte sich unter ihrer Deckung heraus, spähte zuerst durch die kaputte Tür in ihr Küchenwohnzimmer.

Die Männer waren verschwunden.

Lagrande schlich hinaus, schaute sich vorsichtig um.

Es gab einige Einschusslöcher in ihrer Wohnung, auch im Fenster. Der Laptop stand noch auf dem Tischchen, der Stick war entfernt. Durcheinander, Blutspritzer.

Sie sah auf den Gang, wo zwei Polizisten und einer der Hausmeister in einer einzigen großen Blutlache am Boden lagen. Einer der Uniformierten rief schwach, ächzte und rollte sich hin und her.

Lagrande zurrte die blonden Haare im Pferdeschwanz fester zusammen und eilte in den Korridor, um Erste Hilfe zu leisten, bis die

Rettungssanitäter eintrafen. Vorsichtshalber rief sie selbst nochmals in der Zentrale an, aber man sagte ihr, dass bereits Kräfte unterwegs seien.

Sie kümmerte sich um den Verletzten. Die zwei übrigen Männer waren tot.

Während sie beherzt die Wunde freilegte und dem Mann den Gürtel auszog, um seinen von einer Salve zerfleischten Arm abzubinden, überlegte sie, wie schnell sie von hier nach Treva kam. Vor die Gerichtsmedizin, um das Trottoir abzusuchen.

Diese *branleurs* sollten den Gegenstand keinesfalls bekommen – was immer es sein mochte.

***

Tunesien, Tunis, Neu Karthago, November 2019

Malleus schwitzte – und das im November.

Er hatte schlicht unterschätzt, dass die Temperaturunterschiede zwischen York und Nordafrika derart hoch ausfielen. Seinen Militärmantel trug er schon lange über dem Arm, der Hut schützte ihn vor der Sonne, die dunkle Brille fing die Helligkeit ab. Zu seinem Glück hatte er noch einen hellen indisch-europäischen Gehrock eingepackt, den er gleich überwarf anstelle des dunklen.

Er ging vom geparkten Wagen – einem sandfarbenen Range Rover, weil es keinen i8 zu mieten gab – zum Haus seiner Klientin, die ganz in der Nähe der historischen Ausgrabungen des antiken Karthago lebte. Aus den Ruinen wurden – wie so oft seit der Rückkehr der Entitäten – Neubauten; sie betonten die auferstandene Macht und Pracht der Götter, die es sehr genossen, sich den Menschen zu zeigen.

Malleus zog sein Taschentuch aus der Hose und tupfte sich damit den feuchten Nacken ab.

Gerade noch war er durch Schneegestöber bei minus zwei Grad

gestapft, nun wehte ein lauer Meereswind den Geruch von reifen Zitrusfrüchten in seine Nase. Er war sich unschlüssig, was ihm besser gefiel.

Von der Straße aus konnte er die Fortschritte an der ehemaligen Ausgrabungsstätte sehen. Die Pfeiler und Gebäude und Tempel erhoben sich bereits, der letzte Feinschliff fand statt. Die römischen Entitäten hielten Einzug in Karthago, das Rom damals bis aufs Blut gereizt und herausgefordert hatte – bis Rom die Stadt dem Erdboden gleichmachte. »Im Übrigen bin ich der Meinung, dass Karthago zerstört werden muss«, sagte er leise. Irgendein Staatsmann hatte es zum Abschluss seiner Reden stets gebracht. *Platon? Cicero?*

Alles erhob sich eines Tages wieder, meistens schöner und prächtiger als zuvor, wie ihm die Umgebung bewies.

Er befand sich im noblen Vorort von Tunis, unterwegs hatte er den tunesischen Präsidentenpalast gesehen. Die Menschen, die an diesem Ort lebten, besaßen reichlich Geld.

Malleus hatte den Eingang des schlicht gehaltenen, zweistöckigen Gebäudes beinahe erreicht.

Es sah nach einer Lehmwand aus, doch er vermutete klares Understatement oder eine Hommage an die Traditionen der Ahnen. Was ihn verwunderte, waren die deutlich zu erkennenden ägyptischen Hieroglyphen rings um die Tür. Seine Klientin betete zu Ra und Konsorten.

Das fand Malleus spannend.

Nordafrika war ein gänzlich anderes Pantheon-Pflaster als Europa.

Er fotografierte die Zeichen mit seinem PDA, der ihm daraufhin mitteilte, dass es sich um die Zeichen des Gottes Sokar handelte.

»Einer der ältesten Totengötter des alten Ägyptens«, las er die Informationen, die auf dem Display erschienen. »Einst Fruchtbarkeitsgott. Menschlicher Körper, Falkenkopf, teilweise in der Mumiengestalt des Osiris dargestellt. Totenstadt Sakkara geht vermutlich auf ihn zurück.«

Ein Totengott. Er bekam Lust auf eine Culebra. Blaue Banderole.

Als er die Tür erreichte, wurde ihm von einem Mann und einer Frau geöffnet, die luftige, aber lange Gewänder in Schwarz trugen.

Sie versuchten sich beide an einem Lächeln, aber es war voller Risse und Sprünge, sodass Malleus die beiden umgehend bedauerte. Er kannte das Gefühl, sein Kind zu verlieren. Deswegen nahm er solche Aufträge vorrangig an.

Er nahm den Hut sowie die Sonnenbrille ab. »Guten Tag, Madame und Monsieur Tameri«, grüßte er und deutete eine Verbeugung an. Kühle schlug ihm aus dem Innern des Hauses entgegen, als befände sich darin eine Gruft.

»Seien Sie willkommen, Monsieur Bourreau.« Der Mann nickte, seine Frau tat es ihm nach. »Kommen Sie bitte herein. Es ist schon wieder viel zu heiß.«

»Danke. Sehr freundlich.« Malleus trat ein und konnte seine Garderobe gleich einem Bediensteten in die Hand drücken; die Schuhe streifte er ebenso ab und bekam Haussandalen gereicht.

Leise Saitenmusik erklang, ein Windspiel mischte sich unter das sanfte Plätschern eines Brunnens, der im Eingangsbereich eine kleine Fontäne empordrückte. Der Zitrusgeruch intensivierte sich.

»Gehen wir ins Atrium«, bat Tameri und ging voraus.

Seine Frau schluchzte auf und hielt sich an seinem Arm fest. »Verzeihen Sie, Monsieur Bourreau«, bat sie undeutlich. »Es frisst mich auf. Mein Sohn …« Sie hielt sich eine Hand vor den Mund, Tränen rannen über ihre Wangen.

»Ich kann es auch mit Ihrem Mann alleine besprechen«, sagte Malleus und wechselte einen Blick mit ihm. Ihr Gatte nickte dankbar. »Gehen Sie nur, Madame. Tun Sie sich das nicht an.«

Sie eilte sofort davon, ihr lautes Aufweinen schnitt in Malleus' Herz.

Schweigend gingen er und der Hausherr durch die großzügig gehaltenen Räume, die römische und ägyptische Elemente verbanden. In jedem Zimmer gab es das Siegel des Sokar, Hieroglyphen rundeten den Eindruck ab, sich bei sehr überzeugten Anhängern des Kultes aufzuhalten.

Schließlich nahmen sie auf Liegen Platz, auf dem niedrigen Tischchen stand eine Schale mit den besten, schönsten Früchten, die Malleus jemals gesehen hatte. In den Übergangskriegen hätten manche Soldaten für so etwas getötet.

»Wie Sie vielleicht gesehen haben«, begann Tameri, klatschte einmal in die Hände, sodass ein kleines Heer Diener wie aus dem Nichts erschien und Teller verteilte, Erfrischungen brachte und Kissen richtete, »lässt die ägyptische Gemeinschaft eine kleine Sonnenpyramide zu Ehren von Ra sowie einen Sokar-Tempel erbauen.«

Malleus erinnerte sich, einen Hügel passiert zu haben, auf dem Arbeiten vonstattengingen. »Ich denke, ja.«

»Auf dem Byrsa, jenem Zitadellenhügel, befand sich einst die Kathedrale des heiligen Ludwig. Aber die Christen brauchen sie nicht mehr. Die Gemeinde hat sich aufgelöst und konvertierte, teils zu uns, teils zu den Römern, und auch zum alten Kultus.« Tameri hob den Kelch mit Limonade und trank. »Sie werden sich fragen, was es mit dem Unfall meines Sohnes Snofru zu tun hat.«

»Es wird relevant sein, nehme ich an.« Malleus kostete sein Getränk und bemerkte seinen Irrtum. *Keine Limonade.* Süß, fruchtig, mit Orangenblütenwasser und Bittermandelaroma. *Mandelmilch.* Es schmeckte fantastisch.

»Ich bin einer der Architekten, welche den Bau überwachen. Wir nutzen pragmatischerweise die Steine der abgerissenen Kirche.«

»Wie kam sie auf den Hügel, Monsieur?«

»Die Kolonialfranzosen. 1890 errichtet, weil dort das Grab von Ludwig dem Neunten vermutet wurde. Kreuzfahrerschicksal.« Tameri stellte das Glas nach einem Schluck ab. »Bis Mitte der Sechziger stellte es die größte nordafrikanische Kirche dar und war nur noch ein Kulturzentrum. Wir haben es zusammen mit dem archäologischen Nationalmuseum in die Innenstadt verlegt und mit unserem Bau begonnen.« Er wischte sich über den Mund. »Mein Sohn liebte es, mich bei den Arbeiten zu begleiten.«

»Ihr Sohn war wie alt, Monsieur?«

»Drei Jahre. Lief sehr gut und kletterte wie ein kleiner Gott.« Tameri fuhr über die Ornamente am Tischchen.

Ein Teil der Oberfläche verwandelte sich daraufhin in einen Monitor, der sich in die Höhe schob, damit man alles im Liegen besser sah.

Ein schwarzgelocktes Kind wurde sichtbar, das in einem Unterleibswickel über große und kleine Steine kletterte, sich an Vorsprüngen hochzog, mit Arbeitern lachte und ein sehr sonniges Gemüt zu haben schien.

»Sehr niedlich.« Malleus fiel das Mal auf, das sich quer über den kleinen Rücken zog und aussah wie eine sehr akkurate Tätowierung in einem dunklen Braun, die sich von der Haut gerade so abhob. »Darf ich fragen, was das ist, Monsieur?«

»Der Grund, weswegen er sterben musste.« Tameri hielt die Aufzeichnung mit einer Geste an und zoomte.

»Das ist das Zeichen des Gottes Sokar«, erkannte Malleus. »Dann vermute ich, dass er es von Geburt an trägt?«

Tameri nickte. »Meine Frau und ich kamen auch als Sokar-Priester nach Neu Karthago. Der Gott gewährte uns die besondere Ehre, dass sie seinen Spross austragen durfte.«

Malleus nahm einen Schluck von der Milch und stellte sich lieber nicht vor, wie eine falkenköpfige Entität Sex mit einer Sterblichen hatte. Andererseits sagte man römischen und griechischen Göttern nach, dass sie als Stiere und Schwäne Frauen beglückten. »Innerhalb der Gemeinde war es kein Geheimnis?«

»Warum sollten wir ein Geheimnis daraus machen?« Tameri wirkte verwundert. »Es ist das Zeichen, dass sich ein Gott ganz nahe zu jenen begibt, die ihm folgen, und ihnen etwas aus Fleisch und Blut hinterlässt.«

»Es wird Pläne für den kleinen Mann gegeben haben, Monsieur?«

»Natürlich. Für ihn haben wir die Pyramide errichtet. Er sollte als Halbgott die Anhänger von Sokar führen und zeigen, wie nahe uns der Gott sein kann. Wie nahe er uns ist. Dass er ein Teil von uns ist.« Tameri ließ die Aufnahme weiterlaufen.

Es wurde nun überdeutlich: Das Kind bewegte sich sehr koordiniert für das geringe Alter und war überbegabt zu nennen. Es fiel sofort auf, dass Statur und Verhalten in Diskrepanz zueinander standen. Es redete sogar mit den Erwachsenen flüssig.

Es folgte ein Schwarzbild, danach kam ein überwiegend verbrannter Kinderleib in Nahaufnahme, die kein grausiges Detail aussparte. Der Junge lag mit verrenkten Gliedmaßen in einer verrußten Metallschale, die Kamera zog auf, und man erkannte anhand der Lage und der Sturzverletzungen, dass er vom Pyramidenrohbau gefallen sein musste. Der Untergrund des Gefäßes war geschwärzt, Scherben sowie Kohlereste verteilten sich rings um die kleine Leiche.

Malleus lehnte sich nach vorne und machte die gleiche Geste, die Tameri vorher vollführt hatte, um die Zoomfunktion abzurufen. *Ich habe mich nicht getäuscht.*

Auch wenn der kleine tote Leib stark verkohlt war, die gebrochenen Knochen herausstanden, die rote Haut aufgeplatzte Brandblasen warf, konnten die schweren Wunden nicht kaschieren, dass das Sokar-Zeichen mehrmals zerschnitten war.

Eine gezielte Tat. Malleus lehnte sich zurück. »Kann ich die Aufnahme haben, Monsieur Tameri?«

»Die kompletten Bilder und Files kann ich Ihnen senden. Oder hat Ihr PDA eine Hyper-Infrarot-Schnittstelle?« Ein rotes Lämpchen leuchtete auf. »Einfach drüberziehen.«

Malleus sog die Daten auf sein Gerät. Er würde sich alles in Ruhe anschauen. Bild für Bild, wenn es sein musste. »Ich verstehe, warum Sie nicht an einen Unfall glauben«, sagte er bedächtig. »Haben Sie einen Verdacht, wer den kleinen Halbgott umgebracht hat?«

»Jemand, der nicht möchte, dass sich Sokar in Neu Karthago etabliert.« Tameri wirkte ratlos. »Wir wurden niemals offen angefeindet. *Das* ist das Rätselhafte. Sonst hätte ich alles getan, um den Jungen zu schützen, und wäre ihm nicht von der Seite gewichen.«

Malleus nickte nachdenklich, fuhr sich mit Daumen und Zeigefinger über die Enden seines Fu-Manchu-Bartes. »Meldete sich Sokar bei einem von Ihnen? Gibt es einen Racheschwur oder dergleichen?«

Tameri verneinte. »Er ist voller Trauer.«

»Das hat er Ihnen gesagt, Monsieur?«

»Das denke ich mir.«

Malleus nickte und stand auf. Sein Gewand klebte vor Schweiß, doch es half nichts. Er musste vor Ort nach Spuren suchen. »Ich würde mir gerne den Tatort ansehen, Monsieur Tameri. Begleiten Sie mich? Damit ließe sich verhindern, dass es zu Missverständnissen auf der Baustelle kommt.«

»Gut, Monsieur Bourreau.«

»Sind seit dem ... *Unfall* Menschen aus Ihrer Gemeinschaft des Sokar ausgetreten?«

»Nein. Sie halten dem Gott die Treue und spenden uns durch ihre Anteilnahme Trost.« Tameri ging voraus und ließ sich im Gehen von seinen Dienern umkleiden, was an einen Boxenstopp beim Autorennen erinnerte. Er trug nun ein weißes Gewand und bekam einen hellen Hut gereicht.

»Die Behörden teilen Ihre Zweifel nicht?«

»Nein. Für sie ist es Vernachlässigung der Aufsichtspflicht. Man hat ein Verfahren gegen mich und meine Frau eingeleitet.«

»Die Wunden auf dem Rücken wurden allen Ernstes durch den Sturz erklärt, Monsieur?« Das fand er reichlich befremdlich.

»Wurden Sie, Monsieur Bourreau. Schnittverletzungen durch die Scherben des Tongefäßes, das mit ihm in die Tiefe stürzte.«

»Aber der Ermittler ist nicht zufällig der Priester eines rivalisierenden Gottes?«

Tameri blieb stehen. »Nein. Aber seine Schwester trat zu Sokar über. Sie gehörte vorher dem Poseidon-Tempel an. Er ist neu errichtet worden. Unten am Hafen des alten Karthago aus punischer Zeit.«

Malleus notierte sich den Umstand zwar, hielt ihn aber für nicht wichtig. Es wäre zu auffällig.

Damit blieben haufenweise Verdächtige und Motive bis hin zu Eifersucht in den Reihen der Sokar-Anbeter. Er konnte sich gut vorstellen, dass mehr als nur eine Frau in der Gemeinschaft davon träumte, einem Halbgott das Leben zu schenken. Das würde Malleus in einer weiteren Befragung klären. *Es gibt sicherlich genug Gerüchte.*

Er erinnerte sich, dass man Kinder, die in geringem Alter starben, auch Sternenkinder nannte. Bei Snofru traf es gleich zweifach zu, wenn man so wollte: sehr jung und dazu Spross einer Entität.

Seine Schuhe waren frisch poliert, wie er beim Anziehen bemerkte.

Die Tür schwang auf, und die Mittagshitze warf sich auf sie gleich einem ausgehungerten wilden Tier, das seinen sandigen, glühenden Atem gegen sie hauchte.

Malleus ließ den Mantel im Haus zurück und setzte den Hut auf. Es schien sein bislang heißester Fall zu werden. Und er trug viel zu dicke Socken.

* A Ω *

Genau mein Wetter!

Der, dem ich folge, tat mir einen großen Gefallen: Sonne, schöne Temperaturen. Und Meer.

Das Folgen war nicht leicht, hat mich überrascht, mit seinem Charter-Jet nach Karthago. Aber was er kann, kann ich auch.

Wie gut, dass der kleine Flugplatz gleich um die Ecke ist. Die paar Stunden Vorsprung sind zu verschmerzen, und er ist glücklicherweise nicht weitergereist. Sonst wäre es knifflig geworden.

Da sind sie, auf der Baustelle, Tameri und er.

Pyramide und Tempel. Ägypten. Sieht falsch aus, so zwischen dem alten Kram der Römer. Toll, ja. Aber nicht richtig.

Sobald der Priester die Arbeiter passiert, wird er sehr untertänig gegrüßt. Angeber. Aber er bleibt dabei einigermaßen sympathisch.

Die zwei reden über den Fortschritt, den die Bauprojekte machen; dass sie in einem Jahr fertig sein wollen; dass der ermordete Junge von

Sokar ebenfalls eine Nische im Tempel erhalten soll; dass die ägyptische Gemeinde wächst; dass sich viele aus Zentralafrika anschließen und sich der Ra-&-Co-Kult ausbreitet.

Du meine Fresse. Das wird den Pharao von Ägypten aber freuen! Mal sehen, wie groß das Hoheitsgebiet noch wird.

Nichts geleistet, und doch laufen sie ihm in Scharen nach, dem selbst ernannten Gott – jedenfalls solange sich Ra und seine Freunde gut von ihm vertreten fühlen.

Fällt mir gerade auf: Pharao sein ist ein bisschen wie Papst sein.

Ja, vor den Ägyptern haben sie alle Angst, rund ums Mittelmeer. Auch die Römer und Griechen.

Ich mag die Vielfalt an Religionen, die seit 2012 herrscht. Weder gab es deswegen mehr Unrecht noch mehr Gefechte unter den Völkern. Die Übergangskriege mussten sein, um die Fesseln zu sprengen, aber danach – viel Friede. Hätten die größten Kritiker und Schwarzmaler nicht vorhergesehen. Das lief unter dem Banner von Kreuz, Halbmond und Davidsstern ein bisschen anders.

Aber ich kann mich täuschen, und es kracht bald wieder. Wie früher.

Seit den Übergangskriegen halten die Götter die Füße still. Meine Vermutung: Damit sich die dezimierten Menschen vermehren können. Nett von ihnen.

Mal sehen, wer danach zuerst ins Kriegshorn stößt. Die Götter brauchen dann einen anderen Namen für solche Aktionen, weil: Kreuzzüge gibt es nicht mehr.

Er steigt die Pyramide hoch.

Würde sich auch gut als Pharao machen. Betrachtet die Stadt, als gehörte sie ihm. Als wäre er ein Gott.

Sein Trick ist, dass er sie alle verleugnet. Das macht ihn zum Anti-Gott. Zum Gegenmittel.

Sie sollten ihn fürchten, anstatt ihn unterhaltsam zu finden, wie Hephaistos sagte.

Hochmut rächt sich.

Immer.

* A Ω *

Was auf den Bildern nicht zu sehen gewesen war, erkannte Malleus vom Rohbau der Pyramide herab mit einem Blick, während er sich mit Daumen und Zeigefinger nachdenklich über den Fu-Manchu-Bart fuhr.

Der Junge musste gesprungen sein, um in der Feuerschale zu landen, wobei Malleus bezweifelte, dass ein Dreijähriger so weit kam, auch wenn Snofru bereits weit entwickelt zu sein schien. Die Stelle, wo das Kind aufgeschlagen war, wurde von Absperrband umsäumt, das der Wind bereits abgerissen hatte und nun an Stangen flatterte, sich wand und kringelte.

Und noch etwas fiel ihm auf, während er sich vom Hügel aus umblickte: Tempel und Pyramide waren umzingelt von römischen Tempeln und Bauwerken, in Richtung Süden lag das Amphitheater, ebenfalls neu errichtet.

Dass sich die Anhänger von Sokar ausgerechnet *diesen* Hügel ausgesucht hatten, bescherte ihnen garantiert viele Feinde. Im Geheimen.

Sein PDA sagte ihm, dass dieser Byrsa einst der Ort einer Festung gewesen war, die über Stadt und Hafen thronte. Die Phönizier gründeten die Kolonie etwa 750 vor Christus, die Römer rissen sie sich um 146 vor Christus unter den Nagel. Die Zitadelle schützte die sich entwickelnde Stadt, die zu ihrer Hochzeit um die 400 000 Bewohner gehabt hatte.

Malleus sah das glitzernde Meer und den wunderschön angelegten punischen Hafen, die neoantiken Neubauten und roch wieder den salzigen Wind. In Karthago konnte man es aushalten, wenn man die Hitze mochte, denn die Lage war fantastisch: auf einer Halbinsel, im Osten der Golf von Tunis, im Norden die Lagune Sebkhet Ariana und im Süden ein See.

Was sein elektronischer Helfer allerdings nicht fand, waren Hinweise auf ausgeprägte ägyptische Kulte zu irgendwelchen Zeiten. Damit war Sokar die erste Entität von der anderen Seite des Mittelmeers, die sich blicken ließ – und zwar an der exponiertesten und strategisch besten Stelle der Stadt: Alle mussten zum Tempel und zur Pyramide aufschauen. *Tagtäglich*.

Nördlich von Byrsa erhoben sich hingegen die Nekropolen des alten Karthago, wo sich Sokar eigentlich hätte niederlassen müssen, wie Malleus fand.

Er erhebt Anspruch auf die Stadt, mutmaßte er und suchte nach dem Zigarrenetui, um sich eine Culebra anzuzünden. Dass er dazu einen Halbsohn gezeugt hatte, untermauerte das Sendungsbewusstsein der Entität.

Malleus wählte eine krumme Zigarre mit blauer Banderole, entzündete zuerst den Span und damit die Culebra, paffte mehrmals und ließ den Anblick auf sich wirken; seine Gedanken schweiften wie seine Blicke. Dann filmte er mit dem PDA das Panorama, schwenkte nach unten, um die Unfallstelle einzufangen.

Da meldete sich unerwartet das Programm, das er vorhin zum Zuordnen der Hieroglyphen eingesetzt und vergessen hatte abzuschalten. Es verkündete: *TANIT*.

Tanit? Malleus erinnerte sich dunkel, dass Tameri von einem lokalen Kult gesprochen hatte.

Er ließ sich vom PDA anzeigen, was das Programm zu erkennen geglaubt hatte: ein Dreieck mit waagrechtem Balken darüber, auf dem eine Scheibe lag. Die Feuerschale bildete nach Ansicht des Programms die Scheibe, das Dreieck wurde von Steinen geformt, eine Eisenstange simulierte den Querbalken.

Als Malleus nachschaute, wer oder was Tanit war, bekam er Ergebnisse geliefert, die ihn mehrere Züge hintereinander an der Culebra ziehen ließen. *Volltreffer!*

Es handelte sich um Karthagos Schutzgöttin, Chefin im Pantheon vor Ort, zuständig für Fruchtbarkeit.

Pikant: Angeblich sollten Tanit auch Kinder geopfert worden sein. Im Feuer.

Wie passend zum Ende des Jungen. Malleus beeilte sich, über die Planken, Treppchen und Leitern zurück auf den Boden zu gelangen, um sich die Schale genau vorzunehmen.

Gleich darauf kniete er innerhalb der Absperrung, wühlte mit einem Scherbenstück in der Asche und den verbrannten Resten, bis er einen Fund machte.

Vorsichtig scharrte er kleine Knöchelchen heraus, fand zudem verkohlte Überbleibsel einer dicken Fruchtschale.

Ein Blick auf den PDA zeigte ihm, dass Tanit als Attribute eine Taube, Granatapfel, Ähre und Feige zugeordnet wurden.

Die halb verbrannte Schale konnte von einem Granatapfel, die kleinen geschwärzten Gebeine von einem Vogel stammen.

Malleus richtete sich auf, schob den Hut in den Nacken und wischte sich den Schweiß mit dem Tuch von der Stirn. Jemand hatte Snofru geopfert, weniger um Tanits Gunst zu erhalten, sondern um den Sokarern zu zeigen, wer die wahre Macht in Karthago innehatte.

Es wird nicht der letzte Mord gewesen sein. Er verließ den abgesperrten Bereich nachdenklich und diktierte Notizen in den PDA, ging dabei zurück über die Baustelle zum Wagen.

Das Tanit-Symbol am Tatort war versteckt und wie zufällig gelegt, aber beim nächsten Mal würde es sicherlich deutlicher zutage treten. Aber wie könnte es eine Steigerung zum Mord an einem Halbgott geben? Indem man die gesamte Gemeinschaft ausrottete?

Ich muss Tameri in Kenntnis setzen. Es galt, Sicherheitsvorkehrungen zu treffen.

Außerdem stellte er sich die Frage, wie es Tameri geschafft hatte, den Zitadellenhügel für den ägyptischen Gott in Anspruch zu nehmen. Wer hatte ihn den Sokarern verkauft? Unter welchen Bedingungen und zu welchem Preis?

Damit ergab sich in Malleus' Überlegungen von selbst das nächste Anschlagsopfer, von den Kultzugehörigen einmal abgesehen. Tanit stand der Hügel am ehesten zu, und sie würde sich für den Verrat rächen wollen beziehungsweise nach Rache verlangen.

Bevor er mit Tameri sprach, musste er herausfinden, ob es in Neu Karthago eine Anhängerschaft der in Vergessenheit geratenen Fruchtbarkeitsentität gab oder ob es sich bei dem Mord an dem Jungen um einen fanatischen feigen Einzeltäter handelte.

Malleus hatte die Befürchtung, dass sich der Vater zu einer Erwiderungstat hinreißen ließ, und das wäre kontraproduktiv, um den Tod des Jungen aufzuklären. Nach einem kurzen Aufenthalt im *Grand Carthage Hotel* würde er mit den Untersuchungen fortfahren.

Doch zuvor musste er endlich seine Socken wechseln.

* A Ω *

Er scheint Fortschritte gemacht zu haben und will wohl in die Altstadt.

Verdammt, ich muss den PDA knacken. Komme mir vollkommen abgeschnitten vor und renne ihm nach wie ein nichts wissender Trottel.

Im Hotel muss sich eine Gelegenheit bieten, denn ich will seinen Wissensstand haben. Er muss nur einmal spontan ins Flugzeug steigen, ohne dass ich nahe genug dran bin, und zack, weg ist er. Dann gerät er ohne mich an Wichser wie die Thugs, und das war es für ihn.

Geht nicht.

Geht gar nicht.

Ich … was ist das? In der Nische werden die Schatten noch dunkler und … formen eine Männergestalt, die einen weißen Anzug, Hut und Aktentasche trägt. Sieht aus wie ein Anwalt oder Versicherungsvertreter des Todes.

Einer der Arbeiter bemerkt den Vorgang und wirft sich vor ihm in den Dreck, aber der Anwalt hebt ihn auf und schickt ihn zurück an die Arbeit. Der Mann ist durch den Wind, verzückt und ekstatisch.

Scheint, als sei eben durch jenen, dem ich folge, ein Gott auf den Plan gerufen worden, der nach dem Rechten sehen will.

Scheiße. Ich habe die Götterkiller-Munition meiner APB nicht eingepackt.

Das kann was werden …

* A Ω *

»Monsieur Bourreau«, erklang eine unbekannte Männerstimme hinter ihm. »Einen Moment, bitte.«

Er wandte sich um und sah einen etwas kleineren Mann in einem Anzug aus feinstem Leinen nahen, auf dessen barem Kopf ein Panamahut saß; die Schuhe steckten in Espadrilles. In der Linken hielt er einen braunen Aktenkoffer.

»Ja?«

»Mein Name ist Kek al Hadiri«, sagte er im Gehen und deutete ein Hutziehen an. »Monsieur Tameri bat mich, Ihnen als Begleiter zur Verfügung zu stehen. Ich bin ein Freund und Anwalt der Familie.«

Ein Anwalt als Familienfreund? Malleus wunderte sich und paffte an der Culebra, der Rauch bildete andeutungsweise Fragezeichen. Man hatte ihm einen Aufpasser zur Seite gestellt, daran zweifelte er nicht. Tameri wollte mitbekommen, welche Schritte der engagierte Ermittler tat. *Jeden Schritt.* »Gibt es Bedenken, dass ich Rechtsbeistand benötige, Monsieur?«

»Sagen wir, die Behörden reagieren gelegentlich schneller, wenn man nicht nur mit dem Anwalt droht, sondern ihn gleich präsentieren kann.« Al Hadiri lächelte, die schwarzen Augen, deren Lider er mit Kajal nachgezogen hatte, blieben hingegen kalt und ausdruckslos. Auf seiner Stirn trug er eine Bemalung, eine schwarze Hieroglyphe.

Malleus wollte nicht den PDA heben und sie prüfen. *Das kann ich später tun. Unauffällig.* »Sehr gut. Können Sie mich zum Haus der Tameris bringen? Dort ist noch mein Mantel, und danach würde ich mich gerne umziehen, bevor ich mit weiteren Nachforschungen beginne.«

Al Hadiri nickte und zeigte auf einen weißen Toyota-Geländewagen, auf dem in Französisch Werbung für seine Kanzlei stand. »Meine Zeit gehört alleine Ihnen, Monsieur Bourreau.«

»Ist die sehr teuer?«

»Umgerechnet 250 Euro die Stunde.« Er ging neben ihm her. »Und jeden Cent wert.«

Die Frage, wie reich die Tameris waren, hatte sich damit erledigt.

* * *

Germanien, Treva, November 2019

Marianne Lagrande kam sich dabei zwar seltsam vor, auf dem Trottoir vor der Gerichtsmedizin herumzukriechen und bei starkem Regen mit einer Handlampe in die Fugen und Ritzen, Spalten und Risse zu leuchten, aber es gab keine andere Möglichkeit.

Ihre Garderobe in auffällig leuchtendem Gelb und aus synthetischem Wachsmaterial schützte sie vor Nässe und Schmutz, durch die Kapuze und die vornübergebeugte Haltung rann das Wasser nicht in ihr Gesicht.

Manchmal wurde ihr von Passanten Hilfe bei der Suche angeboten, weil man dachte, sie vermisse einen Schlüssel oder ein Portemonnaie oder einen Ring, aber sie lehnte ab. Sie wusste ja gar nicht, wonach genau sie suchte.

Geborgen hatte sie inzwischen jede Menge Kippen, Kronkorken, Abfallstückchen jeglicher Art, die sie mit einer langen Pinzette aufklaubte und in ein Tütchen gab.

Lagrande schwenkte, leuchtete, suchte unermüdlich.

Die drei Typen, die sie in Lutetia überfallen hatten, waren tot. Sie gerieten bei ihrer Flucht noch in der Banlieue an die angeforderte Polizeiverstärkung, und die Beamten fackelten nicht lange. Es ging dabei sicherlich auch um Rache für die niedergeschossenen Kollegen.

Der Polizist, den Lagrande verarztet hatte, lebte noch, der Hausmeister und der zweite Ordnungshüter hatten keine Chance gehabt. Lagrande versuchte, nicht zu sehr an den Tod zu denken, dem sie knapp in den eigenen vier Wänden entkommen war.

Bourreau hatte bereits eine Mail von ihr mit einem Bericht erhalten und Lautrec ihr auf den Schock freigegeben.

Den Tag nutzte sie, um nach Treva zu fliegen und zu suchen.

Umgekehrt bekam sie eine Mail von einem Mister Crick aus York, der laut Bourreau ihr neuer Verbündeter war. Der Vater des toten jungen Mannes, in dem die Statuette gefunden worden war, brannte darauf, den Schuldigen zu finden. Sie hatte ihm bereits ihre Erkenntnisse gesandt, er versprach baldige Antworten.

Wir knacken das Rätsel. Lagrande schniefte. Sie fühlte sich durchgefroren und klamm, ihre Finger wurden steif. *Warum hat das nicht im Sommer passieren können?*

Sie stand auf und streckte sich. Ihr Rücken schmerzte und bestand bereits auf einen langen Saunagang, gefolgt von Schwimmen oder Verweilen im Whirlpool. Ob ihre legebatteriegroße Absteige das zu bieten hatte, bezweifelte sie. Alles war zum Aus- und Einklappen, ganz nach japanischem Vorbild. Der engste Raum wurde genutzt, aber immerhin: Sie konnte darin stehen.

Lagrande sah einen Kaffeeautomaten im Innern der Gerichtsmedizin. Ein Lichtblick. Die Brühe musste nicht mal schmecken, sondern nur heiß sein.

Sie wandte sich zum Besuchereingang des Gebäudes, als sie aus dem Augenwinkel das Blinken bemerkte.

Sofort sank sie auf die Knie, sondierte die Stelle mit der Lampe ganz genau und erkannte nur aus einem ganz speziellen Winkel ein Funkeln.

Aufgeregt legte sie die Leuchte weg, nutzte eine Hand, um den geplatzten Stein anzuheben, und bekam das glitzernde Ding mit der Pinzette zu fassen.

Das ist … ein Diamant! Lagrande hob ihn gegen das Licht. Einfach geschliffen, aber glasklar und rein, bis auf einen winzigen Einschluss. *Ist es das, was ich gesucht habe?*

Sie beschloss, das außerhalb der Kälte zu bedenken.

Lagrande betrat das Gebäude, zog sich einen Kaffee und lehnte sich schlürfend gegen die mannsgroßen Heizkörper. Das Gesöff schmeckte furchtbar, aber es wärmte innerlich und kurbelte dank des darin gelösten Zuckers plus Koffein den Kreislauf an.

Nach einer Weile schälte sie sich aus dem Wachszeug, unter dem sie eine schwarze Jeans mit silbernen Aufnähern und einen weißen Pullover mit hohem Kragen trug. Für ihre Verhältnisse sehr unauffällig. Sie öffnete die blonden, gewellten Haare, damit sie besser trockneten. Den Diamanten steckte sie in ihr Portemonnaie, um ihn sicher zu verwahren.

Ihr Smartphone gab einen Pieps von sich. Sie bekam einen Anruf.

»Lagrande?«

»Hier ist Oberkommissar Grenzner«, meldete sich der Ermittler, der für den Fall des Hehlers Hannes Hein zuständig gewesen war. »Hallo, Madame.«

»Oh, hallo, *Monsieur le Commissaire*«, sagte sie erfreut. »Sie haben meine Mail bekommen?«

»Deswegen rufe ich an.« Er gab leise Anweisungen, die nicht ihr galten. »Ich bin gerade an einem Tatort, der für Sie beziehungsweise den Kollegen Bourreau interessant sein dürfte. Es gibt einen Toten namens Mohr, Hektor Mohr. Und den Spuren nach würde ich sagen, er handelte mit Kunstgegenständen. Könnte durchaus in Verbindung mit den Diebstählen von Hannes Hein stehen.«

Mohr! Lagrande hatte den Namen von Crick bekommen. »Monsieur Bourreau ist gerade verhindert«, sagte sie freundlich, »aber ich komme sofort vorbei.«

»Sie?«

»Ich bin seine Assistentin. Und meinen Interpol-Ausweis habe ich dabei.« Dass sie Sekretärin und keine Ermittlerin war, musste er nicht wissen. Grenzner gegenüber hatte sie sich damals sogar als *Partnerin* von Bourreau vorgestellt.

»Wenn Sie meinen. Aber es ist kein schöner Anblick.«

»Bin ich gewohnt«, gab sie zurück und musste an den verletzten Polizisten denken, dem sie das Leben gerettet hatte. *Banlieue-Kind.*

Kaum hatte Lagrande die Adresse bekommen, warf sie den schrecklichen Kaffee in den Müll, raffte ihre wasserfeste Kleidung zusammen und rief sich ein Taxi.

Sie liebte es, einen echten Fall zu bearbeiten. Neue Erkenntnisse folgten dankenswerterweise Schlag auf Schlag.

* * *

Tunesien, Tunis, Neu Karthago, November 2019

Malleus zog sich im *Grand-Carthage*-Luxushotel, in dem ihn Tameri einquartiert hatte, nach einer raschen Dusche frische Kleidung an.

Er trug seine helle Garderobe auf, mit der er dank des indisch-orientalischen Stils nicht weiter auffallen würde, abgesehen von dem dunklen Hut. Seine Schmutzwäsche gab er in den Waschsack, die Reinigung der Kleidung gehörte in dieser Herberge dazu wie Schuheputzen oder Displaysäubern sämtlicher elektronischer Gegenstände.

Schon kehrte er einige Minuten darauf in die Lobby zurück, wo der Anwalt auf ihn wartete und sich mit einem Angestellten unterhielt. Ein Boy in klassischem Livree brachte ihm einen Ausdruck, den al Hadiri an Malleus weiterreichte. »Bitte sehr.«

»Danke.« Er warf einen Blick darauf.

Es handelte sich um eine Zusammenstellung sämtlicher Artikel der letzten Tage, die sich mit dem Unfall an der Pyramide beschäftigten. Und das waren nicht wenige, darunter auch zwei große ägyptische Zeitungen. Man richtete ein genaues Augenmerk auf die Geschehnisse in Neu Karthago.

»Sind Sie von hier, Monsieur al Hadiri?«

»Nein. Warum fragen Sie?«

Schade. Er hätte ihm vielleicht sagen können, wo er jemanden fand, der sich auf die Riten von Tanit verstand. Malleus sah einen eigenen kleinen Tisch mit dem Aufsteller *Concierge.* »Ich bin gleich wieder da.«

Er steuerte quer durch die marmorsäulengestützte Halle, den Hut immer noch in der Hand. Zwar war das Gebäude klimatisiert, aber seine schwarzen Haare waren noch nicht ganz getrocknet. »Entschuldigen Sie, Sir?«

Der Mann, der einen hellhäutigen Teint hatte, erhob sich sofort. Auf dem polierten goldenen Namensschildchen stand *Mr. Boulanger.* »Wie kann ich Ihnen helfen, Monsieur? Restaurant, Club, Ausflüge nach …«

»Tanit«, bremste ihn Malleus lächelnd.

»Tanit«, wiederholte er, und seine Miene wurde rätselnd. »Sie meinen die Schutzgottheit der Stadt?«

Er weiß, was ich möchte. Wie erfreulich. »Ich habe gelesen, dass die Göttin einst verehrt wurde, und ich fragte mich, ob man das mit der Rückkehr der Götter wieder tut?«

»Natürlich, Monsieur.« Boulanger setzte sich und suchte was zu schreiben. »Verstehe ich Sie richtig, dass Sie ein Heiligtum besuchen möchten?«

Malleus lächelte noch breiter. »Das tun Sie zu hundert Prozent, Monsieur.«

»Dann notiere ich Ihnen die Adresse in der Altstadt, neben dem punischen Hafen«, erklärte er beflissen. »In einem Hof befindet sich eine *Tofet aus der ersten Zeit*, wie die Priesterin es nennt. Eine Voranmeldung ist nicht nötig.« Er reichte ihm den Zettel. »Geöffnet bis Sonnenuntergang, Monsieur.«

»Ist das Fotografieren erlaubt?«

»Soweit ich weiß, ja. Aber die Priesterin wird Ihnen sicherlich gerne Rede und Antwort stehen.«

Malleus nickte und gab dem Mann einen Zehneuroschein. »Ich finde es erstaunlich, dass man von ihr nichts mehr hört.«

»Ihr?«

»Der Göttin.«

»Tja, Monsieur. Das liegt an den römischen Gottheiten, schätze ich«, erwiderte Boulanger redselig. »Ich gestehe, dass ich es mir kurz überlegte, zu Tanits Anhängern zu gehören.« Er senkte die Stimme. »Aber sie bietet eben nicht besonders viel. Nichts gegen Fruchtbarkeit, aber ich habe schon vier Kinder und keinen Garten, um den ich mich kümmern muss.«

Malleus lachte und schwenkte das Papierchen. »Danke, Monsieur.« Er kehrte zu al Hadiri zurück. »Sie können gerne Feierabend machen, Monsieur. Ich denke nicht, dass ich einen Anwalt benötige.«

»Das weiß man nie, bis es soweit ist«, erwiderte er ernsthaft. »Die Tameris bezahlen mich, damit ich Ihr Ansprechpartner und auch Übersetzer bin. Es können nicht alle Französisch oder Englisch. Und ich glaube, Sie sprechen kein Arabisch?«

Das musste Malleus einräumen. Und doch schmeckte es ihm nicht, dass er den Mann im Schlepptau hatte. Offenbar ließ sich schwerlich etwas dagegen unternehmen. »Nein, tue ich nicht.« Er setzte sich den Hut auf. »Dann seien Sie mein Fremdenführer, Monsieur.«

»Gerne.« Er ging voraus.

»Sie wissen doch gar nicht, wohin ich möchte?«

»Doch. Ich habe es auf dem Zettel gesehen.« Der Anwalt lächelte falsch. »Sie verzeihen mir meine Neugier, Monsieur Bourreau. Ein Berufsleiden.«

»Kenne ich zu gut.« Malleus schritt neben ihm her.

Sie gelangten ins Freie.

Obwohl sich der Tag dem Ende neigte, blieb es sehr warm in Neu Karthago. Gelegentlich erklangen Gesänge aus den Tempeln, die kaum durch den Stadtlärm drangen. Touristen aus aller Herren Länder tummelten sich in der Hafengegend, es wurde fotografiert und gestaunt.

Malleus und al Hadiri schoben sich durch den Menschenmahlstrom, vorbei an voll besetzten Cafés und Kneipen, in denen gegessen, getrunken und Shisha geraucht wurde. Traditionelle Tänzerinnen und Tänzer zogen von Bar zu Bar und unterhielten die Gäste im Außenbereich ebenso wie die Passanten. Der Verdienst war gewiss nicht schlecht.

Zwischendurch prüfte Malleus seinen PDA.

Es waren Neuigkeiten von Lagrande hereingekommen, die ihn dazu brachten, trotz der Menge stehen zu bleiben, um die Nachricht zweimal zu lesen. Überall Tote, ein Diamant in der Ritze vor der Gerichtsmedizin und ein Opfer, das anscheinend eine weitere Spur zu den Artefakten legte.

Sie ist gut. Malleus schrieb ihr seine Gratulation zu den Fortschritten und drückte sein Bedauern aus, ihr nicht helfen zu können, wolle aber, so rasch es ging, nach Treva kommen.

Außerdem sorgte er sich um ihre Sicherheit. Wer drei Bewaffnete aussandte und gar in den Tod schickte, um eine Statuette und den Diamanten zu besorgen, würde sich mit einem gescheiterten Versuch nicht zufriedengeben.

»Monsieur Bourreau?«, hörte er die Stimme des Anwalts.

»Gleich, gleich«, gab er abwesend zurück und schrieb Lagrande, dass sie sich nicht in Gefahr bringen sollte. *Das ist zu wenig.*

Nach kurzem Zögern sandte er eine weitere Nachricht, deren Empfänger nicht die Interpol-Sekretärin war.

Dann packte er den PDA weg und schloss zu al Hadiri auf, der sich an einem Souvenirshop herumdrückte, um nicht von den Touristen abgedrängt zu werden. Von fast jedem Punkt aus der Stadt fiel die Baustelle auf dem Hügel ins Auge, wie Malleus bemerkte. Sokar reckte über allem empor.

Nicht viele Minuten später gelangten sie an die angegebene Adresse, wo über einer Hofeinfahrt das Tanit-Zeichen an Drähten gespannt schwebte und in Erdtönen leuchtete; umgeben war es von laserprojizierten Tauben, Ähren, Feigen und Granatäpfeln, was Malleus ein wenig stillos fand. Aber das war das Jahr 2019.

Sie betraten den Hof, der durch die lehmverkleideten Hauswände gebildet wurde und in dem sich eine Stele erhob, zwei Meter groß, geschlagen aus grobem Stein und jenen Tofets nachempfunden, die man lange vor Christus schon zu Ehren der Göttin errichtet hatte. Außer dem Zeichen von Tanit gab es nichts darauf, keine bildliche oder figürliche Darstellung.

Eine braunhaarige Priesterin, gekleidet in ein weites, weißes Gewand ohne Ärmel, kippte eine kleine Schüssel mit Getreide in die große Feuerschale. Die Lohe darin verbrannte die Körner, aufsteigende Spelzen vergingen in der Luft zu Asche. Sie sang ein leises Lied, verbeugte sich vor der Stele und ging drei Schritte rückwärts, ehe sie sich umwandte.

»Guten Tag, Madame«, sagte Malleus und zog den Hut ab. »Was für ein Ritual war das eben, wenn ich Sie fragen darf?«

Sie kam näher, musterte die Männer und vollführte eine Geste, die wohl den göttlichen Segen bringen sollte. »Wie schön, dass Sie sich für Tanit interessieren, auch wenn« – sie blickte zum Anwalt –»er sich bereits für eine andere Richtung entschied.«

»Er ist nur ein Begleiter«, erwiderte Malleus mit einem breiten Lächeln. »Es ging um Wachstum der Felder?«

»Sehr richtig. Tanit wacht seit Tausenden Jahren über Karthago und brachte viel Wohlstand, auch wenn andere ihr Verdienst für sich beanspruchen.« Sie klang ein bisschen verbittert.

»Da Sie es ansprechen« – Malleus nahm den PDA heraus –, »würden Sie einen Blick darauf werfen, bitte?« Er rief das Bild der verbrannten Kinderleiche auf.

Verwundert tat sie ihm den Gefallen – und erschrak heftig, hielt sich die Hand vor den Mund. »Sind Sie von der Polizei? Denken Sie, ich bin verdächtig, diesen armen Jungen für Tanit …«

»Ich bin privater Ermittler, Madame. Malleus Bourreau ist mein

Name«, beruhigte er sie. Ihre Angst und das Erschrecken waren echt. »Ich kann deutlich sehen, dass Sie das Zeichen Ihrer Entität erkennen, in dem Snofru gestorben ist. Der Junge wurde umgebracht, und es sieht aus, als wäre die Tat von Tanit-Anhängern ausgeführt worden.«

Sie ging ein paar Schritte weg vom Eingang, die Männer folgten ihr. »Es fiel mir sofort auf, als ich die Bilder in der Zeitung sah«, gestand sie. »Ich betete zu Tanit, dass niemand sonst sieht, was offenkundig ist.« Sie blickte zwischen Malleus und al Hadiri hin und her. »Wir haben damit nichts zu tun. Unsere Gemeinschaft ist klein und friedlich. Und Sie werden mir jetzt sagen, dass Tanit früher Kinder unter den Tofets im Feuer geopfert wurden.«

Malleus neigte bestätigend den schwarzen Schopf, einige längere Strähnen rutschten nach vorne, die er nach hinten strich. »Erklären Sie mir, warum ich die falschen Schlüsse ziehe, bitte.«

»Es sind Friedhöfe, nichts weiter. Natürlich klingt es wesentlich spannender, wenn von Kinderopfern die Rede ist«, erläuterte sie gefasst. »Aber Tanit verlangt keine Menschenleben. Sie ist die Göttin der Fruchtbarkeit und der Jagd, nicht des Verderbens.«

»Wie kommt ihr Ruf zustande?«

»Durch die Propaganda der antiken Griechen und Römer, die sich bis heute gehalten hat. Spezialisten haben die Inhalte der Urnen untersucht und herausgefunden, dass es Föten und Totgeburten sind, die unter ihrem Zeichen bestattet wurden. Obwohl die Kindersterblichkeit hoch lag, fanden sich in den Nekropolen selten Kindergräber. Man gab Tanit die Kinder zurück, die durch ihren Segen entstanden waren. Aber ganz sicher opferte man sie nicht.« Sie klang resignierend und enttäuscht. »Schauen Sie sich um, was sie erbauen. Jupiter, Apollon, Poseidon. Sogar die Ägypter stellen ein Heiligtum auf den Zitadellenhügel.« Sie zeigte auf die Stele. »Und sie, die lange vorher auf Karthago achtete, steht in einem Hinterhof. Nicht mal die Stadtführer erzählen den Touristen von ihr. Sie wurden alle bestochen.«

»Und doch liegt dort ein totes Kind im Zeichen der Tanit«, beharrte Malleus und rieb sich die Bartenden entlang. »Wie erklären Sie sich das?«

»Böswilligkeit. Die Göttin soll in Verruf gebracht werden und verschwinden, ihr Kult getilgt werden«, mutmaßte die Priesterin. »Was wäre besser geeignet als eine derartige Grausamkeit?« Sie sah nochmals auf den PDA. »Der arme Junge.«

Malleus gab ihr recht. *Es wäre zu einfach.* »Wieso wird Tanit als Konkurrenz gesehen?«

»Wir haben wieder Ableger auf Malta und Ibiza«, erklärte sie nachdenklich. »Mit Erfolg. Gerade auf Ibiza wurde sie noch bis ins Jahr zweihundert nach Christus verehrt, und wir haben erst neulich die alten Kultstätten mit bescheidenen Mitteln instand gesetzt. Die Höhle *Es Culleram* ist unser Zentrum in Europa. Das liegt bei Sant Vicent de sa Cala, falls Sie zu Tanits Anhänger werden möchten und es für Sie näher ist als Neu Karthago.«

»Eher nicht, Madame. Aber danke.« Malleus fand ihre Argumentation schlüssig. »Direkt gefragt und ohne dass Sie lange nachdenken: Wem würden *Sie* die Tat am meisten zutrauen?«

»Allen«, kam es augenblicklich aus ihrem Mund. »Es geht um die göttliche Vorherrschaft in Neu Karthago. Was glauben Sie?«

Malleus blickte al Hadiri an, der sein Smartphone in der Hand hatte und eine Nachricht schrieb. »Ihre Einschätzung, Herr Anwalt?«

Aber der machte ein bedauerndes Gesicht, ohne die kajalbetonten Augen vom Display zu wenden.

Die Priesterin legte eine Hand auf Malleus' rechten Oberarm. »Monsieur Bourreau: Klären Sie den Mord an dem Kind auf, bevor jemand sieht, was Sie gesehen haben. Sie werden sonst mit Waffen und Feuer kommen, um Tanit zu stürzen.«

»Ich gebe mein Bestes, Madame. Ihren Namen bräuchte ich noch. Und eine Nummer, unter der ich Sie erreichen kann.«

»Alexa.« Sie nannte ihm eine Ziffernfolge sowie eine Mailadresse. »Tanits Dank ist Ihnen gewiss, Monsieur Bourreau.«

Er erwiderte nichts, weil er nicht unhöflich sein wollte. Einem Atheisten den Dank einer Entität zu versprechen, hatte etwas Komisches.

»Monsieur Bourreau!«

Er wandte sich zu al Hadiri, dessen Stimme ernst und alarmiert klang.

Der kahlköpfige Anwalt hielt ihm sein Smartphone hin, auf dem die neuste Meldung der örtlichen Medien zu lesen war: »Toter Poseidon-Priester gefunden«. Auf dem Bild sah man einen verstümmelten Menschen, der kaum mehr als solcher erkennbar war, daneben ein blutverschmiertes Kind von geschätzt einem Jahr.

Malleus blickte genauer hin. *Es liegt in einer Schale! Und darunter sind Querbalken in einem Dreieck.* Dieses Mal würden es auch die Journalisten erkennen.

Er nahm dem Anwalt das Gerät ab und wies die Meldung der Priesterin. »Tanits Feinde gehen in die Offensive«, sagte er und warf al Hadiri das Smartphone zu, lief zum Ausgang. »Beten Sie, wenn Sie glauben, dass es was hilft. Ich handele.«

Er musste umgehend an den Fundort der beiden Leichen und ärgerte sich, noch immer nicht herausgefunden zu haben, welches Symbol sein Begleiter auf der Stirn trug.

* * *

Germanien, Treva, November 2019

Marianne Lagrande fand den Anblick der Leiche weniger schlimm als befürchtet.

Oberkommissar Grenzer hatte übertrieben oder keinerlei Vorstellung, was sie bei ihrer Arbeit als Interpol-Sekretärin an Aufnahmen von Tatorten zu sehen bekam. Oder wie es vor ihrer eigenen Tür ausgesehen hatte.

Hektor Mohr, so lautete der Name des Ermordeten, war nackt,

den Spuren nach zusammengeschlagen und gefoltert worden wie der junge Crick, bevor man ihm die Kehle sauber aufgeschlitzt hatte.

Die Täter hatten den Mann in die Badewanne gelegt, wo das Blut ablief. Vielleicht hatten sie vorgehabt, den Mann mit Säure aufzulösen, und waren gestört oder abberufen worden.

Lagrande verließ das Bad, in dem die Spurensicherung zugange war, und schlenderte durch die sehr enge Wohnung im Habour-Odin-Komplex, der ab 2017 errichtet worden war.

40 Stockwerke, 400 Wohnungen, etwa 2000 Menschen einer Religion, denn hier lebten nur Mieter, die sich vertraglich für Odin entschieden hatten und nachweislich ihm huldigten. Wer seine Pflichten vernachlässigte, flog raus. Der Gott verkaufte es als sozialen Wohnungsbau, der allerdings nur seinen eigenen Anhängern zur Verfügung stand.

Mohr war einer von ihnen und jener Hehler, der dem jungen Crick die Statuette verkauft hatte.

Mit Sicherheit vertickte er weitere Gegenstände.

Die Behausung war allerdings so gut wie leer. Die Hausverwaltung teilte mit, dass Mohr seine Pflichten nicht mehr erfüllt habe und gehen sollte. Die Warteliste war voll.

Lagrande fand auf dem Smartphone des Toten eine elektronische Einlieferungsquittung für einen Self-Storage-Laden im Hafen, verschiedene Nachrichten von Frauen und von zwei Typen, denen Mohr Geld schuldete.

Als sie die Bilder durchscrollte, entdeckte sie die verwackelte Aufnahme einer Frau mit langen schwarzen Haaren und einem roten Mantel. Das Gesicht war nicht zu erkennen, aber es schien eine Asiatin zu sein. In ihrer linken Hand hielt sie …

Das ist ein Stift, nein, ein … zusammengeklappter Fächer. Lagrande zoomte heran, so gut es ging, und machte japanische Schriftzeichen darauf aus. *Der Fächer des Susanoo no mikoto!*

Anscheinend hatte Mohr seine Kundin heimlich fotografieren wollen, weil sie ihm gefallen hatte. Der Autofokus schien mit der schnellen Bewegung des Hehlers überfordert gewesen zu sein. *Oder die Asiatin hatte protestiert.*

Lagrande setzte sich auf den letzten verbliebenen Stuhl und betrachtete die Aufnahme Millimeter für Millimeter, die blaugrünen Augen blickten angestrengt auf das Display.

Halb verborgen unter dem zusammengeklappten Fächer blitzte ein bedrucktes Stück Papier heraus, das einen violettfarbenen Rand und einen Aufdruck aufwies, der Teil einer stilisierten Lilie sein konnte.

Ein Gepäckanhänger, stellte sie fest.

Auf ihrem Smartphone suchte sie nach Fluglinien, die von Treva nach Asien flogen, verglich deren Logos mit dem Ausschnitt auf dem Gepäckanhänger.

FujiSan Airline! Die junge Asiatin hatte ihre Koffer bestimmt früh aufgegeben und noch einen Abstecher in die Stadt gemacht. Dabei war sie – wie auch immer – an Mohr geraten und hatte den Fächer gekauft.

Das Foto war vor drei Tagen gemacht worden, seitdem befand sich die Asiatin wieder in Tokio – oder aber irgendwo anders in Japan. *Ein sehr, sehr großes Land mit vielen Inseln, in dem Menschen nicht leicht zu finden sind.* Lagrande spannte mit viel Charme Grenzner ein, damit er über die deutschen Behörden die Passagierlisten anforderte.

Innerhalb einer Stunde bekam sie die Daten, dazu die entsprechenden Pässe mit den Bildern.

Da ist sie! Jedenfalls war sie zu neunzig Prozent überzeugt. *Keiko Kitashima.* Die Adresse führte nicht nach Tokio, sondern nach Kyōto. Da sich die Dame in Deutschland herumgetrieben hatte, würde sie hoffentlich Englisch sprechen.

Es kostete Lagrande keine zehn Sekunden, um die Telefonnummer herauszufinden und beherzt zu wählen.

»Guten Abend, Miss Kitashima«, sagte sie freundlich, als ihr Anruf entgegengenommen wurde. »Mein Name ist Marianne Lagrande, und ich bin von Interpol und rufe aus Treva an. Wenn Sie Ihre Kamera aktivieren, kann ich Ihnen meinen Ausweis zeigen.«

Auf dem Smartphone wurde ein kleines Dialogfenster sichtbar, und die kimonotragende Japanerin erschien mit besorgtem Gesicht, das sehr stark weiß, aber nicht zu Ende geschminkt war. Sie verbeugte sich andeutungsweise. »Interpol? Polizei.«

»Ganz recht, Miss.« Lagrande hob ihren Sekretärinnenausweis, mit dem Kitashima sicher nichts anfangen konnte. »Wir wissen, dass Sie in Treva zu Besuch waren und einen Fächer von Hektor Mohr erstanden haben. Ich befinde mich gerade in der Wohnung des Mannes, der von unbekannten Tätern ermordet wurde.«

»Oh, oh, das ist ja … grässlich!«, rief sie entsetzt.

»Sie können unbesorgt sein, Miss Kitashima. Sie sind in Sicherheit. Es geht mir und meinen Kollegen um den Fächer, den Sie erstanden haben. Es handelt sich dabei um Hehlerware, die zurückgegeben werden muss. Sie waren nicht die einzige Kundin, die von dem Mann hereingelegt wurde, auch wenn er Ihnen sicherlich Zertifikate zeigte.« Lagrande fand die richtige Mischung zwischen forsch und freundlich, damit Kitashima nicht auf die Idee kam, Fragen zu stellen.

»Ja, das ist … ja, es waren noch andere da«, räumte Kitashima ein. »Ich …« Sie wirkte verstört. »Wie furchtbar.« Ihr Gesicht erblasste deutlich unter der Schminke. »Sie bekommen den Fächer natürlich zurück, Miss Lagrande.«

»Nach Kyōto ist ein bisschen weit, um es …«

Aber Kitashima schüttelte den Kopf. »Der Fächer ist in Treva. Es war ein Geschenk für meine ehemalige Ausbilderin. Ich bin Geisha, Miss Lagrande. Und meine *Okasan* … meine Geisha-Mutter lebt bei ihrem deutschen Mann in Ottensen. Ich war zu Besuch bei ihr.«

Lagrandes Mund wurde trocken. »Sagen Sie mir bitte die Adresse. Ich sende sofort einen Beamten, der den Fächer abholt.«

»Aber natürlich.« Sie gab die Daten durch, die zur Elbchaussee führten. »Ist sie in Gefahr?«

Lagrande konnte nicht ausschließen, dass die Mörder vielleicht auch eine Möglichkeit besaßen, um Informationen über die Käufer der Artefakte zu sammeln.

Sie stand auf und verließ das Appartement. »Nein«, log sie. »Das ist viel zu unwahrscheinlich. Haben Sie noch andere Informationen bezüglich der anderen Käufer?«

»Ich maile mit einem. Ein netter älterer Herr, der in einem Museum arbeitet. Wir kamen bei Mohr ins Gespräch. Sein Name ist Hermann Wilkmann, er ist aus Mannheim.«

»Sagen Sie ihm bitte nichts, Miss Kitashima.« Lagrande fühlte, wie die Aufregung sie fest im Griff hatte. »Wir kümmern uns darum. Vielen Dank für Ihre Kooperation und einen schönen Abend.« Dann legte sie auf und rannte los. Grenzner rief sie im Laufen an, um sich einen Streifenwagen schicken zu lassen, der sie in die Elbchaussee brachte.

Lagrande glaubte nicht, dass sich die Geisha-Mutter in Gefahr befand.

Aber Eile schadete auch nicht.

* * *

Tunesien, Tunis, Neu Karthago, November 2019

Malleus näherte sich dem angegebenen Tatort, den er mittels PDA und Navigationssystem ohne Probleme fand. Seinen Begleiter hatte er im Getümmel verloren, was ihm gar nicht unrecht war.

Er befand sich laut Gerät westlich des punischen Hafens, an der Kreuzung von vier Gässchen, wo sich ein kleiner Platz mit Brunnen befand. Die Häuser ragten drei bis vier Stockwerke in die Höhe, an Leinen spannten sich gereffte Sonnensegel, die nach Einbruch der Dämmerung eingezogen worden waren. Stattdessen leuchteten viele kleine Lämpchen von oben herab, die sich in den Kabeln befanden und die Straßenlaternen ersetzten.

Größere Schwierigkeiten als das Auffinden des Ortes machte die Mauer aus gaffenden Menschen, die sich in der Gasse stauten.

Malleus versuchte, sich einen Weg zu bahnen, aber die Leiber standen dermaßen gedrängt, dass es einfacher wäre, sich durch eine massive Wand zu bewegen. Alle reckten die Hälse, schoben die Köpfe hin und her, um etwas zu sehen.

Von dem kleinen Platz erklang die Stimme einer Frau, die im Wechsel laut auf Französisch und Arabisch rief, während die Menge, die sich dichter bei ihr befand, zustimmend applaudierte und Worte skandierte.

Dann nehme ich einen anderen Weg. Malleus blickte nach oben und betrat kurzerhand eines der winzigen Geschäfte, grüßte und ging schnurstracks zur Treppe ins obere Geschoss, ohne sich an den Protesten zu stören. Es war keine Zeit für Höflichkeiten, die er ansonsten sehr schätzte.

Er gelangte in den zweiten Stock und sah vor dem Fenster den schmalen Balkon, der ihm bereits von unten aufgefallen war. *Perfekt.*

Die Flügel waren rasch geöffnet, er sprang hinaus und blickte die verstopfte Gasse entlang zum Platz.

Die Frau, die sich auf den Brunnen gestellt hatte, kannte er.

Tameri. Sie redete laut und eindringlich, ihr Gesicht voller Zorn und Aufgebrachtheit. Die Menge rings um sie schüttelte die Fäuste, es wurden Drohungen ausgestoßen, bei denen mehrmals das Wort *Tanit* zu hören war. Seine Auftraggeberin schien das Recht in die eigene Hand nehmen zu wollen, wie er es befürchtet hatte.

Malleus überlegte, ob sie so weit gehen würde, ihren halbgöttlichen Sohn zu opfern, damit sie genug Anteilnahme und Mitleid erhielt, sodass die Bewohner von Neu Karthago den alten Kultus buchstäblich auf eigene Faust eliminierten?

Nein. So schätzte er sie nicht ein. Tameri versprühte Trauer und Ohnmacht, die unsäglichen Schmerzen einer Mutter, die sie zur Brandrede gegen die Göttin anstachelten.

Trotzdem musste er sie aufhalten. Mord durfte nicht durch weiteres Unrecht gesühnt werden, zumal es sehr wahrscheinlich die Falschen treffen würde.

Malleus sah noch mehr kleine Balkone und Vorsprünge um sich herum.

Das letzte Mal, dass er sich extrem sportlich betätigt hatte, war im Krieg gewesen, sofern man das Rennen ums Überleben auf Schlachtfeldern und Häuserruinen Sport nennen konnte.

Es muss sein. Er begab sich auf das Geländer und machte einen großen Satz hinüber zum nächsten Balkon, landete mehr schlecht als recht und fiel über die Blumenkübel, rappelte sich auf und hetzte weiter, sprang auf ein kleines Vordach, das bei seinem Einschlag gefährlich schwankte.

Den Schwung nutzte er, um über ein brüchiges Sims zu rennen, bevor er die Balance verlor, und glitt von dort über eine Markise auf den Boden, keine zwei Meter von Tameri entfernt.

* A Ω *

So eine … wie soll ich ihm da folgen?

Der ganze Tag ist eine einzige Hetzerei. Durch den Pöbel komme ich niemals. Stehen dichter als harte Schwänze beim Gangbang um eine Schlampe. Erschießen kann ich sie nicht alle.

Er geht über die Balkone.

Gut. Kann ich auch – aber ich nehme die Dächer.

Rein ins nächste Haus, die Treppen hoch, aus dem Fenster schauen, was er macht. Hüpft und … er hat was verloren. Sein PDA!

Planänderung. Beste Gelegenheit, um mich in dieses Wunderding zu hacken.

Zurück, runter auf den Balkon, und … da liegt es. Neben einem Pflanzkübel. Ich bleibe geduckt, damit er mich nicht sieht und Verdacht schöpft. Schon steckt es in meiner Tasche.

Er hat die Frau erreicht und redet auf sie ein.

Okay, ich kehre zurück zu meinem alten Plan: rauf auf die Dächer, beste Schussposition.

Aber wenn ich mir die Masse anschaue, die sich drängt und schiebt, kann ich es mir sparen, ihn beschützen zu wollen. Hubschrauber. Das wäre es.

So, jetzt ein paar gute Sprünge, und ich komme bis auf das Haus unmittelbar neben dem Platz, auf dem er und das Sokarliebchen stehen.

Nein, die kommen da niemals lebend raus. Scheißidee von ihm. Zu viele Leute, zu viele Schuhe, die alles zu Matsch trampeln.

Heilige …! Wer hat denn den Priester auseinandergebaut!? Das muss ein Meute Raubtiere gewesen sein. Oder Paviane. Die machen das auch und sind nicht mehr aufzuhalten. Kam mal im Fernsehen. Nicht schön.

Aber wie bekomme ich ihn da raus?

Ah, hier ist ein altes Antennenkabel oder was weiß ich. Durchschneiden, mit einer von diesen Leuchteleinen zusammenbinden, und fertig ist das Seil. Das kann ich notfalls für ihn runterlassen. Gut, jetzt her mit der APB. Schalldämpfer, Schulterstütze, sauber.

Jeder andere, der es wagt, nach dem improvisierten Seil zu greifen, bekommt eine Kugel in den Schädel. Das gilt auch für die Sokarerin.

Denn ich folge ihm.

Nur ihm.

* Α Ω *

»Madame Tameri, halten Sie ein, bitte«, rief Malleus und arbeitete sich unter Einsatz der Ellbogen zu ihr durch.

»Das ist nicht Ihre Sache!«, giftete sie ihn an.

»Ist es, Madame. Selbstjustiz ist nicht die Antwort.« Er blickte dorthin, wo der zerfetzte Priester neben dem Kind lag – und staunte.

Sah die Leiche in der traditionellen Tunika aus, als wäre sie von einem Rudel hungriger Löwen zerfetzt worden, lebte das Kind noch. *Unversehrt.* Die Aufnahmen im Internet hatten für ihn den Schluss zugelassen, das kleine, nackte Mädchen in der Feuerschale wäre ebenso getötet worden, doch es handelte sich nur um das Blut des Mannes, das auf es gesprüht war. Keiner schien sich für das Kind zuständig zu fühlen, also entriss er einem Umstehenden seinen Turban und breitete den Stoff über dem Mädchen aus.

Dem verstümmelten Priester, der den gestickten Poseidon-Dreizack auf der blutigen Tunika trug, hingen die Fleischfetzen von den Knochen, der Kopf war eingeschlagen und halb abgerissen, ein Auge baumelte am Sehnerv aus der Höhle. Die Knochen standen gesplittert und mehrfach gebrochen aus den Extremitäten, ein Schnitt hatte die Bauchhöhle vom Nabel bis zum Sonnengeflecht aufgeschlitzt. Für Malleus sah es weniger nach einer Opfergabe aus, sondern nach dem Werk einer sehr, sehr wütenden Kreatur.

Das Mädchen lag in der Schale, darunter hatte jemand das Tanit-Zeichen aus Eisenstangen gelegt. Die Kleine schaute mit großen Augen um sich und staunte; dem Ton ihrer Hautfarbe nach war ein Elternteil vermutlich schwarz, die Augen hingegen leuchteten dunkelblau wie erleuchtete Tiefsee.

Wo bleiben die Einsatzkräfte? Malleus dachte daran, dass Alexa davon gesprochen hatte, wie sehr in Neu Karthago bestochen wurde. Kamen die Polizisten absichtlich langsamer, um dem Mob Zeit zu geben, umzudrehen und das Tanit-Heiligtum zu stürmen?

»Wir haben die Mörder meines Sohnes überführt«, sagte Tameri neben ihm hasserfüllt. »Tanit trachtete schon immer nach den Leben kleiner Kinder, die …«

»Nein, Sie irren sich, Madame Tameri«, sagte er leise. »Ich habe eine andere Spur. Das hier« – er zeigte auf die Leiche und das Kind – »*sollten* wir finden. Sollten *Sie* finden, um die Menschen dazu zu bringen, das Heiligtum anzugreifen.«

Sie wirkte plötzlich verunsichert. »Aber … wer?«

»Das ermittle ich gerade.« Malleus sah nach den wütenden Menschen. Es wurde aus den Gassen geschoben, die Masse drängte gegen ihren Willen von allen Seiten auf den Brunnen zu. Die Füße näherten sich der Leiche des Poseidon-Priesters und dem schutzlosen Kind. »Schicken Sie die Leute weg, Madame«, bat er inständig und durchsuchte die Leiche.

Er fand zu seinem Erstaunen in den zerrissenen Stoffresten ein Smartphone sowie ein Feuerzeug und ein aufgeschlitztes Beutelchen mit Brandbeschleuniger, das seinen Inhalt bereits verloren hatte, sowie ein kleines Messer, das man zum Häuten nutzte.

Der Poseidon-Priester wollte das Kind töten!? Verblüfft steckte er die Beweise in ein Plastiktütchen, während die scharrenden Schuhe näher kamen. Die vorderen Reihen vermochten noch so sehr, sich gegen den Druck zu stemmen, die Masse war stärker.

Schnell nahm er das blutbesprühte, notdürftig eingewickelte Kind hoch, damit es nicht zu Schaden kam, und begab sich neben den Brunnen. »Schicken Sie die Leute endlich weg«, wies er sie scharf an. »Sie haben sie aufgestachelt, jetzt beruhigen Sie die Menge.«

Tameri hob die Arme und sprach beschwichtigend auf Arabisch und Französisch.

Aber die Wut hatte sich unter ihnen verbreitet gleich einem unaufhaltsamen Erreger, der sich nicht mehr eindämmen ließ. Langsam schob sie die Masse über den Leichnam des Priesters, auch wenn die vorderen Reihen protestierten.

Malleus musste an eine Müllpresse denken, die sich nicht abschalten ließ, nur dass sich anstelle von Abfall Leiber ineinander und gegeneinander verkeilen würden. Abgesehen davon, dass es um sein Leben ging, würden viele weitere zu Schaden kommen. Erstickt, zertrampelt, erdrückt. Auch seine Deringer würden ihm nichts nützen.

Schlagartig erloschen die Lämpchen über den Gassen, es wurde dunkler.

Der Lichtschein aus den Wohnungen der Häuser um sie herum

fiel als Nächstes in sich zusammen, als würde man ihn ersticken, sodass nur die Gestirne auf die Menschen leuchteten.

Die Leute wurden ruhiger, sahen sich verwundert und suchend um, was der Grund für den Stromausfall sein könnte.

Einige zücken ihre Handys und Smartphones, das kalte Licht reichte aus, um die Sträßchen zu erhellen – bis Malleus die tintengleiche Schwärze sah, die von der gegenüberliegenden Seite heranrollte gleich einem lautlosen Sandsturm aus finsteren Körnchen.

Hastig blickte er sich um.

Die Finsternis nahte und schwappte über die Meute hinweg, verschlang sie und machte sie unsichtbar, ließ die Häuserfronten verschwinden und brachte die Gestirne zum Verlöschen.

* A Ω *

Was ist … wieso sehe ich nichts? Die Nachtsichtfunktion ist … nein.

Als wäre ich blind. Da macht sich irgendein Gott … ha! Dieser Pseudo-Anwalt! Der sich aus der Dunkelheit selbst erschaffen hat. Das ist garantiert sein Werk.

Keine schlechte Idee: Wenn ich den Leuten die Sicht nehme, blieben sie stehen. Wie Tiere. Aber was sind wir auch anderes?

Es wird leiser in den Gassen. Der Trick klappt.

Aber ich bin nervös. Habe kein Ziel, nichts. Wenn ihm jemand jetzt ein Messer in die Rippen rammt, werde ich sauer.

Ich schwöre, ich lege Neu Karthago in Schutt und Asche. Wäre kein Ding. Ich weiß, wie man das macht.

Also, ruhig atmen, auf das Licht warten, die APB im Anschlag.

* A Ω *

Malleus wusste nicht, warum er es tat, doch er hielt die Luft an. Die Dunkelheit sollte nicht in seine Lunge gelangen.

Ein erschrockener Aufschrei ging durch die Reihe und wurde zu einem verschüchterten Wispern. Das Reiben der Sohlen hielt inne, keiner bewegte sich.

Die Finsternis gestaltete sich absolut, es gab kein oben und kein unten. Nur der Kontakt zum Boden und die Schwerkraft zeigten Malleus, dass er aufrecht stand.

»Geht zurück«, rief er auf Französisch. »Geht ganz langsam zurück. Dann …«

Die Schwärze löste sich auf wie Nebel im Sonnenschein, die Sterne leuchteten wieder zaghaft über den Köpfen der schweigenden Menschen, die erleichtert ausatmeten. Einen solch befreiten Laut hatte Malleus nie vorher gehört. *Sie freuen sich, am Leben geblieben zu sein.*

Die Männer und Frauen sahen sich an, glücklich und erleichtert, wandten sich um und gingen ganz ruhig, ohne zu reden, zu schieben oder zu drängeln, ihrer Wege durch die Gassen wie ablaufendes Wasser.

Malleus atmete ein und schluckte, der Schweiß rann in Strömen unter seinem Gewand. *Das war sehr knapp.*

Jemand berührte ihn am Arm. »Kommen Sie mit, Monsieur Bourreau«, sagte der Anwalt ernst neben ihm und hakte Tameri ein. »Lassen wir den Rest die Polizei untersuchen.«

Die Frau nahm ihm das Kind ab und fuhr ihm behutsam über den Kopf. »Armes Mädchen«, sagte sie sanft. »In Ihrem Hotel sind wir schneller als bei uns zu Hause. Wir machen es rasch sauber«, verkündete sie freundlich. »So kann sie nicht bleiben.«

Wie kam er durch die Menge? Malleus willigte ein und sah auf sein blutbeflecktes Gewand, danach zum Poseidon-Priester, den die Schuhe zertrampelt und zu einem Häufchen Matsch zerstampft hatten. Die Spurensicherung würde nicht mal mehr Fingerabdrücke nehmen können.

Aber die Beweise sind eindeutig. Den letzten Rest Gewissheit würde er sich bald verschaffen. Im Tempel des Poseidon.

* A Ω *

Knapp. Aber er kam davon, ohne dass ich was machen musste.

Okay, es geht zurück zum Hotel, wie ich die Sache sehe. Dann geht es für mich ebenfalls weiter.

Den PDA muss ich mir vornehmen, ein bisschen manipulieren und mich reinhacken, damit das Gerätchen mich als seinen zweiten Meister anerkennt. In meinem Auto habe ich wohl, was ich brauche.

Runter vom Dach.

Ich folge dem Trio mit Abstand, beschäftige mich schon mal mit dem PDA. Sieht selbst gebaut aus oder zumindest modifiziert. Von außen hätte ich angenommen, dass er es vom Flohmarkt hat, aber … die Abdeckung ist schon mal ab, und … WOW!

Was ist denn DAS alles?

Da kennt er, dem ich folge, aber Leute, die Tüftler sind. Ziemlich begnadete Tüftler.

Sie gehen durch die Lobby und verschwinden in Richtung Aufzüge. Gut. Dann ab mit mir in den Wagen.

Der PDA macht ja mal was her. Aufgelötete Extrateile, eingesteckte Elemente, eine … ist das ein Akku? Nein, ein … fuck, keine Ahnung, was das ist! Irgendwas, das nicht im Elektromarkt um die Ecke zu haben ist. Abgefahren. Fotografiere ich, um es später genauer zu untersuchen.

Los geht's. Erst den Code knacken lassen. Mein kleiner Computer kann das.

Und dann die Spyware aufspielen, die neusten Infos aus dem Speicher ziehen – aha? Eine Kennung, die zu einem Speicher im Netz führt. Da liegen sämtliche Informationen seiner Fälle, schätze ich.

Ein echtes Schatzkästchen, was ich hier habe.

So, infiltriert. Abdeckung drauf, fertig. Damit kann das Ding zurück zu seinem Herrn und wird ein guter Spion sein.

Wie ich, der ich ihm folge.

Und wissen muss, was er tut. Alles.

Germanien, Treva, November 2019

Marianne Lagrande saß hinten im Streifenwagen, die beiden gepanzerten Beamten kurvten mit ihr zügig, aber ohne Blaulicht durch den noblen Teil des Stadtviertels. Als *Okasan* musste man viel Geld verdienen oder als Geisha verdient haben, um sich nach dem Ende der Karriere eine Villa an der Elbchaussee leisten zu können.

Sie kannte als Banlieue-Kind solche Orte vom Hörensagen oder aus Serien, die im Netz liefen. Aber betreten hatte sie so ein herrschaftliches Anwesen niemals.

Die Polizisten waren instruiert, sie würden mit Nachdruck die Herausgabe des Fächers verlangen. Aber das würde bestimmt nicht nötig sein. Sicherlich war die Geisha-Mutter von ihrer einstigen Schülerin informiert worden und machte keine Schwierigkeiten, wenn sie vernahm, wie viel Tod an dem Artefakt klebte.

Lagrande hielt Bourreau auf dem Laufenden.

Der Fächer gehörte der Legende nach dem *Kami* Susanoo, dem Gott oder Geist des Windes und des Meeres. Ihm wurde ein aufbrausender, stürmischer Charakter nachgesagt, und er schien es zu lieben, Streiche auf Kosten anderer zu spielen. Das führte laut der Mythen dazu, dass er aus dem Himmel flog. Umgekehrt hielt er Seuchen in Schach und wurde als Schutzgott der Landwirtschaft betrachtet; zudem habe er die Menschen gelehrt, was Zivilisation und Kultur sei.

Lagrande fand Susanoo sehr sympathisch. Er schien Verwandtschaft mit Loki aufzuweisen, auch wenn die nordischen Götter mit den japanischen Shintō nichts zu tun hatten.

Der Streifenwagen hielt vor der Villa an, von der aus man einen Fluss und den Hafen gegenüber sehen konnte.

Die gepanzerten Beamten stiegen aus, Lagrande folgte ihnen. Die Polizisten machten klar, dass es ihr Revier und die Französin zur Begleitung dabei war, nicht umgekehrt.

Seit den Übergangskriegen hatte die germanische Ordnungsmacht aufgerüstet, kein Streifenbeamter ging mehr ohne Schutzweste zum Dienst. Fast jeder wirkte wie auf dem Weg zur Demo-Sicherung. Beeindruckend, respektgebietend.

Sie folgte ihnen durch das Gartentürchen, das den einzigen Durchgang im Mäuerchen mit den langen schmiedeeisernen Spitzen obenauf bildete, und blickte sich um.

Eine Villa lag neben der nächsten, manche unterschieden sich vom Stil her extrem, andere versuchten, das Bauwerk des Nachbarn zu kopieren – in doppelt so groß.

Lagrande konnte sich nicht vorstellen, wozu ein Mensch so viel Platz benötigte. Das begann beim Putzen und endete mit viel zu langen Wegen von der Couch bis zum Kühlschrank. Sie zerrte den blonden Pferdeschwanz fester und schlenderte zu den Beamten, die eben an der Tür klingelten. *Oder sie haben alle Diener.*

Der Verkehr auf der stark befahrenen Elbchaussee kam für Sekunden zum Erliegen, ein Paar ging über den Zebrastreifen und zwang die Wagen zum Anhalten.

Lagrande betrachtete die teuren Wagen, die sich Stoßstange an Stoßstange reihten. Fabrikate mit Sternen und Ringen waren in dieser Gegend von Treva anscheinend besonders beliebt.

Lediglich der graue VW-Transporter gegenüber des Gartentürchens fiel ein wenig aus der Reihe, weil sein Lack abgestumpft war.

Als das Paar die Straße fast überquert hatte, schob sich die Seitentür auf. Der große, lange Lauf einer vollautomatischen Waffe kam zum Vorschein, zielte auf den Villeneingang.

Lagrande warf sich mit einem Warnruf an die Polizisten hinter das Mäuerchen.

Gleichzeitig setzte das tödliche Stakkato ein. Es musste ein großkalibriges Maschinengewehr sein, das die Unbekannten aus dem VW abfeuerten, die Kugeln fegten Teile der Steine einfach davon.

Lagrande kroch rasch weg von der Stelle, an der sie gelandet war, weil sie fürchtete, die Angreifer würden sie nicht schonen. Dabei sah sie zu den Beamten, denen gerade die Tür geöffnet wurde.

Die Projektile hagelten gegen die Polizisten, zerfledderten die Kevlarwesten und Protektoren und schoben sie im Splitterhagel von Holz und Zargen in den Flur der Villa. Das Blut spritzte und sprühte in alle Richtungen, sprenkelte die Außenwand und das Räumchen dahinter.

Eine kleine, ältere Asiatin, die sich im Durchgang befunden hatte, wurde von den Hochgeschwindigkeitsgeschossen zersiebt, die Vollmantelkugeln rissen ganze Fetzen aus ihr heraus. Die fallenden Polizisten begruben sie unter sich.

Dennoch hielt der Beschuss weitere Sekunden an. Die Garderobe wurde zerschlagen, Spiegelsplitter wirbelten wie gezacktes Konfetti durch die Luft, Fliesen barsten und zerplatzten unter den Einschlägen.

Merde! Lagrandes Herz schlug bis zum Hals.

Mit solchen Typen hatte sie in der Banlieue nie zu tun gehabt. Die Waffen der erschossenen Polizisten lagen unerreichbar weit von ihr entfernt, und alles, was sie dabeihatte, war ihr Smartphone, ein Block und ein Stift.

Nicht viel gegen vollautomatische Gewehre. Die Feder war vielleicht mächtiger als das Schwert, aber gegen zig Schuss pro Sekunde taugte ein Kugelschreiber nichts. *Sie müssen mir gefolgt sein. Entweder seit Lutetia oder von dem Tatort in Treva aus.*

Lagrande war einige Meter weiter gekommen, richtete sich auf und schielte über die Mauerkrone.

Zwei maskierte Männer mit *Steyr-AUG*-Sturmgewehren verließen den Transporter, der dritte wechselte im Zwielicht der Innenbeleuchtung den Magazinkasten der vollautomatischen Waffe, die auf einer Halterung steckte. Leere Metallhülsen rollten aus dem Wagen, landeten klingelnd auf dem Asphalt.

Gerade als Lagrande sich bereitmachte, um in die Villa zu rennen und den Fächer zu suchen, den die Maskierten niemals bekommen sollten, stieg ein weiterer maskierter Mann aus einem BMW X7. Er kniete sich sofort ab, hob eine Waffe mit dickem, langem Lauf und richtete die Mündung auf die offene Transportertür.

Das ist ein Granatwerfer! Lagrande starrte auf den unbekannten Helfer, der ganz eindeutig nicht zum brutalen Rollkommando gehörte.

Der Mann löste aus, das Explosivgeschoss schlug in den Wagen ein.

Die Detonation blies die Fenster aus dem Transporter, der Schütze wurde in Stücken herausgeschleudert. Die Druckwelle riss die beiden anderen von den Beinen und warf sie auf die Fahrbahn. Alarmanlagen von geparkten Wagen heulten los, Lichter blinkten.

Bevor die zwei Angreifer sich in die Höhe stemmten, griff der Maskierte neben dem X7 an sein Schulterholster und zog eine *Glock 18*. Wie anscheinend tausendfach getan, legte er an und verpasste den Gegnern je zwei gezielte Kopfschüsse.

Lagrande starrte zu dem breitgebauten Mann.

Er erhob sich, suchte sie mit seinen Blicken, tippte sich grüßend gegen die Stirn und stieg wieder in den Geländewagen, mit dem er in die Querstraße raste, vor der er geparkt hatte. Zurück blieben der qualmende, kokelnde VW-Transporter und die zwei Leichen auf der Elbchaussee.

Polizeisirenen erklangen in der Ferne, erste Wagen scherten aus der Reihe der Wartenden und brausten davon. Niemand stieg aus, um sich um sie zu kümmern, man fürchtete, dass das brutale Gefecht weitergehen konnte.

Lagrande eilte zum Eingang der Villa.

Zum zweiten Mal sah sie durchlöcherte Polizisten vor sich, aber bei ihnen war im Gegensatz zur Banlieue nichts mehr zu machen.

Auch die von den Projektilen zerrupfte *Okasan* konnte nur durch ein göttliches Wunder gerettet werden. In ihrer Hand hielt die alte Japanerin den Fächer. Sie hätte keinerlei Schwierigkeiten bei der Beschlagnahmung des Artefakts gemacht.

Lagrande stieg über die Toten und nahm den Fächer an sich, der etliche Tote gefordert hatte.

Wer ihr unbekannter Beschützer war, wusste sie nicht. Aber ihr kam der Verdacht, dass er ihr von Bourreau geschickt worden war. Sie blickte zur Straße, wo das VW-Wrack und die Erschossenen lagen, die sonst sie beseitigt hätten. Gnadenlos.

Wegen eines alten Fächers.

***

Tunesien, Tunis, Neu Karthago, November 2019

Malleus saß im Bademantel auf dem Balkon, der gut und gerne zehn Quadratmeter hatte, und rauchte eine Culebra, bernsteinfarbene Banderole. Auf dem Tisch stand ein Glas mit bestem Rum aus Venezuela, der ausgezeichnet zum Geschmack der Zigarre passte.

Nach der Ankunft im *Grand Carthage* hatte er geduscht und die verschmierte Kleidung dem Wäscheservice überlassen. Er hoffte, dass sie den Stoff gereinigt bekamen, sonst musste er dringend zu seinem Schneider.

Überhaupt muss ich zurück nach Germanien und umpacken. Er wusste schon gar nicht mehr, wie es bei ihm Zuhause aussah, was aber kaum eine Rolle spielte. Es war nicht das, was andere Menschen »Zuhause« nannten. Er lagerte dort sein Zeug, das reichte aus. Musste ausreichen. *Es war einst anders gewesen.*

Der Rum machte ihn melancholisch, wie er unzufrieden feststellte. Noch war der Fall nicht abgeschlossen, von daher musste Trübsal warten.

Noch dazu fehlte sein PDA.

Er vermutete, dass er ihm im Getümmel gestohlen worden war oder er ihn bei der Springerei verloren hatte. Das würde seinen Kumpel sehr grämen. *Mich auch.*

Die fallrelevanten Dateien lagen sicher auf einem Server, das Gerät schob stets alles auf eine Festplatte, sobald es Kontakt zum Internet hatte. Aber es war einmalig und damit unersetzbar.

Hatte wohl so kommen müssen. Malleus seufzte.

Er war in der obersten Etage untergebracht, es gab keinen störenden Überbau, der den Blick auf den Sternenhimmel verwehrte. Vor ihm breitete sich das Mittelmeer aus, das ruhig und beständig heranrollte, als würde es atmen. War es in Ufernähe noch erkennbar, wurde es am Horizont zu einem schwarzen Nichts, über dem sich das Funkeln spannte.

Vereinzelt glitzerten die Wellen weit draußen im Schein des Firmaments und erweckten den Eindruck, geheimnisvolle Wesen würden sich darin tummeln und die Menschen aus ihrem Element heraus beobachten.

Aus der geöffneten Tür erklang das Lachen des kleinen Mädchens, um das sich Tameri liebevoll und rührend kümmerte. Die Priesterin hatte es gebadet und eingecremt, anschließend in ein Duschhandtuch eingeschlagen und ihm was vorgesungen, was das Kind glucksend erfreute.

Es musste kein Sternenkind werden. Auch wenn Malleus annahm, dass man ihm Bescheid gegeben hätte, wenn vielleicht noch ein halbgöttliches Kind in der Sokar-Gemeinde existierte, blieb er beim Waschen anwesend und inspizierte die kakaofarbene Haut des Mädchens genau. Aber es fand sich nichts Außergewöhnliches darauf wie Male oder semitätowierte Linien. Ein ganz gewöhnliches Kind.

Die Dunkelheit, die rettend über die Gassen hereingebrochen war, beschäftigte ihn nur am Rande. Er nahm an, dass Tanit sich erkenntlich gezeigt hatte. Fakt war: Ohne diese Finsternis, die beruhigend auf die Menge gewirkt hätte, wären viele Menschen gestorben.

»Ein aufregender Tag«, hörte er al Hadiri neben sich sagen. Der kahle Anwalt, den er zum ersten Mal ohne seine Aktentasche und Hut sah, setzte sich neben ihn. Er öffnete einen Knopf des Anzugs. »Sie haben ihn gut gemeistert.«

Malleus war zu alt, um gut gemeinte Belobigungen eines Fremden anzunehmen. Er paffte mehrmals an der Culebra, bevor er nach dem Glas griff. Der Rauch rollte sich ein und schien brechende Wogen nachzuahmen. »Der morgige wird noch besser«, versprach er.

»Da sind Sie sicher, Monsieur?«

»Müssen Sie das als Anwalt fragen?«, entgegnete er und trank vom Rum. Es waren nicht mehr als sechs Zentiliter, die er sich hatte bringen lassen, doch nach den paar Schlucken spürte er bereits die Wirkung.

»Reine Neugier, Monsieur Bourreau.« Er fuhr sich über die Glatze, das gedimmte Licht der Außenlampe brachte die blanke Haut zum Schimmern. »Sie haben die Leiche des Priesters durchsucht?«

Malleus nickte. »Die Beweismittel gehen morgen an die Polizei.«

»Sie haben demnach noch etwas damit vor?«

Malleus nickte und rauchte. Es ging den Anwalt nichts an, wie sein Plan aussah. »Was bedeutet die Hieroglyphe, Monsieur al Hadiri?«

»Es ist das Zeichen des Gottes Kek.«

Malleus sagte der Name nichts, und ohne seinen PDA, mit dem er eine schnelle Überprüfung vornehmen konnte, blieb es eine Aussage. »Ist Ihnen Ihr Gott schon mal erschienen?«

»Mehr als einmal. Er stellt sich seinen Gefolgsleuten einmal im Jahr, nimmt ihre Wünsche und ihre Sorgen entgegen.«

Malleus lachte abwertend. »Ein Fest für die ganze Familie, ja? Mit Krebsheilung und nachwachsenden Gliedmaßen.«

Al Hadiri legte die Finger zusammen und lehnte sich zurück. »Sie haben keinen Gott, richtig?«

»Ich glaube nicht mal an sie, Monsieur. Ich verachte sie nur.«

Der Anwalt brach in schallendes Gelächter aus, das durch Mark und Bein ging. Wissend, sicher, überlegen wie ein Krieger vor einer Schlacht, die er bereits gewonnen wusste. »Wissen Sie, wie man Menschen wie Sie nennt?«

»Atheist«, erwiderte er lakonisch.

»Das Prinzip der Atheisten funktionierte, solange es kein Wissen um Götter gab. Auch Atheisten glaubten. Sie *glaubten* daran, dass es keinen Gott gibt.« Al Hadiri lächelte listig. »Nun aber sind Sie ein Tatsachenverleugner.«

»Oh, ich bestreite nicht, dass es diese Wesen gibt. Oder dass sie Einfluss nehmen.« Malleus stieß einen Rauchkringel aus, der andeutungsweise die Form eines ausgestreckten Mittelfingers annahm. »Es sind aber keine Götter. Keine überirdischen Wesen.«

»Sondern?«

»Einbildung. Wesen aus einem anderen Universum. Ein Drogentrip. Ein Experiment der Regierungen. Mein Koma-Albtraum, wie alles, was damit zusammenhängt«, zählte er ruhig und besonnen auf, trank vom Rum. »Dieses Thema führt zu nichts, Monsieur al Hadiri. Die Entitäten brauchen übrigens auch keinen Anwalt.«

Der Mann lachte gutmütig. »Sie haben recht. Aber Sie werden nicht bestreiten, dass Religion den Menschen Sinn im Leben gibt?«

Malleus hatte keine Lust auf philosophische Gespräche, denn eigentlich wollte er sich mit einem Schlachtplan befassen, wie er im Poseidon-Tempel auftreten konnte, um die Priesterschaft zu einem Geständnis zu bringen.

»Ein anderes Mal, Herr Anwalt«, gab er beschwichtigend zurück. »Für heute ergebe ich mich.« Er leerte den Rum und fuhr sich mit den Fingern durch die schwarzen Haare. »Aber wer Götter braucht und um Erlaubnis oder Abbitte fragen muss, der hat was falsch gemacht«, fügte er dann doch hinzu. Als al Hadiri den Mund öffnete, hob Malleus die Zigarre, das glutrote Ende fauchte hörbar auf, als wäre es ein verärgertes Tier. »Nein. Ein anderes Mal.«

»Sie müssen mir die Chance auf eine Erwiderung geben.«

Es klingelte an der Hoteltür.

»Bereiten Sie Ihr Plädoyer vor.« Er grinste. »In Ruhe.« Malleus erhob sich, ging mit der Culebra durch den Innenraum, ohne an die Rauchmelder zu denken, und öffnete.

Vor der Tür stand eine junge Frau von allerhöchstens fünfzehn Jahren, die ihn verlegen anblickte.

Sie trug nicht die Hoteluniform, sondern ein schwarzes Kleid, das an vielen Stellen durchbrochen war, sodass man die dunkle Unterwäsche sah. Ihm fiel die grellweiße Strähne in den halblangen schwarzen Haaren auf. Vom Ansatz zog sich ein heller Strich in der braunen Haut in gerader Linie abwärts, als hätte man sie geteilt und wieder zusammengeklebt.

»Ich habe niemanden bestellt, Madame«, sagte er freundlich und fand, dass sie noch viel zu jung war, um als Prostituierte zu arbeiten, auch wenn das manchen Touristenschlag sicherlich ansprach.

Sie nahm seine freie Hand und küsste die Innenseite. »Sie haben meine Tochter gerettet«, sagte sie auf Englisch mit einem undefinierbaren Akzent.

»Oh.« Malleus kam sich dumm vor. »Verzeihen Sie, dass ich …« Er ging zur Seite. *Sie könnte die Schwester sein.* »Sie ist drin.« Noch während er überlegte, wie er seinen Fauxpas retten konnte, fiel ihm ein, dass es einer Legitimierung bedurfte, damit er das kleine Mädchen herausgab. Am Ende versuchte der Poseidon-Tempel sein Glück nochmals.

Aber sie drückte ihm ihren kreditkartengroßen Ausweis in die Hand, auf dem auch das Kind vermerkt war; die Holografie zeigte unzweifelhaft die Kleine.

Als die junge Mutter das Zimmer betrat und das Kind vor Freude aufjuchzte und die Arme ausstreckte, bedurfte es ohnehin keines weiteren Beweises.

Malleus' Kehle wurde eng, die Freude der namenlosen Mutter rührte ihn. Weckte Erinnerungen, die wehtaten und doch ein Gefühl von schalem Glück zurückließen.

Tameri stand neben dem Bett und lächelte, freute sich ebenso über die Zusammenfindung von Mutter und Tochter. Malleus sah ihr an, dass sie den gleichen, wenn auch viel frischeren, roheren Schmerz spürte wie er.

Dann bedankte sich die junge Frau zuerst bei Tameri für die Fürsorge, kam mit der Tochter auf dem Arm anschließend zu Malleus.

Schnell hielt er die Culebra zur Seite, damit der Rauch nicht zu ihnen wehte. Er gab ihr den Ausweis zurück, den sie in ihren Ausschnitt steckte.

»Schau, Bala. Das ist der Mann, der dir das Leben rettete«, sagte sie und redete in einer Sprache, die ihm nur vage bekannt vorkam. Sie wandte sich zu ihm: »Ich habe ihr gesagt, sie soll sich Ihr Gesicht gut merken. Wenn Sie sich beide eines Tages wiederbegegnen, soll sie ihren Retter erkennen.«

Malleus schluckte, in seinen Augen brannte es. »Das ist sehr freundlich, Madame. Aber ich denke nicht, dass ich so alt werde, dass Bala und ich uns wiedertreffen.«

Die junge Mutter blickte ihn bestürzt an. »Sie? Sie müssen hundert Jahre alt werden. Dass Sie einem Kind das Leben bewahrten, werden die Götter nicht vergessen.«

Malleus räusperte sich.

Erneut küsste die junge Frau seine Handinnenfläche und verbeugte sich, sprach Worte in der unbekannten Sprache.

Bala warf einen langen Blick aus tiefseeblauen Leuchtaugen auf Malleus, schien sich wirklich seine Züge einprägen zu wollen, bevor sie sich an ihre Mutter klammerte und dabei kicherte.

Die junge Frau verließ das Zimmer und trat in den Gang, wandte sich dann erst um und eilte davon.

Doch was Gutes angerichtet. Leben bewahrt anstatt einen Tod zu klären. Malleus hob die Culebra und wollte daran ziehen – hielt jedoch inne. Er hatte das eingebrannte Zeichen im Nacken der Frau bemerkt, die eben in den Lift stieg.

Eine Bilderflut löste sich aus dem Teil seines Verstandes, den er unter normalen Bedingungen sehr gut kontrollierte. Regen, ein unüberblickbares System von Schützengräben, das Heulen in der Nacht, das Zähnefletschen und Krachen von Knochen, die Schreie der Männer, unendlich langes Gewehrfeuer in einem Bunker, Stroboskoplicht, und immer wieder Schreien und Sterben, Schreien und Sterben …

»Halt!«, schrie er mit überschnappender Stimme. Malleus rannte los, der Bademantel wehte. »Wer ist Ihr Gott?«

Die Türen schlossen sich, während sich die Frau halb umwandte und ihr Profil zeigte, den Kopf leicht gesenkt. Ihr Ausdruck hatte sich verändert, war ängstlich geworden.

»Wer ist Ihr Gott?«, brüllte er außer sich.

Der Lift fuhr abwärts, bevor er die Kabine erreichte.

Ich muss es wissen! Malleus blickte sich suchend um, entdeckte das Treppenhaus.

Aufgeregt hetzte er weiter, riss die Tür auf und rannte die Stufen hinab. Der Gürtel verhedderte sich, mehrmals strauchelte er und musste sich mit raschem Abstützen an der Wand vor dem Sturz bewahren.

Im vierten Stock knickte er schließlich um und rauschte, einen Absatz sich überschlagend, nach unten.

Benommen blieb er liegen und musste warten, bis sein Kopf sich erholt hatte. Abgesehen von einer Schürfwunde und einem Pochen war er heil geblieben.

* Α Ω *

Fuck, er hat mich gesehen! Er hat mich …

Nein, hat er nicht.

Aber was bedeutet der Alarm denn, den er da schlägt?

Dachte eben schon, ich wäre aufgeflogen. Glück gehabt.

Drücke mich in die Ecke, er rennt an mir vorbei und will in den Lift, in dem eben die junge Mutti verschwindet.

Ist sie wichtig? Für ihn? Spannendes Branding, das sie da im Nacken hat. Moment, das ist … oh. Da sollte er mal besser wegbleiben. Tut er nicht. Idiot!

Er rennt das rechte Treppenhaus runter.

Ich nehme das linke und komme vor dem Lift in die Etage darunter und drücke den Zustiegsknopf. Die Kabine öffnet sich, und die Kleine mit dem Kind steht drin. Sie blickt mich misstrauisch an, lächelt schwach und abweisend.

Ich betrete das Innere und lehne mich neben dem Ausgang an die Wand.

Jepp, es ist das Zeichen in ihrem Genick. Aber was macht sie dann in Neu Karthago? Das gehört eher nach Sodom oder Gomorrah. Kenne mich ja aus dort.

Die Augen des kleinen Mädchens sind der Hammer. Wie geht so was? Noch ein Halbgott?

Bei dem Zeichen, das die Mutti im Nacken trägt, kann das noch lustig werden.

Ob man sie geschickt hat, um in Karthago einen Sündenpfuhl aufzumachen?

Der Lift erreicht das Erdgeschoss, die Türen öffnen sich.

Die junge Mutti geht hinaus, sehr schnell, und richtet dabei die Haare, damit sie über das Zeichen fallen. Sie ahnt wohl, dass es keine gute Idee ist, es offen zu zeigen. Steigt in eine Limousine, fährt davon.

Das war echt überraschend.

Aber warum ist jener, dem ich folge, so ausgerastet? Schreit nach dem Gott, obwohl er sie ablehnt?

Muss mich mehr mit seiner Vergangenheit beschäftigen. Seine Gegenwart kenne ich ja.

Da lauert was. Wenn er sich mit denen anlegt, brauche ich eine andere Ausrüstung. Panzerbrechendes, zur Massenvernichtung.

Den PDA lege ich in einem unbemerkten Moment auf den Tisch des Concierge, mit dem Vermerk, dass es dem gehört, dem ich folge.

* Α Ω *

Den Weg nach unten ersparte Malleus sich. Die junge Mutter war längst weg. Und mit ihr die Aussicht auf die Lösung eines Rätsels, das ihm seit Jahren zusetzte.

Er schleppte sich hinkend ins oberste Stockwerk, kehrte ins Zimmer zurück, wo ihn al Hadiri und Tameri mit fragenden Gesichtern erwarteten. Auf dem Tisch lag sein PDA, ramponiert, aber funktionstüchtig, wie es aussah.

Fahrig richtete Malleus den Bademantel, damit sie seine Narben nicht sahen, die er am Oberkörper trug. Es ging niemanden etwas an.

»Der wurde gerade für Sie abgegeben, Monsieur Bourreau«, erklärte Tameri und erwartete zwischen den Zeilen eine Erklärung für sein Verhalten. »Ein ehrlicher Finder hat ihn beim Concierge …«

Er nickte nur und ging zur Minibar, nahm den Rum und goss ein frisches Glas fast randvoll. Mit einer frischen, rot banderolierten Culebra ging er an ihnen vorbei auf den Balkon, trank im Laufen und zündete die Zigarre rücksichtslos mit dem Feuerzeug an.

Zitternd paffte er hektisch, nahm einen großen Schluck, rauchte und tigerte auf und ab.

»Monsieur Bourreau, was …«, versuchte al Hadiri, etwas aus ihm herauszubekommen.

Malleus machte eine abwehrende Handbewegung. »Ich rufe Sie morgen an, Madame Tameri«, haspelte er und rauchte dabei weiter.

»Kann ich Ihnen vielleicht …«, setzte sie an.

»Morgen, Madame.« Er zog die Balkontür zu, um klarzumachen, dass er Ruhe brauchte, dass er seine Besucher nicht wollte und sie gehen sollten.

Malleus kümmerte sich nicht mehr um die beiden, sondern trat ans Geländer und starrte auf die Wellen, denen es egal war, wie es ihm ging und was auf der Erde geschah. Sie rollten und rollten seit Abertausenden Jahren.

Sein Zittern hatte nicht nachgelassen. Der Krieg war zu ihm zurückgekehrt.

Der Anblick eines unbekannten Symbols reichte aus, um ihn das Grauen durchleben, die Wunden in seiner Seele aufbrechen zu lassen, die er in langer Arbeit genäht und mit Salben und Verbänden gepflegt hatte.

Malleus stürzte den restlichen Rum die Kehle hinab, rauchte hektisch, bis ihm schwindlig wurde und Nikotin und Alkohol sich in seinem Blut mischten.

Diese übergroßen humanoiden aschfarbenen Wesen mit den peitschenden Armen, die aus Albträumen geboren sein mussten und seine Einheit aufgerieben hatten, geschreddert, gefressen, zermalmt, trugen exakt das gleiche Symbol auf ihrer Stirn, das dieses halbe Kind im Nacken hatte.

Malleus' Nachforschungen hatten niemals etwas ergeben, keiner kannte das Zeichen.

Er versuchte, sich an die Adresse oder den Namen zu erinnern auf dem Ausweis, aber es gelang ihm nicht.

Ich habe die Chance vergehen lassen. Mit einem lauten Schrei schleuderte er das Whiskyglas über den Balkon in die Nacht, der Mantel klaffte auf und legte die Narben frei, die plötzlich zu schmerzen schienen.

Er hatte in der Nacht, als seine Einheit ausgelöscht wurde, darum gebeten, sterben zu dürfen. Aber es war ihm verwehrt worden. Und sich selbst wollte er nicht umbringen. Es gab durchaus Leute, die ihn brauchten – auch wenn er jenen, die er am meisten geliebt hatte, nicht hatte beistehen können.

Vertan. Malleus legte die Hände aufs Geländer und drückte zu, bis das Holz unter seinem Griff knirschte. *Vertan.*

* * *

Tunesien, Tunis, Neu Karthago, November 2019

Malleus erwachte auf dem Balkon, die Sonne schien auf ihn herab und verhöhnte ihn. Die Rumflasche steckte zwischen den Fingern seiner linken Hand, an der rechten hatte die letzte Culebra Verbrennungen hinterlassen. *Zigarrenkuss.*

Stöhnend erhob er sich und fuhr sich mit Daumen und Zeigefinger über den Bart, anschließend ging er ins Bad, setzte sich in die Dusche und drehte das Wasser mit kraftlosen Bewegungen auf.

Kalt schossen die Strahlen auf ihn nieder und raubten ihm den

Atem, bevor er die Tasten zum Hochregeln der Temperatur gefunden hatte.

Aber: Malleus war wach.

Er zog sich in die Höhe und ließ das Wasser auf sich regnen, wusch sich und putzte sich die Zähne, ohne die Dusche zu verlassen.

Das blinkende Lämpchen an den Armaturen verkündete einen eingehenden Anruf, den er mit einem Druck annahm.

»Monsieur Bourreau, hier ist al Hadiri«, sagte der Anwalt besorgt. »Sie sind anscheinend wach und weilen unter den Lebenden.«

Malleus schämte sich für die Entgleisung der vergangenen Nacht, aber ohne Rum und Dauerrauchen hätte er den Verstand verloren. Betäubung half gegen die Bilder, gegen die Erinnerung, gegen den Schmerz des Verlustes. Gegen das Wissen, dass nichts mehr war wie einst vor 2012.

»Ich arbeite bereits«, gab er zurück und schaltete das Wasser ab. »In einer Stunde sollten wir die Schuldigen am Tod von Snofru Tameri haben.« Er sah durch die Glaswand zu seinem verschrammten PDA. Das Geständnis würde er damit sichern.

»Ich komme mit Ihnen.«

»Nein danke, Monsieur al Hadiri. Das würde das Gegenteil bewirken.« Malleus gab über die Konsole den Wunsch an das Hotel durch, im Zimmer zu frühstücken, was prompt bestätigt wurde. »In zwei Stunden bin ich bei den Tameris. Die Polizei habe ich dann bereits informiert. Einen schönen Tag wünsche ich.« Er drückte die Unterhaltung weg.

Etwas wacher verließ er die Dusche und bekam das Essen gebracht, das er im Bademantel im Schatten auf dem Balkon zu sich nahm. Dadurch fiel der Blick automatisch zum Zitadellenhügel, auf dem ungebrochen und unermüdlich gearbeitet wurde. Dem kleinen Snofru zu Ehren verdoppelten die Arbeiter und freiwilligen Helfer ihre Anstrengungen.

Eine halbe Stunde später tätigte Malleus einen Anruf und ging in seinen hellen Kleidern, mit Hut und Sonnenbrille durch die Sträßchen von Neu Karthago, atmete die sich erwärmende Seeluft ein. Sein Weg führte ihn am Hafen vorbei zum Poseidon-Tempel; in der Tasche trug er die Beweismittel.

Der Kaffee hatte ihn munterer werden lassen, aber der Alkohol wirkte noch nach, sein Mund schien pelzig. Sogar auf die Culebra verzichtete er.

Die letzten Informationen aus Treva ließen den Schluss zu, dass er genau das Richtige getan hatte, um Lagrandes Leben zu schützen. Wer die Typen aus dem VW-Transporter waren, versuchten die deutschen Behörden herauszufinden; Grenzner tippte auf Söldner.

Lagrande hatte ihm bereits ein Foto vom Fächer geschickt, zusammen mit einem einfachen *Danke*. Sie wusste, dass sie ihm ihren Retter verdankte.

Auf ihn ist Verlass. Das war es schon im Krieg. Malleus betrat das Gebäude, das lediglich aus überdachten Säulengängen bestand und sich zum Meer hin stufenförmig absenkte. *Am besten, er wird zu ihrem offiziellen Leibwächter, solange wir an den Artefakt-Diebstählen arbeiten.*

Die hellblauen Wellen gluckerten gegen die Marmorsteine, Tang dümpelte gegen die Stiegen und wurde von zwei Priestern mit Haken herausgefischt.

Die übergroße Statue des Gottes, nur in Lendenschurz und mit Dreizack, war geformt aus Korallen, erhob sich an der Westseite und wurde von der Morgensonne angestrahlt und geweckt, die Perlenaugen waren auf das Meer gerichtet. Einige Menschen saßen betend auf den Stufen, streuten rote und gelbe Blütenblätter ins Meer.

Malleus zog den Hut ab und begab sich vor die Statue. »Poseidon, du weißt es sicher schon«, rief er laut auf Französisch, damit ihn die Priester und die Menschen vernahmen. »Gestern kam einer deiner Priester ums Leben. Etwas hat ihn verstümmelt, als er versuchte, ein kleines Kind zu ermorden und es der Göttin Tanit anzuhängen.«

Die Anwesenden sahen zu ihm herüber, man steckte die Köpfe zusammen und tuschelte.

Malleus langte in die Tasche und zog das Tütchen mit den Beweisen heraus. »Das habe ich bei deinem Priester gefunden, Poseidon. Ich werde es gleich der Polizei überlassen, damit sie auch den Mord an dem ägyptischen Jungen untersuchen. Du sollst wissen, wer noch in diese Sache verwickelt ist, und nicht zulassen, dass sie weitere …«

»Das reicht«, donnerte eine Männerstimme.

Malleus drehte den Kopf und sah einen älteren Mann in einer weißen Tunika mit blauem Rand und dem Dreizackemblem auf der Brust auf ihn zueilen; der helle Bart wogte bei den energischen Schritten. Ohne Zweifel hatte seine kleine Einlage den Hohepriester auf den Plan gerufen. *Wie beabsichtigt.*

Der Mann packte Malleus am Arm und zerrte ihn weg vom Standbild hinter eine der vielen Säulen. »Sie wagen es, den Tempel des Poseidon …«

»Ich bin privater Ermittler, Monsieur,«, unterbrach er ihn kalt. Immerhin: Er wurde gesiezt. Malleus hob die Tüte vor die braunen Augen des Hohepriesters. »Auf dem Smartphone finden sich Anrufe und Kurznachrichten, die zu Ihnen führen. Der Priester handelte auf *Ihre* Anweisung!« Das war erfunden, aber ihm hatte die Zeit gefehlt, sich näher mit dem Gerät zu beschäftigen. Sein PDA saß in der Brusttasche und zeichnete gehorsam auf. »Die Polizei wird das Material erhalten.«

Der Hohepriester erbleichte. »Das kann nicht sein!« Er legte eine Hand auf den gestickten Dreizack, als könnte er verhindern, dass Poseidon von der Unterredung erfuhr.

Malleus bleckte die Zähne und grinste böse. »Sie dachten, Sie hätten keine Spuren hinterlassen?«

»Ich habe Petros niemals gesagt, er soll Kinder töten«, entfuhr es dem Mann. »Wir wollten Tanit vertreiben, deren Rückkehr wirklich niemand braucht. Und dann noch die Sokarer. Das Letzte, was wir hier haben wollen, ist ein *ägyptischer Halbgott*. Der würde ihnen die Anhänger in Scharen zutreiben.«

»Deswegen musste er weg? Und bei der Gelegenheit auch gleich Tanit, nicht wahr, Monsieur?«

Der Hohepriester bemerkte, dass er einen Fehler begangen hatte, biss sich leicht auf die Lippe. Er blickte sich rasch um. »Wir müssen uns anders einigen. Der Tempel darf keinen Schaden nehmen. Und vergessen Sie nicht, dass der Priester bestraft wurde: mit seinem Tod. Sicherlich kam Poseidon und rettete das Kind.«

»Sie meinen allen Ernstes, Poseidon habe das zweite Opfer verhindert?« Malleus erstarrte innerlich, als er die Szenerie vor seinem geistigen Auge sah. *Die Wunden des Mannes, sie …* Was immer das Kind vor dem grausamen Feuertod bewahrte, es konnte die gleiche Kreatur gewesen sein, die in den Übergangskriegen in den Linien seiner Einheit gerast und gewütet hatte. *Könnte.*

Der Hohepriester nickte. »Sie lassen das Smartphone verschwinden, und wir stellen Petros als Verrückten hin, als Verblendeten. Danach verkünde ich, dass Poseidon sich zutiefst unglücklich zeigt und dass er bereits zuvor einen Fluch über Petros verhängte und ihn verstieß. *Vor* der zweiten Tat«, sprach er überlegend. »Damit lassen sich die Unruhen in Neu Karthago in Grenzen halten, und der Tempel stünde halbwegs gut da.«

»Was hätte ich davon?« Malleus zwang seinen Verstand in die Gegenwart zurück. Es interessierte ihn, was man ihm zahlen würde.

»Geld«, kam es, ohne zu zögern, über die Lippen des Mannes. »Wer engagierte Sie? Die kleine Hure?«

Nun horchte er auf. »Sie meinen die Mutter des kleinen Mädchens, das gestern sterben sollte?«

»Dann war sie es wohl nicht.« Er sah Malleus prüfend an. »Verflucht, die Sokarer waren es! Petros hätte wissen müssen, dass sie den Tod des Knaben nicht auf sich beruhen lassen. Und diese dämliche Polizei, die nicht einmal das Tanit…«

»Was wissen Sie über die junge Frau?«

»Zohra?« Er sah verwundert aus. »Sie stammt aus der Stadt und wurde von ihren Eltern vor zwei Jahren nach Gomorrah gegeben.

Verkauft. Was immer sie dort macht und wer immer der Vater des Kindes ist, das sie von dort mitbrachte.« Der Hohepriester schien gedanklich nicht bei der Sache, ihm ging es um seinen Tempel. »Können wir so verbleiben, dass Sie …«

Malleus packte den Mann am Kragen. »Ich werde Ihre verlogene Art keine Sekunde lang gegenüber den Behörden decken«, fuhr er ihn an. »Und wenn die Bewohner nach Bekanntwerden der Fakten den Poseidon-Tempel einreißen, weil Sie und Ihre Priester kleine Kinder töten, damit andere in Verruf kommen, dann werde ich sie nicht aufhalten. Götter kommen und gehen. Je mehr gehen, desto besser.« Er atmete tief ein. »Wo finde ich Zohra?«

»Sie wollen das Geld nicht?«

»Nein. Sie enden vor Gericht, Hohepriester. Poseidon könnte uns allen einen Dienst erweisen und Sie vorher umbringen, Sie feiges Stück Scheiße.« Malleus gab ihn frei.

Sein PDA hatte alles aufgezeichnet. Damit wäre die Komplizenschaft des Mannes belegt, den Rest musste das Gericht entscheiden. Ein Blick auf sein PDA sagte ihm, dass die Polizisten gleich eintreffen würden, um die Verhaftung vorzunehmen. *Timing.*

Malleus hörte hinter sich ein leises Scharren, und er wich instinktiv zur Seite aus.

* Α Ω *

Neuer Tag, neues Glück für jenen, dem ich folge.

Auf zum Poseidon-Tempel und die Schuldigen zur Rechenschaft ziehen. Guter Junge.

Wird nicht leicht, unbeobachtet zu bleiben, diese scheiß Säulen geben nicht viel Deckung. Aber wie schön, dass es dort oben Flachdächer gibt.

Hoch mit mir!

Es dauert nicht lange, und ich schaue bequem in den Tempel und aufs Meer. Dummerweise liege ich ziemlich exponiert, und so ziemlich jeder kann mich hier oben entdecken. Na, dann hoffe ich mal, dass er sich beeilt.

Seine Show hat schon begonnen und prompt Erfolg. Aber … verdammt, ich sehe sie nicht mehr. Stellungswechsel. Taubenscheiße, ah, eklig.

Von hier … nein, auch nicht. Diese Säulen, verdammt. Eine ist immer im Weg. Ich bekomme das gerade nur als Hörspiel mit. Die gehackte PDA-Kamera zeigt mir den heuchelnden Oberpriester, aber das bringt mir nichts.

Weiter nach rechts, und … fuck. Das ist … ich sollte wieder auf den Boden. Der Aufstieg war …

Was macht denn der Priester? Mit dem Dreizack wird er keine Fische spießen gehen.

Er bewegt sich schnell, und wieder zwischen den Säulen, scheiße!

Ich rutsche bis an den Rand, anlegen und … wo ist er?

* A Ω *

Ein Schatten warf sich nach vorne.

Der Dreizack stieß an Malleus vorbei und traf den Hohepriester mitten durch die Brust. Einer der Männer des Tempels, die eben noch Algen aufgeklaubt hatten, hatte versucht, seinem Oberhaupt zu Hilfe zu kommen.

Malleus zog den Apache Deringer aus der Tasche, um auf weitere Attacken vorbereitet zu sein. Im gleichen Moment explodierte die Schulter des Angreifers lautlos, Blut spritzte ohne sichtliches Zutun.

Der einfache Geistliche ließ den Griff des Dreizacks mit einem lauten Schrei los und wich zurück. »Das … wollte ich nicht«, stammelte er.

Der Hohepriester wankte auf den verletzten Mann zu, stürzte mit dem Dreizack, der normalerweise zeremoniellen Zwecken diente, und schlitterte klirrend im Schutz der Säulen die Stufen ins Wasser hinab. Seine Leiche versank sofort in den Wellen, als würde sie von unten gezogen.

Malleus schwenkte den Deringer auf den Priester, der zusammensackte und fassungslos auf seine blutende Schulter starrte. »Sie bleiben«, befahl er kalt. Anscheinend hatte es noch einen Mitwisser bei dem Komplott gegen die Sokarer und Tanit gegeben. Und die soeben eintreffende Polizei benötigte jemanden, den sie festnehmen konnte.

Malleus richtete die kontaktlinsenblauen Augen hinauf zu den Überdachungen der Säulengänge, suchte und scannte – und glaubte, eine Gestalt zu erkennen, die weg von der Kante kroch und verschwand. Sein Schutzengel hatte zugeschlagen – wenn auch reichlich spät.

Anschließend warf er einen Blick ins Meer, das die Leiche des Anstifters zu sich gezogen hatte.

Malleus ahnte, dass man sie nicht finden würde.

Weder sie noch den Dreizack.

* * *

Tunesien, Tunis, Neu Karthago, November 2019

Malleus saß auf der Liege, wo sein Auftrag den Anfang genommen hatte, und beendete seinen Bericht. Ihm gegenüber hockten die Tameris, dahinter stand al Hadiri und lauschte aufmerksam den Ausführungen.

»Es scheint, als sei nur einer der Priester nicht in den Vorfall involviert«, schloss er seine Erzählung, die er bereits als Bericht via PDA an den Anwalt geschickt hatte. »Die Polizei hat insgesamt zwei Männer festgenommen, und sie gehen davon aus, dass weitere Greuel verhindert wurden.« Er nahm sich von der Mandelmilch, die gerade das Beste war, was er sich zu trinken vorstellen konnte. »Der Mord an Ihrem Sohn wurde durch zweifachen Tod gesühnt, wenn man so möchte.«

Er trank von der Milch und seufzte wohlig. Die Schusswunde an der Schulter des Priesters hatte er den Behörden mit Notwehr erklärt. Sie nahmen das hin und machten nicht einmal ballistische Untersuchungen.

»Ich danke Ihnen, Monsieur Bourreau«, sagte Monsieur Tameri nach einer Weile. »Wir wussten immer, dass es kein Unfall war.«

»Und ich«, fügte seine Frau hinzu, »werde mich bei Alexa entschuldigen. Es war nicht rechtens, dass ich in meinem Schmerz aufrief, Tanits Heiligtum zu stürmen.«

Malleus stimmte ihr innerlich zu. Ohne die plötzliche absolute Dunkelheit, die über die Altstadtgassen hereingebrochen war, wäre die Nacht mit vielen Verletzten und Leichen einhergegangen. »Sie wird Verständnis haben.«

»In Neu Karthago ist genug Platz, und wessen Gott keine Anhänger findet, wird weichen«, warf Monsieur Tameri einen Blick in die Zukunft. »Ich behaupte, dass Poseidon es die nächsten Jahre schwer haben wird.«

»Menschen vergessen schnell«, warf Malleus ein. »Sie werden den Priestern die Schuld geben und weiterhin zu ihm beten. An einem Meer muss man jene Entitäten preisen, die Gewalt über die See haben.« Er erhob sich. »Monsieur und Madame Tameri, ich verabschiede mich von Ihnen.« Er reichte ihnen die Hand.

»Wir haben zu danken. Sie zeigten der Welt, was wahrlich hinter dem Tod unseres Kindes steckt. Sokar ist dankbar, und auch der Pharao wird sich an Sie erinnern«, erwiderte die Frau freundlich. Sie schien gefasster zu sein, seit sie die Wahrheit kannte und wusste, dass die Mörder zur Rechenschaft gezogen worden waren. »Es wird bald einen neuen Halbgott in Neu Karthago geben.« Sie nahm die Hand ihres Mannes. »Daran glauben wir ganz fest.«

Malleus räusperte sich nur und schob das Bild von Geschlechtsverkehr zwischen ihr und einem Falkenkopfgott rasch zur Seite. Es gab genug sogenannte Erotikliteratur, die sich dieser Fantasien bediente. Er brauchte sie wahrlich nicht. »Ich wünsche Ihnen alles Gute.«

Al Hadiri deutete zum Ausgang. »Ich fahre Sie zum Flughafen, Monsieur Bourreau.«

»Gibt es keine günstigeren Taxifahrer als für 250 Euro die Stunde?«, musste er mit einem Lächeln fragen.

Die Tameris lachten verhalten. »Sie erhalten Ihren Lohn, Monsieur. Machen Sie sich um Geld keine Gedanken.«

Das tat Malleus in der Tat nie. Er setzte den Hut auf, nahm sein Gepäck und ging zusammen mit dem Anwalt durch das Anwesen, trat hinaus in den Sonnenschein und die Hitze.

»Ah, Monsieur Bourreau, eine Sache noch: Hat die Polizei inzwischen herausgefunden, was den Poseidon-Priester zerfetzt hat?«, erkundigte sich al Hadiri, als sie in den weißen Toyota stiegen.

»Mich haben sie nicht informiert. Sie bedankten sich nur, dass ich den Mord an Snofru löste. Und der Hohepriester schlug mir vor, es sei Poseidon selbst gewesen.« Malleus setzte den Hut wieder ab und zog eine Culebra aus dem Etui. Grüne Banderole. »Haben Sie einen Verdacht?«

»Nein.« Er startete den Wagen. »Aber es muss *sehr* wütend gewesen sein.«

Malleus dachte drüber nach, dass er an Zohras Adresse niemanden angetroffen hatte. Unmittelbar nach der Aktion im Poseidon-Tempel war er losgeeilt, um die junge Frau zu sprechen. Erfolglos. Nachbarn sagten ihm, dass sie von einer Limousine abgeholt worden sei.

Vertan. Da er keinen Span mehr hatte, suchte er nach dem Zigarettenanzünder, fand aber keinen. Er hasste Nichtraucherwagen.

Er steckte die Culebra dennoch in den Mundwinkel und sichtete den PDA.

Neue Nachrichten aus Germanien und von Lagrande erwarteten ihn. Der Fall der gestohlenen Artefakte erhielt neue Relevanz, es ergab sich einiges.

Sie besaßen jetzt den göttlichen Fächer eines japanischen Gottes sowie die Statuette einer afrikanischen Entität, in der mindestens ein Diamant mit einem Einschluss versteckt gewesen war.

Darüber hinaus gab es Hinweise auf einen uralten Ziegelstein aus Persien, das Horn eines indischen göttlichen Stieres und die Königskrone mit dem Nagel vom Kreuz Christi sowie insektenartige Goldfigürchen. Außerdem wollte sie eine neue Spur in Mannheim erkunden.

Stattliche Sammlung. Malleus sog und schmeckte nur leichtes Tabakaroma.

Lautrec schrieb ihm. Er hatte Lagrande nach den Ereignissen in Treva fest an Malleus zugeteilt. Sie war zu clever und zu tief im Fall drin, um ihr Talent an Büroaufgaben zu verschwenden, die deutlich Einfallslosere übernehmen konnten.

Da es rund um die Artefakte weitere Morde gegeben hatte und nach Malleus' Einschätzung noch weitere geben würde, hatte Interpol in Zusammenarbeit mit den Behörden vor Ort ein berechtigtes Interesse, den Fall zu klären. Schnell.

Al Hadiri hielt den Wagen an, sie hatten das Terminal des kleinen Flughafens erreicht. »Bitte sehr, Monsieur Bourreau.« Er stieg aus, um mit dem Gepäck zu helfen.

»Danke.« Von hier aus ging es mit einer Chartermaschine nonstop nach Frankfurt und gleich in die nächste Maschine nach Treva. *Das Umpacken wird warten müssen.* Wenigstens hatte das Hotel seine Sachen gereinigt.

Malleus verließ den Wagen und nahm seine Tasche und den Koffer in Empfang. Er reichte al Hadiri die Hand. »Ich sage lieber nicht Auf Wiedersehen«, sagte er mit einem Lächeln.

»Lieber nicht«, erwiderte der Anwalt ebenso freundlich. »Wenn ich Ihnen etwas raten darf: Achten Sie auf sich, Monsieur Bourreau. Die Götter sind zwar zurück, aber nicht immer und überall.«

»Darauf hoffe ich, Monsieur al Hadiri.« Er hob sein Gepäck. »Und ich hoffe noch mehr, dass sie verschwinden.«

Der Anwalt zwinkerte und stieg in den Toyota, der Wagen fuhr davon.

Malleus ging durch die Abfertigungshalle, ließ die üblichen Prozeduren über sich ergehen, zeigte seine Besitzerlaubnis für die Deringer zusammen mit seinem Dienstausweis und saß keine fünfzehn Minuten später im Jet, der für dreißig Personen ausgelegt war.

* A Ω *

Na, hier rauschen ja Nachrichten rein. Diese Artefakt-Kiste ist echt unterhaltsam. Hätte ich nicht gedacht.

Aber wie komme ich jetzt genauso schnell wie er nach Treva, wo er sich mit seiner Sekretärin treffen will?

Mh. Der nächste Flug nach Frankfurt geht erst morgen, und er scheint den richtigen Riecher mit der Charter-Maschine gehabt zu haben.

Kann ich es wagen, mit dem gleichen Jet zu fliegen wie er?

Hat er mich auf dem Dach gesehen?

Könnte er mich erkennen?

Wenn ich online schaue, ist angeblich nichts mehr in der Maschine frei, ich bekomme keinen Buchungszugriff. Vermutlich wegen abgelaufener Zeit. So viele gehen nämlich gar nicht über das Rollfeld zu dem kleinen Jet.

Fuck, das geht nicht. Er darf mir nicht entkommen.

Werde mir was einfallen lassen. Im Poseidon-Tempel lief es viel zu knapp. Das zeigt eben auch, wie gut er ist.

Trotzdem kann er froh sein, dass er die Mutti nicht mehr getroffen hat. Das Gespräch hätte garantiert einen anderen Verlauf genommen als von ihm gedacht. Das ist unvorhersehbar.

Da stehe ich, am Flughafen, und schaue zu, wie er einsteigt. Mir muss was einfallen, wie ich an ihm dranbleiben kann.

Denn sein Weg ist mein Weg.

* A Ω *

Außer Malleus befanden sich nur sieben weitere Gäste an Bord, die sich verteilten, um maximale Privatsphäre zu haben, als das kleine Flugzeug aus der Parkposition stieß und zur Startbahn rollte. Auf die Durchsagen zur Sicherheit achtete Malleus gar nicht mehr, er flog zu oft.

Ach ja: das Symbol. Malleus schnalzte mit der Zunge, aktivierte den PDA und malte die Hieroglyphe von al Hadiris Stirn aus dem Gedächtnis auf den Touchscreen.

Das Ergebnis folgte prompt.

»Kek, auch: Kuk«, las er. »Altägyptischer Gott, bekannt seit dem Mittleren Reich, später mit Keket ein Götterpaar, Urgott der Achtheit von Hermopolis.« Die veränderte Götterlehre ging davon aus, dass vor der Entstehung der Welt lediglich acht Götter herrschten, zu denen Kek und Keket gehörten. *Sie stehen für die Urfinsternis.*

Malleus dachte sofort an die Dunkelheit in den Gassen von Neu Karthago. *Kek al Hadiri.* War die Entität gekommen, um ein waches Auge auf die Konkurrenz zu werfen, oder handelte es sich um bloßen Zufall?

»Bonjour, Monsieur Bourreau. Dürfte ich Sie bitten, sich anzuschnallen und das Gerät auszuschalten?«

Er hob den Kopf, um nach der brünetten Stewardess zu sehen, die in adrettem grüngelben Kostüm vor ihm stand. Eine Hand ruhte kellnerhaft auf ihrem Rücken, in der anderen hielt sie ihm ein Glas Mineralwasser anbietend entgegen.

»Ah, natürlich. Pardon, das habe ich nicht mitbekommen.« Malleus bettete den PDA auf den freien Sitz, zerrte den Gurt heraus. Die Nachricht, die eben von Mister Crick aus York eingegangen war, musste warten. Sein Durst war noch immer nicht gestillt, aber Wasser wollte er nicht. »Sagen Sie, haben Sie zufällig Mandelmilch, Madame?«

Sie machte ein bedauerndes Gesicht. »Tut mir leid, Monsieur. Aber ich habe was Besseres für Sie.«

»Oh, ich bin gespannt.« Klackend rastete die Schließe unter seinen Fingern ein.

Sie nahm die Hand vom Rücken und presste ihm einen Elektroschocker gegen die Brust. »Voilà.«

Malleus wollte die Arme zur Abwehr heben, doch es gelang nicht mehr. Tausende Volt jagten durch ihn. Er hörte im Wegdriften noch, dass die Turbinen aufkreischten.

Der Jet startete, der Anpressdruck verlor sich in seiner Ohnmacht, gegen die er sich nicht länger zu wehren vermochte.

* * *

Episode 5
TURBULENZEN

Definition Turbulenz
(…)

Zusatz seit 12/2012:
Entitäten oder deren Wirken oder deren zugehörige Wesenheiten können ebenfalls zu Turbulenzen führen.
In einem beigefügten Update erhalten Sie einen Überblick, über welchen Gebieten es zu Dauerturbulenzen kommt.
Beachten Sie UNBEDINGT die veränderten Anforderungen an die Maschinen und die veränderten Flugkorridore!

! ACHTUNG !
Während des Flugs erhalten Sie minütlich Meldungen über Entitätensichtungen u. Ä. in Ihrem Gebiet und Ihrer Flughöhe!
Halten Sie sich bereit, JEDERZEIT den Kurs zu verändern, um eine Beschädigung/eine Zerstörung der Maschine zu verhindern.

Handbuch der Pilotenausbildung
überarbeitete Fassung 2018, V 18.09

Unbekannter Luftraum, November 2019

Malleus Bourreau erwachte davon, dass sein Mund schmerzte, weil er seine Zähne aufeinanderpresste. Zudem erklang ein reibendes Klirren.

Behutsam lockerte er die Muskeln, knirschend lösten sich die Kiefer und beendeten den Hauptschmerz. Ein anderer pochte auf seiner Brust, genau an der Stelle, an der ihn die Stewardess höchst unerwartet mit dem Elektroschocker außer Gefecht gesetzt hatte.

Eine Entführung! Malleus sah sich im Innenraum des Jets um, der sich nach wie vor in der Luft befand. Das metallische Reiben stammte von Handschellen, mit denen man ihn am Sitz fixiert hatte; mehr als ein paar Zentimeter bekam er die Arme auf seinem Rücken nicht angehoben.

Außer ihm waren vier weitere Leute an ihren Plätzen festgebunden, wie er mit einigen Körper- und Kopfdrehungen erkannte. *Zwei Männer, zwei Frauen.* Ein älterer Mann erwachte gerade, die anderen lagen noch im Elektroschlaf. Da sich die Passagiere in der Kabine des Jets verteilt hatten, war es nicht möglich, unauffällig Kontakt aufzunehmen. Malleus würde rufen müssen, um auf sich aufmerksam zu machen und sich abzusprechen.

Er wandte sich nach vorne, wo sich der Durchgang zum Crewbereich und Cockpit befand, einzelne schwarze Haarsträhnen hingen ihm in die Augen, die er mit raschem Pusten zur Seite blies.

Der blaue Vorhang war zugezogen, dahinter erklangen leise Stimmen.

Wir waren vor dem Start acht. Die Sitzpositionen der drei fehlenden Leute konnte er aus dem Gedächtnis ungefähr zuordnen. Allerdings gab es keinerlei Blutspuren oder Hinweise auf einen Kampf.

Die Stewardess gehörte sicherlich zu den Entführern – aber die fehlenden Menschen? Saßen sie im Cockpit? Waren sie in den Laderaum gebracht worden? Aus welchem Grund?

Zu viele Spekulationen. Malleus versuchte, mit den gefesselten Fingern an seine Kleidertasche zu gelangen, um zu prüfen, ob man ihm seine Deringer aus dem hellen, kurtaähnlichen Obergewand genommen hatte.

Aber die Schellen waren zu gut gesetzt. Er konnte lediglich den Sessel betasten und fühlte ein Rohr, an dem die Metallklammern angebracht waren. Ohne einen Trick käme er vermutlich nicht frei, und wie lange er das Bewusstsein verloren hatte, wusste er nicht. Weder kam er an sein Gepäck noch an den Mantel mit den Ersatzwaffen.

Ich muss warten. Malleus hasste es, zur Untätigkeit verdammt zu sein.

Er machte es sich bequem, soweit es die Fesseln zuließen, und lauschte, ob einer der vier Gefesselten hinter ihm sich meldete. Dabei grübelte er, was die Entführung zu bedeuten haben mochte.

Ein Learjet war eine teure Sache. Wenn man ihn stahl und in einem skrupellosen Land aufsetzte, den Transponder entfernte und das Flugzeug umbenannte, konnte sich eine reiche Person auf eine Maschine für wenig Geld freuen.

Der Grund für die Entführung konnte aber auch einer der Passagiere sein oder gleich mehrere von ihnen oder deren Gepäck.

Oder zusätzlich transportierte Fracht.

Oder ich.

Dazu gesellte sich die Option, dass der oder die unbekannten Verbrecher das Flugzeug als Waffe nutzen wollten.

In der Vergangenheit waren vor allem fanatische Christen, Moslems oder Juden durch ihre Opferbereitschaft für ihren Glauben in die Nachrichten gekommen, indem sie Heiligtümer der zurückgekehrten Entitäten angriffen. Einen Jet in einen Tempel oder eine geweihte Stätte zu lenken, würde für Aufmerksamkeit sorgen. Die Anhänger der sonstigen Gottheiten hielten sich mit solchen Aktionen vornehm zurück.

Es gab obendrein die Organisation *GodsEnd*, die Götter zu Fall bringen wollte, indem sie deren Verwundbarkeit und Nicht-Allmacht aufzeigte, und das mit drastischen Aktionen. Auch dafür ließe sich ein Jet sehr gut einsetzen.

Der Vorhang bewegte sich, und die brünette Stewardess schob sich durch den Spalt in die Passagierabteilung.

Sie trug nach wie vor das adrette grün-gelbe Kostüm, doch die Jacke war geöffnet und darunter ein Schulterhalfter zu sehen. Rechts steckte ein Revolver, links der Taser, den Malleus zu spüren bekommen hatte.

»Ah, Mister Bourreau«, grüßte sie freundlich. »Entschuldigen Sie die Vorgehensweise, aber in Ihrem und unserem Interesse mussten wir die Passagiere rasch ruhigstellen.« Sie blieb vor ihm stehen. »Ist alles in Ordnung? Herzprobleme vom Stromschlag?«

»Nein«, gab er zurück. »Ich würde gerne eine Culebra rauchen. Blaue Banderole.«

Sie lachte freundlich und routiniert, wie man es von einer Flugbegleiterin gewohnt war. »Das kann ich Ihnen leider nicht gestatten. Aber was zu trinken vielleicht?«

Malleus nickte. »Was hat die Entführung zu bedeuten?«

Sie zwinkerte freundlich, verschwand kurz durch den Vorhang und kehrte mit einem vollen Becher Wasser und einem langen Strohhalm zurück. »Ich mache gleich eine Durchsage, wenn die anderen Gäste erwacht sind. Damit alle auf dem gleichen Stand sind.« Elegant stellte sie das Behältnis vor ihm auf dem Tischchen ab und steckte ihm das Trinkröhrchen zwischen die Lippen. »Nicht ungeduldig werden. Wir haben noch einen langen Weg vor uns.«

Malleus trank, während sie weiterging und nach den übrigen Passagieren sah.

Einer fluchte und tobte, eine heulte und schimpfte, eine verlangte, aufs Klo zu dürfen, und der Vierte bat um ein Bier und einen Cognac.

Langer Weg, sagt sie. Wie hoch wird die Reichweite des Jets wohl sein?

Die Stewardess kam bald wieder nach vorne, nahm sich den Hörer der Sprechanlage und drückte ein Knöpfchen.

Ein Signalton erklang, mit dem um Aufmerksamkeit gebeten wurde.

»Meine Damen und Herren, ich begrüße Sie im Namen von unserer soeben gegründeten Airline Con Air an Bord des Charterfluges 08-15 von Neu Karthago nach Wohin-auch-immer«, sagte sie gekonnt und ohne zu stocken. »Mein Name ist Tiffy. Wie Sie bemerkten, haben sich einige Dinge für Sie geändert. Über die genauen Gründe werden wir Sie einzeln am Platz unterrichten. Unser Sicherheitsexperte prüft gerade das Gepäck auf verbotene Gegenstände und Substanzen, bevor er zu Ihnen kommt und das Gespräch sucht. Bis dahin bitten wir Sie, Ruhe zu bewahren. Toilettengänge werden zu einem späteren Zeitpunkt angeboten. Nun wünschen der Kapitän und ich Ihnen und uns einen guten Flug.« Sie hängte den Hörer ein und verschwand lachend durch den Vorhang. »Das wollte ich schon immer tun«, hörte man sie leise sagen.

Jetzt bin ich so schlau wie vorher. Malleus hatte das Glas ausgetrunken und lehnte sich zurück.

Ein Blick aus dem ovalen Fensterchen zeigte ihm, dass sie hoch über den Wolken flogen; weder Meer noch Land waren zu sehen.

Die Sonne stand schräg hinter ihnen, demnach flogen sie nördlich. Noch schien der Kurs ungefähr der gleiche zu sein wie beim Start vorgesehen.

Ein untersetzter, korpulenterer Mann in einem schwarzen Overall und mit einer schwarzen Sturmhaube über dem Gesicht kam durch den Vorhang und setzte sich neben Malleus. Die Augen verdeckte er mit einer Sonnenbrille, als Waffe trug er eine Beretta 92 im Achselholster.

»Guten Tag, Mister Bourreau«, sagte er auf Englisch mit einem hörbar harten osteuropäischen Akzent. Ein Hauch von Leberwurst-Schweiß-Geruch ging von ihm aus. »Die Passagierdaten sagen, Sie sind Inspektor bei Interpol?«

»Das stimmt.«

»Dann wird es Sie bestimmt mehr ärgern als die anderen, nichts gegen die Übernahme tun zu können.« Er zog die Nase hoch.

»Es hätte mich mehr geärgert, wenn Sie ein Gott wären«, erwiderte Malleus und sah sein eigenes Gesicht in den Gläsern der Brille. Zu gerne hätte er sich mit Daumen und Zeigefinger über seinen Fu-Manchu gefahren, ein Manierismus, den er gerne pflegte. Aber die Fesseln verhinderten es ebenso wie das Rauchen einer dringend notwendigen Culebra. Grün wäre besser. Grün unterstützte sein Denken. »Oder sind Sie einer?«

»Ich entscheide zwar gerade über Leben und Tod, aber das tun die Menschen öfter als die Götter.« Der Maskierte lachte leise. »Was haben Sie in Neu Karthago gemacht, Polizist?«

Malleus fand es angenehm, dass man sich nicht weiter nach ihm erkundigt hatte – insofern es kein Trick war, um ihn in eine Falle zu locken. »Ermittelt. Privat.«

»Man kann Sie anheuern?«

»Ja.«

»Ist das erlaubt?« Der Mann klang verwundert. »Bei uns heißt das *Bestechung*, wenn ich einem Polizisten Geld gebe.«

»Bestechung ist etwas anderes. Und mein Arbeitsvertrag gestattet es mir.« Malleus fürchtete, dass er lange auf eine Zigarre warten müsste, die ihn beruhigte. Mehr als beruhigte. Abhängigkeit, die über ein normales Maß hinausging und über die er sich zum ersten Mal Gedanken machte. Machen musste. Alleine die Vorstellung, keine Culebra rauchen zu können, sorgte für körperliches Unwohlsein, Panik keimte auf. »Aber da Sie den Jet offensichtlich nicht meinetwegen entführt haben, ist es unerheblich für Sie. Habe ich recht?«

»Haben Sie.« Die schwarzen Brillengläser erlaubten keinen Blick auf die Augen und damit auf die Gefühlslage des bullig-kräftigen Mannes. »Sie werden wissen wollen, was ich mit dem Flugzeug vorhabe.«

»Sie machen nicht den Eindruck, als würden Sie es überall herumerzählen.« Malleus nickte zu Tiffy, die in diesem Moment durch den Vorhang trat und ihre aufmerksamen Blicke über die übrigen Passagiere wandern ließ. »Ich habe schon darüber nachgedacht, aber es gibt zu viele Möglichkeiten.«

Der Mann hob die Hand und klopfte damit mehrmals auf Malleus' linke Schulter. »Das freut mich. Überraschungen bereichern doch das Leben.« Er erhob sich. »Verhalten Sie sich ruhig, Polizist, und ich tue Ihnen nichts.« Er ging weiter zum nächsten Passagier, der Leberwurstgeruch verschwand mit ihm.

Tiffy marschierte unterdessen den Gang entlang und verschwand auf der anderen Seite der Kabine durch einen weiteren Vorhang, danach erfolgte das Klacken einer Tür, deren Schloss einrastete. Sollte sie nicht auf die Toilette gegangen sein, befand sie sich auf dem Weg in den kleinen Frachtraum.

Was tut sie dort?

* Α Ω *

Nicht der beste Ort, um zu reisen, das gebe ich zu.

Schon gar nicht in einem Flugzeug, das sich auf über zehn Kilometern Höhe befindet.

Aber da ich ihm folge und ihn nicht wieder aus den Augen lassen will, nehme ich diese Sache in Kauf. Geht ja nicht anders.

Hier hinten gibt es für den Notfall zwei Atemmasken. Das erleichtert mir das Dasein als blinder Passagier.

Wieso eigentlich »blind«?

Habe ich nie drüber nachgedacht.

Weil die Besatzungen blind für die nicht zahlenden Gäste waren?

Weil sie mit blindem Vertrauen an Bord schlichen?

Egal.

Ziemlich wenig Gepäck, wo doch der Flug angeblich ausgebucht war. Haben vielleicht alle nur Handgepäck. Das in den Regalen sieht nach Zusatzfracht aus. Express.

Mal sehen, was die Passagiere dabeihaben.

Zeigt dem Onkel mal den teuren Fummel, Luxus-Ladies. Dessous wären lecker.

Mh. Merkwürdig. Einfache Klamotten, Durchschnittszeug, keine teuren Marken, wie ich vermutet hätte. Charterflüge sind nicht die billigsten.

Zudem … Munition?

Scheiße, tatsächlich. In dem Koffer sind randvolle Magazine mit je fünfzig Schuss. Ungewöhnliches Kaliber, Patronen ohne Hülsen. 9 Millimeter. Und das sind … geschätzte 5 Millimeter.

Ich kenne nur ein Gewehr, das mit dem mickrigen Kaliber und der Munition getestet wurde: das G11.

Die Leibwächter, die in diesem Jet fliegen, rechnen wohl mit schweren Angriffen. Gut zu wissen, dass Menschen mit solchen Wummen dabei sind.

Was geben die anderen Taschen noch so her?

Zzzzipp, klack, klack: aha, Geld.

Alte Euro, altrussische Rubel, Goldmünzen. Geschätzte fünfhunderttausend, würde ich sagen. Viel Geld, normale Klamotten – Understatement, um keine Räuber anzulocken. Und falls doch, sind ja die Herrschaften mit den Gewehren dabei.

Im Stauraum liegen verschiedene Pakete. Luftfracht, die nach Frankfurt mitgenommen wird. Was gibt es denn hier zu … huch, die Tür!

Da erscheint Besuch!

Eine brünette Stewardess kommt rein, die … einen Taser und eine Walther PPK unter ihrem Jäckchen trägt.

Das ist keine Standardausstattung, wenn ich mich nicht sehr irre.

Ich ducke mich zwischen die wenigen Koffer und schiebe behutsam den größten vor mich, damit sie mich nicht sieht.

Sie checkt die Staufächer … mit … einem Skinner. Ungewöhnlich, die schlanken Klingen werden eigentlich zum Häuten von Tieren benutzt. Wie sie das Messer handhabt … routiniert. Könnte damit auch Hälse aufschneiden. Bin ein bisschen verliebt. Hat bestimmt auch schicke Unterwäsche an, die Dame. Sie wühlt zwischen den Paketen herum: Champagnerkisten, Panzerkassetten, in denen sich garantiert irgendwelcher Schmuck befindet, Packungen mit Weihrauchessenzen. Sie sieht enttäuscht aus. Hatte sich wohl mehr erwartet.

Eine Stimme kommt aus ihrer Jackentasche. »Wo bleibst du?«

Sie zückt ein Funkgerät. »Inigo, hier ist es nicht.«

»Es *ist* da. Ich habe den Behälter hingelegt.«

»Er ist nicht in den Staufächern. Und zwischen die Pakete ist er auch nicht gerutscht«, *erwidert sie angepisst und betrachtet eine Champagnerflasche, als überlegt sie, die Pulle zu köpfen und sich wegzuschütten. Ich wäre dabei, Schönchen.*

»Nicht in den Staufächern«, *motzt Inigo.* »Ich sagte: *Neben* den Staufächern. Sieh nach, ob es noch gut aufgehoben ist. Unser Kunde wünscht es so.«

»Soll ich es nicht …«

»Negativ. Lass es vorerst da.«

Die Stewardess steckt das Funkgerät wieder in die Tasche, flucht vor sich hin und findet endlich einen der Hardcase-Koffer, auf dem HUMAN GRAFT aufgedruckt ist.

Sie öffnet ihn, nimmt ein Behältnis raus, in dem … ist das ein Herz?

Scheiße, ja, das ist ein Herz in einer Plastiktüte!

Klein, frisch. Von einem Tier … von einem Kind?

Kurzer Blick von ihr, und wieder rein damit. Danach ist sie verschwunden.

Hahaha, das ist mal ein Horrortrip. Wir fliegen also ein süßes, niedliches Herzchen in einem Learjet, zusammen mit Munition von ausgemusterten Waffen, in dem zudem noch eine … ach, was soll's.

Ich folge der schnieken Saftschubse heimlich bis hinter den Vorhang zum Passagierbereich. Will nach ihm sehen.

Ihm, dem ich folge.

Habe das Gefühl, die richtige Entscheidung getroffen zu haben.

Er wird mich brauchen.

* A Ω *

Malleus konzentrierte sich, um die Unterhaltungen des kräftig-dicklichen Maskierten mit den Passagieren zu verstehen.

Der Entführer redete zwar sehr leise, doch die zwei Männer und zwei Frauen antworteten laut genug, um einen Eindruck davon zu bekommen, wer sich noch an Bord befand.

Und die Runde schien illuster zu sein.

Die jüngere blonde Frau schräg hinter ihm war die Tochter eines reichen Industriellen; der etwa dreißigjährige Typ in billiger Kleidung verdingte sich als Hacker, der anscheinend die besten und kompliziertesten Systeme geknackt hatte; der ältere Herr gehörte zur

Spitze eines Konzerns, dessen Namen Malleus leider nicht verstand, und die gestandene Blondine war Multimillionärin.

Durch die Bank Ziele, die sich lohnen. Aus verschiedenen Gründen.

Malleus begriff, dass er Beifang war. Die Entführer der Maschine konnten ihn am wenigsten brauchen. Er nützte ihnen nichts, nicht einmal als Geisel. Die übrigen vier Menschen brachten mehr Geld und mehr Aufmerksamkeit als er.

Wie Beifang üblicherweise endete, wusste er: *Über Bord.*

Malleus hatte beim Lauschen nicht aufgehört, seine Handschellen mit den Fingern zu erkunden, um das Fabrikat einzuschätzen. Als Ermittler kannte er Schwachstellen. Aber ohne passendes Werkzeug würde es unmöglich sein, die Fesseln loszuwerden.

Was er durch die Gespräche nicht herausfinden konnte, war der Grund der Kaperung.

Alle vier? Nur einer? Es blieb weiterhin Spekulation.

Sein Mund wurde trocken, obwohl er Wasser getrunken hatte, die Nervosität nahm zu. Sein Körper wünschte freundlich, aber bestimmt einen Zug von der Culebra. Nicht in einer Stunde, nicht in dreißig Minuten, sondern unverzüglich. Schweiß brach ihm aus.

Die Schritte des Maskierten näherten sich, der massige Mann ging an ihm vorbei und verschwand hinter dem Durchgang.

Die Gefangenen waren alleine in der Kabine.

»Sie sind Polizist?«, hörte Malleus, noch bevor er sich umdrehen konnte. Es war der Hacker, der panisch gefragt hatte, wie er an der Stimme erkannte. »Machen Sie was!«

Er rutschte auf dem Sessel zur Seite, soweit es die Schellen zuließen, der helle Stoff seines Obergewandes spannte sich unangenehm am Hals. »Das würde ich sofort. Aber ich befinde mich in der gleichen Lage wie Sie, Sir.« Wieder musste er eine schwarze Strähne mit einer Kopfbewegung aus den Augen schütteln. Ohne den bändigenden Hut machten die längeren Haare, was sie wollten.

Der ältere Mann lachte. »Das gefesselte Gesetz. Könnte ein Buchtitel sein.«

»Können wir uns kurz vorstellen? Damit wir wissen, mit wem wir es zu tun haben?«, warf die Millionärin ein. »Ich bin Eleonore Haviland.«

»Theodor Smythe«, erwiderte der Konzernmann.

»Ryko«, steuerte der Hacker bei.

»Ivanka de Bonde«, schloss die Blondine.

»Mein Name ist Bourreau«, stellte sich Malleus vor.

»Echt? *Der* Bourreau? Ryko lachte sofort auf. »Von Ihnen habe ich im Netz gelesen. Sie sind der Atheist, der auch gegen Götter ermittelt.«

»Gerade geht es nicht um Entitäten«, erwiderte er freundlich. »Herrschaften, ich bitte um Ihre Aufmerksamkeit. Sie wurden eben von dem Maskierten verhört – gibt es einen speziellen Grund, warum er einen von Ihnen entführen will?«

»Warum sollten *Sie* nicht das Ziel sein, Inspektor?«, hielt Haviland dagegen. »Kann man einen Polizisten nicht immer gebrauchen, um Zugang zu Akten zu erhalten? Oder ermitteln Sie gerade an einem besonderen Fall? Oder hat Ihnen ein Gott diesen Mann auf den Hals gehetzt, um sich die Hände nicht schmutzig zu machen und mit Ihrem Tod nicht in Verbindung gebracht zu werden?«

Gute Ansage. Jemand, der mitdenkt. Malleus fand ihre Anmerkungen nicht schlecht, verwarf sie jedoch im gleichen Moment. »Würde man mich tot sehen wollen, wäre ich es bereits, Madam. Für einen umfassenden Dateizugang zum Interpol-Rechner ist Mister Ryko hilfreicher, und besondere Kriminalfälle hatte ich Dutzende, wenn Sie so wollen.« Er warf umständlich einen Blick in die Runde. »Ich sehe Reiche und Mächtige vor mir. Sollte der Maskierte den Jet nicht für einen Anschlag unter seine Kontrolle gebracht haben, was ich aufgrund seines Verhaltens und Auftretens ausschließe, hat es was mit Ihnen zu tun. Entweder allen oder einigen oder auch nur einem.«

Die vier machten nachdenkliche Gesichter.

»Was hätten wir davon, wenn wir den Grund wüssten?«, warf de Bonde ein. »Es würde doch nichts ändern.«

Malleus sah das anders. »Wissen bringt stets Vorteile. Früher oder später.«

»Das *zu spät* lassen wir besser außen vor«, kommentierte Smythe, gefolgt von einem dunklen Lachen. »Dann fange ich an: Keine Ahnung, warum ich interessant sein könnte. Abgesehen von meiner Zugehörigkeit zu *Watermark*. Aufsichtsratsvorsitzender.«

Watermark. Malleus schossen einige Skandale durch den Kopf, als er den Namen hörte, vor allem in Sachen Umwelt. Man konnte ein Zeichen gegen die Praktiken des Konzerns setzen, wenn man den Aufsichtsratsvorsitzenden erledigte. Das Nachdenken schmerzte ihn regelrecht. *Was gäbe ich für eine Culebra!* »Mister Hacker?«

Ryko zierte sich einige Sekunden. »Ich war da an einer Sache dran«, gestand er drucksend. »Es ging darum, dass …«

Der hintere Vorhang wurde mit einem ratschenden Geräusch geöffnet, und Tiffy erschien. »Ah, die Gäste machen sich miteinander bekannt.« Sie ging langsam durch den Gang. »Jetzt ist Schluss mit der Plauderei, wenn ich Sie bitten darf.«

»Sie können uns nicht den Mund verbieten«, erwiderte Smythe kühl.

»Mein Ellbogen kann das«, antwortete sie und winkelte den Arm an, tippte auf das Gelenk. »Reden Sie noch einmal ohne meine Erlaubnis, bekommen Sie ihn zu spüren, Sir.« Tiffy räusperte sich. »So. Muss jemand zur Toilette?«

Malleus betrachtete die falsche Stewardess. Ihre Uniform wies leichte Schmutzspuren an den Knien auf, sie schien sich durch den Frachtraum gewühlt zu haben. Ihm kam ein Gedanke. »Ich würde gerne.«

»Aber natürlich, Inspektor.« Beflissen kam Tiffy zu ihm und langte in die rechte Außentasche ihres Jacketts, um einen Schlüssel herauszunehmen.

Mehr hatte Malleus gar nicht wissen wollen.

* * *

Germanien, Keltische Kurpfalz (Baden-Württemberg), Mannheim, November 2019

Marianne Lagrande betrat das Foyer des Museums und erkannte mit einem Blick den weißhaarigen, älteren Mann im dunkelblauen Anzug, der neben einer Angestellten am Tresen stand und die Prospekte ordnete. *Da ist er schon.* Sie hob die Hand zum Gruß, um seine Aufmerksamkeit zu erwecken.

Er sah sie und nickte zögerlich, weil er erahnen musste, wer sich in einem mutigen weißen Achtzigerjahre-Dress und mit langen, blondierten Haaren auf ihn zubewegte.

Natürlich hatte sie ein wenig übertrieben, als sie sich Hermann Wilkmann gegenüber am Telefon als *Ermittlerin* von Interpol vorstellte. Es stimmte zwar, dass sie recherchierte, aber für eine Sekretärin, die Informationssuchen vor Ort durchführte, gab es keine offizielle Bezeichnung außer: Sekretärin. Sonderbefugnisse hatte sie keine.

Da Wilkmann das nicht wusste, würde das Gespräch hoffentlich glatt über die Bühne gehen, ohne dass sie weitere Lügen benötigte.

Er wechselte ein paar rasche Worte mit der Angestellten und löste sich vom Broschürenständer, um Lagrande in Empfang zu nehmen.

»Guten Tag. Wie kann ich Ihnen helfen?« Er roch nach einem Rasierwasser für ältere Herrschaften, von seinen schwarzen Schuhen ging das Odeur von Pflegemittel aus.

Lagrande zeigte ihren Interpol-Ausweis, hielt dabei aber wohlweislich ihre Bezeichnung sowie ihren Status zu. »Marianne Lagrande. Wir haben telefoniert, Herr Wilkmann.«

Er sah mäßig erfreut und leicht schuldbewusst aus. »Sicher. Kommen Sie.« Er führte sie durch den Kassenbereich in die noch leeren Präsentationsräume. *Göttliches Gold – Verfluchtes Gold* lautete der Titel der Sonderausstellung. »Sie sagten, Sie hätten ein paar Fragen zu meinem Aufenthalt in Treva?«

Lagrande nickte. »Es geht um einen Mord.«

Sie hatte es am Telefon absichtlich geheimnisvoll gehalten, um ihn im Ungewissen zu lassen. Er schien kein gewohnheitsmäßiger Gesetzesbrecher zu sein, es gab nicht einmal eine kleine Eintragung in der Verbrecherkartei. Deswegen setzte sie darauf, dass ihn sein schlechtes Gewissen zum Reden brachte und verhandlungsbereit machte. Sie wollte Malleus Bourreau die Arbeit erleichtern und nicht jedes Mal die Behörden vor Ort hinzuziehen. *Viel zu viel Aufwand*, wie sie fand.

»Sie kennen einen gewissen Herrn Hektor Mohr?«

Wilkmann dachte nach und steckte die rechte Hand in die Hosentasche, klimperte nervös mit Schlüsseln. Er wirkte wie ein netter Opa, den man zwang, gegen seinen Enkel auszusagen. »Nein«, antwortete er nach einer Weile. »Wo soll er mir begegnet sein?«

»Als Sie die Hehlerware von ihm kauften«, erwiderte sie absolut freundlich.

»Ach?«, tat er überrascht. »Nicht möglich.«

Lagrande musste sich das Grinsen verkneifen. Gerade wirkte der ältliche Wilkmann wie eine Figur, die sich der begnadete Kabarettist Loriot ausgedacht hatte. »Doch, doch.«

»Das war Hehlerware? So ein netter junger Mann.« Er richtete demonstrativ seine Museumsjacke und das Namensschildchen, hauchte darüber.

»Ihnen wird aufgefallen sein, dass er keinerlei Zertifikate ausstellte. Oder Quittungen«, schob sie amüsiert nach. Sie hatte vollkommen leichtes Spiel und fuhr sich mit den blaumetallic lackierten Nägeln durch die toupierten langen Haare. Pure Achtziger-Power. »Das Rausreden bringt nichts, Herr Wilkmann. Es gibt Zeugen, die zum gleichen Zeitpunkt bei Mohr waren. Sie wurden gleichermaßen befragt.« Sie zwinkerte.

Wilkmann seufzte und sackte leicht zusammen. »Ich bekenne mich schuldig. Aber das Museum trifft keine Schuld! Ich habe es aus eigenem Geld bezahlt und mir die Auslagen erstatten lassen.« Er blieb vor einer Vitrine stehen. »Sie irren sich, was die Zertifikate und Quittungen angeht. Ich bestand darauf, weil ich es bei der Verwaltung einreichen musste. Es war für ihn keinerlei Problem.«

»Tun Sie das öfter?«

»Exponate erstehen? Ja, wenn ich im Ausland bin. Ich bin gelernter Historiker und Archäologe, habe früher viele Ausgrabungen an historischen Stätten gemacht, bis die Götter zurückkehrten.« Er lachte. »Danach wurde es … unsinnig. Jedenfalls an den bekannten Orten. Das meiste steht ja wieder.«

»Das Museum arbeitet demnach mit Exponaten fragwürdiger Herkunft.«

»Nein, um Götterwillen!«, stieß Wilkmann entsetzt hervor. »Ich schwöre bei Odin und Teutates, dass es bei diesem Mohr eine Ausnahme war.« Er legte eine Hand aufs Herz und nahm die andere aus der Tasche, um sie zum Schwur zu heben. »Ich ahnte, dass etwas nicht stimmte. Aber Sie müssen das verstehen, Frau Inspektorin: Lieber sah ich diese Goldstücke bei uns als irgendwo bei einem Sammler, der sie versteckt, oder – viel schlimmer – einschmilzt und zu wertlosen Klumpen macht.«

»Wertlos würde es ja nicht.«

»Sie hätten für mich als Historiker und Archäologe ihre Besonderheit verloren. Was ist schon Gold? Nur teures Metall ohne Kultur.« Er sah zerknirscht aus. »Mohr ist tot?«

Lagrande nickte. »Wir wissen, dass Sie es nicht waren«, log sie. »Dennoch gehen wir den Spuren nach und verhören die Zeugen, ob ihnen etwas auffiel. Und wir sammeln selbstverständlich die verkauften Artefakte ein«, schob sie rasch nach.

Wilkmann nickte schwach. »Das dachte ich mir.« Er legte eine Hand an die Scheibe der Vitrine, vor der sie just anhielten. »Da sind die guten Stücke.«

Lagrande musste grinsen. *Er hat sein Geständnis schon vorgehabt, als er mich mit in die Ausstellung nahm.*

Neugierig drehte sie den Kopf und betrachtete, weswegen Mohr unter anderem sein Leben verlor; die voluminösen Haare wippten spürbar.

Hinter dem dicken Glas funkelten ein Dutzend daumengroße goldene Figürchen, die von ihrer Form her an Insekten oder Vögel erinnerten, andere kamen Krokodilen sehr nahe. Bei genauerem Hinschauen erkannte sie genaue, exakte Strukturen.

»Ich vermute«, kommentierte Wilkmann, »es handelt sich dabei um die gleiche Quelle, aus der auch die Goldflügler im Museo del Oro in Bogotá stammen. Die Kolumbianer haben mehr als dreißigtausend davon.«

»Was stellen sie dar?«

»Dazu gibt es verschiedene Theorien. Wir vermuten wie bei allen Ureinwohnern die tiefe Gläubigkeit zu ihren Schöpfern. Mit solchem Schmuck möchten sie die Götter ehren, aber auch eine Verbindung zu ihnen herstellen. Ihnen näher sein. So nahe, wie wir ihnen gerade sind, schätze ich«, referierte der Mann wie ein Lehrer. »Sehen Sie die Figürchen auf der linken Seite?«

Lagrande richtete ihre blaugrünen Augen darauf. »Sie sehen ein bisschen aus wie … primitive Flugzeuge«, befand sie überrascht. »Der Insektenkopf hat mich zuerst abgelenkt.«

»Schön, dass es Ihnen auffällt. Man merkt gleich, dass Sie Ermittlerin sind«, lobte Wilkmann freudig. »Das ist der Grund, warum manche sie auch *altamerikanische Goldflieger* nennen.«

Die Art, wie er sprach, sagte Lagrande, dass sich hinter diesen Figürchen mehr als nur schicke Kleinodien aus längst vergangener Zeit verbargen. Ihre Aufregung wurde größer. *Erst der Diamant in der afrikanischen Statue, jetzt das.*

Sie wendete den Kopf zu dem Mann, der sie anlächelte wie ein sehr zufriedener, väterlicher Dozent. »Die kleinen Dinger haben noch andere Geheimnisse?«

»Es gibt auch dazu verschiedene Theorien«, holte Wilkmann aus.

Lagrande sah über seine Schulter hinweg den Rücken eines sehr muskulösen Handwerkers emporragen, der im Blaumann vor einer benachbarten Vitrine stand und aus einem Seesack einen Vorschlaghammer nahm. Spontan wollte ihr nicht einfallen, was man mit einem solchen Werkzeug an einem gläsernen Schaukasten reparieren konnte. *Man tut damit eher das Gegenteil.*

»… Sie mir zu?«, vernahm sie Wilkmanns freundlich-verlangende Stimme.

»Nein«, raunte Lagrande und griff in ihre Handtasche, um den kombinierten Taser mit Pfefferspray herauszuholen. »Geben Sie Alarm.«

Der Handwerker wirbelte herum und schwang den Hammer zum Hieb gegen die Vitrine – doch er bekam vorher einen satten Strahl der beißenden Flüssigkeit aus der kleinen Dose mitten ins Gesicht.

Aufschreiend verzog er den Schlag und traf stattdessen den perplexen Wilkmann, der sich zu langsam bewegte, um dem Eisenkopf zu entgehen.

Der Einschlag in die Seite schleuderte den älteren Mann durch den Raum und gegen einen Aufbau, auf dem eine Vase ausgestellt stand. Zwar war sie gut befestigt, aber die Erschütterung genügte, um einen lauten Signalton auszulösen.

So geht es auch. Lagrande setzte dem taumelnden Handwerker den Taser gegen die Brust, wich seinem Ellbogenschlag aus und aktivierte den Stromfluss.

Es knisterte, und der Mann brach mit einem hustend stöhnenden Laut vor ihr zusammen.

Lagrande wandte sich zu Wilkmann um und sah einen zweiten Angreifer im Blaumann, der einen gewaltigen Revolver aus der Brusttasche zog und auf sie anlegte.

Sie hechtete hinter die nächste Vitrine und machte sich klein. Die Schulterpolster des Sakkos dämpften die Wucht des Aufpralls.

Donnernde Schüsse erklangen, die Kugeln fegten durch den Unterbau aus Plastik und verfehlten sie. Splitter flogen gegen sie.

Lagrande sah auf den Füllstandanzeiger ihres Gerätes. Es würde noch für zwei Angriffe mit Strom und Chemie ausreichen.

Den Schritten nach kam eine weitere Person herein, die Anweisungen von dem zweiten Angreifer erhielt.

Es sind bestimmt die gleichen Auftraggeber wie in Lutetia und Treva. Sie streifte die Schuhe ab, kroch hastig zur nächsten Deckung, über ihr schwebten weitere Gegenstände aus Gold, die sie nicht richtig erkannte. *Ich hoffe, es läuft dieses Mal besser.*

Der Unbekannte umrundete mit einem Ruger Super Blackhawk die Vitrine und gab seinen Kumpanen Deckung. »Bleib, wo du bist«, sagte er kalt in Lagrandes Richtung. »Wenn ich deinen Kopf sehe, schieße ich.«

Es rumpelte dumpf, dann klirrte es, als die Scheibe nach mehreren Schlägen unter der Wucht nachgab und in viele abgerundete Fragmente zerfiel. Klickernd prasselten sie auf den Boden und hopsten bis zu Lagrande.

»Los, Jeff. Hoch mit dir«, hörte sie einen zweiten Mann auffordernd sagen. »So schlimm ist das bisschen Strom nicht.«

Fluchend kam der Dritte auf die Beine.

Die Alarmgeräusche hatten sich inzwischen verstärkt, die Rufe stammten von den wenigen Gästen im Museum, die sich in Sicherheit brachten.

Lagrande sah über den polierten, spiegelnden Goldteller in einem benachbarten Schaukasten, dass die Männer sämtliche Goldflieger einsammelten und sich nach kurzem Zögern den anderen Exponaten zuwandten. *Ich war rechtzeitig hier und doch Sekunden zu spät.*

»Jetzt raus«, befahl ihr Anführer und warf einen Blick in den Raum – und bemerkte Lagrandes Reflexion im polierten Metall. Lachend schoss er danach, das große Projektil stanzte ein Loch in das Glas, das sofort splitterte, aber hielt; scheppernd fiel der perforierte Teller im Innern um. »Bleib, wo du bist.«

Branleur! Lagrande ließ sich nicht einschüchtern.

Sie huschte von Vitrine zu Vitrine und folgte dem Trio, das sich schnurstracks zu einem Notausgang begab und hinausflüchtete. Das knielange weiße Kleid erwies sich als kaum mehr hinderlich, der seitliche Riss erlaubte ihr mehr Bewegungsfreiheit, als der Designer vorgesehen hatte.

Lagrande gelangte ins regnerische Freie unmittelbar neben den

Parkplatz und duckte sich hinter die gestutzten Büsche. Die sturzbachartig fallenden Tropfen durchnässten die Haare und die Kleidung innerhalb von Sekunden.

Die Männer stiegen in einen abgehalfterten schwarzen Toyota Hilux, der Vorschlaghammer landete achtlos auf dem Asphalt, und der Wagen brauste los.

Da die Ausfahrt durch einen parkenden Lastwagen blockiert wurde, kam der Pick-up mit jaulendem Motor wieder rückwärts angeschossen und wurde vom Fahrer in einem Drift um 180 Grad gedreht. Die Räuber wollten zur Einfahrt raus.

Sirenen heulten entfernt, die Polizei befand sich bereits auf dem Weg und war nicht weit entfernt.

Ihr bleibt. Lagrande sah den Vorschlaghammer und hetzte los. Sie schnappte sich ihn, rannte an dem Hilux auf gleicher Höhe vorbei, als er auf die Schranke zuhielt, und warf das schwere Werkzeug nach der Windschutzscheibe.

Der eiserne Kopf knallte gegen das Sicherheitsglas und schlug ein großes Loch hinein, verschwand im Innern. Die Frontscheibe wurde durch die tausendfachen Sprünge und Risse undurchsichtig.

Der Hilux verließ die schmale Fahrspur und kollidierte mit der Hebevorrichtung der Schranke, mähte sie um und verfing sich mit dem Unterboden am massiven Prallabweiser. Die Vorderräder wurden aufgebockt und drehten sich weiter, der Motor orgelte unter Vollgas und erstarb schließlich. Der Fahrer schien vom Hammer getroffen worden zu sein und das Bewusstsein verloren zu haben.

Ich bin die Schwester des mächtigen Thor. Lagrande atmete tief durch und eilte zum Wagen, die Pfefferspray-Taser-Kombination in der Rechten.

Passanten blieben stehen und rangen mit sich, ob sie zu Hilfe eilen sollten.

»Weg«, schrie sie und zog ihren Ausweis. »Polizei! Blieben Sie weg vom Fahrzeug!«

Die hintere Beifahrertür schwang abrupt auf, und ein blonder

Mann stieg aus. Auf der Stirn prangte eine hässliche Platzwunde, die Nase war gebrochen.

»Was habe ich dir gesagt?« Er hob die Ruger Super Blackhawk und zielte auf die Sekretärin. Die andere Hand hielt die kleine Tasche, in welche sie ihre Beute gerafft hatten.

Lagrande warf sich in die Büsche, krachend entlud sich die Waffe.

Die Kugeln schienen sie verfehlt zu haben, sie spürte keinen Einschlag in ihrem Körper.

Wo ist er? Sie lugte über den genau geschnittenen Rand des Grüns – und starrte in den dicken Lauf des Revolvers.

»Zu deinem Wagen«, befahl der Mann und wischte sich mit dem Oberarm das Blut sowie den Regen aus den Augen.

»Ich bin mit dem Zug hier«, log sie.

»Scheiße. Du bist zu nichts gut.« Die Sehne auf seinem Handrücken trat einige Millimeter hervor, der Zeigefinger bewegte sich.

Es krachte lauter als gedacht. Der Unbekannte wurde nach rechts geschleudert, als habe ihn ein unsichtbarer Wagen erfasst und umgefahren. Die Waffe fiel ihm aus der Hand und blieb auf den Ästchen liegen.

Lagrande blickte sich um.

Schräg auf der gegenüberliegenden Straßenseite erhob sich jener maskierte Mann, der ihr bereits in Treva das Leben gerettet hatte. Er hielt eine großkalibriges Gewehr in der Hand, vom dem sie nicht sagen konnte, um welches Fabrikat es sich handelte.

Er grüßte erneut, indem er sich mit zwei Fingern an einen imaginären Mützenschirm tippte.

Du schon wieder! Lagrande schnappte sich die Ruger Super Blackhawk und riss sie hoch, der Mann versteinerte. Aber sie zielte über ihn hinweg zum Hilux und löste mehrmals aus, ohne dass sie annahm, den zweiten Räuber zu treffen, der sich gerade halb aus dem Pick-up erhoben hatte. Jedes Mal ruckte der Lauf durch den Rückschlag in die Höhe, es schmerzte in den Handgelenken.

Die Kugeln hagelten durch die Heckscheibe, das Blech und garantiert auch an dem Gegner vorbei. Dann war die Trommel leer.

Ihr Retter verstand, drehte sich zur Seite und drückte souverän ein einziges Mal ab.

Das Geschoss erfasste den Feind und ließ ihn zusammenbrechen, undeutlich konnte sie seine Umrisse unter dem schräg stehenden Hilux erkennen.

Aber als sie nach ihrem Retter schaute, war der Mann verschwunden.

Sie wischte ihre Fingerabdrücke mit dem getränkten Kleid von der Waffe, warf den leer geschossenen Revolver anschließend auf den Toten. Schnell nahm sie die Tasche mit den Goldfliegern an sich. *Gerettet. Von wem auch immer. Vor wem auch immer.*

* * *

Unbekannter Luftraum, November 2019

Malleus spürte die Finger der brünetten Stewardess an seinen Handgelenken, es klickte mehrmals.

»Sollten Sie Tricks versuchen«, sagte sie währenddessen, »erschieße ich *die* Geisel, die wir für unseren Plan nicht brauchen.« Sie half ihm aus dem Sessel. »Und Sie anschließend. Das ist keine simple Drohung, Polizist.«

Malleus beließ es bei einem Nicken. Er stand auf, die Hände lagen weiterhin mit den Schellen verbunden auf seinem Rücken.

Gemeinsam gingen sie den kurzen Gang hinab zur Toilette.

Malleus nutzte die Gelegenheit und prägte sich die Gesichter, die Kleidung, die Gesichtsausdrücke und nach Möglichkeit Kleinigkeiten der übrigen vier Personen ein.

Millionärin Haviland war um die fünfzig, trug teure Kleidung und schien sich, trotz der Lage, mit den Umständen arrangiert zu haben. Sie musterte ihn und versuchte, auf seinem Gesicht abzulesen, was er beabsichtigte.

Ebenso abgeklärt wirkte Smythe, von unzähligen Aufsichtsratssitzungen und Aktionärsversammlungen gestärkt. Er hatte das gleiche Alter wie Malleus, das Gesicht war kantig und glatt rasiert, die Haare streng nach hinten gekämmt. Auch er versuchte, von den Zügen des Inspektors zu lesen; in seinem Sakko steckte eine sehr einfache Zigarettenpackung.

Hacker Ryko wirkte fast kindlich, er atmete aufgeregt und schien Malleus mit seinen Blicken eine Botschaft zu senden. Das Blinzeln konnte ein Code sein, vielleicht in binär, aber den beherrschte Bourreau leider nicht.

Das reiche Töchterchen de Bonde starrte hingegen aus dem Fenster, als würde sie auf das Eingreifen eines Gottes oder eines Rettungsteams warten, das via Flugzeug zu ihnen stieß. Ihre Augen blieben auf die Welt außerhalb der Kabine gerichtet, sie schien sich vom Inspektor nichts zu erhoffen.

Die Mischung an wichtigen Menschen konnte sich sehen lassen, und ja: Theoretisch kam jeder von ihnen als Ziel dieser Aktion infrage.

Wer wird es sein? Seine Gedanken beschäftigten sich mit dem Nebensächlichen, mit den Kleinigkeiten, die er an ihnen wahrgenommen hatte.

Tiffy öffnete die Kabinentür, die Toilette erwies sich als überraschend geräumig.

»Denken Sie dran, Polizist: eine Geisel, dann Sie«, schärfte sie ihm ein und löste eine Fessel und klickte sie an der Klopapierhalterung fest. »Rufen Sie, wenn Sie abgeschüttelt haben.« Sie drehte sich um.

Malleus bemerkte das Smartphone, das in ihrer anderen Jackentasche steckte, und griff blitzschnell zu.

Tiffy bemerkte zu seiner Erleichterung nichts und schloss die Tür.

Rasch, bevor es auffällt. Er betrachtete das Smartphone, das sich als kompaktes Satellitentelefon erwies. Damit gab es keine Sperre zu überlisten. *Perfekt!*

Schnell wählte er Lagrandes Nummer, aber sie ging nicht ran. Auch die Versuche, andere Anschlüsse bei Interpol zu erreichen, scheiterten am überraschend schlechten Empfang.

Es wäre zu schön gewesen. So blieb ihm nichts anderes übrig, als Lagrande und Lautrec Nachrichten zu schreiben:

Flugzeug in Neu Karthago entführt, Learjet nach Frankfurt, Flugnummer unbekannt. Bitte Vorkehrungen treffen.

Malleus tippte mit fliegenden Fingern, betätigte zwischendurch die Spülung und fügte die Namen der Passagiere hinzu.

Lautrec reagierte nicht. Dafür kam eine SMS von seiner Assistentin.

Lagrande: *** Was machen Sie für Sachen?

Malleus: *** Rufen Sie Lautrec an: Behörden in Germanien und Celtica informieren. Brauchen Flugüberwachung.

Lagrande: *** Tue ich. Kann es sein, dass es den Entführern um die Artefakte geht?

Malleus: *** Nein. Sie haben was anderes vor.

Lagrande: *** Sicher? Oder soll ich was mit unseren Gegenständen machen? Bleiben sie in ihrem Versteck?

Malleus: *** Vorerst ja.

Es klopfte.

»Polizist, los. Sie waren lange genug da drin. So viel können Sie weder getrunken noch gegessen haben«, erklang Tiffys genervte Stimme. »Die anderen wollen auch mal.«

Malleus imitierte Würggeräusche. »Was Schlechtes gegessen«, rief er unterdrückt und spülte wieder.

Lagrande: *** Schreiben Sie mir, wohin ich sie bringen soll, Chef.

Malleus: *** Muss weg. Später mehr.

Er warf das ausgeschaltete Telefon in den Abfalleimer, wusch sich das Gesicht und tastete nochmals seine Kleidung ab. Aber die Entführer hatten ihm nichts gelassen, was er gegen sie einsetzen könnte.

Nicht mal eine Culebra habe ich.

Malleus betrachtete sein müdes Gesicht, die Narbe unter seinem Auge wirkte rötlicher als sonst. Die kontaktlinsenblauen Augen glänzten beinahe fiebrig. Er legte die längeren schwarzen Haare oben auf dem Kopf mit nassen Fingern zurück, richtete seine Kleidung, dann öffnete er die Toilettentür.

Tiffy stand mit ungehaltener Miene davor. »Ich war schon auf dem Weg, einen der vier zu erschießen«, kommentierte sie und schloss die Schelle auf.

Malleus kehrte über den Gang zum Sitz zurück und taumelte dabei, als wäre ihm schwindlig, rempelte aus Versehen Tiffy an und ließ sich in den Sessel plumpsen.

Sie verband ihn mit der offenen Fessel am Gestänge und wandte sich zu den Passagieren. »Noch jemand?«

Niemand meldete sich.

»Ich hätte mir wohl mehr Zeit lassen können«, merkte Malleus an.

Tiffy ging durch den Vorhang, die Tür zum Cockpit klackte.

Er öffnete die rechte Faust, in der sich der Schlüssel zu den Schellen befand, den er aus der Jacke der Stewardess geangelt hatte.

Da könnte man beinahe an die Götter des Glücks glauben. Nach einem Herzschlag war die Fessel gelöst.

Doch Malleus regte sich nicht.

Er wollte verhindern, dass die anderen Passagiere vor Überraschung riefen und einer der Entführer mitbekam, was sich in der Kabine abspielte. Sicherlich gab es auch Kameras, auch wenn er auf den ersten Blick keine bemerkte.

Und er musste nachdenken, was ohne eine Culebra nicht leicht war.

Ihn beschäftigten die Nachrichten von Lagrande ebenso wie die Blicke und die Kleinigkeiten seiner Mitgefangenen. In seinen Schläfen zog es unangenehm, sein Körper forderte nunmehr brachial eine Zigarre, die er ihm gerade nicht bieten konnte. Erneut bekam er einen Schweißausbruch.

»Was haben Sie so lange auf der Toilette gemacht?«, wollte Ryko wissen. »Sie haben doch einen Plan, wie Sie uns retten?«

»Natürlich«, erwiderte Malleus abwesend und blickte aus dem kleinen Fenster. Sein Unterbewusstsein meldete nach und nach Details der Menschen, die er sortierte und ihrem Verhalten zuordnete.

Der Kurs hatte sich nicht geändert, der Jet flog unbeirrt in nördliche Richtung. Es war schwer, abzuschätzen, wie lange ihre Reise bereits dauerte.

Malleus nahm an, dass die entführte Maschine lange Zeit den vereinbarten Kurs halten würde, um zu verhindern, dass die Luftüberwachung und die Lotsen Verdacht schöpften.

Wenn Lautrec seine Nachricht las oder Lagrande Alarm schlug, war das Täuschungsmanöver der Kriminellen aufgeflogen. Dann würde er schon bald Abfangjäger neben dem Jet auftauchen sehen. Über dem offenen Meer unternahmen sie nichts, aber sobald man sich über dem Luftraum eines Staates befand, mussten die Kampfpiloten handeln.

Wenn. Malleus' Verstand rotierte, die Synapsen glühten. *Wenn Lautrec informiert wird.*

Nach einigen Minuten hatte er einen Entschluss gefasst, der in einer Katastrophe oder in der Wahrheit münden würde.

Oder in beidem. Ob es damit für *ihn* besser wurde, wusste er nicht.

Malleus streifte die Handschellen ab und erhob sich langsam von seinem Platz.

»Sie haben sich befreit!«, stieß Ryko überrascht aus und ließ ein Lachen folgen. »Ich wusste es, dass der Bulle was auf dem Kasten hat.«

»Sie Wahnsinniger! Setzen Sie sich hin«, zischte Haviland angespannt. »Sie haben doch gehört, dass diese Frau einen von uns und dann Sie umbringen will, wenn Sie Tricks versuchen.«

Smythe lehnte sich so, dass er besser sah. »Lassen Sie ihn. Er wird uns befreien, und dann machen wir die Entführer fertig.« Er ruckte demonstrativ an seinen Fesseln. »Los, kommen Sie. Machen Sie mich los, Bourreau.«

»Die haben Kameras«, merkte de Bonde sehr richtig an. »Die wissen doch längst im Cockpit, dass der Polizist freigekommen ist.« Sie schaute langsam von einem zum anderen. »Die Frage, die uns beschäftigen sollte: *Wer* von *uns* geht wegen ihm jetzt drauf?«

Malleus verlegte sich aufs Zusehen und Zuhören, was die Passagiere ausbaldowerten. *Ich bin gespannt.*

Ryko verlor seinen begeisterten Gesichtsausdruck. »Fuck. Daran ...« Er schwieg und machte sich auf seinem Platz ganz klein.

»Ich bin zu reich«, warf Haviland souverän wie eine Königin ein. »Herr Smythe birgt einen gewissen Wert wegen seiner Konzernzugehörigkeit, und Herr Ryko mit seinen Computerfertigkeiten kann von großem Nutzen sein.« Sie richtete ihren Blick auf die junge Erbin, die sie damit folgerichtig zum Tode verurteilt hatte.

Ryko starrte den regungslosen Malleus an. »Wollen Sie nicht was tun?«

»Doch.« Die hochgradige Abhängigkeit ließ ihn fahrig und schlecht gelaunt werden, und er hätte sogar eine Zigarre mit farbloser Banderole geraucht. »Das heißt, ich *würde* gerne.«

Er ging auf Smythe zu und klopfte gegen sein Sakko. Es klapperte hohl. *Da sind sie.* Mit einem raschen Griff zog er die zerknautsche Schachtel herkömmlicher Zigaretten heraus, in der sich dem Klang nach auch ein Feuerzeug befand.

»Günstige Marke. Das sind die Kleinigkeiten, die nicht passen. Auch riecht keiner von Ihnen nach teurem Parfum. Und niemand fragte, was mit den drei fehlenden Passagieren ist.« Unter den fassungslosen Blicken des Quartetts steckte er sich eine Zigarette in den Mund und entzündete sie, kehrte dann zu seinem Platz zurück und setzte sich; dabei schlug er das rechte über das linke Bein und sah aus dem Fenster. »Ein Drink dazu wäre ganz nett. Aber Tiffy scheint wie durch einen Zufall beschäftigt zu sein.«

»Inspektor, was tun Sie?«, rief Ryko entsetzt. »Haben Sie nicht ...«

Sie geben nicht auf. »Ich rauche«, erwiderte Malleus amüsiert und stieß den Qualm gegen die Kabinendecke. »Wenn Sie auch eine wollen« – er hob die Schachtel in die Höhe –, »öffnen Sie sich die Schellen, und kommen Sie zu mir. Es sind noch fünf drin.«

»Er ist verrückt«, stammelte de Bonde.

»Er hält es für ein Spiel«, präzisierte Haviland eisig.

»Ich weiß noch nicht genau, *was* veranstaltet wird«, antwortete Malleus und bewunderte die Wolken, die sich wie eine Teppichlandschaft um den Jet ausbreiteten. Wenn man drauf laufen könnte, wäre die Flucht für ihn einfach. »Aber *keiner* von Ihnen ist, was er vorgibt.« Er nahm einen langen, unbefriedigenden Zug. »Sie gehören zu den Entführern der Maschine.« Der rauchgraue Dunst schoss aus Mund und Nase, ohne dass sich die geliebten Figuren bildeten. Schnöder, schlecht schmeckender Tabak ohne jegliche Besonderheit. Aber es bremste den Vormarsch der gefürchteten Kopfschmerzen. »Meine Vermutung: Es geht um die Artefakte, die in Treva gestohlen wurden. Um nichts anderes.«

Die Stille in der Kabine zeigte ihm, dass er recht hatte. Niemand begehrte auf oder lachte, weil nie vorgesehen war, dass er das Spiel durchschaute.

Dann schwang der blaue Vorhang auf, und Tiffy erschien mit einem freundlichen Lächeln auf den Lippen.

Und natürlich mit dem knisternden Elektroschocker.

* * *

Germanien, Keltische Kurpfalz (Baden-Württemberg), Mannheim, November 2019

»Das ging alles sehr schnell. Er tauchte auf und erschoss sie.« Marianne Lagrande saß im Besprechungsraum des Museums, in dem die Besucher bei Sonderveranstaltungen üblicherweise Einweisungen bekamen, und beantwortete geduldig die Fragen der deutschen Ermittler. Sie trug eine geliehene Hose, Hemd und Uniformsakko der Einrichtung, weil ihre Kleidung total durchnässt gewesen war; die langen hellen Haare lagen ungewohnt glatt den Rücken hinab.

Lagrande vermied es, Details zum Verbleib der Goldfigürchen zu geben, die sie in ihrer Handtasche aufbewahrte, keine fünfzig Zentimeter von dem Beamten entfernt. »Mehr kann ich dazu nicht sagen.«

Da sich die Beute nicht im Wagen fand, gingen die Polizisten davon aus, dass sie beim Zusammenprall mit dem Schrankenkasten aus dem Wagen geschleudert worden war oder der unbekannte Schütze sie mitgenommen hatte.

Der Ermittler schaltete die Kamera ab und nickte ihr zu. »Danke, Frau Lagrande. Das war es erst einmal.« Er machte eine gespielt maßregelnde Fingerbewegung. »Aber nicht wieder mit Vorschlaghämmern nach Verbrechern werfen. Das hätte danebengehen können.«

Lagrande lächelte schuldbewusst. »Versprochen, Herr Kommissar.« Sie erhob sich, gab ihm die Hand und verließ den Raum; ihre Handtasche schien gefühlte zwanzig Kilogramm zu wiegen, aber sie ließ sich nichts anmerken. *Hoffentlich klirrt nichts.*

Auf dem Gang wartete Wilkmann auf sie. Er trug einen Verband am Kopf, beim Sturz hatte er sich eine Platzwunde zugezogen. Seine Privatkleidung unterschied sich unwesentlich vom Museumsoutfit.

»Sie sind ja echt …« Er suchte nach dem passenden Wort. »Eine Heldin.«

»Danke, aber ich … habe nur getan, was ich tun musste.« *Auch wenn ich als Sekretärin für so etwas zu wenig verdiene.* Lagrande lächelte und hakte sich bei ihm ein. »Lassen Sie uns auf den Schrecken einen Kaffee trinken, und Sie berichten mir, warum die Typen es auf die Figürchen abgesehen hatten. Dann können wir Schlüsse auf weitere Ziele ziehen.« Was nicht gelogen war.

»Das tue ich gerne.« Wilkmann ließ sich von ihr führen, er humpelte leicht. Der schmerzhafte Kontakt mit dem Hammer hatte seiner Hüfte nicht gutgetan. »Gut, dass der Vase nichts passiert ist, gegen die ich gefallen bin.« Er sah sie neugierig an. »Warum haben Sie vorhin Ihre Waffe nicht gezogen?«

Die Frage musste kommen.

»Ich hatte sie nicht dabei«, erwiderte Lagrande.

»Aber einen Taser mit Pfefferspray«, konstatierte er.

»Pistolen bringen Menschen in einer solchen Umgebung wie in

diesem engen Raum eher in Gefahr. Querschläger«, wimmelte sie rasch ab und zeigte durch das Fenster auf ein Lokal einige Meter entfernt. »Dahin? Ich schaue nur schnell nach meiner Kleidung.«

»Aber wir können doch in die Cafeteria des Museums gehen? Sie müssten sich auch nicht umziehen. Die Uniform steht Ihnen übrigens ausgezeichnet.«

»Lieber nicht. Zu viele Reporter.« Die Wahrheit hingegen war, dass Lagrande möglichst weit von den Polizisten wegwollte. Möglicherweise erhielten sie just Informationen, dass es in Treva einen ähnlichen Vorfall mit ihr gegeben hatte, bei dem zwei Beamte und eine Japanerin von unbekannten Bewaffneten brachial niedergemäht worden waren.

Den Einwand akzeptierte Wilkmann.

Lagrande sah in der Umkleide der Museumsangestellten nach, wo ihre Wäsche auf der Heizung getrocknet war. Schnell schlüpfte sie in die Kleidung und bedauerte den langen Riss im weißen Kleid, warf sich das Sakko mit den sichtbaren Schulterpolstern sowie ihren Mantel darüber. Rasch legte sie Schminke nach, betonte mit dickem Kajal die Augen.

Gemeinsam gingen Lagrande und Wilkmann durch den Seitenausgang, weil vor dem Gebäude ein Großaufgebot regionaler und überregionaler Medienvertreter Stellung rund um das abgesperrte Areal bezogen hatte. Einen solchen Überfall gab es nicht jeden Tag in Mannheim, schon gar nicht mit einem derart spektakulären Ende.

Sie betraten bald darauf das Café und ließen sich in einer Nische nieder, bestellten zwei Kaffee und Mineralwasser. Außer ihnen gab es noch ein Dutzend anderer Gäste, einige lasen in der Zeitung oder auf ihren Tabletcomputern, andere verfolgten die Berichterstattung über die Vorgänge im Museum, die natürlich in den Nachrichten auftauchten.

»Zu ärgerlich, dass dieser Typ mit den Goldfigürchen entkam«, befand Wilkmann nach einem Schluck aus der Tasse.

»Ja.« Lagrande schob die Tasche unauffällig unter ihren Stuhl.

»Ich habe gesehen, dass sie zuerst diese Miniaturen nahmen. Warum?«

»Klein, massiv, Gold«, fasste Wilkmann mit Verdruss zusammen, während er den Sitz des Verbandes kontrollierte. Der Sanitäter hatte ihn so geschickt gewickelt, dass man ihn für ein Accessoire halten konnte. Ganz bestimmt rätselten einige Gäste, welcher Religion er angehörte. »Und leicht einzuschmelzen.«

»Sie haben keinen besonderen … Sammlerwert?«

»Sie sind schön und besonders, aber nicht im Sinne von *einzigartig*. Das fragte mich die Polizei auch schon. Ich sagte denen, dass es in Bogotá eben dreißigtausend weitere von der Sorte gibt.« Wilkmann trank wieder.

Damit wollte sich Lagrande nicht zufriedengeben.

»Massiv«, wiederholte sie und dachte an den Edelstein, der sich überraschenderweise im Innern der afrikanischen Statuette befunden hatte. Untersuchungen am Fächer des Susanoo würde sie noch vornehmen. Vielleicht verbarg sich darin auch ein Stein oder etwas anderes? »Haben Sie nicht erwähnt, dass es doch was gäbe? Was war mit dieser Form der Figürchen?«

»Sehr massiv.« Wilkmann schob das leere Gefäß von sich und bestellte sich mit einem lauten Ruf einen Schnaps. »Aber Sie haben recht. Sie sind insofern was Besonderes, weil manche Forscher in den Figuren mehr als nur Insekten- oder Tierabbildungen sehen wollten.« Er nahm einen kleinen Tablet aus seiner Tasche und rief die Darstellung auf. »Ich hätte es Ihnen lieber am Original erklärt«, entschuldigte er sich.

»Ich bin auch damit zufrieden«, schwächte sie ab und lächelte leicht verlegen. Das Gold in ihrer Tasche schien nach dem Mann zu schreien wie Katzenkinder nach ihrer Mutter.

»Also, manche nennen sie *Goldflieger*, weil sie Indizien erkennen wollen, dass es sich um aerodynamische Konstruktionsteile handelt, wie sie an einem natürlichen Wesen nicht vorkommen. Das untermauern diverse Versuche in Windströmungskanälen«, begann

Wilkmann mit seinen Ausführungen. »Diese Tragflächen hier sind besonders auffällig und so nicht als Vorlage bei Tieren zu finden. Und das soll ein Leitwerk darstellen: aufragende rechtwinkelige Seitenruderflosse und dergleichen. Mit Höhenruder.« Er bedankte sich für den gebrachten Schnaps und stürzte ihn hinunter. »Diese Anordnung vergleichen manche mit denen von Transportflugzeugen und Raumschiffen der Amerikaner aus den alten Tagen.«

Lagrande kannte die Theorien, dass Aliens auf der Erde gewesen sein sollen und dann die First Nations in Süd- und Mittelamerika sowie in Indien ihre Götterdarstellungen entsprechend anpassten. Die zurückgekehrten Entitäten wiederum ähnelten nicht im Ansatz raumfahrenden Wesen. »Sie meinen, es wären stilisierte Raumschiffe?«

Wilkmann schüttelte sich unter der Wirkung des harten Getränks. »Ich nicht. Aber andere«, betonte er. »*Ich* finde sie einfach nur schön und symmetrisch.«

Am liebsten hätte Lagrande eines der Stücke herausgeholt und abgetastet, darauf herumgedrückt und untersucht, geröntgt und es durchleuchtet, damit sie nicht wieder dem Zufall ausgeliefert war wie bei der Suche vor dem Institut der Rechtsmedizin, als sie im strömenden Regen über das Trottoir gekrochen war, bis sie den Diamanten gefunden hatte.

Die bisher aufgestöberten Artefakte lagerten offiziell in einem Tresor in der Asservatenkammer von Interpol: der Fächer des japanischen Gottes Susanoo, die zerbrochene afrikanische Statuette Odduas und der Diamant aus seinem Innern.

Offiziell.

Aber auf Anweisung von Inspektor Bourreau hatte sie die Gegenstände heimlich in einem Schließfach in der Tresoranlage eines Sicherheitsunternehmens untergebracht. Aus Sicherheitsgründen.

»Ich hoffe, sie finden den Kerl bald«, sagte Wilkmann und trank von seinem Wasser. Er wollte gerade noch was hinzufügen, als der Wirt den Ton des Flachplasmafernsehers höher drehte.

»… bedeutet der Fund der Visitenkarte eine ungeahnte Wende im Museumsüberfall in Mannheim«, sprach ein Reporter mit ernstem Gesicht in die Kamera. Im Hintergrund sah man das Gebäude, und ein bisschen weiter weg sogar das Café, in dem sie saßen. »Wie wir erfahren haben, befindet sich das BKA inzwischen auf dem Weg nach Mannheim, ebenso der Staatsschutz. Bislang geht niemand von einem zufälligen Fund aus, denn die Karte war genau auf einem der erschossenen Räuber platziert. Um die militante Gruppe *GodsEnd* war es in den letzten Monaten ruhig geworden. Die naheliegende Vermutung ist, dass sie sich mit dem Raub in Mannheim neues Geld für kommende Aktionen beschafft. Neu ist dabei die Art und Weise, mit der sie vorgehen.«

Lagrande verfolgte mit offenem Mund, wie eine kurze Zusammenfassung der Aktivitäten von *GodsEnd* gezeigt wurde, die sich zum Ziel gesetzt hatte, die Religionen rund um die Götter ins Wanken zu bringen, indem sie Beweise für das Ungöttliche lieferte. Dabei gingen die Mitglieder nicht zimperlich vor, um das Unvollkommene der Entitäten aufzuzeigen. Anschläge auf Kultstätten gehörten dabei ebenso ins Repertoire wie die Entführung von Priestern oder hochrangigen Persönlichkeiten.

»Da hatten Sie wirklich viel Glück, Frau Lagrande«, hörte sie Wilkmann neben sich.

»Wir hatten *beide* Glück«, verbesserte sie.

In ihrem Verstand arbeitete es.

Er ergab keinen Sinn, dass ihr Schutzengel von *GodsEnd* ausgesandt worden war, um sie vor Schaden zu bewahren. Nach wie vor verdächtigte sie Bourreau, einen heimlichen Leibwächter besorgt zu haben, dem er mehr vertraute als seinen eigenen Kollegen.

Hat er die Karte hingelegt, um Verwirrung zu stiften und von den wahren Hintergründen abzulenken? Dafür hatte sie jetzt das BKA und den Staatsschutz an der Backe, die sie gewiss noch sprechen wollten.

Aber nicht heute. Lagrande trank ihren Kaffee aus und reichte

Wilkmann die Hand. »Ich muss zurück. Es hat mich gefreut, Ihre Bekanntschaft zu machen. Sollte Ihnen noch etwas zu den Goldflüglern einfallen, schreiben Sie mir. Die Herkunft der goldenen Dinger bleibt unser Geheimnis. Und gute Besserung.«

Er verabschiedete sich und bedankte sich nochmals für ihren Einsatz sowie ihr Verständnis.

Schon war Lagrande im Freien und verschwand in Richtung Taxistand, die tonnenschwere Tasche mit ihrer goldenen Beute über der Schulter.

Nichts gegen die Gründlichkeit germanischer Behörden, die sie gerne bei der Arbeit unterstützte, aber die Untersuchung der Goldfigürchen hatte Vorrang. Das würde Inspektor Bourreau ebenso sehen.

Apropos. Lagrande blickte auf ihr Smartphone. *Keine neuen Nachrichten von ihm.*

Die Sorge breitete sich allmählich in ihr aus.

* * *

Unbekannter Luftraum, November 2019

Blick durch den Vorhang.

Die Passagiere stehen rum und reden leise. Nur der, dem ich folge, sitzt in dem Sessel und schläft, soweit ich das sehen kann.

Sehen ganz gut betucht aus, aber … da passt einiges nicht. Ohne dass ich sagen könnte, was mich stört. Ah, doch. Die Waffen. Die tragen alle Waffen.

Der junge Typ, den sie mit Ryko ansprechen, hat eine P7 im Gürtelhalfter, der Anzugmann auch, die ältere Dame bevorzugt eine Glock17, genauso wie die andere schicke Lady.

Keine Bonzen. Ein Söldnerteam, das auf schick macht.

Aber wen oder was schützen sie? Das Herz? Und warum sieht die Stewardess … ich Idiot. Sie haben das Flugzeug übernommen!

Wegen ihm?

Oder entführen sie das Herz, um … oh, ein maskierter Typ im Overall, der ein Pad reinbringt. Wechselt ein paar Worte mit der Stewardess und zeigt auf den Monitor.

»Seid mal still«, *ruft sie durch die Kabine, und die Unterhaltungen verstummen.* »Der Kunde will was von uns.«

Muskelfetti hält den Computer so, dass ich das Display sehen kann, die Kontrolllampe für die eingebaute Kamera leuchtet grün.

»Sie haben es versaut«, *sagt der Unbekannte unwirsch; kann ihn nicht erkennen, er hat dafür gesorgt, dass man ihn nur als Silhouette sieht.*

»Er ist Polizist. Er ist schlau. Was haben Sie erwartet, Sir?«, *kontert die Stewardess.*

»Mehr Engagement«, *teilt er schnarrend aus.* »Sobald er wach ist, sagen Sie mir Bescheid. Ich will mit ihm sprechen. Vielleicht ist er einsichtig.«

»Ja, Sir.«

»Haben Sie das Artefakt sicher in seiner Verpackung verwahrt?«

»Haben wir, Sir.«

»Ich warte immer noch auf den Bericht, wie Sie die Harpunenspitze lokalisiert und verifiziert haben.«

Harpunenspitze – habe ich nicht gesehen. Sie hat doch das Herz … oha, die Spitze ist wohl IM Herz!

Die Stewardess nickt eifrig, wirkt angespannt. »Es war noch keine Zeit, Sir. Die Übernahme des Jets stellte uns vor eine Herausforderung, damit die Piloten nicht in letzter Sekunde einen Notruf an den Tower absetzen.«

»Dann erzählen Sie es mir jetzt. Damit ich meine Vorfreude steigern kann.«

Die Stewardess blickt zuerst nervös zum Muskelfetti, der den Tablet wie in einem Verkaufssender hält, dann zu ihm, dem ich folge. »Ich mache es kurz, Sir, und schreibe es Ihnen gleich ausführlich.« *Sie räuspert sich.* »Wir haben insgesamt sechs Inuit-Harpunenspitzen aus dem Zeitalter des Miozän und danach ausfindig gemacht, die aus fossilem Walross-Elfenbein gefertigt sind, mal in Kunstläden, mal in kleinen Museen. Anschließend haben wir uns, wie von Ihnen verlangt, Herzen von Inuit-Mädchen im Alter von fünf Jahren besorgt. Fünf der Spitzen erwiesen sich als unbrauchbar, aber die sechste reagierte, wie von Ihnen gefordert. Sie werden es selbst sehen, Sir.«

Der Mann im Display ist außer sich vor Erregung. Höre ich an seiner Atmung. Dass er sechs kleine Inuit-Mädchen geopfert hat, interessiert ihn einen Scheiß.

Ich bin vielleicht nicht der Richtige, mich über Tote aufzuregen, aber Kinder? Niemals. Okay, Ausnahmen gibt's immer, aber trotzdem: Wichser!

»Ausgezeichnet!«, *sagt der Auftraggeber mit rauer Stimme.* »Dann weiter im Plan.«

Das Display wird dunkel, der Muskelfetti verschwindet wieder durch den vorderen Vorhang.

Ein verficktes Artefakt. Schon wieder.

Steht garantiert auf der Liste des ermordeten Hehlers.

Und der Schattenumrissmann steckt hinter allem.

Er, dem ich folge, ist in Gefahr, aber nicht in akuter. Sie wollen noch was von ihm.

Ich verschwinde kurz im kleinen Laderaum und sehe mich genauer um. Danach wird es Zeit, im Jet aufzuräumen.

Meine Hilfe ist so dringend nötig wie nie.

* Α Ω *

Malleus erwachte wieder, dieses Mal ohne zusammengepresste Zähne und mit dem Geschmack von kaltem, minderwertigem Rauch im Mund. Es schien, als würde sich der Körper an die Malträtierung durch einen Taser gewöhnen.

Ein Schauspiel habe ich beendet. Ein Blick aus dem Fenster zeigte ihm, dass der Jet nach wie vor seinen Kurs hielt. *Was folgt? Der Tragödie zweiter Teil?*

Vor ihm stand Tiffy, die sich gerade mit Haviland unterhielt, während an ihnen Ryko vorbeiging und durch den blauen Vorhang trat.

Jemand legte von hinten eine Hand auf seine Schulter. »Der Inspektor ist wach«, rief Smythe.

Die Frauen wandten sich zu ihm um, beide lächelten genervt. Sie nahmen es ihm übel, dass er die Scharade durchschaut hatte.

»Sagen Sie, was uns verraten hat?«, begrüßte ihn Haviland und kreuzte die Arme unter der Brust.

»Wir haben uns wirklich Mühe gegeben«, fügte Smythe hinzu und trat neben die beiden Frauen.

»Was sollte die Inszenierung bezwecken?«, erwiderte Malleus. Das Brennen auf seiner Brust war schmerzhaft, aber half seinem Verstand, das dumpfe Gefühl schneller abzuschütteln. Das Kopfweh stammte vom Entzug und würde nicht weichen. *Nicht ohne Culebra.*

Sie antworteten nicht.

Stattdessen kam der breitgebaute, korpulente Mann im Overall und mit der Sturmhaube über dem Kopf hinter dem Vorhang hervor. Er hielt einen Tabletcomputer in der Hand, an dem seitlich ein Zusatzgerät befestigt war.

Ohne etwas zu sagen, stellte er sich vor Malleus und aktivierte das Pad, auf dem der Schattenumriss eines Männeroberkörpers zu erkennen war; viele Haare wuchsen auf dem Haupt nicht mehr.

»Inspektor Bourreau«, grüßte die Silhouette ohne besonders auffällige Stimme. »Ich hatte mit Widerstand gerechnet, aber dass ausgerechnet ein Atheist mir bei meinem Vorhaben in die Quere kommt, das konnte ich in meinen kühnsten Berechnungen nicht vorhersehen.«

Malleus ahnte, dass er dieses Mal keinen schlechten Schauspieler, sondern den geheimnisvollen Auftraggeber vor sich sah, der für den Tod von Hannes Hein und einigen weiteren Personen verantwortlich war: Mohr. Crick. *Und sicherlich andere, deren Leichen ich noch nicht entdeckt habe.* »Sie haben ein Flugzeug entführt, um mit mir zu reden, und diese Herrschaften engagiert. Das ist viel Aufwand.«

»Die Dinge haben sich ergeben, Inspektor. An Bord befindet sich ein weiteres Artefakt, das ich mir besorgen ließ«, erwiderte der Mann. »Von *Ihnen* will ich Informationen. Und meine Gegenstände, die Sie sich aneigneten.«

Malleus lachte schwach. »Sie übersehen den kleinen Umstand, dass die Artefakte nicht Ihnen gehören.«

»Es ist mir gleich, woher sie kommen. Ich habe Leuten Geld gegeben, damit ich die Dinge bekomme. Da ich von einem gewissen Herrn betrogen wurde, tue ich nichts anderes, als mir zu beschaffen, wofür ich bereits zahlte.« Der Mann trommelte mit den Fingern der rechten Hand auf einer hölzernen Unterlage, ein Ring blitzte auf, auf dem sich ein Wappen mit einer Pyramide abzeichnete. »Sie mögen in Ihrer Welt ein Inspektor sein, aber für mich, Bourreau, sind Sie nichts weiter als ein Dieb.«

»Wir haben eine unterschiedliche Auffassung von Recht.«

»Solange sich meine Bedürfnisse mit dem Rest der Welt vertragen, ist das Gleichgewicht hergestellt. Ansonsten sorge ich selbst dafür.« Der Unbekannte lachte selbstgefällig. »Wie soeben.«

Malleus kannte diesen Menschenschlag. Er gehörte zu den gefährlichsten, lebte nach eigenen Gesetzen und zögerte niemals beim Umsetzen seiner Ziele. »Zumindest hätten Sie das gerne.«

»Es *wird* so sein.« Der Mann im Tabletrahmen trommelte wieder auf der hölzernen Unterlage, noch ein Ring mit einem gravierten Auge schimmerte für eine Sekunde auf, und im Hintergrund erklang ein unbekanntes mechanisches Geräusch. »Die Damen und Herren an Bord des Jets sind Söldner, die ich angeheuert habe, um mir eines meiner Artefakte zu besorgen. Was ich zuerst bekam, erwies sich als dreiste Fälschung, daher musste ich mir das Original beschaffen lassen. Als ich erfuhr, dass Sie in Neu Karthago sind, ließ ich den Flug komplett bis auf Ihren Platz buchen.«

»Die Theateraufführung habe ich nicht verstanden.«

»Sie haben das Spiel zu schnell durchschaut. Wie?«

»Die Art, wie die Kleidung getragen wurde von angeblichen Millionären, war viel zu schlampig und zerknittert. Das hätte ich noch akzeptiert, aber ich bemerkte, dass die Luxusuhr an Mister Smythe's Handgelenk ein Plagiat darstellt. Das Original ist wesentlich sorgfältiger gearbeitet. Dazu noch die Zigarettenmarke, die in seinem Sakko zu sehen war und einen Tick zu schäbig ist. Selbst bei schlechtem Geschmack«, zählte er auf. »Es gab an jedem der Herrschaften etwas auszusetzen, wenn der Blick einmal geschärft ist. Und dass der Superhacker Ryko Schwielen an den Fingern hatte, passte noch weniger. Nicht einer von ihnen trägt Parfum, sondern nur billiges Deo.« Er sah auf den Bildschirm, um noch mehr Details aus dem Hintergrund zu erkennen. Es ging um Kleinigkeiten, wie bei den Söldnern, anhand derer er Schlüsse ziehen konnte. »Dann die falsche Anrede in der SMS von meiner Sekretärin. Sie sagt niemals *Chef* zu mir. Daraus schloss ich, dass die Geschehnisse um mich herum ein einziger Fake sind.«

»Leider ja. Meine Idee fruchtete nicht. Es ging darum, ein Vertrauensverhältnis sowie eine Verbundenheit aufzubauen, damit die Drohungen gegen die vier Geiseln zu einem späteren Zeitpunkt besser wirken«, eröffnete der Mann. »Ich teilte die Einschätzungen von Mister No nämlich nicht unbedingt, dass großer Schmerz jeden zum Reden bringt.«

»Mister No?«

»Er steht vor Ihnen und hält den Tablet. Seinen wahren Namen möchte er aus geschäftlichen Gründen nicht nennen und sein Gesicht auch nicht zeigen«, erklärte der Unbekannte. »Aber leider muss ich ihn jetzt beauftragen, Sie zum Reden zu zwingen, Inspektor. Seine Erfahrungen in den Übergangskriegen prädestinieren ihn geradezu. Ich hätte es Ihnen gerne erspart. Oder Ihren Freunden. Oder Ihrer Familie.«

Malleus fühlte sich in diesem Moment erleichtert, keine Angehörigen zu haben, denen man etwas antun könnte. Lagrande besaß zudem den besten Schutzengel, den man sich vorstellen konnte, wo immer sie sich gerade herumtrieb und recherchierte.

Trotzdem drifteten seine Erinnerungen automatisch zu seiner Frau, zu seinem Kind, zum unwiederbringlichen Verlust, den er erlitten hatte. Es zog in seiner Körpermitte, die Kopfschmerzen gingen in ein Pochen über. Eine heiße Woge kündete die nächste Schweißwelle an.

Das kann ich mir jetzt nicht leisten. »Ich denke nicht, dass Mister No Erfolg haben wird«, erwiderte Malleus.

»Sollten Sie Anweisung geben wollen, dass man die Artefakte an einen von mir festgelegten Ort bringt, erspare ich Ihnen die gesamten Prozeduren. Es genügt auch, wenn Sie mir sagen, wo ich die Dinge finde«, schlug der Unbekannte vor, als gäbe es ein Entgegenkommen bei einer Erpressung.

»Sie kommen niemals in die Asservatenkammer.«

»Die Gegenstände sind nicht in der Asservatenkammer. Das habe ich bereits prüfen lassen«, hakte der Mann ungehalten ein. Er merkte, dass er nicht weiterkam.

Dachte ich mir, dass er Zugang hätte. Malleus grinste. »Sie sind doch nicht etwa gestohlen worden?«

»Wie die Goldflügler in Mannheim?« Er lachte lauthals. »Das glauben Sie und ich bestimmt nicht. Es sind nette falsche Fährten, die gelegt wurden. Aber ausgerechnet die Leute von *GodsEnd*? Das ist ein bisschen zu viel Aufmerksamkeit.«

Malleus wusste nicht, wovon der andere sprach, aber er nahm an, dass es einen Überfall gegeben hatte, bei dem Artefakte von der Liste entwendet worden waren. *Wie kamen sie in ein Museum? War Lagrande auch dort gewesen?*

Die Wahrscheinlichkeit war recht hoch, denn *GodsEnd* hing indirekt mit dem Schutzengel für seine Sekretärin zusammen. *Er hat es nicht lassen können, Propaganda zu machen.*

»Um Ihnen Ihre Zukunft deutlich vor Augen zu halten: Dieser Flug endet für Sie mit Ihrer Kooperation oder Ihrem Tod sowie dem

Ableben aller, die Ihnen nahestehen. Sie müssen wissen: Ich komme auch auf anderem Weg an mein Eigentum, aber es wäre auf diese Weise für uns beide angenehmer.« Der Unbekannte holte tief Luft. »Also, Inspektor Bourreau: Ich hätte gerne von Ihnen den Ort und sonstige Zugangsdaten zu meinen Artefakten: den Fächer und der Statue. Und den Figürchen.«

»Sagen Sie mir, was Sie damit vorhaben.«

»Sobald ich sie habe, gerne.«

»Dann kommen wir nicht ins Geschäft.«

»Ich verstehe.« Der Unbekannte atmete ungeduldig aus. »Sie wollen die nähere Bekanntschaft mit Mister No machen. Dann sprechen wir uns in ein paar Minuten wieder.«

Das Bild auf dem Tablet erlosch.

Der kräftige Mann legte das Gerät zur Seite und richtete sich auf, wieder drang der aufdringliche Leberwurstgeruch gegen Malleus. »Ich an Ihrer Stelle hätte es gesagt, Polizist.« Er zeigte den Gang runter zu den Toiletten. »Ich bin gleich wieder da und kümmere mich darum, dass mein Kunde ein *zufriedener* Kunde wird.« Er ging an ihm vorbei.

»Nimm die Leichen mit«, rief eine Stimme aus dem Cockpit. »Ich will die nicht im Vorraum haben. Aus dem einen läuft irgendwas raus. Das ist eklig.«

»Mimose.« Mister No blieb stehen und verschwand durch den Vorhang, dann zerrte er drei Tote hinter sich her, die er mit einem Stück Gurt zusammengebunden hatte. Es handelte sich dabei um die beiden Piloten und die echte Stewardess. Den Spuren nach waren sie erwürgt worden, die dünnen Striche um die Hälse sprachen für eine Garotte.

Ohne besonderes Mitleid sahen Tiffy und Haviland ihnen hinterher. Smythe zog eine Zigarette aus der zurückgeholten Schachtel und steckte sie zwischen die Lippen. Es war ihr Job, Menschen zu töten.

Zigaretten. Das Rauchwerk der Stillosen. »Wo sind meine Culebras?«, wollte Malleus wissen. »Die waren sehr teuer.«

Smythe pochte gegen die Sakkotasche, die Bourreau nicht durchsucht hatte, und setzte sich in den benachbarten Sessel. »Beschlagnahmt.« In aller Ruhe klappte er das Seitenfach auf, in dem sich eine luxuriös und auffällig gestaltete Bierdose befand, nahm sie heraus und öffnete sie.

Ersticken wirst du dran. Malleus prüfte den Sitz der Fesseln, die dieses Mal sehr sorgfältig und in Kombination mit Kabelbinder angebracht worden waren. *Flucht ist unmöglich.*

»Wie genau wollen Sie in Frankfurt landen?«, erkundigte er sich bei Tiffy, die auf ihrem Smartphone spielte. »Sie haben zwar einen Piloten, wie ich annehme, aber spätestens bei der Abfertigung …«

Haviland lachte auf und verschwand durch den Vorhang, man hörte es mehrmals klacken, danach wurde eine Tüte aufgerissen. Es roch plötzlich nach belegten Broten. »Oh, Pastrami«, wunderte sie sich freudig.

»Wer sagt, *dass* wir landen?«, erwiderte Tiffy mit übertriebenem Lächeln, als würde sie einem neunmalklugen Passagier etwas erklären. »Flugzeugunglücke geschehen. Und Menschen ohne Fallschirm, die sich angeschnallt und schlafend auf ihrem Sitz befinden, werden leider nicht überleben.« Sie steckte eine Hand in die Tasche und nahm eine kleine Tüte raus. »Erdnusssnack, Inspektor? Könnte Ihr letzter sein.«

Smythe lachte und trank vom teuren Büchsenbier.

* Α Ω *

Wen haben wir denn da? Nach der süßen Lady kommt der maskierte Muskelfetti.

Ein schwerer Brocken von Mensch, und er bringt mir seinen Abfall. Der Laderaum ist schon eng genug, und dazu noch die drei Leichen. Muss ich nicht haben.

Die Linien am Hals der Opfer sind eindeutig. Sauber erwürgt. Die Arbeit eines Profis.

Aber was soll diese Maske? Wer soll ihn hier drin erkennen?

Die Toten?

Die Rumpelkammer?

Es wird wirklich Zeit, nach vorne zu gehen und für Ordnung zu sorgen, denke ich … oder nein: Ich spiele mein eigenes Spielchen!

Außerdem … habe ich auch schon eine Idee.

Der Kollege scheint schlechte Laune zu haben. Stopft die drei Toten mit Fußtritten fest unter die Regale, Knochen brechen unter seinem Gestampfe.

Nach einem letzten Blick in den Raum geht er zur Tür, tätschelt die Box mit dem Kinderherz darin und geht hinaus.

Gut.

Bevor ich loslege, noch die restlichen Boxen checken, die den Söldnern gehören. Die übrigen Kisten sind Expressfracht für Frankfurt. Steht zumindest drauf.

Ah, Fallschirme. Die Herrschaften planen das Verlassen des Jets in der Luft.

Kein gutes Zeichen für den, dem ich folge.

Scheiße, die Tür!

Maskenfetti kommt rein und wirft sich sofort auf mich.

Kräftiger Bursche. Die Schläge in meine Nieren tun höllisch weh, die Ellbogenchecks gegen mein Gesicht bringen den Kopf zum Dröhnen.

Ich stürze, falle gegen die Boxen und trete ihm in den Sack, was seinen nächsten Angriff aufhält. Mit einem Feger ziehe ich ihm den Fuß weg, er landet rücklings auf den Transportkisten.

Innerhalb einer halben Sekunde stehe ich wieder, ignoriere die

Schmerzen in meinem Rücken und im Gesicht, über die Wange läuft das Blut runter.

Ich greife nach meinem Messer, er zückt seins. Schön, dann auf die harte Tour. Keine Knarren, die bei einem Fehlschuss hässliche Löcher in den Jet stanzen und den Druck abfallen lassen.

Habe schon lange keinen mehr aufgeschlitzt.

Fuck, die Maschine wackelt und sackt weg!

Ich verliere das Gleichgewicht und krache gegen ein Regal, dann hänge ich plötzlich unter der Decke, während die Kisten um mich herum fliegen, als gäbe es gerade keine Schwerkraft.

Der Jet legt sich in die Kurve, die Turbinen röhren schrill auf, dann rollen wir über den rechten Flügel und gehen in den Sturzflug.

Es bebt und rüttelt, als würde eine Linie Kobolde auf den Tragflächen Riverdance steppen.

Mehrmals trifft mich was; die Idioten haben das Gepäck nicht richtig gesichert. Finger einziehen, sonst werden sie … da ist der Maskenfetti wieder!

Er hat sein Messer nicht losgelassen und greift mich an, der Wichser!

Und ist verflucht *schnell!*

Das wird …

* A Ω *

Der Anschnallgurt verhinderte, dass Malleus bei der ruckartigen Drehung des Learjets von seinem Platz geschleudert wurde und die festgeschnallten Arme abrissen. Dennoch zog es schmerzhaft in seinen Schultergelenken.

Die Turbulenzen setzten unvermittelt ein; es gab keinerlei Vorwarnung durch den Piloten. Aus dem Cockpit erklangen zahlreiche Warnsignale.

Die Söldnerinnen und Söldner flogen durch die Kabine wie leichtes Spielzeug. Sie hatten sich nicht gesichert.

Smythe krachte neben Malleus gegen den Tisch und faltete sich regelrecht darum, verdrehte die Augen und erschlaffte.

Tiffy klammerte sich mit beiden Armen um einen Sitz, Ryko tat es ihr nach. Haviland lag eingekeilt zwischen Sessel und Wand, während de Bonde wie ein Blatt umherflog und durch die Kollisionen einige Platzwunden davontrug.

Der Jet rollte schließlich über die rechte Tragfläche und schoss abwärts, aus der Decke kamen die Sauerstoffmasken gefallen und baumelten wie kleine Henkersschlingen herab.

Was ist passiert? Malleus sah aus dem Fenster.

Die Maschine rauschte mit der Nase voran durch die grauen Wolken, die wattebauschartig vorbeischnellten. Mitunter glaubte er, Schemen an den Flügeln zu erkennen, die sich an den Landeklappen zu schaffen machten.

Schließlich jagte der Jet aus den Gespinsten und tauchte in eine grauschwarze Atmosphäre. Der Sturzflug ging in ein Gleiten über, der Pilot hatte den Jet abgefangen. Das Rütteln und Schütteln blieb, Regentropfen perlten unvermittelt über die dicke Plastikscheibe.

Sie waren mitten in einem Unwetter gelandet, das Meer wogte und türmte sich keinen Kilometer unter ihnen wütend auf.

Wie zum Hohn sprang das Anschnallzeichen mit einem Signalton an.

Auf den Tragflächen saß nichts und niemand, Malleus musste sich die Schatten eingebildet haben.

Smythe rührte sich nicht, er war ohnmächtig. Ryko übergab sich lautstark, de Bonde zog sich ächzend in einen Sitz und hielt sich den rechten Arm, welcher der Haltung nach gebrochen war. Tiffy fluchte laut und stürmte durch den Vorhang zum Cockpit.

Malleus angelte mit den Füßen nach Smythe, der tatsächlich gegen ihn kippte. Aber weil die Hände nach wie vor gefesselt auf seinem Rücken lagen, vermochte er keinerlei Vorteil aus dem Durcheinander zu ziehen. *Verdammt*!

Tiffy kehrte zurück. »Luftloch«, sprach sie knurrend in die Runde. »Irgendeine überraschende Turbulenz, die mit einer Entität zusammenhängt. Die Warnung der Flugüberwachung kam zu spät.« Sie sah Smythe und wuchtete ihn in den Sitz neben dem Inspektor, prüfte den Puls.

»Mein Arm ist gebrochen«, sagte de Bonde mit kalkweißem Gesicht. »Ich spüre die Finger nicht mehr. Da muss was gerissen sein.«

»Ein eingeklemmter Nerv.« Tiffy kam zu ihr und besah sich die Verletzung, Ryko half Haviland auf die Beine. Plötzlich besaß der eigentliche Auftrag nur nebensächliche Bedeutung. Im Jet setzte sich die Erkenntnis durch, dass man dem Tod um Tragflügelbreite entronnen war.

Der Lautsprecher knackte.

»Das war knapp«, erklang die angespannte Stimme des Piloten. »Der Jet hat was abbekommen. Ich habe keine Ahnung, was das war, aber wir müssen wegen des Wetters und des Zustands der Maschine einige Zeit auf tausend Meter bleiben und einen Ausweichkurs fliegen. Sobald wir raus aus dem Sturm sind, gehe ich auf achttausend plus. Und ...« Der Mann verstummte, nur die beschleunigte Atmung erklang. »Was ist denn *das*?«, brach es panisch aus ihm heraus. »Festhalten! FESTHALTEN!«

Der Learjet legte sich ruckartig nach links und beschleunigte, sodass Malleus in den Sitz gepresst wurde.

Die Söldner flogen dieses Mal dank der Warnung nicht wieder durch die Kabine. Die Maschine begann einen Zickzackflug, als würde sie einen Slalom fliegen wollen. Schnell legten die Männer und Frauen die Gurte an.

Ein heftiger Schlag traf den Jet von unten gegen den Rumpf, das Flugzeug machte einen Hüpfer, und ein lautes Knirschen erklang. Mit einem gurgelnden Geräusch erstarb eine der Turbinen.

Malleus sah Wasserfontänen am Fenster emporschießen. *Wir sind ... tausend Meter hoch, und uns hat eine Welle erwischt?!* Spätestens nun gab es keinen Zweifel, dass eine Entität im Spiel war.

Jemand will sein Artefakt zurück, schoss es durch Malleus' Verstand. Der unbekannte Sammler hatte sich etwas unter den Nagel gerissen, dessen Raub eine Entität nicht hinnehmen wollte. Sollte der Kurs beibehalten worden sein, befanden sie sich über dem Mittelmeer.

Poseidon oder Neptun?

»Was haben Sie im Auftrag Ihres Kunden gestohlen?«, rief er.

»Das geht Sie nichts an«, erwiderte Tiffy, die inzwischen auch blass geworden war.» Sie müssen das Ding aus dem Jet werfen«, appellierte er. »Sonst wird er es sich mit uns zusammen nehmen.«

»Das spielt für uns keine Rolle. Der Kunde würde uns umbringen, wenn wir sein Eigentum aufgeben«, erwiderte Tiffy, die zwar angespannt, aber nicht ängstlich wirkte. Die Söldnerin war abgebrüht wie der Rest ihrer Truppe.

»Ich ziehe den Jet hoch«, meldete der Pilot. »Fuck, wie schaffen es Wellen, sich einen Kilometer in die Höhe zu …«

Erneut gab es einen Schlag, wieder brandeten Wasser und Gischt an den Fenstern empor, als wäre der Learjet ein Fels am Meer. Aber die Wucht gestaltete sich weniger heftig als beim ersten Mal, die Maschine hatte einige Meter an Höhe gewonnen.

Die Entität wird nicht aufgeben. »Was transportieren Sie?«

Ryko reichte Tiffy den Tabletcomputer nach vorne, dessen Display einen Riss aufwies. Aber noch funktionierte es. Ein Anruf ging ein. »Wo ist Mister No?«

»Im Laderaum«, antwortete sie. »Haviland, geh und sieh nach ihm.«

Die ältere Söldnerin schüttelte den Kopf. »Ich bleibe angeschnallt«, lehnte sie ab. »Er wird das schon überstehen.«

Die falsche Stewardess warf ihr einen bösen Blick zu, aktivierte die Übertragung. »Sir, es ist gerade ungünstig«, sprach sie in die Kamera. »Wir fliegen durch ein Unwetter, das …«

»Die Entität, die Sie bestehlen ließen, will ihr Eigentum zurück!«, rief Malleus. »Es türmen sich Wellen bis zu eintausend Meter hoch!«

»Beeindruckend!«, kommentierte der Umrissmann, auch wenn sich seine Sorge nicht verbergen ließ. »Aber das kann nicht sein. Sie befinden sich nicht im Gebiet von Sedna. Sie müssen durch einen Zufall in ein sekundäres divines Ereignis geraten sein.«

Sedna. Malleus hörte den Namen zum ersten Mal. Damit war es keine der Standardgottheiten, wie er sie nannte. »Das sehe ich anders.«

Der Mann lehnte sich nach vorne, blieb dabei aber ein Schatten. Eine Krawattennadel blinkte auf, ein Wappen wurde kurz sichtbar. »Ich weiß, dass es so ist. Sie sind nicht der einzige Experte auf der Welt. Oder der einzige Zweifler.« Das leise, selbstgefällige Lachen erklang erneut. »Hat Mister No Sie kooperationsbereiter gemacht?«

»Sir, aufgrund der aufgetretenen Schwierigkeiten ist Mister No noch nicht mit dem Polizisten in näheren Kontakt getreten«, schaltete sich Tiffy ein.

»Wo ist er?«

»Im Laderaum.«

Malleus bemerkte, dass neben dem Fenster die grauen Wolken vorbeizischten. Der Pilot hatte sie zurück in die sicheren höheren Regionen gebracht.

Dafür war eine der Turbinen verstummt. Das Einsaugen der Woge schien ihr nicht bekommen zu sein. Aber der Learjet konnte seine Reise fortsetzen, wenn auch weniger schnell. *Hoffentlich gerät damit ihr Plan durcheinander.*

Der Schemen gab einen Laut der Unzufriedenheit von sich. »Gut. Dann melde ich mich in zehn Minuten wieder. Bis dahin sollte die Befragung vorangegangen sein. In der Zwischenzeit, Inspektor Bourreau, sende ich Freunde aus, die nach Madame Lagrande sehen. Es soll ihr kein Leid geschehen. Zumindest, bis ich es befehle.«

Der Bildschirm wurde schwarz.

Das Dauerrütteln legte sich, der Flug glich mehr einer unruhigen Bahnfahrt; die Anschnallzeichen erloschen.

Wie aus dem Nichts ragte plötzlich Mister No zwischen Tiffy und

Malleus empor. Er hatte einige Kratzer abbekommen, sein Overall zeigte etliche Dreckspuren, das rechte Brillenglas einen Riss. Der Beinahe-Absturz musste ihn im Laderaum schwer durcheinandergewürfelt haben.

»Was war das für eine Scheiße?«, flüsterte er.

Die Stewardess fasste zusammen, was sich ereignet hatte.

»Dann sind wir jetzt wieder sicher?«

»Ja.« Tiffy schnallte sich ab und hob den Tablet. »Der Kunde ruft in« – sie blickte auf ihre Uhr – »acht Minuten wieder an. Bis dahin musst du Informationen aus dem Polizisten geholt haben.«

»Wird zu schaffen sein.« Mister No nickte knapp und rieb sich die anscheinend verletzte Schulter. »Wir hatten einen blinden Passagier«, eröffnete er nebenbei. »Das Arschloch hat mich angegriffen, als ich die Leichen hinterbrachte.« Er zog eine Pistole aus der hinteren Tasche, die einen aufgesetzten Schalldämpfer besaß. »Die hatte er dabei. Altes russisches Modell. Habe ich seit Jahren nicht mehr gesehen.«

Die Söldner wechselten rasche Blicke.

»War das Ihr Partner, Inspektor?«

»Ich habe keinen Partner.« Malleus ahnte, auf wen der muskulös-kräftige Mann im Frachtraum getroffen war. *Mein unbekannter Schatten. Er folgte mir von Neu Karthago wirklich bis in den Jet!*

»Was hast du mit ihm gemacht?«, erkundigte sich Haviland.

Mister No drehte den Kopf, die Sonnenbrille schwenkte auf die Frau. »Entsorgt. Die Flughöhe bot sich an.« Er hielt die Hand auf; das Bäuchlein wirkte deformiert und wie eingebeult, als habe es unter den Hieben des Gegners gelitten. »Den Schlüssel für die Handschellen.«

»Weswegen?« Tiffy sah nicht begeistert aus.

»Ich muss ein bisschen an dem Polizisten rumbiegen, damit es ihm wehtut.« Er bekam den Schlüssel und öffnete Malleus' Fesseln, ging vor ihm in die Hocke, ließ den Gurt aufschnappen. »Sie haben gehört«, raunte er, »was ich tun muss. Reden wir über den Fächer des

Susanoo und die Statuette des Oddua: Wo kann unser Kunde sie abholen? Denn es ist *sein* Eigentum.«

Malleus fürchtete sich nicht vor den Schmerzen. Seine Sorge galt Lagrande. *Ich brauche mehr Informationen.* »Machen wir einen Deal«, schlug er daher vor. »Sie sagen mir, was in Mannheim geschehen ist, und ich …«

Der Maskierte packte eine rechte Hand, griff den Daumen und bog ihn schmerzhaft nach hinten, dass Malleus aufstöhnte. »Fächer des Susanoo und Statuette des Oddua«, wisperte er und zog ein blutiges Messer. »Von nun an kostet jede Frage, die ich stelle und nicht sinnvoll beantwortet bekomme, ein Fingersegment. Dann ein Zehensegment.«

Malleus starrte auf die Sonnenbrille und vermochte sie nicht zu durchdringen. »Fangen Sie mit dem kleinen Finger an. Dann halten mich alle für einen Yakuza«, bat er.

Der Maskierte lachte dunkel. »Es hängt von Ihnen ab, ob man Sie danach für einen Mann mit einem schweren Arbeitsunfall hält.«

Malleus fuhr sich mit der freien Hand langsam über die schwarzen Bartenden seines Fu-Manchu. *Ich muss sie ausschalten, bevor die Entität nochmals angreift und uns umbringt. Oder ich meine Finger verliere.*

Atheismus half nicht gegen die Wirkung der Physik, und ein angeschlagener Learjet war die reine Todesfalle.

Er spannte vorsichtig die Muskeln an und bereitete sich zum Verzweiflungsangriff vor.

* * *

Celtica, Paris-Lutetia, November 2019

Marianne Lagrande saß in ihrem winzigen, abgeschlossenen Büro, in dem sie üblicherweise Schreib- und Recherchearbeit für ihren Interpol-Vorgesetzten Lautrec verrichtete, und starrte auf die kleine Versammlung von Goldflüglern.

Was ist euer Geheimnis?

Sie hatte die drei riesigen Monitore so angeordnet, dass ein unvermuteter Besucher sie nicht sehen würde, sollte jemand vom Reinigungspersonal die Tür ungefragt aufsperren und eintreten.

Auf einem Display reihten sich die geschichtlichen Informationen zum Fächer des Susanoo, dazu die Legenden des Gottes, darunter die Röntgenaufnahmen, die Lagrande im Labor hatte anfertigen lassen.

Auf einem anderen drehte sich das Modell der afrikanischen Götterstatuette, die Segmente wurden von einem Computerprogramm unentwegt neu angeordnet, um herauszufinden, ob es noch weitere Kombinationsmöglichkeiten gab.

Auf dem dritten Flachmonitor flimmerten die bisher erlangten Informationen zum Horn von Nandi, zur Krone der Langobarden sowie zum elamitischen Ziegelstein von Tschogha Zanbil in verschiedenen Fenstern.

Weitere Artefaktbeschreibungen, die Hannes Hein verschlüsselt auf seiner Liste hinterlassen hatte, harrten darauf, anhand der Bücher dechiffriert zu werden. Aber in den letzten Tagen war Lagrande dazu nicht gekommen.

Sie sah auf ihr Smartphone. Bourreau hatte sich aus Nordafrika noch nicht gemeldet. Er saß vermutlich immer noch im Flieger.

Seufzend drehte sie ihre Thermoskanne mit dem weltbesten Kaffee auf und goss ihn in den Becher ein. Sie trug eine zerrissene Lederhose, darüber eine weiße Bluse, durch die man das schwarze Mieder schwach erkannte. Die langen blondierten Haare trug sie im Zopf, es war keine Zeit fürs Toupieren geblieben. Zusammen mit dem Schmuck an den Fingern, den Handgelenken und den Ohren war sie wieder unverkennbar Achtziger.

Lagrande inhalierte das aufsteigende Aroma, umfing das Gefäß mit beiden Händen und trank in kleinen Schlucken, während sie nacheinander über die Fakten auf den Monitoren blickte; ihre blaumetallic lackierten Nägel produzierten ein leises Ticken, wenn sie am Becher umgriff.

Neun Stück gestohlen, verschiedenste Kulturkreise, sinnierte sie. *Zusammenhang? Es* kann *eigentlich keinen geben. Nur den immensen Wert.* Sie richtete den Blick auf den Ziegelstein. *Oder ist es sein Text, der ihn besonders macht?*

Das Zeichen für einen Internetanruf leuchtete im mittleren Display auf.

Mister Crick! Lagrande nahm das Gespräch entgegen und schaltete die Kamera ein.

Sie hatte dem Antiquitätenhändler in York die Nachricht zukommen lassen, dass sie im Besitz der Goldflügler war. Da sie gemeinsam mit Marcus Roy Crick den Mörder seines Sohnes jagte, der beim Versuch umkam, die Statuette nach England zu schmuggeln, war der Mann ein kundiger und vertrauenswürdiger Verbündeter. Das zumindest hatte *Monsieur l'Inspecteur* aus Mangel an Alternativen beschlossen.

Auf dem Monitor erschien die eindrucksvolle Gestalt des silberhaarigen Briten, im Hintergrund ein Mosaikfenster mit dem Wappen seiner Familie, auf dem die Raben Hugin und Munin saßen. Wie immer war er bestens gekleidet, trug ein weißes Hemd mit einer Karokrawatte und Nadel, ansatzweise sah sie ein schwarzes Gilet.

»Bonjour, Madame Lagrande«, grüßte er sie mit starkem nordenglischen Akzent in einem Versuch, etwas zu sprechen, was Französisch sein sollte und in ihren Ohren schmerzte. Sein kurzer dunkelgrauer Bart warf einen Schatten auf seine Züge. »Ich habe Ihre Botschaft erhalten.«

»Sehr schön, Mister Crick«, wechselte sie ins Englische, um ihm entgegenzukommen. »Danke für den Rückruf. Die Leitung ist sicher und verschlüsselt. Wir können nicht abgehört werden.«

Crick nickte. »Der Schuldige am Tod meines Sohnes schickt seine Schergen weiter aus«, begann er ohne Umschweife. »Gut, dass Sie lebend davonkamen.«

Zum zweiten Mal, dachte Lagrande. »Ich habe mir viel Mühe gegeben.« Sie nahm eines der Goldfigürchen und hielt es vor die Linse.

»Was können Sie mir dazu sagen?« Dabei bemerkte sie zwei Linien, die sie zunächst für einen Kratzer gehalten hatte. *Ein graviertes Zeichen?*

»Nicht mehr als das, was Sie mir bereits schrieben«, gestand Crick ein. »Südamerika gehört nicht zu meinem Spezialgebiet. Aber ich habe etwas anderes für Sie und Bourreau.« Er drückte eine Taste, und in ihrem Posteingang wurde eine Nachricht angezeigt. »Es gibt Quellen, die darauf hinweisen, dass der Diamant, den Sie im Innern von Oddua fanden, eine ähnliche Zusammensetzung wie die Steine in der Langobardenkrone aufweist.«

»Das kann doch gar nicht sein«, entfuhr es Lagrande. *Ist das der Zusammenhang, den ich suchte?* »Wer behauptet das?«

Crick ließ sich durch ihren Unglauben nicht beeindrucken. »Ein Sammler, mit dem ich öfter Geschäfte mache, wies mich darauf hin. Das wollte ich Ihnen nicht vorenthalten, da wir ja nach verbindenden Elementen suchen. Um sicherzugehen, müssten wir sie ins Labor geben und eine Analyse vornehmen lassen.« Er schrieb auf der Tastatur. »Ich habe außerdem einen Freund in Tokio kontaktiert und ihn gebeten, mir alles zum Windgott Susanoo zu schicken.«

Noch eine Nachricht ging bei Lagrande ein. *Er versorgt mich zumindest mit Informationen.*

»Abgesehen davon, dass es sich um den göttlichen Fächer handelt, was ihn per se wertvoll macht, wird in einer der Legenden die Herstellung des Artefakts beschrieben. Womöglich ergeben sich dadurch weitere Anhaltspunkte.«

»Nichts zu den Goldfigürchen?«, vergewisserte sie sich.

»Leider nein, Miss Lagrande.« Er lehnte sich nach vorne. »Haben Sie schon weitere verschwundene Artefakte von der Liste entschlüsseln können, um die ich mich kümmern könnte?«

»Die letzten Tage waren etwas turbulent.«

»Es wäre einfacher, Sie schicken mir Heins Liste und die Bücher«, bot er erneut an. Es war der sicherlich fünfte Versuch, den er dahingehend unternahm. »Ich kann Sie entlasten.«

Lagrande lehnte mit einem charmanten Lächeln ab. »Ah, vielen Dank, Sir, aber das möchte Inspektor Bourreau nicht.«

Das behauptete sie jedenfalls.

Sie traute dem Händler nicht, der neben einem Interesse an der Auflösung des Mordes immer noch nach den Artefakten trachten könnte. Das eine schloss das andere nicht aus.

Der Nordbrite wirkte so enttäuscht wie jedes Mal. »Dann höre ich mich weiter um. Einen guten Tag, Madame.«

»Ihnen auch, Sir.« Sie unterbrach die Leitung und öffnete die Dateien mit den Aussagen und Vermutungen zu den Steinen, danach sichtete sie die Legenden rund um Susanoo und seine Gemahlin Kushinadahime.

Beim Lesen mit Kaffeenachschub verstrich die Zeit recht schnell, und sie kam gerade an die Stelle, an der es sich um den Fächer drehte, als es an ihrer Bürotür klopfte. »Madame Lagrande?«

Lagrande zuckte zusammen und schwieg.

»Madame Lagrande«, hörte sie eine Frauenstimme auf Französisch. »Mein Name ist Wertheimer, ich bin Ermittlerin beim deutschen Staatsschutz. Es gibt da einige Fragen, die im Anschluss an den Überfall auf das Museum in Mannheim aufkamen. Wären Sie so freundlich?«

»Sicher.« Lagrande hatte gar keine Lust. »Einen Moment.« Sie schob die Goldfigürchen in das Beutelchen und ließ sie in einer absperrbaren Schublade verschwinden, klickte neutrale Bilder auf die Displays und ging zur Tür, um sie zu öffnen.

Vor ihr stand eine *klassische Germanin*, wie man in Celtica zu sagen pflegte: robuste Figur, große Brüste, blaue Augen, die ihre blonden Haare am Hinterkopf festgesteckt hatte. Die Schminke war dezent aufgetragen, sie wollte nicht sonderlich attraktiv wirken. Das gelang ihr durch den Hosenanzug ziemlich gut.

»Guten Tag und hereinspaziert, Frau Kollegin«, grüßte Lagrande auf Deutsch und machte ihr Platz, deutete auf den wackligen Stuhl, auf dem sie ihren Privatlaptop abgestellt hatte. Schnell drapierte sie ihn an den Rand des Schreibtischs. »Was wollen Sie wissen?«

Wertheimer setzte sich und zog ihren Dienstausweis aus der Tasche. Es musste seine Richtigkeit haben. »Entschuldigen Sie die Störung. Ich weiß, dass Interpol immer genug zu tun hat.« Sie sah auf die Monitore, auf denen nur Unverfängliches flimmerte. »Sie sind nach dem Überfall sehr schnell nach Lutetia zurückgekehrt. Haben Sie meine Nachricht im Hotel nicht mehr erhalten?«

Lagrande schüttelte den Kopf, die blondierten Haare im Zopf flogen. »Das tut mir leid. Sie hätten mich auch anrufen können.«

Wertheimer lächelte. »Hätte ich. Aber manche Dinge sollte man von Angesicht zu Angesicht besprechen.« Das klang nach einer halben Verdächtigung. »Ich habe erfahren, dass Sie jüngst Opfer eines Überfalls wurden. In Ihrer eigenen Wohnung.«

»Das stimmt.« Lagrande fluchte innerlich und überspielte die Verärgerung mit einem Schluck aus der Kaffeetasse. Die Ermittlerin aus Germanien hatte ihre Hausaufgaben über die Grenzen hinaus gemacht.

»Die Täter waren schwerbewaffnet.«

»Mh«, machte sie zustimmend.

»Und nachdem ich den Bericht las, könnte ich glauben, dass es Parallelen zum Überfall in Mannheim gibt: maskierte Männer, Rücksichtslosigkeit, Schusswaffengebrauch in der Öffentlichkeit.« Wertheimer beobachtete die Sekretärin ganz genau. »Und nicht zu vergessen: *Sie*.«

Lagrande tappte nicht in die Falle und blieb äußerlich gelassen. »Ich kann mir vorstellen, dass es für Sie so aussieht, aber der Zusammenhang besteht darin, dass es sich um Interpol-Ermittlungen handelt. Mehr kann ich dazu ohne meinen Vorgesetzten nicht sagen.«

»Sie meinen nicht Lautrec, sondern Inspektor Bourreau, dem Sie gerade fest zugeteilt sind«, merkte Wertheimer an. »Eine besondere Persönlichkeit.«

Die sehr gegensätzlichen Frauen taxierten sich, die Spannung zwischen ihnen steigerte sich von Wimpernschlag zu Wimpernschlag.

»Ihr Kaffee duftet göttlich.«

»Danke. Leider ist er schon leer.« Der Schnorrversuch war abgeschmettert.

Wertheimer blickte sie durchdringender an. »Wie gut kennen Sie Inspektor Bourreau?«

Lagrande bemerkte, dass der Fokus sich von ihr wegbewegte. »Er ist mein Vorgesetzter.«

»Das war nicht meine Frage, Frau Kollegin.« Wertheimer verlor das Walkürenlächeln nicht, das den Eindruck erweckte, dass jederzeit ein physischer Angriff erfolgen mochte. Die Einschüchterungstaktik konnte sich sehen lassen.

»Wir kennen uns nicht sonderlich gut.«

»Haben Sie jemals über seine Kämpfe in den Übergangskriegen gesprochen?«

»Nein«, erwiderte Lagrande verblüfft und registrierte deutlich, dass es der Ermittlerin nicht wie zunächst vorgetäuscht um sie ging. »Was hat das noch gleich mit dem Überfall in Mannheim zu tun?«

Wertheimer nahm ihr Smartphone aus der Innentasche des Sakkos und öffnete eine Datei, auf der ein verdreckter Mann in Uniform zu sehen war, dessen stattliche Arme ein schweres, mehrläufiges Minigun spielend leicht hielten und abfeuerten. »Ove Schwan, 4. Kompanie des Freischärler-Leichtes-Infanterie-Bataillon Røkkr. Kampfname: *Exitus.*«

»Und? Gehörte er zu den Räubern?« Lagrande betrachtete das kantige Gesicht, auf dem Entschlossenheit und Gnadenlosigkeit zu sehen waren. Mit diesem Mann wollte sie keine Auseinandersetzung – und begriff dann, wen sie vor sich hatte. *Ist das mein Leibwächter?* Wieder hoffte sie, sich nichts anmerken zu lassen.

»War er denn unter ihnen?« Wertheimer hielt das Gerät unausweichlich vor Lagrandes Augen. »Oder haben Sie gerade den Schützen erkannt, der seine Kumpane kaltblütig ausschaltete und mit den Goldfigürchen flüchtete? DNS-Analysen von Rückständen, die wir auf der Karte fanden, laufen.«

»Er trug eine Maske«, erwiderte Lagrande und hasste ihre Stimme dafür, dass sie kieksig und hoch klang. *Verräterin.* »Seine Augen konnte ich nicht erkennen. Er stand zu weit weg.«

Wertheimer räusperte sich. »Zeugenaussagen aus Treva berichteten von einem muskulösen Mann, der aus einem BMW X7 stieg und die Angreifer, die zuvor zwei Polizisten sowie eine Bürgerin brutalstmöglich ausgeschaltet hatten, mit einem Granatwerfer sowie sicheren Kopfschüssen niederstreckte, bevor er seelenruhig davonfuhr.« Sie lächelte Lagrande an. »Ich gehe fest davon aus, dass es sich um den gleichen Mann wie in Mannheim handelt.«

»Kann ich Ihnen nicht sagen«, erwiderte sie freundlich. »Ich lag hinter der Gartenmauer.«

Wertheimer schwieg, steckte das Smartphone ein. »Danke für Ihre Zeit, Madame Lagrande. Sie haben mir sehr geholfen.«

»Habe ich?«

»Mehr, als Sie ahnen.« Wertheimer nickte ihr zu. »Bestellen Sie Inspektor Bourreau einen Gruß von mir. Sagen Sie ihm, dass seine Vergangenheit von nun an bleiben sollte, wo sie ist. Sonst mischt sie sich irreversibel in die Gegenwart ein und wird in der Zukunft zum Problem.« Sie erhob sich und stand auf, richtete mit einer energischen Bewegung ihr Sakko. »Guten Tag.« Im Gehen fügte sie hinzu: »Sie sollten Ihren Laptop an den Strom hängen.« Dann war die deutsche Ermittlerin zur Tür hinaus.

Wieso? Ich hatte ihn nicht eingeschaltet. Lagrande drehte sich zu ihrem Klapprechner und sah das rote Blinklicht, das auf akuten Energiemangel des Geräts hinwies.

Sie öffnete den Deckel und starrte auf einen schwarzen Monitor. Weder erschien eine Statusanzeige noch ein Hinweis, dass der Computer lief.

Ganz behutsam beugte sie sich nach vorne und lauschte, während sie auf einigen Tasten herumdrückte – bis es piepste und das Gerät gegen zu viele Eingaben revoltierte, ohne dass das Display erwachte.

Merde. Lagrande erinnerte sich an den Überfall in ihrer eigenen

Wohnung und dass einer der Leute sich an ihrem Klapprechner zu schaffen gemacht hatte. *Der USB-Stick! Total vergessen!*

Sollten die Angreifer ihr ein Abhörprogramm aufgespielt haben, wüsste der große Unbekannte über viele Dinge Bescheid.

Von ihrer Festplatte.

Von Gesprächen und Telefonaten.

Von ihrem Umfeld.

Von so ziemlich allem, bei dem der infizierte Rechner in der Nähe gestanden hatte.

Lagrande packte den Laptop und rannte aus dem Büro. Die Datentechniker von Interpol mussten das Gerät unverzüglich unter die Lupe nehmen. Der Schaden durfte keinesfalls größer werden.

Mit etwas Glück ließ sich der Spieß umkehren; Nachverfolgung lautete das Zauberwort.

Das könnte sie auf die Spur des unbekannten Gegners und mehrfachen Mörders führen. Auch das trojanische Pferd hatte Spuren im Sand hinterlassen.

* * *

Unbekannter Luftraum, November 2019

Malleus bekam unerwartete Hilfe: Dieses Mal sprang das Anschnallzeichen an, einen Sekundenbruchteil darauf sackte der Learjet nach unten weg.

Jetzt! Er zog die Waffe aus dem Schulterhalfter des Maskierten und trat ihm mit der Sohle gegen das Kinn.

Aber sein Gegner besaß hervorragende Reflexe. Zwar gelang es ihm nicht, dem Angriff vollständig zu entgehen, aber er wurde nicht mit ganzer Wucht getroffen; dabei riss er Tiffy mit um, die aufgrund der neuerlichen Turbulenzen mit dem Gleichgewicht gekämpft hatte. Mister No landete im Gang und knurrte wütend, seine beschädigte Sonnenbrille flog davon.

Malleus klammerte sich am Sitz fest, um nicht herausgeschleudert zu werden. Er schwenkte den Lauf hinüber auf Smythe, der unter sein Sakko nach der P7-Halbautomatik langte. *Du hättest mir meine Culebras nicht stehlen dürfen*. Er drückte zweimal ab, zielte dabei auf den Oberkörper und hoffte, dass er die Zigarren nicht traf.

Rücksicht würde er nicht nehmen können. Die Söldner hatten mit dem Tod der Piloten und der echten Stewardess unter Beweis gestellt, dass sie nicht lange fackelten. Zudem definierte es der Auftraggeber es eisklar: *Kooperation oder Tod*.

Er traf Smythe einmal am unteren Hals und einmal an der Schulter; die Wand und das Fenster hinter ihm färbten sich mit roten Sprenkeln, er sackte auf den Boden. Die Kugeln blieben im Körper stecken und durchschlugen somit nicht die Kabinenwand. *Jetzt …*

Aber schon ragte Mister No vor ihm auf, die Hand mit der erbeuteten Stetschkin APB zum Schlag erhoben.

Malleus wollte auf ihn anlegen, doch da traf ihn das Metall der Pistole gegen die Schläfe. Ohnmächtig rutschte er auf dem Sitz zusammen, dieses Mal ganz ohne die Wirkung des Elektroschockers.

Das Schicksal wollte nicht, dass er seinen Peinigern entkam.

»Scheiße!«, rief Tiffy und sah zum zusammenbrechenden Inspektor, dann zu auf dem Teppichboden zusammengesunkenen Smythe. »Kackidee, dem Arschloch die Handschellen abzunehmen.« Demonstrativ zertrat sie die Sonnenbrille des schuldigen Söldners.

Der Learjet flog wieder ruhiger.

Haviland eilte zum Getroffenen, schüttelte dann den Kopf. »Nichts mehr zu machen. Außer, einer von uns wäre ein Gott oder eine Göttin.«

»Man sollte sie in Erste-Hilfe-Kästen einbauen«, kommentierte Ryko sarkastisch. »Reanimation. Jesus konnte das doch auch. Wäre *die* große Chance für die Christen.«

»Das war ganz große Scheiße!«, fuhr Tiffy Mister No wieder an und zog ihre Halbautomatik, richtete die Mündung auf den ohnmächtigen Ermittler. »Fuck, Smythe war unser bester Sprengstoffmann.«

No schob ihren Arm zur Seite. »Lass das«, raunte er. »Wir brauchen den Bullen lebend, solange er uns nicht erzählt hat, wo die Artefakte gelagert sind.«

Tiffy stieß ihn zurück und gab einen unterdrückten Wutschrei von sich. »Das war so nicht geplant.«

De Bonde schwieg und sah zu den Anschnallzeichen, die erloschen. »Beschissenes Auf und Ab.«

»Wie lange noch?«, rief Tiffy zum Cockpit.

»Französischer Luftraum und Festland in knappen zehn Minuten«, kam es von vorne. »Ihr müsst euch beeilen, wenn wir den Absturz safe über die Bühne bringen wollen.«

»Flieg eine Schleife und melde den Franzosen ein Problem mit den Instrumenten. Die fressen das«, befahl Tiffy verärgert. »No, mach den Bullen wach und bau ihn auseinander, bis er uns sagt, wo das Zeug ist.«

»Wir hätten den zweiten Job nicht annehmen sollen.« Haviland nahm sich einen Schnaps aus der Minibar.

»Zu spät. Wir hängen drin.« Ryko blickte aus dem Fenster. »Wir sind wieder unterhalb der Wolken.«

»Keine Wellen, nur leichter Sturm«, meldete der Pilot. »Die Entität scheint sich beruhigt zu haben.«

»Hades sei Dank«, murmelte Ryko. »Ich hätte das Artefakt sonst rausgeschmissen. Ehrlich.«

»Klar.« De Bonde warf ihm einen übertriebenen Luftkuss zu. »Du Held.«

No setzte Bourreau schwungvoll in den Sitz und nahm die erbeutete Waffe an sich, steckte sie ins Halfter und betrachtete die anderen nachdenklich. Die braun-grün gesprenkelten Augen wirkten extrem aufmerksam, schienen die Männer und Frauen abzuscannen.

»Brauchst du Inspiration, um ihn wachzumachen?«, erkundigte sich Tiffy unfreundlich. »Los, fang an!«

De Bonde erwiderte den Blick. Sie versteinerte plötzlich – dann ging sie hinter dem Sitz in Deckung. »Das ist nicht No!«, schrie sie. »Die Augen!«

»Was?«, stammelte Tiffy und wandte sich an den breitgebauten Söldner. »Die Augen?«

»Die Augen«, bestätigte No ruhig. »Und sie hat recht.« Er zog lichtschnell die Stetschkin APB und schoss ihr zweimal ins Gesicht, duckte sich anschließend.

Tiffy fiel in einer Blutwolke auf den Gang, Ryko sprang mit einem Fluch hinter einen Sessel. Haviland schob sich hinter Smythes Leiche.

»Folgender Deal«, sagte der falsche No ruhig und legte auf Haviland an, die sich hinter dem Toten nicht zu rühren wagte. »Ihr verlasst alle den Jet, und ihr könnt danach tun, was immer ihr wollt. Ihr habt ja die Fallschirme.«

»Oder?«, wollte Ryko aus ihrer Deckung wissen.

»Ihr werdet alle sterben.« No nickte zu de Bonde. »Geh nach vorne und sag den Piloten Bescheid. Sollten sie Mätzchen versuchen, zünde ich die Bombe, die ich im Laderaum platziert habe.«

»Ja.« Die junge Söldnerin huschte geduckt durch den Vorhang und verschwand.

»Also«, sagte No zu Haviland. »Entscheidung?«

»Ich verlasse den Jet«, sagte sie behutsam.

»Waffe«, befahl er über den Lauf der APB hinweg, die nicht einen Millimeter schwankte oder wackelte. »Langsam.«

Haviland zog ihre Glock 17 und legte sie ebenso auf den Boden wie ihr Messer und eine Deringer. Danach erhob sie sich mit gereckten Armen und rollte Smythe von sich, um anschließend den Gang hinabzugehen.

»Ryko?«, rief No und schob sich mit dem Oberkörper über den Sessel, um die Kabine besser überwachen zu können.

»Ich würde auch gern gehen«, erwiderte der Söldner aus dem Verborgenen. Seine Waffen flogen in hohem Bogen durch den Jet und landeten polternd auf den anderen Sitzen, danach hopsten sie auf den Boden. Zuerst hob er die Hände, um den Oberkörper folgen zu lassen. »Wer immer du bist: Viel Spaß mit der Maschine.« Er bewegte sich vorsichtig den Gang runter, um Haviland durch den Vorhang in den Laderaum zu folgen.

No zog die zweite durchgeladene Waffe und richtete die Mündung auf den Vorhang, der zum Cockpit führte. Flachatmend, wartete er geduldig.

Ryko tauchte wieder auf, ein G11 im Anschlag und Entschlossenheit im Gesicht. Er drückte sofort ab.

Das folgende *Klick* aus dem Sturmgewehr erklang laut hörbar.

»Ich habe den Schlagbolzen ausgebaut.« Keine Viertelsekunde darauf löste der falsche No die APB zweimal aus.

Die Kugeln fuhren dem zu langsam abtauchenden Ryko durch die Nase und das rechte Auge, Blut und Hirnstücke flogen zusammen mit Schädel- und Hautfragmenten gegen den blauen Vorhang und hafteten teilweise daran.

Ein dröhnendes Krachen kam von der anderen Seite des Jets. Der Stoff vor dem Cockpit flog auf, als die Projektile in rascher Folge hindurchrauschten und in den Sitz vor Bourreau sowie No schlugen.

De Bonde huschte im Schutz der Salve nach rechts, gleichzeitig rückte ein weiterer Mann vor, der das leere Magazin routiniert austauschte.

No erwiderte das Feuer und streckte ihn mit drei Schüssen in den Oberkörper nieder. Aufstöhnend fiel er nieder.

»Verschwinde«, verlangte de Bonde. »Lass den Bullen hier und nimm dir einen Fallschirm.«

»Wenn ich verschwinden wollte, hätte ich es längst gemacht«, erwiderte der falsche No.

»Du willst den Bullen?«

»Jeder hat seine Aufgabe«, erwiderte No ruhig. »Meine ist, dafür zu sorgen, dass ihm nichts geschieht. Das steht im diametralen Gegensatz zu eurem Auftrag. Aber ich lasse euch die Chance, die Maschine zu verlassen. Ryko war zu dämlich, Haviland ist schon weg.«

»Wenn wir ihn gehen lassen, wird uns der Kunde umbringen lassen.«

Der falsche No lachte böse. »Wenn ich richtig aufgepasst habe, sitzt nur noch ein Pilot im Cockpit. Du und er. Das sind zwei.« Er lehnte sich nach vorne und sah das Knie der jungen Söldnerin sowie den Lauf des G11 neben dem Sessel rausspitzen. Er zielte und drückte dreimal ab.

Die erste Kugel riss ihr das Gewehr aus den Fingern, die beiden nachfolgenden Projektile zerfetzten das Gelenk der Frau. Aufschreiend fiel sie rückwärts gegen die Kabinenwand.

No sprang auf und kam, aus beiden Waffen feuernd, um den Sitz herum.

Nicht eine Kugel ging daneben. De Bonde wurde mehrmals getroffen und rutschte blutend zur Seite.

»Da war es noch einer.« No warf die Beretta achtlos weg und lud die Stetschkin nach, setzte seinen Weg ins Cockpit fort.

»Was ist? Habt ihr ihn?« Der Pilot wandte sich halb um und sah den Gegner kommen. Fluchend versetzte er der Tür einen Tritt.

No stoppte das Blatt mit einem Gegentritt, der Eingang flog erneut auf.

Der Söldner wollte seine Waffe ziehen – und sah in den Lauf der APB. »Gut, halt! Nicht! Ich … du brauchst mich, um die …«

»Du kannst bleiben«, wisperte No, »und ich muss dich erschießen. Oder du gehst in den Laderaum, nimmst dir einen Fallschirm und folgst deiner Kollegin.«

Der Mann nickte und erhob sich langsam, legte die Waffen auf den Boden und lief hinaus.

No blickte ihm hinterher, die Stetschkin zielte auf den Nacken des letzten Söldners der Truppe. Erst als er durch den Vorhang war und die Tür rumpelnd zufiel, senkte er die Vollautomatik.

Malleus öffnete die Augen und sah Smythe tot neben dem Sitz ihm gegenüber. Er hatte die Lider weit aufgerissen, wie zur Anklage seines Mörders.

Es war still im Jet.

Zu still. Er richtete sich vorsichtig auf und sah den Maskierten, der den Arm mit der APB senkte.

»Inspektor Bourreau«, raunte der kräftige, untersetzte Mann, der seinen Bauch wohl zusätzlich ausgestopft hatte, um die Täuschung gelingen zu lassen. »Es kam zu einer kleinen Meinungsverschiedenheit innerhalb der Truppe, was Ihr Schicksal angeht«, unterrichtete er ihn unaufgeregt. »Die Einheit hat sich daraufhin aufgelöst.« Die auffälligen, farbig gesprenkelten Augen richteten sich auf ihn. »Wir beide sind die einzigen Lebenden an Bord des Learjets.«

»Wie lautet mein Schicksal?« Sein Kopf schmerzte von dem Schlag, den er abbekommen hatte, und vom Entzug. Das Konzentrieren und Ordnen der Gedanken wollte nicht recht gelingen.

»Dass ich es nicht verantworten kann, einen wichtigen Mann wie Sie, der in der Historie der Menschheit noch einiges zu leisten hat, einem Idioten zum Opfer fallen zu lassen.« Er langte nach dem Tabletcomputer und warf ihn dem Inspektor zu. »Er wird gleich wieder anrufen. Sehen Sie zu, wie viele Informationen Sie ihm entlocken können, und schnappen Sie sich ihn. Wenn Sie es vermögen.« Er ging ganz langsam rückwärts. »Ich kümmere mich um eine weiche Landung.«

Malleus sah zwischen dem Tablet und No hin und her. *Ich verstehe gerade nichts.*

Auf dem Boden lag die erschossene Tiffy, in der Ecke de Bonde, auf dem Flur zur Kanzel ein weiterer Mann. Es roch nach Blut. *Eine Meinungsverschiedenheit, die resolut geregelt wurde. Und ich habe den sehr eindeutigen Verdacht, dass der übrig gebliebene Söldner in Wirklichkeit …*

»Versuchen Sie nicht, mit einem der Fallschirme zu entkommen. Ich habe sie alle untauglich gemacht.« No betrat das Cockpit und schloss die Tür, klackend verriegelte er sie von innen.

Das Rufzeichen leuchtete auf, der unbekannte Auftraggeber meldete sich.

Malleus nahm das Gespräch entgegen, hielt zunächst die Kamera im Rahmen mit dem Daumen zu.

»Hat der Inspektor was gesagt?«, verlangte der Umriss ungehalten zu wissen. Es war ihm deutlich anzumerken, dass er nicht in der Stimmung für weitere Verzögerungen war.

Malleus nahm den Finger von der Linse. »Ich habe Ihnen was zu sagen«, erwiderte er und hörte deutlich, wie sein Gegenüber verblüfft die Luft einsog. »Sie bekommen die Artefakte, die ich vor Ihnen retten konnte, sicherlich nicht. Und ich lasse mich nicht von Ihnen einschüchtern.« Er beugte sich nach vorne und brachte sein Gesicht nahe an die Kamera. »Wir beide werden uns begegnen. Die Artefakte, die Ihnen anscheinend entgangen sind, finde ich vor Ihnen. Das verspreche ich.«

»Inspektor Bourreau, seien Sie vernünftig«, bat ihn der Mann. »Ich kann Ihnen sehr viel Geld …«

»Stecken Sie sich das Geld in Ihren reichen Arsch.« Er ging zum erschossenen Smythe und suchte ihn nach den Culebras ab. Er fand das Etui samt Span und Feuerzeug, öffnete es mit einer Hand und steckte sich eine Zigarre mit sepiafarbener Banderole in den Mund. Erste Glücksgefühle wurden freigesetzt. »Sie haben zu viele Menschen auf dem Gewissen, um Sie davonkommen zu lassen.«

»Dann werden Sie ahnen, dass es mir auf ein paar mehr nicht ankommt«, erwiderte der Unbekannte schneidend. »Sie. Ihre Freunde. Alle, die mich davon abhalten, meine Sammlung zu vollenden und in die Tat umzusetzen, was die …« Er unterbrach sich, bevor er sich in Rage redete. »Tun Sie es nicht, Bourreau.«

»Was *nicht*?« Malleus erahnte, wie wichtig diesem Mann die Gegenstände waren. *Was er alles noch dafür tun wird.*

»Mich zu Ihrem Feind machen.«

Mit einem Klicken öffnete er das Feuerzeug, zündete den Span, und damit die Culebra an. »Sie sehen das falsch.«

»Inwiefern?«

»*Sie*« – er deutete mit der glühenden Spitze auf die Linse – »haben sich *mich* zum Feind gemacht.« Er paffte und stieß den Qualm gegen den Tablet; die Rauchwolke nahm die Form eines Totenkopfs an. Dann schaltete er ab.

Erst jetzt bemerkte Malleus das Kribbeln in Händen und Füßen. Ein eindeutiges Indiz.

Wir sind … gestiegen und … die Klappe zum Frachtraum ist … Schwindel breitete sich in seinem Verstand aus. *Luft! Ich brauche …*

Er streckte die Hand nach den herabbaumelnden Sauerstoffmasken, aber die Finger verfehlten ihr Ziel.

Zum wiederholten Mal im Jet ohnmächtig geworden, sank Malleus in das bequeme Polster.

Die Culebra blieb zwischen seinen Lippen und verschaffte ihm wenigstens etwas von seinem Nikotin, ehe das glühende Ende erlosch.

* * *

Celtica, Paris-Lutetia, November 2019

Marianne Lagrande kehrte mit ihrem Laptop eine Stunde später in ihr Büro zurück und starrte wütend auf die Maschine. »Verräter«, zischte sie, was dem tragbaren Rechner natürlich egal war.

Die Spezialisten von der IT hatten nach nur wenigen Sekunden umfangreiche Manipulationen am Klapprechner festgestellt, die auf ein gewitztes, aber nach außen unsichtbares Spionageprogramm zurückgingen.

So konnte ein Dritter jederzeit auf die Festplatte zugreifen, E-Mails checken, Kamera und Mikrofon nach Belieben an- und ausschalten, ohne dass Lagrande etwas bemerkte. Damit war der Laptop der optimale Schnüffler, der jedoch vergeblich versucht hatte, ihr Smartphone via Wi-Fi und Bluetooth und Speed-Infrarot-Schnittstelle zu infizieren.

Die IT Crowd meinte, dass dies nur möglich gewesen war, weil die Männer in ihrer Wohnung mit dem USB-Stick direkt auf den Rechner zugegriffen hatten. Somit waren sie sämtliche installierten Abwehrprogramme und Check-Routinen umgangen.

Wie viele Informationen die Unbekannten bekamen, war nicht auszumachen. Doch die Artefakte schienen nicht in Gefahr zu sein. Sie hatte das Versteck weder erwähnt noch in Telefonaten angesprochen, in Mails tauchten sie ohnehin nicht auf.

Steht das wirklich fest? Lagrande atmete wütend aus. Ungewissheit bedeutete Unsicherheit.

Somit blieb nur: Sie musste hinfahren und das Versteck prüfen, am besten ein anderes suchen. Dort könnte sie auch gleich die Goldfigürchen unterbringen, bis der Inspektor zurückgekehrt war.

Sie blickte auf die Uhr, auf das Smartphone, auf den Posteingang. Keine Meldung von Bourreau.

So lange kann er doch nicht in der Luft sein. Sie rief die Wetterdaten für die ungefähre Route des Jets auf. *Delay?*

Zwar gab es keine meteorologischen Stürme, aber es wurde von divinen Turbulenzen mit großen Ausläufern im Mittelmeer vor Marseille gewarnt. Priester des Poseidon sowie des Neptun seien bereits ausgerückt und brächten dem Meeresgott Opfer dar, auch keltische Priester wollten das Meer, das *mori*, besänftigen.

Daher die Verzögerung. Lagrande ließ die Suchmaschine nach den Flügen von Neu Karthago mit Destination Frankfurt suchen und fand bei *FlightWatch* mehrere Chartermaschinen, allerdings nur eine, zu der die Uhrzeit passte. Es wurde gemeldet, dass sie eine Schleife geflogen war. Der Pilot wollte wegen der Turbulenzen keine Risiken eingehen.

Ein wenig wegen ihres Vorgesetzten beruhigt, ließ Lagrande ihre Finger mit den blaumetallic lackierten Nägeln auf der Tastatur und startete die nächste Suche. Die Interpol-Datenbank spuckte nichts zu Ove Schwan aus. Dafür gewährte ihr das Internet wesentlich mehr Informationen rund um das Bataillon Røkkr.

Røkkr ist altnordisch und bedeutet Dunkelheit. Im Gegensatz zu ihrer ersten Annahme, es handele sich dabei um eine Freiwilligeneinheit, die für die Entitäten kämpfte, erwies sich die Vierte als Überläuferkompanie: Sie gehörten zu denen, die bis zum Schluss gegen die Gottheiten gekämpft hatten.

Danach zerstreute sich die Einheit, teilweise nahmen ihre Angehörigen die Amnestie in Anspruch, andere wurden umgebracht, wieder andere verschwanden in den Untergrund und führten den Kampf von dort aus weiter.

Wie die Männer und Frauen von GodsEnd, deren Visitenkarte in Mannheim gefunden war. Dank der DNA-Probe, die sie von der Karte genommen hatten, schien sich der Staatsschutz in Form von Wertheimer auf Ove Schwan eingeschossen zu haben.

Lagrande fand Fotos von dem Soldaten, die meisten in sozialen Netzwerken, einige aus Kampfberichten und Bildbeiträgen. Er sah nicht aus, als würde er Skrupel an den Tag legen oder in einer entscheidenden Situation zögern.

Sie lehnte sich zurück und goss den letzten Rest heißen Kaffee in die Tasse, den sie nicht mit der *Germanin* hatte teilen wollen.

Die Frage nach dem Inspektor und wie gut sie ihn kannte, warf für Lagrande die Frage auf, was die beiden Männer verband.

Die Gerüchte über Bourreaus Vergangenheit stapelten sich, jeder hatte was gehört, wollte was wissen oder kannte jemanden, der mit Sicherheit mehr zu sagen wusste.

Bei Belenos! Der Inspecteur war in der Vierten?

Lagrande beschloss sogleich, dass es ihr einerlei war. *Jeder hat seine Geheimnisse.* Sie konnte davon ein Lied singen.

Sie arbeitete für einen hochinteressanten, klugen und gut aussehenden Ermittler, der auf die Götter und Göttinnen spuckte, der ihre Existenz verneinte und eigene Erklärungen für das besaß, was auf der Erde geschah.

Genießerisch trank sie ihren Kaffee aus und fasste einen Plan: Sie würde die Schließfächer mit den Artefakten prüfen, sie einsammeln und zusammen mit dem neusten Schatz an einem sicheren Ort verwahren.

Geheimer als geheim. Lagrande legte den Kopf in den Nacken und spürte die Haarspitzen auf dem Rücken, setzte den Becher an die Lippen und sog den letzten Tropfen ein. Dabei öffnete sie die Schublade via Daumenabdruckscan und tastete nach dem Säckchen mit den Goldflüglern. *Darauf wird keiner kommen.*

Sie tastete.

Und tastete …

Nein! Hastig blickte sie in das Fach, in dem sich nichts weiter als die üblichen Unterlagen befanden.

Fluchend wühlte sie darin herum, räumte sie aus und suchte albernerweise im Rest des Schranks, danach überall in ihrem winzigen Büro, als wären kleine Männchen oder Schabernackwesen aufgetaucht und hätten die Artefakte vor ihr versteckt, um sie zu ärgern.

Doch es gab keine Spur von ihrer Beute.

Lagrande durchlief es eiskalt. Bourreau hatte die ganze Zeit vermutet, dass ihr unbekannter Gegenspieler Kontakte pflegte. Sehr gute Kontakte.

Oder sollte Crick dahinterstecken? Sie traute dem Mann durchaus zu, zwar die Mörder seines Sohnes bestrafen zu wollen, zugleich aber sein eigenes Spiel zu spielen. Es ging um mehr als nur eine Handvoll gestohlener Artefakte. Gerade durch die Hinweise von Wilkmann sah sie ihren Verdacht bestärkt, dass noch Überraschungen auf sie lauerten. *Wie im Fächer von Susanoo.*

Wer auch immer die Goldflügler entwendet hatte, war die Sicherheitskontrollen, den Retinascan am Eingang zu ihrem Büro und den Daumenabdruck-Check umgangen. Niemand könnte aus dem Stegreif unbemerkt eindringen. Es bedurfte bester Vorbereitung.

Sie packte ihre Handtasche und erhob sich. *Die Artefakte warten auf mich.*

Lagrande würde sich bei Lautrec vorher eine Erlaubnis für das Mitführen einer Handfeuerwaffe geben lassen.

Die Zeiten von Taser und Pfefferspray waren vorbei.

* * *

Unbekannter Ort, November 2019

Malleus hasste es inzwischen, zu erwachen. *Zum vierten Mal.*

Doch dieses Mal verhielt es sich anders, denn er spürte kalten Wind und Regen im Gesicht.

Als er verwundert die Augen öffnete, lag er im Freien auf einem verlassenen Rollfeld. Trotz der Kälte wuchs Grünzeug in kleinen Löchern der Betonplatten und zwischen den Asphaltrillen. Dämmerung kündigte sich im leichten Schauer an, Hellgrau wurde zu Dunkelgrau, weiter entfernt bereits zu Schwarz. Lichte Nebelfetzen zogen über das Areal wie natürliche Weichzeichner.

Das kommt unerwartet. Ächzend richtete er den Oberkörper auf und sah nicht weit entfernt vor längerer Zeit ausgebrannte Gebäude sowie einen zerstörten Tower, einen teilweise eingerissenen Sicherungszaun sowie umherfliegenden Müll, den der Wind vor sich hertrieb. *Keine Ahnung, wo ich bin.*

Dann ging ein Ruck durch seinen Oberkörper, etwas riss ungestüm daran. Stoff raschelte hörbar.

Malleus blickte nach unten, auf das Fallschirmgeschirr, in dem er steckte. Jemand hatte es ihm über den schweren Militärmantel angelegt. Die kräftigen Böen spielten mit dem leichten Kunststoffmaterial an den langen Leinen hinter ihm und blähten es zu einer Halbkugel auf, die wie ein Segel wirkte.

Bevor ihn der Schirm quer über das leere Rollfeld zerrte, öffnete Malleus schnell die Halterungen und überließ ihn dem Wind.

An dem Gurt waren eine eigene kleine Box sowie sein Handgepäck und der Einsatzkoffer befestigt. Der Maskierte hatte ihn mit allem, was ihm gehörte, aus dem Jet befördert.

Er hat ihn nicht gelandet. Der kalte Regen weckte Malleus' Lebensgeister. *Ob er auch abgesprungen ist? Oder flog er weiter?*

Malleus wusste, dass er seinem heimlichen Schatten im Flugzeug begegnet war, der sich als Söldner ausgegeben hatte. Der Verdacht war ihm schon gekommen, als er die Stetschkin APB vorzeigte.

Auch die Statur unterschied sich leicht, was er aufgrund des Adrenalins im Blut und der Stresssituation erst spät bemerkte. Und der Leberwurstgeruch hatte gefehlt. *Ich kenne jetzt wenigstens seine Augen.*

Damit wusste er vermutlich mehr als alle anderen Polizisten vor ihm. Von einem mehrfachen Mörder vor wiederum mehrfachen Mördern gerettet zu werden, kratzt an Malleus' Ehre. Schonen würde er den *assassino di glifo* deswegen nicht.

Er löste nacheinander die Karabinerhaken und erhob sich, sammelte das Gepäck ein und begab sich in den Schutz der eingefallenen Abfertigungshallen und Terminals.

Unter einem Vordach tastete er seinen Mantel ab, während sich der Niederschlag verstärkte. Die Tropfen spritzten beim Aufschlag in alle Richtungen, teilweise mischte sich Hagel darunter.

Er fand seine Deringer, seine Culebras sowie seinen PDA und aktivierte ihn, um zu prüfen, wo er aufgeschlagen war und ob er sich mit Lautrec in Verbindung setzen konnte.

Beim Warten auf die Statusanzeige fiel sein Blick auf die unbekannte Box mit dem Aufdruck *HUMAN GRAFT*.

Mit Edding geschrieben stand darauf:

Anbei etwas, wofür es keine Verwendung mehr gibt.

Malleus wählte eine Zigarre mit grüner Banderole, damit das Denken leichter fiel, und öffnete den Verschluss des unbekannten Behältnisses. Behutsam klappte er den Deckel auf.

Darin kamen der eingewickelte, leicht beschädigte Tabletcomputer aus dem Learjet sowie ein kleines Herz zum Vorschein, das gegen den Zerfall auf Eis gelagert wurde. Ein mittelfingerlanger Gegenstand steckte im Gewebe und leuchtete blauweißlich, brachte den Muskel von innen zum Schimmern.

Damit scheidet ein Spenderherz aus. Malleus wusste, dass er das Artefakt vor sich sah, von dem der Unbekannte gesprochen hatte. Wieder erlitt der Gegenspieler einen Rückschlag, und das zauberte ihm ein breites Grinsen ins Gesicht.

Aber die gute Laune verflog, als er sich bewusst machte, wem er die großzügigen Geschenke verdankte.

Meinem Schatten. Er fuhr sich mit Daumen und Zeigefinger über den Fu-Manchu, entzündete trotz des Windes den Span und damit die Culebra. Das Beobachtetwerden gefiel ihm keinesfalls. *Auch wenn ich ihm mein Leben verdanke.*

Er nahm den Tablet zur späteren Auswertung aus der Box. Durch die Berührung flammte der kleine Computer auf und zeigte ihm eine Geschichte: *Die Legende von Sedna.*

Sedna hat viele Namen, und sie wird ihnen allen gerecht. Als Königin der Tiefe und der Stürme trägt sie zudem den Titel Mutter aller Meeresgeschöpfe und hört nicht zuletzt auch auf den Namen Alte der Meere.

Bevor das Christentum mit seinen falschen monotheistischen Thesen auch die Inuit von ihrer wahren Religion entfremdete, verehrten sie Sedna. Die Königin der Tiefe ließ sie wissen, welche und wie viele Meerestiere gefangen und gegessen werden durften. Ein Verstoß gegen ihr Gebot hatte weitreichende Folgen, denn sie sandte einen Sturm oder zog den anmaßenden Jäger samt Familie hinab auf den Grund des Meeres.

Einst war Sedna ein sehr hübsches, doch eingebildetes Mädchen, das vor Eitelkeit jeden abwies, der um ihre Hand anhielt. Ihr Vater ließ es sich irgendwann nicht länger gefallen und gab sie einem Jäger mit, obwohl der Mann sein Gesicht nicht zeigen wollte.

Als der künftige Gatte die wunderschöne Sedna mit dem Kajak davonfuhr, bemerkte die junge Frau, dass es sich um einen Raben handelte und er sie hoch oben auf die Klippen bringen wollte, wo sein zugiges, kaltes Heim lag.

Sedna klagte und schrie gegen die Winde an, bis ihr Vater sie erhörte und sie vor lauter schlechtem Gewissen wieder zu sich holen wollte.

Zwar gelang der Plan, aber auf der Rückreise verfolgte der Rabe die beiden und brachte mit seinen Flügelschlägen einen Sturm, der hohe

Wellen auftürmte. Sednas Vater warf vor Furcht seine einzige Tochter aus dem schmalen Boot.

Sedna klammerte sich an der Kante fest, doch ihr Vater schlug auf die gefrierenden Finger und die Hände, bis sie zersprangen wie Eiszapfen. Die zerstörten Glieder wurden vom Raben in Robben und Wale und andere Meeressäugetiere verzaubert.

Doch die unglückselige Sedna versank.

Bis heute harrt sie auf dem Meeresgrund aus, und ihre Wut auf die Menschheit peitscht das Meer gelegentlich auf, bei der sich immense Wogen und Stürme bilden. Im Groll über die Tat ihres Vaters wandelte sie sich zu einer machtvollen, immer zornigen Göttin.

Das Einzige, was sie friedlicher stimmen kann, sind Respekt und Schmeicheleien. Seit die Inuit zurück zu ihrer Religion fanden, tauchen die Schamanen hinab zu ihr und kämmen ihr langes schwarzes Haar. Es besänftigt Sedna, und sie gewährt den Fischfang sowie die Jagd auf das, was im Meer lebt.

Wer gegen die Sitte verstößt, einer erbeuteten Robbe oder einem anderen erbeuteten Säugetier aus dem Meer etwas Wasser ins Maul zu träufeln als Dankesgeste zu Ehren von Sedna, muss mit Strafen rechnen.

Da der geheimnisvolle Auftraggeber den Namen der Göttin selbst erwähnt hatte, ging Malleus davon aus, dass der Gegenstand im Kinderherz mit Sedna in Verbindung stand.

Er steckte den Tablet ins Außenfach seines Köfferchens. *Der wird noch von Nutzen sein.*

Die IT Crowd von Interpol sollte sich damit beschäftigen. Zusammen mit den Hintergrundgeräuschen und den Erinnerungen an das, was er von dem Auftraggeber der Söldner gesehen hatte, wie den Ring oder die Krawattennadel, würde er Schlüsse auf dessen Identität ziehen können.

Unter Umständen kann Crick den Mann identifizieren.

Sein PDA meldete, eine Satellitenverbindung gefunden zu haben, mit der er den Standort des Ermittlers abglich.

Nach wenigen Sekunden der Berechnung erschien: *Hahn (Hunsrück), Germanien, kelt. Gebiet.*

Unverzüglich leuchtete die Warnung auf, dass sich es sich um eine ehemalige Gefechtszone aus den Übergangskriegen handelte, in der sich noch immer Munitionsreste und Blindgänger befanden; den weiterführenden Eintrag las er nicht.

Malleus warf einen Blick über die Schulter auf die Ruinen. *Der alte Flughafen.*

Vor der Nutzung als Zivilflughafen war er von den Amerikanern als Air Base genutzt worden. Im Verlauf der Übergangskriege wechselte er mehrmals die Besitzer. Malleus erinnerte sich, dass von hier aus Militärmaschinen gestartet waren. Um den Widerstand zu brechen, hatte man Bomben und Artillerie zum Einsatz gebracht, bis die Anlage durch schwere Treffer vernichtet wurde.

Das sagen die einen. Die anderen sprachen von göttlichem Einwirken; wieder andere behaupteten, dass der Konzern, der den Frankfurt Airport betrieb, die Gelegenheit genutzt hatte, um den Konkurrenten endgültig auszuschalten, indem er eine Söldnertruppe anheuerte, die die Drecksarbeit verrichtete.

Wie auch immer sie das anstellen ließen. Malleus war nie zuvor hier gewesen, er wusste es nicht einzuschätzen.

Seine Aufmerksamkeit richtete sich auf den Gegenstand, den er behutsam mit der Plastikfolie des Beutels aus dem Herzen pulte, woraufhin das Leuchten endete. *Ich finde heraus, was du auf der Liste bist.*

Er schob die blutige Harpunenspitze durch die dünne Hülle und hielt sie in den Regen, um sie vom Rot zu reinigen.

Die Tropfen wuschen es sauber, und Malleus erkannte feine Schnitzereien.

Elfenbein. Er drehte und wendete es. *Nicht aus Afrika, würde ich sagen. Eher First Nations. Zusammen mit der Geschichte um Sedna ist es wahrscheinlich Inuit-Kunst.*

Vorsichtig deponierte er die Spitze im Zigarrenetui und paffte, schrieb mit einer Hand eine Nachricht auf seinem PDA an Lautrec und danach an Lagrande. Sie sollten wissen, was mit ihm geschehen war, und einen örtlichen Polizisten senden, um ihn abzuholen.

Und nun der Jet.

Gleich darauf lieferte das Gerät die News zum Absturz des Charter-Learjets im Wald vor dem Flughafen Frankfurt, der zwischen den Bäumen zerschellt und in Flammen aufgegangen war. Sämtliche Passagiere seien mit größter Wahrscheinlichkeit tot, meldeten die Medien. Die Rettungsmannschaften untersuchten die Unglücksstelle.

Nicht sämtliche.

Zum angesprochenen Überfall auf das Mannheimer Museum fand er im Netz Hunderte Meldungen, Berichte und Kommentare. Die Freude, dass Lagrande unbeschädigt daraus hervorgegangen war, wurde jedoch getrübt.

Stark getrübt.

Was hat er sich dabei gedacht? Malleus ärgerte sich über die Visitenkarten-Aktion. Jetzt waren natürlich andere Stellen wach geworden, die Interesse an dem Fall hatten, um an *GodsEnd* zu gelangen. *Das macht es komplizierter.*

Malleus bekam Durst, also formte er eine hohle Hand und fing einige Tropfen auf, um sie in den Mund rinnen zu lassen. Das wiederholte er mehrmals, bis sich sein Mund nicht mehr trocken wie ein Kiesbett im Sommer anfühlte.

Lautrec meldete sich mit einer Mitteilung und drückte seine Erleichterung mit wenigen Worten aus und versprach, dass die Polizei aus Frankfurt ein Spezialistenteam aussendete, um ihn abzuholen. »Halten Sie durch«, lautete Lautrecs Anweisung.

Malleus stutzte bei der Formulierung und setzte sich auf seinen Koffer. *Weil ich nichts zu essen habe?*

Irgendwo hinter ihm in den Ruinen fiel eine Metallstange klirrend auf den Boden.

Ein gewaltiger Schwarm Krähen flog krächzend und aufgeschreckt in die Höhe, zog im grauen Himmel seine Kreise und wollte sich nicht mehr beruhigen. Geflügelter Nacht gleich, verdunkelten sie das ersterbende Licht. Der Wald strahlte eine Finsternis ab, die auf den Flughafen zukroch.

Das Schwirren der Schwingen drang durch das Prasseln des Regens bis zu Malleus. Er sah zu ihnen hinaus und paffte erneut an der Culebra. Nicht wenige würden darin ein Zeichen sehen. *Odinsvögel. Todesboten.*

Ein neuerlichers eisernes Scheppern erklang aus dem Innern der zerstörten Gebäude.

Dann noch eines.

Und wieder und wieder – bis von Dutzenden Eisenstangen ein gemeinsamer Takt gefunden und ein Trommeln daraus wurde.

Eine Treibjagd. Der eisige Schauder rann Malleus den Rücken hinab, ohne dass er sich dagegen zu wehren vermochte. *Von wem?* Behutsam stand er auf und prüfte seine beiden Apache Deringer, sah nach der Ersatzmunition; die Rauchwolken aus seinem Mund formten einen Totenkopf, der sich auch in den Böen nicht auflöste.

Malleus zweifelte nicht daran, dass er die Beute war. *Ich hätte wohl die Erläuterungen zum Flughafen und dem Kriegsgebiet zu Ende lesen sollen.*

Zwischen den eingefallenen Mauern schob sich in knapp hundert Metern ein menschlicher Schemen ins Freie, der witternd den Kopf in den Wind hob; flankiert wurde er von drei hüftgroßen Tieren, die nach verwilderten Hunden aussahen.

Hätte ich wirklich. Malleus kniff die kontaktlinsenblauen Augen zusammen, zog unauffällig die Deringer und klappte die Revolver nach oben.

* * *

Episode 6
GOTTESBEWEIS

»Es gibt kein Volk, das so wild, und niemanden unter allen, der so roh wäre, daß er in seinem Geist nicht einen Gedanken an die Götter trüge – viele meinen über die Götter Verkehrtes (das aber pflegt aus einem schlechten Lebenswandel zu rühren) –, dennoch glauben alle, daß es eine göttliche Kraft und Natur gibt; das bewirkt aber nicht eine Verabredung oder ein Konsens unter den Menschen, und auch wird die Annahme nicht durch Einrichtung oder Gesetze in Geltung gesetzt; die Übereinstimmung aller Völker in der ganzen Sache muß [darum] für ein Naturgesetz genommen werden.«

Marcus Tullius Cicero, *Gespräche in Tusculum*, 45 v. Chr.

»Es muß gewettet werden, das ist nicht freiwillig, ihr seid einmal im Spiel und nicht wetten, daß Gott ist, heißt wetten, daß er nicht ist. Was wollt ihr also wählen? […] Ihr habt zwei Dinge zu verlieren, die Wahrheit und das Glück, und zwei Dinge zu gewinnen, eure Vernunft und euern Willen, eure Erkenntniß und eure Seligkeit, und zwei Dinge hat eure Natur zu fliehen, den Irrthum und das Elend. Wette denn, daß er ist, ohne dich lange zu besinnen, deine Vernunft wird nicht mehr verletzt, wenn du das eine als wenn du das andre wählst, weil nun doch durchaus gewählt werden muß. Hiermit ist ein Punkt erledigt. Aber eure Seligkeit? Wir wollen Gewinn und Verlust abwägen, setze du aufs Glauben, wenn du gewinnst, gewinnst du alles, wenn du verlierst, verlierst du nichts. Glaube also, wenn du kannst.«

Blaise Pascal,
Pascalsche Wette, *Gedanken über die Religion und über einige andere Themen*, 1670

»Das Fundament der irreligiösen Kritik ist: Der Mensch macht die Religion, die Religion macht nicht den Menschen. […]

Der Kampf gegen die Religion ist also mittelbar der Kampf gegen jene Welt, deren geistiges Aroma die Religion ist.

Das religiöse Elend ist in einem der Ausdruck des wirklichen Elendes und in einem die Protestation gegen das wirkliche Elend. Die Religion ist der Seufzer der bedrängten Kreatur, das Gemüth einer herzlosen Welt, wie sie der Geist geistloser Zustände ist. Sie ist das Opium des Volks.

Die Aufhebung der Religion als des illusorischen Glücks des Volkes ist die Forderung seines wirklichen Glücks. Die Forderung, die Illusionen über seinen Zustand aufzugeben, ist die Forderung, einen Zustand aufzugeben, der der Illusionen bedarf. Die Kritik der Religion ist also im Keim die Kritik des Jammertales, dessen Heiligenschein die Religion ist.«

Karl Marx,
Einleitung zu: *Zur Kritik der Hegelschen Rechtsphilosophie*, 1844

Germanien (keltisches Gebiet), Rheinland-Pfalz,
Hahn (Hunsrück), November 2019

Malleus Bourreau stand unter dem Vordach auf dem Gelände des zerstörten Flughafens, das ihn vor dem heftigen Regen schützte, und sah zu der humanoiden Gestalt, die in etwa hundert Metern Entfernung aus einem eingestürzten Teil des Abfertigungsgebäudes ins Freie trat; drei hüftgroße, wilde Hunde begleiteten sie, die Köpfe gesenkt und zu ihrem Herrn gedreht, der in zerrissene Kleidung gehüllt war.

Noch immer erklang das metallische Trommeln von Dutzenden Eisenstangen aus den Ruinen, die im immer gleichen Takt auf Beton einschlugen, als feuerten sie den Schemen an.

Er sah zu Malleus hinüber, hob erneut den Schädel und witterte.

Halten Sie durch, hatte Lautrec ihm geschrieben – nun wusste Malleus, wie das gemeint war.

In den eingestürzten und in Mitleidenschaft gezogenen Gebäuden wurden Magnesiumfackeln gezündet und brannten rauchend und rot, der herausdringende Lichtschein sorgte für eine düstere Beleuchtung.

Ich hätte den Warnhinweis zum Areal lesen sollen. Er widerstand dem Impuls, die beiden Apache Deringer aus den Händen zu legen und den PDA aus der Tasche zu ziehen, um das Versäumnis nachzuholen. Es war besser, die Umgebung im Auge zu behalten.

Eine Spezialeinheit sei unterwegs, um ihn rauszuholen, hatte sein Vorgesetzter ebenso mitgeteilt.

Wie lange wird sie brauchen? Malleus ließ die Blicke aus seinen kontaktlinsenblauen Augen über die Ruinen schweifen, aber es zeigten sich keine weiteren Gestalten.

Der gewaltige Schwarm Krähen zog am dunkelgrauen Himmel unvermindert seine Kreise und krächzte dabei auf Malleus und den Schemen herab, als würde er die beiden beschimpfen und sich über den Lärm beschweren.

Abseits von menschlichen Siedlungen konnte es in dieser Gegend mit Einbruch der Nacht dunkel werden. Sehr dunkel. Der Wald und die Wolken schirmten jedes bisschen Helligkeit ab, als gälte es, ein schwarzes Loch zu erschaffen, in dem Malleus verschluckt werden sollte.

Die Gestalt hob den linken Arm weithin sichtbar in die Höhe, und das Trommeln endete.

»Was willst du in meinem Reich?«, donnerte der Unbekannte durch die Düsternis der Ruinen und brachte die Rauchnebelgespinste dazu, sich vor seinen Worten zu ducken und rollend zur Seite zu weichen.

Malleus vernahm den Mann so deutlich, als stünde er direkt vor ihm. Er paffte mehrmals an der Culebra und wünschte sich, doch eine mit roter Banderole gewählt zu haben. Mit einer Hand nahm er die krumme Zigarre aus dem Mund, was dank Deringer einfach gelang, und schöpfte tief Luft für eine Erwiderung.

»Sie sind mich bald wieder los«, rief er zurück und sah seinen Atem als Wölkchen. Der prasselnde Regen schluckte seine Stimme, die Antwort würde nicht bis zu dem Unbekannten reichen.

»Ich habe dich nicht verstanden«, kam folgerichtig zurück. Nun hob sich der rechte Arm, die Hand deutete auf ihn.

Die drei Hunde von der Größe eines Kalbs hoben die Köpfe, richteten die langen, kräftigen Schnauzen auf ihn. Jedes Augenpaar glomm in einer anderen Farbe, wie LED-Taschenlampen: weiß, rot, grün.

»Versuche es noch einmal, oder ich lasse die Tiere auf dich los«, tönte die Stimme spielend leicht zu ihm.

Ich muss näher ran. Malleus wollte zwar nicht, aber er bezweifelte, dass es ratsam sei, sich mit diesen Monstrositäten anzulegen. Weder der Mann noch die Hunde waren menschlichen Ursprungs. Ob Apache und Cobray überhaupt halfen, stand auf einem anderen Blatt. *Im besten Fall werde ich es nicht herausfinden müssen.*

Er klappte den Kragen hoch und vermisste seinen Hut schmerzlich, als er aus dem Schutz des halb zerstörten Vordachs trat und sich langsam auf den Unbekannten zubewegte. Die Culebra ließ er auf einem Stein im Trockenen zurück. Sie konnte nichts dafür und sollte nicht durch die Nässe leiden.

»Ich sagte«, schrie er dabei und hob die Arme zum Zeichen seiner Friedfertigkeit, wobei die Deringer nicht auffielen, »ich bin bald wieder verschwunden. Es lag nicht in meiner Absicht, Sie und Ihre Freunde zu stören.« An der Körperhaltung sah Malleus, dass ihn der andere nun verstand. »Ich sprang mit einem Fallschirm ab, weil mein Flugzeug abstürzte. Verzeihen Sie bitte die Ruhestörung.«

Bei geschätzten fünfzig Metern Abstand blieb er stehen und revidierte seine Einschätzung, was die Größe des Mannes anging. *Er ist mindestens zwei Meter und höher!* Die Schultern der drei Höllenhunde reichten bis an Malleus' Brust.

Der sehr breit gebaute Mann blieb schwer zu erkennen. Ein zerfetzter Poncho umwehte ihn auragleich, die langen Haare bildeten im Wind eine unstete schwarze Korona, während das Antlitz selbst im Schatten lag. Das rote Licht der Magnesiumfackeln geisterte ängstlich drüber hinweg.

»Wer sich in mein Reich begibt, darf es verlassen, sofern er mir eine Gabe darreicht«, verkündete der Mann huldvoll.

»In welchem Reich bin ich, und wie lautet Ihr Name?«, erkundigte sich Malleus freundlich. Jede gewonnene Sekunde mochte wertvoll sein.

»Mein Name ist Adamastos. Und dies ist mein Reich«, erwiderte er stolz. »Es trägt meinen Namen.«

Malleus fiel ein, dass *Adamastos* der Beiname des Gottes Hades war, dem Herrn der Unterwelt, jedenfalls gemäß der griechischen Mythologie. Damit hatte er nicht gerechnet. »Ein ungewöhnlicher Name im keltischen Teil Germaniens.«

»Ich suchte es mir nicht aus.« Adamastos senkte langsam den Arm, und die Hunde setzten sich. »Wäre es nach mir gegangen, lebte ich an einem anderen Ort. Vielleicht in Koroneia oder in Olympia, um meinem Vater nahe zu sein. Länder ohne dauernden Regen. Ohne Kälte. Ohne Ruinen. Wie wir alle, die sich verborgen halten, trachten wir nach einem schöneren Leben. Doch die Menschen und Götter wollen uns nicht.«

Er denkt, Hades sei sein Vater. Malleus wischte sich das Wasser aus den Augen und rieb sich über den Fu-Manchu-Bart, der sich durch den Regen ungewohnt weich anfühlte. »Ihr alle?« Hoffentlich bereute er die Frage nicht.

»Wir alle, die von den Sterblichen verstoßen wurden«, sagte eine Frauenstimme unvermittelt hinter ihm. »In antiken Legenden wurden wir als Heldinnen und Helden gefeiert. Heute sind wir nichts.«

Malleus hatte damit gerechnet, dass sich einer von den Trommelnden anschleichen würde. So blieb er ruhig und sah weiter auf Adamastos; zugleich fühlte er die Wärme, die von der Unbekannten ausging. Sie musste sehr nahe bei ihm stehen. »Ihr seid Halbgöttinnen und -götter.«

»Sehr richtig.« Sie umrundete ihn und stand nackt vor ihm. Es störte sie offenbar nicht, von ihm betrachtet zu werden. Malleus schätzte sie auf knappe sechzehn; ihre langen schwarzen Haare lagen wasserschwer auf der hellen Haut, verdeckten die Brüste teilweise. Das unstete magnesiumrote Flackern tauchte sie in Blutfarbe. »Ich bin Brigantina, Tochter der Brixia und Gemahlin des Adamastos. So sage uns, Sterblicher: *Was* willst du geben? Was ist dir dein Leben wert?«

Welche Entitäten würden entstehen, wenn sie ihre Linien vermischen? Malleus fand das Gedankenexperiment spannend, sofern man die atheistischen Bedenken außer Acht ließ. Brixia gehörte zum keltischen Pantheon, aber ihren Verantwortungsbereich kannte er nicht, und seinen PDA wollte er nicht hervorholen.

Er erinnerte sich, dass es immer wieder geschah: Kinder, die divinen Ursprungs waren, wurden ausgesetzt; man nannte sie unschmeichelhaft Hybride oder Bastarde. Sie wuchsen schneller als normaler Nachwuchs, reiften innerhalb eines oder weniger Jahre zu Erwachsenen, wie die beiden vor ihm soeben bewiesen.

Oder es sind Spinner. Verrückte, die sich in Ruinen ein eigenes Reich erschufen und Wahnsinnige um sich scharten. Er gab einige Landstriche, in denen nach dem Ende der Übergangskriege ein Hauch von Endzeit herrschte, meistens in weit abgelegenen Regionen und abseits von Zivilisation. Auch in Germanien.

»Ich könnte Geld anbieten«, schlug er vor. »Oder die Kleidung in meinem Koffer.«

»Was ist mit den Zigarren?«, rief Adamastos. »Wie viele hast du noch von ihnen?«

»Keine mehr.« Malleus verbot sich ein Lachen. Er wollte die Meute nicht herausfordern, zumal sie sicherlich spürten, dass es sich nicht um gewöhnliche Tabakwaren handelte. »Die unter dem Vordach ist meine letzte.« Dass er weitere im Etui trug, ging den Hünen nichts an.

Brigantina legte eine Hand an seine rechte Wange. Malleus ließ sie gewähren. Wieder eine Sekunde gewonnen. »Eine Lüge, Geliebter«, sprach sie laut. »Er hat noch welche. Ich sehe es in seinen Augen.«

»Du wolltest einen Halbgott *betrügen*?« Adamastos schnaubte. »Damit hast du dein Leben verwirkt.«

»Das habe ich schon oft gehört. Auch von ganzen Göttern.« Malleus schob die Hand der Frau zur Seite, ohne Hast und Wut. »Oder von Wesen, die sich als solche ausgeben.«

»Du zweifelst?« Brigantina lachte auf, und Regentropfen sprühten von ihren Lippen. »Geliebter, er zweifelt an unserer Abstammung!« Sie machte zwei, drei Schritte rückwärts, weg von ihm. »Nun hat er *wahrlich* den Tod verdient!«

Malleus spürte das Wasser, das unter dem Mantelkragen unter das Hemd und das kurtaähnliche Obergewand rann. Es schien, als seien die Verhandlungen abgeschlossen.

Fauchend erloschen die ersten Magnesiumfackeln, das rote Licht schwand und wich einer mystischen Düsternis.

Adamastos und Brigantina führten keine Waffen mit sich, abgesehen von den drei titanischen Hunden, die vermutlich von Zerberus abstammten, wenn man ihren Herrn fragte. Zudem lauerten in den Hallen noch eine unbekannte Anzahl weiterer Gegenspieler. Ob Halbgottheiten oder nicht, war erst mal unerheblich.

Malleus überlegte, wie schnell er zu seinem Gepäck gelangen konnte, in dem mehr Munition für den Cobray lagerte. Schrot und Vollmantelgeschosse würden hilfreich sein.

Ein Blitz fuhr durch den Krähenschwarm aus dem Unwetterhimmel und krachte gleißend in einen emporragenden Metallträger.

Malleus hörte Brigantina aufschreien, und Adamastos duckte sich aus einem Reflex, um nicht getroffen zu werden.

Weiße Funken und glühende Metalltropfen sprühten in alle Richtungen davon und erhellten die Gebäudereste mit grellem, zuckendem Licht, das nicht abreißen wollte – als hätte der Stahl die Entladung gefangen und zapfte nun gierig Energie aus den Wolken, um eine alte Maschine tief in der Erde aufzuladen und anzufahren. Malleus konnte die Augen nicht abwenden.

Das flackernde Licht spiegelte sich auf seinen blauen Kontaktlinsen, drang in seine Netzhäute, durch seinen Sehnerv in sein Gehirn und löste weggeschlossene Erinnerungen aus seinem Verstand.

Ängste.

Hass.

Wut.

Es erweckte sie zum Leben wie Frankensteins Monster und ließ sie los, entfesselte sie und sprengte die Ketten, die Malleus und sein Therapeut in mühevoller Arbeit drum herumgelegt hatten.

Malleus' Atmen beschleunigte sich ruckartig, das Herz raste und jagte Adrenalin in jede Zelle seines Körpers.

Vor ihm stand plötzlich eine dieser unbekannten aschfarbenen Bestien, die zu keinen bekannten Entitäten gehörten und seine Einheit aufs Grausamste heimgesucht hatten. Sie öffnete ihren zahnbewehrten Rachen und brüllte ihn an, die tentakelhaften Arme zuckten angriffslustig.

Malleus' Denken schaltete sich aus.

Er schrie dem Gegner in die hässliche Fratze und richtet die Deringer auf ihn, löste mehrmals aus und sandte ihn zu Boden, um sich auf das nächste Scheusal zu stürzen, das gleich darauf neben ihm erschien.

Aus den Augenwinkeln bemerkte Malleus die weiteren widerlichen Gegner, die aus den Ruinen gerannt kamen und auf ihn zuhetzten.

Doch es schreckte ihn nicht.

Nichts schreckte ihn im Moment. Denn wenn er starb, wäre er jenes Leid los, dem er im Leben nicht entkam.

Flüssigkeiten sprühten gegen Malleus, er spuckte das warme Feindesblut aus und ignorierte die Hiebe, die er selbst bekam.

Er schrie und schoss, schlug zu und um sich, stach und drosch auf alles ein, was sich ihm näherte. Metallischer Geruch, heißer Stahl und kochender Asphalt, Staubwolken, das Aufbrüllen der Gegner, alles verschmolz in ihm zu einem einzigen Eindruck, ohne dass er erlahmte.

Und das Unwetter befeuerte Malleus Blitz um Blitz.

* A Ω *

Irgendwo in einem beschissenen Wald.

Und es pisst auch noch.

Nichts dabei außer dem, was ich zum Überleben brauche: die APB und Munition. Mal sehen, wo der, dem ich folge, abgeblieben ist.

Wette, er denkt, ich hätte ihn mit dem Fallschirm abgeworfen, aber das wäre zu gefährlich. Bleibt er am Ende noch ohnmächtig an einem Ast hängen und erwürgt sich.

Kurze Landung des Jets, raus mit ihm, und weiter.

Aber mich hat es nach meinem Absprung weiter abgetrieben als geplant. Fuck Wind, fuck Götter! Die spielen doch wieder mit uns und erlauben sich Späßchen.

Mein Ortungsgerät zeigt an, dass er … ja, er ist immer noch auf dem Flughafen. Und er hat sich ein Taxi bestellt, wie ich sehe. Die Bearbeitung des PDA hat sich bezahlt gemacht.

Fein, fein, dann ist er bald in …

Moment. Ein Warnhinweis zum Areal?

Ist auf der Karte ausgewiesen als gefährliches Sperrgebiet, in das niemand ohne Sondergenehmigung gehen darf.

Scheiße, da habe ich ihn mal richtig reingerissen. Und ich brauche bei dem Wetter quer durch den Wald sicherlich noch eine Stunde, wenn ich renne, etwas weniger.

Hätte ich mal vorher geprüft, warum sich keiner mehr für den ausgebombten Flughafen interessiert. Wer kann denn ahnen, dass sich dort die Bekloppten, Spinner und Hybriden tummeln, die man zu Hause rausgeschmissen hat? Wegschießen will man diese Spackos ja nicht, weil die germanische Regierung sich vor einem möglichen Vergeltungsschlag der Götter fürchtet. Eine wütende Entität ist schwer zu besänftigen, und Menschenopfer wären nicht leicht zu beschaffen.

Fuck, fuck, fuck.

Hoffentlich erwischt das Taxi ihn, bevor die Hybriden auftauchen.

Was ist denn das?

Eine doppelte Zaunreihe, Stacheldraht, Elektrowarnung, Minenfeld.

Meine Nacht wird immer besser. Hier komme ich nur durch, wenn ich fliege.

Oder einen Baum fälle.

Eine Mischung aus beidem müsste klappen.

Ich habe ihn reingerissen, ich muss ihn rausholen.

Denn ich folge ihm. Und seine Zeit ist noch lange nicht gekommen.

Weil ich bestimme, wann er stirbt.

Ich alleine.

* A Ω *

Malleus blinzelte Blut und Regen aus den Augen, fühlte seine eigene hastige Atmung und wie sich sein Brustkorb dabei dehnte, als würde er bersten. Die Kontrolle über seine Sinne kehrte allmählich zurück.

Er stand zwischen aufragenden Trümmern im Freien und war durchnässt, die Tropfen hagelten noch immer schwer und prall auf die Ruinen des nächtlichen Flughafens nieder. Aber durch das allgegenwärtige Rauschen drang ein anhaltendes rhythmisches Schwirren in seinem Rücken.

Was ist geschehen? Er sah auf seine Hände, in denen er ein langläufiges Sturmgewehr mit aufgepflanztem Bajonett hielt.

Vor ihm lagen die hünenhafte Leiche von Adamastos und die Überreste seiner drei Hunde, Herr und Tiere gleichermaßen aufgeschlitzt. Es regnete in die herausquellenden Innereien, erste mutige Raben hopsten über die Toten und zupften sich das warme Fleisch ab.

Licht spendeten frische rote Magnesiumfackeln sowie ein künstliches helles Strahlen, das an einem Fallschirm langsam nach unten schwebte.

Malleus konnte sich an nichts erinnern.

Woher kommt das Gewehr? Es war die neuere Version des deutschen Heckler & Koch G3T.

Er blickte über die Schulter und sah über den Rand des Betonfragments einen Transporthubschrauber auf dem Rollfeld stehen. Der Rotor wirbelte im Leerlauf und schleuderte das niederfallende Wasser wie ein Quirl davon.

Das Licht der Armaturen beleuchtete die zusammengesackten Piloten, eine Scheibe war von innen rot gefärbt. Die Seitentür stand offen, im rötlichen Einsatzlicht lag ein angeleinter Schütze über einem dickläufigen Granatwerfer mit Rundmagazin, die leer geschossenen dicken Hülsen rollten über das Innere und den Asphalt.

Vor dem Hubschrauber entdeckte Malleus die Leiche eines weiteren Soldaten, ausgestattet mit einem Exoskelett, einer sechsläufigen Minigun und Munitionsrucksack.

Das mussten die Spezialisten sein, von denen Lautrec gesprochen hatte: ein Einsatzkommando des Heeres.

Malleus wankte unsicher aus den Ruinen, stieg dabei über weitere Leichen, die von Geschossen der Soldaten durchlöchert worden waren.

Die unbewaffneten Bewohner des Areals schienen sich gut genug gewehrt zu haben, um das Kommando auszuschalten. Die Überreste der Truppen fand Malleus verstreut und zerfetzt, teilweise verbrannt und gespalten. Ungeheure Energien mussten gegen sie gewirkt haben. Somit besaß mindestens einer von den Schützlingen in Adamastos' untergegangenem Reich besondere Kräfte.

Halbgöttliche Kräfte. Malleus stakte halb in Trance vorwärts und kontrollierte routiniert wie beiläufig das Magazin des G3T, wie er es in den Übergangskriegen oft genug getan hatte. Es war nicht gesagt, dass sämtliche Gegner den Tod gefunden hatten.

Dann realisierte er, *was* er in den Händen hielt, und ließ das Gewehr hastig fallen. Niemals mehr hatte er eine solche vollautomatische Waffe führen wollen. *Ich habe es geschworen.*

Malleus rieb sich über das regennasse Gesicht und blickte sich wacher um als zuvor.

Sein Gepäck stand unangetastet unter dem Vordach. Aus den Trümmern des Terminals stieg gelegentlich Rauch auf, es roch verbrannt.

Auf der freien Fläche zwischen Helikopter und Gebäuden lagen geschätzt drei Dutzend tote Hybriden in abgetragener Kleidung, einige mit einfachen Knüppeln, Eisenstangen und selbst gebastelten Hiebwaffen ausgestattet; dazwischen befanden sich die Überreste der Soldaten des Einsatzkommandos.

Die einzigen Geräusche stammten von den Rotoren im Leerlauf und dem Rauschen der Tropfen, die das Blut und die Körperflüssigkeiten davonspülten und die Erde abseits des Asphalts damit tränkten. *Gleich einer Opfergabe.*

Malleus zitterte, vor Kälte, vor Schock, vor Not.

Er lenkte seine Schritte zunehmend sicherer zum Vordach, wo seine Koffer standen, und suchte eine weitere Schachtel Culebras heraus, um sich eine mit roter Banderole anzuzünden. Entgegen der üblichen Angewohnheit inhalierte er tief, betrachtete dabei das Schlachtfeld.

Ich habe nichts mitbekommen. Seine Augen richteten sich auf den Stahlträger, in den der Blitz eingeschlagen und seinen mentalen Blackout ausgelöst hatte. *Weder vom Eintreffen des Kommandos noch vom Kampf.*

Er ahnte, dass das grell flackernde Licht die posttraumatische Belastungsstörung zurückholte, unter der er seit den Gefechten gegen die Entitäten litt. Seit jenen Nächten, als die bestialischen Kreaturen über seine Einheit hergefallen waren. Einen kurzen Flashback hatte er bereits in Neu Karthago beim Anblick des Zeichens im Nacken der jungen Frau gehabt und erfolgreich bekämpft.

Aber das war nichts gegen diesen Anfall gewesen.

Sonst habe ich es immer im Griff. Malleus spürte die Wirkung seiner besonderen Culebra, und er wurde ruhiger, wacher, aktiver. Das Zittern verschwand.

Was er alles bei seinem Aussetzer erlebt und überlebt hatte, würde er nicht herausfinden.

Die Ärzte und Therapeuten hatten ihn davor gewarnt, auch vor der Teilamnesie. Es könne ihrer Erfahrung nach sogar passieren, dass sich eine Schizophrenie daraus entwickle, als Schutzmechanismus gegen Bilder, Eindrücke, Taten.

Das fehlt mir noch. Malleus ging zum Paffen über und betrachtete die dunkle Umgebung, die nun nur noch von dem bisschen Licht aus dem Hubschrauber durchbrochen wurde und die Szenerie noch unwirklicher erscheinen ließ.

Würde Lautrec hiervon erfahren, wäre seine Zukunft bei Interpol gefährdet. Die Rauchschwaden, die über seine Lippen kamen und sich gegen den Wind behaupteten, formten angedeutete Fragezeichen.

Niemand darf es wissen. Er nahm den PDA aus seiner Manteltasche, um die Uhrzeit zu kontrollieren. *Knappe dreißig Minuten sind vergangen.*

Die Aufnahmefunktion des Gerätes war eingeschaltet, es filmte seit geraumer Zeit. Nach kurzem Zögern löschte Malleus die Datei. Er wollte das Gemetzel nicht sehen, das er offensichtlich angerichtet hatte. Es könnte einen neuerlichen Schub auslösen.

Niemand darf es wissen, wiederholte er für sich. Danach vernichtete er die Datei auf dem Server. *Keine Spuren.*

In der Kanzel des Helikopters bemerkte er eine Bewegung.

Einer der Piloten richtete sich auf, starrte mit entsetztem Gesicht aus dem Fenster.

Der Suchscheinwerfer unter dem Rumpf flammte auf und drehte sich kreisend, wanderte taghell über die Leichen, die Trümmer, die Gebäude. Währenddessen steigerte sich das Dröhnen der Turbinen, die Rotoren kreisten schneller und peitschten die Luft.

Er will weg!

Malleus sprang auf. »Halt!«, schrie er und wusste, dass der Pilot ihn nicht hören würde.

Er packte den Koffer und sein Handgepäck und hetzte durch den Regen zur Maschine, die sich startbereit machte; zischend rebellierte die Glut der Culebra gegen die Feuchtigkeit, die sie traf.

Auf dem Weg zu seinem Ticket aus dem traurigen, untergegangenen Reich des Adamastos veränderte sich plötzlich die Anordnung der Tropfen. Sie formten einen Vorhang aus Wasser und darin ein Frauengesicht, das sich Malleus in den Weg schob.

»Du hast meine Tochter getötet«, sprach die Erscheinung. »Ich merke mir dein Gesicht, Malleus Bourreau. Und ich schwöre dir, dass ich dich nicht schonen werde. Es kommt die Gelegenheit, bei der ich meine Rache erhalte.«

Malleus lief mitten durch das Wasserantlitz und zerstörte es. Er ahnte, dass sich Brigantinas Mutter zeigte und drohte. Es kümmerte ihn nicht. *Sie kommt auf die Liste der Entitäten, die mich hassen.*

Der Helikopter rückte näher.

Malleus schlug einen Bogen, damit er in den Scheinwerferkegel geriet und der Pilot ihn sah, zusätzlich schwenkte er die Koffer.

Aber die Züge der Göttin erstanden neu aus dem Regen.

»Ich verfluche dich!«, schmetterte sie ihm entgegen. »Niemals wird das Wasser dir Sicherheit geben, wo immer meine Macht gilt. Und auch wenn du zu schwimmen vermagst, sollst du sinken wie ein Stein. Hüte dich vor mir. Hüte dich vor dem Zorn einer Mutter!«

Erneut durchbrach Malleus die Barriere.

Dass eine Entität verärgert reagierte, kannte er. Doch niemals war ihm eine handfeste, eindeutige Verwünschung zugegangen. Aber er lebte schon viel zu lange, um es ernst zu nehmen.

Der Pilot sah ihn kommen. Das helle Licht unter dem Helikopterrumpf richtete sich auf ihn, blendete ihn und schwenkte zur Seite.

»Gehen Sie zur Seitentür«, kam die Anweisung über Lautsprecher, »und halten Sie den Kopf unten.«

Malleus nickte und rannte zum Einstieg, warf das Gepäck hinein und sprang ins Innere. Er klappte den dickläufigen Granatwerfer zurück, sicherte ihn und schloss die Tür, woraufhin sich der Hubschrauber vom Boden löste und rasch in den Nachthimmel stieg.

Die Leiche des Soldaten pendelte im Haltegeschirr vor und zurück, als wäre sie eine überlebensgroße Marionette, derer ihr Spieler überdrüssig geworden war.

Malleus roch das Blut, das an seiner Kleidung haftete und das vom Toten ausging. Schlagartig wurde ihm schlecht, hastig sog er an der Zigarre, die sich erfolgreich gegen das Erlöschen zur Wehr gesetzt hatte.

»Wir fliegen zurück zum Stützpunkt«, sagte der Pilot über den Lautsprecher. »Sind Sie verletzt?«

»Nein.« Malleus sah an sich hinab und bemerkte den langen Schnitt am Oberschenkel erst jetzt. Prompt folgte der Schmerz, als hätte die Wunde darauf gewartet, entdeckt zu werden. »Doch«, korrigierte er. »Muss genäht werden, fürchte ich.«

»Ich sage der Basis Bescheid.« Der Pilot ließ die Verbindung vermutlich vor Aufregung in den Frachtraum offen, während er funkte. »Walhalla, hier Hugin Eins. Kehren von Einsatz zurück, Zielperson an Bord. Einheit wurde aufgerieben, Monitore zeigen null Lebenszeichen. Brauchen einen Arzt. Zielperson und ich sind verletzt. Kommen.«

»Roger, Hugin Eins. Haben verstanden«, erfolgte die Antwort undeutlich. »Hoffentlich war der scheiß Atheist das wert. Kommen.«

»Roger, Walhalla. Ankunftszeit T minus fünfzehn Minuten. Over and out.«

Malleus paffte und schloss die Augen, rieb sich über den Bart. *Hoffentlich bin ich es.*

Germanien (keltisches Gebiet), Chattia (Hessen), Frankfurt, November 2019

Marianne Lagrande trug weniger Achtzigerjahre an sich als sonst, um nicht aufzufallen. So begnügte sie sich mit schwarzen Leggins, einem langen weißen Rollkragenpullover und Boots; die blondierten Haare lagen unter einem roten Barett, und auf der Nase saß eine Sonnenbrille.

Als sie an einer spiegelnden Scheibe vorbeikam, fand sie sich durchaus normal gekleidet. Dass sie von manchen anderen Leuten dennoch angestarrt wurde, schob sie auf die betonende Schminke.

Lagrande betrat die Halle von Terminal 1 des Frankfurter Flughafens, in der sie sich mit Inspektor Bourreau verabredet hatte. Es herrschte gemächlicher Betrieb, an einem Sonntagmorgen scheinen die wenigsten fliegen zu wollen.

Außer Monsieur l'Inspecteur. Lagrande blickte sich suchend um und entdeckte ihn in einem offenen Café, das vor dem Zugang zu den Sicherheitskontrollen eine Ebene unter ihr lag.

Er wirkte müde, starrte auf seinen PDA und fuhr sich gelegentlich über die schwarzen Bartenden und das Kinnbärtchen. Vor ihm standen auf einem Tablett eine Tasse mit Kaffee, ein Teller mit den Resten eines belegten Brötchens sowie ein Obstsalat; das dunkelbraune Etwas daneben war eine angerauchte Zigarre. Anscheinend nahm er auch im Flughafen keine Rücksicht auf Verbote.

Er hat abgenommen. Lagrande atmete durch und spürte, wie der Anblick des einsam und verloren wirkenden Mannes sie rührte.

Sie mochte ihren Chef.

Weil er anders war, und das nicht nur wegen des Daseins als Atheist und seines elegant-ungewöhnlichen Kleidungsstils.

Und weil er ihr die Gelegenheit gab, zu beweisen, dass sie mehr konnte, als Berichte zu schreiben, zu sichten, zu recherchieren und Handlangerarbeiten zu tätigen. Das Banlieue-Mädchen war blond, nicht dumm, und er hatte es erkannt.

Auch wenn er ein bisschen für diese Feststellung brauchte. Lagrande lächelte vor sich hin und ging zur Rolltreppe, um nach unten zu fahren.

Drei Tage waren seit dem Absturz des Jets und Bourreaus Rettung vergangen. Man hatte ihn im Militärhospital behalten, um die Fragen verschiedener Behörden zu klären, die das Ereignis nach sich zog. Mehr wusste sie nicht. Lautrec schwieg sich ihr gegenüber aus.

Lagrande hoffte, dass sie gleich mehr von Malleus selbst erfuhr.

Bourreau bemerkte sie und blickte hoch, lächelte freundlich und ein wenig erleichtert.

»Madame. Wie schön, Sie zu sehen.« Er erhob sich, um ihr den Stuhl zurechtzuschieben; dabei rutschten schwarze Strähnen vor seine Augen.

Auch dafür mochte sie ihn. Ein Mann, der einer Frau in einem Flughafencafé den Plastikstuhl anbot. Manieren. Aufmerksamkeit. »Das kann ich nur zurückgeben, Monsieur l'Inspecteur.« Sie setzte sich. »Sie erleben ja was.«

»Das geht mir schon seit Jahren so«, erwiderte er mit einem Anflug von schwarzem Humor und legte zu ihrem Erstaunen die Finger gegen die Lippen, bevor sie antworten konnte. Dann nahm er den PDA, schaltete ihn vollständig ab und legte ihn in eine kleine schaumstoffgedämmte Metallschachtel, die er sorgsam schloss. »Die müssen Sie zu einer Adresse in Lutetia bringen«, sagte er anschließend geheimnistuerisch und nannte das Viertel sowie die Straße. »Sie legen es dort in den Briefkasten mit dem Namen *Connaisseur.*«

Lagrande zog die Box neugierig zu sich. »Mehr nicht?«

»Mehr nicht.« Bourreau winkte einen Kellner zu ihnen und ließ sie eine Bestellung aufgeben. Sie wählte einen Kaffee mit Croissant, weil sie es tatsächlich gerne aß, Klischee oder nicht. »Ein Kumpel wird ihn zerlegen und auf Wanzen untersuchen.«

Ihre geschwungenen Augenbrauen wanderten in die Höhe. »Bei

Ihnen auch?« Sie hatte ihm geschrieben, dass die Unbekannten damals während des Überfalls ihren Laptop mit einem Spähprogramm infizierten.

»Die Idee kam mir zu spät. Es kann sein, dass ihn jemand präparierte. In Neu Karthago.« Er langte in die Tasche seines Obergewands und nahm Einzelteile eines winzigen elektronischen Geräts heraus. »Das haben die Experten auf der Bundeswehr-Basis beim Routinecheck entdeckt: Tracker-Wanzen, Audio-Sender. Sie waren in verschiedenen Kleidungsstücken verborgen. Jemand wollte wissen, wo ich bin und was geredet wird.« Er zeigte auf die Schachtel. »Und ich denke, er wollte noch mehr wissen.«

Lagrande fluchte saftig und undamenhaft und errötete im gleichen Moment, weil Bourreau loslachte. *Banlieue-Mädchen.* »Der Sammler nutzt wirklich jede Gelegenheit.«

Zu ihrem Erstaunen schüttelte er nachdenklich den Kopf und streifte die längeren schwarzen Strähnen aus dem Gesicht, die alte rote Narbe unter dem Auge kam damit stärker zur Geltung.

»Das geht nicht auf den Sammler zurück. Ich werde von einem Unbekannten verfolgt. Warum, das weiß ich noch nicht.« Er senkte die Stimme. »Was ich Ihnen erzähle, Madame Lagrande, müssen Sie für sich behalten: Es ist der Glyphenmörder, der vor einigen Jahren in Italien sein Unwesen trieb. Nun scheint er mich für seinen besten Freund zu halten.«

»Seit wann?«

»Seit ich in Italien wegen des toten Bürgermeisters recherchierte. Denke ich. Die Morde mit der registrierten Mordwaffe begannen ab diesem Tag. Zuvor galt er jahrelang als verschwunden, manche hofften auf sein Ableben.« Bourreau rieb sich über den Kinnbartstreifen. »Er rettete mir mindestens zweimal das Leben. Auch im Jet.«

Lagrande nippte aufmerksam an ihrem Kaffee. »Könnte man ihn gegen den Sammler ausspielen?« Die Frage kam über ihre Lippen, bevor sie nachdachte.

Und wieder musste er lachen. »Sie sind pragmatisch, Madame.«

»Bin ich.« Sie grinste kurz, bevor die Sorge um den Inspektor in ihr aufstieg. »Sie sollten Lautrec …«

»Nein«, lehnte er sofort ab. »Ich schneide meinen Schatten von sämtlichen Informationen ab und entkomme ihm. Wenn er wieder was von mir will, muss er sich in meine Nähe begeben. Da ich jetzt weiß, dass es ihn gibt, wird er mir auffallen.«

»Und dann?«

»Festnehmen.«

»Ohne zu wissen, wie er aussieht? Wäre eine Falle nicht besser?«

»Ich kenne seine Augen. Und seine Statur. Für eine Falle fehlt mir im Moment die Zeit. Der Sammler hat Vorrang.« Rasch fasste er zusammen, was an Bord des Jets geschehen war.

Offiziell galt der Vorfall als eine missglückte Flugzeugentführung, wie er ihr einschärfte, um jegliche persönliche Verbindung zu ihm zu verschweigen. Es würde mehr Aufmerksamkeit erregen, und mehr Aufmerksamkeit bedeutete mehr Schwierigkeiten bei seinen Ermittlungen.

»Ich habe mit dem Sammler über eine Internetverbindung gesprochen, und glauben Sie mir, Madame Lagrande: *Dieser* Mann geht über so viele Leichen, wie er möchte, bis er hat, was er will. Er ist schlimmer als mein Schatten.« Bourreau hob die Culebra und roch daran. »Deswegen muss ich mit der nächsten Maschine nach Japan. Eine private Auftragsanfrage: Es wurde eine Statuette gestohlen. Und ich denke, sie gehört zu den gesuchten Artefakten. Sie wird der Prä-Aeronautik zugerechnet, genauso wie die Goldflügler aus Mannheim.«

Lagrande trank beim Zuhören mehrmals von ihrem Kaffee, bis er leer war und sie einen zweiten bestellte, um das Croissant zu dippen.

In ihr regte sich Widerstand gegen seine These, aber sie traute sich nicht, ihre Zweifel zu äußern. Die Schuldgefühle wegen des Verlusts der Figürchen trugen dazu bei.

Aber Bourreau sah es ihr an. »Andere Theorien?«, erkundigte er sich freundlich und frei von Herablassung. »Ich bin ganz Ohr, Madame.«

»Es kommt mir … unpassend vor«, eröffnete sie behutsam. »Wir haben doch bereits ein Artefakt aus Japan.«

»Und?«

»Aktuell sieht es für mich danach aus, als stammten die vermissten Gegenstände aus verschiedenen Kulturkreisen beziehungsweise Kontinenten.« Lagrande zählte an den Fingern auf. »Wir haben: den japanischen Fächer des Susanoo no mikoto, die afrikanische Statuette des Oddua mit Diamant und … bis vor Kurzem die Goldflügler aus Südamerika, Bogotá.« Sie räusperte sich über den Verlust hinweg. »Wir wissen von Nandi, dem Horn des indischen Götterstiers, und vom Ziegel aus dem Orient, von der Krone der Langobarden. Und dieses Artefakt, das Sie im Jet erbeuteten.«

Bourreau griff in die andere Jackentasche und nahm sein Zigarrenetui heraus, öffnete es scheinbar anbietend und präsentierte ihr stattdessen eine geschnitzte Spitze, die zu einem Pfeil oder einer Harpune passen könnte. »Inuit«, sagte er und klappte das Behältnis zu. »Ich gebe es Ihnen, sobald ich zum Flugzeug gehe. Bringen Sie das Artefakt zu den anderen.«

Lagrande sah ihre Vermutung untermauert. »Ich wüsste keinen Grund, warum der Diebstahl in Tokio was mit den gestohlenen Gegenständen aus Hannes Heins Kabuff zu tun haben sollte.«

Bourreau wirkte auf ihren Einwand hin nachdenklich. »Das ist nicht ganz von der Hand zu weisen, ma Chère.«

Lagrande machte es Spaß, mit ihm auf dem Fall herumzudenken. Die Umgebung des Flughafens geriet in den Hintergrund, sie nahm die Durchsagen und die Menschen um sich herum nicht mehr wahr. Jagdfieber. »Warum denken Sie, dass es was damit zu tun haben könnte?«

»Der Kunde sagte, er habe die Figur bei einem Aufenthalt in Hamburg gekauft, und er nannte Mohrs Namen.«

Lagrande musste zugeben, dass auch *das* ein gutes Argument war. »Dann müssen Sie wohl nach Japan fliegen, um eine falsche Spur auszuschließen.«

Er nickte, fuhr sich über die dunklen Bartenden. »Erzählen Sie mir genau, was in Mannheim vor dem Museum geschehen ist.«

Ich befürchtete es. Sie erstattete detailliert Bericht und erwähnte auch den Besuch der Agentin vom Staatsschutz im Büro sowie den anschließenden Diebstahl der Goldflügler aus ihrem Schreibtisch.

Und noch während sie ihrem Vorgesetzten sagte, dass sie es dem Sammler ebenso zutraute wie Crick, kam ihr in den Sinn, dass auch die astreine Germanin Wertheimer hinter dem dreisten Klau stecken konnte.

Lagrande sah Bourreau an, dass er das Gleiche dachte.

»So oder so sind sie vorerst verschwunden«, nahm er es recht gefasst auf. »Wichtiger ist, dass Ihnen nichts geschehen ist. Sowohl bei Ihnen zu Hause als auch in Treva und im Museum.« Er lehnte sich nach vorne. »Haben Sie mit Ove Schwan gesprochen?«

Also ist er es tatsächlich. Sie verneinte und schob alle Fragen zu ihrem Beschützer und der gemeinsamen Vergangenheit mit ihrem Chef zur Seite. Es war nicht maßgeblich für den Fall. »Er grüßte bislang immer nur.«

Bourreau schnalzte unzufrieden mit der Zunge. »Es hätte mich wirklich interessiert, was der Unsinn mit der Visitenkarte von *Gods-End* sollte.«

Das frage ich mich auch. Lagrande dippte das Croissant und biss ab. »Was wurde in Japan gestohlen?«

»Eine Terrakotta-Figur, die man Dogū nennt. Wie schon gesagt: Sie passt von der Aussage her zu den Goldflüglern und der Theorie der Prä-Aeronautiker«, antwortete er. »Manche unterstellen ihnen, mehr als nur Schmuck und Beigaben zu sein.«

»Prä-Aeronautik«, murmelte sie vor sich hin.

»Das ist die Theorie, dass Außerirdische die Menschheit in grauer Vorzeit besuchten und ihnen halfen oder die Zivilisation gar erst erschaffen haben«, half er ihr geduldig aus. »Eine Erklärung übrigens für manch seltsam anzuschauende Götterdarstellung. Ich neige eher dazu, *das* zu akzeptieren als Entitäten.«

»Ich weiß, Monsieur. Ich dachte nur: Es wäre das erste verbindende Element – was aber ausschließlich auf *zwei* Artefakte zutrifft«, warf sie kauend ein und legte einen Ellbogen auf den Tisch. Der Kaffee rann ihr am Kinn entlang, was sie mit einer Hand rasch wegwischte. Bourreau reichte ihr eine Serviette, und sie kam sich wie ein Trampel vor. »Brauchen wir nicht etwas, das alle vereint?«

»Das ist *Ihre* Aufgabe«, gab er zwinkernd zurück. »Sie sind meine verehrte persönliche Rechercheassistentin.« Er machte plötzlich ein Gesicht, als wäre ihm etwas eingefallen. »Haben Sie ein sicheres Smartphone dabei?«

Verehrt. Lagrande reichte es ihm hinüber. *Nie weiß man, wann er es ernst meint.* Sie blickte sich in der Halle um, beobachtete die ankommenden Reisenden, die sich nach kurzer Orientierung auf der Anzeigetafel zu ihren Gates bewegten.

Natürlich gab es mit der Rückkehr der Gottheiten neue Fluglinien, wie LokiFlight und EhecatlAirway, die von Entitäten betrieben wurden, hieß es, und garantierten, nicht in Turbulenzen zu geraten. Auf den Infobildschirmen liefen im Wechsel Werbespots für Urlaubsziele.

Gerade warb Ägypten offensiv darum, die pharaonischen Wunder mit eigenen Augen zu sehen, und eine unaussprechliche mexikanische Entität lud zum Springbreak ans Meer in einen unaussprechlichen Ort. Es wurde was geboten. Auch Sodom und Gomorrah lockten zu »jeglichen Vergnügungen«, die Werbeeinspieler blieben halbwegs jugendgerecht. Zumindest in Frankfurt.

Malleus stellte eine Verbindung über das gesicherte Wi-Fi des Flughafens her.

Es dauerte eine knappe Minute, dann erschien Cricks graubärtiges Gesicht auf dem kleinen Display. »Oh, Sie sind es, Inspektor!«, sagte er überrascht. »Hallo, Madame Lagrande.«

Sie hob das zur Hälfte aufgegessene Croissant zum Gruß.

»Geschätzter Mister Crick, ich habe verschiedene Informationen zu unserem unbekannten Sammler«, begann Bourreau auf seine freundliche, ruhige Art. »Er ist männlich, geschätzt sechzig plus, hat kaum mehr Haare auf dem Kopf, sitzt an einem Schreibtisch aus hartem Holz, und ich wage die Prognose: Teak.«

Crick fiel ihm mit einem Auflachen ins Wort. »Das ist nicht gerade eingrenzend.«

»Er trägt an der rechten Hand einen Siegelring mit einem Wappen, in dessen Mitte sich eine Pyramide befindet, außerdem einen weiteren Ring, der aus poliertem Gold mit eingraviertem Auge und einem Schmuckstein besteht, wenn ich es richtig erkannte«, schilderte Bourreau. »Könnte ein Smaragdsplitter gewesen sein. Seine Stimme ist unauffällig, und er muss sehr von sich überzeugt sein. Ein extrem starker Charakter.«

Lagrande aß, fasziniert von der Ruhe ihres Chefs, das Gebäck zu Ende. Man merkte ihm nicht an, wie nahe er dem Tode gewesen war. *Was geschah auf dem zerstörten Flughafen?* Sie hatten nicht darüber gesprochen. *Vermutlich absichtlich nicht.*

Crick nickte, er machte sich Notizen.

»Außerdem nutzt er eine Krawattennadel mit dem gleichen Wappen. Abgesehen von der Pyramide war es kariert, hatte zwei gekreuzte Geweihe und einen Berg. Denke ich«, fügte er an. »Mehr weiß ich nicht.«

»Das ist schon mal etwas. Ich höre mich um.« Crick sah auf die Uhr. »Ich muss zu einem Kunden. Wie kann ich mich melden?«

»Vorerst läuft alles über Madame Lagrande«, erwiderte Bourreau. »Mein PDA ist defekt.«

»Gut. Bis bald. Dann kann ich auch Neuigkeiten zu den Artefakten liefern.« Crick unterbrach die Verbindung.

»Japan wartet, Monsieur l'Inspecteur.« Lagrande wischte sich die Finger an der Serviette ab. »Ich knacke die restlichen Codes, bis Sie wieder zurück sind. Wir werden staunen, was gestohlen wurde, und Sie werden sehen: Ich hatte *doch* recht, was meine These angeht.«

»Das ist sportlich und engagiert.«

»So bin ich. Banlieue-Mädchen arbeiten verbissen, wenn sie was haben wollen.« Sie lächelte ihn an und spürte dabei, dass sie etwas mehr Flirt in den Blick legte, als es sich für eine Untergebene schickte. Hastig schlug sie die blaugrünen Augen nieder. *Idiot!*

»Die Artefakte sind wo?«

»Jetzt in einem dicken Panzerschrank bei *Tresoriale*. Ein Unternehmen, das sich auf hochwertige Sicherung von Wertgegenständen spezialisierte. Niemand kommt da rein. Nicht mal eine Gottheit.« Sie wagte noch nicht wieder, ihn anzuschauen, und errötete zu allem Überfluss. *Das war dämlich.*

»Wie sollten sich Entitäten aufhalten lassen?«

»Man sagt, der Inhaber ist selbst einer.« Lagrande hüstelte und nahm ihr Smartphone an sich. Dabei berührten sich ihre Finger zufällig, was ihr nicht unangenehm war. Nur als sie ihre schlecht lackierten Nägel bemerkte, fiel sie innerlich in sich zusammen. *Quelle honte.* Sie steckte das Gerät ein und trank aus Verzweiflung den letzten Schluck kalten Kaffees.

»Gut. Dann bleiben sie vorerst dort.« Bourreau ließ sich nichts anmerken und fuhr sich über den Fu-Manchu. »Madame, Sie werden sich an die Codes machen, den PDA abliefern, wie ich es Ihnen sagte, und sich vorerst aus der Schusslinie heraushalten.« Er stand auf und warf sich den Mantel über, setzte den schwarzen Hut auf, der sehr neu aussah.

»So gut ich es kann«, gab sie lächelnd zurück und erhob sich ebenfalls.

»Umarmen Sie mich zum Abschied?«, fragte er verschmitzt.

»Was?«, brach es verwundert aus ihr heraus. »Ich meine, sicher. Gerne.« Lagrande legte ihre Hände auf seine Schultern und gab ihm links-rechts-links Küsschen. Gleichzeitig spürte sie seine Finger an ihrer Hüfte, dann streifte die andere Hand ungeschickt ihren Oberkörper, touchierte ihre Brust. Auch das war nicht unangenehm. Seltsam, aber nicht unangenehm.

»Verzeihen Sie mir«, murmelte Bourreau. »Ich habe Ihnen die Harpunenspitze zugesteckt. Bringen Sie sie in den Panzerschrank.«

Er richtete sich auf und grüßte sie nochmals, indem er an die Krempe tippte, und wandte sich um; die dünne, geknickte Culebra wanderte in den linken Mundwinkel.

Leicht verwundert und innerlich aufgewühlt stand Marianne Lagrande im Café und blickte dem Ermittler nach, der sich auf die Sicherheitskontrollen zubewegte.

Irgendwas hatte sich in Bezug auf den Mann eben bei ihr verändert. Noch konnte sie es nicht richtig einordnen, aber sie ahnte es.

Aber *das* ging *überhaupt* nicht.

Ein harter Stoß traf sie gegen den rechten Arm und die Schulter, der Einschlag zwang sie zu kleinen Ausgleichsschritten.

»Oh, là, là, Attention!«, rief sie genervt.

Eine junge Frau mit großem silbernem Koffer hatte den Abstand unterschätzt und war auf dem Weg zum Tresen des Cafés halb mit ihr kollidiert.

Sie trug ein schlichtes, doch elegantes, fast schwarzes Etuikleid, auf dem sich rund um den Kragen Ornamente entlangzogen. Darüber lag ein heller Trenchcoat mit Pelzapplikationen. Die langen, schimmernd schwarzen Haare waren am Hinterkopf zusammengesteckt, was die Aufmerksamkeit von selbst auf das wunderschöne Gesicht und die grünen Augen lenkte, aus denen Lagrande ein zorniger Blick traf.

»Sie standen im Weg«, erwiderte die Unbekannte lapidar. »Niemand steht mir im Weg.« Damit wandte sie sich an den Kellner und bestellte einen Kaffee zum Mitnehmen.

Salope! Kurz überlegte Lagrande, ob sie etwas erwidern solle, aber mit solchen Spielchen hielt sie sich nicht auf. Neureiche Menschen ohne Anstand und Manieren fielen irgendwann von selbst, ohne dass man sie schubste. Sie konnte nicht die nächste französische Revolution ausrufen.

Stattdessen kontrollierte sie, ob die scheinbar vermögende Dame ihr nichts gestohlen hatte. Den Rempeltrick kannte Lagrande bestens. Doch sie vermisste nichts. *Dann los. Ich habe Aufträge.*

Hat er, dem ich folge, gedacht, ich bin leicht abzuhängen? Nur weil er die Wanzen fand?

Irrtum. Großer Irrtum.

Von der Galerie aus habe ich alles im Blick. Ihn, die Achtziger-Frau.

Sie reden, aber ich bin leider zu weit weg, und meine Augen und Ohren hat er in die Box gelegt. Er ist dahintergekommen, dass umgebaut wurde.

Scheiße. Somit beginnt für mich die Hinterher-Reiserei von vorne. Lästig.

Ist das der Dank, dass ich ihm zweimal den Arsch gerettet habe? Er kickt mich aus seinem Leben?

Eigentlich verlangt das nach einer Strafe.

Das Letzte, was ich lesen konnte: Auftrag. Japan. Tokio. Da will er hin.

Die Maschine ist ausgebucht, er hat den letzten Platz. Muss ich mir wieder was einfallen lassen, ist aber auf dem Frankfurter Flughafen viel schwerer als in Neu Karthago. Fuck.

Sie reden ziemlich lang. Bekomme nichts mit. Ärgerlich.

Sollte vielleicht Lippenlesen trainieren, und zwar die obigen. Die Achtziger-Frau ist mit ihren Leggins dicht dran, dass man auch unten lesen kann.

Die Achtziger. Schreckliche Zeit.

Wie ein Unfall, bei dem alle mitgemacht haben. Oder ein Gangbang im Altersheim, und wenn das Licht angeht, schämen sich alle.

Ich schaue mir das Video, das er von seinem PDA und aus der Cloud gelöscht hat, demnächst auf einer großen Leinwand an. Vom Kampf in den Flughafenruinen. Das kommt in Dolby Surround garantiert doppelt stramm. Dazu Popcorn und Cola: der perfekte Action-Film!

Hatte seine Vorteile, alles an mich in Kopie weiterzuleiten, was der PDA bis dato machte.

Denke, er wäre überrascht, die Wahrheit zu kennen. Der Pilot im Cockpit scheint ohnmächtig gewesen zu sein, und auch sonst hat es niemand gesehen. Wie das Gemetzel wirklich gelaufen ist.

Muss gestehen: Bei allen Gottheiten auf der verfickten Erde – DAS hätte ich ihm niemals zugetraut.

Aber ich kenne nun ein Geheimnis.

Eins.

Wetten, dass er noch mehr hat? Alleine die Zigarren, dieser Rauch, der macht, was er will, und der Figürchen formt und so was.

Oder dass er überhaupt noch lebt, obwohl die Gottheiten ihn mit einem Fingerschnipsen beseitigen könnten, weil er ihnen auf die Eier geht.

Da lauert noch was.

Da, er steht auf und, oh, sie verabschieden sich doch sehr innig. Niedlich. Fast ein Casablanca-Abschied. Atheisten-Humphrey und Blondie-Ingrid.

Die Frau braucht lange, bis sie sich von seinem Anblick losreißen kann und … bämm, das war ein Einschlag!

Die schicke Lady hat sich den Weg mit einem Bodycheck frei geräumt, obwohl sie bequem vorbeigekommen wäre. Die hat ganz klar schlechte Laune, und … halt, halt.

Das Gesicht!

Das Gesicht kenne ich doch!

Hole es mir mit der Vergrößerungsfunktion meiner Brille näher.

Bei Bacchus, der alten Halbschwuchtel: Das ist SIE! Die kleine irre Nonne! Die keine Nonne ist. Die ihm schöne Augen gemacht hat und sich von ihm besteigen lassen wollte.

Mit der habe ich gar nicht mehr gerechnet. Und aus dem Weg räumen, wie ich es ihr versprochen habe, kann ich sie nicht. Ganz schlechte Idee am Flughafen. Überall Bullen.

Die Achtziger-Lady fährt die Rolltreppe hoch, geht an mir vorbei.
Sie riecht gut. Bisschen nach Puder und Vanille.

Was mache ich?
Denke mir eine Strafe für ihn aus. Das Ausschließen war NICHT nett.
Undankbar.
Nein: frech.
Nein: eher unverschämt! Jawohl, unverschämt!
Aber erst muss mir einfallen, wie ich an ihm dranbleibe.

* * *

Nippon (Japan), Honshū (Hauptinsel),
November 2019

Malleus fühlte sich sehr müde nach den dreizehn Stunden im Flugzeug, und dennoch konzentrierte er sich auf die Ausführungen seines Gegenübers zum Diebstahl. Er trank dabei vom gesüßten Matcha, dem traditionellen japanischen Grüntee, der angeblich die Lebensgeister weckte. *Der Geschmack weckt zumindest Tote.*

Der Flug hatte länger als geplant gedauert. Zwar gelang es den Maschinen, die Entfernung schneller zu überbrücken als vor einigen Jahren noch, aber die Entitäten-Aktivitäten sorgten zuweilen für spontane Umwege. Der Luftraum im asiatischen Bereich galt – je nach Route – als schwierig bis knifflig. Indien mit seinen dreißigtausend Entitäten und der japanische Shintoismus mit seinen vielen *Kami* machten eine Reise spannend.

Da sich Malleus bereits bei seinem letzten Flug in ziemlicher Gefahr befunden hatte, ging er fatalistisch gestimmt an Bord.

Am Tōkyō Kokusai Kūkō, dem internationalen Airport, war er von einem Chauffeur in Uniform abgeholt, in einer Limousine nach Shibuya gefahren und einem Turboaufzug in das Penthouse eines viele Hundert Meter hohen Wolkenkratzers transportiert worden. Dort stand er nun, umringt von Vitrinen und Schaukästen mit Kunstgegenständen.

Malleus sah abwesend zum Fenster hinaus, atmete dabei parfümierte Luft ein, die nach Kirschblüten roch.

Der Eindruck des nächtlichen Tokios war imposant, und insbesondere Shibuya, das Szeneviertel schlechthin, erstrahlte mit seinen Neon-Werbetafeln.

Nippon gehörte wie Indien zweifelsfrei zu den Gewinnern, was die Rückkehr der Götter anging. Ihre Glaubensansichten hatten sich bestätigt, und die Handvoll Christen liefen beinahe vollständig zum Buddhismus oder Shintoismus über. Eine späte Genugtuung für das stolze Japan, mit dem die Europäer beim Erstkontakt nicht eben zimperlich umgegangen waren. Nippon blühte auf, die *Kami* meinten es überwiegend gut.

Dass sich Malleus offen unhöflich gegenüber seinem Gastgeber benahm, hatte einen Grund. Er bemerkte, dass sein Gegenüber die Provokation bemerkt und zu sprechen aufgehört hatte.

Im Fenster spiegelten sich Mister Satōs Umrisse. Er war ein kleiner Mann um die fünfzig in einem schwarzen Anzug mit weißem Hemd und dunkler Krawatte, wie es viele japanische Männer trugen. Business-Uniform. Die schwarzen Haare trug er kurz und mit Gel zu einem Mittelscheitel frisiert.

Zu Malleus' Freude besaß er noch alle zehn Finger. Ungern hätte er einen Kunden gehabt, der im Dienst der Yakuza, der japanischen Mafia, stand. Er wandte sich ihm zu und überblickte nochmals den Ausstellungsraum, in dem zwei der vielen Vitrinen in Trümmern lagen. In einer davon war die entwendete Dogū-Figur gewesen.

Am Flughafen hatte sich Malleus einen spottbilligen Ersatz-PDA gekauft und rasch eingerichtet, damit er etwas zum Aufzeichnen und für die Kontaktaufnahme zu Lagrande besaß. Mit ihm filmte er die Szenerie ruhig ab.

Die verbliebenen Dogū mit ihren geometrischen Schmuckmustern fand er reichlich hässlich und grotesk. Zwischen fünfzehn und dreißig Zentimetern waren sie groß. Meist stellten sie eine weibliche Figur dar, mit Gesicht, zu kleinen Armen, abstehenden Beinen und Froschaugen. Die weiblichen Geschlechtsmerkmale wurden besonders betont, was auf eine Muttergottheit und einen Fruchtbarkeitskult verwies. Manche sahen in der Form stilisierte Außerirdische in Raumanzügen.

Die zweite Vitrine musste etwas Großes beinhaltet haben.

Viel zu groß für eine Dogū. Es passt nicht, was ich sehe. »Würden Sie mir freundlicherweise die Wahrheit erzählen, Mister Satō?«, bat Malleus und richtete die Linse auf das Gesicht des Geschäftsmanns, zoomte näher auf das Stahllächeln, das sich nicht einen My veränderte. »Nur dann kann ich ermitteln.« Er mochte es nicht, verarscht zu werden.

»Sie wissen?«

»Ich weiß, Sir.«

Satō deutete eine typische japanische Verbeugung an. »Verzeihen Sie mir, dass ich es versuchte. Aber ich fürchtete, Sie würden den Auftrag nicht annehmen.«

»Sie haben die Statuetten nicht in Hamburg gekauft, richtig?«

»Richtig, Mister Bourreau.« Er deutete auf die verschiedenen Kunstgegenstände seiner privaten Sammlung. »Ich beschäftige mich mit Prä-Aeronautik, wie Sie sehen. Aber nicht nur.« Er begab sich neben die zweite große zerschmetterte Vitrine. »Ich sammle alles, was einen göttlichen Ursprung hat, den man nicht zuordnen kann.«

Malleus horchte auf und senkte den PDA. »Was stand in der zweiten Vitrine?«

Der Japaner verbeugte sich wieder. »Ich weiß nicht.«

»Sie haben Glück: Normalerweise breche ich bei Täuschungsversuchen meiner Kunden den Auftrag ab und behalte die Anzahlung«, sagte er, um Satō ein schlechtes Gewissen zu machen. Nun wurde es doch noch spannend. »Wie war es denn, Mister Satō? Erklären Sie mir das doch, bitte.«

»Ich hatte das Artefakt schon vor längerer Zeit erworben, aber die Lieferung verzögerte sich. Behörden in der Osmanischen Republik …«

»Osmanische Republik?« Malleus wurde vom Geständnis überrascht. Er hatte mit einer größeren obskuren Dogū-Figur gerechnet oder vielleicht einem *Oni*-Standbild, aber nicht mit einem anderskulturellen Gegenstand. Er hörte Lagrandes triumphales Lachen bis nach Tokio.

»Ganz recht. Es mussten Expertisen herangeschafft werden, denn ohne die durfte keine Ausfuhr geschehen«, erklärte der Japaner.

»Sie müssen doch wissen, was Sie kauften, Sir.«

»Das tue ich. Indirekt.« Satō stand neben den Scherben wie ein Schuljunge, der sich seine Standpauke beim Direktor abholte. Es war ihm mehr als unangenehm. »Auf dem Berg Dülük Baba Tepesi finden oft Ausgrabungen statt. Abgesehen von den üblichen Funden aus römischer Zeit befand sich eine Stele darunter, die zu keinem bekannten Gott passte. *Das* machte es für mich interessant. Das Archäologenteam sandte mir 3-D-Bilder, aufgrund derer ich mich zum Kauf entschied.« Er seufzte. »Stellen Sie sich vor, Mister Bourreau: ein *unbekannter* Gott! In meiner Sammlung! *Das* ist *einzigartig* und die Erfüllung eines Traums!«

Malleus lächelte halbherzig. »Also wussten Sie *doch*, was …«

Aber Satō machte eine verneinende Geste. »Die Lieferung erfolgte während meiner Abwesenheit. Und mein Personal, das die Lieferung in Empfang nahm und aufbaute, wurde ermordet. Ich denke, dass ein *Kami* einbrach. Aus Eifersucht auf jenen Gott, der in Tokio nichts verloren hat. Deswegen sind Sie hier.«

Malleus deutete auf den kleineren zerstörten Schaukasten. »Und die Dogū?«

»Habe ich weggenommen. Damit es für Sie einen ersten Grund gibt, nach Nippon zu reisen.« *Die Erzählung stimmt immer noch nicht.* Satō wusste Dinge über den Mord an Mohr, die man nicht aus der Presse oder dem Internet bezog. Malleus versuchte, dem Japaner bei der nächsten Lüge auf die Schliche zu kommen. Die Geschichte, die sein Kunde zusammenspann, stand auf so zerbrechlichen Terrakottafüßen wie die Dogū-Figürchen.

»Sir, schauen Sie mich an, bitte.«

Satō blickte ihn unverbindlich lächelnd an.

»Wie viele Vitrinen hat der Raum?«

Der Mann stutzte sichtlich. »Mister Bourreau, ich …«

»Bitte: wie viele?«, drängte er freundlich. »Und nicht den Blick von mir lösen.«

Ganz offenkundig rechnete Satō nach. »Siebenunddreißig.«

»Seit wann sammeln Sie schon, Mister Satō?«

»Seit … das ist schon so lange her.«

»Was ist Ihr teuerstes Objekt?«

»Können Sie nicht …«

»Mister Satō, bitte.«

Der Geschäftsmann starrte ihn an.

»Sie wissen es nicht. Sie wissen viel zu wenig.« Malleus lächelte. »Sie sind nicht der Besitzer der Sammlung, Mister Satō.« Er rieb sich über die Enden des Fu-Manchu, sah sich um und schlenderte umher. Figürchen, Vasen, antiquierte Waffen, die angeblich von Halbgöttern und Göttern berührt und sogar genutzt worden waren, wie die Schildchen verrieten. »Was soll das, wenn ich fragen darf? Hat Ihr Boss, dessen Assistent Sie vermutlich sind, Angst davor, er könnte vor einem Ausländer sein Gesicht verlieren?«

Vor der zerstörten Vitrine mit unbekanntem Inhalt blieb er stehen und bückte sich. *Sieh einer an.* Zwischen den glitzernden Scherben hatte er ein abgeplatztes Stückchen grauschwarzen Stein entdeckt. Ganz vorsichtig hob er es mit einem seiner Lederhandschuhe auf. »Ich denke, dass es keine Ausfuhrgenehmigung für das Artefakt aus der Osmanischen Republik gab. Und *das* wird zum Problem für Sie und Ihren Chef.«

Satō schloss die Augen und verbeugte sich erneut entschuldigend, tief und lange. »Ich habe ihn gewarnt, dass Sie es durchschauen, Mister Bourreau. Er bestand darauf.«

»Wollen wir dann so tun, als hätten Sie niemals versucht, mich hereinzulegen und sich durch eine schlecht ausgedachte Geschichte zu lügen?« Malleus hielt ihm den Splitter in Augenhöhe vor das Gesicht. »Das stammt vermutlich von dem Gegenstand, den ich suchen soll?«

»Ganz recht.« Er verbeugte sich wieder. »Möchten Sie noch einen Matcha?«

»Wenn Sie vielleicht einen Kaffee hätten? Am besten einen Mokka, passend zum Gegenstand«, konnte es Malleus nicht lassen und begab sich zu den Tatami, wo sich neben den bequemen Sitzkissen an der Wand auch ein kleiner Tisch befand.

»Selbstverständlich. Ich bin gleich wieder zurück.« Satō verbeugte sich und eilte hinaus.

Malleus setzte sich und musste leise lachen. *Die Sache entwickelt sich spannender, als ich dachte.*

Ein wenig Enttäuschung setzte ein, weil es nichts mit den Treva-Artefakten zu tun hatte. Der vermeintliche Kulturenzusammenstoß der Entitäten wiederum besaß seinen Reiz. Es blieb fraglich, welche Geschichte sich als die wahre herausstellte.

Malleus wusste, wie viel Ehre und Gesichtsverlust im modernen Japan bedeuteten. Die Traditionen erwachten zu neuer Wertschätzung.

Anscheinend war mit dem Kauf des archäologischen Gegenstandes einiges schiefgegangen. Es hatte Tote gegeben, zwei Männer und drei Frauen, die ihm Satō zunächst als Opfer der Einbrecher präsentierte, ohne die Leichen zu zeigen. Außerdem gab es im Penthouse keine Spuren, die auf polizeiliche Ermittlungen schließen ließen.

Daraus folgerte Malleus: Käme ans Licht, was der unbekannte Chef des unglückseligen Satō in seinem schicken Penthouse in Shibuya trieb, könnte er sich ein Tantō nehmen und Seppuku begehen.

Somit bekam der Auftrag noch eine zweite und sehr menschliche Ebene.

Satō kehrte zurück, er hatte ein vermutlich original osmanisches

Kaffeegeschirr auf einem Lacktablett organisiert. Verschiedene Zuckersorten standen in kleinen Schälchen, ein Kännchen mit Milch gab es ebenso. Es duftete himmlisch, was sich intensivierte, als der Mann ausschenkte; die Kirschblüten wurden in den Hintergrund gedrängt.

Satō reichte ihm mit einer Verbeugung das kleine Tässchen. »Mister Bourreau, ich habe den Auftrag, Ihnen alles zu berichten, was Sie wissen müssen, um uns zu helfen.«

Erfreut nahm er den Kaffee und trank ihn, gab Zucker hinein und kostete erneut. *So muss er schmecken!*

»Meine Angaben zur Ausgrabung in der Türkei stimmten.« Satō klatschte zweimal in die Hände, und der Raum verdunkelte sich.

Die Wand gegenüber verwandelte sich in einen 3-D-Bildschirm, der laut Einblendung den Berg Dülük Baba Tepesi nahe der Stadt Gaziantep zeigte.

Ein bärtiger Archäologe sprach in die Kamera. »Willkommen an der besonderen Stätte in Asia Minor! Mesopotamische Götter hatten ihren Tempel hier, die Römer errichteten später das Hauptheiligtum für Jupiter Dolichus, und ein christliches Kloster folgte, das bis in die Kreuzfahrerzeit stand«, erklärte der Forscher enthusiastisch. »Wir haben sechshundert Stempel- und Rollsiegel gesichert, die von verschiedener Herkunft sind.« Er winkte jemandem zu, und die Kamera schwenkte. »Wir fanden in den Resten eines christlichen Klosters zuerst eine Stele. Anderthalb Meter hoch und fragmentarisch erhalten. Man stelle sich vor: Sie war als Stützpfeiler in der Klostermauer eingesetzt! Die Christianisierung mauerte die fremden Götter einfach ein.«

Nun wurde die Stele eingeblendet, der Ton endete.

Satō ließ mit einer Handbewegung den Bericht anhalten.

»Ich brauche die Bilder auf meinem PDA, bitte«, sagte Malleus und achtete auf das Relief, das eine bärtige Gottheit zeigte, die aus einem Blattkelch emporwuchs. Der Stiel reckte sich aus einem Kegel empor, der astrale Symbole aufwies; aus den Seiten des Kegels erhoben sich ein langes Horn und ein Baum, den die Entität mit der rechten Hand hielt.

Aus dem Off sagte die Stimme des Archäologen: »Das ist unfassbar! Wir haben altorientalische Ikonografie, wie die Ausarbeitung des Bartes und die Haltung der Arme belegen. Eisenzeit, vermutlich. Wir sehen ein Kunstobjekt, das aus dem frühen ersten Jahrtausend vor Christus stammt. Und keiner weiß, um welche Gottheit es sich dabei handelt. Die Kollegen sind ratlos! Die astralen Zeichen gehören nicht in unseren Sternenhimmel.«

Satō sagte etwas auf Japanisch, und der Bildschirm zeigte daraufhin einen Nachrichteneinspieler aus dem Osmanischen Staatsfernsehen, das die Ausgrabungsstelle zeigte.

Leichen lagen rund um die Gruben, alle erschlagen oder mit Werkzeugen durchbohrt, aufgeschlitzt und zerhackt.

»Das geschah vor wenigen Tagen«, kommentierte Satō. »Die Behörden gehen davon aus, dass es Grabräuber oder unter Umständen eine der lokalen Entitäten war, die sich durch die Anwesenheit der Archäologen gestört fühlte.«

Malleus dachte sofort an den Fluch des Pharao, den man um 1900 bei den Ausgrabungen in Ägypten vermutete, der sich jedoch wissenschaftlich aufklären ließ.

Das hat sich 2019 für die meisten geändert. Er trank vom Kaffee. *Es gibt die Flüche real.* Ungewollt hörte er die Drohung der Göttin Brixia im Ohr.

»Waren das Grabräuber, die Ihr Chef sandte, Sir?«

»Nein.« Satō ließ mit neuerlichem Klatschen das Licht aufflammen, der Bildschirm wurde zur Wand. »Die Archäologen hatten einen Tag vorher eine Statue geborgen, die der Stele sehr ähnelte. Detailreich und ungewohnt genau. Der Leiter des Teams nahm Kontakt zu uns auf, und wir wurden uns rasch einig, was den Preis anging.«

»Verzeihen Sie, wenn ich nochmals einhake: Sie haben die Statue *nicht* gesehen?«

»Mein Chef bekam sie in einer Live-Schaltung gezeigt, die gesendeten Dateien hingegen waren unbrauchbar.« Satō zeigte auf die Überreste der großen Vitrine. »Es wurde geliefert und aufgestellt. Was immer es war.«

Malleus hatte längst begriffen, was den einflussreichen Besitzer des Penthouse in Panik versetzte. »Sie denken, dass Sie einen unbekannten Gott nach Honshū gebracht haben, der nun durch Tokio streift.«

»Was ich denke, spielt keine Rolle, Mister Bourreau.« Satō wirkte ängstlich und verzweifelt. »Finden Sie heraus, was geschehen ist und wie man es aufhält. Sonst kommt es in Tokio zu hundertfachem Mord.«

Oder die Kami erscheinen aus Eifersucht oder Rachsucht. Jetzt verstand Malleus die nächste Brisanz, die der Fall in sich barg. *Dann wird es für die Stadt hässlich.*

Die letzten Ungereimtheiten, die es immer noch in der Geschichte gab, die Satō ihm aufgetischt hatte, würde er auflösen. *Nachdem ich diese unbekannte Entität zur Strecke gebracht habe.*

Nippon (Japan), Honshū (Hauptinsel),
November 2019

Malleus bekam von Satō den nächsten Mokka gebracht und sichtete in einem kleinen Büro neben dem privaten Ausstellungsraum die Aufnahmen der Überwachungskameras, die im Penthouse, an den Zugängen und am Gebäude bis hinauf zum Dach angebracht waren. Er hatte gemäß japanischer Tradition – und weil er es zudem sehr mochte – die Schuhe ausgezogen, was er zuvor aufgrund der Splitter im Showroom vermieden hatte. *Eine Wohltat nach dem langen Flug.*

Auch wenn Lagrande gerade an den Artefakten saß, hatte er sie damit beauftragt, zuerst sämtliche Informationen zur Ausgrabung bei Gaziantep zu suchen. Sie sollte zudem alles besorgen, was die osmanischen Polizeikollegen rausrückten, weil er einen Verdacht hegte. Um ihn zu bestätigen, benötigte er die Aufnahmen der Ermittler vom Tatort an der Ausgrabungsstelle.

Details. Darum ging es immer. Bei Houdini, bei Holmes, bei allen, die nach Wahrheit strebten und hinterfragten.

Den Steinsplitter hatte Malleus mit Expressfracht zu seinem Kumpel von Interpol gesandt, um ihn auf das wahre Alter und sonstige Spuren untersuchen zu lassen. Nun paffte er an der Culebra mit grüner Banderole, die fein säuberlich angebohrt war.

Er fand es schwer, etwas zu finden, von dem kein Lebender wusste, wie es aussah. Er hatte die Aufnahmen mehrmals betrachtet, einmal in schnellerem Vorlauf, dann in Zeitlupe, dann in normaler Geschwindigkeit. Aber nichts zeigte etwas Ungewöhnliches, was einen Aufschluss über den Verbleib der Statue erlaubte.

Fand bei Erwachen der Entität eine Transformation zu einem menschlichen Äußeren statt?

Würde sie danach asiatisch aussehen oder mitteleuropäisch oder ganz anders?

Handelte es sich dabei doch nicht um einen unbekannten Gott, sondern um die Interpretation einer bekannten Entität, die auf dem Berg ihr Heiligtum besaß und gegen die Entführung aufbegehrte?

Viele Fragen, keine greifbaren Ansätze.

Schon die Bibel hatte das Problem mit den mannigfachen und mannigfaltigen Gottheiten.

In der Apostelgeschichte des Paulus hieß es:

Paulus aber stand mitten auf dem Areopag und sprach:
Ihr Männer von Athen,
ich sehe, daß ihr die Götter in allen Stücken sehr verehrt.
Ich bin umhergegangen
und habe eure Heiligtümer angesehen
und fand einen Altar, auf dem stand geschrieben:
dem unbekannten Gott.

Paulus hatte die unbekannte Entität, für den die Griechen vorsichtshalber ein Heiligtum vorhielten, der Einfachheit halber zum Christengott interpretiert, ohne einen Gottesbeweis zu erbringen.

Uminterpretieren wie Paulus kann ich nicht einfach. Unzufrieden schaltete Malleus die Monitore aus.

Da es sich bei dem Hort von Satōs Arbeitgeber um eine illegale oder zumindest heimliche Sammlung handelte, gab es im Raum selbst keine Kameras. Und die vier Angestellten, die sie bewachen sollten, waren zu den ersten Opfern geworden.

Er trank vom heißen Mokka, der ausgesprochen exzellent mundete, und drehte sich zum riesigen Fenster um, damit er das nächtliche Tokio sah, das in einigen Stunden erwachte.

Überall brannten Scheinwerfer, Hochhausfronten schienen noch bunter als in Treva und dem Piccadilly Circus und dem Time Square zu leuchten. Gewaltige Geishagesichter warben für Produkte, Shoppingmalls luden zum Besuch, Karaokebars buhlten um Besucher. Architektonisch hatte sich nichts durch die Rückkehr verändert, weil die *Kami* stets verankert geblieben waren. Es standen überall Tempel und Schreine, nichts musste neu errichtet werden.

Zwischendurch gab es auf den Leuchtwänden bombastische Einspieler des Tennō, des japanischen Kaisers, der neue Macht erlangt hatte. Als oberster Shintō-Priester und direkter, gottgleicher Vermittler zwischen den *Kami* und den Menschen wurde er wichtiger als je zuvor und bekam erneut die Rolle des Staatsoberhauptes. Zwar wurde das Parlament beibehalten, doch es erhielt eine beratende Funktion.

Malleus betrachtete den jungen Mann, dem die Rolle zugedacht war, Nippon zu führen sowie das Gleichgewicht zwischen Menschen und *Kami* zu wahren. Das Zeichen des Kaisers, die stilisierte Chrysantheme mit zweiunddreißig Blütenblättern, fand sich überall, und der Chrysanthementhron erwartete den ersehnten Nachwuchs. Die Dynastie bestand fort, es würde einen weiteren Vermittler zwischen Menschen und Entitäten geben.

Das Land gehört wirklich zu den Gewinnern. Malleus' Gedanken wanderten.

Er dachte über die von ihm inspizierten Leichen der Angestellten nach, während seine Blicke auf die Mischung aus Dunkelheit und buntem Licht und bewegten Bildern gerichtet blieben.

Der Angreifer hatte sie erschlagen. Stumpf erschlagen, und das mit solcher Wucht, dass von den Schädeln nicht mehr viel Form übrig geblieben war. Die Knochen zerborsten, das Fleisch zermatscht. Die Köpfe ähnelten schlaffen Calzonen, aus denen die Füllung getrampelt worden war.

Große Wut oder großes Gewicht? Es konnte sein, dass die Entität aus der Osmanischen Republik ihre Entführung auf einen anderen Kontinent beziehungsweise eine Insel nicht lustig fand. Doch scheinbar war sie dem nicht entgangen. *Weswegen?*

Malleus rieb sich nachdenklich über den Fu-Manchu.

Satō hatte gesagt, das Penthouse sei abgesucht worden. Ohne Erfolg. Doch gab es keine Berichte in Tokio über eine Mordserie, die Parallelen zu den archaischen Todesarten zeigte.

Ein unbekannter Gott. Er erinnerte sich an ein Gedicht, das er einst in der Schule hatte auswendig lernen müssen. Es war von Nietzsche. Friedrich Nietzsche.

Dem unbekannten Gott
Noch einmal, eh ich weiterziehe
und meine Blicke vorwärts sende,
heb ich vereinsamt meine Hände
zu dir empor,
zu dem ich fliehe,
dem ich in tiefster Herzenstiefe
Altäre feierlich geweiht,
daß allezeit
mich deine Stimme wieder riefe.
Darauf erglüht tief eingeschrieben
das Wort:
Dem unbekannten Gotte.

Sein bin ich,
ob ich in der Frevler Rotte
auch bis zur Stunde bin geblieben:
Sein bin ich – und fühl die Schlingen,
die mich im Kampf darniederziehn
und, mag ich fliehn,
mich doch zu seinem Dienste zwingen.
Ich will dich kennen, Unbekannter,
du tief in meine Seele Greifender,
mein Leben wie ein Sturm Durchschweifender,
du Unfaßbarer, mir Verwandter!
Ich will dich kennen,
selbst dir dienen.

Diese Form von buchstäblicher Vergötterung war und blieb ihm fremd.

Ich werde niemals einer Entität dienen. Seine kontaktlinsenblauen Augen richteten sich auf die Spitzen der umliegenden Hochhäuser.

Ein neuerlicher Einfall fand dabei zu ihm: Vielleicht befand sich die rätselhafte Gottheit noch *im* Wolkenkratzer?

Gottheiten neigten dazu, sich Behausungen weit über oder unter den Sterblichen zu errichten oder zu suchen. Kaum eine der zurückgekehrten Entitäten ließ sich dazu herab, mitten unter ihren Anhängern zu residieren.

Himmelhoch jauchzend, zu Tode gefürchtet. Oder beides. Malleus drehte sich erneut zum Monitor um und schaltete sämtliche Kameras an, die es auf dem Dach gab. Die Culebra blieb dabei in seinem linken Mundwinkel.

Er sah den Hubschrauberlandeplatz aus diversen Perspektiven, zwei gewaltige Masten mit Stabantennen sowie eine hüttengroße Parabolantenne, mehrere Panoramaeindrücke des nächtlichen Tokios, verschiedene Treppen und Eisengänge, die über den Rand des Daches hinausführten und für Wartungsteams gedacht waren. An einem Kran hing die verzurrte Gondel für die Fensterreiniger.

Genug Möglichkeiten, sich zu verstecken und nachzudenken. Bevor Malleus sich sinnlos ins Nachtleben begab und sich auf die Suche nach der versunkenen Statue im Ozean der Gebäude und Wolkenkratzer machte, wollte er die einfachste Gelegenheit überprüfen.

Er schlüpfte in seine Schuhe, stand auf und klopfte die Glut der Zigarre in das leere Tässchen, um sie auf den Tisch zu legen. Dann warf er sich seinen Mantel über und setzte den Hut auf die schwarzen Haare, begab sich zum Treppenhaus und eilte die Stufen hinauf.

En passant nahm er sich eine große Axt aus dem Notfallkasten an der Wand, in dem sich auch ein Löschschlauch sowie ein Erste-Hilfe-Set und ein Defibrillator befanden. Gegen eine Statue wäre die schwere Waffe besser geeignet als die kleinen Klingen des Apache.

Erst als er an eine gesicherte Tür geriet und sein Aufstieg endete, rief er Satō per Ohrfunksender an. »Ich stehe hier am Zugang zum Dach, Sir«, sagte er freundlich. »Die Tür ist verriegelt. Wären Sie so nett und öffnen mir? Ich will mich umschauen.«

»Einen Moment, Mister Bourreau.« Satō tippte auf etwas herum. »Nein, die ist offen, sagt das System. Der letzte Angestellte muss vergessen haben, den Code einzugeben, als er den Gast auf dem Dach abholte. Was suchen Sie dort oben?«

Malleus drückte gegen die Tür, und sie schwang auf. »Es wurde kein Alarm ausgelöst?« Er sah, dass die Halterung einfach herausgedrückt war, als bestünde der Bolzen aus dünnem Aluminium. *Ich hatte recht.*

»Nein. Es gab keinen Grund.«

Malleus ging vor dem zerstörten Mechanismus in die Hocke, betrachtete ihn.

Die Kontakte, die einen Alarm auslösen sollten, waren noch immer mit dem Sperrriegel verbunden. Daher nahm er den Apache aus der Tasche, klappte das Messer aus und berührte die Sicherung.

Prompt erschallte ein Warnton.

»Was machen Sie, Mister Bourreau?«, erklang Satōs aufgeregte Stimme.

»Einen Test«, antwortete Malleus und richtete sich auf, packte die Notfallaxt fester. »Es gibt eine Schwachstelle in dieser Konstruktion. Das werden Sie selbst sehen, Mister Satō.« Langsam ging er weiter. »Wenn Sie bitte bewaffnet aufs Dach kommen wollen? Ihre entlaufene Statue scheint sich dort zu verstecken, Sir. Ich empfehle Ihnen einen Vorschlaghammer. Für Hammer und Meißel wird bei einer Attacke zu wenig Zeit bleiben.«

Malleus steckte den PDA nach alter Gewohnheit in die Manteltasche, die Linse zur Aufnahme nach vorne. Damit konnte er Eindrücke hinterher absichern.

Der kalte Wind heulte und pfiff durch das sehr schmale Treppenhaus; die Tür, die hinausführte, stand offen.

Als er auf dem Weg nach oben einen weiteren kleinen Steinsplitter fand, wurde er noch achtsamer und umfasste die Axt mit beiden Händen. Über die Wirkung der Deringer würde eine massive Statue aus Stein lachen. Sollte sich die Entität wider Erwarten in Fleisch und Blut gewandelt haben, könnte er die Revolver immer noch zücken.

Die Böen jagten ankündigend in den knappen Flur, rissen an der Krempe, doch der Hut saß sicher auf den schwarzen Haaren.

Malleus betrat vorsichtig den Gitterrost, der ihn hinaus ins Freie und auf einen Laufsteg führte.

Abzweigungen verliefen zum Heliport, zu den Antennen, zu mehreren großen Scheinwerfern und Schaltschränken, während der eigentliche Weg einmal rund um die Dachränder führte; rechts und links davon gab es entweder nichts oder Kiesflächen und Streben.

Auf den ersten Rundumblick vermochte Malleus nichts zu entdecken, was auf die entflohene Entität hinwies. Das Lauschen sparte er sich, der Wind heulte und sang zu laut, schuf schräge Melodien, da er sich an vielen Kanten und Seilen brach und rieb.

Schritt für Schritt ging er los, schaute in alle Richtungen, spähte umher und vergaß dabei nicht, die aufragenden Masten zu begutachten. Sie reckten sich nochmals zwanzig Meter und mehr in die relative Dunkelheit, bunte Positionslampen warnten Flugobjekte vor einer Kollision.

Wenn die Entität hier oben ist, was wird sie als Nächstes tun? Malleus tastete sich voran. *Nachdenken. Darüber, was sie tun will. Vielleicht, wo sie sich befindet.*

Ein unschöner Einfall kam ihm in den Sinn, der leider ebenso wahrscheinlich war.

Sie wartet, dass ihre Anhänger zu ihr kommen!

Aus den Augenwinkeln bemerkte Malleus eine Bewegung, und ein Schatten huschte am Sockel der großen Schüsselantenne vorbei.

Dann flog plötzlich eine ganze Wolke Kieselsteine wie eine Kartätschenladung auf ihn zu.

* * *

Celtica (Frankreich), Paris-Lutetia, November 2019

Marianne Lagrande seufzte und schrieb die zehnte E-Mail auf Englisch.

Sicher, sie besaß eine gewisse Sprachbegabung, doch mit Türkisch hatte sie gar keine Erfahrung. Das erschwerte den Dialog mit den osmanischen Kollegen, denen sie die Brisanz zu verdeutlichen versuchte. Sie machte die Ermittlungen kurzerhand Interpol-relevant, was sie nachträglich hoffentlich rechtfertigen konnte. Andernfalls stellte sie es als Versehen dar. So oder so, sie brauchte die Informationen, auf die Bourreau wartete.

Kaum hatte sie die Mail versendet, rauschten die ersehnten Nachrichten aus Ankara herein. Sie beinhalteten Fotos vom Tatort und erste Schnellobduktionsergebnisse.

»Et voilà«, murmelte sie und klickte sich durch die Anlagen, um sie für den Ermittler in eine weitere Mail zu packen.

Die Wunden der Toten waren durch die Bank unschön anzuschauen, was Lagrande jedoch nicht schreckte. Grabungsgeräte waren den Archäologen und ihren Helfern in und durch die verschiedenen Körperteile gerammt worden, manche Köpfe und sämtliche Hände abgeschlagen.

»Alle Hände abgetrennt. Klassische Diebesbestrafung«, raunte sie und schrieb es gleich in die Nachricht an den Inspektor. Auf die Idee kamen Grabräuber sicherlich nicht.

Die Wunden, so sagte es der Schnellbericht, seien mit großer Wucht und Kraft zugefügt worden, sodass man bei den Angreifern von Männern ausgehen musste. Sämtliche Ausrüstung des Teams wurde zerstört und unbrauchbar gemacht. Abgesehen von einer Stele, wurde nichts mitgenommen.

Lagrande wusste genau, um welche Stele es sich handelte: die Darstellung des unbekannten Gottes.

Bourreau hatte ihr den Link zum Interview mit dem Expeditionsleiter gesandt, daher lag der Schluss nahe. Auch die osmanischen Ermittler wussten daher, dass der prominenteste Gegenstand von den Räubern mitgenommen worden war.

Entlang der Zuwegung zum Berg fanden sich verschiedene fragmentarische Reliefstücke aus römischer und christlicher Zeit, achtlos weggeworfen, da die Angreifer bemerkt hatten, dass sie nicht zur Hauptbeute gehörten.

Der Wert spielte für sie keine Rolle. Lagrande kam zu dem Schluss, dass die Angreifer nicht auf der Suche nach Gold oder verkäuflichen historischen Kunstgütern gewesen waren. Der unbekannte Gott schien zumindest einer kleinen Gruppe nicht gänzlich unbekannt zu sein. Für die Statue, von der die wenigsten wussten, kamen sie jedoch zu spät auf den Dülük Baba Tepesi. Ihnen war nur die Stele geblieben.

Lagrande sandte die Berichte und Bilder nach Tokio an Bourreau.

Wie komme ich an die Informationen zu den Jüngern?, grübelte sie.

Gar nicht, lautete die unbefriedigende Antwort, denn die Ermittlungen der osmanischen Behörden standen am Anfang. Keiner der Täter war bislang geschnappt. Keine Verhaftungen, keine Informationen.

Trotzdem erlaubte sie sich die Warnung an den Inspektor, dass die Mörder auf dem Weg nach Tokio sein könnten, um die Statue zu bergen, wie sie sich die Stele angeeignet hatten: mit allen Mitteln und größter Brutalität.

Lagrande blickte auf die Uhr und stand auf. Es wurde Zeit, ein paar Besorgungen zu machen, wenn sie nachher etwas essen wollte.

Sie verließ das Büro, grüßte im Vorbeigehen die Kolleginnen und Kollegen, um Minuten darauf das Gebäude zu verlassen und zur nächsten Metro-Station zu laufen. In einer Großstadt wie Lutetia müsste man von Sinnen sein, mit dem Wagen zu fahren. Die Autopiloten erlaubten zwar große Freiheit, aber die brachte in einem Stau nicht sonderlich viel.

Lagrande eilte voran, sah auf ihre Smartuhr, auf der sie sich mit Sprachbefehl die nächsten Verbindungen anzeigen ließ. Es könnte knapp werden, und ihr war nicht nach Warten zumute. Also verfiel sie mit ihren Leopardenprint-Stiefeletten in Dauerlauf. Es wäre in weniger als fünf Minuten zu schaffen.

Dabei dachte sie drüber nach, dass sie ihre Hauptaufgabe bereits erledigt hatte. Der PDA lag im Briefkasten mit dem Namen *Connaisseur*, alles andere würde sich ergeben.

Keinen Schritt voran war sie mit dem Diebstahl der Goldflügler gekommen.

Dafür hatte sie einen weiteren Text zu einem gestohlenen Artefakt fast übersetzt. Es schien um zwei Gegenstände zu gehen, wobei sie die Begriffe nicht ganz verstand. Sie würde den Code nochmals prüfen.

Spätestens morgen. Bourreau wird stolz auf mich sein. Lagrande hatte die Stufen zur Metro-Station erreicht und trabte sie hinab. Ihre sportliche Ausdauer würden die meisten unterschätzen, weil man sie für eine Tussi hielt, die nichts zustande brachte, als sich in die Fummel der Achtziger zu schmeißen. Aber sie achtete sehr auf sich.

Die Bahnsteige waren voll, die U-Bahnen donnerten im Minutentakt rein und raus. Dass die Stadt aus allen Nähten platzte, merkte man gegen Feierabend überdeutlich.

Lagrande reihte sich in das Gedränge ein und begab sich an eine Position, von der aus sie gut einsteigen konnte.

Leicht verschwitzt wartete sie auf die Einfahrt ihres Zuges.

* Α Ω *

Der, dem ich folge, hat mich ausgeschlossen aus seinem Leben, und noch dazu konnte ich ihm nicht folgen. Das war garantiert Absicht!

Wie kann er es wagen?

Wo er doch jetzt weiß, dass es mich gibt und dass ich ihn gerettet habe. Mehr als einmal. In Riga, in Rom, im Jet … So oft habe ich seinen Arsch bewahrt.

ICH bin SEIN Gott! An mich sollte er glauben!

Abgeschnitten, isoliert, meiner Augen und Ohren beraubt. Muss ihm einen Denkzettel verpassen, damit er das nicht noch mal abzieht. Damit macht er mich wütend, sehr wütend, und das ist nicht gut. Nicht gut für mich. Das bringt alte Muster zurück, die ich längst hinter mir ließ. Diese überbordenden Drecks-Emotionen machen mich zum Vollidioten. Ich spür's schon wieder.

Ruhig. Ruhig und atmen.

Ruhig …

Ach, verdammt, nein! Ich. Erwarte. Dankbarkeit.

DANKBARKEIT! Muss er verstehen.

Oh, er wird danach nicht mehr ausbrechen. Wird mich danach teilhaben lassen an allem. Freiwillig.

Die Achtziger-Frau, die ist mein Schlüssel.

Damit komme ich an Infos, und wenn ich sie erschrecke und ihr eine Botschaft übermittle, wird es ihm leidtun, und dann … dann bin ich wieder ruhiger. Kann besser denken. Dabei kann ich das recht gut, das Denken. Aber nicht, wenn ich aufgewühlt bin.

Metro-Station. Voll. Gut! Kann ich untertauchen und mich an sie ranpirschen. Ist ja nicht zu übersehen, mit ihren weißen Haaren.

Vier Meter.

Den Kerl zur Seite schieben, das Kind abdrängen, die Anzeige lesen und unbeteiligt tun.

Drei Meter.

Auf den Imbissstand zusteuern, abdrehen, die Frau wegrempeln und sie böse anschauen, damit sie die Fresse hält.

Zwei Meter.

Die Bahn, die sie nehmen will, wird angekündigt. Ihre Strafe wird zu seiner Strafe. Er versteht das. Ganz sicher.

Nach vorne drücken, und dem … Der Kerl auf der anderen Seite vom Bahnsteig, der mit dem Hoody und den Händen in den Taschen … er starrt rüber. Die Sonnenbrille kann das nicht kaschieren. Ich merke das genau.

Ein Meter.

Abdrehen, wieder auf die Anzeige schauen, Gesicht wegdrehen.

Ist das ein Bulle?

Hat er, dem ich folge, mich verpfiffen? Stellt Blondie mir gerade eine Falle?

Die Metro fährt ein, sie springt rein, aber ich bleibe stehen. Umspült wie ein Fels, die Menschenratten reiben sich an mir und rempeln mich an, aber ich bleibe.

Habe die Hand um den Griff der APB gelegt. Wenn sie so dumm sind und mich hier stellen wollen, fuck, ich schwöre, ich ballere alles um.

Weg ist die Bahn.

Und … fuck. Das Arschloch ist auch verschwunden.

Ich hab kein gutes Gefühl, so gar kein gutes Gefühl. War kein Bulle. Ein Bulle hätte … der hätte … sich bewegt oder gezuckt oder unbeteiligt getan. Kann es sein, dass der Penner der Schutzengel der Achtziger-Lady ist?

Aber erst raus aus der Metro!

Muss planen.

Neu planen.

Denken. Ruhig. Nur ruhig.

***

Nippon (Japan), Honshō (Hauptinsel), Tokio, November 2019

Malleus ließ sich fallen und rollte sich zusammen, drehte den Kopf weg von den nahenden Steinen.

Die Kiesel prasselten klirrend und klimpernd gegen den Laufgang und das Geländer, einige davon trafen ihn schmerzhaft am Rücken, einer im Nacken. Der dicke Mantel verhinderte, dass Schlimmeres geschah.

Kaum endete der Hagel, blickte er zur Parabolantenne.

Niemand zu sehen. Vorsichtig stand er auf, rannte auf dem Gitterrost weiter und bog zum Heliport ab, wo er sich hinkniete, die Axt in der Rechten, und wieder spähte.

Der Angreifer ließ sich nicht blicken.

Der Schauer aus Steinen machte deutlich, dass es sich um keinen Menschen handelte. Aber für eine Entität hielten sich die Kräfte in Grenzen, verglichen mit dem Auftreten eines Hephaistos oder eines Thor. Das weckte in Malleus die Zuversicht, mit der Axt und sogar seinen Deringern etwas ausrichten zu können.

Wo steckt Satō? Er warf einen kurzen Blick zum Durchgang ins Treppenhaus, doch es zeigte sich weder der Japaner noch andere Hilfskräfte. *Er wird mich doch nicht alleine kämpfen lassen wollen?*

Als wären seine Gedanken vernommen worden, traten unvermittelt zwei Männer und eine Frau aus der Tür, die leichte Maschinenpistolen in der Hand hielten; die Fabrikate konnte er auf die Entfernung nicht erkennen. Sie trugen die in Nippon üblichen schwarzen Geschäftsanzüge mit weißen Hemden und dunklen Krawatten, dazu Handschuhe.

Allerdings waren es keine Asiaten, sondern Leute mit europäisch anmutenden Gesichtern.

Das ließ Malleus vorsichtig genug sein, nicht auf sich aufmerksam zu machen. Er berührte seinen Ohrfunksender, der ihn via PDA zum Japaner durchstellte.

Sein Ruf wurde nach wenigen Sekunden angenommen.

»Mister Satō, haben Sie mir die Herrschaften auf das Dach geschickt?«, flüsterte er.

»Mister Bourreau«, hörte er den Mann mehr ächzen als sprechen. »Es tut mir leid.«

Malleus sah zwei weitere Männer aus dem Durchgang treten, die Uzi mit sehr langen Stangenmagazinen schwenkten. Die Entschlossenheit in ihren Mienen zeigte ihm, dass sie wussten, auf einen Widersacher zu treffen.

»Ich habe vier von denen erwischt«, redete Satō stockend weiter. Er musste große Schmerzen leiden, die Beherrschung war bewundernswert. »Sie suchen die Statue. Mein Chef lässt ausrichten, dass Sie freie Hand bei Ihrem Vorgehen haben, aber … keine Polizei. Ihr Lohn wird hoch …«

Ein Knall erfolgte, und die Leitung brach zusammen.

Malleus verzog den Mund. Diesem Wunsch würde er vermutlich nicht nachkommen.

Die Unbekannten schwärmten nach kurzer Beratung aus, liefen auf dem Gitterrost an der Kante entlang, nahmen aber auch die direkten Wege über den Kies. Ob sie den Inspektor oder die Statue suchten, spielte keine Rolle.

Sobald sie mich entdecken, muss ich schneller schießen und besser treffen. Mit der anderen Hand zog er einen Deringer heraus – den Cobray, der die größeren Projektile in den Läufen hatte.

Malleus kannte jedoch eine Person, die wesentlich besser dafür geeignet war, ihm auf dem Dach beizustehen, und die sicherlich nicht weit entfernt in ihrem Versteck saß.

Er glitt lautlos vom Rost und rollte sich unter den Rand des Heliports, der ihm mehr Schutz vor den Blicken der Bewaffneten gewährte.

Dort nahm er den PDA, zog die geknickte und fleckige Visitenkarte aus der Innentasche des Mantels, die dort seit seinem Aufenthalt in Rom steckte, und schickte eine Mail an die angegebene Adresse. *Das hätte ich viel früher tun müssen.*

Nach wenigen Sekunden bekam er eine Nummer als Antwort.

Rasch, doch ohne Hast gab er sie ein. Sein Anruf wurde entgegengenommen, und noch bevor die andere Seite etwas sagen konnte, sprach er: »Ich dachte mir, Miss Milord, ich teile Ihnen persönlich mit, dass meine Suche erfolgreich war. Ich habe eine unbekannte Entität für Sie aufgespürt.« Er sah die Schuhe und Beine von zwei Männern über den Laufgang kommen. »Samt einer Gruppe fanatischer Anhänger. Hätten Sie Interesse?«

Ihr leises Lachen erklang. »Sind Sie sicher, dass es eine *unbekannte* Gottheit ist, oder sagen Sie das nur, damit ich komme und Sie rette?«

»Sie denken es zumindest. Schließlich haben Sie dafür gesorgt, dass mich der Chef von Mister Satō anheuerte.«

»Ich?«

»Natürlich. Sie hörten von der Stele, kamen zu spät, erfuhren vom Verkauf der Statue und von deren Verschwinden«, fasste er seine Schlussfolgerung zusammen. »Weil Sie sich nicht sicher waren, ob es sich um eine unbekannte Entität handelte oder nur eine römische oder mesopotamische, vermittelten Sie Satōs Arbeitgeber Informationen zu mir und meinen Fällen. Wie sonst hätte man von einem Händler namens Mohr wissen können?« Malleus prüfte einhändig die Kammern des Cobray. »Ich nehme an, Sie beobachten den Japaner aufgrund seiner Sammlung schon länger. Danach warteten Sie ab, was ich herausfinde.« Er sah nach den Angreifern, die an ihm vorbei auf den Heliport traten. »Miss Milord, ich habe Ihre Arbeit gemacht. Seien Sie so freundlich, und tun Sie, was Sie in solchen Fällen zu tun pflegen.«

»Sicher, Mister Bourreau. Aber sagen Sie mir rasch, woran Sie festmachen, dass es wirklich eine unbekannte Entität ist?«

»Kommen Sie vorbei. Ich erkläre es Ihnen.«

»Sie bluffen.«

»Wollen Sie eine unbekannte Entität mit ihren irdischen Fanatikern entkommen lassen? Oder riskieren, dass die *Kami* erscheinen, um einen Krieg mit der fremden Gottheit zu beginnen, der an den Kampf von Godzilla erinnern wird?« Malleus fand es trotz seiner Lage erheiternd, dass das Nationalmonstrum der Japaner die Bezeichnung *Gott* im Vornamen trug. »Ich bin *sehr* sicher, Miss Milord.«

Plötzlich landete ein Paar Schuhe an zwei schwarzen Hosenbeinen neben der Plattform. Der dazugehörige Mann ging in die Hocke und leuchtete mit der Unterlauflampe der Uzi gegen Malleus.

Ohne zu zögern, drückte er ab und jagte dem Unbekannten ein Vollmantelgeschoss durch die Brust. Der Heliport dämpfte den Knall des Cobray.

»Das heißt, Sie haben keinen Gottesbeweis für mich?«

»Ich muss jetzt auflegen, Miss Milord.« Während der Mann zusammensank, packte ihn Malleus am Fuß und riss ihn unter die Landeplattform, nahm sich die Maschinenpistole.

Dann zögerte er.

Die Erinnerung an den Kampf in der Flughafenruine kehrte schlagartig zurück. Die Ketten um das mühsam Weggesperrte in seiner Psyche hatten sich gelockert. Das hektische, flackernde Mündungsfeuer der Schnellfeuerwaffe könnte einen zweiten Anfall auslösen.

Daraus folgten Taten, die er sich danach nicht erklären konnte.

Blackout.

Es muss anders gehen. Malleus legte die Uzi vorsichtig neben den Toten und kroch unter der aufgebockten Plattform entlang; die Axt zog er dabei mit, falls er der Statue begegnete.

Wieder erschienen ein Schuhpaar und zwei Hosenbeine, die um

den Heliport wanderten. Ab und zu wurde darunter geleuchtet, aber Malleus entging der ungenauen Aufmerksamkeit des Unbekannten.

Das wird mir etwas zu spannend. Er rückte den Hut zurecht und wartete, atmete flach und leise, obwohl das laute Surren und Pfeifen des Windes es übertönen würde.

Dann wurde plötzlich laut gerufen.

Viele Schritte rannten aus verschiedenen Richtungen herbei, hetzten über den rasselnden Kies und das Metall des Laufstegs. Es hörte sich an, als wären in der Zwischenzeit weitere Leute dazugestoßen.

Sie haben ihren Gott gefunden. Malleus' Neugier wurde geweckt. *Was tun sie?*

Und vor allem wollte er sehen, was Oona Milord unternahm. Sie *musste* jetzt eingreifen, um einen möglichen Götterkampf in Nippons Hauptstadt zu verhindern.

Malleus schlängelte sich auf den Ellbogen vorwärts, die Axt vor sich haltend.

Einer der großen Masten geriet in seinen Sichtbereich, an denen Stangenantennen in die Nacht ragten, als wollten sie die Gespräche der Entitäten abhören.

Hinter dem Stahlrund trat eine übergroße humanoide Gestalt hervor, die sich nach dem Angriff auf Malleus dort verborgen hatte. Sie wirkte im Vergleich zu den exakten römischen Statuen oder den perfekten Abbildern der Renaissance grobschlächtig und wie von ungelenker Kinderhand aus einem Brocken geschlagen. Aber ganz deutlich zeigten sich ähnliche Linien wie auf der Stele, die astralen Zeichen waren mit bloßem Auge zu erkennen.

Die Angreifer knieten vor ihr im Kies, die Hände leicht erhoben und einen unverständlichen Singsang von sich gebend; die Waffen lagen scheinbar unbeachtet neben ihnen.

Malleus bemerkte, dass der linke Arm des Wesens fehlte, er war wohl entweder in der Eile des Transports abgebrochen oder bei den Ausgrabungen verloren gegangen.

Zwei Frauen erhoben sich und unter großen Anstrengungen die

vermisste Extremität. Sie näherten sich der lebendigen Statue, während der Gesang der Männer anschwoll.

Das Steinwesen drehte den Kopf, und ein mahlendes Geräusch erklang. Es bedeutete den Frauen mit einer Fingerbewegung, näher zu kommen; dabei drehte es den Rumpf, damit sie den Arm ansetzen konnten.

Milord sollte sich nicht mehr viel Zeit lassen. Malleus vermutete, dass die Transformation umgehend stattfand, sobald die Extremität angepasst sein würde. Er versuchte noch einmal, die Agentin zu erreichen, aber sein Anruf wurde nicht entgegengenommen.

Ob fremde Entität oder nicht: Wer darauf angewiesen war, dass ihm Menschen zum Auferstehen verhalfen, besaß nicht viel Macht.

Oder entwickelt sie ihre gesamte Kraft erst, wenn sie vollständig ist? Malleus schob sich noch weiter vorwärts.

Bis zur Statue waren es knappe acht Meter.

Die Männer und Frauen würden ihn sofort bemerken, sobald er sein Versteck verließ, und die versteinerte Entität stand zu allem Überfluss so, dass ihr grob behauenes, zerstörtes Gesicht in seine Richtung sah.

Aber trotzdem würde er eingreifen müssen.

Sicherlich befanden sich Milord und ihr Team in Reichweite und warteten ab, weil sie dem Bluff nicht trauten. Unternahm Malleus *keinen* Versuch, das Treiben der Gruppe zu unterbinden, sähe sie sich in ihrem Misstrauen bestätigt, was seine Meldung anging.

Die unbekannte astrale Symbolik bereitete Malleus tatsächlich Sorge.

Er schob sich unter dem Rand heraus und blieb geduckt im Schatten, packte den Cobray weg und hielt die Axt mit der Rechten.

Acht Meter konnten verflucht weit sein. Dazu noch elf Gegner, alle mit Schnellfeuerwaffen ausgestattet, Uzi und MP5, wenn er es nun richtig sah, mit hundertfachem Tod in den Magazinen.

Die Frauen hoben den Steinarm und führten ihn ehrfürchtig an die Bruchstelle unterhalb des Schultergelenks.

Kleine Blitze zuckten zwischen dem Fragment und der Statuenentität hin und her, Energien wurden ausgetauscht und übertragen. Die Symbole auf der Steinhaut verdunkelten sich, bevor sie gelblich grün zu glimmen begannen.

Malleus sah, wie sich die Finger des losen Arms bewegten, eine Faust bildeten und sich prüfend streckten. Von den Kuppen an begann der Stein, sich in Fleisch zu wandeln, obwohl die Gliedmaße noch nicht an seiner vorgesehenen Stelle saß.

Der Gesang schwoll an und durchdrang das Jaulen und Rufen des Windes. Malleus verstand nichts, die Silben klangen nach keiner gängigen Sprache.

An den Masten und der Parabolantenne zeigten sich unvermittelt Elmsfeuer, deren Flämmchen länger wurden und sich streckten, bevor sie sich bogen und scheinbar vor dem entstehenden Neugott verneigten.

Die Frauen setzten den Arm an und fielen vor dem Wesen auf die Knie.

Gleichzeitig schlugen die Ausläufer der blaubunten Lichterscheinung in die Entität ein. Die Symbole flammten auf. Aus Stein wurde Fleisch, wurde Rüstung, wurde Haut und Haar.

Das Wesen brüllte tief und laut vor Triumph, sodass das Dach unter seiner Stimme vibrierte und der Kies rasselnd und reibend tanzte. Nur das Gesicht blieb verletzt und zerschlagen, die Augen rollten wild in der Fratze.

Spätestens jetzt wissen die Kami Bescheid, dass sich jemand in ihrem Gebiet befindet, der nichts mit ihnen zu tun hat. Malleus schluckte.

Sein Entschluss stand fest.

Er erhob sich und machte zwei, drei schnelle Schritte, solange die Männer mit der Anbetung beschäftigt waren.

Unbekannter Gott oder nicht. Malleus schwang die Axt über den Kopf und holte aus bis über den Rücken, um sie mit aller Macht nach dem Wesen zu schleudern, das sich im Elmsfeuer streckte und seine Freude über die Wiedergeburt hinausschrie. *Es gibt zu viele von euch.*

Celtica (Frankreich), Paris-Lutetia, November 2019

Bin etwas ruhiger geworden, und das ist ein gutes Gefühl.

Mein Plan: Ich schnappe mir die Achtziger-Lady. Heute nicht, aber morgen. Dann bekommt er, dem ich folge, seine Strafe und meine Botschaft. Durch sie. Aber vielleicht fällt mir noch was Besseres ein.

Fuck, wie ich es hasse, wenn ich durchdrehe.

Nett hier im Café.

Celtica. Ewig nicht mehr hier gewesen. Warum eigentlich? Ach ja, weil ich die Sprache nicht leiden kann. Und sobald man Englisch redet, spucken sie dir in den Kaffee. Kenne sie doch, die Froschfresser. Neue Götter, altes Gehabe.

Schnell ein Blick auf mein Smartphone. Nein, keine Übertragungen von seinem PDA. Sie haben mich abgeschnitten.

Ah, doch! Ich habe eine Resonanz. Ist aber verzerrt, als müsste es durch einen Störsender durch. Nein, nicht zu verwerten. Sieht aus wie ein Systemtest. Kein Zugriff mehr, weder auf seine Server noch sonst was.

Sein Kumpel muss ein guter Bastler sein. Ein ziemlich verrückter. Weiß immer noch nicht, was es für Bauteile waren, die er eingepasst hat. Aber eins ist sicher: Die sind nicht von der guten alten Erde. Dafür lege ich die Hand des scheiß Kellners ins Feuer.

Da ist er schon wieder. Umsatz, ja, ich weiß.

»Monsieur, voulez-vous quelque chose autre?«

»No, thanks.« *Und jetzt verpiss dich.*

Was er, dem ich eigentlich folge, wohl in Japan macht?

Für Interpol oder für einen privaten Auftrag? Was verpasse ich? Und was mache ich, wenn er draufgeht?

Das würde ich ihm echt übel nehmen. Und danach würde ich Jagd auf seine Mörder machen, falls es kein Gott ist.

»The bill, please.«

Der Penner lacht, nickt, schreit was von »un moment«. *Wichser.*

Schmeiße ich das Geld auf den Tisch, und weg. Schaue mich ein biss-

chen um und spähe die Bude von Blondie aus. Da bekomme ich garantiert frische Infos.

Also, rein in die Metro und ab in die Banlieue.

… oh heilige Götterscheiße. Ist das ein Ghetto?

Banlieue, stimmt, davon habe ich gehört. Zimmersilos für die Vergessenen, für die Armen. Eine Mischung aus Knast und beschissenem Leben.

Ganz eigene Stadt, die nichts mit Lutetia zu tun hat, wie es aussieht. Hochhäuser, bis zur Wolkendecke, zerfetzte Plakate, kaputte Leinwände, aufgesprühte Schmierereien und Parolen an den Wänden, Gebete. Eigene Geschäfte, alle möglichen kleinen Tempel, es riecht nach hundert verschiedenen Gerichten gleichzeitig, Räucherstäbchen, Dreck.

Oh, sie haben Spielplätze. Was machen die Kinder dort? Straßenkampf lernen?

Yeah, da sind sie, in der Seitenstraße: die brennenden Stahlfässer. Ah, es wird gegrillt. Riecht verdammt gut.

Hier muss die Lady … fuck, der Hoodytyp.

Hinter mir, die Kapuze tief ins Gesicht gezogen.

Du willst spielen, ja?

Wird dein letztes Spiel. Verspreche ich dir. Wer immer du bist.

* * *

Nippon (Japan), Honshō (Hauptinsel), Tokio, November 2019

Die Axt wirbelte durch die Luft und hielt auf die elmsfeuerumspielte Statue zu, die sich mehr und mehr äußerlich zu einem Menschen mit zerschlagenem Gesicht wandelte. Die astralen Symbole leuchteten hell und heller.

Mit seiner Attacke gewann Malleus die volle Aufmerksamkeit sowohl des unbekannten Gottes als auch seiner Anhängerschaft, die sich zu ihm umwandte; der Gesang endete.

Er zog den Cobray und rannte zum schützenden Sockel der Parabolantenne, feuerte dabei unentwegt auf die Gruppe. Er sandte im Wechsel Schrot- und Vollmantelgeschosse gegen die Männer und Frauen.

Dabei sah er, dass die Axt nicht mit der Schneide, sondern mit der langen Spitze eingeschlagen war. Es hatte nicht ausgereicht, um den Arm vollständig abzutrennen, aber er baumelte nutzlos zur Seite herab. An den Kuppen setzte die Rückumwandlung zu Stein ein.

Eine Verzögerung habe ich rausgeholt. Mehr bekam Malleus vorerst nicht mehr mit, er warf sich hinter den Sockel und lud den Cobray nach. *Das sollte Milord als Beweis reichen.*

Er wusste, dass die Entfernung für die Schrotpatronen zu groß gewesen war, um tödliche Wunden zu reißen. Nach seiner ersten Salve standen immer noch genügend Gegner, um den Beschuss zu erwidern.

Prompt setzte das charakteristische, helle Knattern der MP5 ein, die Uzi röhrten etwas tiefer. Kugeln prasselten gegen den Beton, der graue Staub wurde von den Böen sofort weggeweht.

Malleus vernahm das Brüllen des Wesens, hörte die Frauen aufgeregt rufen.

Was geht vor sich?

Vorsichtig hob er den PDA, um mit dessen eingebauter, schwenkbarer Kameralinse zu verfolgen, was sich ereignete.

Mehrere Männer, die kleinere Löcher in der Kleidung aufwiesen, hetzten verteilt auf sein Versteck zu. Drei lagen regungslos im Kies, zwei weitere wanden sich verletzt, nicht fähig, sich an der Jagd zu beteiligen.

Die Frauen versuchten, die Entität zu beruhigen und die Axtspitze herauszuziehen, aber sie grollte und tobte, stampfte mit den Füßen auf und wandelte sich in ihrer Erregung zurück zu Stein. Unter dem

Auftreten bebte das Dach, Erschütterungswellen rollten durch den Kies, als schwämmen die schweren Steinchen auf Wasser.

Malleus war mit dem Ergebnis seines Eingreifens vorläufig zufrieden. *Aber nun sollte Milord wirklich auftauchen.*

Neuerliche Salven flogen zu ihm herüber.

Hastig zog er den PDA zurück und wechselte die Position. Einer der Schaltkästen, oder was immer sie waren, erschien ihm eine gute Alternative zu sein. Von dort konnte er die Angreifer in Schach halten.

Malleus sprintete geduckt zu seinem auserkorenen Versteck.

Aber er wurde dabei gesehen, Schüsse folgten ihm und ließen den Kies ringsherum aufspritzen. Scharfe Splitterchen trafen ihn am Hals und im Gesicht, es zwickte.

Malleus schlug Haken, die Salven erwischten ihn nicht. Hinter dem Metallkasten angekommen, lehnte er sich keuchend dagegen, wartete zwei Sekunden und warf einen raschen Blick um die Ecke.

Die Frauen lagen zu seiner Überraschung erschlagen vor der tobenden Entität, die Köpfe schienen im Kies zu stecken. In Wahrheit waren sie ebenso zerdrückt worden wie die Schädel der japanischen Angestellten.

Die Axt steckte noch immer im Arm. Zwei Männer versuchten, sie zu entfernen, aber das Wesen wehrte sie brüllend ab. Das Strahlen der Astralzeichen endete nicht, sondern schien die Elmsfeuer einzusaugen.

Malleus war es recht. *Viel Verstand besitzt der unbekannte Gott nicht.* Er schien wild, zügellos und angefüllt mit archaischer Rücksichtslosigkeit, die sich nicht aufhalten ließ.

Die Symbole leuchteten mit einem hörbaren Fauchen auf.

Die Elmsfeuer stiegen daraufhin abrupt von der Gottheit beständig empor wie Leuchtfeuer, jagten in den nächtlichen Himmel und wurden nun unübersehbar für die Tokioter, das Umland der Millionenmetropole – und für jene *Kami*, die sich in der Gegend aufhielten.

Malleus schoss auf die Männer, die ihm folgen wollten, und trieb sie zurück an den Sockel. *Was will Milord noch?* Er ließ den PDA nochmals ihre Nummer wählen.

Nichts geschah.

Die Entität schlug sich endlich die Axt aus dem Leib – und riss sich ungeschickt selbst den Arm ab. Der darauffolgende zornige Schrei fegte die Menschen in seiner Umgebung davon, Kiesel schossen in Schwärmen umher und trafen die Bewaffneten, räumten sie von den Beinen.

Scheppernd krachten die Steine auch gegen den Schaltkasten. Die Wucht schlug Beulen hinein, aber der Stahl hielt stand. Aus dem Innern erklangen elektrische Geräusche.

Alarmiert ging Malleus auf Abstand zum Gehäuse, von dem plötzlich ein fühlbares Kribbeln ausging. Sein PDA meldete mit einem unbekannten Klingelton, bei dem er einige Augenblicke brauchte, um ihn als solchen zu erkennen; er hatte noch keine Zeit gehabt, die Klänge bei dem Ersatzgerät einzustellen.

Milord! Er drückte in seinem Ohrstecker auf Annahme. »Sagen Sie mir bitte nicht, dass Sie darin keinen unbekannten Gott sehen, Miss Milord.«

»Doch. Aber wir stecken fest«, hörte er ihre angespannte Stimme. Schüsse erklangen im Hintergrund. Anscheinend verweigerte eine zweite Abteilung der Anhängerschaft den Zugang durch den Wolkenkratzer. »Ich sehe auf dem Überwachungsmonitor etwas, was Sie verhindern müssen, Bourreau. Das Leuchtfeuer aus der Entität muss aufhören.«

»Das ist nicht meine Aufgabe. Sie sind die Agentin.«

»Und Sie sind Inspektor bei Interpol und den Menschen verpflichtet.«

»Aber nicht zuständig für Götterkriege. Meinetwegen können die *Kami* das steinerne Ding zerlegen.« Er wollte sie provozieren. »Sie haben mich reingelegt, ich habe den Beweis erbracht, den Sie brauchten. Sie sind am Zug.« Dabei dachte er darüber nach, was er tun konnte. »Wenn das schiefgeht, tragen Sie die Verantwortung.«

Malleus blickte wieder zum Mast.

Sämtliche Anbeter der Entität lagen niedergestreckt auf dem Dach. Die Steine hatten sie ausgeschaltet, entweder für immer oder lange genug, um nicht im Weg zu sein.

Das Wesen stampfte unverdrossen weiter. Die Elmsfeuer schlugen aus ihr scheinbar unendlich hoch hinauf und formten in schnellem Wechsel kryptische Zeichen.

Risse zuckten unter den martialischen Kräften über das Dach, Spalten brachen auf und ließen die Kiesel in das Stockwerk darunter gleich einer Kaskade rauschen. Letztlich geriet gar der Mast, vor dem die Entität wütete, in Schwingung.

»Dieses Wesen muss unschädlich gemacht werden«, sprach Milord drängend in sein Ohr. »Sofort! Sonst kommt es zu einer Katastrophe.«

Malleus nahm an, dass damit nicht der eventuelle Einsturz des Towers oder des Mastes gemeint war. »Sie werden mir hinterher erklären, was ich vernichtet habe«, verabschiedete er sich und legte auf.

Dann rannte er los, sprang über die klaffenden Lücken und Risse.

Einen echten Plan hatte er nicht. Die Axt müsste ihre Tauglichkeit erneut unter Beweis stellen.

Malleus gelangte nahe und näher an die außer sich vor Zorn geratene Entität.

Über ihr veränderte der Nachthimmel die Farbe, als würde sich die Dunkelheit aus Angst zurückziehen. Die Sonne schien wie aus dem Nichts am Zenit aufgehen zu wollen, durch divine Macht dazu gezwungen. Eines der letzten ewig gültigen Gesetze schien zu brechen. *DAS hat Milord gemeint.* Malleus packte die umherliegende Axt, deren Stiel zur Hälfte abgebrochen war.

Nicht weniger als zehn Meter trennten ihn von seinem Ziel. Solange die Gottheit ihn nicht beachtete, musste er die Gelegenheit nutzen. Er mochte es, unterschätzt zu werden.

Wir Sterblichen vermögen mehr, als ihr meint. Malleus sprang über die Toten hinweg und schlug schräg zu, die Schneide zielte auf den steinernen Hals.

***

Celtica (Frankreich), Paris-Banlieue, November 2019

Nach links schwenken, durch den asiatischen Torbogen. Sieht selbst gebaut aus, das Ding. Die haben wirklich versucht, ein bisschen Indochina-Town zu bauen, und da drüben … keine Ahnung, was das sein soll. Was Tunesisches?

Hier ist Schatten genug, zwischen den improvisierten Garagen oder was immer das darstellt.

APB, Schalldämpfer und ducken. Meine Nachtsichtfunktion der Brille hat schon Vorteile.

Na, wo steckst du?

…

..

.

Habe ich ihn abgehängt?

»Bist du ein kranker Wichser, der Frauen nachsteigt, oder gibt es mehr Interesse an Madame Lagrande?«

Fuck. Das Ding in meinem Nacken wird eine Mündung sein.

»Langsam die Arme hoch und gegen die Wand lehnen.« *Der Typ lacht überrascht.* »Oh. Eine APB? Die große Sonderklasse. Dass man die noch findet.«

Kein Bulle? Ein Freund von ihm, dem ich folge?

Langsam aufstehen, kann er haben.

Er greift nach der Stetschkin – und los geht's: herumwirbeln, den Ellbogen einsetzen …

Es kracht laut, als das Arschloch echt abdrückt! Mein linkes Ohr fiept, Hörsturz. Mir wird schwindlig, ich trete in Richtung seiner Eier.

Aber er kickt meine Attacke zur Seite, seine Sohle trifft meinen Bauch und katapultiert mich quer über die Motorhauben der Autos.

Lande in dem Moped-Meer, werfe die Mühlen um und versinke darin. Der Dschungel aus Lenkern und Speichen packt mich, ich verheddere mich gnadenlos. Brille weg, APB weg. Scheiße!

Er kniet auf der Motorhaube halb über mir, sieht mit der Kapuze aus wie ein scheiß Star-Wars-Jawa, der im Fitnessstudio war.

»Das wird Koios freuen«, *sagt er und hebt die Hand mit MEINER verfickten Waffe!* »Hier, damit du weißt, wie sich das anfühlt.«

Es knallt zweimal gedämpft.

Kleine heiße Tierchen beißen mir mit glühenden Zähnen in die Schulter und in die Seite. Dieses Arschloch schießt mit meiner eigenen Waffe auf mich!!

Ich hebe mein rechtes Bein, winde mich und tue so, als würde ich entkommen wollen. Mopeds fallen um, es scheppert und klingelt. Bald kommen die Besitzer. Muss weg. Da oben ist eine Kamera, hoffentlich …

»Ich nehme dich vom Feld, damit es übersichtlich bleibt.«

»Warte! Warte, das ist ein Missverständnis. Ich wollte doch nur …« *Ich komme mit meiner unverletzten Hand an meine Wurfsterne in meiner Tasche, zerre zwei raus. Die Drecks-Ninjas wussten, wie das geht.*

Werfe sie nach dem Wichser, treffe ihn auch!

Er flucht, rutscht auf der Motorhaube aus und fällt rücklings zwischen die Wagen.

Hoch mit mir, hoch mit mir!

Da kriecht er. Verliert viel Blut. Muss ihn gut getroffen haben. Fuck, ich bin ein super Ninja! Und ich habe noch ein paar Sternchen, mit denen ich ihn spicken werde.

Zack, mitten in den Rücken!

Und zack, in die Kapuze!

Hahaha, die bleiben im Schädel stecken! Das sieht lustig aus! Die wird er so schnell nicht rausziehen können.

Er feuert ungezielt nach hinten, meine eigenen Kugeln umschwirren mich, wieder erwischt mich was am Arm.

Schwindlig. Mir wird schwindlig.

Schock von den Treffern. Gehe zu Boden.

Kann nicht liegen bleiben und mich ausruhen.

Muss … Dreht sich alles wie ein Kreisel.

Sirenen! Die Indochina-Town-Ärsche haben die Bullen gerufen. Kein Anstand mehr in der Banlieue. Keine Verve. Früher hätten die uns einfach kaltgemacht, den Hoody-Man und mich.

* * *

Celtica (Frankreich), Paris-Lutetia, November 2019

Marianne Lagrande hatte es nicht lassen können: Das Rätsel der Artefakte bedeutete eine permanente Herausforderung für die ehrgeizige, neugierige Frau.

Sie saß in Shorts und Schlabbershirt an ihrem kleinen Schreibtisch der neuen Wohnung in ihrem Wohnsilo am offenen Fenster, damit die kühle Nachtluft sie wach hielt, falls der exorbitant leckere Kaffee im Becher neben ihr es nicht schaffte. Die langen weißblonden Haare trug sie als Pferdeschwanz.

Auf dem Laptop waren in drei verschiedenen Fenstern die Textdateien der nächsten Bücher aus Hannes Heins Wohnung aufgerufen. Sie suchte sich durch die Codes der Liste, um ein weiteres Artefakt zu knacken.

Von draußen erklangen leise Geräusche; in der Banlieue war es um zwei Uhr morgens ruhiger als gewöhnlich.

Dank der Hinweise von Bourreau hatte sie sich zuerst mit der Legende von Sedna beschäftigt, die ebenso traurig wie tragisch war. Die Inuit mochten ganz offensichtlich keine Geschichten mit glücklichem Ausgang.

Ausgehend von dem Detail, dass sich die vom eigenen Vater abgeschlagenen Hände und Finger Sednas in Meerestiere verwandelten, stieß Lagrande auf die Aussagen von Meeresbiologen, die zusammen mit Vor- und Frühgeschichtswissenschaftlern Fundstücke untersuchten, die sie aus der Tiefe beförderten.

Darunter befand sich auch fossiles Elfenbein von sehr alten Walrossmännchen, das deutlich älter als das Miozän-Zeitalter war.

Ich habe eine geschnitzte Inuit-Harpunenspitze, die vermutlich aus ältestem Elfenbein besteht. Es kann von keinem Menschen derart geschnitzt worden sein – denn es ist zu alt dafür. Sollte ihre These stimmen, stammte die Spitze von Sedna persönlich, vielleicht als Geschenk an die Eingeborenen.

Leider, das musste Lagrande eingestehen, kam man mit Logik bei den Entitäten nicht sonderlich weit.

Aber angenommen, es wäre so, stellte das Artefakt eine Anomalie dar, die hervorragend zu Oddua mit seinem geschliffenen Diamanten samt Einschluss passte. Gemeinsam lagerten sie im dicksten Panzerschrank von *Tresoriale* und warteten darauf, dass ihr oder Bourreau eine Eingebung kam, wo die Verbindung zwischen allem lag.

Der Ärger über den Diebstahl der Goldfigürchen kehrte in regelmäßigen Abständen zu Lagrande zurück. Zu ändern war es jedoch nicht, und auf die Schnelle fand sie keinen Schuldigen. Sie hatte die Schublade und den Eingang ihres Büros auf Fingerabdrücke untersucht, ohne dass sie etwas fand. Das Mysteriöse des Diebstahls fügte sich ausgezeichnet in ihren Fall.

Lagrande bemerkte die ersehnte Übereinstimmung bei den nächsten Artefakten: Und es waren tatsächlich *zwei* Gegenstände, wie die Anordnung des verschlüsselten Codes vermuten ließ, denen sie gerade auf die Spur kam.

»Tlingit?«, las sie langsam das übersetzte Wort. Sie hatte den Code mehrmals geprüft, aber das Ergebnis blieb. *Was soll das sein?*

Das Internet hielt die einfache Lösung parat.

Die Tlingit gehörten zu den First Nations, die eine Na-Dené-Sprache nutzten. Das indigene Siedlungsgebiet reichte von der Küstenregion des südöstlichen Alaskas über die äußersten Randbereiche von Britisch-Kolumbien und dem Yukon-Territorium. Etwa zwanzigtausend gab es wieder von ihnen, und sie hatten sowohl in Kanada als auch in den Vereinigten Staaten starke Mitbestimmungsrechte.

Ein einflussreicher Stamm. Lagrande war angefixt. Zwei Artefakte der Tlingit schienen den Weg in Heins Kabuff gefunden zu haben. *Welche genau, das ist herauszufinden.* Sie nahm einen letzten Schluck Kaffee und stand auf, um sich neuen zu brühen.

Draußen erklangen Sirenen, die Polizei rückte an, um Streitigkeiten in der Banlieue zu schlichten. Nichts Neues, nichts Ungewohntes.

Lagrande ging dennoch ans Fenster und blickte hinab in die Tiefe, fröstelte im eisigen Wind. Sie sah, wie mehrere Menschen auf die Gesetzeshüter warteten und die schwer gerüsteten vier Beamten sofort zum improvisierten Parkplatz führten.

Was genau dort unten vor sich ging, erkannte sie nicht.

Lagrande wandte sich um und schaute zur futuristisch anmutenden Beretta U22 Neos, die geladen und gesichert auf dem Tisch neben dem Laptop lag. Die Waffe gab ihr Sicherheit – trotzdem hoffte sie, die Halbautomatik nicht einsetzen zu müssen.

Die Vergangenheit zeigte leider, dass die Wahrscheinlichkeit gering war. Der Sammler wollte die Artefakte.

Und ich finde die Gemeinsamkeiten. Lagrande schloss das Fenster und ging zur Maschine. *Für den Inspecteur.* Sie dachte an Bourreau und lächelte beim Gedanken an ihn auf eine Weise, wie sie es schon lange nicht mehr getan hatte.

* * *

Nippon (Japan), Honshū (Hauptinsel), Tokio,
November 2019

Die Entität drehte sich behäbig und hob den Arm wie zur ungelenken Abwehr.

Verflucht!

Die Axt traf anstatt den Hals die ihm entgegengereckte Hand. Die Klinge hackte hinein und wanderte aufwärts, spaltete den Unterarm, das Gelenk, den Oberarm und blieb in der Schulter stecken. Die Gliedmaße löste sich in viele kleine Splitter auf, die zu Boden fielen.

Malleus prallte gegen den harten Leib des Gegners und stürzte von dort auf die Dachisolation, der Kies fehlte ringsherum. Eine rasche Drehung bewahrte ihn davor, von dem niederschießenden Steinfuß zermalmt zu werden.

Die Sohle krachte durch die instabil gewordene Decke. Die Entität sackte nach vorne und brach nach unten durch.

Nein! Malleus folgte ungewollt auf einem der schollenartigen Stücke, die mit in die Tiefe gerissen wurden.

In einer Wolke aus Staub und Schutt ging es abwärts.

Nach dem Aufschlag stemmte er sich keuchend und hustend auf die Beine und blickte sich um.

Sie waren im Ausstellungsraum gelandet und hatten noch mehr Verwüstung angerichtet als die unbekannte Entität auf ihrer Flucht.

Im Geröll aus großen und kleinen Fragmenten erhob sich die Gottheit bereits brüllend. Die Elmsfeuer und Entladungen aus den Astralsymbolen waren nicht verloschen, sie zuckten unter der Decke des Penthouse entlang sowie zum Loch hinaus.

Ich bin noch nicht fertig. Malleus blickte sich um. Die schwere Keule in einer der Vitrinen kam ihm recht. Wem sie einst gehört hatte, las er nicht. Hauptsache, die tat in seinen Händen ihren Dienst.

Rasch zerschoss er das Glas, packte die Waffe und rannte auf die Entität zu, die mit fremder Urgewalt scheinbar die Sonne mitten in der Nacht herbeizuzwingen vermochte.

Von der anderen Seite des Raumes irrlichterten drei Taschenlampenstrahlen herein, die Menschen dahinter blieben durch das Gegenlicht unsichtbar.

»Bourreau«, erschallte Milords Stimme. »Gehen Sie da weg! Wir haben etwas Besseres dabei.«

Aber die Entität ließ erneut einen Stampfschritt folgen und donnerte ihren nicht abgekühlten Hass gegen die Neuankömmlinge.

Ein Schuttsturm fegte die Agentin und ihre Begleiter um, die Frau schrie auf und verstummte.

Malleus sprang auf die nächste Vitrine, hüpfte von Glaskasten zu Glaskasten, bis er sich genau auf Kopfhöhe neben der Gottheit befand, die den Hagel gegen das Trio nicht abebben lassen wollte.

Bleib so. Er drosch mit der Keule wie mit einem Baseballschläger zu. *Genau so!*

Als die Hiebwaffe gegen den Kopf der Entität schlug, leuchteten Intarsien darauf auf. Die Keule pulverisierte den Schädel, als bestünde er aus weichem Gips. Die Stückchen flogen in alle Richtungen davon, und der Torso kippte erstarrt nach vorne, ohne dass er zerschellte. Die Elmsfeuer und Symbole erloschen.

Die Nacht kehrte innerhalb eines Wimpernschlags gütig und kaschierend über Tokio zurück, als wäre es niemals geschehen.

Erledigt. Malleus warf die Keule zur Seite und eilte zu Oona Milord und ihren Begleitern.

Sie lagen begraben unter Betonstücken, die er hastig und unter Anstrengungen zur Seite schob. Das Trio trug schwarze Kampfanzüge und Panzerwesten, in denen einige Kugeln steckten.

Die ohnmächtige Brünette blutete aus der Nase, schien auf den ersten Blick jedoch nichts Ernsthaftes abbekommen zu haben. Die rote Strähne hatte ihn zuerst glauben lassen, sie hätte eine Kopfverletzung. Ihr Weißgoldtalisman mit dem Götterpaar Aeracura und Dis Pater hing vor ihrer Weste, als würde er zusätzlichen Schutz gewähren.

Einer ihrer Leute hatte sich den Arm gebrochen, dem anderen

steckte ein abgerissenes Stück Armierungseisen im Unterleib; beide waren bewusstlos.

»Miss Milord, wären Sie so gütig und würden die Augen öffnen?«, sagte Malleus laut und tätschelte ihre Wangen. »Miss Milord!«

Er hörte noch mehr Schritte, die durch das Treppenhaus nach oben kamen, die Anzeige des Fahrstuhls verhieß die Ankunft der Kabine. Die Sprache, die zu ihm drang, klang japanisch.

Die Lider flatterten und hoben sich endlich. Ihre braunen Augen blickten ihn fragend an, ächzend wollte sie sich aufrichten, griff sich dann aber an den Nacken. »Ist er ausgeschaltet?«

»Sie schulden mir was, Miss Milord«, erwiderte er ruhig. »Wenn ich das richtig höre, bekommen wir gleich Besuch. Sprechen Sie Japanisch, um mit den Leuten zu reden? Ich würde ungern als Einbrecher erschossen werden.«

Ihr Begleiter mit dem gebrochenen Arm erwachte und biss ächzend die Zähne zusammen, prüfte die Halsschlagader des Verletzten, um dann den Kopf zu schütteln.

Die Stiefelsohlen der anrückenden Einsatzkräfte rückten näher, auch die Kabine würde das Penthouse gleich erreicht haben.

»Wir müssen aufs Dach«, befahl Milord und richtete sich mit einem leisen Schmerzensschrei auf. Steine und Staub rieselten von ihr herab, lange dunkle Haarsträhnen hatten sich aus dem Zopf gelöst und rutschten nach vorne über die Brust. »Dort werden wir abgeholt.«

Malleus rieb sich über den Fu-Manchu und unterdrückte ein Seufzen, Staub rieselte. »Ihr Einsatz war nicht mit den Behörden abgesprochen? Ausgesprochen unschön.«

Sie schüttelte den Kopf. »Keine Zeit. Und offiziell« – sie sah ihn bittend an – »gibt es *D.E.M.* nicht.« Milord legte ihm einen Arm um die Schulter. »Bringen Sie mich hinauf. Der Pilot wird nur aus seiner Parkposition kommen, wenn er mich sieht.«

Malleus verlangte es nicht nach einer überstürzten Flucht, zumal er nichts Unrechtmäßiges getan hatte. Eher das Gegenteil traf zu. Und er trug seinen Dienstausweis bei sich.

Aber wie reagiert die Tokioter Polizei darauf, dass ich ohne Nachfragen ermittelte? Diplomatische Verwicklungen würden sich nicht ausschließen lassen.

»Los, jetzt«, zischte Milord.

Malleus gab ihrem Drängen nach und beförderte sie über die Trümmer hinauf zum zerstörten Dach.

Kaum standen sie im peitschenden Wind, jagte ein unbeleuchteter Hubschrauber aus dem Halbdunkel und schwebte mit den Kufen knapp über dem Heliport.

Da es zu laut für eine Unterhaltung oder erklärende Worte war, beschränkte Malleus sich darauf, die verletzte Frau ins Innere der Maschine zu hieven und mit einzusteigen, dann half er dem Verletzten.

Augenblicklich zog der Helikopter in die Höhe und schwenkte in den bunt leuchtenden Hochhauswald ab, um sich zwischen Geishagesichtern, Karaokewerbung und Bierspots zu verbergen. Der Tennō persönlich schien ihnen überdimensional riesig nachzublicken, er lachte und winkte, als wolle er ihnen gute Reise wünschen und danken.

Erst nach einer halben Minute wurde aus dem wilden Zickzackflug eine ruhigere Reise. Das Innenlicht flammte auf.

»Alles glattgegangen«, meldete der Pilot über Lautsprecher und kam kaum gegen das Dröhnen von Turbine und Rotor an.

Milord nahm einen der Helme, die an Halterungen an der Wand befestigt waren, setzte sich ihn auf und schob das Mikro vor den Mund. Malleus tat es ihr nach.

»Danke, Bourreau«, sagte sie über Funk und nahm etwas Gazestoff aus dem Verbandskasten, um ihn gegen die blutende Nase zu drücken. Ihr Begleiter setzte sich eine Spritze gegen die Schmerzen. »Ich weiß, dass Sie mir eben das Leben gerettet haben. Mir und sehr vielen Menschen, die in dieser Stadt leben. Aber sie alle dürfen *niemals* erfahren, wie knapp sie der Katastrophe entgingen.«

Malleus spürte jeden Knochen im Leib. Das Adrenalin baute sich ab, die Schmerzen kamen. »Die Erklärung, Miss Milord?« Er tastete an seinem Militärmantel nach dem Etui, nahm sich eine Culebra mit blauer Banderole und entzündete sie mit Feuerzeug und Span. Keiner protestierte. »Und welche Behörde kürzt sich *D.E.M.* ab?«

Sie nickte ihm zu. »Sie sollen wissen, was sein muss. Ich …«

Malleus spürte den PDA vibrieren. Eine Nachricht war eingegangen.

Da gerade *alles* wichtig sein konnte, machte er mit der Zigarre eine aufhaltende Geste in Richtung Milord und nahm das Gerät heraus; die glühende Spitze formte ein vage erkennbares Ausrufungszeichen.

Die Botschaft stammte von Lautrec, seinem Vorgesetzten von Interpol. Ein neuer Fall.

Ein dringender Fall. Malleus paffte vor Aufregung mehrmals an der Culebra, was der schwarzhaarigen Agentin natürlich nicht entging. »Sie werden mir meine Fragen rasch beantworten müssen«, bat er sie freundlich. »Mein Hauptarbeitgeber schickt mich aus, ein Rätsel zu lösen.«

»Brauchen Sie ein gutes Arbeitszeugnis?«, erwiderte sie mit einem erschöpften Lächeln. »Ach, nein. Mich gibt es ja gar nicht.«

»Sie schon. Aber Ihre Behörde nicht.« Malleus las nochmals über die Nachricht.

Der Tod eines Politikers bereitete Interpol große Sorgen. Er wurde von einer Entität umgebracht, so die Augenzeugen.

Unter sehr pikanten Umständen. In Gomorrah.

In der Stadt der ultimativen Sünde und der Ausschweifungen jeglicher Art gab es ständig Todesfälle, was normalerweise keinen sonderlichen Wirbel verursachte.

Aber ein prominenter Politiker verursachte mehr Aufruhr als üblich. Und falls sich die Zeugen nicht täuschten, ging der Mord auf das Konto einer Entität, die in Gomorrah nichts zu suchen hatte.

Falls. Malleus richtete den Blick aus seinen kontaktlinsenblauen Augen auf Oona Milord. »Meine erste Frage an Sie wäre …«

Mitten im Satz stockte er.

Ihm fiel die junge Mutter ein, die er in Neu Karthago getroffen und deren Tochter er gerettet hatte.

Zohra. Die in Gomorrah lebte, hieß es. Und die jenes Zeichen im Nacken tätowiert trug, vor dem Malleus sich seit der einen Nacht in den Übergangskriegen fürchtete.

* * *

Episode 7
TÖDLICHES VERGNÜGEN

»Da ließ der HERR Schwefel und Feuer regnen von Himmel herab auf Sodom und Gomorrah und kehrte die Städte um und die ganze Gegend und alle Einwohner der Städte und was auf dem Lande gewachsen war.
Und sein [Lots] Weib sah hinter sich und ward zur Salzsäule.
Abraham aber machte sich des Morgens früh auf an den Ort, da er gestanden vor dem HERRN, und wandte sein Angesicht gegen Sodom und Gomorrah und alles Land der Gegend und schaute; und siehe, da ging Rauch auf vom Lande wie ein Rauch vom Ofen.«

1. Buch Mose, Kapitel 19,
Luther-Bibel, Ausgabe von 1912

Nippon (Japan), Honshō (Hauptinsel), Tokio,
November 2019

»Ich lasse Sie zurück in Ihr Hotel bringen, Mister Bourreau«, sagte Oona Milord über den eingebauten Funk der Helme, während sie im Hubschrauber über das nächtliche Tokio geflogen wurden. Ihre schwarze Kampfkombination war überzogen mit Schmutz und beschädigt. Die Kevlarweste, die sie und ihr Begleiter trugen, hatte viel von der Schuttattacke abgehalten.

Die gewaltigen Hochhausschluchten zogen sich hin, durch die kleinen Fenster drangen die bunten Lichter der Leuchtreklamen zu ihnen hinein.

Malleus Bourreau sah auf seine verstaubte, teilweise zerrissene Garderobe, für die er seinem Schneider sehr viel Geld bezahlte. Nun besaß er noch *einen* Satz Kleidung, danach würde er sich etwas von der Stange kaufen müssen, bis der Meisternäher Nachschub liefern konnte. Der Einsatz auf dem Dach gegen den unbekannten Gott hatte mehr von ihm verlangt, als abzusehen gewesen war. Nur sein Militärmantel trotzte jeglichem Verschleiß.

Die brünette Agentin mit der roten Haarsträhne legte den Gazestoff zur Seite, der mit dem Blut aus ihrer Nase getränkt war, und inspizierte den Knochenbruch bei ihrem Begleiter; den dritten Mann hatten sie tot im Hochhaus zurücklassen müssen. »Sobald wir Sie abgesetzt haben, fliegen wir weiter ins Krankenhaus.«

Malleus nickte, paffte an seiner schiefen Culebra und schob die Gedanken an den neuen Auftrag, der ihn für Interpol nach Gomorrah bringen würde, für einen Moment zur Seite. *Erst will ich mehr von ihr erfahren.* »Fangen wir mit den einfachen Sachen an, Miss Milord: Was ist *D. E. M.*?«

»Eine Behörde, von der die Öffentlichkeit nichts weiß und die wie Interpol kontinentübergreifend arbeitet, allerdings ohne Austausch mit anderen Behörden«, antwortete sie knapp. »Viel kann ich Ihnen nicht sagen. Da bitte ich um Verständnis.« Bevor er reagieren konnte, nahm sie ihm die Zigarre ab und paffte rasch, um sie dann zurückzugeben.

Malleus grinste. *Das wird nun überraschend für sie werden.* Die Banderole war blau, es war für ungewohnte Raucher wie Milord nicht lebensgefährlich, daran zu ziehen, doch die Wirkung unterschied sich deutlich von den bekannten Tabaken.

Milord machte plötzlich große Augen, die Pupillen weiteten sich.

»Das ist … sehr stark«, kam es krächzend und zusammen mit Rauch über ihre Lippen, der sich kräuselte und wand wie Regenwürmer.

Er verschwieg ihr, dass die blauen zu den harmlosen Sorten gehörten. »Die Abkürzung, werte Miss Milord?«

»*D*eus *E*x *M*achina«, erwiderte sie und langte unter den Sitz, wo sich Trinkwasserflaschen befanden. Sie verteilte sie an ihren Begleiter und Malleus. »Was wir machen, berichtete ich Ihnen schon in Rom.«

»Ich erinnere mich: Die Welt vor Fremdgottheiten schützen.« Malleus drehte den Verschluss auf und nahm einen Schluck. Nach dem Kampf im Staub genau das Richtige. »Damit habe ich soeben *Ihre* Aufgabe erledigt.«

»Sie kamen mir zuvor«, korrigierte sie mit einem Lächeln und rieb sich das Gesicht mit Wasser ab. »Der Gott, den Sie aufhielten, wird von uns zu den *Calatoren* gezählt, was Lateinisch ist und so viel wie *Rufer* bedeutet. Die Astralzeichen, die auf seiner Haut aufflammten, sind Leuchtfeuer für weitere Wesen, damit sie wissen, wohin sie reisen müssen. Was sie genau bedeuten, müssen wir noch entschlüsseln. Unsere Experten sind dran.« Sie hob ihre Flasche zum respektvollen Gruß. »Glückwunsch. Sie haben verhindert, dass der Calator das Signal gefährlich lange aussandte.«

Der Hubschrauber legte sich in die Kurve und sank nach dem Abbremsen senkrecht nach unten, drehte sich dabei um die eigene Achse. Das Hotel war erreicht, die Maschine setzte zur Landung an.

Das passte Malleus nicht. Er hatte noch viele Fragen. »Demnach handelt es sich bei den Calatoren um eine Gruppe?«

Milord nickte, Staub rieselte aus den brünetten Haaren. »Zumindest unseren Erkenntnissen nach. Ich war mir nicht sicher, ob wir es bei dem Wesen mit einer Kopie zu tun hatten oder es sich um ein Original handelt. Calatoren finden sich überall auf der Welt, und sie haben gemeinsam: Sie sind uralt und in Vergessenheit geraten. Deswegen stößt man selten auf sie. Wenn überhaupt, dann bei Ausgrabungen.«

Spürbar und doch sachte setzten die Kufen des Helikopters auf.

Ein livrierter Angestellter des Hotels kam über das Dach gelaufen, um den Gast zu empfangen, wie Malleus durch das Fenster sah. »Aber es gibt eine Anhängerschaft.«

»Leider, ja. Sie wollen Calatoren dazu einsetzen, um gegen die weltweit herrschenden Pantheons vorzugehen und die Erde von den bekannten Entitäten zu befreien. Sie dulden keine anderen Gottheiten neben sich.« Oona Milord nahm noch einen Schluck Wasser. »Einen neuerlichen Versuch haben Sie heute verhindert, Bourreau. Und *keiner* darf es jemals wissen. Verstanden?«

Malleus sparte sich eine Antwort. Er, der Atheist, der die Gottheiten als Hirngespinst, als Regierungsexperiment der Mächtigen oder mit anderen Erklärungen ablehnte, hatte eventuell für ihren Fortbestand gesorgt. *Welch Paradoxon.*

Er zog den Helm ab und setzte den Hut auf. »Ich schicke *D. E. M.* eine Rechnung über mein Honorar und meine Garderobe«, sagte er und öffnete die Türverriegelung. »Versuchen Sie nicht noch mal, mich reinzulegen. Ich werde es früher merken als bei diesem Fall.«

Milord zeigte ein schuldbewusstes Lächeln.

Malleus stieg aus dem Hubschrauber und ging einige Meter, als er ein Fingertippen auf seiner Schulter spürte. *Habe ich was in der Kabine verloren?*

Er drehte sich um, sah die Agentin dicht vor sich und in ihre dunklen, braunen Augen – und spürte im nächsten Moment Milords weiche Lippen auf seinen.

Zu seinem eigenen Erstaunen breitete sich augenblicklich ein Kribbeln in ihm aus.

Sie küsste ihn lange und intensiv, bevor sie sich von ihm löste. Die schwarzen Haare flogen im Wind des Rotors, sie lächelte ihn an. »Danke, Bourreau«, rief sie gegen das Surren. »Danke für mein Leben.«

Bevor der verdutzte Malleus etwas zu erwidern vermochte, kehrte sie eilends zur Maschine zurück und schloss den Eingang.

Er sah dem abhebenden Hubschrauber nach – und fühlte ihren samtigen Kuss noch immer.

Das warme, angenehme Gefühl schien sich zu halten, breitete sich weiter in ihm aus, ehe es langsam verebbte, so wie der Heli hinter den Hochhaustürmen verschwand.

»Haben Sie Gepäck, Sir?«, fragte der Hotelangestellte laut, den das mitgenommene Äußere nicht aus der Fasson brachte.

»Nein. Ich bin bereits Gast in Ihrem Haus.« Malleus fuhr sich über den Fu-Manchu und ging neben dem Livrierten zum Fahrstuhl. »Danke.«

Gleich darauf befand er sich in seiner Suite und legte die schmutzigen, ramponierten Kleider ab.

Milords Parfum haftete leicht an ihm, was ihm vorher durch den Wind und den Blutgeruch nicht aufgefallen war. Ein schönes kleines Andenken, das er dennoch gleich abwaschen würde, um den Betonstaub vom Körper zu spülen. So schwand Gutes und Schlechtes.

Malleus betrat die Dusche, die mit einer Glaswand ausgestattet war, welche eine Aussicht in die bunten belebten Straßen von Tokio erlaubte, ohne dass man ihn beobachten konnte.

Er ließ das heiße Wasser auf sich prasseln und schäumte sich ein, genoss dabei den Anblick der lebendigen, modernen Stadt, der er eine Katastrophe erspart hatte.

Wird darüber berichtet? Mit einem kurzen Befehl ließ er auf der gleichen Scheibe das Fernsehprogramm einblenden, um die Nachrichten zu checken.

Die verschiedenen Kanäle brachten Bilder vom beschädigten Hochhaus, unisono sprachen die Reporterinnen und Reporter von einer Gasexplosion. Drohnenkameras gelangten nur bis zum Heliport, Innenaufnahmen von der vermutlich illegalen oder zumindest rechtlich fragwürdigen Sammlung der Artefakte gelangten nicht in die Öffentlichkeit.

Schöne Lügen. Malleus wechselte den Kanal.

Ein Sprecher von *Tanaka-HighLevelLiving*, die den Wolkenkratzer verwaltete, sprach bei einer spontanen Pressekonferenz auf dem Dach vor etlichen Kameras von einem bedauerlichen Unfall, bedingt durch menschliches Versagen beim Betätigen des offenen Gaskamins. Statiker seien bereits bei der Arbeit, um die Standfestigkeit der Masten und Antennen zu garantieren.

Malleus war beruhigt. Weder tauchte sein Name noch sein Konterfei auf. Sicherlich würde Tokio die Wahrheit nie erfahren. Höchstens einige *Kami* ahnten wohl, was sich minutenlang auf dem Dach zugetragen hatte.

Er ließ das Wasser laufen, streifte die längeren schwarzen Strähnen aus dem Gesicht nach hinten und ging kurz in die Suite, um sich eine Culebra zu holen, dieses Mal eine mit grüner Banderole. Dabei stellte er fest: Nicht nur seine Garderobe ging ihm aus, auch der Rauchwarenbestand näherte sich gefährlich nahe dem Nullpunkt.

Ich muss meinen Ausstatter kontaktieren. So einfach waren die krummen Zigarren, die er benötigte, nicht zu besorgen.

Malleus schnitt das Mundstück ab, entzündete sie mit einem Span, danach kehrte er qualmend in die Dusche zurück und aktivierte jene Düsen, die maximal bis zum narbenverzierten Oberkörper sprühten. Andenken an Fälle, an den Krieg, an überlebte Gefechte.

Paffend verfolgte er die Berichterstattung, danach suchte er nach einem europäischen Sender.

Er driftete gedanklich zu seinem Einsatz in Gomorrah, zu dem ihn sein Vorgesetzter Lautrec aussandte, um zu klären, ob die Mörderin eine Entität gewesen war oder nicht.

Dabei vermied er es, sich zu sehr auf die junge Mutter mit der Tätowierung im Nacken zu konzentrieren, die dort lebte, wie er in Neu Karthago erfahren hatte. *Dafür ist nicht die richtige Zeit. Nicht, wenn ich in einem offiziellen Fall in Gomorrah ermitteln muss.* Privates und Berufliches durften sich nicht vermischen.

Malleus fand mehrere TV-Programme, die zwar eine Meldung brachten, sich aber diskret zurückhielten, was die genauen Umstände vom Ableben des Politikers anging.

Bekannt war, dass der Abgeordnete und Minister für Inneres, Gunnar Olof Hansson, bei einem »Freundschaftsbesuch der schwedischen Regierung« vor vier Stunden zu Tode kam. Ein Unfall, hieß es, und es wurde darauf hingewiesen, dass die Kriminalermittler von Gomorrah jegliches Fremdverschulden ausschlossen, aber der genaue Ablauf des tragischen Unglücks noch nicht zu hundert Prozent geklärt sei. Mehr nicht.

Dementi im Vorfeld sind nie ein gutes Zeichen. Malleus wusste, dass die schwedische Regierung kein Interesse daran hatte, den Tod aufzubauschen. Ein ermordeter Minister brachte Unruhe in ein Land, und je undurchsichtiger sich die Umstände gestalteten, desto gefährlicher wurde die Lage für die Staatsriege.

Ich wusste nicht, dass es dort überhaupt Polizisten gibt. Malleus ließ sich auf der Scheibe Informationen und Bilder zu Gomorrah anzeigen.

Zusammen mit Sodom bildete es einen eigenen Staat, dessen Exterritorialität von den umliegenden Staaten anerkannt wurde. Es gab ein Konsortium, das die Geschicke als *S&G Limited* undemokratisch und konzerngleich gewinnmaximiert leitete.

Der Gewinn konnte sich sehen lassen, alleine 2018 ganze einundfünfzig Milliarden Euro Umsatz, ein geschätzter Gewinn von dreißig Milliarden.

Was immer man sich an Unterhaltung vorstellen mochte, gab es in Sodom und Gomorrah: Kunst, Kultur, Konzerte von herausragender Klassik bis übelstem Death Metal, aber auch Spielstätten, Bordelle, Clubs und andere Orte mit Vergnügungsangeboten, denen das Wort *bizarr* nicht ansatzweise gerecht wurde.

Für Geld bekam man alles.

Wirklich alles, wofür man in anderen Ländern ins Gefängnis gewandert oder mit dem Tode bestraft worden wäre. Das Wort tabu gab es nicht, und nur wenige Regeln. Selbst Mord durfte geschehen, wenn das Opfer vorher schriftlich einwilligte. Die Städte hielten für jeden Fetisch ein Angebot parat.

Es würde den Tod von Minister Hansson unappetitlicher machen, falls herauskäme, dass er nicht unbedingt auf die Hochkultur gestanden hatte und nicht beim begeisterten Applaudieren aus der Loge während eines klassischen Konzerts gefallen war.

Ultimative Sünde und Ausschweifungen brachen die ehrenhaftesten Männer und Frauen oder weckten Gelüste, die sie zu treuen Kunden der Städte machten. Abhängigkeiten steigerten Macht und Einfluss des Konsortiums.

Malleus sah sich bereits in Situationen wieder, um die ihn niemand beneidete. *Gar niemand.*

Er rauchte die Culebra behutsam und genießerisch. Es ließ sich nicht vermeiden, dass er dabei an Oona Milords Kuss dachte.

Es war ein Kuss, wie er ihn schon sehr lange nicht mehr erhalten hatte und der etwas bei ihm auslöste.

Mit bleibendem Effekt.

* * *

Celtica, Paris-Lutetia, November 2019

Mon Dieu. Der Kaffee ist schon wieder leer. Marianne Lagrande gönnte sich kaum Schlaf und stand bereits um sechs Uhr wieder auf, obwohl sie erst kurz nach zwei Uhr zu Bett gegangen war.

Bevor sie ins Büro fuhr, widmete sie sich noch eine Stunde der Übersetzung um die beiden Tlingit-Artefakte, die aus Hannes Heins Kabuff gestohlen worden waren.

Lagrande sah auf das, was sie herausgefunden hatte. *Eine Rahmentrommel und eine Maske!*

Der etwa zwanzigtausend Mitglieder umfassende Stamm der First Nations nannte Gebiete sowohl auf kanadischem als auch auf US-amerikanischem Gebiet sein Eigen und übte damit sehr viel Einfluss auf die Regierungen aus.

Hannes Hein vermerkte zu den beiden Gegenständen:

TLINGIT

Inv.-Nr. 231:

Maske (A) und Trommel (B), Indianer (Tlingit)

A) eine Schamanenmaske

**Geist – unbekannt bzw. multi.*

**Material: Holz, Knochen, Sehnen, Menschenhaar, Leder (Bison)*

**Alter: ca. 800 Jahre*

**Preis: 40 000+ Euro*

B) eine Rahmentrommel

**Bespannung: Menschenhaut (Träger unbekannt)*

**Material: Holz, Knochen, Sehnen*

**bemalt, benutzt, funktionsfähig*

**Preis: 40 000+ Euro*
Achtung: Beide Objekte stehen auf der Liste der First-Nations-Kulturgüter.
Herkunft in beiden Fällen: Tlingit.
Großer Sonderfall, einmalig. Rahmentrommel kann verschiedene Geister in diese Maske bannen bzw. jeden Geist rufen. Nur EINE Maske nötig.

Lagrande wusste nach ihrer Recherche, was die Artefakte so einmalig machte: Je weiter man sich vom Polarkreis wegbewegte, desto seltener nutzten die Schamanen noch Rahmentrommeln, um ihre Beschwörungen oder Orakel vorzunehmen. Die Schamanen der Tlingit wurden ausdrücklich erwähnt: dass sie mehrere Hilfsgeister beschwören und einsetzen konnten. Die Maske spielte dabei eine große Rolle. Solange man diese trug, galt man als vom beschworenen Wesen besessen und sprach mit dessen Zunge. Normalerweise brauchte man für jeden Geist eine eigene Larve.

Dieses Duo von Trommel und Maske kann jeden Geist rufen. Lagrande würde sich erst weiter durchs Netz und anschließend durch Ausstellungskataloge suchen. *Ich finde garantiert noch mehr Informationen.*

Die Beschreibung einer solchen Beschwörung las sich recht nüchtern: Der Schamane wählte den Geist aus, den er rufen wollte, anschließend versetzte er sich durch Trommeln, Gesang und Tanz um ein großes Feuer in Trance.

»Anzeichen: verdrehte Augen, Anzeichen von Besessenheit, kaum mehr kontrollierte Bewegungen«, las Lagrande halblaut aus der Entfernung von ihrem Bildschirm mit halb zusammengekniffenen Augen und brühte sich einen neuen Kaffee. »Dann: Innehalten, Starren auf die Trommel und Ausstoßen eines lauten Schreis. Alle weiteren Worte folgen durch den Willen des beschworenen Geistes.«

Auf ihrem Klapprechner ging ein Videoanruf ein. Bourreau meldete sich aus Japan.

Schnell nahm sie die Anfrage entgegen, und noch während sich das Bild aufbaute und die Kamera sie um die halbe Welt übertrug, fiel ihr siedend heiß ein, dass sie immer noch die Shorts und ihr Schlabbershirt trug, während die langen blonden Haare als Zopf nach vorne über die Brust fielen.

Für ein Entkommen war es zu spät, Bourreaus Gesicht erschien bereits.

»Bonjour, Madame«, grüßte er freundlich. Zu ihrer Erleichterung trug er einen nicht minder legeren Kimono-Morgenmantel, auch wenn es in Tokio schon Mittag sein musste. »Ich sehe, wir tragen fast Partnerlook.«

Lagrande lachte auf. »Ich habe recherchiert.«

»Ich habe Tokio gerettet. Wir haben uns beide was Bequemes verdient.« Er lächelte verschmitzt. »In Wahrheit warte ich darauf, dass meine Garderobe aus der Reinigung kommt. Es wurde dreckig.«

»Aha«, machte sie und verkleinerte seine Ansicht, um ihre neuesten Übersetzungstexte und Informationen zu sehen. »Sie haben das sicherlich wunderbar gemacht, Monsieur l'Inspecteur.«

Sie nahm sich vom frischen Kaffee, den sie als den besten der Welt betrachtete, und setzte sich an den schmalen Küchentisch. Banlieue-Wohnungen boten wenig Komfort; in der Suite von Bourreau hingegen sah man ihn deutlich.

»Ich habe ein neuerliches Artefakt übersetzen können.« Stolz las Lagrande vor und berichtete, was sie zu den Tlingit herausgefunden hatte. »Die Maske und die Trommel gelten seit zweihundert Jahren als verschollen. Manche Quellen sprachen von einem Brand, bei dem sie vernichtet wurden«, referierte sie, was in einem der Textfenster stand. »Dabei kamen Schamane Der-mit-Krähen-spricht samt seiner Familie ums Leben.«

»Und bei Hein tauchen die beiden Gegenstände wieder auf. Dieser Mann muss ein Phänomen gewesen sein, was Beschaffungen dieser Art anging.« Bourreau nickte lobend und rieb sich auf bekannte Weise über den dunklen Bart. »Sehr gute Arbeit, Madame Lagrande.

Hat Mister Crick schon was zu meinen Beschreibungen bezüglich des unbekannten Sammlers sagen können?«

»Sie vergessen, dass Sie in Tokio sitzen. Wir haben in England« – sie blickte auf die Uhr – »gerade mal kurz nach fünf. Aber ich kontaktiere ihn bald.« Lagrande sah auf dem Newsticker am unteren Displayrand eine Meldung laufen, die sie las. »Inspecteur, das wird Sie interessieren«, stieß sie überrascht hervor.

»Was meinen Sie, Madame?«

Kurzerhand drehte sie den Ton lauter, damit er den Sprecher über das Mikro hörte.

»*… ist der französischen Polizei ein Zufallsschlag gegen die extremistisch-terroristische Vereinigung GodsEnd gelungen.*

Die Beamten wurden zu einer Auseinandersetzung in den Banlieues von Lutetia gerufen und fanden den schwer verletzten Ove Schwan, der im Verdacht steht, zu einem der führenden Köpfe von GodsEnd zu zählen.

Schwan könnte auch am Überfall auf ein Museum in Mannheim beteiligt gewesen sein, bei dem wertvolle Goldfigürchen aus Südamerika gestohlen und mehrere Täter erschossen wurden.

Nicht bestätigten Hinweisen aus den Kreisen der Ermittler nach fand sich bei Schwan eine Stetschkin APB, eine russische automatische Pistole mit besonderer Munition, wie sie vor einigen Jahren bei mehreren spektakulären Morden in Italien zum Einsatz gekommen war.

Die ballistischen Untersuchungen laufen noch, ob es sich tatsächlich um die gleiche Waffe handelt. Unstrittig sei, so aus Ermittlerkreisen, dass Schwan die Waffe vor seiner Festnahme mehrmals abfeuerte.

Die französischen Behörden sind des Weiteren auf der Suche nach dem Gegner des Extremisten. Blutspuren lassen keinen Zweifel daran, dass eine Person angeschossen und ebenfalls verletzt wurde. Eine Suche in den Banlieues erweise sich als äußerst schwierig, wie die Behörden verlautbaren. Zeugen können sich bei jeder Dienststelle melden.

Wir halten Sie auf dem Laufenden.«

Lagrande erinnerte sich an den Polizeieinsatz der vergangenen Nacht. *Ich habe es gesehen, ohne es zu ahnen.*

Bourreaus Gesicht war wie versteinert, die Narbe unter seinem Auge trat deutlicher hervor. Er rieb sich mehrmals hintereinander über den Fu-Manchu-Bart.

»Ich muss nach Gomorrah«, sagte er dann, als hätte er den Einspieler nicht vernommen. »Ein hochrangiger Politiker ist ums Leben gekommen, und ich soll die genauen Umstände klären.« Er beugte sich nach vorne, der Blick aus seinen blauen Augen schien sich in ihre zu bohren. »Madame Lagrande, Sie müssen noch mehr auf sich achtgeben als zuvor. Sie wissen, was die Verhaftung von Ove Schwan bedeutet.«

Lagrande nickte nur einmal und langte nach der Beretta U22 Neos, die sie ihm zum Beweis vor die Linse hielt. »Ich habe aufgerüstet, Inspecteur.«

»Das ist nicht schlecht, aber wir wissen nicht, was der Sammler als Nächstes beabsichtigt.« Bourreau sah unter sich und schrieb auf eine Tastatur. »Ich werde Lautrec bitten, Ihnen Personenschutz zu geben, bis wir den Sammler überführt haben. Außerdem bekommt er von mir einen Bericht zu den bisherigen Erkenntnissen. Hiermit gewinnt der Artefakt-Fall für Interpol an Priorität.«

»Das brauche ich nicht!«

»Das wissen Sie nicht, Madame.« Bourreau sah wieder in die Kamera und lächelte schwach. »Es wäre mehr als traurig, wenn Ihnen etwas geschehen würde.«

Lagrandes Herz tat einen Schlag mehr, sie errötete wie ein Mädchen. »Ich passe auf mich auf, Inspecteur. Und ich ermittle weiter.«

»Ausgezeichnet, Madame Lagrande. Für Ihren Einsatz und Ihr Gespür lade ich Sie zum Essen ein, sobald ich in Lutetia bin«, versprach er mit einem Zwinkern. »Ich werde in etwa drei Stunden in Gomorrah sein. Halten Sie die Stellung, Madame. Au revoir!«

»Au revoir, Inspecteur.« Lagrandes Herz machte schon wieder einen kleinen Hüpfer bei der Vorstellung, wie sie beide beim Abendessen saßen.

Romantisch.

Im Kerzenschein.

Er im Anzug, sie im Kleid, Rotwein, mit Ausblick auf den Montmartre.

Und danach … Lagrande sah auf das erloschene Videodisplay. *Das wird niemals geschehen. Banlieuemädchen bekommen keine Kerle ab wie ihn.*

Sie nippte an ihrem köstlichen Kaffee und widmete sich dem nächsten Code. Bald hatte sie alle gestohlenen Artefakte entschlüsselt.

* * *

Vorderer Orient, Gomorrah, November 2019

Malleus saß in dem schwarzen BMW i8, den er sich geliehen hatte, und fuhr vom Flughafen in Richtung seines Ziels. Der Autopilot wusste, wohin er wollte.

Es gab viele Stellen in der Bibel, im Koran und in der Thora, die von den legendären Städten Sodom und Gomorrah kündeten, und nirgends kamen sie gut weg, da sie als Inbegriff von Dekadenz, Fremdenhass, Verkommenheit und Verderbtheit galten.

Malleus trank vom zubereiteten Tee und besah die karge Landschaft.

Er hatte sich die betreffenden Stellen in den Büchern zur Einstimmung auf die Dienstreise herausgesucht, und er fand, dass auch Lot sich nicht unbedingt wie ein Gentleman verhielt, als er seine eigenen Töchter zum Vergewaltigen anbot. Seltsamerweise suchte man in den drei heiligen Schriften vergebens nach einer Maßregelung deswegen.

Aber immerhin waren die Städte danach in Schutt und Asche gelegt worden.

Davon sah Malleus heute nichts mehr, wenn man außer Acht ließ, dass das Umland nach wie vor karg und öde daherkam. Gelegentlich glitzerte entferntes Wasser auf und blendete ihn.

Mit der Rückkehr der Götter änderten sich die Gegebenheiten.

Nicht nur Städte wie Neu Karthago, Babylon, Palmyra und andere historische Orte erhoben sich neu. Das undurchschaubare Firmenkonsortium hatte das Land am Toten Meer erstanden und mittels eines modernen Sklavenheeres, Baumaschinen, Unermüdlichkeit und Unerklärlichkeit eine düstere, faszinierende Pracht entstehen lassen, die erwachsene Menschen aus der ganzen Welt buchstäblich in ihren Bann zog.

Es spielte keine Rolle, welchem Gott oder welcher Göttin man folgte: Alle wollten nach Sodom und Gomorrah. Angeblich auch Entitäten. Heimlich.

Neutraler Boden. Malleus las die Einreisebestimmungen, denn durch die Extraterritorialität galten eigene Regeln, wenn auch nicht besonders viele.

Vor den Städten gab es ein großes Abfertigungsareal, durch das alle Besucher mussten. Sicherheitskontrollen, Gepäckcheck, Belehrungen und Geldwechsel. Sodom und Gomorrah nutzten eine eigene Währung, wenn man nicht mit Kreditkarte zahlen wollte.

Waffen waren ebenso verboten wie missionarische Tätigkeiten. Wer dabei erwischt wurde, wie er oder sie im Namen der eigenen Entität predigte, wurde sofort körperlich gezüchtigt und der Städte verwiesen.

Malleus kannte die Gerüchte, dass die Entität Marduk persönlich das Konsortium der *S&G Limited* anführte. In der Bibel war vom *König von Gomorrah* die Rede, wenn er sich richtig entsann. *Die perfekte Anrede.*

Der i8 näherte sich der Kontrollstelle.

LED-Schilder machten darauf aufmerksam, dass man sich für die Überprüfung bereithalten solle, und erinnerten nochmals daran, dass Waffen in Sodom und Gomorrah verboten waren.

Malleus hatte natürlich seine Cobray- und Apache Deringer dabei und würde sie sicherlich nicht ablegen.

Es gab, glaubte man den begeisterten Erzählungen mancher Besucher, geheimnisvolle Wesen in den Straßen. Zudem existierten Berichte über Touristen, die in Sodom und Gomorrah verschüttgegangen waren. Das Konsortium stritt es jedes Mal ab und legte Beweise für eine reguläre Abreise vor. Was danach mit den Personen geschehen war, blieb im Dunkeln.

Malleus übernahm das Steuer und fädelte den i8 auf die Kontrollspur für Pkw und gelangte recht zügig in einen der Unterstände, die an riesige Mautstationen erinnerten. Dahinter folgten die Zufahrten zu den unterirdisch angelegten Parkplätzen, damit die Fahrzeuge der Gäste nicht in der Wüstensonne standen.

Und das alles in wenigen Jahren erbaut. Malleus sah die beiden architektonisch beeindruckenden Städte in der Entfernung glitzernd und scheinend aufragen, als gäbe es dort weder Düsternis noch Verderbtheit.

Er hielt den BMW an, stieg aus und nickte den beiden Männern zu, die Wüstentarnuniformen sowie tropenhelmähnliche Kopfbedeckungen trugen. Einer von ihnen war hellhäutig, der andere schien arabische Wurzeln zu haben.

Den Mantel ließ Malleus im Auto, er trug das kurtaähnliche helle Gewand und eine weiße Stoffhose, die er schon in Neu Karthago zu schätzen gewusst hatte. Die Hitze war trocken und ohne spürbare Luftfeuchtigkeit.

Er setzte Hut und Sonnenbrille auf. »Guten Tag, Herrschaften.« Er präsentierte ihnen seinen Interpol-Dienstausweis. »Inspektor Malleus Bourreau. Ich soll zum Tod von Innenminister Gunnar Olof Hansson ermitteln. Sie haben mit meinem Kommen gerechnet, nehme ich an?«

»Das haben wir, Sir. Sie wurden uns angekündigt«, sagte der Mann mit dem Namensschildchen *Spencer* an der Uniform. »Willkommen. Wir informieren das Konsortium. So lange müssen wir Sie bitten, bei uns zu warten.« Er zeigte mit freundlich-unverbindlicher Miene auf den i8. »Öffnen Sie bitte den Kofferraum, Sir. Mein Kollege Aziz wird Ihr Gepäck kontrollieren.«

Malleus hatte so etwas geahnt. »Darf ich erfahren, weswegen?«

Aziz begab sich neben die Heckklappe des BMW und wartete. Er schien keine Probleme mit der Hitze zu haben, schwitzte ebenso wenig wie sein Partner.

Spencer aktivierte sein Headset und wechselte einige Worte in unbekannter Sprache. »Sie wollen nach Gomorrah, Sir. Die Hinweise zur Einreise sind Ihnen bekannt. Entschuldigen Sie die Formalität.«

»Auch bei Polizisten, die ermitteln müssen?«

»Leider, Sir.« Spencer blieb die freundliche Mir-egal-wer-du-bistheit in Person. »Ich nehme nicht an, dass Ihr Vorgesetzter Sie darüber informierte, dass die Städte *kein* Abkommen mit Interpol unterzeichnet haben, Sir?«

Malleus stutzte. Das hatte Lautrec versäumt.

Spencer las es auf dem Gesicht ab und lächelte wissend. »Sie sind uns willkommen, Sir, aber Ihre Anwesenheit basiert einzig auf der Kulanz von *S&G Limited*.«

So scheint es. Malleus ließ den Kofferraumdeckel mit einem kurzen Knopfdruck auf der Fernbedienung in die Höhe schnellen.

Aziz lud das Gepäck vorsichtig aus und brachte es zu den Tischen, um das Innere zu prüfen, einmal mit einem Röntgengerät, danach mit Augen und Händen.

Für Malleus bedeutete es zudem, keinerlei Sonderbefugnisse zu haben, solange er sich in Gomorrah oder Sodom aufhielt. »Was ist mit meinen Dienstwaffen?«

Spencer machte eine bedauernde Miene. »Ich fürchte, Sir, die werden wir für Sie aufbewahren, bis Sie unsere schöne Stadt verlassen. Außerdem klingt der Fall nicht so, als müssten Sie sich gegen eine Horde Attentäter zur Wehr setzen, wenn ich mir diese Bemerkung erlauben darf.«

Malleus sah, wie Aziz zuerst die Cobray, danach die Munition dazu sowie die Patronen für die Apache herausnahm und sie in eine extra Stahlkiste legte.

Sosehr er sich bemühte, es nicht zu tun, musste er dennoch an die

Bestien mit der aschgrauen Haut und den gleißenden Augen denken. *Was, wenn sich auch welche in Gomorrah aufhalten?*

Was ihm dann blieb, wäre die glühende Spitze einer Culebra und hoffentlich eine Glasflasche, um den Boden abzuschlagen.

Spencer nahm ein dünnes Plastikband aus einer Schatulle, das auf einer Seite golden, auf der anderen silbern glänzte. »Ihr Handgelenk, Sir.«

»Weswegen?«

»Sie bekommen unser Gästeband. Darauf sind Ihre Daten gespeichert, und wir können Sie bei einem Notfall schneller finden. Der Alarm wird auch ausgelöst, wenn es beschädigt wird.«

»Nein danke.«

»Sir, es ist Pflicht. Es geht um unsere Fürsorge für Sie.«

Malleus ließ sich widerwillig an die Überwachungsleine legen.

Ein silberner Hubschrauber jagte von der Stadt heran. Es war ein *VIP-Copter,* wie auf der Seite zu lesen stand.

»Sir, Ihr Taxi«, machte ihn Spencer aufmerksam.

Somit gönnte man ihm auch den i8 nicht, damit er sich frei bewegen konnte.

Aziz brachte das durchsuchte Gepäck und präsentierte die konfiszierten Waffen sowie sämtliche Munition. »Ihre Deringer, Sir.« Malleus legte sie in die Box, die Aziz verschloss. »Geben Sie einen achtstelligen Code ein, Sir. Zusammen mit Ihrem Handabdruck oben auf dem Deckel gelangt niemand außer Ihnen an die Waffen. Sie erhalten sie bei Verlassen der Städte mit Ihrem Wagen zurück.«

Malleus legte den Schlüssel des i8 auf die Box. »Keine Kratzer, bitte. Er ist geliehen.« Lautrec würde sich von ihm nachher einiges anhören dürfen. Er fühlte sich, als würde er nackt im Dschungel abgeworfen, in dem es vor Raubtieren nur so wimmelte. Leider konnte er den Auftrag nicht zurückgeben. Interpol-Pflicht.

Die Maschine setzte wenige Meter neben ihnen auf, gelber Staub wirbelte umher.

Eine Frau in einem weißen Businessanzug, der orientalische Ornamente zeigte und raffiniert geschnitten war, stieg aus, als würde sie das am Tag zehn Mal und öfter machen. Sie trug einen hellen Turban auf dem Kopf sowie eine verspiegelte, komplett geschlossene Gletscherbrille, die gegen Seitenlicht und Sand schützte; die gepflegten Füße steckten in Sandalen.

Elegant, aber nicht zu sexy bewegte sie sich auf Malleus zu. Spencer und Aziz nahmen militärisch korrekte Haltung an und salutierten.

»Mister Bourreau, seien Sie uns herzlich willkommen«, sagte sie freundlich aus einem Mund mit perfekten Lippen und perfekten Zähnen. Ihr Alter musste bei knappen vierzig Jahren liegen, ihre Ausstrahlung übertraf ihre Schönheit. »Sie sind sehr schnell zu uns gekommen.« Sie streckte ihm die Hand hin. An jedem Finger saßen Ringe aus Gold, auf den Handrücken waren die Ausläufer von Tätowierungen zu sehen, die verspielt und ernst zugleich wirkten. Sie roch nach Weihrauch. »Mein Name ist Marduki. Ich bin die Beauftragte des Konsortiums.«

Malleus schlug ein. »Vielen Dank. Bevor wir losfliegen, können Sie bitte veranlassen, dass ich meine Waffen mitnehmen darf, Miss Marduki?«

Sie lehnte ebenso freundlich bestimmt ab wie Spencer zuvor. »Ich bedauere. Keine Ausnahmen, Inspektor. Auch nicht für Sie.« Sie machte eine einladende Bewegung zum Helikopter. »Kommen Sie. Ihr Aufenthalt wird nicht lange dauern, aber ich verspreche Ihnen größtmöglichen Komfort und Kooperation. Das Konsortium hat kein Interesse daran, dass sich Ihre Ermittlungen hinziehen.«

Malleus mochte klare Ansagen, aber *diese* Art klang nach Befehl, weniger nach Wunsch. Schon alleine deshalb würde er sich Zeit lassen. »Sicherlich.«

Er ging voraus, und Marduki folgte ihm schräg versetzt.

Mit dem VIP-Copter ging es in die Wüstenluft und auf die Städte zu.

Die Innenkabine war zu seiner Verwunderung sehr gut schallisoliert, er konnte mit der Frau eine Unterhaltung in Zimmerlautstärke führen.

Dabei blieben Malleus' Blicke auf die näher rückenden Hochhäuser gerichtet, die sich so gänzlich von denen in Tokio und London unterschieden.

Die Optik entsprang einer Mischung aus Modernität, mesopotamischen und orientalischen Architekturelementen, die niemals zu verspielt oder kitschig wurden. Gomorrah kam majestätisch in Weiß, Gold, Stahl, Glas und Mauerwerk daher, mit Kuppeln und Türmen, mit ausgefeilten Wolkenkratzern, die dank durchbrochenen Strukturen filigran und leicht wirkten, als bestünden sie aus Komponenten, die schon ein leichter Wüstensturm wegriss. Dazu funkelte und glitzerte das Tote Meer lockend und rundete den Eindruck des perfekten Urlaubsortes ab.

»Sie sind überrascht, weil Sie dachten, wir seien so etwas wie die Steigerung von Gotham«, kommentierte Marduki. »Gargoyles, schwarzer Beton, Dauerregen und Blut sowie Leichen in den Straßen.«

Malleus schaute sie an. Sie trug die Sonnenbrille nach wie vor, daher behielt er seine ebenfalls auf. Wie Pokerspieler musterten sie sich aus dem Schutz der Gläser. »In etwa, ja«, gestand er nach einer Weile.

Marduki lächelte, als habe sie einen Sieg errungen. Sie drückte eine Taste am Bedienfeld neben der Tür, und der Boden wurde vollständig durchsichtig.

Ein, zwei Sekunden lang musste Malleus die Luft anhalten, weil sein Hirn behauptete, er habe nichts Festes unter den Sohlen.

Unter ihnen glitten die wundervoll anzuschauenden Bauten vorbei, in denen durch die Bank reiche Fürstinnen und Fürsten, aber keine Touristen zu wohnen schienen. Blattgold verkleidete Kuppeln, imposante Statuen von Wüstenkriegern, gekreuzte Krummsäbel, stilisierte Flammen, Malleus kam mit dem Erkennen der Details nicht hinterher.

Weitere Hubschrauber zogen gelegentlich an ihnen oder unter ihnen vorbei. Rundflüge schienen beliebt zu sein. Dann senkte sich der

VIP-Copter auf das Flachdach eines der höchsten Gebäude, der Heliport verkündete *Burj al Sodom*.

»Ihre Bleibe für die kommenden Stunden, Inspektor«, erklärte Marduki. »Sie können sich gerne frisch machen, und wir treffen uns im Restaurant. Beste Aussicht und bestes Essen.«

Malleus nickte nur.

Es hatte den Anschein, dass die Konsortiumsfrau seine Ermittlungen mit Sightseeing verwechselte. *Den Unterschied wird sie begreifen, sobald ich meine Fragen stelle.* Von denen gab es einige.

Malleus sah zu seinem Gepäck.

Außerdem wurde er gerade unterschätzt, das spürte er deutlich. *Nicht die schlechteste Voraussetzung für gelungene Ermittlungsarbeit.*

* * *

Celtica, Irgendwo, November 2019

»Der ist zu fett. Zu fett *und* zu alt.«

Wo … nicht die Augen aufmachen! Ruhig liegen bleiben.

Bisschen fühlen, nur ein bisschen.

Angekettet, ich liege angekettet auf einer scheiß Metallbahre oder einem Bett oder …

»Ist doch kackegal, wie alt der ist.«

»Ey, hast du dir den mal angeschaut? Der hat ungesund gelebt. Die Blutwerte sind … mein Hund hat bessere Blutwerte als der! Und die Töle frisst nur Scheiße.«

Zwei Typen. Dunkle Stimme, helle Stimme. Leerer Raum. Stickige Luft. Schätze, es ist ein Keller.

»Er hat keine Krankheiten, kein HIV und keine Hepatitis. Also können wir ihn nutzen.«

»Aber der macht es nicht mehr lange. Selbst wenn wir den zerlegen, die Innereien sind für den Arsch.«

»Ist doch egal. Wir verkaufen sie einfach. Fertig.«

Was … ach ja, die Schießerei mit dem Hoodyarschloch. Der Aufpasser von der Achtziger-Frau.

Muss ohnmächtig geworden sein, und die beiden Kasper haben mich gefunden, mitgenommen wie Frischfleisch. Wie Metzger, die ein angefahrenes Rind im Graben gefunden haben.

»Dann mach mal 'ne Liste, was wir anbieten können.«

»Mach ich.«

Einer geht, der andere bleibt.

Klicken, elektrischer Lüfter, Laptop. Er schreibt, murmelt vor sich hin. Gedämpfte Musik. Ohrhörer, schätze ich.

Bin eine beschissene Inventarliste von Drecks-Organhändlern. Wette, dass ich immer noch in der Banlieue bin, bei den Froschfressern. Oder irgendeinem anderen Clan. Vielleicht die Chinesen? Die Indochinesen? Die Marokkaner?

Banlieue.

Keiner hat Geld, alle wollen welches.

Da kommen geschätzte zehn Organe als gefundenes Fresschen gerade richtig. Wird keinen interessieren, wen sie zerlegen wie Wild.

»Yo, Yasin, mein Bruder. Hör zu, Kamelficker.«

Er telefoniert. Mal sehen, was ich wert bin.

»Astreines Fundfleisch hier. Blutwerte schicke ich dir gleich. Angeschossener Weißer, kein Ausweis. Vielleicht ein Neo-Penner.«

Der andere Typ am Telefon lacht.

»Kann dir nicht sagen, wer das ist. Haben ihn gefunden, nach einer Schießerei. Ist doch auch egal: Wir entsorgen den. Hat nur Blut verloren, sonst alles unbeschädigt.«

Er kommt näher, zieht meine Lider einzeln hoch.

»Augen, nein, nix kaputt. Hornhaut ist auch machbar. Komplette Ladung. Zerlegen wir ihn oder … nein? Am Stück? Okay.«

Hab schon viel erlebt und gesehen. Aber in die Hände von Organhändlern, echt, das ist das Letzte. Verfickte Fledderer.

»Was kann ich dafür, Kamelficker! Hä?«

Kurzes Schweigen, läuft auf und ab, der andere brüllt.

»Yasin! Yasiihiiin. Halt's Maul! Halt's Maul, mein Bruder, und hör zu: Was kann ich dafür, dass der Doc keine ruhigen Hände hatte?«

Kurzes Schweigen.

»Ja, und? Wir hatten auch Auslagen!«

Schreit rum, verliert die Beherrschung, läuft schon wieder hin und her.

Will nicht wissen, wie viele vor mir schon auf dem Tisch lagen. Hoffentlich haben die den desinfiziert.

Die mache ich kalt.

Eiskalt. Von denen bleibt kein Organ mehr heil, das schwöre ich! Die gehen durch den Schredder. Lebendig. Mit den Zehen fang ich an.

»Alles klar, Yasin, mein Bruder. Holst du ihn ab? Gut. Wann? In einer Stunde? Nein, wir machen ihn noch ein bisschen hübsch. Abwaschen, desinfizieren und so was. Ja, auch Infusion mit Kochsalz, ist recht. Yo, bis denn.«

Er legt auf, flucht. Geht raus.

»Hey! Hey, Kazam! Komm runter«, *schreit er von draußen.*

Augen auf, umblicken.

Sieht aus wie in einer Metzgerei. Kachelwände, Kachelboden, Plastikplanen an den Durchgängen. Da, auf der Edelstahlanrichte: chirurgische Geräte, eingeschweißte Infusionsbestecke, Verbandsmaterial, Kühltaschen, zwei Truhen. Bestimmt randvoll mit Eiswürfeln.

Und ich?

Liege auf einem selbst geschweißten Metalltisch, in Handschellen. Nackt. Diese Wichser reiße ich auseinander. Und genäht haben sie mich wie die Anfänger. Fuck, das werden Narben!

Ruhig. Denk nach.

DENK NACH!

Eine Stunde.

Eine Stunde, das hat er gesagt.

Mir wird was einfallen.

Mir ist schon immer was eingefallen.

…

..

.

MIR MUSS WAS EINFALLEN!

* * *

Vorderer Orient, Gomorrah, November 2019

»Sie haben nicht zu viel versprochen, werte Miss Marduki.« Malleus saß zusammen mit ihr an einem Restauranttisch genau am Fenster in großer Höhe.

Auch wenn man das Geschirrklappern und die gedämpften Gespräche der Gäste aus dem benachbarten Raum vernahm, wurde ihnen Privatsphäre gegönnt. Die übrigen zehn Tische blieben so lange leer, bis die Unterhaltung beendet war, wie der Kellner ihnen versicherte, was Marduki als selbstverständlich hinnahm. Mitglieder des Konsortiums schienen alles zu dürfen.

Sogar geschäftsschädigend sein.

Marduki lächelte ihn an.

Die Frau hatte den Turban abgelegt, worunter kurzes schwarzes Haar zum Vorschein kam, doch die Sonnenbrille blieb in ihrem Gesicht. Ein Augenleiden, wie sie andeutete.

Malleus wusste, dass sie verhindern wollte, von ihm gelesen zu werden. Die Pupillen und die Partie rund um die Augen verrieten sehr viel, abgesehen von der Körpersprache. Und wer sich fürchtete, gelesen zu werden, verbarg seine Mimik.

Sie hatten etwas Leichtes gegessen, eine Suppe mit Hummus-Einlage, dazu ofengebackenes Fladenbrot, im Anschluss gab es frische Feigen mit einer Beilage aus karamellisierten Nüssen und Honig-Orangen-Soße. So schlicht wie umwerfend.

Das hinderte Malleus nicht daran, sich eine Culebra aus dem Etui zu ziehen. Grüne Banderole. Er bohrte das Mundstück an, entzündete den Span und damit die Zigarre. Paffend brachte er die Spitze zum Glühen, die Rauchwolken schienen die Skyline von Gomorrah nachzeichnen zu wollen.

Marduki verfolgte seine traumwandlerisch sicheren Handbewegungen. »Das sind außergewöhnlich exquisite Stücke«, befand sie mit Kennerblick und fächelte den Qualm zu sich, inhalierte tief. »Das wäre etwas für unsere Club-Lounges.«

»Das glaube ich Ihnen.« Malleus stieß den Rauch zur Decke, wo er einen großen Kringel formte. »Aber sie werden ausschließlich für mich angefertigt.«

»So?« Ihre rechte Augenbraue schnellte in die Höhe. »Von wem?«

Er lächelte kämpferisch zurück. »Interpol hat mich nicht geschickt, damit wir beide über Culebras sprechen.«

»Was ich viel lieber täte.«

»Was ich Ihnen ebenso glaube.« Malleus zeigte mit der rot leuchtenden Spitze auf Marduki. »Erzählen Sie. Denn ich nehme nicht an, dass es *offizielle* Kameras an dem Ort gab, an dem sich Innenminister Hansson aufhielt.«

Die Augenbraue senkte sich hinter das Brillenglas zurück. »Hansson war immer ein gern gesehener Gast bei uns. Er absolvierte in Teheran einen Freundschaftsbesuch bei Schahinschah Khishur dem Ersten und kam vorbei, um seine Freundschaft zu Gomorrah zu bekräftigen.«

»Sie haben den Tatort bereits aufgeräumt«, schloss Malleus schlecht gelaunt aus ihren Worten.

»Wir haben den Ort des *Unfalls*«, betonte Marduki sanft wie Seide und kalt wie Eis, »nicht so lassen können. Der Tod unseres guten Freundes ist bedauerlich, aber das Leben geht weiter. Gerade in unseren beiden Städten.«

»Umsatz, Gewinn«, kommentierte Malleus ätzend.

»Das *Leben* geht weiter«, beharrte sie freundlich und nahm ihr

Smartphone heraus, drückte einige Tasten; gleich darauf summte sein PDA. »Selbstverständlich wurde alles fotografiert, vermessen, festgehalten, dokumentiert. Wir ahnten, dass uns die Bitte aus Schweden erreichen würde, einen externen Ermittler hinzuzuziehen.«

Malleus nahm das Gerät heraus und sah ein Datenbündel: Bilder, Berichte, sogar die Einschätzung eines Arztes zur Todesart und Todeszeitpunkt. Hansson lag nackt auf einem Bett, Wunden zeigte die Leiche nicht.

»Er ist erstickt«, las er laut vor und sah zu Marduki. »Ich sehe auf dem Foto eine zwei Finger breite, umlaufende Spur an seinem Hals.«

»Das *Unfall*werkzeug ist sichergestellt.« Sie lächelte kühl. »Sie wissen, was es war. Aber es sind Umstände, die wir der Öffentlichkeit und vor allem der schwedischen Regierung sowie ihren Bürgern nicht zumuten sollten. Es sei denn, ein sehr diensteifriger Ermittler von Interpol will es ans Licht zerren.« Sie faltete die gepflegten Hände und legte sie auf das weiße Tischtuch.

Ein Sexunfall. »Alleine? Mit mehreren? War er es selbst, oder würgte ihn jemand zu lange mit dem Gürtel?«

Marduki schnalzte abschätzig. »Ich bitte Sie, Inspektor. Unsere Leute wissen, was sie tun und worauf bei den Spielarten zu achten ist. Der Zimmerservice hat ihn gefunden.«

»Zimmerservice?«

»Er hatte sich Austern, Champagner und Kaviar bestellt. Nichts Ungewöhnliches.«

»Hansson war zur Zeit seines Ablebens alleine auf seinem Zimmer?« Malleus glaubte nicht, was ihm Marduki weismachen wollte.

»Das habe ich nicht gesagt. Seine erste Buchung war bereits gegangen, zu der zweiten kam es nicht mehr«, erwiderte sie nonchalant. »An diesem Abend machten Aphrodite und eine afrikanische Göttin den Anfang. Den Namen konnte ich mir nicht merken.«

»Würden Sie das bitte erklären?«

»Innenminister Hansson bevorzugte es, sehr junge Göttinnen zu ficken, Mister Bourreau. Von allen Seiten. Es war seine Fantasie. Und dazu pfiff er sich diverse Substanzen rein, die bei uns nicht illegal sind. Mal ließ er die Göttinnen nur rummachen, mal stieg er mit ein, mal zwei, mal drei, mal vier. Er hatte *göttlichen* Spaß in Gomorrah.« Sie bestellte sich mit einem lauten Ruf einen Kaffee. »Er gehörte zu den Harmlosen, Inspektor. Übrigens lassen sich Frauen ebenso gerne von Göttern besteigen. Es scheint eine sehr verbreitete Fantasie zu sein.«

»*Wie* jung sind die Göttinnen?«

Marduki lachte gewinnend wie eine Politikerin. »Es spielt keine Rolle, welches Alter Entitäten haben. Sie sind zeitlos.«

»Ich will mit den Mädchen sprechen, mit denen er an dem Abend verkehrte.«

Betont langsam blickte die Frau mit den kurzen schwarzen Haaren auf ihre teure Handgelenkuhr. »Das wird nicht möglich sein. Sie arbeiten.«

»Dann den Leiter Ihres Sicherheitsdienstes.«

»Sitzt vor Ihnen, Inspektor.«

Malleus überlegte, ob er Lautrec anrufen sollte mit der Bitte, ihn aus Gomorrah abzuziehen. Es lag auf der Hand, dass Marduki vom Konsortium den Auftrag bekommen hatte, Fragen zu beantworten, ohne etwas zu sagen. »Ich habe den Eindruck, Sie behindern meine Ermittlungen.«

»Wir brauchen keine Ermittlungen. Der Unfalltod ist aufgeklärt. Laden Sie Hanssons Leichnam ein, und fahren Sie«, schlug sie vor, während sie sich erhob. Den Kaffee nahm sie im Stehen vom Kellner entgegen und trank ihn. »Kommen Sie.«

»Wohin?«

»Ins Leichenschauhaus. Sie wollen den Toten doch trotzdem sehen, oder nicht?« Marduki ging los. »Ich habe das Zimmermädchen ebenfalls dorthin bestellt. Falls Sie die Dame befragen möchten.«

Malleus war klar, dass seine Recherchen laufen sollten wie das Essen, das man ihm geboten hatte: nur Ausgewähltes.

Er stand auf und folgte der Frau in dem weißen Businessanzug, dessen Muster wunderschön anzuschauen war.

Auf dem Weg zum Fahrstuhl blickte er mehrmals aus dem Fenster auf die abendliche Stadt, die sich im Licht der untergehenden Sonne zu wandeln schien, als käme die geheimnisvolle, mystische Seite zum Vorschein.

Wirkte die Architektur tagsüber klar, warf sie nun wechselhafte Schatten, aus denen jederzeit etwas Gefährliches, etwas Verführerisches, etwas Faszinierendes treten konnte. Eine Hyde-Stadt, ein Dorian-Grey-Ort, in dem Tausende Lichter brannten, deren Schein verklärend auf die Gesichter fiel. Nachts würde noch weniger so sein, wie es schien. Nachts warfen die vielen Lichter nur noch mehr Schatten.

Gebannt blieb Malleus stehen und beobachtete die Wandlung, während der rote Glutball des Taggestirns verschwand und eine wildere, zügellosere und hemmungslosere Phase in den Strahlen von Sterne und Mond anbrach. Er meinte sogar, klassische Musik zu hören, die von irgendwo draußen erklang, als gäbe es einen eigenen Soundtrack zum Erblühen des nächtlichen Gomorrahs.

Äußerst beeindruckend. Erst nach einer Weile riss sich Malleus los und ging zur Kabine.

Marduki hielt den Fahrstuhl für ihn offen und lächelte wissend. Sie würde die Faszination schon Hunderte, gar Tausende Male auf den Zügen von Besuchern gesehen haben. Niemand wäre dagegen gefeit.

Schweigend fuhren sie abwärts, bis ganz nach unten in ein Kellergeschoss. Von dort stiegen sie in einen kleinen Elektrowagen um, mit dem sie Marduki durch ein ausgeklügeltes Tunnelsystem steuerte.

»Das haben wir von den Städten gelernt, die im Winter mit großen Schneemassen und Minusgraden zu kämpfen haben«, erläuterte sie. »Die Wartungsebene ermöglicht es den Mitarbeitern, unauffällig von A nach B zu kommen, ohne dass die Touristen und Tagesgäste etwas mitbekommen.«

Malleus rieb sich über den Bart. Auch Mörder würden auf diesem

Weg einfach vorangelangen. »Diese Tunnel gibt es auch zwischen den Städten?«

»Ja. Die Logistik kann auf diesem Wege schneller erledigt werden als oberirdisch. Wir überlassen es ganz unseren Gästen, sich ungestört unter unserer Sonne und dem Nachthimmel zu bewegen.«

»Wie gut sind die Tunnel gesichert?«

»Niemand kommt hier durch, ohne dass es unser System bemerkt. Jeder, der die Berechtigung hat, trägt einen Chip implantiert, der automatisch erfasst wird und verschiedene Zugangslevel hat«, führte sie weiter aus. »Kameras, Retina- und Fingerabdruckscans werden an den Schleusen abgefragt.«

Das klang halbwegs sicher.

Garantiert hatten Sodom und Gomorrah das beste Überwachungsnetz der Welt. Erstens galt es, die Gäste im Auge zu behalten, wenn sie vor lauter Ausschweifung die Kontrolle mehr verloren, als es für sie und das Umfeld gut war; zweitens fiel genug Erpressungsmaterial ab; drittens wurden sie immer wieder Opfer von Fast-Anschlägen durch religiös motivierte Fanatiker, die nicht einsehen wollten, dass zwei Städte, die von übernatürlichen Mächten vernichtet worden waren, erneut existierten.

Malleus kannte zwei spektakuläre Versuche, die jedoch gescheitert waren: einmal mit einem Tanklastwagen, einmal mit einem Flugzeug, das seinen Sprit im Überflug abließ. Tonnenweise Kerosin regnete nieder, aber Sodom und Gomorrah entgingen dem Inferno: Es zündete schlicht nicht.

»Was ist mit den Zeugen, die von einer Entität sprachen, die den Tatort verlassen hatte?« Malleus wusste, dass er damit den wunden Punkt in der schön erzählten Bildergeschichte berührte.

»Gerüchte«, erwiderte sie lakonisch.

»Die von den Nachrichtensendern gemeldet werden«, fügte er hinzu. »Sie werden das vielleicht nicht so sehen, Miss Marduki, aber der Staat Schweden wird von mir wissen wollen, was sich in Gomorrah zugetragen hat.«

»Das wissen Sie, Inspektor.«

»Ich *weiß* gar nichts, abgesehen davon, dass Hummus besser schmeckt, als ich ihn in Erinnerung hatte.« Malleus paffte an der Culebra. Die verschalten Wände sausten an ihnen vorbei, gelegentlich sprangen rote LED-Lämpchen auf Grün um, sobald sich ihr Vehikel näherte. »Alles andere wurde mir lediglich von Ihnen berichtet. Entscheidend ist, dass ich diese Gerüchte prüfen kann. Wurde Hansson von einer Ihrer Mitarbeiterinnen oder dem Zimmerservice erwürgt, hat er sich selbst erdrosselt, oder ist alles nur ein großes Missverständnis, oder zählt alleine das, was Sie als Chefin der Sicherheitsbehörde melden? Da Hansson ein schwedisches Regierungsmitglied ist, muss jede Teilhabe einer Entität verlässlich ausgeschlossen *oder* bestätigt sein.« Nach einem neuerlichen Zug an der Zigarre fügte er hinzu: »Einer *echten* Entität. Keiner verkleideten Nutte.«

»Ich habe verstanden, Mister Bourreau.« Marduki bog in einen Seitentunnel ab. »Trotzdem weiß ich nicht, woher die Gerüchte kamen.« Sie drehte den Kopf zu ihm, schenkte ihm einen Blick, den er dank der Gletscherbrille weder sah noch zu deuten wusste. »Ich kann Ihnen nur die Bilder, die Leiche und die Angestellte liefern. Das Konsortium ist der Überzeugung, dass auch Sie zu dem gleichen Entschluss kommen wie ich.«

Malleus wusste, dass sie das Wort *Bestechung* nicht aussprechen würde. Doch eine Andeutung von ihm genügte, und man würde ihm seinen Wunsch erfüllen: Geld, Drogen, materielle Gegenstände. Verlockend für weniger gefestigte Menschen.

Malleus schnippte die Glut der halb gerauchten Culebra davon, die wirbelnd erlosch, anschließend verstaute er sie im Etui. *Nicht für mich.*

* * *

Celtica, Paris-Lutetia, November 2019

»Kazam? Kazam, wo ist der … ah, ich sehe den Schlüssel.«

Das Abholkommando ist da. Mir ist nichts eingefallen.

Wie auch?

Nackt, mit Handschellen, auf einem Stahltisch. Kommt der Weihnachtsmann nicht mit einem Wunder vorbei, sieht es scheiße aus. Ach, fuck, den gibt es ja nicht mehr. Fiel der Entchristianisierung zum Opfer.

Ruhig, nur ruhig. Einatmen, ausatmen.

Vier verschiedene Schrittlängen, drei Typen, eine Frau.

»Ist der Schwabbel wach?«, *fragt die Frau.*

»Müsste eigentlich.«

Bin ich. Du wirst mich aber nicht dazu bringen, die Augen aufzumachen.

»Wie laden wir den um?«, *will die Frau wieder wissen.* »Der ist schwer. Mindestens hundert Kilo.«

»Yasin, du alter Kamelficker, du wolltest ihn lebend«, *verteidigt sich das Arschloch mit der hohen Stimme.* »Wir hätten ihn ja zerlegt, aber …«

»Wer? Du, François? Du kannst ja nicht mal einen verfickten Truthahn tranchieren«, *fällt ihm der andere Mann ins Wort. Bestimmt Yasin.* »Okay, wach machen.«

Klatsch – oh, eine Ohrfeige, danke auch. Innovativ.

»Hey, Schwabbel«, *sagt die Frau, dann spüre ich eine Hand an meinen Eiern, die zudrückt.*

Fuck, das ist … »Lass das, Schlampe!«

Die Männer lachen, und die Schlampe zerrt an meinem Skrotum, um mich zu ärgern. »Und wach ist er.«

Sie tragen alle Mundschutzmasken, damit ich sie nicht erkenne. Als wäre das wichtig. Wollen mich ja eh zerlegen.

»Wir haben dich entführt«, *lügt mich der Wichser frech an, den sie François nennen.* »Wir bringen dich an einen anderen Ort. Danach sagst du uns, wen wir anrufen müssen, um Geld zu bekommen, okay?!«

Ihr wollt spielen? Könnt ihr haben. »Ja, ja, danke!«, *hechle ich.* »Meine Familie wird alles zahlen.«

»Moment«, *sagte Yasin neugierig.* »Welche Familie?«

»Der Kerl hat mich entführt, und ich konnte mich befreien, und da hat er auf mich geschossen.« *Ich schluchze ein bisschen und heule.* »Ihr seid Wichser, aber ihr habt mir das Leben gerettet!«

»François, hast du das gewusst?« *Yasin sieht geschäftstüchtig an mir entlang.*

François zuckt mit den Achseln, sieht zu Kazam. »Scheiße, nein.«

»Der verarscht uns«, *sagt die Schlampe.* »Der hat nur Schiss, dass wir ihm was tun.«

»Nein, ehrlich! Ich … wie viel wollt ihr?«

»Zehn Millionen«, *verlangt Yasin sofort.*

»Echt? Nur?«, *wirft Kazam ein und meint das auch noch ernst.* »Wir wollen zwanzig Millionen, alter Fettsack!«

»Ich kann euch … zehn Millionen, ja, das geht«, *wimmere ich und heule wieder, damit sie sich groß und stark fühlen.* »Bitte, gebt mir eine Decke und was zu trinken. Ich habe Durst.«

»Machen wir.« *Yasin nickt freundlich und tätschelt meinen Bauch.* »Machen wir, Dickerchen.«

»Die … Ware«, *verbessert sich die Schlampe gerade noch,* »bringt uns mindestens eine Million. Ohne diesen Übergabescheiß. Da kann zu viel schiefgehen.«

»Zehn Millionen sind mir das wert«, *sagt Yasin nur.* »Wir checken, wer er ist, und sehen weiter.« *Er richtet sich zu mir.* »Verarschst du uns, Fettsack, stirbst du so qualvoll, wie du es dir nicht vorstellen kannst.«

»Sicher, sicher.« *Ich nicke glücklich.*

»Gut.« *Yasin sieht zu François.* »Gib ihm ein bisschen Propofol, damit er müde bleibt, dann macht ihn los und bringt ihm eine Decke und was zu trinken. Anschließend soll er euch sagen, wer er ist und wen wir anrufen können.«

Fuck.

»Okay, Fetti.« *Die Schlampe hat ihre Hand schon wieder an meinen Eiern.* »Sag mir, wie du heißt.«

François zieht die Spritze auf, Kazam zückt den Schlüssel für die Handschellen.

Mir wird was einfallen.

Mir ist schon immer was eingefallen.

…

..

.

MIR MUSS WAS EINFALLEN!

* * *

Vorderer Orient, Gomorrah, November 2019

Malleus sah sich in dem üppig eingerichteten Hotelzimmer um, in dem Gunnar Olof Hansson den Tod gefunden hatte. Samt, Seide, Ebenholz, handgewebte Teppiche, Kristalllüster, ein massives Bett und reiner Luxus bis zur kleinsten Ausstattung. Seine Schuhe hatte er ausgezogen und säuberlich neben den Eingang gestellt.

Die Leichenschau war ergebnislos verlaufen, auch die Befragung des Dienstmädchens führte nicht dazu, dass er sich zufrieden fühlte. Sie hatte den Toten gefunden, auf dem Bett, den Gürtel um den Hals und am Bettrahmen festgemacht. Der Fund nahm sie nicht sonderlich mit, man entdeckte in Gomorrah sicherlich schrecklichere Dinge in Hotelzimmern.

Marduki saß am Schreibtisch und las einkommende Nachrichten auf ihrem Smartphone. Sie schien die Nacht zu regeln, erteilte Anweisungen samt Lob und Tadel an ihre Sicherheitsmannschaft. Es gab anscheinend einiges zu regulieren, damit die Touristen erlebten, was sie gebucht hatten. Dazu nutzte sie bei gelegentlichen Telefonaten eine Sprache, die Malleus nicht verstand.

Im Grunde interessierte es ihn auch nicht. Er musste nur klären, ob eine Entität im Spiel gewesen war oder nicht.

Aber so nicht. Er sah zur Schwarzhaarigen. *Sie ist im Weg.*

In den Taschen des Obergewands spürte er die Apache Deringer, die er sich in seiner Unterkunft aus den zerlegten Einzelteilen in seinem Koffer zusammengebaut hatte. Die Patronen steckten in den Absätzen seiner Schuhe. So bewegte er sich wenigstens nicht unbewaffnet durch Gomorrah.

Malleus wusste, dass dieses Zimmer keine Spuren mehr für ihn bereithielt. Die Reinigungskräfte arbeiteten exzellent, es gab keinen Staub, keine Flecken, nicht den Hauch von Körperflüssigkeiten, die Gäste hinterließen.

Er betrachtete die Fensterreihen der umliegenden Hochhäuser.

Von dort hatte man einen guten Einblick in die Suite, in der Innenminister Hansson nächtigte. Spanner gab es in der Stadt der Sünde garantiert mehr als an anderen Orten, und die besaßen mit Sicherheit gute Ausrüstungen.

So gut, dass sie durch eine Spezialblickversiegelung der Scheiben blicken können? Malleus fragte sich, was man sah, wenn man ein Infrarot- oder Wärmebildgerät einsetzte. Er setzte sich aufs Bett, zog die Schubladen pro forma auf.

Nichts.

Dann sichtete er nochmals die Bilder vom Tatort auf seinem PDA – und bemerkte eine zuvor übersehene Kleinigkeit. Der Tote hatte in der Kühlkammer auf dem Rücken gelegen und war nicht umgedreht worden. Auf den Fotos jedoch sah Malleus Teile von Hanssons Rückseite. Er zoomte die Stelle näher heran. *Das sind Umrisszeichnungen für ein neues Motiv.*

Der Winkel war ungünstig, doch Malleus erkannte, dass Hansson bereits eine Tätowierung trug: eine Rune, die von sachten Flammen umlodert war, die weich und weiblich wirkten.

Das Zeichen der Frea. Sie war die Gemahlin Odin, je nach Sprache auch Frigg oder Frîja gerufen. Sie stand als Schutzherrin für Ehe und Mutterschaft, galt als Wächterin des Herdfeuers und des Haushaltes.

Malleus versuchte, die sehr frischen Umrisszeichnungen hervorzuheben, um zu erahnen, was sich Hansson drum herum hatte stechen lassen wollen.

Oder vielleicht darüber?, elektrisierte ihn der Gedanke, und er legte einen Finger gegen den Kinnbart.

Angenommen, Frea fände es nicht gut, dass er eine Nutte, die ihr Outfit trug, von hinten bis vorne durchvögelte und eine Asin buchstäblich bezwang und erniedrigte; angenommen, sie würde ihn als schwedisches Regierungsmitglied, der dem nordisch-germanischen Pantheon Treue geschworen hatte, zur Rechenschaft ziehen wollen und dabei die frischen Umrisslinien entdecken – würde die Schutzherrin von Mutterschaft und Ehe sich zu einem Mord hinreißen lassen?

Göttliche Eifersucht. Altes Motiv.

»Welchen Grund hätte eine Göttin, den Mann umzubringen?«, fragte Marduki, ohne das Gesicht vom Smartphone zu wenden. »Das beschäftigt mich – sofern wir annehmen, dass die Gerüchte stimmen.«

Malleus wurde von ihrer Verständnis-Offensive keineswegs überrascht. Sie tat so, als würde sie plötzlich doch nach einem Grund für die Tat suchen und dabei herausfinden, dass es keinen gab, in der Hoffnung, dass er darauf ansprang. Konsortiums-Souffleuse.

Mal sehen, wie weit sie gehen wird.

»Wie meinen Sie das?«, tat er freudig, in ihr doch noch eine unerwartete Verbündete zu haben. Zwei Schauspieler. *Abwarten, wer besser ist.*

Es klopfte kurz, die Tür schwang ohne Erlaubnis auf.

Auf der Schwelle zum Zimmer stand ein Mann, der einen Geschäftsanzug in Weiß trug, ohne jegliche Ornamentik, aber mit schwarzem Hemd und Krawatte.

Er war um die sechzig, hatte einen perfekt in Form gestutzten Vollbart, an den Wangen kurz, unterm Kinn länger, wie man es von figürlichen Darstellungen antiker Statuetten oder Bildern kannte. Die nackenlangen Haare lagen in Wellen am Kopf, sehr aufmerksame dunkelbraune Augen musterten Malleus; auch an seinen Fingern steckten massive Goldringe, die rechte Hand stützte sich auf einen Gehstock aus Elfenbein mit einem rundlichen Griff aus Silber und Ebenholz.

Marduki erstarrte, hob ganz langsam den Kopf und warf sich noch in der gleichen Sekunde flach auf den Hotelzimmerboden. »*Namtillaku!*«

Malleus ahnte, dass ein sehr, sehr wichtiger Mann soeben die Bühne betreten hatte. *Spannende Entwicklung oder ein zweiter Akt in einem Schmierentheater, um mich aus Gomorrah zu bugsieren?*

»Raus«, befahl der Mann leise und schlenderte in die Suite.

Marduki sprang in die Höhe und blieb in gebeugter Haltung, drückte sich an der Wand entlang und wendete dem Unbekannten nicht eine Sekunde den Rücken zu, bis sie den Flur betrat und ging.

Dem Mann folgte ein sehr großes Tier, das Malleus zuerst an die Hunde in der Flughafenruine denken ließ, bis er die Unterschiede feststellte.

Der ansatzweise gehörnte Schädel, der auf einem langen, schlanken Hals saß, erinnerte an den einer Schlange. Malleus konnte nicht sagen, ob der Leib glatt oder geschuppt oder mit kurzem Fell versehen war, das Licht täuschte. Die Vorderbeine glichen unzweifelhaft den Tatzen eines Löwen, die kräftigen Hinterbeine an die Klauen eines Adlers. In dem Raubtierschweif mit prachtvoller Quaste schimmerte am Ende ein Stachel durch.

Willkommen in Gomorrah.

»Ich wünsche Ihnen eine Nacht, die voller Erkenntnisse sein wird, Mister Bourreau«, grüßte der Bärtige freundlich und erhaben zugleich. Das Tier setzte sich neben ihn und richtete den Blick wachsam auf Malleus. »Ich bin Ramzi Abbas Hakim Amarud und so eine Art … Bürgermeister von Sodom und Gomorrah.«

Malleus erhob sich langsam vom Bett und steckte den PDA ein. »Guten Abend, Sir.« Er richtete seine Kleidung, ohne dass er wusste, warum er das tat.

»Sie werden sich wundern, dass ich an dem Tatort erscheine.«

Malleus machte sich den internen Vermerk, dass Amarud von *Tatort* sprach. »Wir sind in Gomorrah. Hier darf mich nichts wundern.«

»Und klug sind Sie obendrein.« Amarud lachte leise und kraulte die Kehle des Tieres, das seinen Kopf an der Hüfte des Mannes rieb und laute, schnurrende Laute von sich gab. »Das Konsortium sandte Miss Marduki, weil man Sie mit einem bestimmten Ergebnis entlassen möchte. Das haben Sie unzweifelhaft bemerkt.« Er blieb nach außen ruhig, aber man hörte den Groll, der in ihm loderte. »*Ich* bin hier, weil ich wissen will, *was wirklich* vor sich ging, Mister Bourreau.«

»Verzeihen Sie mir die Skepsis, Mister Amarud. Das Konsortium …«

»Ist ein Gremium, das sich der Wirtschaft und der *S&G Limited* verpflichtet fühlt.« Der Mann, der zu einer anderen Zeit ein Schah hätte sein müssen oder ein Befehlshaber wie Alexander der Große, legte eine Hand auf Herzhöhe. »Ich bin der *Gerechtigkeit* verpflichtet.«

»Was nicht das Gleiche ist wie das Recht«, merkte Malleus an.

»Wir haben in dieser Stadt ein *eigenes* Recht, Mister Bourreau. Sogar für die Unsterblichen. Und das sieht Gerechtigkeit vor. Nur kommt es selten zur Anwendung.« Amarud langte in die Tasche seines Anzugs und nahm eine schwarze Karte mit goldenen und silbernen Ornamenten heraus. »Das, Sir, ist Ihre Eintrittskarte an jeden Ort in Gomorrah. Nichts und niemand wird Sie aufhalten. Für genau zwölf Stunden. Dann wird die Sonne sich erheben, und Sie werden die Stadt verlassen. Wie Sie schon sahen: Offiziell gibt es nichts zu ermitteln.« Er legte sie auf den Tisch. »Ich will das *Inoffizielle* wissen. Alles. Nutzen Sie die Nacht, Inspektor. Finden Sie heraus, wer

Hansson umgebracht hat, und berichten Sie es mir. *Mir!*« Seine Stimme wurde schärfer. »Es ist mir gleich, ob Sie dafür Beweise bringen können oder nicht. Ihre Überzeugung genügt.«

Malleus versuchte, sein Staunen im Griff zu halten. »Sir, das ist eine sehr weitreichende Befugnis.«

Amarud fuhr über den gehörnten Kopf des Tieres. »Keine Gottheit reist nach Gomorrah und verletzt die Gesetze. Das ist neutraler Boden, auf dem niemand ungewollt umgebracht wird. Sonst gäbe es viel mehr Morde, und das wiederum ist schlecht fürs Geschäft. Würde das Konsortium sagen.«

»Sie wollen es auf eigene Faust regeln?«

»Nein. Streng nach den Gesetzen dieser Stadt, denen man sich unterwirft, sobald man sie betritt. Ob heimlich oder offiziell.« Amarud neigte grüßend den Kopf, und im gleichen Moment löste sich das Besucherband von Malleus' Handgelenk. »Sie können es nicht wissen, Inspektor, aber ich bin ein sehr großer Freund Ihrer Vorgehensweise. Bleiben Sie so.« Er wandte sich ab. »Das Armband hat keinen Alarm ausgelöst. Sie sind frei zu gehen, wohin Sie Ihre Ermittlungen führen. Bis zum Sonnenaufgang.« Er verschwand aus der Suite.

Das merkwürdige Tier jedoch, das nach einem verbotenen Gen-Experiment aussah, blieb.

Die grausamen Augen blickten gelangweilt an Malleus herab, vom Kopf bis zu den Schuhen, als würde es überlegen, ob es nicht woanders besseres Futter gab als einen Menschen, der zu viel rauchte.

Malleus fühlte, dass sein Herz schneller zu schlagen begann und seine Hände feucht wurden, auch wenn die Körperhaltung keinerlei unmittelbare Drohung gegen ihn ausstrahlte.

Es gähnte herzhaft, die Ohren klappten nach hinten, und zeigte viele Zahnreihen, die eine beängstigende Mischung aus Löwen- und Schlangengebiss darstellten; außerdem wurden zwei Drüsen am Gaumen sichtbar, aus denen es gewiss etwas verspritzen konnte.

Selbst der dümmste Betrachter hatte nach der kleinen Einschüchterungseinlage verstanden, dass es sich nicht um ein Kuscheltierchen handelte. Binnen Sekunden würde die Kreatur einen ausgewachsenen Mann mit Pranken, Klauen und Zähnen zerfetzen, zum Abschluss mit dem verborgenen Stachel durchbohren oder aufschlitzen. *Wie einen Poseidon-Priester in Neu Karthago!*

Ein grollender Laut erklang, dann erhob es sich anmutig und schlich lautlos hinaus, der Schweif zuckte nach rechts und links.

Malleus atmete auf. Er fegte das losgewordene Armband mit dem Fuß unter das Bett und nahm die schwarze Karte auf, die sich als hauchdünnes Holz erwies, in das nicht nur goldene und silberne Ornamente, sondern auch eine blättchendünne Chipkarte eingearbeitet waren. *Unendliche Möglichkeiten.*

Nachdenklich sah er auf den PDA mit den Bildern des toten Gunnar Olof Hansson, die vergrößerte Tätowierung stand nach wie vor auf dem Display.

Malleus rief in einem neuen Fenster die vorläufige Aufenthaltsabrechnung des Politikers auf, kontrollierte die aufgelaufenen Posten, die meistens nur *Dienstleistungen* sowie *Speisen & Getränke* beinhalteten. Keine Details.

Diskretion. Wieder betrachtete er die Karte in der anderen Hand. *Kann ich damit den Mantel des Schweigens lüften? Das werde ich gleich an der Rezeption herausfinden.*

Anschließend stellte er den Timer des PDA auf zehn Stunden, glitt in die Schuhe und verließ die Suite.

Malleus blickte sich im großzügig gehaltenen Flur um. Von Marduki fehlte jede Spur. Amarud hatte ihm anscheinend den Gefallen getan und sie abgezogen.

Er wedelte mit der hölzernen kunstvoll gestalteten Karte und eilte zu den Fahrstühlen. Die Sache nahm eine unerwartete Wendung.

Seine Laune hob sich, aber das Misstrauen blieb.

* * *

Vorderer Orient, Gomorrah, November 2019

Malleus stand vor dem Eingang in einen Tätowierladen und hätte die schwarze Karte von Amarud am liebsten geküsst. Mehrmals.

Er kannte nun jedwede Dienstleistung, die Innenminister Hansson gebucht hatte, was eine beachtliche Liste an Verfehlungen war, sofern man zur Regierung eines westlich geprägten Staates gehörte. Die Hälfte davon hätte zum Rücktritt geführt, wenn die sogenannte Regenbogenpresse dahintergekommen wäre.

Natürlich wusste man, dass in Sodom und Gomorrah viel geboten wurde. Doch sobald ein Prominenter auftauchte, nahm man lieber an, dass es sich um etwas Harmloses handelte: zu viel Glücksspiel, zu viele Drogen, vielleicht noch paar zu viele Prostituierte, nur eben im Gomorrah-Style.

Weitere Optionen, die beide Städte boten – wobei *weitere* im Sinne von *alles* zu verstehen war –, wollte man nicht unterstellen.

Der Schwede hatte gehörig Gas gegeben.

Hansson gehörte zu den *Harmlosen*, so drückte sich Marduki aus.

Das würde Malleus bedingt unterschreiben. *Vielleicht für örtliche Verhältnisse.*

Malleus verbot sich, darüber zu richten. Es gehörte nicht zu seinem Auftrag, Menschen für Vorlieben oder Neigungen zu verurteilen. Er beschränkte sich auf die relevanten Dinge, die ihn beim Mord voranbrachten.

Mit der kleinen schwarzen Wunderkarte hatte er bei der Polizeibehörde die Zeugen ausfindig machen können, die angaben, eine Göttin beim Verlassen von Hanssons Suite gesehen zu haben. Weder passte die Beschreibung zu den ersten beiden Nutten noch zu jener, die der Politiker eine Stunde begrüßen wollte.

Eine Unbekannte, vielleicht eine weitere Prostituierte, vielleicht eine Bekannte.

Nun kannte Malleus zwar eine Beschreibung – aber sonst war er nur wenig weiter als zuvor. Sie hatte sich nicht im Hotel registriert, gehörte demnach nicht zu den Gästen des Hauses. Ebenso trug sie wohl keines der Gästebänder, das ihre Bewegungen aufzeichnete. Schon alleine deswegen musste Malleus davon ausgehen, dass es bei dem Vorfall in der Suite kaum mit irdischen Dingen zugegangen war.

Das brachte ihn wieder zu dem leidigen Punkt, dass es keine Instanz gab, um Entitäten zur Rechenschaft zu ziehen. Woher Amarud seine Zuversicht nahm, für Gerechtigkeit sorgen zu können, hätte Malleus zu gerne gewusst.

Viel zu gerne. So manches lief anders in den beiden Städten. Malleus fuhr sich über den Fu-Manchu und betrat das Geschäft.

Es roch nach Desinfektionsmittel und Raumduftspray, die zusammen eine leicht stechende Note entwickelten. Aus dem hinteren Bereich, der mit Paravents vom Empfang abgetrennt war, erklang das Surren von mindestens vier Maschinen, mit denen Tinte unter Haut gestochen wurde.

Malleus ging auf den Tresen zu, hinter dem eine junge blonde Dame in schwarz-weißen Klamotten stand, wie man sie nur tragen konnte, wenn man sehr jung oder sehr schlau war. In allen anderen Fällen wirkte es schlicht dämlich.

Auf einem Display an der Wand hinter ihr wurden verschiedene Motive vorgeschlagen, um sie sich stechen zu lassen: *I survived Gomorrah* oder *Fuck 'n' Play* oder *Done it, I'll come again* oder auch Silhouetten der beiden Städte.

»Eine wunderschöne gute Nacht«, grüßte er sie freundlich und nahm den schwarzen Hut ab.

»Guten Abend, Sir.« Sie zeigte auf den Nummernspender. »Bitte ziehen Sie eine, nehmen Sie sich ein Pad, und suchen Sie sich in der Zwischenzeit ein Motiv aus. Sie kommen in« – ihr Blick wanderte zur Anzeige – »etwa einer Stunde an die Reihe. Sollten Sie eigene Wünsche haben, sind Sie bei mir richtig.«

»Es geht weniger um mich.« Malleus zeigte die ornamentreiche Holzkarte wie den Stich bei einem Quartett, danach legte er ein vergrößertes Foto der Außenlinien von Hanssons Motiv auf den Tresen. »Ich wüsste gerne, welches Motiv das hätte werden sollen.«

»Selbstverständlich«, erwiderte sie beflissen und rief einen Namen.

Gleich darauf scherte eine Maschine aus dem Summsound aus, und eine tätowierte ältere Dame in grauem Anzug mit einer Schutzfolie darüber erschien. »Was kann ich für den Gentleman tun?«

Malleus zeigte erneut seinen temporären Gomorrah-Dienstausweis und stellte die gleiche Frage noch mal. »Ah, der. Ich erinnere mich. Die alte Frigg-Rune sollte überstochen werden, Sir. Wir hatten einen Termin ausgemacht, aber nach den Linien sprang er plötzlich auf und entschuldigte sich, vereinbarte einen neuen Termin.«

»Was wollte er denn haben?« Malleus überlegte, ob er sie gefahrlos »Meisterstichlerin« nennen durfte, entschied sich allerdings dagegen.

»Eine Aztekin. Oder Maya? Inka? Kosiquetschel? Irgendwas von drüben, Sir«, antwortete sie und aktivierte einen Tabletcomputer, scrollte und wischte, bis sie fündig geworden war. »Das hier.« Sie schob es ihm hin.

Es dauerte eine Weile, bis er erkannte, was sich der Schwede hatte stechen lassen wollen. *Kosiquetschel* war reichlich verballhornt, aber es gab dazu einen Treffer: Die nordische Göttin wäre ersetzt worden durch Xochiquetzal, übersetzt *Blumenfeder*.

Aztekische Göttin vom Mond, der Erde, den Blumen, der Liebe, den Tänzen und Spielen, behauptete sein Ersatz-PDA. *Schutzgöttin des Kunsthandwerks der Frauen und Kalendergöttin des zwanzigsten Tages im Monat, Zwillingsschwester von Xochipilli. Gatte: Tlaloc. Anmerkung: Tezcatlipoca raubte sie und erhob sie zur Liebesgöttin.*

Alle acht Jahre wurde ihr durch ein Fest mit maskierten Tänzern gehuldigt, bei dem heimische Flora und Fauna dargestellt wurden. Dieses Jahr stand es zum ersten Mal an, das Datum rückte sehr nahe.

Ein schwedischer Innenminister, der sich klammheimlich in Gomorrah eine aztekische Entität stechen lässt. Malleus fuhr sich über den

Fu-Manchu und spielte mit dem Kinnbärtchen, bevor er das Etui mit den Culebras herausholte und die angerauchte mit der grünen Banderole auswählte. *Die halbe Vorvorletzte. Gut, dass ich nicht mehr lange bleibe. Ich muss dringend bei meinem Herrenausstatter vorbei.* »Hat der Kunde etwas gesagt, Madam?«

»Er war nicht lange hier, Sir, schien sich aber über die Tätowierung gefreut zu haben. Er redete und redete, schwärmte enthusiastisch über diese Göttin und dass er sie verehre und dass sie so viel besser sei als die andere«, resümierte die Stichlerin erstaunlich genau. »Und das in gerade einmal zehn Minuten. Ein frisch Bekehrter, wenn Sie mich fragen.«

Die andere Domina-Dame am Tresen nickte wissend.

»Danke. Sie haben mir sehr weitergeholfen.« Malleus bekam allmählich Licht in die Sache.

Die Zeugen hatten sich *nicht* geirrt: Da die vermeintliche Entität, die aus Hanssons Suite gekommen war, aufgrund der Beschreibung mangels Indio-Merkmalen nicht als Xochiquetzal durchging, musste er annehmen, dass es sich um die beleidigte Frigg handelte, die ihren abtrünnigen, aber mit Eid gelobten Anhänger bestrafte. Abseits von zu Hause, um kein Aufsehen zu erregen.

Einen Schwenk des Innenministers hin zur Azteken-Religion konnte sie niemals zulassen. Malleus wusste, dass sich die Entitäten eine Art Gebietsschutz zugesichert hatten, von wenigen historischen Ausnahmen einmal abgesehen.

Wenn nun aber ein Mann wie Gunnar Olof Hansson ausscherte und den nordisch-germanischen Göttern ohne Bekehrungsaktionen einfach aus freien Stücken abschwor, Xochiquetzal sogar noch pries und feierte, konnte es leicht eine Abwanderungslawine auslösen, je nachdem, was die mittelamerikanische Entität ihren Anhängern bot.

Notbremsung. Malleus blieb nach einer Eingebung stehen und kehrte an den Empfang zurück. »Sagen Sie, kennen Sie wohl dieses Zeichen oder haben es vielleicht in Ihrem Repertoire?« Er malte das Symbol mit einem DigiPen auf das Pad.

Die beiden Angestellten des Tätowierstudios, eben noch freundlich und offen, erstarrten zu Salzsäulen.

»Sir, ich glaube, dazu befugt Sie die Karte nicht«, bekam die Rezeptionistin bleich über die Lippen, die Tätowiererin verschwand hastig zurück in ihrer Kabine.

»Das können Sie nicht wissen, verehrte Dame.«

»Doch.« Sie zeigte auf die Skizze. »Das ist älter als der Fall, den Sie untersuchen.«

Malleus öffnete den Mund zu einer Erwiderung, die ihm vielleicht die entscheidende Information bringen könnte – aber als er die Furcht in den Augen der Angestellten sah, schwieg er und legte die Hand beruhigend auf den Tresen. *Sie hat Todesangst.*

Erneut drehte er sich um – und stand vor einer jungen, hübschen Frau, mit langen gelockten schwarzen Haaren. Sie trug Boots, ein teures, hochgeschlitztes Kleid in dunkelrotem Samt, darüber eine hüftlange Lederjacke mit Applikationen und Nieten.

Kam ihm das Gesicht zunächst nur bekannt vor, sorgte das leuchtende Grün ihrer Augen für die Erkenntnis, wer soeben in den Laden spaziert war, als gäbe es keine größeren Zufälle.

Marina!

»Hallo, Herr Bourreau«, sagte sie auf Deutsch mit hartem Ostakzent. »Ich dachte mir, Sie könnten vielleicht ein bisschen Hilfe gebrauchen.« Ihre Blicke richteten sich für die Dauer einiger Herzschläge auf die schwarze Karte. »Ich weiß, wo wir jemanden finden, der Ihnen mit dem Symbol weiterhelfen kann. Ohne dass Sie mit dem Ausweis wedeln müssen.«

Das Angebot der rätselhaften Frau war verlockend.

Doch das letzte Mal, dass er sie gesehen hatte, war an einer Ampel in Rom – und zuvor als Nonne im Vatikan, wo sie schier verzweifelt und obsessiv versuchte, ihn im Park des Vatikans zu verführen. Nach seiner Abfuhr war sie wutschnaubend davongestürmt. Ihre Abschiedsworte hatten wenig Sinn ergeben: *Weißt du, was ich gerade für dich tue? Was das bedeutet? Du hast keine Ahnung. Gar keine!*

Malleus rieb sich über die schwarzen Bartenden. *Mit ihr stimmt definitiv etwas nicht.*

»Eine Nonne in Gomorrah«, stellte er zunächst fest. »Sind Sie die Faust des Heiligen Vaters?«

Marina lachte glockenhell und warf den Kopf in den Nacken, kam einen Schritt auf ihn zu. »Nicht doch. Ich war *niemals* Nonne. Ein kleiner Schwindel.«

»Um *was* zu tun?«

»Wer weiß?« Sie zwinkerte ihm aufreizend zu. »Ihnen nahe zu sein?«

Malleus konnte sich den anderen Teil der Antwort denken: *Um mich zu verführen, und zwar recht drängend.* Aber dafür schlich man sich nicht in den Vatikan ein.

Er wollte mehr über sie herausfinden, sobald er Gomorrah verlassen hatte, schon alleine, um auf das Erscheinen der Frau in Zukunft besser vorbereitet zu sein.

Da er die schwarze Karte besaß, ließ er es darauf ankommen. »Dann los, Frau …?« Aus den Augenwinkeln sah er den interessierten Ausdruck der Rezeptionistin. Sie hatte schon genug mit anhören dürfen, und womöglich verstand sie sogar ein paar Brocken Deutsch. *Raus hier.*

»Marina. Marina reicht vollkommen aus.« Sie ging zur Tür und steckte die Hände in die Taschen der Lederjacke. »Los. Ich bringe Sie zu den Weisen.«

Malleus zog an ihr vorbei und öffnete die Tür, ließ ihr den Vortritt und kam auf gleiche Höhe neben sie. Mit einer flüssigen Bewegung setzte er den Hut auf die schwarzen Haare. »Wer sind Sie?«

Die junge Frau kicherte und streckte die Arme, als sei sie eben erst aufgestanden. Die Lederjacke gab somit den Blick auf ihre ausgezeichnete Figur frei. »Das können Sie selbst herausfinden, Inspektor.« Sie bewegte sich zu Fuß in das Gassengewirr des Basars, als sei sie hier aufgewachsen. »Und: Ich habe Ihnen Ihre Ablehnung verziehen.«

»Das ist sicherlich von Vorteil für mich.«

»Das ist es. Sonst würde ich Ihnen nicht beistehen.« Marina übernahm die Führung, und er prüfte ihren Weg mit dem PDA, um sich die Strecke besser merken zu können. »Los, erzählen Sie!«, forderte sie mit leuchtend grünen Augen. »Das ist unser nächster gemeinsamer Fall.«

»Es ist ein Interpol-Fall«, unterstrich er bestimmt und steckte sich die halb aufgerauchte Culebra an.

»Bei dem ich Ihnen helfe, sonst wären Sie aufgeschmissen. Geben Sie es ruhig zu.« Marina schien in eine andere Rolle geschlüpft zu sein. Nach der Nonne folgte die rotzfreche Göre, die genauso wenig mit ihrer wahren Natur gemein hatte. »Wie hängt das Zeichen mit dem Mord an Hansson zusammen?«

Sie ist viel zu neugierig. »Das muss ich noch herausfinden«, log er sie an.

»Aha.« Marina klaute im Vorbeigehen vom Stand mit den kandierten Früchten etwas karamellisierten Ingwer und warf dem aufbrausenden Händler, der in arabischer Kleidung heraneilte, eine Kusshand zu. Er lachte daraufhin und winkte sie davon. »Aber Sie haben doch eine Spur, wer den Innenminister umgebracht hat? Mit der schwarzen Karte sind Sie der König von Gomorrah.«

Malleus blickte auf den Timer. *Für noch genau acht Stunden.* »Wohin gehen wir?«

»Oh, so einfach mache ich es Ihnen nicht. Sie müssen mir schon folgen, Inspektor.« Marina lachte übermütig wie ein Kind an seinem Geburtstag, das unwissend durch die Gegend tollte, die vor Gefahren nur so überquoll. »Ich sehe Ihnen an, dass Sie was zu diesem Mord wissen.« Das Grün ihrer Augen schien durch seine Pupillen zu brechen und in seine Gedanken zu dringen. »Es war eine *echte* Göttin, richtig?«

»Das geht Sie nichts an, Marina.« Malleus ließ sich zu keiner Reaktion verleiten. Er blieb ein bisschen auf Abstand, falls sie ihn wieder zu küssen versuchte. *Sie ist verrückt. Besonders, und doch sehr verrückt.* Vertrauen würde er ihr auf keinen Fall.

Die Rauchwolke formte ein zustimmendes Ausrufungszeichen.

Celtica, Paris-Lutetia, November 2019

Kazam tut mir den Gefallen und schließt die rechte Schelle auf, bevor ich die ganze Ladung Propofol in die Vene bekommen habe.

Hahaha, Idiot, beschissener!

Ich schnappe mir den Schlüssel und schlage ihm die geballte Faust in die Eier, richte den Oberkörper auf und haue der Schlampe in die Fresse, die beim Einschlag durch den Raum fliegt und gegen die Werkbankanrichte kracht.

François will die Kammer der Spritze entleeren, aber ich reiße mir die Infusionsnadel aus dem Arm und ramme sie ihm durchs rechte Auge, schiebe sie mit dem Handballen bis zum Anschlag in die Höhle. Kiekst mädchenhaft und fällt zuckend wie ein Spasti um. Die Kanüle und seine grauen Zellen lernen sich kennen. Oh, läuft da Hirnwasser raus?

»Yasin!«, *plärrt Kazam quiekend.* »Yasin, der Fetti ist frei.«

Andere Handschelle aufsperren, den Infusionsständer packen und dem Arschloch in den Schädel zimmern, bämm. Aus. Haste nicht mit gerechnet, von dem alten Fettsack einen Haken in den Kopf zu kriegen, was?

Füße frei, runter von der Trage.

Fuck, das Propofol macht mich müde … aber es geht noch. Schwummrig. Langsam.

Da, Skalpelle. Knochensäge. Gute Kombination.

Yasin kommt die Treppe runter, sieht mich und reißt einen Taser hoch. Schuss und – vorbei, Wichser! Hier, fang die Skalpelle dafür!

Hab ihn getroffen, Brust, Hände, Gesicht. Blutet wie ein Schwein und zieht sich die kurzen Klingen aus dem Fleisch, will wieder weg.

Hab ihn erreicht, und er haut mir den Taser in die Visage. Ich ziehe ihm die Knochensäge mit der stumpfen Seite über, und er klappt zusammen.

Rüberzerren, an den Tisch mit den Handschellen knipsen, die Schlampe auch.

Safe.

Klamotten, mal sehen … ah, ein Arztkittel. Besser als nix. Baumelt alles im Schritt rum, und weh tut es auch, weil die dumme Schlampe mir die Klöten gepresst hat. Immerhin, die Nähte halten. Vorher Kompressen mit Tape drüber, soll ja nicht reiben.

So, die Ärsche aufwecken.

Am besten mit … ah, ein Eimer. Mit Resteblut von der letzten OP oder was auch immer das ist. Paar Eiswürfel rein, Wasser dazu und ab damit über die beiden Täubchen.

»Was ist das? Was ist das?«, *kreischt die Schlampe und spuckt und sprüht wie ein kleiner Vulkan.* »Das ist eklig! Ich kann nichts sehen!«

Yasin schüttelt sich und starrt mich an. Echt wütend, das Arschloch, als wäre ich hier der Böse.

»Ist scheiße, 'ne?«, *sage ich und lache; dann ziehe ich den Kittel zur Seite, wo die Kompressen sind, lupfe eine kurz an.* »Das soll genäht sein? Wo hast du das gelernt, Kamelficker? Du bist doch … ach, nee. Egal. Wohin habt ihr mich gebracht?«

»Sag ihm nichts«, *keift die Schlampe.* »Rutgar macht uns sonst fertig.«

Wie oft musste ich Menschen erklären, dass Widersetzen nichts besser macht? Es bleibt die Wahl zwischen fuck und fuckfuck. Aber gefickt werden sie. Gerade von mir. Mal sehen, ob was für Rutgar übrig bleibt.

Fuchtle ein bisschen mit der Knochensäge vor ihren Augen rum. »So, fangen wir …« *Ich schlage mir mit der freien Hand gegen den Kopf.* »Beinahe vergessen.«

Der Kanister mit Desinfektionsmittel steht unter der Anrichte. Zuerst meine Hände und dann mit den restlichen zehn Litern die beiden übergießen und danach langsam zum Ausgang gehen. Da liegen Streichhölzer neben einem benutzten Aschenbecher, perfekt.

»Hey, ich frage euch noch mal: Wo bin ich? Wer ist Rutgar?«

»Ich reiße dir das nächste Mal die Eier ab«, *kreischt die Schlampe, und Yasin macht auf mutig-stummen Sparta-Krieger. Aahuuu, aahuuu!*

Ich schnipse das erste Streichholz von der Treppe aus zu den beiden. Das brennende Stäbchen wirbelt, der Phosphor entzündet sich fauchend und rotflammig – zisch. Erloschen im brennbaren Alkohol.

»Wo bin ich? Wer ist Rutgar?«, *sage ich wieder und lange in die kleine Schubschachtel.* »Irgendwann wird so eins lodern, das ist euch klar.«

Schnipp, zisch – aus.

»Wo bin ich? Wer ist Rutgar?«

»Halt, halt!«, *schreit die Schlampe, weil Krieger Yasin nur böse schaut, um mich zu töten.*

Depp.

Jeder weiß, dass so etwas höchstens Götter kennen. Und Jedi. Na, so ähnlich jedenfalls.

»Wir sind in der Banlieue, im Keller einer alten Arztpraxis. Und Rutgar ist …«

Yasin schlägt ihr glatt den Ellbogen gegen die Schläfe, sie sackt bewusstlos um.

So eine Arschratte!

Schnell durchsuche ich die Toten, stecke die Ausweise und das Bargeld ein, dazu wähle ich die schickere Automarke laut Schlüsselanhänger, danach sind Yasin und die Schlampe dran. Noch mehr Geld, fein, fein.

Oh, Haustürschlüssel. Gehe ich mal vorbei, abräumen. So, Mantel über den Kittel, Schuhe an. Kazam braucht seine nicht mehr.

»Mach uns los, und du wirst das überleben.«

Ich lache Yasin aus und zünde alle Hölzchen gleichzeitig an, die ich fassen kann, halte die gebündelte Flamme an die Desinfektionsmittellache, die Feuer fängt. »Schau: Ich mache dich *nicht* los, und du wirst nicht überleben.«

Umdrehen, weggehen, Vorhang.

Muss zu ihm, dem ich folge. Das wird nicht leicht. Ohne Tracker, ohne gehackten PDA.

Aber das kriege ich hin.

Yasin und die erwachte Schlampe machen einen Wettschrei-Chor. Ist nicht schön, wenn man verbrennt.

Hätte sie gern erschossen, aber meine geliebte APB ist weg.

Aber ich bin raus, frei, entkommen. Und da steht ein BMW X7.

Die Reise kann weitergehen.

Zu ihm.

* * *

Vorderer Orient, Gomorrah, November 2019

Marina war es gelungen, ihn so tief in die hintersten Winkel von Gomorrah zu lotsen, dass sie keinen Tagesgästen und Touristen mehr begegneten, sondern nur noch Einheimischen, die man sofort am Kleidungsstil erkannte: trist, unauffällig wie verschreckte Mäuse, die durch die Straßen des Molochs huschten, der in diesem Viertel weder Glanz noch Mystik, sondern Erdrückendes für die Seele in sich barg.

Malleus registrierte, dass sich auch die Körperhaltungen änderten. Menschen, die vornübergebeugt liefen, andere litten unter Fehlstellungen unterschiedlichster Knochen, manche staksten mit glasigen Augen vorbei, wieder andere brabbelten und kicherten vor sich hin, während sie Essen viel zu hastig in sich stopften. Finger fehlten oder waren zerquetscht, fast jeder von ihnen zeigte Narben.

Sie zahlen den Preis für den Reichtum der Städte und des Konsortiums.

Die Hochhäuser hier waren mit Verblendungen versehen, dahinter sah er grauen Beton. Immer wieder erhoben sich große, hausähnliche Liftstationen an der Straße, deren Kabinen ganze Lastwagen aufnehmen konnten und abwärtsfuhren.

Dort lebt das Sklavenheer, das sie brauchen, um den Betrieb am Laufen zu halten. Malleus erinnerte sich an das Röhrensystem, durch das er und Marduki gefahren waren. *Gomorrah und Sodom fußen auf Blut und geschundenen Knochen.*

Marina schwenkte auf eine Suppenküche, die eingekeilt zwischen zwei Lifthäusern stand, als wäre sie mit Gewalt hineingepresst worden. Davor reihte sich eine lange Schlange von Männern, Frauen, Kindern mit leeren Gesichtern und toten Augen, die eine Essensmarke abgaben und dafür eine Mischung aus Ramen mit Hummus bekamen. Es roch nach altem Schweiß und Gewürzen, dazu gelegentlich Desinfektionsmittel und Pisse.

Malleus wusste, dass ihm nichts geschehen würde, selbst hier nicht, solange er die schwarze Karte von Amarud bei sich führte. Nicht einmal eine Weste aus doppelten Lagen Kevlar oder ein Bataillon Entitäten könnte mehr zu seinem Schutz ausrichten. Aber unwohl fühlte er sich trotzdem, zumal er sich unentwegt beobachtet glaubte.

Im Vorbeigehen las er den Namen auf dem Schachthäuschen, das er passierte, um zu Marina zu gelangen: *Enkišar.*

Spaßeshalber ließ er seinen PDA nachschlagen.

Enkišar,

eines der Tore in die Unterwelt.

Weitere: Ganṣir, Nedu, Endašurimma, Enuralla, Endukuga, Endušuba und Ennugigi.

Malleus ahnte, dass die einfachen Sklaven des Konsortiums dort lebten, in der Unterwelt. In Kurnugia, dem Land ohne Wiederkehr.

Zynisch. Verachtend. Auch das ist nicht meine Aufgabe. Aber der Atheist in ihm rebellierte und beharrte darauf, dass die Welt ohne Entitäten besser dran sei.

Er stimmte sich selbst zu, aber es brachte ja nichts. Solange er keine Neutronenbombe gegen die Gottheiten fand, würde es schwer werden, sie auf einen Schlag auszurotten. *GodsEnd* war im Grunde machtlos, wenn auch bemüht.

Marina winkte ihm zu. Sie saß auf der Bordsteinkante, hatte sich mit ihrem schönen Kleid einfach zwischen die Arbeiter gedrängelt.

Die Schäfte ihrer schweren Boots reichten hinauf bis zu den Knien und sahen sehr stabil aus. »Hier sitzen sie.«

Malleus konnte bei den drei einfach gekleideten, arabisch wirkenden Männern keinen Unterscheid zu den übrigen erkennen, nichts, was sie als die Weisen hervorhob. Sie kauten stumm das Essen in sich hinein. *Was soll's. Versuchen kann ich es.*

»Entschuldigen Sie die Störung, HerrenGentlemen«, sagte er freundlich und deutete einen Gruß mit dem Hut an.

»Die können doch kein Englisch.«

Zu seinem Erstaunen sprach Marina mit ihnen in der unbekannten Sprache, woraufhin sie das Essen einstellten und auf ein unhörbares Kommando zu Malleus blickten. Die Augen wurden angefüllt mit Bewunderung und – mit Mitleid.

Dann fischte einer von ihnen einige Nudeln aus dem Teller und schleuderte sie auf die Straße. Mit dem Stielende legte er sie in Form, sodass sie das tätowierte Zeichen im Nacken der jungen Mutter sowie auf den aschfarbenen Bestien aus den Schützengräben ergab.

»*Namtarú*«, flüsterte der Alte, bevor er das Zeichen mit dem Absatz zerrieb und ungerührt weiteraß.

»Ha!« Marina sprang in die Höhe und hakte sich bei Malleus ein, bevor er es verhindern konnte. Schon schmiegte sie sich an ihn, ähnlich wie sie es im Vatikanischen Park getan hatte. »Sie schulden mir was«, raunte sie ihm zu. »Ich werde den Gefallen einfordern.«

Woher wusste sie das? Er lachte und paffte an der Culebra. *Es kann eigentlich nur eine Falle sein. Von Marduki vielleicht?*

»Sie haben mir die Information freiwillig gegeben. Und abgesehen davon ist es … was? Ein Name? Eine Bezeichnung?« Malleus ließ sich nichts anmerken, welche Aufregung ihn innerlich packte. Nach Jahren verzweifelter Suche bekam er einen Hinweis. Sofern das Nudelsuppenorakel stimmte.

Marina deutete mit dem Zeigefinger auf den PDA, in dem nach wie vor der Countdown lief. »Geben Sie es ein.«

»Später.« Er steckte das Gerät weg und sah sich bewusster in dem

Viertel um, das einem zivilisierteren Endzeit-Szenario entsprungen sein konnte. *Oder einem düsteren, trostloseren Bladerunner ohne fliegende Autos.* Sogar die Werbung beschränkte sich auf Hygieneprodukte, danach wurden Parolen in verschiedenen Sprachen von den LED-Wänden geworfen und von leisen, säuselnden Stimmen wiederholt, das Ganze unterlegt mit schöner Musik.

Surreal. Malleus wusste, dass nur eine Meile weiter das Paradies lag, mit Pauschal- und Luxustouristen, mit Überfluss und Dekadenz, unter dem sich Kurnugia, das Land ohne Wiederkehr, ausbreitete und vermutlich ebenso unaufhörlich wuchs wie die Wolkenkratzer.

Er schauderte.

»Eine Regung, Inspektor?« Marina kicherte. »Ist das faszinierend?«

Das war es durchaus, aber sein Pflichtgefühl steckte ihm im Verstand. *Ich muss den Hansson-Mord aufklären*, rief er sich zur Ordnung. *Sicher und stichfest – aber wie?*

Es gab keine Beweise gegen Frigg, nur seine Einschätzung, dass Odins Frau den Religionsabtrünnigen außerhalb von Schweden umgebracht hatte, bevor sein Verhalten Schule machen konnte und aztekische Entitäten in Nordeuropa Fuß fassten.

Malleus nahm an, dass das gesamte germanisch-nordische Pantheon eingeweiht gewesen war. *Es geht um eine Göttin.*

Malleus schmeckte es nicht, dass Amarud nur auf sein Wort hin aktiv werden würde. *Ein Mord ohne einen sicheren Beweis.*

Doch die Logik, die simple Logik ließ fast keinen anderen Schluss zu.

Er sah auf den Timer. Es blieben ihm immer noch sechs Stunden plus die knappen zwei, die er in Reserve hatte.

Damit könnte er nach *Namtarú* forschen, wo immer es nötig sein sollte. Vielleicht würde keiner mit ihm darüber sprechen, aber man griff ihn auch nicht an. Amarud würde er kurz vor Ende der Frist sagen, dass er als sicher erachtete, dass es sich aus den aufgeführten Gründen um Frigg handele.

Malleus schloss die Augen, weil seine innere Skeptikerstimme es ihm nicht leicht machen wollte: *Und wenn sich eine Entität als Odins Frau maskierte? Loki zum Beispiel?*

Er fluchte.

Marina sah ihn verwundert an. »Was ist denn, Kommissar?«

»Ich brauche Beweise, um …« Malleus unterbrach sich. Es ging die kleine Verrückte nichts an. »Ich muss Sie bitten, Marina, mich wieder meine Arbeit machen zu lassen. Danke für Ihre Hilfe. Gehen Sie in ein Casino, in einen Massagetempel oder sonst was.« Er pochte dahin, wo er die Karte aufbewahrte. »Andernfalls lasse ich Sie von Miss Marduki einsperren, bis ich mit der Interpol-Ermittlung fertig bin. Wegen Behinderung der Justiz.«

Jetzt blitzten die grünen Augen zornig wie damals im Vatikanischen Park. »Sie wollen unbedingt, dass ich wütend auf Sie bin?« Marina stahl sich dennoch einen kurzen Kuss und sprang regelrecht von ihm weg, als würde sie einen Angriff fürchten. Dabei lachte sie keck. »Ich wette um eine Nacht mit mir, dass ich vor Ihnen einen Beweis habe.«

»Welchen Beweis?«

»Für den Mord an Hansson. Deswegen Ihre Anwesenheit hier, oder?« Marina steckte die Hände wieder in die Lederjackentaschen. »Sind Sie so mutig? Herausgefordert von einer Frau?«

Einer verrückten Frau. Malleus dachte nicht einmal im Albtraum daran. Diesen kindlichen Unfug machte er nicht mit.

Daher wandte er sich einfach von ihr ab – und ging die Straße zurück, die sie gekommen waren.

»Ist das Ihr Ernst?«, rief Marina hinter ihm fassungslos. »Sie lassen mich stehen?«

»Das letzte Mal sind *Sie* weggerannt«, gab er zurück, ohne sich umzuwenden. »Damit steht es eins zu eins.«

Zu seiner heimlichen Freude erwiderte sie nichts.

Unvermittelt erklang ein stöhnender Aufschrei aus vielen Kehlen, Geschirr zerklirrte auf dem Boden, Schuhsohlen rieben über den Asphalt.

Malleus wirbelte herum.

Er sah den älteren Arbeiter, der ihm den Hinweis gegeben hatte, gerade durch die aufgesprungene Menge davongezerrt werden. Von was, konnte er nicht erkennen, doch es musste stark und schnell sein – und dann bemerkte er den aschfarbenen kräftigen Rücken.

Eine der Bestien! Sie waren gekommen, um den Zeugen zum Schweigen zu bringen, der sie verraten hatte.

Malleus zog einen Apache Deringer, reckte die schwarze Karte schildgleich vor sich und nahm die Verfolgung auf.

Die Arbeiter spritzten auseinander wie Tropfen auf einer heißen Herdplatte, vor dem Wesen und vor dem Ermittler; dabei aßen sie weiter und wirkten mehr erschrocken als interessiert. Es schien öfter zu geschehen.

Sie ist zu schnell! Nach wenigen Metern sah Malleus ein, dass er keine Chance hatte. Der schemenhafte Umriss der Bestie verschwand in einer Seitengasse.

»Nein!«, schrie er vor Wut und eilte voran, um nach Blutspuren des Arbeiters zu suchen, die Aufschluss über seinen Verbleib geben konnten.

Malleus irrte durch das Gewirr aus Durchgängen, Höfen, überbauten Sträßchen, die eine Stadt in der Stadt bildeten. Sogar über die Wege hatten die Sklaven improvisierte Brücken errichtet, mit beplankten Aluleitern, Bambus und Holz, um sich rascher von Haus zu Haus zu bewegen. Das machte das Viertel zu einem dusteren Dschungel, in dem der Feind sich überall verbergen und von überall angreifen konnte.

Verdammt! Schließlich blieb Malleus keuchend stehen und lupfte den Hut etwas an; um ein Haar hätte er die Kopfbedeckung vor Frust weggeworfen.

Dann hörte er ein leises und doch bekanntes Kinderlachen.

Sein Kopf zuckte herum, die Blicke irrten suchend umher. *Da!*

An einem der Fenster, geschätzte drei Meter über ihm sah er die kleine Bala! Das Kind, das er in Neu Karthago gerettet hatte, schaute ihn aus ihren riesigen strahlenden tiefseeblauen Augen an und winkte, bevor sie ins Innere des Zimmers verschwand.

Wo sie ist … Malleus begann sofort den Aufstieg über das sehr instabil wirkende Gerüst und arbeitete sich innerhalb von Sekunden zum Fenster hinauf, schwang sich über den Rand hinein.

Bala trug ein tunikahaftes Gewand mit bunten Drucken und wurde von einem Mädchen um die zwölf Jahre umhergetragen, die ähnlich gekleidet war. Sie erschrak, als sie Malleus sah, während die Kleine hell auflachte und freudig quietschte.

»Hallo, die beiden entzückenden Damen. Keine Angst und keine Sorge! Mein Name ist Bourreau, ich bin Inspektor bei Interpol und auch Ermittler für Mister Amarud. Die kleine Bala und ich kennen uns, nicht wahr?«

Das Mädchen lachte erneut und strampelte, die Halbwüchsige hielt sich weiterhin zurück.

»Darf ich erfahren, wo sich Balas Mutter befindet?«, fragte er und zeigte die Karte, da er annahm, damit wäre jegliche Schwierigkeit beseitigt. »Ich hätte Fragen an sie. Dringend.«

Das Gesicht des Mädchens veränderte sich ansatzlos und wurde zu einer Fratze puren Entsetzens, während sich plötzlich ein Schatten hinter Malleus erhob und das gesamte Zimmer verdunkelte.

Vieles wurde einfacher, wenn der gesuchte Feind zu einem kam.

Aber das Timing stimmte nicht.

Und die schwarze Karte würde vermutlich nichts ausrichten.

* * *

Celtica, Paris-Lutetia, November 2019

»Sie haben herausgefunden, wer den Ziegelstein erstehen wollte?« Lagrande sah auf den Monitor, in dem das Videochat-Fenster geöffnet war und sich Antiquitätenhändler Cricks graubärtiges Gesicht zeigte. »Das bedeutet aber nicht, dass wir damit unseren unbekannten Sammler haben.«

»Ich würde Ihnen zustimmen, Madame, wenn es der gleiche Herr nicht auch auf die Krone der Langobarden abgesehen hätte. Und bei einem Gespräch mit einem Auktionshaus hörte ich die Andeutung heraus, dass er sich besonders nach afrikanischen Kultusgegenständen erkundigte und ganz gezielt Statuetten nachfragte.« Sein silbernes Haar glänzte im Lichtschein auf. Er legte die kräftigen Seglerfinger zusammen, sodass die Siegelringe deutlicher zu sehen waren. »Nageln Sie mich nicht darauf fest, aber er ist ein guter Anwärter darauf, unser Gegenspieler zu sein.«

Lagrande fürchtete, dass Crick einen Alleingang in die Wege leiten würde. »Sir, der Inspektor hat Ihnen grundsätzliche Dinge zu dem Mann übermittelt, der mit ihm gesprochen hatte. Haben Sie das abgeglichen?«

Cricks eben noch zuversichtlich-grimmiger Gesichtsausdruck wechselte zu verstimmt. »Haben Sie mir nicht zugehört?«

»Doch. Und ich gestehe die Übereinstimmungen, nein, die Nähe ein. Aber es sind keine sicheren Belege«, appellierte sie mit einem freundlichen Lächeln.

»Lassen Sie ihn festnehmen, und wir finden es bei einer Durchsuchung heraus.«

»Angenommen, ich schicke ein Team los oder bitte die englischen Kollegen – und Ihr Verdächtiger ist nicht der, den wir suchen, wird der unbekannte Sammler noch mehr vor unseren Ermittlungen gewarnt sein«, beschwichtigte sie den verständlichen Handlungsdrang des Briten.

Crick drückte die Hände fest zusammen, die Knöchel wurden weiß. »Es fällt mir schwer, Ihnen recht zu geben«, presste er heraus, als käme es direkt aus seinen Fingern. »Ich ziehe weitere Erkundigungen ein.« Er atmete tief ein und aus, streckte die Hand nach einem Glas und trank von der bernsteinfarbenen Flüssigkeit. Lagrande vermutete Whiskey. *Oder Whisky.* »Das Wappen habe ich nicht ausfindig machen können, es ist wohl nur ein Bestandteil eines größeren Werkes. Auch die Pyramide half nicht weiter. Die Klassiker wären die Illuminaten und die Freimaurer, aber seit der Rückkehr der Götter erscheinen diese Symbole verstärkt auch an anderen Stellen.«

»Ich verstehe, Mister Crick.« Lagrande war erleichtert, dass er sich beschwichtigen ließ. »Ich habe mehr über die Harpunenspitze herausgefunden, außerdem gibt es Hinweise auf eine Maske und eine Rahmentrommel, die einst dem Stamm der Tlingit gehörten. Ein First-Nations-Stamm, der auf US-amerikanischer und kanadischer Seite siedelt.«

»Die Harpunenspitze von Sedna«, warf der Brite zu ihrem Erstaunen sogleich ein. »Ein Mythos, der vor Kurzem für Grausamkeiten sorgte.«

»Inwiefern?«

»Morde. An sehr kleinen Inuit-Kindern.« Er gab etwas auf der Tastatur seines Rechners ein. »Es sorgte für Aufruhr, weil man dem Nachwuchs die Herzen freigelegt hat, um fossile Walross-Harpunenspitzen durchzustecken.«

»Man hat den lebendigen Kindern den Brustkorb geöffnet?« Lagrande fröstelte und spürte, wie die Wut auf den unbekannten Sammler stieg. Der Inspektor hatte erwähnt, dass das Artefakt in einem Herzmuskel steckte. »Aber wozu?«

»Ein Test. Handelt es sich dabei um die Harpunenspitze, die Sedna selbst aus dem ersten Walrosszahn mit bloßen Zehen und Zähnen formte, um sie den Menschen für besonderes Jagdglück zu überlassen, würde sie in einem unschuldigen Kinderherzen leuchten. Ein solches Artefakt verlangt nach einem großen Opfer. Ein Kinderleben wird gegeben, um bei der anschließenden Jagd das Dorf mit reicher Beute am Leben zu erhalten.« Crick seufzte. »Sedna ist nicht für ihre Freundlichkeit bekannt, Madame.«

Das sah Lagrande ebenso.

Sie mochte die wenigsten Götter und Göttinnen. Sie ähnelten Politikern sehr: große Versprechen, seltene Umsetzung. Dennoch betete sie zu Belenos. Sie fand ihn gut und akzeptabel.

»Haben Sie inzwischen herausgefunden, was alles gestohlen wurde?«, hakte Crick nach und wärmte das Whiskeyglas in der Hand, damit der Alkohol darin noch mehr Aroma entfaltete. »Sie waren kaum zu bremsen. Respekt vor dieser Leistung, Madame.«

Lagrande lächelte und bedankte sich. »Es ist meine Aufgabe. Aber *ein* Artefakt fehlt mir noch, was die Entschlüsselung angeht. Danach wissen wir, was der Sammler sich hat beschaffen lassen.«

Crick überflog ein ausgedrucktes Blatt Papier. »Es sind so total verschiedene Gegenstände«, brachte er seine Verwunderung zum Ausdruck. »Nichts passt zusammen. Japan, Orient, Südamerika, europäisches Mittelalter, Afrika.« Er hob den silbernen Kopf und blickte in die Linse, was den Eindruck erweckte, er sähe ihr in die Augen. »Was halten Sie von einer Wette, Madame?«

Sie grinste. »Sie denken dabei an die Beschaffenheit unseres neunten Gegenstands?«

Crick nickte begeistert. »Tausend Pfund!«

Lagrande lachte lange und laut. »Zehn Euro, Mister Crick. Ich bin … nicht in Ihrer Einkommensklasse.«

»Verzeihen Sie mir mein Vorpreschen. Gut, dann wetten *Sie* um zehn, *ich* um tausend Pfund. Einverstanden?«

Sie musste wieder lachen. »Sie sind ein Sportsmann, Mister Crick. Die Wette gilt.« Lagrande zeigte auf das Pad neben sich. »Deswegen mache ich mich gleich an die Arbeit. Was sagen Sie?«

»Es wird etwas aus dem osteuropäischen Kulturbereich sein. Eine Waffe. Das fehlt nämlich noch.«

»Dann sage ich … ein Dolch. Und er wird keltisch sein.« *Pure Eingebung.* Sie winkte in die Linse und schaltete ab.

Gleich darauf erhob sie sich und nahm ihre Handtasche, steckte die Beretta U22 Neos in ihr Achselholster, warf sich das halblange Jäckchen über das weiße Kleid und verließ das Büro.

Sie hatte ein Date.

Ein Date mit den bisher erwischten Artefakten im dicken Stahlbetonbunker von Tresoriale. Lagrande packte den besten Kaffee und die feste Absicht ein, den Gegenständen ihre verborgenen Gemeinsamkeiten zu entreißen. Darin läge der Schlüssel für den Aufwand, den der Sammler betrieb, um ihrer habhaft zu werden.

Sie verließ das Bürogebäude von Interpol und grüßte die beiden Polizisten, die ihr folgten. Bourreau hatte das in die Wege geleitet, weil Ove Schwan im Gefängniskrankenhaus lag.

Hoffen wir, dass die beiden genauso gut sind wie der Freund des Kommissars. Lagrande stieg in den Dienstwagen und sagte den Beamten, wohin es gehen sollte.

* * *

Vorderer Orient, Gomorrah, November 2019

Malleus wandte sich um und rechnete mit dem Schlimmsten. *Genau wie damals.*

Vor ihm erhob sich eines der übergroßen humanoiden, aschfarbenen Wesen, mit handtellergroßen Augen und einem Maul, das nur aus Zähnen zu bestehen schien. An den rudimentären Armstümpfen wuchsen jeweils mindestens zehn schwarze Tentakel hervor, jeder einzelne bewegte sich wie mit eigenem Leben erfüllt. Auch wenn sie sich gerade vorsichtig, nahezu liebevoll an den Rahmen legten, um die Bestie ins Zimmer zu hieven, konnten sie peitschenschnell sein und Leiber, ja sogar dicke Bleche spielend leicht durchschlagen.

Der Geruch von verbrannter Lakritz kroch in Malleus' Nase und reaktivierte die Erinnerungen an jene Nacht, an den Albtraum, in dem seine Freunde und Kameraden gestorben waren. Das schwarze Zeichen auf der Stirn stach auf der grauen Haut besonders heraus, die weißen Augen leuchteten grell, begannen langsam zu blinken.

Malleus wusste, dass es sich zu einem Stakkato entwickelte, der Stroboskopeffekt wirkte in der Dunkelheit verwirrend und lähmend.

»Weg«, schrie er das Kindermädchen an und riss den Deringer aus der Gewandtasche, obwohl es ihm geradezu lächerlich erschien, den kurzen, kleinen Lauf auf die Bestie zu richten. Selbst schwere Kaliber hatten diese Gegner nicht aufhalten können. Die Wunden regenerierten zu rasch.

Exorzistenhaft reckte er die schwarze Karte in die Höhe, die durch das Zittern seiner Hand wackelte wie bei einem Erdbeben.

»Ich handle im Auftrag von Amarud«, schrie er und rang gegen den Drang, sich auf den Absätzen umzudrehen, die Lider zu schließen und einen tödlichen Hieb zu erwarten, der sein Leiden beendete; sich der Kopflosigkeit hinzugeben.

Malleus hielt dem Wunsch ebenso stand wie der Bestie, die sich langsam in den Raum schob und vor ihm aufragte.

Die Scheinwerferaugen blinkten rascher, doch noch nicht in der Frequenz wie in dieser fatalen Nacht. Schwarze Tentakel glitten rechts und links an Malleus vorbei, das Kindermädchen schrie auf, die Tür fiel klackend zu, bevor sie mit Bala entkommen konnte.

»Du hast nicht das Recht, mich anzugreifen oder die Menschen in diesem Zimmer«, rief Malleus und hielt die Karte vor sich, deren Ornamente aufglommen. »Ich handele im Namen von Gomorrah.«

Das Wesen öffnete den Mund, und eine Stimme, die weder männlich noch weiblich war, erklang wie aus einem uralten, verzerrten Übertragungsgerät. Jemand anderes sprach durch die Bestie zu ihm: »Aus dem Weg, Malleus Bourreau, oder ich bringe zu Ende, was im Schützengraben begann. Ich kann keine Rücksicht mehr nehmen.«

Rücksicht!? Zu viele Fragen jagten durch seinen Verstand, die ihn kurzzeitig von der Panik ablenkten, die durch ihn raste. Alte Bilder schoben sich vor seine Wahrnehmung, wollten ihn glauben machen, er befände sich mit der Bestie im Schützengraben.

»Dem Kind wird nichts geschehen«, verlangte er und reckte die Karte noch deutlicher. »Es geht nur um Sie und mich!«

»Amarud mag über die Städte herrschen, aber ich bin der Wesir der Unterwelt«, schallte es aus dem Maul. »Er hat mir nichts zu befehlen.«

»Dies ist Gomorrah. Hier gelten die Gesetze des Konsortiums und Amaruds«, rief Malleus deutlich entschlossener.

Das aschfarbene Monstrum mit den stempelhaften, nagelbewehrten Elefantenfüßen, unter denen Köpfe und Körper zermalmt wurden, verharrte stocksteif; sogar die Tentakel erschlafften, hingen aus den Armansätzen wie dicke Stromkabel.

Er sagte, ich solle aus dem Weg gehen. Erst jetzt sickerte die erste Forderung in seinen Verstand. *Es geht um das Mädchen!*

Er sah kurz über die Schulter.

Die Nanny hielt Bala an sich gedrückt und starrte auf den schwarzen Fangarm, der sich gegen die Tür stemmte. Es gab kein Entkommen.

Du kriegst sie nicht. Er würde dieses kleine Mädchen beschützen, als wäre es seine eigene Tochter, die er verloren hatte wie seine Frau und sein altes Leben.

Der Gedanke an die geliebten Personen, die er auf dieser Erde nicht mehr sehen würde, stemmte sich gegen den Schrecken und die Panik und das verhängnisvolle Aufgeben.

»Was ist mit dem Kind?«, fragte Malleus. Sein Mut wuchs von Herzschlag zu Herzschlag. *Ich werde diese Bestie besiegen.*

»Es gehört an einen anderen Ort«, drang es aus dem Zahnmund. »Nun verschwinde, Malleus Bourreau. Mein Diener muss seine Aufgabe erfüllen. Die Zeit deiner Schonung ist vorüber.«

Die Tentakel erwachten schlagartig zum Leben, und das Kindermädchen schrie schrill in einer unverständlichen Sprache.

Nicht, solange ich lebe. Denk an Bala. Denk an deine Familie. Malleus schoss seinen Deringer in rascher Folge auf die hektischer leuchtenden weißen Augen ab, solange die Bestie noch stillstand, und duckte sich, um das Beistelltischchen mit beiden Händen zu packen. Die kleine Pistole ließ er achtlos fallen.

Die Kreatur schrie hasserfüllt auf, aber die Augen hielten den

Neun-Millimeter-Projektilen stand. Malleus nutzte den Moment der Ablenkung, rammte den Tisch mit den spitz zulaufenden Beinen voraus durch den Brustkorb des Gegners und warf sich mit aller Macht und dem eigenen Gewicht dagegen.

Die physische Attacke überraschte das Monstrum, das seine Stempelbeine nicht rasch genug umgesetzt bekam, um den Einschlag abzufangen.

Die gallertartigen und doch kräftigen schwarzen Greifarme zuckten peitschend umher und fischten nach allem, um Stabilität zu erlangen: Decken- und Stehlampe, Stühle, eine Kommode, nichts hielt, die Dinge fielen um oder rissen einfach ab.

Ich gebe nicht auf. Malleus presste sich mit der Schulter gegen das Tischchen, zog den zweiten Deringer und klappte die Klinge aus. Die scharfe Schneide kappte mehrere Tentakel, die – sich windend und dunkles Blut sprühend – auf dem Boden landeten.

Die Bestie fing sich mit einem neuerlichen Brüllen, fand endlich Halt, Greifarme spannten sich kabelgleich quer durch den Raum. Derart gesichert, hob es ein Bein und trat zu.

Malleus wich aus, aber der davonwirbelnde Beistelltisch erwischte ihn an der Hüfte und riss ihn mit. Sich mehrmals überschlagend, landete er auf dem Boden und rollte sich zur Seite, damit ihn der heranjagende Greifarm verfehlte.

Der Tentakel hinterließ einen deutlichen Abdruck, der Belag riss auseinander und ließ Fetzen umherfliegen. Kleine Häkchen ragten aus dem Greifarm und zerschnitten das billige Laminat.

Das ist die Idee. Malleus robbte blitzschnell zu einem der abgeschnittenen Fangarme, packte ihn mit beiden Händen und führte ihn wie eine Peitsche gegen die aschfarbene Bestie.

Die ausgefahrenen Häkchen taten ihre Wirkung auch beim Gegner: Knallend hinterließ die improvisierte Waffe einen langen Striemen quer über dem Gesicht und brachte die Augen zum Platzen, danach fuhr sie über den Bauch, der sich wölbte und aufsprang. Innereien schoben und drückten sich viele Zentimeter aus der aufschreienden Kreatur, die in ihrem Schmerz mit den Tentakeln blindlings um sich schlug.

Man kann es töten! Malleus ließ sich fallen und machte sich so klein wie möglich. Er zitterte vor Angst, vor Freude. *Es regeneriert nicht, wenn man es mit den eigenen Waffen trifft. ICH kann es töten!*

Um ihn herum löste sich die Wohnung auf, pfeifend und sirrend zerschlugen die schwarzen Schlangenarme sogar die Wände. Geblendet und ohne Augenlicht, fehlte die Koordination.

Das Kind! Malleus schielte hinter sich.

Die Nanny hatte die Gelegenheit genutzt, um durch die nicht mehr vorhandene Tür zu entkommen.

Als die Tentakel in eine andere Richtung peitschten, platzierte Malleus einen weiteren Hieb, zielte auf den Hals. *Stirb!*

Der Greifarm traf das Ziel, riss eine Hälfte des kräftigen Halses weg und sandte klare und dunkle Flüssigkeiten durch die Luft, die gegen Wand und Fenster spritzten.

Gurgelnd sackte die Bestie zusammen. Sie zog die Tentakel zurück, die sich unterhalb der Armansätze zu dicken Strängen verdrehten. Die Enden nutzte sie wie Finger, um sich auf dem zerschlitzten Boden abzustützen. Rötlich gelber Schleim sickerte und tropfte aus den verletzten Augen.

Wasser sprühte aus den aufgerissenen Wänden und band den Staub, Stützträger zeigten blank geschlagenen Stahl.

Die Kraft der Kreaturen hatte Malleus noch in bester Erinnerung. Er richtete sich behutsam auf und hob die Tentakel für den entscheidenden Schlag. *Sie ringt mit dem Tod.* Er konnte sein Glück noch gar nicht fassen.

Das fängebewehrte Maul öffnete sich. »Ich schonte dich, Malleus Bourreau. Alle anderen brachte ich um, nur du bliebst unangetastet. Und so dankst du es mir?«, erklang die Stimme. »Ich vergesse es dir nicht.«

»Ich würde es jederzeit wieder tun.«

Die Bestie drückte sich urplötzlich ab und sprang gegen ihn, die

Vielfachzahnreihen würden seinen Kopf spielend leicht umschließen. Die Tentakelarme fächerten im Flug auseinander und bildeten einen Käfig, aus dem er nicht entkam. Sie hatte nur darauf gewartet, seine Stimme zu hören, um eine Richtung für ihre letzte Attacke zu erhalten.

Da sprang ein kalbsgroßer Schatten herbei und warf sich gegen das Monstrum, stieß durch den Tentakelkäfig, riss es mit und landete mit ihm zusammen in der Zimmerecke.

Die Belastung war für den angeschlagenen Boden zu viel, der Untergrund sackte unter dem Aufprall weg, bevor Malleus erkannte, wer zu seinen Gunsten eingegriffen hatte.

Aber er ahnte es.

Malleus ließ den weichen, knochenlosen Arm fallen und rannte hinaus, um nach Bala zu schauen.

Auf dem Flur herrschte Drängeln und Geschrei. Nicht wenige Bewohner versuchten, sich in Sicherheit zu bringen, andere standen auf der Schwelle ihrer Behausungen und gafften. Inmitten des Durcheinanders entdeckte Malleus die Kindfrau und Mutter des kleinen Mädchens, die das gleiche Zeichen eintätowiert im Nacken trug wie das Scheusal, das er soeben umgebracht hatte. Zuletzt war er ihr in Neu Karthago begegnet.

Dieses Mal trug sie ein umwerfendes Abendkleid in Weiß und Grau, teuren Schmuck und hohe Schuhe, was überhaupt nicht an diesen Ort passte und ihre Erscheinung umso unwirklicher machte. Sie hielt die kleine Bala auf dem Arm und gab ihr einen beruhigenden Kuss auf die Stirn, was die tiefseeblauen Augen vor Glück zum Leuchten brachte.

Malleus bahnte sich den Weg zu ihr, nahm sie am Arm und zog sie in eine Fensternische. Ihr Name wollte ihm partout nicht mehr einfallen. *Etwas mit Z.* »Verzeihen Sie mir, Miss.« Sie erkannte ihn sofort, machte aber keine Anstalten zu flüchten. »Ich habe Fragen. Zu Ihrem Zeichen im Nacken.«

»Sie haben meine Tochter gerettet. Zum zweiten Mal.« Die grellweiße Strähne befand sich unverändert in den halblangen schwarzen Haaren, von deren Ansatz sich die helle Linie in gerader Linie abwärts über die braune Haut zog. »Was immer Sie verlangen, Mister Bourreau, ich tue es. In Gomorrah gibt es keine Tabus.«

Die Art der Betonung ließ vermuten, dass sie etwas Sexuelles vorschlug. »Ich will nur Antworten.«

Sie blickte angespannt um sich, die Aufregung legte sich allmählich, da der Kampflärm aus der Wohnung verebbt war. »Fragen Sie. Rasch! Ich muss weiter.«

»Was ist mit Ihrer Tochter? Wer will sie tot stehen? Und was bedeutet das Zeichen?«

»Sie ist die Tochter eines rivalisierenden Gottes. Der Name desjenigen, der sie umbringen will, lautet Namtarú. Es ist sein Zeichen, das mir gegeben wurde und das mich auf immer an ihn bindet. Im Leben wie im Tod.« Sie stellte sich auf die Zehenspitzen und gab ihm einen Kuss auf die Wange. »Mehr darf ich Ihnen nicht sagen. Leben Sie wohl.« Sie wandte sich um.

»Warten Sie! Was wird aus Ihnen?«

»Ich muss mir einen Ort suchen, an dem wir in Sicherheit sind. Ich dachte, Bala wäre geschützt, aber es … ich habe mich geirrt«, antwortete sie und lief los.

»Kann ich etwas …«

»Niemand kann etwas für mich tun. Namtarú ist Namtarú.«

»Halt!« Malleus folgte ihr und gab ihr die hölzerne schwarze Karte. »Nutzen Sie *das*, um aus Gomorrah zu entkommen. Sie haben noch ein paar Stunden, bevor sie ungültig wird.«

Die Kindfrau sah auf die schillernden Ornamente, ihre Augen wurden groß. »Amarud?«

»Nicht zögern, Miss.« Er lächelte sie freundlich an und strich dem kleinen Mädchen über den Kopf, dachte an seine eigene Tochter. Seine Kehle verengte sich. »Nutzen Sie die Gelegenheit«, sagte er rau.

Dieses Mal bekam er von ihr einen Kuss auf den Mund.

Sie schmeckte nach Früchten, nach süßer Schwere, nach Erlebnissen, die man auf ewig im Gedächtnis behalten würde, nach Ekstase und grenzenloser Hingabe.

»Ich würde Sie segnen, wäre ich eine Göttin. Aber Bala wird Sie eines Tages belohnen.« Dann tauchte sie in den abflauenden Fluss aus Flüchtenden ein und verschwand darin.

Malleus schluckte. *Ich weiß immer noch nicht, wie sie heißt. Zara?*

Durch den staubigen Flur kamen Sicherheitskräfte, deren goldene Einsatzpanzerung antiken Rüstungen nachempfunden war. Sie hielten unbekannte, lange Gewehre im Anschlag und bewegten sich zügig den Korridor entlang.

Zwei blieben vor Malleus stehen, ohne die Waffen zu senken, der Rest stürmte die verwüstete Wohnung.

Durch den Staub erschien eine weitere Gestalt, die in ihrem weißen Businessanzug mit Ornamenten ebenfalls wie eine Spukgestalt wirkte. In dem bekannten Frauengesicht saß die charakteristische Gletscherbrille. Marduki wollte sich das Spektakel nicht entgehen lassen, und das Konsortium hatte endlich einen Anlass, der sie zum Eingreifen ermächtigte. Um die Mundwinkel schimmerte ein kühles Lächeln.

»Sir, Sie haben keine Befugnis, sich in diesem Teil der Stadt aufzuhalten«, sagte eine Lautsprecherstimme aus dem Mundteil eines geschlossenen Polizeihelms.

»Ich arbeite für Amarud«, erwiderte Malleus und rührte sich nicht, um die nervösen Polizisten nicht zu einer Reaktion herauszufordern. »Miss Marduki kennt mich.«

»Dann müssten Sie eine entsprechende Legitimierung bei sich tragen, Sir«, gab die Frau genüsslich zurück. »Und Ihr Gästeband fehlt.«

»Die … muss beides in meinem Hotelzimmer liegen«, antwortete er entschuldigend.

»Oh. Bedauerlich.« Marduki atmete langsam ein und seufzend vor Wonne aus. »Gut, Sir. Dann legen Sie sich bitte mit dem Gesicht auf den Boden.«

Ihre Form der Revanche. Malleus sah wenig begeistert auf den verstaubten, schmutzigen Plastikbelag. Damit wäre seine Garderobe endgültig ruiniert, den Dreck würde man nicht mehr aus dem teuren Gewebe bekommen.

»Sir, ich zähle bis drei.«

»Schon gut.« Gehorsam ging er zuerst auf die Knie, dann legte er sich hin und die Hände auf den Rücken. Der Staub kitzelte in seiner Nase, während die Gepanzerten um ihn herumgingen, ihm Kabelbinder um die Gelenke zurrten und ihn absuchten.

Dabei kam Malleus ein Gedanke, was seinen eigentlichen Fall betraf: der Tod von Hansson. *Warum habe ich daran nicht gleich gedacht?*

* * *

Vorderer Orient, Gomorrah, November 2019

»Sir, ich entschuldige mich für meine Garderobe.« Malleus hatte nach seiner Freilassung bei Sonnenaufgang im Hotel eine Dusche genommen, erneut die Kleidung zum Reinigen und Ausbessern abgegeben und musste Amarud nun im Bademantel gegenübersitzen. »Die Umstände ließen leider nichts anderes zu.« Er rauchte seine vorletzte Culebra, sepiafarbene Banderole.

Amarud ruhte in dem Ledersessel ihm gegenüber, eine Hand auf dem rundlichen Griff aus Silber und Ebenholz seines Elfenbeinstocks, die andere auf dem Kopf des fabelhaften Wesens, das ihm wie ein Hund überallhin folgte und vom Gebaren an eine Katze erinnerte. Der gehörnte Schlangenschädel hielt unter dem Streicheln still, die Blicke zuckten gelangweilt umher.

»Mir wurde berichtet, dass es zu *Komplikationen* kam, Mister Bourreau«, stimmte ihm der bärtige Mann zu, um die Mundwinkel zuckte es.

Er amüsiert sich.

»Marduki verhielt sich mit Absicht und Freude sehr übergenau. Das Konsortium wird sich sicher dafür entschuldigen.« Die manikürten Fingernägel trommelten einmal von rechts nach links über den Knauf. »Sie haben Erkenntnisse für mich?«

»Die habe ich *bedingt.*« Malleus fasste zusammen, was seine Recherche im Tätowierladen ergeben hatte. »Danach holte ich mir Informationen aus Schweden zu Hanssons privatem Umfeld. Und mir wurde zugetragen, dass er in den letzten Monaten nicht mehr an kultischen Handlungen zu Ehren der nordisch-germanischen Entitäten teilnahm. Seine Begründungen dazu waren mal einleuchtend, mal fadenscheinig.« Malleus paffte an der krummen, winkligen Zigarre.

»Ich verstehe. Ihre Folgerung lautet: Hansson wollte konvertieren. Die Zeugen haben die echte Frigg gesehen, die nach Gomorrah schlich, um den Mann *hier* umzubringen und es nach einem Sexunfall aussehen zu lassen, wie sie gelegentlich zu unserem Bedauern geschehen. Das ist allen peinlich, es wird geschwiegen, und der Konvertit ist ausgeschaltet.«

Malleus malte mit dem glühenden Ende der Culebra ein Ausrufungszeichen in die Luft, der Rauch stand als gespenstiges Echo sekundenlang im Raum, ehe er sich auflöste. »Das wäre meine These gewesen, Mister Amarud. Bis zu der *Komplikation*, wie Sie es nannten.« Er tippte sich an die Nase. »Staub.«

»Staub?«

»Miss Marduki hatte großen Spaß daran, mich nach allen Regeln der Kunst festnehmen zu lassen. Während ich mit der Nase im Dreck lag, fiel mir ein, dass ich dringend den Filter des Staubsaugers untersuchen sollte, mit dem die Suite nach dem Tod von Hansson gesaugt wurde.« Malleus lehnte sich zur Seite und nahm das Glas, in dem er seine Funde aufbewahrte.

Er schüttelte lose, vertrocknete Blütenblätter, ein paar Erdkrumen und gekringelte Moosfasern auf den Tisch vor ihnen. »Es war noch mehr drin. Ich habe Miss Marduki gebeten, die Dinge analysieren zu lassen. Sie war so frei. Auch ohne schwarze Karte.«

Amarud lehnte sich gespannt nach vorne. »Nicht nordisch«, wagte er die Prognose.

»Exakt, Sir. Weder haben Innenminister Hansson noch Frigg das Material mit nach Gomorrah gebracht.« Malleus zog den Ausdruck vom nahen Schreibtisch und reichte ihn hinüber. »Herkunft: Mittelamerika. Details erspare ich Ihnen.«

»Das Gebiet der Azteken. Xochiquetzal«, spann Amarud weiter. Eine dicke Ader entstand auf seiner Stirn, die sich deutlich unter der Haut abzeichnete. Wut.

»Auch hier muss ich sagen: reine Hypothese«, schränkte Malleus ein und rieb sich über den Fu-Manchu. »Wir haben *keine* Beweise, dass die Entität sich in der Suite aufgehalten hat. Nur starke Hinweise. Dank Ihres Bandsystems« – er zeigte auf sein freies Handgelenk – »gelingt es normalerweise nur Göttinnen oder Göttern, sich unbemerkt nach Gomorrah zu begeben, auch wenn mir dazu das genauere Wissen fehlt.«

»Xochiquetzal bringt den einflussreichen Mann um, der ihr das Tor nach Skandinavien öffnen könnte – weswegen?«, hakte Amarud ein.

»Bedenkt man die Tragweite einer solchen Konvertierung, mag es sein, dass Xochiquetzal vom Übertrittswillen hörte und Innenminister Hansson selbst ermordete, um größeres Aufsehen und größere Unruhe zu vermeiden.«

»Spannende These, Mister Bourreau. Aber was tat dann Frigg heimlich und ohne Anmeldung bei den Behörden in der Suite?«

»Sofern es überhaupt die Entität war, die gesehen wurde: Vielleicht ebenfalls mit Hansson sprechen?« Malleus paffte Fragezeichen in die Luft. »Sie wollte ihn womöglich von dem Plan abbringen, sich abzuwenden. Sie wird gedroht oder gelockt haben.«

Amarud lehnte sich wieder in den Sessel, kraulte sein Haustier. »Und das alles, weil ein Sterblicher die Religion wechseln will«, fasste er zusammen.

»Nicht einfach nur ein Sterblicher – der schwedische *Innenminister*. Sein Tod unter diesen unrühmlichen Umständen in Gomorrah war das Beste, was aus der Sicht von Frigg und Xochiquetzal für den Frieden in der Welt geschehen konnte.« Malleus betrachtete den Mann freundlich. »Oder hätten Sie Interesse daran, dass erneut Religionskriege ausbrächen, Sir?«

Amarud schüttelte abwesend das Haupt. »Ich sehe die Indizien. Und ich habe Ihren Vorschlag deutlich herausgehört.«

»Es war sehr offensichtlich, nicht wahr?« Malleus gestikulierte mit der Culebra in der Hand. »Belassen wir es dabei: Gunnar Olof Hansson starb, als er Sex mit sich selbst hatte, was weiterhin ein *Unfall* bleibt. Hochoffiziell durch Interpol bestätigt.«

»Einverstanden, Mister Bourreau.« Der mysteriöse Mann nahm die Hand vom Schädel des Tieres, das seinen Kopf sofort auf der Lehne ablegte, ohne Malleus aus den Augen zu lassen. »Was den Vorfall in den Unterkünften der Arbeiter angeht: Sie haben ausgesagt, Sie hätten einen Überfall verhindert?«

Malleus überlegte, wie weit er die Wahrheit sagen wollte. Es konnte immerhin sein, dass Amarud mehr Informationen beisteuerte. *Ich sollte wohl.* Die Einzelheiten zu Bala und ihrer sehr jungen Mutter würde er weglassen. »Es tauchte ein Wesen auf, das Namtarú dient, und machte Jagd auf mich. Die gleichen Wesen rieben in den Übergangskriegen meine gesamte Einheit auf. Nur ich blieb verschont. Ich nehme an, es sollte zu Ende gebracht werden, was sich damals nicht ergab.«

»Interessant.« Die Augen des Mannes zogen sich eng zusammen. »Woher wissen Sie, dass es von Namtarú gesandt wurde?«

»Das Zeichen auf der Stirn.« Malleus malte es mit der glühenden Zigarrenspitze in die Luft – aber dieses Mal zerstob es nach einer kaum merklichen Geste von Amarud mit einem Funkenregen. »Und er sprach mit mir. Nannte sich Wesir der Unterwelt.« *Er weiß viel mehr*, durchzuckte es ihn, weil die Ader des Mannes weiter anschwoll. »Glücklicherweise wurde niemand verletzt, wie ich von Marduki erfuhr. Offiziell wurde der Vorfall von ihr als *Streitigkeiten unter den Arbeitern* zu Protokoll genommen.«

Amaruds Miene verschloss sich. »Ich nehme an, Sie wissen, wer Namtarú ist?«

»Ich wollte den Fall erst abschließen, und meinen PDA nahm mir Marduki leider weg, Sir. Ich bekam ihn eben erst wieder.«

»Er zählt der Mythologie nach zu den sieben Unterweltsgöttern und dient verschiedenen Wesen dort als Wesir«, fasste Amarud mit kaum verborgener Wut zusammen. »Manche fürchten ihn als Pestgott. Sein Mund sei voller Gift, er sorge für Krankheiten und Tod. Er hat sich sehr viele Feinde gemacht, aber solange Ereškigal ihre schützende Hand über ihn hält, werden wir ihn nicht los.«

»Er machte in Gomorrah bereits öfter Probleme?«

»Er erkennt die Autoritäten anderer schwer an, wenn er seine eigenen Ziele verfolgt.« Amarud erhob sich. »Dieses Mal waren *Sie* sein Ziel, Mister Bourreau. Aber auch das werde ich ahnden. Ich danke Ihnen für Ihre ausgezeichnete Arbeit, Inspektor. Sie haben der Welt einen Gefallen getan.« Er langte in seine Sakkotasche und nahm einen Umschlag heraus. »Als Anerkennung. Denn eine Bestechung haben wir beide nicht nötig.«

Malleus nahm das Kuvert. Ihn beschäftigte das Gehörte, das vor Religionsmythen strotzte, was es dem Atheisten schwer machte, es zu akzeptieren. Da ihn aber die Bestie beinahe getötet hatte, wurde es zu einem schrägen Faktum. »Danke, dass Ihr Haustier einsprang, als es knapp wurde.«

»Tat es das?« Amarud tätschelte den Schlangenschädel, und das Wesen schnurrte grollend, legte den Kopf gegen die Hüfte des Mannes. »Es war ihr wohl ein Vergnügen, Mister Bourreau. Ich habe sie allerdings nicht damit beauftragt. Aus irgendeinem Grund scheint Mušḫuššu Sie zu mögen.« Er hob grüßend den Stock und ging hoheitsvoll zur Tür, durch die er zusammen mit der Chimärenkreatur hinaus verschwand.

Eine sehr spezielle Freundin. Malleus spielte mit dem Gürtel des Bademantels und rauchte langsam.

Er fand es unbefriedigend, keine Beweise für den Mord an Hansson liefern zu können, obgleich er nicht an dem Umstand zweifelte, dass Xochiquetzal schuldig war. Sicherlich arbeitete Amarud bereits an einem verbesserten Sicherheitssystem, welches das Eindringen von Entitäten nach Sodom und Gomorrah meldete.

Malleus klemmte sich die Culebra in den Mundwinkel und öffnete den erstaunlich schweren Umschlag. Abgesehen von einer personalisierten Ein-Jahres-Dauerkarte für Gomorrah und Sodom, inklusive Unterbringung und Taschengeld, lagen darin zehntausend Euro in Fünfhundertern, die einen kleinen Goldbarren umhüllten.

Mister Amarud ist großzügig.

Das Geld nahm er ruhigen Gewissens an. Er brauchte Zigarren und neue Kleidung.

Malleus hoffte, dass die Kindfrau zusammen mit Bala entkommen war. Ob sie damit ihrem Feind für immer entging, stand auf einem anderen Blatt. Er wünschte es den beiden.

»Namtarú«, sprach er den Namen seines neuen Feindes laut aus und nahm sich den PDA. Es gab viel zu recherchieren.

Doch zuerst wollte Malleus seine Nachrichten sichten, die in der Zeit im Gomorrah-Knast aufgelaufen waren. Und er musste einen Anwalt für Ove Schwan beschaffen, ohne dass es auf ihn zurückfiel. Geld besaß er dank des Umschlags genug. Dass man seinen Freund für den Glyphenmörder hielt, war himmelschreiend unsinnig.

Außerdem muss ich noch mal in Balas Wohnung.

Er schaltete den Fernseher ein und ließ ihn im Hintergrund laufen, wählte einen Nachrichtensender. Informationen waren stets von Vorteil.

Lautrec fragte nach dem Stand der Ermittlungen, Lagrande berichtete ihm von neuen Erkenntnissen zu den Artefakten, die sie nur mit ihm besprechen wollte, und auch Crick kam voran und engte den Personenkreis in Sachen Sammler mehr und mehr ein. Dazu hagelte es die üblichen Anfragen nach privaten Ermittlungen.

Während er sich durchscrollte und knappe Antworten versandte, flimmerten *Breaking-News* aus Mexiko-Stadt über den Fernsehschirm.

Ach? Malleus hob den Kopf, um es besser verfolgen zu können.

Beim Fest zu Ehren von Xochiquetzal, das gerade seit Jahrtausenden zum ersten Mal begangen werden sollte, war die Göttin leblos in ihrer Loge aufgefunden worden.

Die Spekulationen schossen ins Kraut, sämtliche Veranstaltungen wurden vorerst abgesagt. Ihr Gatte Tlaloc rief die Anhänger und das Volk von Mexiko dazu auf, für die Göttin zu beten. *Die zurückgekehrten Entitäten sind durchaus zu töten. Wie die aschfarbenen Bestien.*

Ohne dass die Sender einen Zusammenhang herstellten, wurde in einer weiteren Meldung aus der Rubrik *Göttliche News* darauf hingewiesen, dass es in einem Frigg-Tempel in Anwesenheit von Odins Gemahlin zu einem Vorfall gekommen war, bei dem die Göttin angeblich schwer verletzt worden sei. Details würden alsbald nachgereicht, Hugin und Munin seien bereits gesichtet worden, die Erkundigungen für Odin einholten.

Amarud hat schnell gehandelt.

Malleus richtete seinen Blick wieder auf den PDA und öffnete die Anfragen von Privatleuten. Eine Nachricht musste er zweimal lesen, um sicherzugehen, dass er sie richtig verstanden hatte: Eine Dame wollte, dass er ihr Eigentum zurückholte. Sie bezichtigte einen verfeindeten Sammler des raffiniert heimtückischen Diebstahls.

Es ging um ein Horn.

»Das Horn von Nandi«, las er und sog hastig an der Culebra. Es war eines der gestohlenen Artefakte aus Treva.

Ein verfeindeter Sammler. DER Sammler?

* * *

Episode 8
DIE FINTE

Fin|te, *die; -, -n*

[ital. finta = List < spätlat. fincta, subst. 2. Part. von lat. fingere, fingieren]:

1. (bildungsspr.) Vorwand, Täuschung: das war nur eine F. von Loki; jmdn. durch eine F. täuschen (wie Loki).
2. a) (Fechten, Boxen) vorgetäuschter Stoß, bei dem die Reaktion des Gegners erwartet u. für eigene Zwecke ausgenutzt wird;
b) (Ringen) angedeuteter Griff, der den Gegner täuschen soll.

falsch:
herausfinten
die Finte ins Korn werfen

Im Alphabet davor	Im Alphabet danach
Finstere	*fintenreich*
Finsterkeit	*fintieren*
Finsterling	*finzelig*
Finsternis	*finzlig*
Finsterspinne	*Fiorette*

DUDEN – Deutsches Universalwörterbuch,
Ausgabe von 2019

Germanien, Freistaat Sachsen (germanischer Teil), Lipsk (Leipzig), November 2019

Malleus Bourreau ging nicht weit von seiner kleinen Zweitwohnung entfernt durch das Schneegestöber die Hainstraße entlang und bog in Barthels Hof ein; in seiner Rechten hielt er einen Metallkoffer, den er für den zweiten Termin des Tages benötigen würde.

Abrupt nahm der schneidende Wind ab, die Flocken fielen langsam und beruhigt auf das Kopfsteinpflaster, als befände sich hier ein Schneeschutzgebiet.

Malleus mochte seine hiesigen vier Wände, die er vor Jahren überraschend geerbt hatte. Sie lagen in einem der schönen Altbauten, mit hohen Stuckdecken samt verschwenderischer Raumaufteilung. Er nutzte sie gelegentlich, wenn ihm der Lärm in Lutetia zu viel wurde.

Seine eigentlichen Wurzeln in Germanien lagen nicht in Sachsen, doch Malleus mochte die Stadt, seit er Kontakt zu ihr aufnahm. Sie besaß Charme, den sie sich gerade so erhielt, trotz der zahlreichen Neubauten und Großprojekte.

Mit Religion hatte man im Osten des Landes wenig am Hut gehabt, folgerichtig gab es keine besondere Aufregung – im Guten wie im Schlechten –, als die Entitäten erschienen. Die Leipziger nahmen sie hin wie einen Wetterumschwung, und da sich die Gottheiten nicht sehr einmischten, war von dem geistlichen Wechsel im Stadtbild fast nichts zu bemerken. Nur der sehr teure Kirchenneubau im Herzen der Stadt wurde ohne großes Aufsehen in ein Wohngebäude mit sehr günstigen Mieten umgewandelt. Niemand protestierte.

Wahre Nächstenliebe. Voller Selbstlosigkeit. Malleus durchquerte den Innenhof und schwenkte auf den hinteren Durchgang, wo sich sein Lieblingsladen befand und in dem er gleich einen Termin hatte.

Die kleine Fassade war bewusst im Stile der Goldenen Zwanziger des vorangegangenen Jahrhunderts gestaltet, darüber stand in geschwungener Schrift:

Karak et Frères
Herrenausstatter

Und darunter in altmodischen goldenen Lettern:

Leipzig/Paris/London/Mailand
oder auf Abruf an jeden Ort der Welt

Malleus freute sich auf die vereinbarte Anprobe.

Er mochte Kleidung, die zu einhundert Prozent passte und weder das Einerlei noch das zu Modische oder verkrampft Außergewöhnliche wollte. Zudem besorgten die Gebrüder Karak die besten Rauchwaren und Alkoholika, die für Geld zu haben waren, darunter auch die wundersamen Culebras, auf die Malleus nicht verzichten konnte.

Leise klingelte das Glöckchen über der Tür, dessen heller Ton melodisch, aber nicht aufdringlich wirkte. Gut gelaunt betrat er den Verkaufsraum, der eher an einen Gentlemen's Club erinnerte denn an einen Herrenausstatter. Karak hatte die Decke zwei Stockwerke darüber herausbrechen lassen, um eine atemberaubende Höhe zu erreichen, die schwindelerregend wirkte, sobald man den Kopf in den Nacken legte.

Es war familiär, mit Sesseln und Couches, die Leder und Metallelemente kombinierten. In meterhohen Schränken und Humidoren standen beleuchtete Spirituosenflaschen und Tabakwaren jeglicher Provenienz, demgegenüber gab es Regale mit verschiedensten Hutmodellen, Gehstöcken, Handschuhen, Schals, Krawatten und vieles, vieles mehr, was den Unterschied und die Klasse ausmachte. Schlanke Holztreppen und ein Lift führten zu den Galerieebenen.

»Wenn das nicht mein Lieblingskunde ist«, vernahm er die stets leicht heiser klingende Stimme des Schneidermeisters aus dem benachbarten Atelier. »Einen Augenblick, Herr Bourreau. Ich bin gleich bei Ihnen.«

»Keine Eile.« Malleus atmete den Geruch aus Tabak, Leder und

Oudh ein, der umherschwebte. Ein Kleinod, eine Insel des Außergewöhnlichen im allgegenwärtigen Einerlei.

Er schüttelte den Schnee ab und warf den Hut aus dem Handgelenk auf den Ständer neben dem Tresen. Den Koffer stellte er neben den Sessel, in dem er normalerweise saß.

Der nahezu zierliche, braunhaarige Mann, der kaum Muskeln zu besitzen schien, kam durch den Vorhang und lächelte Malleus freundlich und offen an. Gekleidet in schwarze Hose, weißes Hemd und dunkelgrünes Gilet, das gelbe Maßband um den Nacken und ein gespicktes Nadelkissen am Handgelenk wirkte er wie das perfekte Abbild eines Schneiders.

Er streckte die Hand zur Begrüßung aus. »Sie wieder hier, mein werter Herr. Eine Freude, ganz ehrlich.« Sein kritischer Blick fiel auf den abgetragenen Militärmantel, auf dem das Weiß ruhte und leicht schmolz. »Und Sie haben den immer noch? Sie wissen, dass ich Ihnen jederzeit etwas Besseres anfertigen kann.«

Malleus schlug ein und lachte. Auch die antiquierte Anrede passte herrlich in den Laden, in dem ein Kunde durch und durch König war. »Danke, lieber Herr Karak. Ich bleibe bei dem Modell. Es leistet treue Dienste.«

Der Schneider half ihm aus dem Kleidungsstück, wischte den Schnee souverän ab. »Wie Sie wünschen.« Karak hängte es trotz seiner Verachtung sorgsam auf einen Bügel und an den Haken; er respektierte die gemeinsame Vergangenheit. »Ihr Notruf erreichte mich, und ich habe schon vorgearbeitet. Ich ging davon aus, dass Sie Ihre Figur gehalten haben.« Ein musternder Blick traf Malleus; der breitete die Arme aus und drehte sich um die Achse. »Ich hatte recht, auch wenn Sie mir etwas dünner erscheinen. Wir vermessen Sie nachher, Herr Bourreau.«

»Ich hätte auch ein paar Anregungen für was Neues«, sagte er und wurde von Karak in die Sitzecke gelotst und zum Hinsetzen gebeten.

»Sehr gerne. Aber zuerst die gewünschten Bestellungen für Sie.«

Flink wie ein Eichhörnchen erklomm Karak die kleine Leiter und begab sich in zwei Meter Höhe, wo er ein Glasfenster öffnete und drei Kistchen herausnahm, um anschließend wie in einem U-Boot geschickt mit den Füßen an den Außenseiten nach unten zu gleiten.

»Die Culebras«, sprach er feierlich und stellte die Holzbehältnisse nebeneinander, öffnete sie andächtig nacheinander; das leise Zischen kam vom integrierten Humidor, der die genau vorgegebene Luftfeuchte und Temperatur hielt.

Malleus sah die charakteristisch gezackten Zigarren vor sich, die mit verschiedenen Banderolen versehen waren. Entzückt betrachtete er sie, kleine Einschübe trennten die Farben voneinander ab, damit der Inhalt nicht durcheinandergeriet.

»Blau, schwarz, grün«, sagte Karak und deutete auf die Culebras, als würde er Speisen kredenzen, »und wir haben sepiafarben, rot, violett, teefarben und rubinrot. Nicht zuletzt: bernsteinfarben.«

Sehr, sehr glücklich betrachtete Malleus die Ansammlung und entspannte sich. Nun konnte nichts mehr schiefgehen.

Dann nahm Karak ein kleines Aluminiumröhrchen scheinbar aus dem Nichts und legte es darunter. »Voilà. Etwas Neues.« Er verschwand durch den Vorhang. »Versuchen Sie diese Kostbarkeit, Herr Bourreau. Ich hole eben noch rasch das Päckchen, das für Sie gekommen ist.«

Malleus wusste, dass es sich bei dem erwähnten Päckchen um seinen alten und schmerzlich vermissten PDA handelte. Sein Bastelkumpel hatte es an diese Adresse geschickt, weil sie sicher war.

Er nahm die metallene Verpackung, schraubte sie auf.

Ein Geruch von Tausendundeiner Nacht stieg heraus, der Orient schien in die Culebra gebannt worden zu sein.

Vorsichtig ließ Malleus die Zigarre in die Hand rutschen. *Dunkelpurpur*. »Darf ich sie versuchen, Herr Karak?«

»Sicher, sicher«, tönte es gedämpft. »Sie wurde eigens für Sie angefertigt, nachdem ich Gerüchte hörte, wo Sie sich überall für Interpol herumtreiben mussten. Und wenn sie Ihnen behagt, lässt sich Nachschub organisieren. Sie kennen mich.«

Malleus schnitt das Mundstück ab und tat das Gleiche mit der anderen Seite, nahm Span und Streichholz, entzündete mit dem Holz wiederum die wundervoll duftende Culebra.

Das erste Paffen deutete an, welche Aromen der Kreateur in die Blätter eingewoben hatte. Nach etwa vier Zügen entwickelte sich der volle Geschmack, den Malleus als ebenso mild wie aromatisch empfand.

Leichter Schwindel breitete sich aus, in den Schläfen zog es.

»Kann es sein, dass der Tabak stärker ist als der andere?«, erkundigte er sich und fuhr sich mit Daumen und Zeigefinger über den Fu-Manchu.

Karak kehrte zurück und reichte ihm das Päckchen mit dem PDA darin; der schwere Vorhang verhinderte, dass die Tabakgerüche in sein Atelier zogen und die Garderoben der Kunden ungewollt mit Qualm weihräucherten. »Es ist die neuste Ernte, und die soll dieses Mal besonders gut ausgefallen sein, was die Qualität angeht. Dafür gibt es weniger davon. Eine Frage des Preises.« Der dünne Schneider sah sichtlich glücklich aus, dass seinem Kunden die Ware zusagte. »Ich wage die Prognose, mein verehrter Herr Bourreau, dass ich Ihnen welche davon beschaffen darf?« Er setzte sich Malleus gegenüber auf die Couch, auf der er klein und beinahe verloren wirkte.

»Prognostizieren Sie, Herr Karak.« Er lehnte sich zurück und schwenkte die Culebra, die mit ihrer Spitze wie sonst auch rote Linien in die Luft malte und mit ihrem Rauchzeichen die Echos dazu produzierte. »Sie haben natürlich recht. Eine Kiste wird reichen.«

»Sehr wohl.« Karak lächelte zufrieden und wissend. »Was Ihr Obergewand angeht: Ich habe vier nach Kurta-Manier fertiggestellt, zwei in helleren Farben und zwei in Schwarz. Die Stickereien sind reduziert, sodass sie nicht mehr auffallen, ganz wie Sie es das letzte Mal wünschten.«

»Sehr gut.« Malleus schmauchte und genoss. *Man kann schwer aufhören.*

»Dazu vier Paar Hosen, zwei Sakkos mit einem ähnlichen indischen Einschlag.«

»Ausgezeichnet, Herr Karak. Ganz ausgezeichnet.« Er deutete auf den Hut am Ständer. »Wie Sie bemerkt haben, ist das ein Notkauf. Der Hut, den ich hier erstand, wurde mir leider … genommen.«

»Ja, Ihre Aufträge fordern immer wieder Verluste, auch und gerade, was Ihre Garderobe anbelangt.« Karak lächelte. »Wir werden uns später um einen Hut kümmern, mein werter Herr. Was den Stoff anbelangt, den ich für die Neuanfertigungen nutzte: Ich habe einen sogenannten Spinnenstoff mit eingesetzt.«

Malleus blickte durch die Rauchschwaden, die er wie eine Nebelbank zwischen dem Schneider und sich aufgebaut hatte und seine Wahrnehmung verzerrten. Der Mann sah durch die Gespinste ungewöhnlich aus, wie nicht von dieser Welt, der Qualm fügte einen Rauschbart in das rasierte Gesicht ein. »Wegen der Gewichtseinsparung?«

»Es geht in Richtung Kevlarpanzerung, geschätzter Herr Bourreau. Das Gewebe ist vollkommen neu. Ich benutzte es für Ihre Kleidung zum ersten Mal.«

»Sie wollen mir sagen, mein Gewand ist kugelsicher?«

»*Sicher*, nun ja. Es wird einiges aushalten, zumindest gegen normale Kaliber und Klingen.« Karak wirkte noch zufriedener. »Damit leidet die Garderobe weniger, hoffe ich.«

Malleus war auf die Rechnung gespannt, die ihm *Karak et Frères* präsentieren würde. Aber wofür verdiente er sonst Geld?

»Zahlen Sie dieses Mal in bar, mein verehrter Herr Bourreau?« Karak deutete scherzhaft auf das Aluminiumköfferchen.

Malleus lachte und stieß dabei Rauch aus, der sich verräterisch schlangenhaft formte, als wüsste er, was der Mann dachte. »Sie sind doch ein Freund des Ungewöhnlichen, Herr Karak?«

»Unbedingt!«

»Dann zeige ich Ihnen etwas.« Malleus, leicht beschwingt von der Wirkung der grandiosen Culebra, nahm das Köfferchen, öffnete die

Verschlüsse und klappte den Deckel hoch. Dort befand sich in einer Klarsichtfolie der abgeschnittene, aufgerollte Tentakel des aschfarbenen Wesens. Gegen die Zersetzung halfen die Folie und die einstellbare Temperatur, einem Humidor nicht unähnlich. Malleus stellte den Koffer auf das Tischchen und drehte ihn.

»Oh, das ist wahrlich faszinierend!«, stieß Karak bei dem Anblick aus. »Ein … *bad*-Fangarm.«

Malleus verschluckte sich beim nächsten Paffen. »Sie wissen, was das ist?«

»Meine Brüder und ich haben ein Faible für mythologische Wesen. Wir sind immer auf der Suche nach Inspiration, was unsere Mode angeht. Das war bereits vor der Rückkehr der Götter so«, erklärte der schlanke Schneider. »Abgesehen vom Cthulhu-Mythos gibt es nicht ganz so viele Bestien, die mit Tentakeln bewehrt sind. Die *bad* sind aus der sumerischen Mythologie, übersetzt bedeutet es *Mauer*, weil sie allem standhalten.« Er blickte auf den Tentakel. »Außer Ihnen, Herr Bourreau. Wem *Sie* so alles begegnen, ich muss schon sagen: be-ein-druck-end!«

Malleus musste grinsen. »Warum wundert mich das jetzt nicht?«

»Weil Sie scharfsinnig sind, mein geschätzter Herr.«

»Wissen Sie zufällig auch etwas über Namtarú ?«

»Ein Gott aus dem gleichen Umfeld, aber mehr kann ich da aus dem Stegreif nicht beisteuern.« Karak deutete auf die Gliedmaße. »Für Ihre Trophäensammlung?«

»Ich wollte es präparieren lassen.« Malleus wunderte sich über seine eigene Redseligkeit und schob es auf die ungewohnte Zigarre. *Ich werde darauf achten müssen, sie nur zu rauchen, wenn ich schweigen kann.* Kurz kam ihm der Gedanke, dass Karak ihm vorsätzlich etwas verabreicht hatte und der unbekannte Sammler ihn bestochen haben könnte. *Nein, er ist integer.*

»Als Peitsche?«

Malleus blinzelte vor Verwunderung. Auf die Idee war er noch nicht gekommen. Er sah den Kampf gegen dieses Monstrum vor seinem inneren Auge ablaufen und welchen Schaden der Tentakel angerichtet hatte. *Das wäre perfekt.*

»Das ist ein ziemlich guter Vorschlag, mein lieber Herr Karak.« Er setzte sich bequemer in den Sessel, schlug ein Bein über das andere und betrachtete die rötliche Spitze der Culebra. »Nur: Wer sollte mir den Greifarm eines *bad* präparieren und zugleich die Wirkung der kleinen Klingen aufrechterhalten?«

Karak erhob sich eilends und deutete einen Diener an. »Mein verehrter Herr Bourreau, es wäre mir eine größte Ehre und Freude, meinem Namen als Herrenausstatter alle Ehre zu machen. Ich habe gute und verschwiegene Kontakte. Wenn Sie mir das Stück überlassen, erhalten Sie es als Peitsche zurück. Das schwöre ich bei …«

»Lassen wir Entitäten aus dem Spiel. Ihr Wort genügt.« Malleus grinste. »Machen Sie es so, Herr Karak.« Er erhob sich aus dem Sessel und fühlte sich leicht wie eine Feder. »Beginnen wir mit der Anprobe.« Mit einer Handbewegung klappte er den Kofferdeckel zu, rollte die Glut von der Culebra ab, damit die Zigarre nicht weiterbrannte. »Und danach: einen neuen Hut, bitte.«

Wieder verbeugte sich Miles Karak ehrfürchtig, als wäre Malleus nicht ein Inspektor bei Interpol und guter Kunde, sondern eine Herrschaft, die mit den Gottheiten auf einer Stufe stand.

* * *

Celtica, Paris-Lutetia, November 2019

Es gab noch einen Grund, warum Malleus die Kundin mit dem gestohlenen Artefakt nicht sofort aufsuchte.

Dieser Grund befand sich unter strengem Polizeigewahrsam im Amarcolitanus-Krankenhaus, durch dessen Flure er gerade schritt.

Mit einem Trick hatte er sich die Erlaubnis besorgt, Ove Schwan einen Besuch abzustatten, obwohl der germanische Staatsschutz massive Bedenken vortrug. Man verlangte die unverzügliche Auslieferung des Mannes und fühlte sich von Interpol bevormundet, aber als Malleus deutlich machte, dass es dabei weniger um *GodsEnd,* sondern um den Verbleib der Goldkäfer ging, beruhigte man sich in Germanien. Aber lange würden sich die deutschen Kollegen nicht mehr hinhalten lassen.

Malleus sah die beiden schwergepanzerten und mit FAMAS ausgestatteten Polizisten am Durchgang zu dem Flur, in dem sich die Quarantänestation befand. Dieses Mal ging es nicht um hochansteckende Krankheiten, sondern um einen gefährlichen Extremisten.

»Bonjour, Messieurs«, sagte er freundlich und tippte sich an die Hutkrempe, zeigte zuerst seinen Ausweis, danach die Erlaubnis, die ihm vom leitenden Ermittlungsbeamten ausgestellt worden war.

Sie ließen ihn mit einem knappen Nicken passieren. Einer gab über Funk durch, dass sich ein autorisierter Besucher näherte, der andere hielt ihm die Tür auf.

Dahinter folgte ein weiterer Gang mit vielen hermetisch verschließbaren Glastüren, in dem sich vier weitere Gerüstete befanden, die FAMAS trugen. Die Celtica-Sicherheitskräfte gingen bei Ove Schwan keinerlei Risiko ein, zumal man wusste, dass er eine militärische Vergangenheit hatte. Der Mann und seine Freunde von *GodsEnd* blieben gefährlich.

Malleus ging an ihnen vorbei und blieb vor der Tür stehen, auf der ein Hinweis prangte, nicht ohne Absprache einzutreten. *Als wenn das irgendwie möglich wäre.*

Der Eingang schwang vor ihm auf, und ein braunhaariger Ermittler in einem verknitterten Anzug bat ihn mit einer knappen Geste herein. Er schien in der Kleidung geschlafen zu haben.

Malleus trat ein und sah Ove Schwan mit Eisenschellen ans Bett gefesselt, die eine gewisse Bewegungsfreiheit erlaubten, ihn aber nicht entkommen ließen. Um seinen hellblonden Kopf lag ein Verband, auch unter dem OP-Hemd waren dickere Stellen zu erkennen, wo sich Kompressen befanden.

Es roch nach Desinfektionsmittel und einem Resthauch Mittagessen, was ein unangenehmes Konglomerat bildete. Bett, Beistelltisch, zwei Extrastühle und ein Tisch. Mehr gab es in dem weiß getünchten Zimmer nicht, abgesehen von diversen Anschlüssen für Krankenhausgerätschaften.

Der Hüne blieb ruhig und warf Malleus einen verächtlichen Blick zu, der perfekt gespielt war. Niemand durfte ahnen, dass die beiden sich kannten. *Besser* kannten.

Neben dem Bett stand ein weiterer Gepanzerter, eine HK UMP schräg vorm Körper haltend. Er betrachtete Malleus knapp und entspannte sich.

»Herr Kollege«, sagte der junge Anzugträger, der eine schusssichere Weste deutlich sichtbar über seinem Hemd trug. »Sie wollten mit Schwan sprechen?«

Malleus nickte. »Würden Sie bitte draußen warten?«

Der Anzugträger runzelte die Stirn. »Davon weiß ich nichts.«

»Jetzt wissen Sie es ja, geschätzter Kollege«, erwiderte er sehr höflich. »Es geht um eine Interpol-Sache, die mit *GodsEnd* nichts zu tun hat. Und damit auch nicht mit der Sûreté.« Malleus sah dem Mann an, dass er zum neu gegründeten Geheimdienst gehörte, was dessen ablehnende Miene sogleich bestätigte. »Und nehmen Sie bitte den Sicherungskollegen mit.«

»Das muss ich erst klären.«

»Das tat ich bereits für Sie.« Malleus präsentierte den Schrieb, der ihm die Sonderbefugnisse bei der Befragung von Ove Schwan zubilligte.

»Mh«, machte der Sûreté-Mann und winkte dem Gepanzerten zu. »Auf Ihre Verantwortung. Und gehen Sie nicht zu nah ran. Der Bastard ist gefährlich.« Dann verschwanden sie hinaus.

Malleus zog seinen PDA und aktivierte ihn – aber nicht die Aufzeichnungsfunktion, sondern den Störsender, den sein Kumpel eingebaut hatte. Im Umkreis von zwei Metern würde kein Funksignal und kein elektronisches Gerät mehr Leistung erbringen. Dann legte er seinen Hut auf den Tisch.

Schwan lachte. »*Der Bastard ist gefährlich.* Niedlich, der Franzose.« Er hob ansatzweise die Arme, die Ketten spannten sich klirrend.

»Danke, dass du auf sie aufgepasst hast«, sagte Malleus mit leiser Stimme und steckte die Hände in die Taschen des Militärmantels.

»Du hast ihn immer noch«, gab Schwan zurück und nickte auf das schwere Kleidungsstück.

Malleus betrachtete den muskulösen, durchtrainierten Mann. »Was ist passiert?«

»Ich habe einen Typen gestellt, der sie verfolgt hat. Allerdings besaß der eine Stetschkin APB, die ich ihm abgenommen habe. Als ich ihn kaltmachen wollte, packt dieses Arschloch vergiftete Wurfsterne aus«, fasste Schwan knurrend zusammen.

Malleus lachte auf. »Wurfsterne? Das ist ziemlich retro.«

»Ja. Dieses Arschloch. Die Ärzte hatten ganz schön was zu tun, um die Blutvergiftungen einzudämmen. Sie haben nicht rausgefunden, mit was er die eingeschmiert hat. Das Problem ist aber die APB, denn es stellte sich raus, dass es die Waffe eines Serienkillers ist. In Italien. Und jetzt hängt man mir die Scheiße an. Davon hast du mir nichts gesagt. Nur, dass die Kleine bedroht wird.«

Malleus durchlief es kalt. *Ich muss ihm erklären, an wen er geraten ist.* »Hast du ihn erledigt?«

»Die Polizei hat eine Zeitlang gesucht, aber keine Leiche gefunden. Er dürfte also noch unterwegs sein.« Schwan durchschaute seinem Blick nach längst, warum Malleus nicht überrascht war. »Du kennst ihn *woher*?«

»Ich hatte eigentlich gedacht, dass Lagrande von jemand anderem bedroht wird. Wie in den beiden Fällen vorher.« Malleus fasste rasch zusammen, was in den letzten Wochen geschehen war und wie sich der Glyphenmörder zu seinem Schatten aufgeschwungen hatte, der ihn öfter beschützte. Doch was dessen wahre Absichten waren, wusste er nicht.

Er fuhr sich über die schwarzen Bartenden und wischte eine schwarze Strähne aus den Augen. »Ich habe ihn abgehängt, also lungerte er wahrscheinlich bei Lagrande herum, weil er annahm, dass ich mich bei ihr melde.«

»Für mich sah es in der Métro danach aus, als wollte er sie auf die Gleise stoßen.«

Malleus hätte sich einen solchen Anschlag auf seine Sekretärin nicht erklären können. *Sie umbringen und verletzen ... wozu? Als Strafe? Weil ich ihn ausschließe?* Damit hätte es nicht nur der unbekannte Sammler auf die blonde Frau abgesehen. *Gut, dass ich ihr Polizeischutz verpasst habe.* »Ich besorge dir über Umwege einen Anwalt. Den besten, den man für Geld bekommen kann.«

Schwan grinste. »Das kann teuer werden. Bei *den* Vorwürfen.«

Malleus verbat sich, seinem Kampfgefährten eine Hand beruhigend auf die Schulter zu legen. Er traute zwar dem Störsender, aber unter Umständen könnte jemand hereinkommen.

»Hast du sein Gesicht gesehen?«

»Nur halb. Erkennen würde ich ihn.« Schwan lieferte eine ungefähre Beschreibung, und Malleus rief ein Phantombild-Programm auf dem PDA auf, um zusammen mit dem Freund die Züge desjenigen zu formen, der für seine Taten zur Rechenschaft gezogen werden musste.

Nach zehn Minuten hatten sie ein Gesicht erschaffen, das Malleus mit einigen schnellen Klicks durch die Interpol-Datenbank laufen ließ. Es war unauffällig, harmlos, ein wenig moppelig. *Das ist er also, mein wahnsinniger, mörderischer Schatten.*

»Sehr gut.« Malleus lächelte Schwan an, dann räusperte er sich. »Du erinnerst dich an die Bestien, die so viele von uns erledigten?«

»Wie könnte ich die flackernden Augen und diese aschgraue Haut mit dem Zeichen darauf jemals vergessen!?«

»Ich bin ihrem Herrn auf der Spur.« Knapp fasste Malleus zusammen, was er in Gomorraha erlebt und erfahren hatte. »Aber noch fehlt mir die Erklärung, was diese Scheusale in Germanien suchten und warum sie dort in den Übergangskriegen kämpften«, schloss er.

Schwan sah ihn mit finsterem Gesicht an. »Welcher Kulturkreis ist das? Babylonisch?«

»Sumerisch-akkadisch.« Malleus rieb sich erneut über den Fu-Manchu. Der Gedanke an die Bestien löste Nervosität aus. »Jedenfalls waren sie ganz weit weg von Zuhause.«

»Wir müssen herausfinden, wer sie uns auf den Hals hetzte!« Der großgewachsene Kämpfer schien urplötzlich von unbändiger Energie erfüllt zu sein. Er richtete sich auf und betrachtete seine klirrenden Fesseln, als könne er sie mit ein wenig Geschick sprengen.

»Langsam«, beschwichtigte ihn Malleus. »Du kämst keine fünf Meter. Draußen steht ein halbes Dutzend Polizisten mit Sturmgewehren. Erst der Anwalt, dann alles Weitere.«

Schwan ließ sich zurück in die Kissen sinken. »Liefern sie mich aus? Weißt du was?«

»Ich denke, es wird zwischen den Behörden hin- und hergehen, wenn sie feststellen, dass mit der Waffe auch in Italien, in Riga und in … vermutlich anderen Städten Menschen erschossen wurden.«

Schwan sah Malleus besorgt an. »Und immer dort, wo du warst, Malleus. Sie werden dich bald überprüfen. Und dann noch mehr mich, und früher oder später bemerken sie, dass wir in einer Einheit kämpften.«

»Ich hatte stets gute Gründe, an diesen Orten zu sein.« Malleus blieb gelassen. »Aber das spielt im Moment keine Rolle.«

»Was sage ich, wenn sie mich zu den Goldfigürchen befragen?«

Malleus wandte sich zur Tür und nahm seinen Hut mit der Rechten. »Nichts. Schweig einfach von jetzt ab.«

Schwan lachte böse. »Das kann ich sehr gut.«

Malleus zwinkerte ihm zu. »Sie werden es bereuen, nicht mit Interpol zu kooperieren«, rief er dann laut und öffnete den Ausgang. »Wir hätten Ihnen einen Deal anbieten können, aber so wird das nichts. Sagen Sie den Leuten von der Sûreté Bescheid, sobald Sie Ihre Meinung ändern.«

»Verpiss dich, Bulle«, rief Schwan gespielt wütend. »Du kriegst mich nicht klein. Du nicht und die anderen Penner erst recht nicht. Nicht mal die beschissenen falschen Götter! *GodsEnd* wird triumphieren. Wir sind überall und der Aufgabe verpflichtet, die Menschen zu erwecken.«

Malleus schloss die Tür und suchte sein Zigarrenetui aus dem Mantel, wählte eine mit grüner Banderole, auch wenn die dunkelpurpurfarbene ihn schwer lockte. »Wichser.«

Der Anzugträger stand neben der Tür an die Wand gelehnt, die Arme vor der Brust gekreuzt, und betrachtete ihn. »Harter Knochen, was?«

»Ist er.« Malleus setzte den Hut auf, entzündete den Span und damit die angebohrte Culebra, ohne Rücksicht auf die Krankenhausumgebung. »Aber Sie schaffen das schon, Kollege.«

Er ging an ihm vorbei und paffte. Der Qualm löste sich sofort in nichts auf, als wüsste er, dass sonst die Rauchmelder anschlügen.

Malleus blickte auf seinen PDA, schaltete den Störsender ab und rief die Reisedaten auf, um zu seiner Kundin aufzubrechen. Sein Flug nach Puliwya, wie es auf Quechua hieß, oder auch Wuliwya auf Aymara oder zu Deutsch Bolivien, ging in zwei Stunden.

Er besaß genug Zigarren und eine neue Garderobe.

Malleus fühlte sich allem gewachsen und dem Gegenspieler Nummer eins dicht auf der Spur.

* Α Ω *

Beschissene Organhehler!

Haben mich den Anschluss an ihn, dem ich folge, gekostet. Kann jetzt zusehen, wie ich ihn wiederfinde, ohne die ganzen Wanzen und Tracker, die ich ihm untergeschoben hatte.

Fuck, wenigstens gab's in den Buden der Idioten Geld, ein paar Waffen, Klamotten. Das reicht.

Ihn finden kann ich vergessen. Nicht ohne Anhaltspunkt.

Aber ich bin schlau. Hab mich wieder an Blondie gehängt, und dieser andere Wichser ist ja weg vom Fenster. Eingebuchtet.

Kam in den Nachrichten: Ove Schwan.

Was ist das für ein Name? OVE?

Klingt wie eine Abkürzung für ein Formular. Oder eine Krankheit. OVE hat HIV. So was.

Er liegt im Krankenhaus und wird von den Bullen durchgemangelt. Würde ihn zu gerne besuchen, das Arschloch. Auspusten. Weghauen. Den Schädel zwischen Türblatt und Rahmen zum Platzen bringen. Wegen ihm haben sie meine APB.

MEINE APB!

Ich stehe schon wieder kurz vorm Durchdrehen. Ruhig. Ich darf die Kontrolle nicht verlieren, weder über meine Wortwahl noch meine Beherrschung.

So oder so: Das gute Stück ist weg, kann ich vergessen. Finde ich nie wieder auf dem Markt. Jedenfalls nicht im verfickten Lutetia. Hat keine Russen hier, denen ich das Beschaffen zutraue.

Vielleicht in Berlin … oder haben sie das auch umbenannt? Egal. In Berlin, da gibt es die Russen, die ich brauche.

OVE, fuck, du bist tot. So was von. Nicht nur wegen der APB. Du Hundeficker hättest mich umgebracht, wenn ich meine Ninjasterne nicht gehabt hätte.

Dafür opfere ich dein Leben, Drecks-Terrorist. Ich kann verdammt nachtragend sein. Wirst du bald sehen.

Da fährt die Achtziger-Madame. Zusammen mit zwei Bullen. Mal wieder.

Hat das Mädchen unter Polizeischutz gestellt. Musste er wohl, wo ihr Schatten weg ist.

Apropos weg: Ich muss mir Wurfsterne kaufen und präparieren. Sind echt gut, die Dinger. Ha, ha, ha, wie das aussah: durch die Kapuze in den Kopf. Geile Scheiße. Als wäre ihm eine Sternschnuppe in den Schädel gerauscht.

Langsam werde ich ruhiger. Gut. Das macht das Nachdenken einfacher.

Oh, wohin fahren wir denn?

Tresoriale. Schau an, ein Tresorbunker am Flughafen?

Was wird denn … ja, ich sehe schon. Sieht gut aus, mit den ganzen Sicherheitskontrollen.

Aber ich komme da auch rein. Die Klamotten und den Ausweis von einer der Wachen habe ich mir so schnell besorgt, so schnell können die gar nicht schauen.

Bin jetzt immer da, wo die Achtziger-Frau ist.

Denn früher oder später muss er zu ihr.

Zu ihr – da freut sie sich, die kleine Casablanca-Ingrid. Nee, Ingrid wird ihr nicht gerecht. Toughes Mädchen.

Trotzdem braucht er noch eine Bestrafung. Weil er mich abgehängt hat.

Ganz schöne To-do-Liste, die entstanden ist. Macht nichts. Ich habe sonst nichts vor.

Dann mal Blinker setzen und hinterher.

* * *

Puliwya (Quechua)/Wuliwya (Aymara)/Bolivien (Deutsch), Departamento La Paz, Tiwanaku November 2019

Malleus bestaunte auf der Fahrt im geliehenen BMW i8 die auferstandene Stadt, die bis vor wenigen Jahren noch zu den wichtigsten archäologischen Stätten des Landes gehört und im Jahr 2000 den Titel *Weltkulturerbe* der UNESCO verliehen bekommen hatte.

Das Atmen fiel ihm auf knapp viertausend Metern Höhe nicht ganz so leicht, doch sein Körper war viel gewohnt, und genau deswegen verzichtete Malleus nicht auf seine Culebra. Blaue Banderole.

Was er auch als archäologisch Unkundiger sofort bemerkte: Es gab einen eklatanten Unterschied im Stil der Bauwerke, als wären zwei verschiedene Architekten beauftragt worden, aus den Ruinen etwas Neues zu machen.

Sein PDA teilte ihm den Grund mit.

Das ältere Tiwanaku oder auch Tiahuanaco galt als der religiöse und administrative Mittelpunkt einer Kultur, die vor den Inka auf dieser Hochebene lebte und von der man wusste, dass sie ihren Höhepunkt von 600 bis 900 nach Christus erlebte, sie aber schon viel früher hier siedelten.

Das Einflussgebiet reichte damals bis zur Küste, der Atacamawüste und nach Argentinien. Aber die Bewohner mussten es aufgrund klimatischer Verschlechterung aufgeben. Die aufstrebenden und früher von ihnen unterdrückten Inka fanden bereits Ruinen vor.

Aymara und Inka. Zwei Kulturen und buchstäblich alte Feinde. Malleus hatte noch in Erinnerung, dass die Rückkehr der Götter in den mittel- und südamerikanischen Staaten viel reibungsloser vonstattengegangen war als in den USA oder anderen monotheistisch geprägten Ländern. Zwar war der Katholizismus eine große Kraft, besaß aber schon vor dem Erscheinen der Entitäten nicht mehr die bestimmende Macht über die indigenen Völker, die sich ihrer Tradition zuwandten.

Als plötzlich die Inka-Gottheiten real erschienen, vollzog sich der Wechsel rasch und automatisch. Es kam in der Bevölkerung nicht einmal die Frage auf, ob es richtig sei, sich vom Gott der europäischen Eroberer abzuwenden. Vielmehr schwoll der Ärger darüber an, dass man sich ihm hatte zuwenden müssen – und den bekamen die Kirchenbauten ab.

Der Autopilot des i8 fuhr wie aufgetragen an den Besonderheiten von Tiwanaku vorbei, um Malleus einen Eindruck zu verschaffen. Dank der Bewässerungssysteme und der Nähe zum Titicacasee ergrünte die Stadt an allen Ecken, es gab im Umland große Felder, wie er beim Überflug mit der kleinen Maschine gesehen hatte.

Stufenpyramiden reckten sich, mal traditionell aus Stein, dann aus Glas und Stahl, Verbindungsbrücken mit Laufbändern spannten sich über den Straßen und erlaubten den Fußgängern, über dem Verkehr schneller voranzukommen. Eine Inka-Statue hier, dort der Eingang zum Versunkenen Hof, andernorts lockte die Kalasasayaplattform, der Platz der stehenden Steine mitten in der Stadt, von mehr als hundert mal hundert Metern und mit Monolithen umrahmt. Es gab dort einen halb unterirdischen Tempel, und manche Experten sahen die Kalasasaya als Sonnenobservatorium der Prä-Inka-Zeit.

Das viele Tonnen schwere Sonnentor fand Malleus besonders spannend, mit seinen mehr als drei mal drei Metern war es aus einem einzigen Stein geschlagen. Es stammte noch aus der Aymara-Kultur, wurde restauriert und wirkte auf eine unerklärliche Weise beeindruckend, nicht nur wegen des Frieses mit der Gottheit, die zwei Schlangenzepter in den Händen trug.

Malleus' Auftraggeberin wohnte in dem Viertel, das auf dem Ruinenfeld von Puma Punku stand, dessen genau behauene Monolithen zu einem nicht fertiggestellten Bauwerk der Aymara-Kultur gehörten.

Der i8 zog an den titanischen Steinen vorbei, die auf einem abgesperrten Areal standen und darauf warteten, eingesetzt zu werden.

Ungewöhnlich. Die zurückgekehrten Entitäten zögerten sonst selten, ihre Macht zu demonstrieren. Auf den Grund hierfür war Malleus gespannt.

Der Wagen bog in eine sehr frisch asphaltierte Straße, der man durch Motivstempel und Farbe den Anschein von Steinpflaster gegeben hatte. Das Haus von Ana Carmen Tejada befand sich auf der rechten Seite, ein klassischer Kastenbau mit beigefarbener Steinverblendung, ganz nach dem alten Vorbild der Ahnen.

Der BMW hielt an, Malleus setzte sich den Hut auf und stieg dabei aus. Es war warm, der Mantel blieb im Wagen. Die neue Garderobe von Karak trug sich leicht und passgenau wie eine zweite Haut.

Unübersehbar waren die wunderschönen Reliefs an der Vorderseite der Behausung, die eine deutliche Ähnlichkeit zum Sonnentor-Schmuck aufwiesen. Das ungeübte westeuropäische Auge vermochte Einzelheiten der Ornamentik auf die Schnelle nicht zu erfassen.

Sein PDA wusste es genauer, als er damit zwecks besserer Einordnung über die Fassade schwenkte. *Motiv: Original Reproduktion der Raimondi-Stele Chavín de Huántar,* stand auf dem Display. *Darstellung: Wesen mit Raubtierzähnen und Greifvogelklauen. Die Zepter in den Händen werden aus gebündelten Katzen und Schlangen gebildet, Gürtelschmuck: je zwei Schlangen an den Seiten. Auffällig großer Kopfputz mit übereinandergeschichteten katzenhaften Fratzen sowie strahlenförmigen Ausläufern, Haare oder Federn, samt Schlangen. Ähnliche Darstellungen von Entitäten: spätere Anden-Kulturen sowie in der Tiahuanaco-Kultur, dargestellt auf dem Sturz des Sonnentors.*

Malleus fand das abstrakt-anthropomorphe Bild reichlich verwirrend. *Sicherlich ist viel Vorstellungskraft gefragt.*

Deutungsversuche gab es viele, von Schlangen- bis Drachengott und zum *felino volador*, einer Art fliegender Katzengott. Nicht alle Rätsel lösten sich mit der Rückkehr der Entitäten.

Er ging über einen kurzen Plattenweg zur Eingangstür, über die sich ein Vordach schob.

Kaum näherte er sich, öffnete ihm eine ältere Frau in einer Garderobe, die denen der Inkas nachempfunden war, mit viel Weiß und gedeckten Naturfarben.

Vom Äußeren her gehörte Tejada zu den Indios, das schwarze Haar trug sie offen, es wurde von verschiedenen Goldkettchen und Spangen aus dem Gesicht gehalten. An den Ohren baumelten große Creolen, eine Kette aus Lapislazuli und Silber lag um ihren faltig braunen Hals.

Sie lächelte Malleus freundlich an und bat ihn mit einem Winken herein. Drinnen roch es nach Zitrusfrüchten und frisch gebackenem Brot.

»Ich habe mir schon Sorgen gemacht, Mister Bourreau«, sagte sie mit deutlichem Akzent in einer durchdringenden Stimme. *Wenn Tejada schreit, könnte sie damit Stein schneiden.*

Er setzte den Hut ab und deutete eine Verbeugung an, mit dem Stofftaschentuch wischte er den Schweiß weg. »Der Autopilot brachte mich sicher vom Flughafen. Aber die Verzögerung bleibt mein

Verschulden, Miss Tejada. Ich wollte mir noch ein, zwei Sehenswürdigkeiten im Vorbeifahren anschauen. Wer weiß, wohin mich Ihr Auftrag verschlägt.«

Sie lachte und geleitete ihn durch den kleinen Flur, der ebenso mit Terrakotta gefliest war wie das Wohnzimmer, in das sie gelangten. Die Malereien an den Wänden wiesen alle eine gewisse Ähnlichkeit mit dem Wandmotiv des Hauses auf, die Malleus durchaus verwirrten. Die gewebten Teppiche auf dem Boden und an den Wänden strotzten vor Farben und wilden Mustern.

»Nehmen Sie doch Platz«, lotste Tejada ihn auf den kleinen Sessel neben dem Fenster, von dem aus man in einen sehr kargen Kakteen-Steingarten blickte.

Anders als an den Plätzen, an denen er auf der Fahrt vorbeigekommen war, schien es hier weniger Wasser zu geben. Oder Tejada hatte eine Vorliebe für diese genügsamen Gewächse.

Für jemanden, der Kunstschätze sammelt, hat sie äußerst wenige davon. Um genau zu sein, entdeckte Malleus lediglich eine alte Schale, die ungeschützt auf dem Schrank stand, als wartete sie darauf, mit Knabbereien gefüllt zu werden.

»Erklären Sie mir doch, Mister Bourreau, weswegen Sie meinen Auftrag annehmen wollen.«

Damit hatte Malleus nicht gerechnet. »Wie meinen Sie das, Miss?« Seine kontaktlinsenblauen Augen richteten sich auf die Dame.

»Das Geld kann es nicht gewesen sein«, sagte Tejada. »Die Summe ist nicht allzu hoch. Zudem sind Sie Atheist und bekannt dafür, sich Vorkommnissen anzunehmen, die mit Göttern in Verbindung stehen.« Die Indio setzte sich und betrachtete ihn. »In meinem Fall geht es um einen schnöden Diebstahl.«

Es kam Malleus merkwürdig vor, sich für die Annahme des Auftrags vor der Person rechtfertigen zu sollen, die ihn anheuerte. Er fuhr sich über den Fu-Manchu.

»Der Gegenstand, um den es geht, erweckte meine Neugier«, gab er unumwunden zu. »Denn Sie müssen zugeben: Das Horn des Nandi passt nicht unbedingt nach Bolivien. Daher möchte ich auch wissen, wie das vermeintliche Stierhorn, das in Verbindung mit einer hinduistischen Gottheit steht, in dieses Land kam.«

Tejada nickte wie eine Therapeutin, deren Patient einen eigenen Erkenntnisgewinn vorweisen konnte. »Ich dachte mir das.«

»Weswegen ist es für Sie wichtig, Miss?«

»Ich bin misstrauisch.«

»Gehe ich recht in der Annahme, dass Sie denken, ich spiele ein doppeltes Spiel?«, schloss er verwundert daraus. »Ah, natürlich! Sie halten es für möglich, dass ich von dem verfeindeten Sammler den Auftrag bekommen habe, Ihnen noch mehr zu rauben.«

Tejada seufzte zustimmend. »Schrecklich, wie schnell man als alter Mensch den Glauben an das Gute verliert.« Sie deutete um sich. »Aber die letzten Jahre ließen nicht viel Platz für Vertrauen. Ich gehöre zu den Nachfahren der Aymara, die Tiwanaku gründeten. Allerdings haben die Inka-Kindeskinder ihren Anspruch deswegen nicht aufgegeben.« Ihre braun gebrannte, runzlige Hand legte sich auf Malleus' Rechte. »Alle reden davon, dass der Christengott und Allah und Jahwe verschwunden sind und dass die zurückgekehrten Götter sich grausam rächten. Aber niemand spricht über den Hass, der in den eigenen Reihen aufbricht. Die Gegend, in der ich lebe, ist nichts anderes als ein schickes Getto. Aber ich weiß, dass die Inkas uns am liebsten opfern würden.«

Malleus gestand sich ein, dass er darüber nicht nachgedacht hatte, jedenfalls nicht, was die indigenen Völker in Mittel- und Südamerika anging. In Europa gab es Differenzen zwischen den frisch Konvertierten und den NeoPagans, die schon lange zu den alten Entitäten beteten und sich als die besseren Anhänger betrachteten. Doch das beruhte weniger auf Volkszugehörigkeiten.

»Das ist richtig«, stimmte er zu und überlegte, was sie von ihm wollte. *Beistand gegen die Anfeindungen oder die Suche nach dem Horn?* »Europa ist weit weg.«

Tejada nickte. »Ach, ich rede und rede«, sagte sie mit einem leisen entschuldigendem Ächzen, »und dabei sind Sie wegen etwas ganz anderem gekommen.« Sie drückte kurz zu und zog ihre Finger von seinen, der Ohrschmuck wippte und schlug klirrend gegen die Halskette. »Vergeben Sie einer alten jammernden Frau.«

Malleus lächelte sie an. *Sie hat es nicht leicht. Aber ich muss sie dazu bringen, mehr von dem Fall zu berichten.*

Tejada nahm den Tabletcomputer, der auf dem Beistelltisch lag, und rief ein Bild auf, reichte das Gerät an ihn weiter. »Das Horn von Nandi . So sieht es aus.«

Malleus verschwieg, dass er genau wusste, wie es aussah, sondern betrachtete es eingehend. »Ein schönes Stück.«

»Kennen Sie die Legende dazu?«

»Dass es vom Götterstier stammen soll, ja.«

»Nein. Ich meine, wie es abhandenkam?«

»Oh, nein. Diese Legende kenne ich nicht.« Malleus zoomte die Abbildung größer und erkannte die vielen gravierten Details, die in das Horn geschnitzt und herausgearbeitet waren. *Endlich Informationen!*

»Schade. Ich auch nicht.« Tejada blickte sich um, die braunen Augen wirkten erschrocken. »Du liebe Zeit! Ich habe Sie gar nicht gefragt, ob Sie etwas trinken möchten. Wollen Sie, Mister Bourreau?«

Langsam nervte ihn die etwas wirre Art, doch das war auch seiner eigenen Ungeduld geschuldet. Nach wie vor wusste er nicht, ob er den unbekannten Sammler jagte oder es sich als falsche Fährte erweisen würde. *Sei kein Arschloch.*

»Sagen Sie mir doch erst, woher Sie das Horn haben«, schlug er vor und nahm das Zigarrenetui hervor. »Ich würde gerne die Recherchen beginnen. Und« – er tippte auf das digitale Bild – »ich bräuchte einen Beweis, dass Sie die rechtmäßige Eigentümerin sind.« Er öffnete die Schachtel und ließ den Duft aufsteigen, wählte eine Culebra mit grüner Banderole.

»Natürlich, natürlich«, haspelte die Indio. »Ich habe als Mädchen einen sehr reichen Mann aus Europa geheiratet, von dem ich wenig wusste, außer dass wir uns lieben. Das reichte mir damals.« Tejada lachte auf. »Es stellte sich heraus, dass er eine Kunstsammlung hatte, die er mir nach seinem Tod überraschend vermachte. Sie besteht aus hundert Objekten, aus den verschiedensten Kulturen und Epochen, von Gemälden bis zu Skulpturen und Artefakten.« Sie wischte auf dem Display herum und zauberte eine Fotogalerie hervor. »Hier können Sie in Ruhe schauen.«

Malleus schloss aus der Erzählung, dass sich die Sammlung nicht in diesem Haus befand. »Sie haben diese Schätze wo verwahrt?«

»Ich hatte sie einem Museum als Dauerleihgabe zur Verfügung gestellt, weil ich dachte, sie wären bei den Profis am besten gesichert, und gleichzeitig haben die Menschen etwas davon.« Tejada seufzte. »Was ich von meinem Mann noch vererbt bekam, war jener verfeindete Sammler. Ich bin mir sicher, dass er bei dem Unfalltod meines Gatten damals die Finger im Spiel hatte. Er machte mir danach ein Kaufangebot, zuerst für das Horn, danach für die gesamte Sammlung.«

Das passt zu ihm. Malleus schluckte. »Das wird eine große Summe gewesen sein.« Er schnitt das Mundstück ab und entzündete den Span und damit die Zigarre. Er wünschte sich, dass Tejada endlich zum Punkt kam. Die Culebra beruhigte ihn und schraubte hoffentlich die Ungeduld herab.

»Das Geld interessiert mich aber nicht, Mister Bourreau. Ich kann diesen Kerl nicht ausstehen!« Sie lehnte sich in den Sessel, ihre Blicke richteten sich auf den Kakteengarten. »Kaum hatte ich die Angebote ausgeschlagen, wurde mir mitgeteilt, dass in das Museum eingebrochen worden sei. Gestohlen wurde trotz aller Schätze das vergleichsweise unspektakuläre Horn des Nandi .«

»Wie gingen die Täter vor?«

»Der Direktor wusste es nicht. Am nächsten Morgen bei Öffnung der Ausstellung fiel die leere Vitrine auf.«

»Und weil der verfeindete Sammler unbedingt das Horn haben wollte, schlossen Sie daraus, dass er dahintersteckt«, fügte Malleus hinzu. »Hätten Sie wohl einen Namen für mich?«

»Nein.«

»Nein?«, wiederholte er vor Überraschung. *Jetzt verliere ich die Geduld.* »Miss, Sie müssen doch …«

»Mein Mann sprach von ihm niemals mit Namen. Und er wendete sich an mich über einen Mittelsmann«, erklärte Tejada und suchte aus den Falten ihres Gewandes ein Schriftstück, das neben der Sprache der Einheimischen auch eine englische Fassung enthielt. »Das ist der Erbschein, der die Rechtmäßigkeit des Testaments bescheinigt. Das wollten Sie doch, oder?«

Malleus nahm das mehrsprachig ausgestellte Papier entgegen und überflog es.

Auf den ersten Blick war alles in Ordnung, im Anhang gab es eine Liste mit den Kunstschätzen, die ihrem Gatten gehört hatten. Als er die Zeile mit dem Horn erreichte, stutzte er und paffte mehrmals. »Hier steht nichts vom Horn des Nandi «, wandte er sich fragend an die Indio. »Es wird aufgelistet als *Horn des Alexander des Großen.*«

Tejada nickte heftig. »Ich weiß. Ein Trick. Mein Mann wollte nicht, dass hinduistische Fanatiker auftauchen, um ihn vor Gericht zu zerren und das Artefakt aus religiösen Gründen für sich zu beanspruchen. Oder noch schlimmer: dass Shiva auftaucht.« Sie warf die Arme in die Luft. »Stellen Sie sich vor, Mister Bourreau, was geschehen würde! Hier, inmitten von Tiwanaku, wo verschiedene Gottheiten und Völker eh nicht gut aufeinander zu sprechen sind, mischt sich auch noch ein weiterer Gott ein.«

Malleus konnte es sich gut vorstellen, doch es amüsierte ihn mehr, als dass es ihn beunruhigte.

Was ihm weniger gefiel, war die Unsicherheit bezüglich des Artefakts.

Es konnte eine Kopie sein – und wer sagte, dass man Tejada keinen Schund angedreht hatte? Malleus setzte auf das Gespräch mit dem Direktor oder Kurator.

»Dann brauche ich von Ihnen eine Bestätigung, dass Sie mich beauftragten, die Adresse des Museums und die Kontaktdaten des Mittelsmanns«, bat Malleus sie. »Ich lege sofort mit den Recherchen los.«

Tejada seufzte erleichtert, und die Steine der Kette rieben leise.

* * *

Celtica, Paris-Lutetia, November 2019

»Wieder zum Tresoriale?«

»Natürlich, Jean-Luc.« Marianne Lagrande fühlte sich sehr gut, während sie einmal mehr mit den beiden Polizisten durch Lutetia fuhr und einem Ziel entgegenstrebte, das ihren Triumph krönen sollte. Die Frage klang, als wäre sie eine feine Dame, die sich mit ihren beiden Assistentinnen in den besten Club der Stadt oder in das schönste Restaurant kutschieren ließ.

Aber tatsächlich befand sich Lagrande auf dem Weg zur Arbeit. Es würde dieses Mal gelingen, das spürte sie. Deutlich.

Dann muss mich der Inspecteur zum Essen einladen. Sie grinste wie ein Honigkuchenpferd. *Und es wird ein wundervoller Abend werden. Das Banlieue-Mädchen und der Atheist.* Sie unterdrückte ein Kichern.

Ihr Höhenflug war berechtigt.

Es war ihr in der Nacht gelungen, das letzte der Artefakte zu bestimmen, indem sie den Code knackte.

Hannes Hein hatte dazu geschrieben:

BRONZEDOLCH (England), auch »Dolch des Goibniu «
Inv.-Nr. 699

Bronzedolch,
dazu eine Hülle aus zusammengefügtem Holz, Horn u. Knochen (Original)
**Herkunft: Athlone, Co. Westmeath*
**Fundort: Flussbett des Shannon*

**Material: Bronze*
**Länge: 16,5cm*
**Alter: ca. 2500 v. Chr.*
**Preis: 50.000+ Euro*
Zeigt untypische Merkmale für die damalige Zeit auf, wie mehrere Blutrinnen i. d. Klinge, Einlegearbeiten im Griff aus Gold u. Silber. Zeichen darauf, die evtl. auf kelt. Gottheit Goibniu hinweisen. Man beachte die eingebr. Fingerabdrücke!

Die Wette mit Marcus Roy Crick war zumindest nicht verloren. Lagrande hatte auf ein letztes keltisches Artefakt getippt, er hingegen auf ein osteuropäisches. Die Bronzezeit konnte man nicht wirklich als keltisch bezeichnen – auch wenn der Shannon in Irland als Fundort eindeutig in den keltischen Bereich fiel. *Wir einigen uns am besten auf unentschieden.*

Der Peugeot wurde von Jean-Luc zum Flughafengelände gefahren, sein Kollege Jonathan achtete derweil auf die Umgebung.

Lagrande hatte eine einfache zerrissene Jeans mit hervorblitzender schwarzer Strumpfhose gewählt, ein weißer Rollkragenpulli schützte sie zusammen mit dem Parka vor der Kälte; die blonden Haare lagen unter einer roten Mütze.

Sie freute sich über ihre beiden hochoffiziellen Leibwächter, die gepanzert und bewaffnet waren, denn sie erinnerte sich äußerst gut daran, mit welcher Übermacht sie schon mehrfach zu tun gehabt hatte. Deswegen gab es noch ein zweites Team, das ihnen folgte, ohne in Erscheinung zu treten. Sie waren für die Rückendeckung verantwortlich.

Wegen ein paar Artefakten und eines hysterischen Sammlers, der auf alle Gesetze pfeift. Lagrande sah die Einzäunung des Flughafens auftauchen.

Jean-Luc lenkte den Wagen souverän durch die Kontrollen, die dank der Polizeiausweise dieses Mal kein Problem waren. Man kannte sich mittlerweile.

Sie parkten den Peugeot vor Halle 2 von Tresoriale, einem mit Wachmännern versehenen Hochsicherheitstrakt.

Ihre beiden Personenschützer blieben vor dem einzigen Zugang in das Gebäude, in dem sich Stahlcontainer an Betoncontainer reihten. Einst errichtet für die wertvollste Ware und für die einbehaltenen Gegenstände auf Flügen oder aus dem Zollbereich, wurden die beinahe atomschlagsicheren Gehäuse gegen viel Geld diskret vermietet. Wie Schließfächer einer Bank. Nur eben um ein Vielfaches größer.

Es gab sie klimatisiert und nicht klimatisiert, Lagrande hatte die hermetische Variante mit *Sonderausstattung* gemietet.

Dahin machte sie sich nun auf, ausgerüstet mit Thermoskanne, viel Wissen plus Computer, um die Gemeinsamkeiten der entwendeten Artefakte aus Hannes Heins Kabuff zu ergründen.

Lagrande fühlte sich in der immensen Halle sehr sicher. Niemand, der hier nichts zu suchen hatte, bekam einen Fuß hinein. Ohne einen entsprechenden Ausweis, der einen als Mieter legitimierte, gab es kein Vorbeikommen an den gepanzerten Sicherheitsleuten mit ihren Hunden und Schnellfeuergewehren.

Lagrande fand ihren Tresor und öffnete die Tür mit dem Code und dem Fingerabdruckscan, zischend schwang das armdicke Schott nach innen auf; die Bolzen, mit denen er verriegelt wurde, waren mehr als fingerdick. Höchstens ein Gott vom Kaliber eines Hephaistos kam durch das Hindernis.

Sie setzte sich an den kleinen Tisch, wo die Artefakte säuberlich nebeneinanderlagen.

Im Schein der Arbeitslampe, mit Lupe und Scanner rückte sie den Gegenständen einmal mehr bis ins kleinste Detail zu Leibe.

Belenos steh mir bei. Der Durchbruch ist ganz nahe. Tatsächlich hatte sie bei dem japanischen Fächer, der Inuit-Harpunenspitze, der afrikanischen Statue sowie dem darin enthaltenen Diamanten und sogar auf den Goldkäfern, bevor sie ihr gestohlen wurden, etwas entdeckt, was sie stutzig machte. Abgesehen von der Tatsache, dass man im damaligen Afrika nicht in der Lage gewesen war, einen Diamanten derart zu polieren, fand sie ein rätselhaftes Symbol bei sämtlichen Artefakten. Es versteckte sich gut, mal in kleinsten Schnitzdetails, auf dem Fächer als ertastbare Prägung, als Unreinheit im Diamanten, als scheinbar verbranntes Stückchen im Innern der Statue.

Die Abmessungen entsprachen sich in Relation ganz exakt, es gab nicht ein My Abweichung.

Lagrande hatte die Materialien heimlich in einem Labor auf das Entstehungsalter untersuchen lassen, inklusive der Zeichen. Damit konnte sie ausschließen, dass ein Spaßvogel die Artefakte nachträglich mit seinem Symbol versehen hatte, als Versuch, ein künstlich generiertes Rätsel zu lancieren.

Ein echtes Rätsel. Lagrande wäre bereit zu wetten, dass sich auch auf den fehlenden Gegenständen irgendwo dieses Zeichen befand.

Belenos, sieh: Ich habe die Gemeinsamkeit und den Grund, warum der Sammler sie jagt. Sie drehte die Thermoskanne auf und goss sich ein.

Doch die Bedeutung erschloss sich ihr nicht. Deswegen saß sie erneut im Container.

* Α Ω *

Tresoriale.

Ziemlich bewacht. Zumindest von außen. Aber hier …

Das sieht aus wie eine Containerstadt in einer Lagerhalle.

Manchmal ist es doch einfacher, als man annimmt. Habe mir einen der unachtsamen Rundgangsecuritys geschnappt, samt Klamotten, Ausweis und Waffen. Bis sie die Leiche finden … werde ich Ingo Rittmann sein. Ein Ausländer. Ein Germane. Bin gespannt, wie er so lebt, in Lutetia. Seine Adresse habe ich gratis dazubekommen.

Stahlkammern an Stahlkammern an Betonbunker an Betonbunker.

Was hier wohl alles liegt? Garantiert Schmuck und Schätze und alles, was man sich an Reichtümern vorstellen kann.

Da geht sie, Blondie.

Die Bullen hat sie vor dem Eingang abgestellt, aber weil ich ihr über die Container folge, sieht sie mich nicht.

Keine Kameras. Klar. Privatsphäre. Wird sich keiner filmen lassen wollen, wenn er Beutekunst bewundert oder … keine Ahnung … Koks in Fünfundzwanzig-Kilo-Säcken durch die Gegend schleppt.

So, sie bleibt stehen. Umschauen, mich nicht entdecken, sehr gut, und rein in den unklimatisierten Container.

Klack, Stahltür wieder zu.

So. Prima. Jetzt kann ich nur hoffen, dass sie auch wieder rauskommt.

Garantiert untersucht sie die Artefakte.

Ist aber ziemlich blauäugig, die beiden Bullen mitzunehmen. Die wissen nun zumindest mal, wo sie was versteckt hält.

Könnte mal nach ihnen sehen, könnte mal … Halt. Da kommen zwei, drei, vier Typen rein, alle mit riesigen Schießeisen. Garantiert suchen die meine Achtziger-Frau!

Das nehme ich jetzt aber doch ein wenig persönlich. Ist ein bisschen wie mit ihm, dem ich folge: Niemand außer mir bestimmt, wann er stirbt.

Das gilt auch für die Idioten dort unten.

Ihr Götter, was gäbe ich für meine APB.

Muss aber so gehen.

Wird es auch.

Also, in aller Ruhe wieder hinlegen, diese langweilige P7 Halbautomatik in den Anschlag, die Kante als Stütze dienen und entsichern.

Wen kille ich zuerst?

Puliwya (Quechua)/Wuliwya (Aymara)/Bolivien (Deutsch), Departamento La Paz, Tiwanaku, November 2019

Malleus fuhr durch die Stadt, die ihm vergleichsweise leer vorkam.

Die meisten Geschäfte hatten bereits geschlossen, die Rollos und Gitter waren heruntergelassen. Da er die Hinweisschilder in den Landessprachen nicht lesen konnte, blieb ihm der Grund für die auffällige Ruhe zunächst im Verborgenen.

Das änderte sich, als er an einer Kreuzung auf Polizisten stieß, die den Verkehr umleiteten, weg von der Hauptstraße. Auf dem großen Platz vor einer riesigen Stufenpyramide, der in einiger Entfernung zu erkennen war, versammelten sich Hunderte Menschen mit Plakaten und Transparenten.

Eine Demonstration. Malleus rieb sich über den Fu-Manchu und folgte den gewinkten Hinweisen des Polizisten, der Navigationscomputer zeigte umgehend die neue Strecke an.

Wenn Geschäfte früher dichtmachten, wurde sicherlich mit Gewalt gerechnet. Malleus vermutete, dass es um diese Sache zwischen Inka- und Prä-Inka-Nachfahren ging. Die Entitäten schienen sich dabei vornehm zurückzuhalten und es die Menschen unter sich austragen zu lassen.

Malleus überließ dem Autopiloten das Fahren und sah sich um, hing seinen Gedanken rund um die alten neuen Staaten in Mittel- und Südamerika nach.

Es gab zumindest in Tiwanaku einen Sonnenkult. Dazu wurden in Bolivien die Versuche stärker, das Ständesystem der Inka einzuführen und mit der Moderne in Einklang zu bringen, was Zeit und Überzeugungsarbeit kostete. Die Abkehr von der demokratischen Staatsführung und die Etablierung eines eher rückwärtsgewandten Systems benötigte viele gute Gründe.

Der traditionelle Kult um den Sonnengott Inti verbot zwar keine sonstigen Gottheiten, aber schränkte deren Anbetung ein. Dagegen würden die Entitäten, wie der Schöpfergott Viracocha und die Erdgöttin Pachamama , sicherlich etwas haben – oder einen eigenen Weg finden, ihre Macht auszubauen. Zudem spielten auch animistische Elemente eine Rolle in der Bevölkerung.

Früher zumindest. Sein Wissen in diesem Teil der religiösen Welt erwies sich als lückenhaft. Malleus wusste, dass zwar die Zeit der Ruhe in Südamerika eingekehrt war, sich aber einige aufgewühlte Dinge im Bewusstsein der Menschen festgesetzt hatten.

Dazu stand eben auch in Tiwanaku die Frage im Raum, wie man mit den vorangegangenen Kulturen und deren Göttern umgehen sollte, denen ein Popularitätsproblem anhaftete. *Würde mich nicht wundern, wenn sich Milords Truppe in dieser Gegend aufhält.*

Malleus verdrängte den angenehmen Gedanken an die brünette Agentin, die ihn zum Abschied geküsst hatte.

Der i8 fuhr auf ein großes Gebäude zu, das einen hallenähnlichen Charakter besaß und an dessen Vorderseite ein großes Sonnensymbol prangte. Auf der LED-Wand und den herabhängenden Fahnen wurde für verschiedene Ausstellungen über die Inka geworben, die in dem Neubau versammelt waren.

Malleus ließ den Autopiloten in einer Seitenstraße einen Parkplatz suchen, setzte sich den Hut auf und verließ den Wagen. Erst jetzt vernahm er das Dröhnen von Trillerpfeifen und unzähligen Trommeln, das von der Demonstration bis zum Museum drang.

Im Gehen schrieb er eine Nachricht an Lagrande, dass sie ihm bitte mehr Informationen über seine Auftraggeberin sowie ihren verstorbenen Mann beschaffe. Den Namen des Mittelsmanns, Eduardo Juaréz, sollte sie auch gleich via Interpol-Datenbank prüfen.

Für Malleus kühlte der Fall ab.

Er wusste nicht genau, wie er die alte Indio-Dame einzuordnen hatte und wie viel von ihrer ältlichen Art gespielt sein mochte.

Bei seiner Rückkehr würde er ihr ein paar kleine Fragen stellen und sie dabei genauer beobachten. Das war nicht zuletzt der Antwort des Museumsdirektors geschuldet, der auf die E-Mail-Anfrage zwecks Treffen und Untersuchung des Diebstahls mit sehr vielen

Smileys geantwortet hatte, was weder zum ernsten Thema noch dem Verlust eines Kunstschatzes passte.

Ich habe mich zu früh gefreut, fürchte ich. Malleus musste einmal um den Block laufen, weil er auf der Querstraße bereits die ersten dahinziehenden, aufgeputschten Demonstranten sah und herumschwenkte. Auf eine Begegnung mit ihnen verspürte er als deutlich erkennbarer Europäer wenig Lust. Die meisten trugen Inka-Gewänder mit gewaltigen Masken und Federschmuck, um ihr kulturelles Bekenntnis deutlich zu zeigen. Sätze wurden skandiert, die Menge klang stolz und fordernd.

Dahinein möchte ich nicht geraten. Malleus verfiel ins Traben, weil er sonst zu spät zum Treffen erschien.

Plötzlich rannten zwei atemlose Personen aus einer Seitengasse und kollidierten mit ihm.

Den Sturz konnte er gerade noch vermeiden, indem er zwei Ausfallschritte machte, der Mann und die Frau jedoch gingen zu Boden.

Es waren Einheimische, die keine besonders auffällige Kleidung trugen, die Frau verlor ihren großen Strohhut und schürfte sich das Knie auf. Dabei erfasste Malleus die anderen Blessuren, die sie bereits trug. Ihr Begleiter stemmte sich schimpfend in die Höhe, auch seine Jacke zeigte ein eingerissenes Loch und mehrere schmutzige Stellen.

Keine Gefahr für mich. »Warten Sie, ich helfe Ihnen.« Malleus reichte der Frau die Hand, als er einen Einschlag im Rücken spürte; gleich darauf sah er neben sich den Stein kullern, der ihn getroffen hatte.

Schnell half er der Indio auf und wandte sich um.

Er sah eine Gruppe von dreißig, vierzig Einwohnern, die ihr Rennen verlangsamten und ihn feindselig anschauten. Manche trugen faustgroße Steine in den Händen, die sie nach dem Paar schleudern wollten. Das unerwartete Auftauchen des Fremden schien sie vorerst davon abzuhalten. Zwei aus der Gruppe hielten gesenkte Plakate, sie schienen zu den Demonstranten zu gehören. Inzwischen trennten ihn und die Menge keine zehn Meter mehr.

»Mischen Sie sich nicht ein«, bat die verletzte Frau, die nur noch mit einem Bein auftreten konnte. Sie musste sich den Knöchel verstaucht haben. »Gehen Sie weiter. Dann wird Ihnen nichts geschehen.«

»Lassen Sie das ruhig meine Sorge sein, Miss. Rufen Sie die Polizei«, befahl Malleus dem Mann, ohne die näher rückende Meute aus den Augen zu lassen.

»Sie kommen nicht. Nicht wegen Aymara wie uns.« Er hob die Frau auf seine Arme und eilte davon, so rasch es ihm möglich war.

Das werden wir sehen. Malleus zog seinen PDA und aktivierte den Notruf. Für ihn würden die Ordnungshüter kommen müssen. Anschließend reckte er die Arme. »Stopp«, rief er der Menge entgegen. »Sie werden …«

»Aus dem Weg«, schrie ihn ein Junge auf Englisch an und hob drohend seinen Stein. »Ihr habt uns nichts mehr zu befehlen.«

Ihr. Europäer meint er. »Das lag nie in meiner Absicht.« Malleus lächelte gewinnend, obgleich sich die Lage auch für ihn negativ entwickelte. »Lassen Sie bitte die beiden Herrschaften in Frieden ihrer Wege gehen.«

»Verpiss dich!« Der Junge warf den Stein nach ihm.

Malleus wich dem Geschoss aus, es klackerte harmlos über den Straßenbelag. Er unterdrückte den Impuls, in die Tasche zu greifen und den Apache Deringer zu ziehen. Noch hoffte er darauf, dass die Polizei schnell eingreifen würde.

Weitere Steine flogen über ihn hinweg.

Das Pärchen schrie auf, während der Pulk jubelte. Man sah an den Körperhaltungen, dass sie sich zum Stürmen anschickten, ganz gleich, was der Europäer ihnen sagte.

Ich werde kein Lynchen zulassen. Malleus machte sich bereit.

Da jaulte ein schweres Motorrad auf, und ein Polizist in einer schwarz-weißen Lederkombi kam neben Malleus mit seiner sportlichen Maschine zum Stehen, das Vorderrad wippte in der Federung. Das verspiegelte Visier seines Helms gab ihm etwas von Judge Dredd.

»Sir, Sie haben den Notruf gewählt?«, erkundigte sich der Mann, ohne abzusteigen. Mit einem satten Blubbern erstarb der Motor.

Die Menge blieb unschlüssig stehen.

Malleus zeigte auf die Ansammlung. »Ja, Sir. Diese Menschen bedrohten« – sein Finger schwang zu dem Pärchen, der Mann lag auf den Knien und hielt sich den Kopf, wo ihn ein Gegenstand getroffen hatte, während die Frau ihn stützte –»diese beiden.«

»Es sind Aymara«, zischte es aus der schützenden Menge.

Der Polizist sah zwischen den beiden Parteien hin und her und fragte dann Malleus: »Was genau geht *Sie* das an, Sir?«

Hat er das wirklich gesagt? »Menschen kommen zu Schaden, Sir. Das geht jeden etwas an.«

»Das geschieht jeden Tag auf der ganzen Welt. Manchmal mit Grund.« Der Polizist richtete das Visier auf Malleus. »Sehe ich das richtig, dass man *Sie* nicht bedroht hat, Sir?«

»Ich wurde mit einem Stein beworfen.«

»Lüge!«, schrie der Junge. »Wir haben ihm nichts getan. Das denkt er sich aus.« Die Leute um ihn herum nickten.

»Sir, ich verstehe, dass Sie mit der Situation überfordert sind«, sagte der Beamte unterkühlt. »Folgen Sie mir bitte, und ich bringe Sie aus ...«

»Es tut mir leid, Sir, aber ich bin kein bisschen überfordert, sondern sehe vielmehr bei Ihnen eine mangelnde Bereitschaft, diese beiden Leute vor der Willkür der Angreifer zu schützen«, unterbrach ihn Malleus. »Und da Sie vermutlich nicht zu den Aymara gehören, werden Sie deswegen auch nichts unternehmen, abgesehen davon, dass Sie mich als Zeugen des Geschehens wegbringen.«

Der Polizist räusperte sich. »Sie unterstellen mir, dass ich gegen die Vorschriften verstoße, Sir?«

Malleus wusste, dass dem Mann ein Vorwand ausreichte, um ihn auf die nächste Wache zu verfrachten. *Widerstand gegen die Staatsgewalt.* Damit wäre das Schicksal des Pärchens besiegelt.

Ihn schockierte, wie offensichtlich die Abneigung von Inka- und Prä-Inka-Nachfahren zutage trat und in welche Gewalt es umschlagen konnte. Unter den Augen des Gesetzes, die durch das Spiegelvisier ganz klar blind wurden. Unter den Augen der Entitäten.

Malleus langte in seine Hosentasche und zog das Portemonnaie mit dem Dienstausweis hervor. »Mein Name ist Bourreau von Interpol, Sir, was mich zu einem Kollegen macht«, sprach er laut und deutlich. »Sollten Sie sich weigern, zugunsten der Bedrängten einzugreifen, muss *ich* das tun und werde Sie, Sir, bei Ihrem Vorgesetzten anzeigen. Und bei Ihrer übergeordneten Behörde.« Er tippte auf den PDA in seiner Brusttasche. »Ich zeichne das übrigens auf.«

Der Polizist drehte den Kopf zur Menge und sprach mit ihnen im Landesdialekt, woraus sich ein Wortwechsel ergab, den Malleus nutzte, um einen Rettungswagen zu ordern. Die beiden Verletzten wären auf diese Weise in Sicherheit gebracht.

»Es ist alles geklärt, Sir«, wandte sich der Polizist wieder an Malleus. »Sie können gehen.«

»Das tue ich liebend gerne, sobald der Wagen eingetroffen ist.«

»Wagen, Sir?«

»Die Ambulanz. Die beiden Herrschaften müssen ins Krankenhaus zur Untersuchung.«

»Sind Sie Arzt?«

»Nein, bin ich nicht«, blieb Malleus die Freundlichkeit in Person. »Genau deswegen habe ich ja einen Rettungswagen bestellt.«

Aus der Menge wurden Wörter zu ihnen gerufen, der Polizist machte eine resolut-beschwichtigende Geste. »Sir, Sie sind ein sehr umsichtiger Mensch. Dafür werden Ihnen die beiden Aymara sehr dankbar sein. Ansonsten würde ich Ihnen raten, den Rest Ihres Aufenthaltes sehr vorsichtig zu sein, wenn Sie durch dunkle Straßen unserer schönen Stadt gehen.«

»Ist es denn so gefährlich?«

Der Polizist zeigte auf die Meute, die sich langsam zurückzog und verächtliche Handbewegungen in Malleus' Richtung machte. Einige schossen Fotos von ihm mit ihren Smartphones. »Für Sie ab heute, ja, Sir.« Er ließ die Maschine an und fuhr röhrend davon.

Fast gleichzeitig erschien der Rettungswagen und hielt an, die Sanitäter stiegen aus und kümmerten sich anstandslos um die Verletzten.

Die humpelnde Indio warf Malleus einen dankbaren Blick zu, während sie mit der Hilfe eines der Weißgekleideten in den Innenraum des Transporters stieg.

Er tippte sich erleichtert an die Hutkrempe und eilte vorwärts, um den Direktor zu treffen.

Malleus zweifelte nicht daran, dass der Polizist die Wahrheit gesprochen hatte. Und das, obwohl keine einzige Entität in den Vorfall verwickelt war. *Ich kann mich auch ohne die Gottheiten in Bedrängnis bringen.*

* * *

Celtica, Paris-Lutetia, November 2019

Lagrande nahm einen großen Schluck Kaffee, der nach unveränderter Zufriedenheit schmeckte: Sie war stolz auf die Entdeckung des Symbols auf den Artefakten. Jedoch erwiesen sich sowohl die großen Weiten des Internets als auch die herkömmlichen Bibliotheksverzeichnisse als Nieten, wenn es um dessen Bedeutung ging.

Lagrande fürchtete, demnächst in uralten, miefigen Archiven zu sitzen, eingehüllt in schlechtes Kunstlicht, wo es noch Microfiche gab und vergilbte Karteikarten, die unter den Fingern zerfielen, und es von Asseln und Spinnen und anderen Tierchen wimmelte.

Ihr Ehrgeiz befahl ihr praktisch, diesen Weg zu gehen, um dem Inspektor bei seiner Rückkehr fast die gesamte Lösung des Falles zu präsentieren.

Notfalls müsste ich in den Vatikan. Sie haben eine sehr große Sammlung.

Auf ihrem Laptop ging eine Nachricht ein: *Die Taube muss fliegen.*

Ihr wurde kurz kalt, das Blut sackte in ihren Magen. *Es ist so weit!*

Hastig raffte sie ihren Klapprechner, auf dem sie ihr Wissen gespeichert hatte, trank den Kaffee aus und schraubte die Thermoskanne zu.

Dann ging Lagrande zum verborgenen zweiten Ausgang des Tresors, sah sich ein letztes Mal um und huschte hinaus; die Beretta U22 Neos war durchgeladen, entsichert und in ihrer Rechten. Für den Notfall.

* A Ω *

Mh.

Nein, ich warte noch. Erst mal sehen, ob es nicht doch kolumbianische Drogendealer sind, die ihre Frischware zwischenlagern.

Gehen von Container zu Container, checken die Nummern.

Jetzt bleiben sie …

Was macht denn die Achtziger-Frau da?

Sie … ha, ha, ha, da ist ein zweiter Ausgang! Schleicht sich raus, während die Arschgeigen vorne Stellung beziehen.

Guter Kniff.

Schalte ich vier Trottel aus?

Einer sieht in meine Richtung und … ach, scheiße. Seine Brille hat irgendwas eingebaut, wie meine alte. Vielleicht Hitzesensoren oder dergleichen. Jedenfalls wissen sie, dass ich da bin.

Er ruft was, und abgetaucht sind sie.

Alles klar. Finden wir heraus, wer der bessere Schütze ist. Aber mit einer P7 auf die Distanz, das sieht schlecht aus für mich.

Da fällt mir auf: Jetzt bin ich zu Blondies Schutzengel geworden, weil ich ihren alten umgelegt habe.

Ha, ha, ha!

Was macht die eigentlich?

Ruft bestimmt Verstärkung und lässt die Wichser zusammenschießen.

* * *

Puliwya (Quechua)/Wuliwya (Aymara)/Bolivien (Deutsch), Departamento La Paz, Tiwanaku, November 2019

Malleus wartete höflich darauf, dass Museumsdirektor Adolfo Soto aufhörte zu lachen.

Er fuhr sich über den Fu-Manchu, musterte den Indio, der einen gut sitzenden Anzug mit traditionellen Mustern der Inka trug. In seinem schwarzen Haar steckten Schmuckfedern und Edelsteine, was bei ihm durchaus erhaben und weder verkleidet noch lächerlich wirkte.

Schuld an dem Heiterkeitsausbruch war die Frage, was es mit dem gestohlenen Horn des Nandi beziehungsweise dem Horn des Alexanders auf sich habe. Soto wollte sich gar nicht mehr beruhigen. Und das Lachen war leider echt.

Inzwischen ahnte Malleus, dass es entweder keinen Überfall gegeben hatte oder sich etwas Eklatantes an diesem Fall ganz anders darstellte, als seine Auftraggeberin behauptete.

Der Direktor räusperte sich und wischte sich die Tränen aus den Augenwinkeln. »Entschuldigen Sie, Mister Bourreau. Es tut mir leid, dass Sie den langen Weg machen mussten. Für nichts.«

»Verzeihen Sie, Sir, dass ich darauf poche, aber das bedeutet, das Horn des Nandi ist nicht gestohlen?«

»Ja und nein. Es gab einen sehr dilettantischen Versuch, einige Kunstschätze zu entwenden. Das Interesse der Täter richtete sich dabei auf Inka-Gegenstände und Exponate, die von fremden Kulturen stammen, wie eben das Horn des Alexanders«, erklärte er. »Aber beim Eintreffen der Sicherheitskräfte verloren die Täter die Beute.

Ich gab das Horn in die Restaurierung, es hat einige Kratzer abbekommen.«

Malleus steckte sich die Culebra an, die er bereits vor sich gelegt hatte. Sepiafarbene Banderole. Er hoffte, dass seine Lunge damit auf 4000 Metern Höhe besser zurechtkam. Das Atmen fiel ihm nach wie vor schwer. »Darf ich es einmal sehen, bitte, Sir?«

Soto stützte die Ellbogen auf den Tisch und lächelte. »Woher rührt Ihre Skepsis?«

»Die Geschichte, die ich von meiner Auftraggeberin hörte, klang anders.«

Er machte ein verächtliches Gesicht. »Das liegt daran, dass Tejada verrückt ist.« Der Direktor zögerte, dann griff er in den Schrank und nahm einen Ordner heraus, blätterte suchend und drehte Malleus anschließend ein Papier hin. »Das sind das Testament und der Erbschein, die das Museum zum Alleinerben der Sammlung ihres Gatten machen. Und sicherlich hat sie Ihnen erzählt, *sie* wäre die Erbin.«

Ich ahnte so was. Malleus zog den Ordner zu sich und überflog die Zeilen, die auf Englisch und in einer Indio-Sprache verfasst waren.

Tatsächlich hatte der Gemahl seiner Auftraggeberin die Schätze dem Museum *zur besseren Pflege und Verwahrung* vermacht – und zwar auf Seite zwei des Testaments, das als Anhang beigefügt war. Im gleichen Schrieb stand, dass der entsprechende andere Paragraf, der Tejada begünstigte, nichtig wurde. Gleichzeitig sah der Letzte Wille vor, dass die Witwe jederzeit Zugang haben durfte.

»Das wusste ich nicht, Mister Soto«, bestätigte Malleus nachdenklich. »Danke für die Akteneinsicht.«

»Gern geschehen. Ich möchte vermeiden, dass wir beide aneinandergeraten, nur weil Ihnen die Fakten vorenthalten wurden.« Der Direktor schloss den Ordner und stellte ihn zurück ins Regal. »Sie werden bemerkt haben, dass es in Tiwanaku gerade zu Spannungen kommt.«

»In der Tat.«

»Miss Tejada gehört zu den Aymara, die sich vor den Inka hier ansiedelten und wirklich imposante Ruinen zurückließen. Meine Vorfahren haben etwas Neues aufgebaut, nachdem sie das Joch der Aymara abschüttelten. Und das« – Sotos Gesicht bekam einen feindseligen Ausdruck –» haben wir ihnen weder vergeben noch vergessen. Nachdem die europäischen Eroberer alles taten, damit wir unsere Identität verloren, kehrt sie mit der Ankunft der Götter umso stärker zurück. Das muss nicht allen gefallen.«

Malleus verstand die Ansage. »Was hat das mit Tejada und dem Horn zu tun?«

»Miss Tejada ist als Aymara darauf bedacht, für Unruhe zu sorgen. Sie werden sie als nette alte Dame erlebt haben, die tut, als wäre sie zerstreut. Aber ich kann Ihnen versichern, Mister Bourreau, sie sorgt mit Gerüchten, mit bezahlten Kampagnen und Anzeigen dafür, dass wir Inka uns an die Zeit der Unterdrückung erinnern. Diese alte Giftspritze macht keinen Hehl daraus, dass sie es besser fände, in den alten Zeiten zu leben.«

»Aber deswegen heuert sie mich doch nicht an, um einen misslungenen Diebstahl aufzuklären?«

Soto zuckte mit den Schultern. »Ich kann Ihnen nicht sagen, was ihre Intention ist. Beistand vielleicht? Aufgrund ihres Verhaltens mussten wir ihr Hausverbot im Museum erteilen.«

»Das verstößt gegen das Testament.«

»Miss Tejada verstößt gegen die Regeln. Das kann ich nicht hinnehmen. Ihr Auftreten in den Räumlichkeiten ist eine einzige Provokation, und es kam deswegen schon zu Handgreiflichkeiten in den Ausstellungsräumen. Sie wiegelt die Menschen gegeneinander auf.« Soto zeigte zum Fenster hinaus, die Steine in seinem Haarschmuck blitzten auf. »Die Demonstration ist alleine Tejadas Schuld. Bevor Sie ankamen, hat sie Flyer in Tiwanaku verteilen lassen, um an die glorreichen Aymara-Zeiten zu erinnern, und wie fortschrittlich ihre Ahnen im Vergleich zu den Inka gewesen seien. Sie stellt Forderungen und verlangt Abgaben von Nicht-Aymara, was maßlos ist.«

Malleus begriff, dass er zwar einen Fall hatte, von dem er aber nicht einzuschätzen vermochte, wohin er führte. *Erst das Artefakt.* »Kann ich mir das Horn dennoch ansehen, Sir?«

Soto erhob sich. »Natürlich.«

Gemeinsam verließen sie den Verwaltungsbereich und gingen durch die Ausstellungsräume, die sehr ansprechend und aufwendig gestaltet waren.

Im Mittelpunkt, das bemerkte Malleus, auch ohne die Sprache und Schriftzeichen zu verstehen, stand die Inka-Zeit. Kein Wort über die Aymara, die einst eine gewaltige Stadt auf der Hochebene ins Leben gerufen hatten. Totgeschwiegen und ausgeklammert, obwohl die Überreste deutlich in Tiwanaku umherstanden und von Touristen fotografiert wurden, wie eben das Sonnentor.

Dann gelangten sie in die Sammlung von Tejadas Gemahl, in der sich alles stapelte, was der Mann gesammelt hatte.

Das Horn des Nandi befand sich in der Orient-Ecke, zusammen mit anderen Kunstschätzen, die weniger Artefaktcharakter besaßen.

Malleus umrundete die Vitrine, rief auf seinem PDA die Abbildungen auf, die Lagrande aufgetrieben hatte. Dabei bemerkte er mehrere aufgelaufene Nachrichten, darunter auch von seiner Sekretärin. *Später.*

Sein PDA analysierte das Horn in dem Schaukasten, glich es mit den gespeicherten Bildern ab und umkreiste im Display die Punkte, die voneinander abwichen, entweder weil sie unscharf waren oder es tatsächliche Unterschiede gab.

Das sind ziemlich viele. Malleus paffte an seiner Culebra. »Das ist das Original?«, richtete er die Frage an Soto.

»Selbstverständlich, Mister Bourreau. Ich habe es nach Erhalt der Sammlung prüfen lassen.«

»Kann es nicht sein, dass die Diebe Ihnen eine Kopie hinterließen?«, sprach er seine Mutmaßung aus, ohne den Direktor anzuschauen, während der PDA immer neue Abweichungen feststellte, je mehr Malleus zoomte. »Hätte das nicht bei der Restaurierung auffallen müssen?«

»Das … das wäre ja …« Soto fehlten sichtlich die Worte. Er nahm sein Smartphone und gab eine Kombination ein, dann wurde das Glas der Vitrine auf einer Seite herabgefahren.

Der aufgeregte Direktor zückte ein Taschentuch, nahm damit das Horn nervös heraus und begutachtete es.

Malleus beschäftigte sich mit den Gedanken, die ihn anfielen: *Was stand in Hannes Heins Kabuff und war gestohlen worden? Das Original oder die Fälschung?*

Hatte der unbekannte Sammler es mit einer geschickten Finte austauschen lassen?

Oder hatte der Austausch erst im Anschluss an den Raub in der Restaurierungswerkstatt stattgefunden?

»Wie viele Menschen können Exponate in den Vitrinen wechseln?«, erkundigte sich Malleus und betrachtete den Direktor, dessen Entsetzen nicht gespielt war.

»Außer mir: nur der Kurator. Die Alarmanlagen sind lediglich durch die Feuerwehr oder die Polizei abzuschalten«, antwortete Soto abwesend und betastete das Horn dabei, als würden seine Fingerkuppen ihm mehr verraten als die Augen. »Ich bin mir nicht sicher.«

»*Sicher*, Sir?«

»Was ich in den Händen halte. Ich bin mir nicht sicher, ob es das echte Horn ist.« Soto starrte Malleus an. »Jedenfalls danke ich Ihnen, dass Sie mich auf die Spur brachten. Die Diebe waren wohl doch schlauer als angenommen.«

»Nicht unbedingt. Aber womöglich«, verbesserte Malleus und paffte langsamer, weil er Schwindel spürte. »Gab es Spuren oder Hinweise auf die Täter?«

»Nein. Die Ermittler haben nichts gefunden, keine Fingerabdrücke oder Sonstiges. Weil der Raub scheiterte, beließ man es dabei.« Soto nahm das Horn in die Rechte. »Ich muss es prüfen lassen«, murmelte er. »Nicht auszudenken, wenn …« Für Malleus gab es noch eine Möglichkeit, wer hinter dem scheinbar misslungenen Raub steckte. »Gab es jemals Anfragen aus Indien, die eine Rückgabe betrafen? Es ist immerhin ein Artefakt von hohem Wert, das in direkter Verbindung mit Shiva steht. Ich denke nämlich nicht, dass man sich von einer simplen Namensänderung täuschen lässt. Dafür sieht das Exponat zu charakteristisch aus.«

»Nein.«

Folglich wusste man in Indien höchstwahrscheinlich, dass es sich um eine Kopie handelt und das Original verschollen blieb. In Heins Kabuff. Malleus spürte Verunsicherung aufsteigen. Es gab zu viele Variablen, die Logik scheiterte an der unvollständigen Formel.

Somit blieb seine Intuition.

»Würden Sie mich informieren, sobald Sie Näheres zum Nandi-Horn wissen, Sir?«, bat Malleus. »Ich möchte mit Miss Tejada sprechen und ihr berichten, wie sich die Sachlage gerade verhält.«

»Natürlich. Natürlich tue ich das«, erwiderte Soto und machte Anstalten, ihn hinauszubegleiten, wirkte aber mit dem Artefakt in der Hand leicht überfordert.

»Ich finde selbst raus. Guten Tag.« Malleus trat den Rückzug an und stand einige Minuten danach vor dem Museum im Sonnenschein.

Es bleibt undurchsichtig. Er setzte Hut und Sonnenbrille auf, rauchte die geknickte Zigarre weiter und scrollte sich durch die Nachrichten auf dem PDA. *Mal sehen, was die Welt von mir möchte.*

Lagrande berichtete von einem Durchbruch: Sie habe das letzte und neunte Artefakt entschlüsselt. Außerdem sei sie der Gemeinsamkeit auf die Spur gekommen, und das mache sie äußerst stutzig. Näheres würde sie bei seiner Rückkehr erläutern, aber es gäbe eine Art Kennzeichen, ein einfaches wie ungewöhnliches Muster, das sie auf allen Gegenständen gefunden habe. Sollten es die anderen Artefakte ebenfalls aufwiesen, wäre es ein Beleg, dass sie jemand markiert hatte.

Oder gar sämtliche Gegenstände herstellte?

Tejada schickte ihm die Mitteilung, dass sie ein Bild von ihrem verhassten Sammler gefunden habe. Es sei bei einer Gartenparty entstanden. Auch wenn sie den Namen nicht kenne, könne Malleus auf diese Weise mehr über ihren Widersacher herausfinden.

Ein Bild! Perfekt! Sofern es stimmt. Malleus besaß nach der Episode im Jet einige Hinweise auf den Mann, die er mit dem Foto abgleichen könnte.

In der Ferne heulten Sirenen, Einsatzkräfte schienen auf dem Weg zu einer Unfallstelle zu sein.

Malleus hob den Blick und entdeckte die Rauchsäule, die fett und schwarz über Tiwanaku stand. Unter das Jaulen mischte sich Trommeln und schrilles Pfeifen, die Demonstranten hatten noch lange nicht aufgegeben, ihren Unmut auszudrücken.

Da Malleus seinem Orientierungssinn traute, lag dort, wo ein gewaltiger Brand toben musste, auch das Haus von Tejada.

Verdammt! Er rannte die Straße entlang in Richtung des geparkten i8, den er mit einem Knopfdruck zu sich beorderte, um wertvolle Zeit zu sparen.

Es schien, als wolle sein Gegenspieler die beste Spur zu ihm mit Flammen von der Erdoberfläche tilgen.

* * *

Celtica, Paris-Lutetia, November 2019

Wo stecken die Wachleute? Für was bekommen die ihr Geld, wenn sie nicht auftauchen, sobald eingebrochen wird! Hat die Achtziger-Frau draußen nicht Bescheid gesagt?

Das ist … fuck, die Ersten schießen nach mir. Klar, halten mich für Ingo Rittmann, den freundlichen Wachmann.

Deckung, zurückrobben vom Container. Die P7 taugt nichts, nicht auf die Entfernung. Und die sind nicht schlecht. Zwei zwingen mich mit den Maschinenpistolen, in Deckung zu bleiben.

Was die anderen machen, sehe ich nicht.

Runter vom Container. Springen, landen, abrollen – genau vor die Füße von einem der Idioten.

Die P7 hoch, Schuss, aus. Kopftreffer sind eben am besten.

Was hat er denn für eine … ah, ein Steyr AUG A3. Gut, ist besser. Knattert und bockt, hat aber Bums, wie es sich für ein Sturmgewehr gehört. Jetzt ist es mein.

Beschuss von der anderen Seite, die Wichser verfehlen mich knapp. Wie gut, dass es hier alles massive Bauten sind, Stahl und Beton sind die besten Deckungen.

Weiterpirschen, Kopf unten halten.

Ich merke es deutlich, meine Beherrschung ist dahin. Mein Vokabular lässt zu wünschen übrig. Wie gut, dass meine Gedanken …

Da ist wieder einer! Er hat eine Schrotflinte und legt los.

Flach hinwerfen, hinter den Container. Die Kügelchen erwischen meine rechte Sohle, aber ich spüre nichts. Glück gehabt.

Ich halte das Steyr blind um die Ecke und lasse das komplette Magazin in kurzen Stößen herausrattern, die Kugeln fliegen ziellos herum.

Dann trete ich um die Ecke, hebe die P7 und warte, dass einer aus der Deckung auftaucht.

Und hier ist er, unser Gewinner – zwei Schuss, Brust, Kopf, durch.

Bleiben noch zwei.

Magazinwechsel, alles neu bestückt und ready to rock.

Zurück zum Container mit den Artefakten.

Wo stecken die maskierten Idioten?

Behutsam, ganz behutsam näher ran … da hängt doch was an der Tür?

Drähte!

Verfickte Scheiße! Drähte, die aus einem Sprengstoffpäckchen rausschauen!

Sind die bescheuert, die können doch nicht …

* * *

Puliwya (Quechua)/Wuliwya (Aymara)/Bolivien (Deutsch), Departamento La Paz, Tiwanaku, November 2019

Die Polizei hatte die Straßen abgesperrt, die nach Puma Punku hineinführten. Malleus musste den i8 parken, was angesichts der vielen Menschen und Fahrzeuge nicht einfach war.

Tausende aufgebrachte und euphorische Einheimische drängten sich an den Barken und Schranken, hielten Transparente in die Höhe und trommelten in einem gleichbleibenden Rhythmus, der etwas Beschwörend-Rituelles besaß. Dazu erschallte der Ruf »Inti !« – der Name des Sonnengottes, zu dem die Inkas beteten.

Ich muss zu Tejada. Er drängelte sich durch die frenetische Menge, bis er eine Lücke und einen unbeobachteten Moment gewährt bekam, um sich an den Sicherheitskräften vorbeizuschmuggeln und in das Viertel zu rennen, das lichterloh in Flammen stand.

Fast sämtliche Behausungen hatten sich in Fackeln verwandelt, die Lohen schlugen aus den Fenstern und Dächern. Malleus sah die Feuerwehren, die sich damit begnügten, die Fassaden jener Häuser mit Wasser zu kühlen, die nicht zu Puma Punku gehörten. *Sie tun nichts!* Der Zwist zwischen Aymara und Inka erreichte die nächste Stufe, mit ausgelöst durch seine Auftraggeberin und ihre Aktionen.

Malleus wählte eine Route, die ihn halbwegs vor der großen Hitze bewahrte, während er flammende Gebäude passierte. Dabei bemerkte er mehrmals Blutspritzer und -lachen auf dem Boden, an den Wänden, Schleifspuren wie nach einem Robbenschlachten führten über die hellen Wege in brennende Häuser.

Er sah keine Polizisten, keine Rettungswagen. Niemand kümmerte sich um das Inferno, das sich Straße um Straße vorwärtsfraß.

Mehrmals kamen ihm Indios entgegen, die in schweren Koffern das bisschen Hab und Gut retteten, das ihnen am Herzen lag. In ihren Augen standen die blanke Angst und die hilflose Wut, das Unverständnis darüber, was hier geschah. Manche waren verletzt, hatten Schnittwunden an den Armen und im Gesicht.

Neue Zeit, alter Hass. Malleus gelangte zur Straße, in der Tejada wohnte.

Unaufhaltsam rückte der Brand auch hierher vor, der trockene Untergrund begünstigte das Ausbreiten.

Die Menschen halfen sich gegenseitig, es wurden Autos beladen, bis die Federung zu brechen drohte. Kinder weinten, Frauen klagten, und Männer fluchten, während die Hitze ankündigend bis zu ihnen rollte und sie zu größerer Geschwindigkeit anstachelte.

Keiner kümmerte sich um Malleus, den Fremden, der auf das Haus von Tejada zurannte.

Dann erklangen wieder die Trommeln.

Um eine Ecke bogen fast hundert Vermummte, schlugen auf die gespannten Felle im gleichen Takt ein und stürmten laut rufend auf die Aymara zu. Die Klingen von langen Macheten und Dolchen blitzten, Knüppel und Totschläger wurden geschwungen. Die Maskierten wollten nicht zulassen, dass sich die Flammenopfer in Sicherheit brachten.

Chaos brach unter den Flüchtenden aus. Manche Männer blieben und kämpften, andere sprangen in die Autos, um ihre Familien wegzubringen.

Wo sind die Entitäten, wenn man sie braucht? Malleus zog einen seiner Apache Deringer, falls es nötig werden würde, sich zu verteidigen. Die Blutspuren auf den Wänden und dem Asphalt ließen dies vermuten. Er wagte keinen Versuch, den Menschen Beistand zu leisten, auch wenn es ihm schwerfiel. Der Mob war angestachelt, aufgepeitscht und Argumenten nicht zugänglich, schon gar nicht, wenn sie aus dem Mund eines Europäers kamen. *Eines ehemaligen Eroberers und Unterdrückers.*

Er kannte solche Szenarien aus der Zeit der Übergangskriege, die sich nun mit anderen Vorzeichen in Bolivien wiederholten. Hier halfen nur Entitäten oder Polizei und Armee und schwere Waffen, um sich Respekt zu verschaffen; aber da die Institutionen überwiegend aus Inka-Nachfahren bestanden, würden sie sich Zeit lassen.

Falls sie überhaupt eingreifen.

Malleus erreichte das Haus seiner Auftraggeberin und stürmte zur angelehnten Tür herein. *Die Marodeure sind schon drin!*

»Miss Tejada?«, rief er und lauschte, den Deringer zum Einsatz bereit.

Aus dem Wohnzimmer erklang ein Scharren, dann klirrte es, und eine Frau röchelte.

Malleus rannte vorwärts, sicherte dabei stets Ecken und Nischen, bis er durch den Gang in den Raum gelangte.

Die drei Maskierten hatten gewütet, alles umgeworfen und die Wände mit Parolen beschmiert, die Malleus nicht lesen konnte. Eine Frau würgte Tejada, die bäuchlings auf dem Teppich lag und sich nicht zu wehren vermochte, mit bloßen Händen. Die Arme und Beine waren erschlafft, das Gesicht violettfarben vor Luftmangel und gestautem Blut.

Ein Mann sprang sofort heran, riss eine Machete zum Schlag in die Höhe.

Malleus schoss ohne Vorwarnung gezielt in den Kopf. Diese Leute würden keine Rücksicht auf ihn nehmen. *Warum sollte ich es tun?*

Sein Kumpan, der ein Headset trug, schrie durch die Gegend und riss einen Revolver aus dem Hosenbund, da bekam er eine Apache-Kugel mitten durch die Brust.

Die Maskierte warf sich rückwärts von Tejada und ging hinter dem Sessel in Deckung, es klickte laut. Auch sie trug unzweifelhaft eine Feuerwaffe mit sich, anschließend hörte es sich an, als krame sie in einem Beutel.

Was tut sie? Malleus begab sich neben der Tür in Deckung.

Es roch streng nach Benzin, aus dem ersten Stock erklang ein charakteristisches Knistern. Ein weiterer Brandherd breitete sich aus, der nicht mehr zu löschen wäre.

Tejada rührte sich nicht, die Augen waren geöffnet, und die Zunge hing aus dem Mund. Am Hals zeigte sich eine deutliche Deformierung auf Höhe der Kehle, zerdrückt durch die Kraft der Angreiferin. Eine Creole war ausgerissen, die Kette lag gesprengt neben der Indio.

Dumpf knallte es, als die Maskierte durch den Sessel auf Malleus schoss.

Die Kugeln durchschlugen das Möbelstück, flogen aber an ihm vorbei und landeten in der Wand, wo sie Löcher in die Parolen und aufgemalten Götterzeichen sowie Teppiche stanzten.

Das Ratschen eines Feuerzeugs erklang. Eine Sekunde darauf flog ein Molotowcocktail hinter der Couch hervor.

So nicht. Malleus fing die Flasche geistesgegenwärtig und richtete den Apache auf die Deckung der Frau, die mit einem siegessicheren Lachen auftauchte, um nach dem Erfolg ihrer Attacke zu sehen.

Bevor sie reagieren konnte, schoss er ihr in den Oberkörper, aber sie löste im Zusammensacken ihre Makarow Halbautomatik noch einmal aus.

Das Projektil verfehlte Malleus, zerschlug jedoch das dünnwandige Gefäß in seiner Hand. Das Benzin-Diesel-Öl-Gemisch verteilte sich sofort auf seinem Ärmel.

Scheiße! Er riss den Arm schnell genug zur Seite, sodass die brennende Lunte ihn nicht erwischte. Sie fiel zu Boden und entzündete die kleine Lache auf dem Teppich.

Das zweimalige Knallen hinter ihm schmerzte gleichzeitig in den Ohren und im Rücken, die Kugeln und die Pein trieben ihm die Luft aus den Lungen sowie Tränen in die Augen. Ohne das neuartige Stoffgewebe, das ihm Karak angedeihen hatte lassen, wäre er in dieser Sekunde gestorben, unspektakulär, rücklings feige erschossen.

Ganz ohne eine Gottheit. Malleus ließ sich fallen und simulierte seinen Tod, um sich Zeit zu verschaffen; dabei drehte er sich und sah durch die schmalen Lider den Polizisten, der ihm damals mehr oder weniger in der Seitengasse zu Hilfe gekommen war.

Er hielt eine schwarze Colt M1911 Halbautomatik mit einer Hand auf ihn gerichtet und näherte sich vorsichtig. »Wie viele tote Ausländer brauchen wir?«, funkte er auf Englisch. »Ich habe noch einen.«

»Gut. Damit hätten wir vier Touristen«, kam die Antwort leise. »Kannst du ihn mitbringen, oder lassen wir ihn da liegen?«

»Nein, der verbrennt sonst sinnlos. Sie haben schon Feuer gelegt.« Die Mündung blieb auf Malleus gerichtet. »Ist ein Bulle. Das macht es noch aufregender für die Medien.«

»Bulle? Woher weißt du, dass es ein Bulle ist?«

»Den habe ich heute schon mal getroffen.« Der Polizist lachte. »Klang französisch. Bourreau, glaube ich.«

Welchen Sinn ergibt das? Malleus sah, dass das Feuer sich an sein Bein heranfraß. Er musste bald handeln.

»Hast du eben *Bourreau* gesagt?«, meldete sich die Gegenseite alarmiert.

»Ja. Warte, ich kann nachschauen. Er hat einen Interpol-Ausweis dabei, mit dem er vorhin rumfuchtelte und sich wichtigmachte.«

Ein lauter Fluch erklang deutlich. »Das war scheiße!«

»Wieso?«

»Das ist ein Freund von Exitus!«

Malleus durchzuckte es. *Sie kennen Ove?*

»Woher sollte ich das wissen?«, gab der Polizist zurück, das Spiegelvisier verbat einen Blick auf sein Gesicht. »Er hatte kein Schild um oder ein Empfehlungsschreiben dabei.« Fluchend ging er vor Malleus in die Hocke. »Was machen wir?«

»Liegen lassen. Er soll verbrennen«, lautete die neue Anweisung. »Ich hoffe, Exitus bekommt das nicht raus, sonst sind wir beide am Arsch!«

Sie sind von GodsEnd!

»Er liegt doch bei den Bullen im Krankenhaus.« Der Polizist setzte Malleus die Mündung des Colts an die Stirn.

»Na, wer weiß, wie lange?« Der andere Mann atmete durch. »Beschissen, ist aber nicht mehr zu ändern. Dann komm zurück und such dir einen anderen Touristen.«

»Alles klar.«

»Die Unruhen laufen gut?«

»Tun sie. Beste Idee, die Flyer in Umlauf zu bringen. Die Alte hat eh nicht mehr geschnallt, was sie alles in Auftrag gegeben hat und was nicht.« Der Polizist stand auf. »Ich ziehe los.«

»Gut. Und stell sicher, dass der Bulle von keinem mehr erkannt werden kann, hörst du? Keine Zahnabdrücke, keine Fingerabdrücke, nichts.«

»Alles klar.« Er beendete das Gespräch und steckte die Waffe weg, schimpfte nun wieder in seiner Sprache und wandte sich zum Flur, um in die Küche zu gehen, wo er bestimmt die Utensilien zum Verstümmeln suchen wollte, die er benötigte: Geflügelschere und Steakklopfer.

Malleus trat ansatzlos zu und räumte den Mann von den Beinen. Er prallte mit dem Kopf gegen die Wand und sackte nach unten. Der Helm verhinderte seine Ohnmacht, er griff sogleich nach einer Halbautomatik.

Daraus wird nichts. Malleus schoss ihm durch die Hand, die Deringer-Kugel riss Blut und Gewebe heraus. Die Finger des Polizisten spreizten sich ungewollt, die Sehnen waren beschädigt und nicht mehr einsatzfähig. »Keine Bewegung«, befahl er und erhob sich. »Visier hoch.«

Der Mann ächzte laut und unterdrückt, leistete der Aufforderung aber Folge. Zum Vorschein kam ein glatt rasiertes Indio-Gesicht mit deutlich abzulesendem Schmerz.

»Was richtet *GodsEnd* hier an? Einen Volksaufstand? Um was zu beweisen?«, brach es aus Malleus fassungslos heraus. »Sie hetzen Inka und Aymara aufeinander!«

»Erst der vielfache Tod der Menschen und größte Katastrophen werfen die Frage nach den Göttern auf«, erwiderte der Polizist keuchend. »Warum sie nicht handeln, obwohl es sie doch gibt. Das wird den Verstand der Menschen wachrütteln. Wenn nicht hier, dann in Europa und im Rest der Welt. Und wenn nicht nach dem Brand und dem Massaker an den Aymara, dann bei unserer nächsten Aktion. Wir hören nicht auf. Niemals!«

Malleus fühlte das Bedürfnis, den Mann zu schlagen. *Niederträchtig. Durch und durch niederträchtig.*

Er konnte sich nicht vorstellen, dass Ove genauso dachte und das Sterben von Hunderten in Kauf nahm, um den Beweis zu erbringen, dass die Entitäten nichts anderes als Schwindler waren.

Es ist nicht mal ein Beweis. Es sind kriminell-terroristische Taten, die einzig damit legitimiert werden, dass ein Umdenken erreicht werden könnte.

Malleus starrte wütend auf den Polizisten. »Sie sind festgenommen«, verkündete er. »Ich werde Sie vor Gericht stellen.«

»Aber wir stehen auf der gleichen Seite«, erwiderte der Mann ächzend und erhob sich, aus seiner durchschossenen Hand rann das Blut. »Sie glauben nicht an die Götter, und wir doch auch nicht.«

»Deswegen begehe ich keine verabscheuenswerten Akte, die ganze Bevölkerungsgruppen aufeinanderhetzen!«, fuhr er ihn an und langte an den Gürtel des Mannes, um die Handschellen zu ziehen. »Hände hinter den Nacken.«

Nachdem er ihn gesichert hatte, wollte er nach dem Bild suchen und den Tabletcomputer von Tejada mitnehmen.

Er hoffte, auf das Bild des Sammlers zu stoßen. Die Ermittlungen rund um das Horn von Nandi rückten in den Hintergrund, zumal Malleus dank der PDA-Analyse recht überzeugt war, dass es sich beim Artefakt im Museum lediglich um eine Kopie handelte. *Was für ein Auftrag.*

Der Polizist stieß überraschend mit dem behelmten Kopf zu.

Malleus wich der Attacke aus und versetzte dem Mann einen

Kniestoß in den Unterleib, der ihn zusammenklappen ließ. Dabei umrundete er ihn und legte ihm die Schellen mit einer fließenden Bewegung an. Klickend schnappten sie zu. Dann trat er ihm in die Kniekehlen und band dem Kauernden die Schnürsenkel zusammen.

»Sie warten.« Malleus kehrte ins Wohnzimmer zurück, stieg über die erwürgte Tejada und die drei Erschossenen, während die Flammen und der beißende Rauch sich stetig ausbreiteten.

Er zwang sich zur Ruhe beim Suchen, sicherte das Pad und entdeckte unter dem Beistelltischchen eine alte Fotografie, auf der eine Partyszene zu sehen war.

Das muss es sein! Malleus steckte es ein und wandte sich zum Korridor.

Dort lagen die abgestreiften Schuhe des Polizisten, der Mann hatte sich davongestohlen. Damit fehlte der einzige Zeuge und jeglicher Beweis, dass es sich bei den Unruhen um das Werk von *GodsEnd* handelte.

Oder ist er noch draußen? Malleus tastete sich in den Korridor vor, ging gebückt, um nicht in die Rauchschwaden zu geraten. Durch die offene Haustür sah er das sich ausbreitende Inferno, das im Stadtteil Puma Punku wütete und die Gebäude vernichtete. Es war klar, dass kein Aymara-Nachfahre nach diesem grauenhaften Vorfall jemals wieder in Tiwanaku siedelte.

Ob die Rechnung von *GodsEnd* aufging, würde sich zeigen, aber Malleus bezweifelte es. Die Menschen fanden immer Ausreden, um das Versagen ihrer Entitäten zu entschuldigen, so paradox es klang. Man hatte sich daran gewöhnt, dass es keine omnipotenten und allgegenwärtigen Gottheiten gab.

Mit dem Angriff aus der Küche hatte Malleus gerechnet. Es reichte ein rascher Schritt zur Seite, und der lauernde Polizist trat ins Leere.

Malleus schlug ihm mit dem Schlagring des Deringers auf die Kniescheibe, die ein deutliches Knacken von sich gab. »Sie gehen nirgendwo mehr hin ohne mich!«

Im Fallen warf sich der aufschreiende Gegner rückwärts gegen ihn, in den gefesselten Händen hielt er zwei lange Tranchiermesser, von denen er hoffte, eines davon würde den Widersacher erwischen.

Verflucht! Malleus spürte, dass eine Klinge über seinen Bauch glitt, aber das neue Gewand hielt der Schneide stand. Die zweite Attacke wehrte er mit den Titanringen ab. Dabei bog sich die Spitze des Küchenmessers nach oben, die beiden Männer stürzten.

Der Polizist schrie nochmals auf – und erschlaffte.

Ich brauche ihn als Zeugen! Malleus rollte ihn herum. *Er darf nicht …*

Die lange Klinge war beim Sturz des Mannes durch seinen Körper in die Wirbelsäule getrieben worden.

Verflucht noch eins! Damit starb sein Beweis, dass *GodsEnd* hinter dem Aufruhr steckte.

Um nicht ebenfalls das Leben in diesem brüllend heißen Backofenhaus zu verlieren, eilte Malleus hinaus und machte sich möglichst klein, damit ihn die herrschende Hitze in den Straßen nicht grillte.

Schweißgebadet, keuchend und mit Sternchen vor den Augen erreichte er die rettenden Absperrungen außerhalb des Gefahrenbereichs und drängte sich hindurch. Erleichtert und erschöpft sank er wenig später in seinen i8 und trank von dem Wasser, das aus dem Spender in einen Becher rann.

Das einzig Gute, das ihm dieser Fall brachte, war das Bild, auf dem sich der Sammler befinden musste.

Ist er es? Malleus zog es heraus und betrachtete es: Annähernd vierzig Personen, mal ganz groß, mal ganz klein, befanden sich auf dieser Fotografie. Auf den ersten Blick machte er darauf niemanden aus, der seinem gefährlichen Widersacher ähneln könnte.

Der schale Geschmack von Niederlage und Enttäuschung breitete sich in seinem Mund aus, den nicht einmal die dunkelpurpurfarbene Culebra beseitigen konnte.

Und Puma Punku brannte derweil nieder.

* * *

Celtica, Paris-Lutetia, November 2019

Marianne Lagrande hatte sich das Essen mit Malleus Bourreau ein bisschen romantischer vorgestellt. Aber so lief es oft im Leben: dass man nicht bekam, was man sich erträumte, ob mit oder ohne Götter. *Danke auch, Belenos.*

Sie saßen wenigstens in einer schönen Brasserie auf dem Montmartre mit einem tollen Ausblick, hatten die Unterlagen zum Fall rund um sich auf dem Tisch verteilt, dazu gesellte sich ein Tabletcomputer, auf dem die neusten Daten lagerten.

Sie trug ein enges, rotes Kleid mit einer kurzen Lederjacke darüber, dazu schwarze Pumps mit Metallspitzen. Die blondierten, antoupierten Haare wurden von einem schmalen Reifen gebändigt.

Bislang gab es eine Suppe als Vorspeise, und Lagrande bezweifelte, dass sie darüber hinaus gelangten. In allen Belangen. *Ärgerlich.* Dafür hatte sie Belenos nicht geopfert.

Doch nach wie vor fesselte sie der Fall, vor allem die letzten Ereignisse erschienen spektakulär.

Bourreau überflog die Recherchen zum Bronzedolch, der angeblich vom keltischen Gott Goibniu selbst geführt worden war. Dass es nicht zum Alter der Waffe passte, spielte in der Mythologie weniger eine Rolle. Nachträglich wurden gern mal Dinge als göttlich deklariert.

Lagrande nahm sich den kleinen Computer und rief die Aufnahmen des Horns auf, die er in Tiwanaku gemacht hatte. Sie sichtete die verschiedenen Details. »Das ist eine Kopie.«

Bourreau sah auf. Der Blick aus den kontaktlinsenblauen Augen traf sie und bereitete ihr leichte Gänsehaut, sein Lächeln wiederum wärmte sie, was sie beides nach außen nicht zeigte. »Ganz ohne Altersanalyse? Das müssen Sie mir erklären.«

Sie hielt ihm das Display hin. »Sie haben gute Aufnahmen geschossen. Man sieht die ganzen Details, und Ihr PDA fand diverse Abweichungen. Was ich auf keinen Fall sehen kann, ist das Symbol, das ich bei unseren anderen Artefakten fand.«

Bourreau rieb sich mit Daumen und Zeigefinger über die schwarzen Bartenden seines Fu-Manchu. »Dann nutzt unser Sammler nicht nur die brachiale Methode, sondern auch List, wie wir beim Einbruch in Ihr Büro und in Bolivien gesehen haben«, resümierte er. »Er scheint noch nicht die richtige Balance gefunden zu haben, was wo angebrachter ist.«

Lagrande dachte sofort an den Flughafen und den Überfall auf das Tresoriale.

Das Kommando ihres großen Widersachers hatte sich mit einer wohldosierten Sprengung und Brutalität Zugang zum Panzerraum verschafft, die Artefakte gestohlen und sich danach abgesetzt. Zwei Tote blieben zurück und ein Wachmann, den man mit schweren Verletzungen als Folgen der Explosion ins Krankenhaus brachte.

Lagrande wunderte sich, woher der übereifrige Mann gekommen war, der sich mit der Truppe angelegt und sich nicht an die Absprachen gehalten hatte. *Vielleicht ein kleiner Held?*

Bourreau schien ihre Gedanken zu lesen. »Sie verhielten sich mehr als mutig, Madame. Das kann ich mit einem Essen gar nicht genug belohnen.«

Sie lächelte. »Es macht mir Spaß. Es ist etwas ganz anderes als das langweilige Sekretärinnendasein. Und wie Sie wissen, Monsieur l'Inspecteur: Ich weiß mich zu wehren.« Die Beretta U22 Neos trug sie unter ihrer kurzen Lederjacke. Zur Sicherheit.

Er nickte und winkte den Kellner heran. »Was immer Sie möchten, bestellen Sie es sich.«

Lagrande wählte einen teuren Wein und eine Galette mit Meeresfrüchten, die sie so gerne mochte. »Noch besser wären sie natürlich am Meer«, kommentierte sie.

»Sehr richtig. In der Bretagne gibt es die besten. Waren Sie schon mal dort?«

»Nein. Ich kam bislang nicht viel weiter, als mich Ihre Nachforschungen beschäftigten.«

»Sollten wir nachholen. Vielleicht ergibt es sich bei einem Fall.«

Also will er mich behalten. Lagrande nickte und unterdrückte die nächste aufkeimende romantische Vorstellung, nachdem die Umsetzung ihrer ersten kein bisschen der akuten Realität entsprach. »Haben Sie schon eine Resonanz?«

»Die Artefakte sind unterwegs, aber wie es den Anschein hat, erreichten sie ihr Ziel noch nicht.« Bourreau wählte das Lamm mit Couscous und einen leichten Rotwein. »Alle drei Wanzen bringen in den vorgesehenen Abständen ihr kleines passives Ping an die nächste Funkzelle, sodass wir wissen, wo sie sich gerade befinden, ohne dass ein Sendeimpuls von den Entführern gemessen werden kann.« Er legte seine Hand auf ihre. »Sehr gute Arbeit, Madame Lagrande.«

»Ich habe nur die Anweisungen Ihres Freundes befolgt, wie ich beim Anbringen vorgehen muss.« Sie freute sich über die vertrauliche Geste. »Das Einsetzen der kleinen Geräte fiel sehr leicht. Mehr als ein winziger Fitzel durchsichtiges Papier schien es nicht zu sein.«

»Das ist unsere beste Finte im Kampf gegen den Sammler. Er mag denken, er hat einen Sieg errungen. Aber in Wahrheit führt er uns direkt zu sich.« Bourreau drückte nochmals dankbar lobend ihre Hand und zog zu ihrer Enttäuschung seine Finger weg.

Lagrande wusste, dass alles mit Lautrec abgesprochen war. Die Wachleute des Tresoriale hatten die Anweisung erhalten, nur schwachen Widerstand zu leisten und sich zurückzuziehen, Jean-Luc und Jonathan hielten sich ebenso an den Befehl, keinesfalls zu versuchen, den Raub zu verhindern. Und die zweite Einheit blieb auf Abstand, um sich nicht in Gefahr zu bringen. Dies machte den entscheidenden Unterschied zu den bisherigen Attacken aus: kontrollierte Bedingungen.

Das hatte dazu geführt, dass es vor dem Eingang zu einem kurzen Schusswechsel gekommen war, und es außer den zwei toten Söldnern keine Opfer zu beklagen gab.

Bis auf den Helden. Hoffentlich kommt er durch.

Lagrande deutete auf den PDA. »Wo sind sie aktuell?«

Bourreau sah auf die Anzeige. »Das letzte Signal kam aus Calais. Die Räuber scheinen sich ganz regulär über eine Fähre nach England einschiffen zu wollen. Ich weiß auch, warum: Dabei gibt es die wenigsten Kontrollen. Mit den Artefakten kommen sie durch keine herkömmliche Flughafenabfertigung. Und sie müssen davon ausgehen, dass sie gejagt werden.« Er nahm ein Bild aus der Tasche und schob es zu ihr.

»Eine Gartenparty«, sagte Lagrande. »Schicke Menschen.«

»Das muss digitalisiert zu Crick. In höchster Auflösung. Angeblich befindet sich der Sammler auf der Aufnahme.« Bourreau wirkte plötzlich ernst.

»Ich scanne es ein und schicke es ihm.« Lagrande sah das Essen näher kommen und bündelte die Ausdrucke zu den Artefakten. Sie hatte alle identifiziert, alle neun gestohlenen Gegenstände, vom Fächer bis zum Ziegelstein, von der Harpunenspitze bis zum Dolch. »Verschiedenste Kulturen, verschiedenste Zeitalter, *ein* Symbol«, murmelte sie vor sich hin.

»Darüber denke ich auch die ganze Zeit nach«, stimmte er ihr zu und kostete den Rotwein, nickte dem Kellner zu. »Dass diese Gegenstände einen Wert per se haben, liegt für Hannes Hein auf der Hand. Aber ich glaube nicht, dass er von diesen einheitlichen Symbolen wusste.« Er rieb sich erneut über den Fu-Manchu. »Was also will der Sammler damit? Worin liegt der *wahre* Wert?«

Lagrande begann mit dem Essen. »Wir wissen es bald.«

Bourreau lächelte sie an. »Ich bin sehr gespannt, was sich uns offenbaren wird. Und nun: guten Appetit.« Er hob sein Glas. »Das haben Sie sich mehr als verdient.«

Sie stießen an, das leise Klirren schwebte durch die Brasserie.

Auf seinem PDA poppte ein Nachrichtenfeld auf, wie Lagrande sah. *Belenos, wenn du jemals wieder Opfer von mir bekommen möchtest, dann …* Malleus öffnete die Mitteilung, sein Gesicht verfinsterte sich. Dann erhob er sich und verbeugte sich entschuldigend, ohne vom Lamm überhaupt gekostet zu haben.

»Ich muss leider dringend weg«, sagte er aufgeregt. »Wir sehen uns morgen in Ihrem Büro. Aller Voraussicht nach.«

»Aber …« Lagrande empfand die Welt gerade als sehr unfair. Das bisschen Zweisamkeit, die ihr Chef nicht einmal als solche empfand, wurde zunichtegemacht.

»Es geht nicht anders, Madame.« Bourreau zeigte auf die Weinflasche. »Genießen Sie in Ruhe. Es ist alles bezahlt. Verzeihen Sie mir meinen Aufbruch.« Mit einer weiteren freundlichen Berührung an der Schulter eilte er zum Ausgang. »Bis morgen!«

Draußen rollte der i8 vor, den er via Autopilot vorfahren ließ, dann lief er winkend am Schaufenster der Brasserie vorbei und stieg ein, der BMW brauste davon.

»Ja, bis morgen«, antwortete Lagrande leise. *Merde*. Sie trank das Glas Rotwein in einem Zug leer und goss sich nach. *Genießen. Ja, das werde ich. Viel zu schnell, damit es wirkt.* Frust breitete sich aus. *Belenos. Unzuverlässiger, böser Gott. Ganz böser Gott.*

Sie prüfte schlecht gelaunt mit ihrem Smartphone, was in der Welt geschah, das Bourreau zum Aufbruch nötigte. Sie suchte, bis sie auf die Eilmeldung einer spektakulären Flucht stieß: Der mutmaßliche *GodsEnd*-Terrorist Ove Schwan war ausgebrochen, wobei es viele Verletzte unter den Polizisten gab.

Natürlich. Sie seufzte und spürte bereits die Wirkung des Alkohols. Nur was Malleus vor Ort wollte, das erschloss sich ihr nicht. *Oder es gibt einen anderen Grund?*

Statt einer Antwort bekam sie die Nachricht von Lautrec, dass der beim Überfall auf das Tresoriale angeschossene Wachmann, den man ins Krankenhaus gebracht hatte, sich als *falscher* Wachmann herausstellte. Die Angehörigen seien zu Besuch gekommen und wunderten sich sehr, dass ein Unbekannter im Bett lag. Aber als die Sicherheitsleute des Krankenhauses herbeieilten, sei der Mann trotz seiner schweren Verletzungen geflüchtet. Offen blieb, wo der *echte* Security-Mitarbeiter steckte.

Für Lagrande lag es auf der Hand, wer in die Rolle des Wachmanns geschlüpft war.

Das muss der Schatten gewesen sein. Er hatte sich an sie gehängt, um wieder an den Kommissar zu gelangen. Seine Tarnung war in dem Fall schlecht gewählt gewesen. *Wieder entkommen. Aber diesmal müsste es ein Bild von ihm geben. Ein echtes.*

Sie erwog, sich gleich mit dem Krankenhaus in Verbindung zu setzen, aber dann kam der Trotz auf. Bourreau hatte sie versetzt, nein, sitzen gelassen. Dann würden Recherchen auch Zeit haben.

»Guten Abend, Madame Lagrande«, sagte eine weibliche Stimme unvermutet neben ihr, und eine unbekannte Frau setzte sich an den Platz, auf dem sich Bourreau vor wenigen Minuten noch befunden hatte.

Sie trug ein schlichtes, aber elegantes türkisfarbenes Kleid, lange schwarze Haare, war deutlich jünger als Lagrande; etwas Verrücktes, Unstetes flackerte in den grünen Augen.

»Darf ich Ihnen Gesellschaft leisten?« Wie selbstverständlich nahm sie das Besteck und aß von dem Lamm, das der Kommissar bestellt hatte. Genießerisch stöhnte sie und verdrehte die Augen. »Das ist unfassbar lecker.«

Lagrande wusste das Auftauchen nicht zuzuordnen. Dazu wirkte der Wein. »Eigentlich speise ich gerade alleine«, erwiderte sie überrumpelt und vermied, nach der Beretta zu greifen. *Wer ist das?*

»Weil Malleus früher aufbrechen musste als vorgesehen. Ich weiß.« Die Fremde lächelte und kostete von dem Wein. »Ich wollte die Gelegenheit nutzen und Sie in Kenntnis setzen, Madame, dass Sie Ihre grauenvoll metallic-lackierten Fingernägel von ihm lassen sollten. Sonst machen Sie sich eine Feindin, die Sie nicht haben wollen.« Das scharfe Messer fuhr durch das Lammfleisch und trennte eine Tranche ab. Roter Saft trat aus und verteilte sich auf dem Teller.

Er ist schon vergeben! Das war klar! Lagrande fuhr heißes Eisen durch den Magen. *Beschissener Abend.* »Oh, das … tut mir leid. Ich dachte … Sie sind seine … ?«

Die Schwarzhaarige schüttelte den Kopf und zwinkerte ihr zu. »Noch nicht. Aber bald. Und dafür brauche ich keine Konkurrenz.«

Lagrande glaubte, sich verhört zu haben. Sie hatte eine Nebenbuhlerin, die allen Ernstes versuchte, sie einzuschüchtern.

Fassungslos lachte sie auf. »Und Ihr Name ist?«

»Marina. Und ich war ihm schon sehr nahe. Mehrfach.« Sie leckte das Messer mit der Zunge ab, genau entlang der Schneide – aber die Haut wurde nicht verletzt. »Legen Sie sich nicht mit mir an.« Sie zeigte auf ihre linke Seite. »Die Pistole würde Ihnen auch nicht helfen.«

Mit einer schnellen Bewegung steckte sie sich das letzte Stückchen Lamm in den Mund, trank nochmals vom Wein und stand auf, ging einfach hinaus.

Ist das gerade wirklich geschehen? Marianne Lagrande rührte sich nicht.

Nicht nur, dass Belenos sie enttäuschte und ihr romantischer Traum vollkommen im Arsch war, sie hatte offenbar eine Verrückte gegen sich aufgebracht.

Eine Verrückte, deren scharfe Zunge jeder Klinge trotzte.

* * *

Episode 9
NACH DEM STURM

»Denn sie säen Wind, und Sturm werden sie ernten.«
Hosea, Kapitel 8, Vers 7
Textbibel des Alten und Neuen Testaments, 1899

»Sturm! –
Über des Meeres
Weißsprühenden Gischt
Rollt der Wolken
Schwarzes Meer.
Befreit
Aus der Tiefen nächtigem Grab,
Miterstandene Genossen
Ziehen heulend sie empor.«
Ferdinand Avenarius,
Sturm am Meer,
Wandern und Werden, 1881

»Eine nur schwache Flamme verlöscht der Sturm.
Hat sie schon um sich gegriffen, facht er sie nur stärker an.«
Sophie Mereau (1770–1806),
Betrachtungen

Celtica, Paris-Lutetia, November 2019

Malleus Bourreau ärgerte sich.

Er saß im Hauptquartier von Interpol, im Büro seines Chefs Ilja Lautrec, und vernahm dessen Ausführungen mit halbem Ohr. Seine Gedanken beschäftigten sich hingegen mit dem Bewegungsmuster der verwanzten Artefakte, die sich seit geraumer Zeit nicht mehr gerührt hatten und dann verloschen waren.

Mitten im Ärmelkanal.

Fernsehen und Internet brachten des scheinbaren Rätsels Lösung:

Eine Fähre war gesunken, und darauf hatten sich die Räuber wohl eingebucht.

Rettungskräfte suchten vor Ort nach Schiffbrüchigen, die ohne Rettungsboote im eiskalten Atlantikwasser nur wenige Minuten überlebten.

Da sich alle drei Wanzen nicht mehr meldeten, konnte es bedeuten, dass sie für längere Zeit mit Wasser und hohem Druck in Kontakt gekommen waren. Also lagen sie zusammen mit den oder dem Träger in der See zwischen Britannien und Celtica.

Ausgerechnet. Malleus empfand Mitleid mit den Passagieren, doch sein Ärger über die verlorengegangenen Artefakte überwog in diesen Sekunden. *Alle drei auf einen Schlag auf dem Grund des Meeres.*

Damit blieb sowohl der Sammler als auch Malleus seines Triumphes beraubt, denn es würde nun schwer werden, ihn zu fassen und für die von ihm initiierten Untaten zur Rechenschaft zu ziehen.

So vieles bleibt nun unaufgeklärt. Malleus paffte frustriert an der Culebra mit der sepiafarbenen Banderole. Der Rauch sackte wie schwerer Nebel über seine Lippen abwärts und an der Kleidung hinab, um zu seinen Füßen zu ruhen wie ein gezähmtes Tier, das sich auf seinen Befehl auf ein Ziel stürzte.

Er saß aber nicht vor Lautrecs Schreibtisch, weil er kostbarste Beweismittel aufs Spiel gesetzt und verloren hatte, sondern wegen Anweisungen zu einem neuen Fall, der Malleus im Moment gar nicht interessierte.

Ihm blieb die vage Hoffnung, dass Marcus Roy Crick anhand des in Bolivien gefundenen Bildes einen Menschen ausfindig machte, der als unbekannter Sammler infrage käme. Dann würde sich Malleus einen neuen Schlachtplan zurechtlegen, wie er für eine Überführung sorgen konnte.

Der Gegenspieler war reich, skrupellos und kannte weder Gesetz noch Regeln. Damit bekam er genug Möglichkeiten, seinen Kopf aus der Schlinge zu ziehen, beispielsweise durch gute Anwälte und bestochene Zeugen. Mit den Artefakten wäre es einfacher und eindeutig gewesen.

»Sie sollten innerhalb der nächsten Stunde aufbrechen, Bourreau. Das ist eine ganz schöne Entfernung. Unterwegs können Sie nachlesen, was Sie verpasst haben. Also: alles.«

Verdammt. Nichts mitbekommen. Malleus räusperte sich und bewegte die Füße, der Qualm zerstob und sickerte in den Teppich. »Monsieur le Chef, ich habe zwischendurch den Faden verloren«, entschuldigte er sich. »Pardon.«

»Weil Sie sich noch über die verlorenen Köder ärgern«, befand Lautrec, der mit großer Sicherheit in seinem Kleiderschrank am guten Geschmack vorbeigegriffen hatte. Das konnte der Mittsechziger mit der oftmals schlechten Laune so gut, dass es beinahe schon als eigener Stil betrachtet werden durfte – wenn es in den Augen nicht so schmerzte: gelbes Hemd, grüner Pullover, eine rot gemusterte Krawatte, die dazu noch schief saß. »Aber hätten Sie mir zugehört, wüssten Sie, dass es einen Zusammenhang geben mag.«

»Zwischen?«

»Dem Fährunfall und Ihrer neuen Sache.«

Nun ärgerte sich Malleus noch mehr. »Ich muss gestehen, ich habe …«

Lautrec machte eine lahme Fingerbewegung, als wäre er zu faul, eine Fliege elanvoll zu verscheuchen, die schwarzen Locken wippten dennoch. Auf seinem rundlich bärtigen Gesicht spiegelte sich Unmut. »Ich schicke es Ihnen.« Er sah auf die Uhr. »Ich habe nämlich weder Zeit noch Lust, Ihnen nochmals alles vorzubeten.« Er erhob sich. »Und vergessen Sie Lagrande nicht. Sie wartet unten abfahrbereit.«

»Wieso Lagrande?«

Lautrec sah ihn mit zusammengezogenen Augenbrauen an, eine seiner liebsten Posen. »Sie haben wirklich nichts mitbekommen.«

»Nein.«

»Dann lassen Sie sich von ihr alles unterwegs berichten. Ich habe

Feierabend.« Er warf sich das kackbraune Sakko über, das auch die beste Garderobe zu einem Fehlgriff verkommen ließe, in Lautrecs Fall aber keine Rolle spielte. »Ich bin sehr gespannt, wie die Ermittlungen laufen, Inspecteur.« Er zwang Malleus mit treibenden Blicken zum Aufstehen und Hinausgehen. »Melden Sie sich zwischendurch. Auch wenn Sie denken, es könnte mit der Fähre zusammenhängen.«

Vor Malleus schloss sich die Glastür, knapp vor der glimmenden Spitze der Culebra, und das Rollo auf der anderen Seite schoss abwärts.

»Ich mag ihn«, murmelte Malleus und wandte sich um, ging durch die Abteilung, in dem die Kriminalbeamten die verschiedensten Fälle verfolgten, von Mord bis zu anderen Kapitaldelikten.

Malleus bildete mit seiner Spezialisierung auf *göttliche Vorfälle* eine schillernde Ausnahme, mal belächelt, mal bewundert, manchmal sogar verflucht von den eigenen Kollegen und Kolleginnen.

Fahren soll ich. Wohin? Und warum mit Lagrande?

Er hatte nichts gegen sie, ganz im Gegenteil. Sie war ihm eine sehr große Hilfe, eine Frau, die sich zu wehren wusste und Ehrgeiz besaß, die sich älter schminkte, um nicht von jüngeren Männern angesprochen zu werden. Im Grunde die perfekte Partnerin *in crime*, aber er blieb lieber Einzelspieler. Der Titel *Rechercheassistentin* stand ihr sehr gut.

Doch aus irgendeinem Grund sollte er sie mitnehmen.

Malleus verließ die Etage und traf Lagrande im Foyer.

Sie hatte einen kleinen Reisekoffer neben sich stehen, trug ungewöhnlich normale Kleidung, ohne die stets deutliche Reminiszenz an die Achtziger. Hohe schwarze Stiefel, in denen zerrissene Bluejeans steckten, darüber einen dunkelgrünen Wachsmantel mit Kapuze. Die langen blondierten Haare versteckten sich unter einer großen grünen Mütze, ein dünner schwarzer Schal schlang sich um ihren Hals.

»Inspecteur«, rief sie gut gelaunt. »Bereit für unseren kleinen Ausflug?« Lagrande bemerkte, dass er kein Gepäck hatte. »Sie haben die Nachricht nicht gelesen.«

Er paffte verärgert. Es wurde einfach nicht besser. »Nein, habe ich nicht. Wohin fahren wir?«

»Wohl zuerst in Ihre Wohnung, um ein paar Sachen zu packen. Und danach: Kanalküste, englische Seite. Cornwall.«

»Aha.« Sie grinste. »Sie haben Lautrec nicht zugehört.«

»Kein bisschen.«

Lagrande nahm den Koffer, als er sich danach bücken wollte. »Unterstehen Sie sich. Ich bin groß genug.«

Malleus sah die Ausbeulung unter ihrer Jacke, wo sie die Beretta U22 Neos trug. Sie ging nicht ohne Waffe aus dem Haus, auch wenn die Gefahr durch den Sammler als gebannt betrachtet werden konnte, da die Artefakte verloren waren. Aber es gab noch den Schatten, der ihm folgte und sich vor Kurzem wieder in ihrer Nähe gezeigt hatte. *Der Glyphen-Mörder.*

»Das hat nichts mit *groß* zu tun«, widersprach er und entwand das Gepäck ihren Fingern. Draußen rollte der BMW i8 dank Autopilot vor. »Wollen Sie mir berichten, warum es uns nach Cornwall verschlägt?«

Gemeinsam gingen sie hinaus und stiegen in den schnittigen Elektrowagen, der einiges an Komfort aufwies.

»Wir sollten vielleicht das Flugzeug nehmen.«

»Bis wir einen Flug und einen Mietwagen in Heathrow gefunden haben, sind wir auch schon drüben«, lehnte er ab. »Die Autoröhre im Kanaltunnel ist um diese Uhrzeit frei. Das wird ein Kinderspiel.«

»Mein armer Rücken«, beschwerte sie sich beim Einsteigen.

»Die Sitze passen sich an, Madame. Sie ruhen besser als auf Ihrem Bürostuhl«, versprach er und lud ihren Koffer ein, schwang sich auf den Fahrersitz, überließ jedoch der KI des Wagens das Fahren. Das Ziel war zunächst seine kleine Wohnung am Place du Tertre. »Erklären Sie mir bitte, was wir in diesem wunderschönen Fleckchen England zu tun haben? Und vor allem, warum ich Sie mitnehmen muss?«

Lagrande lachte wieder. »Charmant, Monsieur l'Inspecteur.«

»Sie wissen, wie ich es meine, Madame.«

»Ja, und das hört man ganz deutlich.«

Malleus fuhr sich über den Fu-Manchu, dann schnippte er den verbliebenen Zigarrenstummel aus dem geöffneten Fenster. »Verzeihen Sie mir meine schlechte Laune. Es ist nicht wegen Ihnen.«

»Ah, ah, ein bisschen schon. Sie wollen keine Partnerin bei Ihren Fällen.«

Insgeheim stimmte Malleus zu. »Es ist wegen der Artefakte«, erwiderte er teilwahrheitsgemäß, »und wie wir sie verloren haben, nachdem wir uns so viel Mühe gegeben hatten.«

»Das weiß ich doch. Deswegen nehme ich Ihnen die Laune nicht übel.« Lagrande aktivierte den internen Computer des BMW sowie die Fensterprojektion, und auf die Frontscheibe wurden die Fakten zum anstehenden Fall in mattgrüner Leuchtschrift geworfen. »Dann will ich mal nicht so sein. Rund um den Ort und die Halbinsel The Lizard in Cornwall sind immer wieder Menschen verschwunden: bei Spaziergängen, bei Bootsausflügen, mal Einheimische, mal Touristen.«

Noch brauchte man keinen Ermittler wie ihn. »Vor der Rückkehr der Entitäten auch schon?«

»Es gibt Aufzeichnungen, die bis ins Jahr 1732 zurückreichen. Damals ging ein Schiff mit Fischern bei bestem Wetter verloren, man fand später angespülte Wrackteile, was sich keiner erklären konnte. Große Teile davon zeigten Löcher wie von Pranken, und es soll ein Zahn von der Größe eines Fingers gefunden worden sein. Die Legende von einem Meeresungeheuer nahm ihren Anfang.«

Seemannsgarn. Malleus nickte. »Nur weiter, Madame.«

»Jetzt werden seit acht Wochen nach einem Sturm regelmäßig Leichenteile an Land gespült. Und es hat den Anschein, als gehörten sie zu den Menschen, die verschwanden. Die Polizei vor Ort prüft anhand der DNA, um welche Personen es sich dabei handelt. Die Angehörigen der Verschwundenen wurden gebeten, Haarproben der Leute abzugeben.«

»Kann es nicht ein psychopathischer Massenmörder sein?« Malleus hatte von Cornwall gehört und wie mild und schön es dort sein sollte. Aber der Frust verhinderte, dass er sich darauf einließ. Ihn interessierte der unbekannte Sammler wesentlich mehr, und alles, was sie gegen ihn anzuführen vermochten, bestand aus einem alten Bild und dem Netzwerk von Crick.

»Die Wunden an den gefundenen Gliedmaßen und Körperresten wurden nicht von einer bekannten Waffe angerichtet oder einem bekannten Tier«, führte Lagrande weiter aus. »Deswegen verlangte der King of Britannia nach Ihnen, Monsieur l'Inspecteur. Einen Fachmann und ohne dass lange diskutiert werden muss.«

»Oh, der König?« *Vielleicht wird es doch interessant.* In Malleus' mauligem Verstand setzten sich die Informationen träge zu Fragen zusammen: Was hauste vor der Küste Cornwalls im Meer, was hatte es mit dem Menschen angestellt, und welche Entität konnte dafür verantwortlich sein? Oder gab es doch eine ganz irdische Erklärung? »Also, schön. Sehen wir nach.«

Lagrande grinste. »Als hätten Sie eine Wahl.«

»Wir haben Glück, dass keine Touristensaison ist. Sonst wäre die Zahl der Vermissten vermutlich deutlich höher.« Malleus ließ sich die Bilder der gefundenen Leichenteile anzeigen, während der i8 an einer Ampel zum Halten kam.

Es gab mehrere halbe Hände, einen rechten Unterschenkel ohne Fuß, zwei Oberschenkel, einen Frauentorso ohne Brüste. Durch die Lagerung im Wasser wirkten die Stücke aufgedunsen und wächsern, die Gliedmaßen schienen teils abgerissen, teils abgeschnitten worden zu sein.

Malleus erhöhte die Leuchtkraft des Displays, damit er die Einzelheiten besser sah, vergrößerte die Ansichten. *Mir sagen die Wunden nichts.*

Die Obduktionsberichte sprachen in Ermangelung einer anderen Erklärung von einer feingezackten, hocherhitzten Klinge oder von sehr scharfen, heißen Zähnen; in zwei Fällen waren gerade Schnitte einer scharfen Klinge mit viel Wucht notiert. Das Fleisch blutete nicht an den Wundflächen weiter, als wären die Schnitte mit unsichtbarem Kleber versiegelt.

»Wir sollten vielleicht auf die Bilder verzichten, solange wir in der Stadt unterwegs sind«, warf Lagrande in seine Betrachtungen.

»Weswegen?« Malleus sah sie verwundert an. »Je früher ich mich mit dem Fall …«

Sie deutete zum Trottoir.

Dort stand eine Anzahl stocksteifer Passanten, die entsetzt auf den BMW starrten. Die grüne Fußgängerphase hatten sie verpasst, zwei hoben ganz langsam das Smartphone und schossen ein Foto. Eine Frau übergab sich in den Rinnstein, ein Kind drückte sich heulend an den nassen Mantel seines Vaters.

Dann rollte der i8 weiter.

»Sie haben recht.« Malleus schaltete die Projektion ab und machte sich Gedanken, was er einpacken würde. Viel brauchte er nicht. »Warum nehme ich Sie noch gleich mit, Madame Lagrande?«

»Sie können es nicht lassen.«

»Ich bitte Sie! Das ist eine ganz harmlose Frage!«

»Lautrec meinte, ich solle zu Crick fahren und mich mit ihm besprechen und ihm auf den Zahn fühlen«, führte sie mit einem Grinsen aus. Es schien ihr Spaß zu machen, ihn in Verlegenheit zu bringen. »Monsieur le Chef hat Tipps von den Kollegen aus der Kunstfahndung bekommen, dass Mister Crick dazu neigt, sich Dinge mit verbotenen Mitteln unter den Nagel zu reißen.«

»Hatte er nicht gesagt, sein Sohn wäre derjenige, der sich gerne … dunkler Kanäle bediente?«

Lagrande nickte. »Scheint aber nicht ganz der Wahrheit zu entsprechen. Anklage wurde niemals gegen ihn erhoben, es erwischte lediglich die Zwischenhändler.« Sie setzte die Mütze ab, das lange helle Haar fiel mit einem leisen Rascheln auf den Mantel, Parfumduft breitete sich im Fonds aus. »Ich traue ihm nicht. Möglicherweise spielt er ein doppeltes Spiel.«

»Um selbst an die Artefakte zu kommen.« Malleus hatte Crick noch gestern eine Nachricht geschrieben, er solle nichts unternehmen, auch wenn er einen Verdacht habe, wer für den Tod seines Sohnes verantwortlich sei. »Und warum setzt Lautrec Sie dafür ein?«

»Denken Sie, ich könnte das nicht?« Sie fasste die Haare in einem Zopf zusammen.

»Nun, *eigentlich* ist es *mein* Fall.«

»*Eigentlich* habe ich herausgefunden, um welche Artefakte es sich handelt«, machte sie ihn aufmerksam. »Und *eigentlich* kümmerte ich mich um die Sicherung, habe mir Schießereien mit Söldnern geliefert …«

»Schon gut, Madame«, gab Malleus auf. *Doch keine so schlechte Partnerin.* »Aber ich begleite Sie.«

Lagrande ließ sich einen Kaffee brühen, der blubbernd in den Pappbecher quoll. »Das ahnte ich, Monsieur l'Inspecteur.«

Klingt eher, als hat sie es gehofft.

Seine Gedanken wanderten unwillentlich zu Oona Milord. Zu ihrem Kuss, der nach einer Wiederholung verlangte, wie er verwundert feststellte.

Doch die Vergangenheit steckte zu sehr in seinen Knochen, in seinem Innersten, in seiner Seele. Als er die kleine Bala gestreichelt hatte, konnte er den Verlustschmerz und die Trauer um seine Tochter spüren, als habe er sie erst gestern verloren. Sein Kind, seine Frau.

Einen solchen Schlag wollte er niemals mehr erleiden müssen. *Keine Milord, keine Lagrande, keine Frau, kein Herzverlust.*

Der Wagen hielt vor dem Haus an, in dem er seine kleine Wohnung hatte.

Malleus verließ fluchtartig das Auto.

* * *

Celtica, nördlich von Paris, November 2019

Ich sehe aus wie das verfluchte Frankenstein-Monstrum, und so allmählich fühle ich mich auch so. Meine Selbstbeherrschung löst sich zusehends auf. Die alten Muster. Der Therapeut warnte mich. An meinen Gedanken und an meiner Wortwahl fällt es auf.

Aber ist das ein Wunder? Sprengen die Wichser mir einfach den Tresor um die Nase! Dagegen waren die Organhändler noch nett zu mir.

Ich hatte sehr großes Glück, dass sie mich für den Wachmann hielten, wenn auch nur kurz. Hat gereicht, um nicht zu krepieren. Muss eine Falle im Tresoriale gewesen sein, denke ich, damit sie sich die Gegenstände schnappen. Einen Tick zu offensichtlich für meinen Geschmack, aber es hat ja geklappt.

Was die Arschgeigen nicht wissen: Habe einem der Räuber eine Wanze verpasst, bevor sie türmten. Und wenn ich denen folge, taucht auch er, dem ich folge, wieder auf. Denn er wird ihnen die Artefakte nicht lassen.

So einfach ist das, eine schöne kleine Kette, eine geheime Polonäse.

Das Signal kommt stabil. Irgendwo bei Calais, steht mehr oder weniger und bleibt in der Stadt.

Die waren doch nicht auf dieser kackK-Fähre, die abgesoffen ist?

Hahaha, das wäre zu komisch …

Nein, eigentlich wäre das scheiße. Es gäbe kaum Chancen mehr, an die Gegenstände zu kommen.

Da ist es wieder. Ich klinge, als käme ich aus Vulgaristan. Das hatte ich schon besser im Griff. Viel besser. Ich darf die Kontrolle nicht verlieren, sonst entgleist mein Vorhaben, ihm nahe zu sein und zu bleiben.

Bin schon so gut wie in Calais, die Schmerzmittel verhindern, dass ich was spüre. Ist jetzt nicht so gesund, aber ich muss dahin, wo er bald auftaucht.

Und ich habe mir eine APB besorgt!

Das ging schneller, als ich dachte. Nur die Munition will ich mir noch schnitzen, damit alle wissen, dass ich nicht aus dem Geschäft bin, nur weil das Arschloch Schwan auf mich geschossen hat. Einen Dremel hab ich schon, falls sich nichts anderes findet, wie ein Laden für Jagdzubehör mit eigener Werkstatt. Das gefiele mir besser.

Ein gutes Baby, diese APB, wenn auch nicht das gleiche Gefühl wie mit der alten. Muss mich noch mit ihr einschießen.

Schwan. Dummer Arschlecker. Den erwische ich auch noch.

Aber zuerst Calais.

Auf die Lauer legen.

An meiner Beherrschung arbeiten.

Da sein. Warten und mich auf ein Wiedersehen mit ihm freuen, auch wenn die Freude einseitig ausfallen wird.

Dabei verdankt er mir so viel.

* * *

Britannien, Kernow (County Cornwall), in der Nähe von Lizard, November 2019

Bislang hatte Malleus den Zipfel Cornwall mit Kitschromanen über die Irrungen und Wirrungen von Liebe in Verbindung gebracht, ohne dass er viel über das County wusste, das sich während der Übergangskriege für den Verbleib in England entschieden hatte.

Doch es war und blieb keltisch, über all die Jahrhunderte, und behielt seinen Sonderstatus bei; sogar die alte Sprache der Kornen breitete sich aus, die einst als ausgestorben galt.

Als der i8 nach zügiger Fahrt und einigen Stunden diese Gegend erreichte, stellten Malleus und Lagrande fest, wie schön es hier war und dass man sich gegen den Kitsch gar nicht wehren konnte.

Dörfchen mit viktorianischer und älterer Bauweise, wundervolle

Gärten, sanfte Hügel, immer wieder die Meeresküste und Strände, so weit das Auge reichte – sogar in diesen rauen Monaten voller Anmut und Zartheit.

»Bei Belenos, ist das schön hier«, stieß Lagrande gerade zum zehnten Mal aus und trank von dem Kaffee, der in ihrer Benotung nicht gut weggekommen war. Aber er hielt wach. »Hier muss ich dringend Urlaub machen.«

»Warten Sie ab, wie sich der Fall entwickelt«, warnte Malleus sie und genoss das Schauspiel der Farben, dieas über dem Land und dem Meer geboten wurde. Sonnenstrahlen brachen durch die fliehenden Wolken, die Lichtfinger deuteten scheinbar auf Punkte von besonderer Bedeutung oder Ausstrahlung. *Ihr hätte es ebenso gefallen.* »Am Ende wollen Sie niemals wieder auch nur in die Nähe.«

»Glaube ich nicht.« Lagrande ließ sich weitere Informationen zu Cornwall anzeigen. »Ich habe was vorbereitet, Inspecteur. Wir haben eine regelrechte Fundgrube, was Grabhügel, Steinkreise und Dolmen angeht. Die keltischen Entitäten trotzten sämtlichen Veränderungen, ob römisch oder angelsächsisch.«

»Cornishmen forever«, murmelte Malleus. »Also beten sie zu den üblichen Gottheiten?«

»Ja. Die Entchristianisierung hat auch den Disput beendet, wer Nationalheiliger sein soll.« Lagrande wischte die Informationen weg, neue erschienen auf der Innenseite der Frontscheibe. »Ich dachte zuerst, dass der Name *Lizard Point* einen Hinweis auf das Monstrum bietet.«

»Was nicht so ist, wie ich Ihrer Stimmlage entnehme.«

»Nein. Es leitet sich aus dem Kornischen ab, *Lys Ardh*, ungefähr mit *Hohes Gericht* zu übersetzen. Die Engländer machten dank Nichtwissen *Lizard* daraus.«

»So wird aus einem Hohen Gericht eine Eidechse.« Malleus fuhr sich amüsiert über die schwarzen Bartenden.

»Na ja, wir konnten nicht erwarten, dass die Lösung so einfach ist.«

»Manchmal ist sie das, Madame.« Malleus lehnte sich zurück. In wenigen Minuten würden sie die Ortschaft erreicht haben, wo die englischen Kollegen sie erwarteten. Das Hotel war gebucht, die Gäste setzten sich überwiegend aus dem Sonderkommando der Polizei zusammen, bestehend aus Suchmannschaften, zwei Forensikern und einem Leichenbeschauer. »Gibt es denn einen Mythos um ein Monstrum, außer jenem, den Sie bereits erwähnten?«

»Nein. Das nächste passende Wesen wäre der rote Drache von Wales, aber ich denke nicht …«

»Dass er einen Ausflug gemacht hat?« Malleus lachte. »Meine liebe Madame Lagrande, eines ist sicher: Man muss mit *allem* rechnen, auch mit dem Einfachsten und Offensichtlichsten. Das würden Holmes und Houdini auch sagen.« Er rief auf dem PDA Details zum roten Drachen von Wales auf. »Er kämpfte mit einem weißen Drachen, wie die Sage behauptet. Aber was mit dem weißen geschah, wird nicht erwähnt.«

»Na, er wird umgebracht worden sein.«

»Oder er überlebte und schwimmt vor Cornwall herum und sucht sich seine Happen.« Malleus sah die angezeigte neue Nachricht. »Aber das klingt auch für mich zu sehr nach Sage.«

»Und wie wir wissen, sind die Gottheiten auch aus Sagen geboren«, warf Lagrande ein.

»Es gibt keine Götter.«

Malleus glaubte nicht, dass es sich hier um jene legendären Kreaturen handelte. Nur weil die Gottheiten zurückkehrten, wurde aus der Welt kein Fantasy-Vergnügungspark, mit allen Geschöpfen, die man aus Sagen und Märchen kannte. *Dann hätte ich mich wirklich längst erschossen.*

Die Mail kam aus Germanien.

Die deutschen Behörden hatten auf sein Bitten hin über einen Lockvogel eine russische Stetschkin APB zum Kauf angeboten und offensiv beworben, bis ein Waffendealer zuschlug.

Den Dealer wiederum überwachte seitdem ein kleines BKA-

Team, um zu sehen, ob es einen Kunden gab, der sich für diese Waffe interessierte. Es kamen auch wirklich einige, aber der Kauf wurde nicht abgeschlossen. Kurz bevor das BKA die Überwachungseinheit abziehen wollte, verkaufte der Dealer die APB, und zwar in einer sehr überhasteten Aktion. Der Schwarzhändler hatte den Käufer bei der Übergabe nicht gesehen und wusste auch nichts mit dem Phantombild anzufangen, das man ihm zeigte. Malleus zweifelte nicht daran, dass es sich bei dem Kunden um seinen Schatten handelte.

Zwar entkam der Käufer unerkannt, aber die germanischen Kollegen hatten vorgesorgt: Ins Griffstück der vollautomatischen Pistole war ein Peilsender eingebracht worden. Artig meldete das Gerät, wo sich die Waffe samt Träger herumtrieb.

Calais. Malleus schüttelte die längeren, schwarzen Haare und streifte sie nach hinten, fuhr sich versonnen über den Fassonschnitt im Nacken, der sich kurz und borstig anfühlte. *Was macht er in Calais?*

Er hatte damit gerechnet, die Koordinaten von Dover oder London oder sogar weniger Meilen hinter sich zu erhalten. *Ist der Käufer doch nicht unser Glyphen-Mörder?*

»Was zu unserem Fall, Inspecteur?«

Mallesu schüttelte den Kopf. »Nein, nur eine Meldung in anderer Sache.« Er wollte Lagrande damit nicht belästigen. Sobald die Koordinaten der APB näher als eine Meile kamen, blieb noch Zeit genug für eine Warnung.

Der i8 bog in das Städtchen ein, das wie alles um sie herum zum Filmset einer Schmonzette gehören konnte. Aber daraus durfte man Cornwall keinen Vorwurf machen: Es war schlicht so schön, auch ohne den grantigen Sir Jack und lustigen Stallburschen Wilbur, der ein vermisster Adelssohn sein würde, ohne die steife Lady Charlotte und ihre lebenshungrige junge Tochter, die doch nur eine Adoptierte war, ohne die Johns und Emilys und wie sie alle in den überromantischen Filmen hießen.

Malleus sah das pittoreske Hotel im kleinen Städtchen Lizard näher rücken. *Noch ein Idyll.* Der Eindruck entstand, dass Cornwall von allen Seiten von der See umschlossen war, was nur für drei Seiten des südlichen Zipfels der Insel galt.

Das brachte Malleus die Erinnerung an den Fluch zurück, den die Göttin Brigantina über ihn geworfen hatte: dass er sich in der Nähe ihres Elements nicht mehr sicher fühlen durfte und ertrinken würde oder so ähnlich.

Malleus freute sich angesichts der nicht allzu weit entfernten Wogen, dass er darauf nichts gab.

»Was haben Sie immer mit Houdini, Inspecteur?«

Malleus sah zu Lagrande, die ihre Schminke nachlegte. »Houdini war nicht nur Entfesselungskünstler, sondern er hatte es sich zur Lebensaufgabe gemacht, Scharlatane unter den Medien und Séance-Veranstaltern zu entlarven«, erklärte er. »Er glaubte nicht an das Übernatürliche. Dafür kannte er die Tricks zu gut.«

Der i8 hielt vor der Unterkunft an, etliche Polizeifahrzeuge parkten ringsherum. Gemessen an der Gesamteinwohnerzahl, zählte Lizard wohl gerade zu den sichersten Orten der Welt dank höchster Ordnungshüterpräsenz.

Nachdem sie noch eine Lücke gefunden und den BMW hineingezwängt hatten, luden sie ihr Gepäck aus und betraten das Innere des kleinen Hotels, das bei Malleus Bilder vom Fall in der Bretagne heraufbeschwor. Das kornisch-keltische Dekor sowie die Einrichtung verhinderten jedoch zu starke Überschneidungen.

An der Rezeption standen mehrere schnauzbebartete Uniformierte herum, die sich bei einer Tasse Tee unterhielten; die Unterteller hielten sie mit einer Hand, die Schirmmützen klemmten unter den Armen. Das Britische in ihrem Englisch war nicht zu überhören.

Lagrande fing ihr Auflachen bei dem Anblick in einem Husten ab, was ihr sämtliche Blicke der Männerschaft einbrachte. »Fehlt nur noch, dass sie Bridge spielen«, murmelte sie in Bourreaus Richtung.

»Meine Herren, ich wünsche einen guten Tag«, sagte Malleus laut auf Englisch und setzte den Hut ab. »Mein Name ist Bourreau, Inspektor von Interpol, und das ist …« – *Ich kann unmöglich Sekretärin sagen* – »… meine Assistenzermittlerin Marianne Lagrande.« Er fühlte ihren erstaunten Blick regelrecht auf sich. »Würde mich einer der Kollegen bitte zum Leiter der Einsatzgruppe bringen?«

Die Bobbys sahen ihn stumm an. Einer schlürfte laut an seinem Tee, ein anderer strich sich demonstrativ über die herausstehenden Spitzen seines Schnurbartsr, ein Dritter kratzte sich an den Koteletten. Niemand sprach.

Die Wand aus Teatime und Schweigen machte Malleus klar, dass man ihn für fehl am Platze hielt. Das Ganze schien mehr als innerbritische oder innerkornische Angelegenheit betrachtet zu werden, bei der man keine Hilfe wollte.

Hastige Schritte näherten sich von draußen. Lagrande machte einen vorausschauenden Schritt vom Eingang weg.

In der nächsten Sekunde wurde die Tür aufgerissen, und ein vollbärtiger Bobby stürmte herein, hielt sich mit einer Hand noch die Mütze gegen den Laufwind fest.

»Alle zu Lizard Point. Thommy ist verschwunden!«, rief er atemlos.

Ganz in Ruhe stellten die Männer ihre Tassen auf den Tresen, setzten die Mützen auf und eilten an Lagrande und Malleus hinaus ins Freie. Autos wurden besetzt, Motoren sprangen an.« »Folgen wir doch den freundlichen Herrschaften«, sagte Malleus und setzte seinen Hut auf.

»*With a yin and a yang and yippideedoo*«, steuerte Lagrande bei und verbiss sich das Lachen wieder. »Ich fand, dass der eine von ihnen aussah wie General Melchett.«

»Wer?«

»*Blackadder*. Eine Serie. Egal. Deswegen musste ich … ach, vergessen Sie es.« Lagrande ging voraus zum BMW. »Darf ich fahren? Als Ihre *Assistenzermittlerin*?«

Malleus seufzte. »Linksverkehr, Madame. Nicht vergessen.«

* * *

Celtica, Calais, November 2019

Calais.

Gefällt mir nicht. Zu viele Lastwagen und zu viele Bullen, die denken, sie müssen alles und jeden ständig kontrollieren.

Das Signal kommt aus … dem Hotel.

Fein, fein. Ich gehe anklopfen und schaue, wer mir aufmacht.

Es ist wieder an der Zeit, mein schauspielerisches Talent an den Tag zu legen. Heute gebe ich den Geheimagenten. Das bedeutet: Ganz ruhig durch die Lobby, Gesicht ein bisschen wegdrehen und tun, als würde ich lesen, Treppen hoch und dem Signal folgen.

1. Stock, 2. Stock, 3. Stock …

Bislang klappt es gut. Aber der Puls rast, das Herz wummert, der Kopf dröhnt. Die Schmerztabletten lassen allmählich nach. Fuck, das … tut richtig weh. Drei Metallsplitter haben sie mir rausgezogen, mich geklebt und getackert und genäht, damit es hält.

Dafür sind die Wichser fällig. Mich in die Luft sprengen, scheiße, nein, das nehme ich persönlich!

Ruhig bleiben, auf das Vokabular achten.

Hier, Zimmer 333.

Klopfen, warten. »Housekeeping, Monsieur« rufen.

Es schlurft jemand ran, es klackt.

Nicht lange warten, sondern fest zutreten – mein Weckruf, voll in die Fresse!

Auf das Tor, und rein mit mir, die schallgedämpfte APB ist längst in meiner rechten Hand.

Vor mir liegt ein Typ im Morgenmantel auf dem Teppich, versucht, sich an der glatten Wand hochzuziehen, und schafft es nicht, wie eine fette dumme Raupe, die zu blöd ist, sich zu häuten. Es riecht nach Badewasser. Da hat es sich jemand gutgehen lassen.

Ich packe ihn an den Haaren, bugsiere ihn aufs Bett und trete ihm dabei mehrmals in die Rippen, damit sie schön knacken und brechen.

Heulend und spuckend krümmt er sich auf dem Laken und starrt mich an, er atmet kurz. Habe ihm die Rippen in die Innereien gekickt. Damit dürfte klar sein, dass ich nicht zu den Netten gehöre oder eine Show abziehe.

Nochmals ein Blick auf mein Display. Ja, stimmt, von hier kommt mein Signal.

»Wo sind die Artefakte?«

»Fick dich«, *zischt er.* »Tu mir noch einmal weh, und sie werden dich …«

Er hat mich provoziert, wirklich. Der schwere Schalldämpfer klatscht ihm mitten in die Kauleiste, die Lippen platzen. Nach einem Aufschrei verstummt er.

»Wo ist dein Kumpel?«

»Welcher Kumpel?«, *nuschelt er blutig, die rote Soße rinnt ihm über das Kinn.*

»Der, den ich nicht abgeknallt habe.« *Die APB zielt auf seinen Kopf.* »Ich bin der Wachmann, den ihr gesprengt habt. Ich will das Zeug zurück. Keiner beklaut mich!« *Das klingt nach Psycho. Sollte Schauspieler werden.* »Wo sind sie?« *Der Lauf der Pistole richtet sich auf seinen Schritt.*

»Untergegangen! Untergegangen!«, *ruft er hektisch und spreizt die Beine, als könnte er damit den Kugeln entgehen, falls ich schösse. Trottel.*

»Und dein Kumpel?«

»Auch abgesoffen.«

»Und was machst du in Calais?«

»Warten, bis das Team kommt.«

Ich finde, er lässt sich sehr bitten. Aber wenn ich jetzt an ihm mit Kugeln herumschnitze, sieht das Zimmer aus wie eine Sau – und eigentlich kann ich es ganz gut gebrauchen.

»Ein Team, das die Artefakte hochholt?«, *biete ich ihm an.*

»Das weiß ich nicht. Vielleicht.«

»Und wer ist euer Auftraggeber? Habt ihr so etwas?«

Er wischt sich das gerinnende Blut vom Kinn. »Keine Ahnung«, *nuschelt er wieder.*

»Wie kann man denn keine Ahnung haben?« *Ich verziehe das Gesicht.* »Kollege, ich will …«

Vom Eingang erklingt ein Klacken, die Tür schwingt auf. Ein Mann kommt rein, eine braune Packtüte in der Rechten.

»Ich war einkaufen«, *sagt er, ohne sich umzuschauen.* »Ganz schön was los. Alles voller Reporter und Bullen. Wird nicht leicht, da runterzukommen. Hat sich Triton schon gemeldet?«

Ich lächle den Typen im Bademantel an – und jage ihm eine Kugel durch den Kopf, eine durch die Brust.

Das Bett und die Wand erhalten rote Spritzer, das Blut läuft in den dicken Frotteestoff und wird aufgesaugt. Gute Sache, so ein Bademantel.

Die APB schwenkt unter meiner Führung herum und richtet sich ruhig auf den zweiten Mann.

»Ich hätte da ein paar Fragen«, *sage ich und bewundere den Qualm, der sexy as hell aus der Mündung kräuselt. Der Duft ist mir lieber als jedes asiatische oder indische Räucherstäbchen. Es entspannt mich. Ich sollte es als Parfum rausbringen. Würden die Männer bestimmt kaufen.*

»Fragen und Kugeln. Was wollen Sie lieber?«

* * *

Britannien, Kernow, Lizard, November 2019

Malleus nahm auf dem Beifahrersitz des BMW Platz und ließ sich überraschen. Als Lagrande mit einem ruckartigen Start begann, ahnte er, dass es eine erinnerungswürdige Fahrt werden könnte.

Lagrande jagte hinter dem letzten rasenden Transporter der Polizei her, schnitt die Kurven und testete den BMW auf seine Landstraßen- sowie Kurventauglichkeit. »Das habe ich mir schon lange gewünscht«, gestand sie mit leuchtenden Augen und schaltete schnell hoch und runter. »So ein Wagen will auch mal gefordert werden.«

»Sie fordern gerade eher meinen Magen.« Malleus sah auf dem Display, dass die Entfernung nur einen Kilometer betrug. Er würde das sicherlich überstehen, ohne dass ihm die Übelkeit ernstlich zu schaffen machte. Die Wege waren Holperstrecken, es ging quer durch das Naturschutzgebiet.

Die Reise endete rasch auf einem alten Parkplatz.

Die Bobbys strömten aus den Wagen und rannten die Treppen hinab, die zum Strand führten.

Lagrande brachte den i8 souverän zum Halten und grinste Malleus übermütig an, tätschelte das Lenkrad und stieg aus.

Er folgte ihr, sehr erleichtert, dass die Strecke nicht zu lange gewesen war. *Aber fahren kann sie.*

Lizard Point war der südlichste Punkt der Halbinsel, hier begann die Nordeinfahrt in den Ärmelkanal. Die beiden achteckigen Leuchttürme aus dem 18. Jahrhundert erinnerten daran, wie gefährlich diese Stelle einst für Segler gewesen war; die Gewässer ringsherum galten als Schiffsfriedhof, wie Malleus unterwegs gelesen hatte.

Einer davon versah in der einbrechenden Dämmerung noch seinen Dienst und schleuderte sein Licht weit in die hervorkriechende Dunkelthei, ohne ihr Einhalt gebieten zu können.

Am Strand zuckten weitere Lichtlanzen umher, als wären sie die kleinen Kinder des riesigen Scheinwerfers über ihnen. Dunkle Gestalten mit neonfarbenen Warnwesten liefen in engen Abständen nebeneinanderher und suchten.

Malleus blieb oben auf der Klippe stehen, steckte die Hände in die Taschen und betrachtete die Schönheit des Meeres, das sich an dem Abend zahm und ruhig präsentierte. *Zu schön, um ohne Gefahr zu sein.*

»Ich wette«, sagte er zu Lagrande, die sich die Kapuze des Wachsmantels über die Mütze zog, »dass dieser Thommy das nächste Opfer ist.« Er nahm sich eine Culebra aus dem Etui, grüne Banderole, und entzündete sie mit dem Span. Der Rauch formte andeutungsweise ein Segelschiff, das sich behutsam verflüchtigte.

Wie oft ich mit ihnen am Meer war. Rückblickend viel zu selten. Um den aufsteigenden Gedanken der Vergangenheit zu entfliehen, richtete Malleus die kontaktlinsenblauen Augen auf die Klippenwand, die ungewöhnlich schwarz und weiß gestreift aussah, als wäre sie von einem Künstler bemalt worden.

Was ist das?

Er richtete die Linse des PDA darauf und bekam die Erklärung, dass es sich um Serpentinit handelte. *Schlangenstein. Welch Zufall, wenn man an Wasserschlangen und mystische Drachen und dergleichen glauben möchte.*

Einer der Bobbys kam an einem verlassen wirkenden Gebäude vorbei die Treppen hinaufgelaufen.

»Noch ein General Melchett«, flüsterte Lagrande. »Unfassbar. Die sehen alle gleich aus.«

»Sir, Sie sind der Inspektor von Interpol?«, rief ihm der Mann auf halber Strecke zu.

»Ja, Sir.«

»Dann kommen Sie runter. Ich habe was für Sie.« Der Uniformierte in Warnweste kehrte um und an den Strand zurück.

Malleus und Lagrande folgten ihm, gingen die steilen Holzstufen hinab und über den Kiesstrand zu dem kleinen Gebäude. Es sah nach einer aufgegebenen Wache aus, deren Besatzung im Falle einer Havarie ausgerückt war, um die Schiffbrüchigen zu retten.

Am Strand lagen mehrere große klobige Außenborderboote, mit denen die Beamten auf dem Meer nahe der Küste gesucht hatten. Sie schienen wie wulstige Blutwürste, in Form gebogen und verschweißt; der Ritt durch die Brandung oder durch hohen Wellengang an Bord dieser Gefährte wäre kein Vergnügen.

Der Bobby in der schwarzen Uniform mit der sehr britischen Haltung erwartete sie unter einem kleinen Vordach, wo ein Scheinwerfer hing, der mit Batterie betrieben wurde. Die starke Lampe leuchtete auf einen abgetrennten Arm herab, der auf einer Plane lag.

»Sir, das ist unser Fang für heute«, begrüßte ihn der Polizist und reichte zuerst Malleus, danach Lagrande die Hand; unter seiner Nase prangte ein immenser Schnauzer. »Charles Thomas Blackadder. Ich bin der Leiter der Ermittlungstruppe. Es freut mich, dass Seine Majestät nach Ihnen schickte. Wir lernen gerne von Ihnen.«

Lagrande gab einen undefinierbaren Laut von sich.

Der Bobby mit dem leicht geröteten Gesicht, das aussah, als würde er gerne vier Whiskey zu seinen zehn Guinness im Pub trinken, lachte. »Ich kenne die Serie, Miss. Und seitdem dachte ich schon sehr oft über einen Namenswechsel nach.«

Malleus achtete nicht auf die beiden. *Ungewöhnlich.* Er kniete sich neben den sehnigen Arm, der im Vergleich zu den anderen Leichenstücken nicht aufgequollen war. Er sah vielmehr mumifiziert aus, Fleisch und Haut wirkten zusammengerunzelt und ausgetrocknet, der Kontakt mit dem Wasser hatte ihn erst wieder praller und weicher gemacht.

»Haben Sie Einweghandschuhe, Sir?«

Lagrande reichte ihm wortlos welche.

Malleus streifte sie über, betastete den Arm, den etwas Scharfes knapp unterhalb des Schultergelenks durchtrennt hatte. »Sieht nach einer Klinge aus. Kein zerfranstes Gewebe.« Er näherte sich der Schnittstelle. »Nein, glatt durch.«

»Guillotine«, warf Lagrande knapp ein.

Malleus speicherte ihren Hinweis ab, wobei er mehr an einen Zigarrenschneider gedacht hatte. Die Wundfläche wirkte, als sei sie mit Frischhaltefolie versiegelt. *Wie die anderen Stücke auch.*

Behutsam fuhr er über die Linien in der faltigen Haut, die extrem gebräunt war, dann öffnete er behutsam die verkrümmten Finger, um zu sehen, ob sich in der Hand unter Umständen ein Hinweis verbarg.

Aber außer dicken Schwielen und Narben fand sich nichts auf der Innenseite.

Das sind sehr beanspruchte Hände. Er filmte die Gliedmaße ab und hielt besonders lange auf die verhornten Finger. Man musste Jahre damit verbringen, raue Seile zu ziehen, damit solche Verformungen und Narben entstanden. Nicht einmal Roy Cricks Hände hatten so ausgesehen, und der segelte viel und oft.

Das brachte Malleus auf einen ungewöhnlichen, wenn auch naheliegenden Gedanken. »Sir, sagen Sie dem Gerichtsmediziner bitte, dass er die Zellen und die Knochenstruktur auf ihr Alter untersuchen soll.«

»Muss er nicht, Sir. Das ist der Arm eines …«

»Sir, nicht das Alter, wie es den Anschein hat«, unterbrach ihn Malleus freundlich und erhob sich. »Das *richtige* Alter.«

Blackadder wirkte verschnupft. »Das verstehe ich nicht.«

»Diese Hand hat bis kurz vor ihrem … *Abhandenkommen* schwer und hart gearbeitet. So hart, dass heute jeder Betriebsarzt das Unternehmen anzeigen würde, das so mit seinen Mitarbeitern umgeht«, führte Malleus seinen Verdacht aus.

»Der Arm ist … über hundert Jahre alt«, entfuhr es Lagrande. »Deswegen ist er mumifiziert.«

Malleus sah von oben noch etwas, was ihm entgangen war, da er sich zu sehr auf die Finger konzentriert hatte.

Schnell bückte er sich und leuchtete mit der Lampe seines PDA.

»Da ist eine verwaschene Tätowierung«, machte er aufmerksam. Die alte Tinte schien den rapiden Wechsel von Trockenheit, Kälte und Salzwasser nicht gut vertragen zu haben. »*Vinner*«, las er mit etwas Fantasie und blickte den Polizisten an. »Sagt Ihnen das etwas, Sir?«

»Nein. Es könnte aber auch *Vinnen* heißen«, überlegte Blackadder und richtete sich den Walrossschnauzer mit einem raschen Wischen.

»Das ist der Name des deutschen Fünfmasters *Adolf Vinnen.* War das letzte große Opfer des Lizard Point. Anfang der Zwanziger, wenn ich mich richtig an die Geschichte erinnere. Danach gab es nur kleinere Unglücke. 2004 erwischte es einen französischen Fischkutter.«

Malleus nickte mehrmals und blickte zu Lagrande, die bereits auf ihrem Smartphone herumtippte und Blackadders Vermutung mit einer knappen Geste bestätigte. »Dann ist die Frage: Woher kommt der Arm? Wo lag er? Und warum wurde er erst jetzt angespült?«

»Und wie gelangte er in diesen Zustand?«, setzte Lagrande nach und schrieb mit. »Mumifizieren setzt große Trockenheit und Hitze voraus.« Sie sah sich demonstrativ um. »Mild, ja. Trocken und heiß, nein.«

Blackadders Funkgerät knackte. »Sir, wir haben Constable Iron«, kam die Meldung.

»Wie ist sein Zustand?«

»Tot, Sir.«

»Leiten Sie dennoch Reanimation ein.«

»Sir, das … würde wenig nützen.« Der Polizist würgte.

»Geben Sie Lichtzeichen, wir kommen hin.« Blackadder eilte los, Malleus und Lagrande folgten ihm den Kiesstrand entlang dorthin, wo die Lichtlanzen in die Luft stachen und Taschenlampen blinzelten.

Gleich darauf erreichten sie die Überreste des bedauernswerten Constables.

Eine Wiederbelebung wäre in der Tat extrem schwierig geworden. Die Gliedmaßen lagen abgeschlagen unterhalb eines Überhangs, das schwarz-weiße Serpentinit hatte sich mit dem Blut des Mannes verfärbt. Die Schnittränder wirkten erneut wie mit Sprühverband versiegelt. Der Torso mit Kopf fehlte, Schleifspuren gab es am Strand keine.

Malleus sah in die bleichen Gesichter der Polizisten, auf denen sich Wut und Ekel zeigten. *Keine Hinweise im Kies.* Er sah zum Meer. *Entweder Tentakel* – er richtete die Augen in den Himmel – *oder*

Klauen. Andere Möglichkeiten gab es seines Erachtens nicht. *Aber was will der Angreifer mit dem Rest?*

Malleus paffte und sah zu Lagrande, die ihre Augenbrauen gehoben hatte und auf die sauber abgeschlagenen Arme und Beine starrte. Nicht entsetzt. Sondern neugierig. *Die perfekte Ermittlerin.*

* * *

Celtica, Calais, November 2019

»Ich nehme die Fragen«, *erwidert der Typ stocksteif.*

»Schlaue Antwort.« *Ich bedeute ihm mit der anderen Hand, näher zu kommen, und nehme mir fest vor, auf meine Wortwahl zu achten. Wirklich.* »Ich bin der Wachmann, den ihr gesprengt habt«, *stelle ich mich vor.*

»Im Tresoriale?«

»Genau.«

»Oh. Mh.« *Er stellte die Tüte langsam ab.* »Sorry.«

»Wow, echt? Sorry? So ein ganzes Sorry?« *Ich schürze die Lippen.* »F… Verflucht noch eins, das ist mehr, als ich erwartet habe.« *Den Lauf der APB gemütlich auf der Lehne ablegen, den Typen nicht aus den Augen lassen.* »Ich will die Artefakte zurück.«

»Sind auf der Fähre geblieben, die unterging.«

»Schon gehört. Aber es kommt ein Tauchteam, hat« – *ich deute auf die Leiche* – »er gesagt.« *Echt unhöflich, Leute zu erschießen, ohne sie vorher wenigstens nach dem Namen zu fragen. Sollte ich mir angewöhnen. Als Marotte vielleicht?*

»Kann sein.«

»Du hast dich für die Fragen entschieden und bist kurz vor der Alternative«, *erinnerte ich ihn an die Kugeln.*

»Ich denke, dass es nicht gut wäre, wenn ich zu viel sage.« *Was glauben diese Piss…, Menschen eigentlich, womit ich schieße? Mit Marshmallows? Dass sie Diabetes bekommen, wenn ich sie treffe?*

»Letzter Hinweis für …« *Seinen Namen. Dieses Mal wenigstens.* »Wie heißt du?«

»Kilian.«

»Also, Kilian: letzter Hinweis. Wann kommt das Team, und was habt ihr vor, und für wen veranstaltet ihr die ganze Scheiße, bei dem unschuldige Leute wie ich beinahe ihr Leben verlieren?« *Jetzt habe ich doch geflucht, fuck!*

Er legt den Kopf leicht schief. »Du bist nie im Leben ein Wachmann.«

»Kann dir egal sein. Ich habe die Waffe. Schau.« *Ich schieße ihm durch den rechten Oberarm, und er schreit. Noch mehr rote Spritzer, aber nachdem ich … Dings erledigt habe, müssen sie eh renovieren.* »Und? Noch eine Kugel oder lieber eine Frage?«

Er starrt auf die Wunde, ächzt und tobt unterdrückt, tritt gegen die Tüte.

Mh. Ich habe ihn gewarnt.

Zweimal den Abzug betätigen, Herz, Kopf, fini. Da stürzt er, der Kilian.

Fange ich mal an, den Bums hier zu durchwühlen. Es wird sich was finden.

Es findet sich nämlich immer was.

* * *

Britannien, Kernow, Lizard, November 2019

Lagrande und Malleus saßen im Hotel abends bei einem Kaffee zusammen und arbeiteten die Obduktionsergebnisse durch, gefolgt von lokalen Legenden, die Rückschlüsse auf das eventuelle Monstrum zulassen könnten, und nicht zu vergessen: die Liste mit den Schiffsunfällen vor der Küste Cornwalls, seit sie aufgezeichnet wurden.

Zwischendurch gab es von der aufmerksamen Hausherrin Sandwiches mit Lachs und Scones mit Butter und Marmelade, die herrlich salzig und süß zugleich schmeckten.

»Ich hätte mir Kaffeebohnen mitnehmen sollen«, raunte Lagrande ihm zu und gab sich aus Verzweiflung mehr Milch in das Getränk.

Er nickte abwesend und tastete nach seiner Culebra, die verloschen im Aschenbecher ruhte. Dennoch sog er daran, genoss den schwachen Geschmack. Er brütete über den letzten Meldungen zu den Verschwundenen.

»Sie haben keinerlei Gemeinsamkeiten«, murmelte er vor sich hin und rieb sich über den Bart.

»Vielleicht den Geruch?« Lagrande schnupperte über der Tasse.

Malleus blickte sie an. »*Das* war ein sehr, sehr guter Hinweis, Madame.«

»Gern geschehen.« Sie lächelte. »Es fiel mir ein, weil es doch heißt, dass man *sich riechen kann.*«

»Oder auch nicht.« Malleus betrachtete die Namen. »Alle verschwanden am Lizard Point. Zu verschiedenen Tages- und Nachtzeiten. Gehen wir davon aus, dass es mit dem Geruch zu tun hat, spielt die Uhrzeit keinerlei Rolle«, sinnierte er vor sich hin. »Doch warum tauchen die Leichenteile jetzt auf? Und warum kann die Waffe nicht zugeordnet werden?«

»Warum hat es nur den Torso mit dem Kopf des Constables mitgenommen?«, fügte Lagrande hinzu. »Gibt es etwas, was es besonders mag?«

»Wieso sagen Sie *es*?«

»Was soll ich sonst sagen?«

Malleus atmete unzufrieden laut aus. »Wir wissen nicht mal, ob es das Werk einer Entität oder eines Menschen oder eines Tieres ist.«

»Inspecteur, ich weiß, Sie wollen das nicht hören, aber den Menschen können wir dabei außen vorlassen «, wagte Lagrande den Hinweis. »Sonst hätte uns der König nicht verlangt.«

Der König hat keine Ahnung. »Es kann aber sein, dass man genau das denken soll. In Wahrheit treibt ein raffinierter Massenmörder sein Unwesen in Lizard und Umgebung.«

Lagrande schien nicht überzeugt zu sein. »Dann sollten wir unsere Hirnkapazität aufteilen«, schlug sie vor. »*Sie* kümmern sich um das Irdische, *ich* um alles andere.«

Malleus gefiel der Vorschlag, auch wenn er nicht beabsichtigte, sich blind und taub gegen den Einfluss von Entitäten zu stellen. Aber so ließ sich herausfinden, was seine Ermittlungsassistentin draufhatte. »Abgemacht. Aber wenn Sie anfangen, in Ehrfurcht vor dem zu erstarren, was Sie herausfinden, stecke ich Sie zurück in Ihr Büro.«

»Bei Belenos! Denken Sie, ich würde das tun?«

Malleus entzündete die Culebra und paffte mehrmals schnell, nebelte Lagrande komplett ein. »So ergeht es Ihrem Verstand: Umgeben von fremdem Dunst, der ihnen entgegengeblasen wird, und Sie fragen sich nicht: Woher kommt er, und warum tut jemand das?«

»Ich glaube an die Götter, Inspecteur, und sie sind nicht nur schlecht«, hielt sie dagegen und verwedelte den Rauch mit einer Handvoll Blätter. »Das können Sie mir nicht nehmen. Aber ich bleibe ein kritischer Geist, der sich nichts gefallen lässt.«

»Sie haben das Konzept der Entitäten nicht verstanden, Madame: Sie *müssen* es sich gefallen lassen. Sonst wären *Sie* eine Göttin.« Malleus trank vom Kaffee. »Das meine ich mit dem Nebel. Sie spielen das Spiel dennoch mit.«

»Sie nicht, Inspecteur?«

»Jemand muss in diesem Irrsinn seinen Verstand behalten und Licht in die Götterfinsternis bringen«, hielt er dagegen. »Wenn es bedeutet, sich den Gegebenheiten anzupassen, dann ist es so. Aber ich ergebe mich ihnen nicht.«

Lagrande sah ihn nachdenklich an. »Lektion verstanden, Monsieur.« Sie unterdrückte ein Husten. »Was haben diese Banderolen zu bedeuten?«

Malleus lächelte milder. »Sie stehen für verschiedene Aromen und Tabakstärken. Alles Weitere bleibt mein Geheimnis.« Er dachte an Oona Milord, die sich ungefragt einen Zug davon gegönnt hatte und die von der Wucht der Wirkung überrascht worden war. *Nichts für Ungeübte.*

Seine Gedanken wollten länger bei der brünetten Agentin verweilen, aber er verbat es ihnen. Der Fall genoss Vorrang. *Keine Frauen, kein Verlust, kein Schmerz.*

»Da ich gemäß unserer kleinen Abmachung zuständig bin für das Irdische« – er sah auf die Karte, die auf dem Tabletcomputer aufgerufen war –, »neige ich dazu, noch etwas in Erwägung zu ziehen.«

»Ich höre, Inspecteur?«

Malleus ließ die letzten verbrieften Standorte der neueren Opfer rund um Lizard Point und in der Umgebung anzeigen, danach malte er Kreise darum, setzte einen Punkt auf dem offenen Meer, vom dem gerade Linien bis zu allen Kreisen reichten. »Was fällt Ihnen auf, Madame?«

»Man kann von allen letzten Aufenthaltsorten das Meer sehen. Und diesen Punkt.«

»Denken Sie gefährlicher.«

»Man kann« – sie grübelte kurz – »von dieser Stelle im Meer alle Punkte sehen. Und schießen.« Lagrande blinzelte überrascht. »Sie vermuten, es war eine Waffe? Jemand hat von See aus *geschossen*?«

»Da uns die Spuren an Land fehlen, ist der Angriff wohl aus der Luft erfolgt«, holte Malleus aus. »Das könnte mit einer neuartigen Waffe geschehen sein. Strahlen, die Gewebe verdampft oder zerteilt und die Schnittstellen versiegelt. Es muss kein Monstrum oder eine schlecht gelaunte lokale Meeresentität sein.«

»Das würde viel Energie kosten.«

Malleus fuhr sich über den Fu-Manchu. »Ich habe die Havarie des französischen Fischerbootes 2004 näher betrachtet. Es gibt Mutmaßungen, dass daran ein U-Boot beteiligt gewesen sein konnte.«

»Ein Mörder, der mit einem Mini-U-Boot vor Cornwalls Küste herumfährt, auftaucht und Leute mit einer unbekannten Waffe verdampft und zerstückelt?«, fasste Lagrande zusammen. »Das klingt sehr mutmaßend, Inspecteur. Damit würde ich nicht vor den König treten.«

Malleus lehnte sich nach hinten, und der Rauch der Culebra folgte ihm wie ein Jungtier der Mutter. Er umriss die Form eines Unterseebootes mit der glühenden Spitze, die roten Linien hielten sich. »Warum nicht? Ein moderner Kapitän Nemo, der gegen … Menschen vorgeht. Oder eine abgefeimte Sache, um bei Gelegenheit eine *falsche* Entität erscheinen zu lassen, die ihre Macht auf den Verschwundenen aufbaut und vielleicht sogar in Aussicht stellt, die fehlenden Leutchen zurückzubringen, wenn sich alle brav benehmen und ihr dienen?« Für ihn ergab es Sinn.

Für Lagrande nicht, das sah er ihr an. »Oder jemand hat ein Artefakt rings um die alten Stätten gefunden, unter einem Dolmen oder an den Hügelgräbern, und killt damit Leute. Oder er hat damit den Zorn einer Entität heraufbeschworen, die Rache nimmt«, holte sie zum Gegenschlag aus. »Oder es ist wirklich eine Bestie, die sich seit Jahrhunderten austobt.«

Malleus lachte. »So etwas wie der frustrierte weiße Drache?«

»Verspotten Sie mich?«

»Nein. Ich zeige Ihnen nur Ihre weiteren Möglichkeiten.«

»Als wäre ein erfundenes U-Boot mit einer Superwaffe besser, Inspecteur.« Sie grinste ablehnend und fuhr sich durch die langen hellen Haare. »So oder so: Keiner von uns hat einen Beweis.«

Malleus vollführte eine zustimmende Geste mit der Culebra, Rauch und Glut malten erneut in die Luft. »Deswegen sind wir hier. Und es erklärt uns nichts, woher der alte Arm des Seemannes herrührt, der anscheinend an Bord des deutschen Seglers gewesen war.«

Lagrande erhob sich, setzte die Mütze auf und zog sich die Kapuze darüber. »Mal sehen, ob sich was rührt.«

»Was tun Sie, Madame?«

»Spazieren gehen und nachdenken. Der Mond scheint wundervoll.«

»Das werden Sie ganz sicherlich nicht.« Malleus wusste, dass Lagrande als Banlieue-Bewohnerin in Sachen Furcht weniger gut bestückt war als andere. Doch was sie plante, nannte man im Allgemeinen *grob fahrlässig*, solange nicht geklärt war, was in der Dunkelheit lauerte.

»Diese Vorgänge ereigneten sich rund um die Uhr«, erwiderte sie prompt. »Ob ich nun im Hellen oder im Dunklen angefallen werde, spielt keine Rolle.« Sie tippte sich auf die Stelle, wo die Beretta U22 Neos saß. »Achten Sie auf meinen Schrei. Oder auf Ihren PDA. So oder so melde ich mich, sollte ich was bemerken.«

Sie stiefelte zum Ausgang und verschwand hinaus.

Ihren Schemen sah Malleus bald darauf durch Lizard wandeln, mit Kurs auf die Landspitze, die einen knappen Kilometer entfernt lag.

Sie ist schon ein wenig tollkühn. Malleus erhob sich, um in sein Zimmer zu gehen, den größeren Cobray Deringer zu suchen und sich mit stärkerer Bewaffnung anzuschließen. Ein Spaziergang konnte nie schaden.

Er betrat den Raum – und roch Parfum.

Im Mondlicht sah er Marina, die schwarzen Haare auf dem Kissen wie eine Gloriole ausgebreitet, vollkommen nackt in einer verführerischen Pose auf seinem Bett liegen. Ihre grünen Augen schimmerten im Halbdunkel, der andeutungsweise erkennbare Gesichtsausdruck spiegelte unbedingtes Verlangen, ihr Lächeln hatte etwas Raubtierhaftes.

»Wir haben uns in Gomorraha nicht verabschiedet«, sagte sie zur Begrüßung.

»Es ist ein wenig spät, das jetzt nachzuholen«, erwiderte er freundlich. Sie war unglaublich attraktiv, ihre Aura brandete gegen ihn und umschlang ihn, als wollte sie ihn mit aller Macht überwältigen und zu sich ziehen, auf das Bett. Ins Bett.

»Dann musst du mich begrüßen.«

Malleus bemerkte, dass Marina inh bei ihrer Ansprache mal siezte, mal duzte, was Schizophrenes in sich barg. Er richtete seine Blicke nicht auf ihre Brüste, nicht auf ihre schlanke Taille, nicht auf die Schenkel oder ihre Weiblichkeit, wie es jeder andere Mann getan hätte, sondern allein auf ihre durchdringenden Augen. »Ich sagte es bereits im Vatikan: Es ist die falsche Zeit. Und es wird niemals mehr eine andere geben.«

»Ich denke, es gibt keine falsche und richtige Zeit. Nur den Moment«, entgegnete sie und setzte sich auf, die Haare umspielten sie. Sie rutschte an die Kante und spreizte langsam die Beine. »Nur den *einen* Moment, Malleus. Er wird nicht mehr zurückkehren.«

Er lächelte schwach, dachte an ihren Kuss, an den Kuss von Oona, und wie unterschiedlich sie sich angefühlt hatten. Einmal schön, doch leer, einmal unerwartet und kribbelnd und angefüllt mit so viel mehr.

Malleus öffnete den Mund zu einer Antwort.

Aber Marina reckte den Kopf leicht wie zu einem leidenschaftlichen Kuss, ihre Züge wurden hoheitlich, herrisch. »Ich meine es genau so, Malleus. Weist du mich ein zweites Mal zurück, hat es Folgen, die du nicht absehen kannst.«

»Ich mochte Drohungen noch nie.«

»Es ist eine Ankündigung. Ein Versprechen«, verbesserte sie. »Danach werde ich *alles* tun, um meinen Auftrag zu erfüllen, mit dem ich einst zu dir ausgesandt wurde.«

Nun horchte Malleus auf. »Was …«

Marina erhob sich langsam, gleich einer Königin, die vom Thron stieg, um jene zu strafen, die ihr widersprachen. »Dieser *eine* Moment, Malleus Bourreau, entscheidet über deine Zukunft. Entweder wir sinken gemeinsam nieder, und ich gebe mich dir hin und verspreche dir die beste Nacht deines Lebens, und es wird dir nichts geschehen. Oder du gehst unter.«

Malleus war es gewohnt, solche Worte zu hören. Aber in ihrer Stimme lag so viel Überzeugung, so viel Sicherheit, wie er es selten erlebt hatte. Es bedeutete keine Drohung einer liebestollen Frau, die unbedingt mit ihm schlafen wollte. *Wer ist sie?*

Wieder trafen sich ihre Lippen.

Er erwiderte den fordernden Kuss nicht, den sie mit einem lustvollen Stöhnen begleitete. Malleus stand da, die Hände in den Taschen, und ließ es über sich ergehen. Sanfte, dankende Ablehnung.

Dann machte auch Marina einen Schritt nach hinten.

»Du hast dich entschieden«, raunte die junge Schöne bedauernd, und eine einzelne Träne sprang über ihren linken Lidrand; beim Abwärtssickern entflammte der Tropfen und zog eine brennende Spur über ihr Gesicht, ohne die reine Haut zu verletzen. »Somit ist es entschieden.«

Malleus spürte die drängenden Fragen, die sich aus dem Gehörten ergaben.

Aber ein lauter Schrei von draußen verjagte die Gedanken.

Lagrande! Malleus schnappte sich den Cobray aus dem offenen Koffer und stürmte aus dem Zimmer.

* * *

Celtica, Calais, November 2019

Na also. Ich war erfolgreich.

Habe hier nette Smartphonenachrichten von einem Triton , der sagt, dass das Tauchteam in den nächsten acht Stunden ankommt.

Da will jemand unbedingt die Artefakte zurück.

Ich sitze hier zwischen dem gekillten Kilian und dem toten Trevor. Trevor steht in seinem Ausweis. Trevor Leftfield. Bringt ihm auch nichts mehr.

Ich habe artig geantwortet und tue, als wäre ich Kilian.

Es wäre zu lustig, wenn ich die Artefakte vor ihm bekomme, dem ich folge. Ich könnte sie ihm schenken oder ihn Aufgaben dafür erledigen lassen. Eine Aufgabe für ein Artefakt. Mein ganz persönlicher Held.

Ein bisschen muss ich mich über meine Neuanschaffung ärgern: Die APB hat vorhin leicht verzogen. Kann sein, dass sie dreckiger ist, als ich dachte.

Da hilft nur das Zerlegen, in alle Einzelteile, sauber machen, leicht mit Waffenöl behandeln. Das mögen sie, die Schätzchen.

Dazu gehört es auch, den Schalldämpfer durchzupusten, der gekillte Kilian hat ein Reinigungsset dabei. Geht prima.

Die rechte Griffschale hat ein bisschen Spiel. Das kann ich nicht leiden, weil man sich die Haut einklemmt, und wenn ich schon mal dabei bin – weg damit.

Fuck.

Fuck, was ist … eine Wanze!

Das ist … die haben mir einen Tracker untergeschoben. Und mich wieder dazu gebracht, die Beherrschung zu verlieren! Da steckt ER dahinter. Ganz sicher. Der Schlauberger wusste, dass ich mir eine APB kaufen werde, und hat Vorbereitungen getroffen. So ein gewitzter Hund!

Aber warum haben sie nicht zugeschlagen? Weil sie mich in Calais nicht erwartet haben? Weil sie nicht sicher sind?

Ich muss die Wanze loswerden, sofort. Am besten als Päckchen verschicken. Werde online den Bestimmungsort immer ändern, dann wissen sie nicht, was los ist.

Dann untersuche ich die APB mal ganz genau auf weitere Überraschungen. Und die Kugeln baue ich mir gleich selbst. Ich habe im Internet gesehen, dass es hier wirklich einen Waffenladen gibt, der sich auf Jäger spezialisierte. Die haben immer eine Werkstatt.

Und danach werde ich wieder als gekillter Kilian antworten.

Oh, nein, was ist denn … sie wollen sich in Dover treffen und von dort tauchen. Da wäre weniger los, schreibt Triton .

Von mir aus. Dann eben Britannien.

* * *

Britannien, Kernow, Lizard, November 2019

Malleus rannte aus dem Hotel und blickte dorthin, wo er Lagrandes Silhouette das letzte Mal gesehen hatte. *Wo steckt sie?*

Sein Ohrfunkgerät piepste, ein Anruf ging ein. »Ja?«

»Hier ist Lagrande«, sprach sie atemlos. Leise erklang das Knirschen von Kies unter rennenden Sohlen. »Ich bin vorne an der Spitze, ein paar Meter weg von dieser Hütte am Strand. Ich glaube, ich habe einen Verdächtigen.«

Malleus rannte los, querfeldein durch das Naturschutzgebiet. Der i8 stand eingekeilt zwischen den Polizeitransportern. »Haben Sie geschrien?«

»Nein, Inspecteur. Das kam von oberhalb der Bruchkante. Ein neues Opfer.« Lagrande fluchte, das Knirschen endete. »Rufen Sie die englischen Kollegen von der Küstenwache an. Die sollen das Suchschiff aussenden. Er will mit einem Boot raus aufs Meer.« Ihre Schritte erklangen erneut. »Ich nehme mir einen der Außenborder, die haben einen starken Motor. Damit kriege ich ihn vielleicht noch.«

»Können Sie das?«, keuchte Malleus mehr, als er redete, rannte durch die Hecken und die Heidebüsche, setzte über Hindernisse hinweg und näherte sich dem Strand. Über seine Fitness musste er siech nie Gedanken machen.

»Was?«, fragte Lagrande nach.

Malleus sah die Treppe vor sich auftauchen, sprang aber stattdessen den Hang hinab, rutschte auf dem Sand und Kies nach unten und landete neben dem Haus. »Mit einem Außenborder fahren?«

»Was kann daran so schwer sein?« Lagrande atmete rascher und sah über die Schulter, weil sie seine Geräusche vernommen hatte. »Da sind Sie ja schon!«

»Ich lasse Sie bestimmt nicht alleine rausfahren, Madame.« Malleus half ihr, das schwere Gummiboot anzuschieben und in die See zu bugsieren. Dabei sah er zum zweiten Gefährt, das sich bereits von der Küste entfernte. Ein Motor dröhnte zu ihnen hinüber, und die Gestalt in dem Anorak mit Kapuze sah zu ihnen herüber.

Malleus und Lagrande sprangen in das Boot, sie startete die Schraube mit einem einfachen Knopfdruck und gab Vollgas. »Wie bei einem Motorrad«, schrie sie gegen den Lärm an.

Er balancierte nach vorne, nahm das Seil vom Bug und zog damit die Schnauze in die Höhe, damit sie den Wellen bei dem Rennen weniger Widerstand als ihr Kontrahent boten.

Verstärkung. Mit einer Hand schrieb er Blackadder eine Nachricht, damit die Polizisten wussten, was vor sich ging, und handeln konnten. Danach stand er aufrecht und mit einem Bein leicht nach vorne auf dem schmalen Vordeck, sein Mantel wehte schwer im Wind.

Die schwarzen Wogen mit den silbernen Schaumkronen gemahnten ihn urplötzlich an den Fluch der Brigantina, die Göttin, die ihm den Tod geschworen hatte, sollte er sich in ihr Reich begeben. Das *mori* der Kelten zählte hoffentlich nicht dazu.

Sein Ziel war klar: den Mann oder die Frau aufhalten und befragen. Nichts durfte ihn dabei irritieren. *Nicht einmal der Gedanke an das eigene Ende.*

Lagrande erwies sich als geschickt, steuerte das Boot rasch näher, was auch der Flüchtige bemerkte. Aber sosehr er Vollgas gab, er konnte den Abstand nicht vergrößern.

Malleus beobachtete, dass der Verdächtige die Maschine abstellte und sich an den Bordrand begab. Eine Hand hielt er ins Wasser, als prüfte er die Temperatur. *Oder als gäbe er ein Unterwassersignal.*

»Passen Sie auf«, rief er Lagrande zu. »Es kann sein, dass gleich ein Angriff geschieht.« Er sah ein Kabel, das aus dem Wasser hinauf zur anderen Hand des Mannes führte. Am Mittelfinger blinkte es unvermittelt deutlich auf.

»Nach rechts!«, schrie er. »Rechts!«

Lagrande regiertea vorbildlich, das Boot vollführte einen raschen Schwenk, sodass sich Malleus fest gegen den Untergrund stemmen und an der Leine festhalten musste, um nicht über Bord zu gehen.

Ein milchig trüber Strahl fegte dicht an ihnen vorüber und traf die verlassene Strandhütte, wie Malleus mit einem Schulterblick feststellte. Beim Einschlag verteilte er sich und schnitt Löcher in das alte Holz, andere Stücke wurden desintegriert.

Damit haben wir die Waffe, mit der die Taten verübt wurden. Malleus vermutete, dass es sich um ein divines Artefakt handelte.

Ihr Boot fuhr nun Zickzacklinien, um kein einfaches Ziel zu bieten. Sie befanden sich knappe hundert Meter von dem Unbekannten entfernt, der damit noch reichlich Gelegenheiten bekam, die Gegner zu versenken.

Auf dem Meer orgelte plötzlich ein beleuchtetes Schiff mit voller Kraft um die Spitze der Halbinsel herum, das von den Schrauben aufgeworfene Wasser schien zu brodeln. Zwei starke Suchscheinwerfer zuckten über die Oberfläche und richteten sich auf den Kahn des Verdächtigen.

Die Durchsage, die aus denm Außenlautsprecher herüberschallte, verstand Malleus nicht. Es ratterte gedämpft, kleine Wasserfontänen spritzent rings um das Gefährt des Flüchtigen. *Warnschüsse.*

Am Himmel erschien ein weiterer Mond, den zwei hektisch blinkende Sterne als Trabanten begleiteten. Blackadder hatte das volle Programm von der Küstenwache verlangt und einen Hubschrauber aufsteigen lassen.

Gute Arbeit. Malleus machte eine Geste, die Lagrande dazu brachte, den Außenborder zu drosseln. *Es gibt kein Entkommen mehr.* Zufrieden sah er zu seiner Assistenzermittlerin. »Ich bin gespannt, welche Geschichte wir von ihm hören.«

Da löste sich der milchige Strahl erneut aus dem Gegenstand am Finger der Gestalt und schlug gegen den stählernen Rumpf der Küstenwache.

Unverzüglich öffnete sich ein Loch von der Größe eines Tores, und das Meer warf sich hinein, um das Schiff zum Sinken zu bringen.

Aber der Schütze an Bord der Küstenwache ließ sich von der

plötzlichen Schlagseite nicht verunsichern. Er eröffnete erneut das Feuer und überschüttete den Kahn mit einer Salve Stahlkugeln, die sich durch die Planken, den kleinen Aufbau und die Gestalt bohrten.

Mit einem spitzen Schrei brach der Flüchtige über der Reling zusammen, hielt aber die Hand in die Höhe und bedachte den Helikopter mit einer Attacke.

Die trübgraue Energie fegte den Rotor und den oberen Teil der Turbine davon. Die Maschine sackte rauchend und flammenschlagend wie ein Stein nach unten und zerbrach auf dem schwarzen Meer beim Aufschlag in mehrere Teile.

Das schwere Maschinengewehr röhrte, aber der Winkel war zu ungünstig, das sinkende Schiff schob sich mit dem Bug voraus in die Tiefe.

Malleus sah Matrosen über Bord springen, es war keine Zeit mehr für die Wasserung von Rettungsbooten. Er hoffte darauf, dass Blackadder und seine Einheit mit den anderen Außenbordern anrückten, um die Schiffbrüchigen zu retten, ehe sie erfroren.

Ihm blieb noch eine wichtige Aufgabe.

»Los, hin zum Kahn«, befahl Malleus an Lagrande, die aufdrehte und sie innerhalb weniger Sekunden zum zerfallenden Kahn brachte, dem die Vollmantelgeschosse schwer zugesetzt hatten; das Untergehen begann.

Malleus setzte mit einem Sprung über zum tödlich verletzten Gegner, den Deringer mit der Schrotlandung auf ihn gerichtet, zog dessen Kapuze nach unten.

Es war eine ältere Frau, die Blutspritzer im Gesicht verwischten allmählich.

»Er hat mich gewarnt«, sprach sie leise. »Ihr würdet kommen und es mir wegnehmen wollen. Aber es gehört mir. Mir ganz alleine! *Mir!*«

Malleus sah auf ihre Hand. Ein Kabel führte vom Mittelfinger zu einem verkapselten Gerät, das harmlos auf dem schmalen Deck lag; eine kleine Kammer leuchtete gemütlich blau, zwei Dioden glommen in Rot wie bedrohliche Augen. Keine Runen, keine Intarsien, die auf die Herkunft schließen ließen. Auf den ersten Blick erkannte er die Funktionsweise nicht. »Wer gab Ihnen das?«

»Er sagte, ich könne es nehmen und nutzen, wie ich es will. Und ich …« – sie hustete Blut – »… ich hatte großen Spaß! Bis ihr kamt und es verdorben habt. Er hat mich gewarnt.« Der Blick brach allmählich. »Wir wären gerne nochmals dorthin gereist«, hauchte sie, ihr Kopf sank zurück. »Es war so schön dort. Es war schön, was er mir zeigte. Und ich …« Die Pupillen verloren mitten im Satz das Lebendige. Die Unbekannte war gestorben.

Jetzt schnell, ehe der Kahn abgesoffen ist. Malleus zog ihr den Ring von der Hand und steckte ihn zusammen mit dem Gerät ein, dann wuchtete er die Leiche vom sinkenden Gefährt auf das schwarze Schlauchboot und folgte mit einem neuerlichen Sprung.

»Wir haben die Mörderin«, sagte er zu Lagrande. *Warum sie es tat und alle weiteren Umstände müssen wir noch herausfinden.*

Lagrande nickte. »Fangen wir an, die Leute aus dem Wasser zu ziehen?«

Malleus schaute zum Strand, von dem sich etliche Gefährte mit größter Geschwindigkeit der Stelle näherten, an der die Besatzung von Helikopter und Schiff im Wasser trieb. Das erhöhte die Chancen, möglichst alle Überlebenden zu retten. »Ja. Langsame Fahrt voraus.«

Das Boot tuckerte los.

Malleus nahm die Taschenlampe aus dem kleinen Kasten am Bug, dann zog er die Signalpistole und schoss einen roten Stern in den Himmel, damit die Polizisten wussten, wohin sie genau mussten. Während der Kahn der Unbekannten hinter ihnen blubbernd versank, fuhren sie zu den Havarierten.

Malleus half einem Matrosen nach dem anderen in das Boot, bis es gefährlich voll wurde und sie umkehrten.

Dabei dachte er an das konfiszierte Gerät in seinem Mantel, das für ihn nicht nach einem divinen Artefakt, sondern nach einem technischen Gegenstand aussah, der kaum von der Erde stammte.

Sein Verdacht gab ihm die offizielle Gelegenheit, Oona Milord zu kontaktieren. Natürlich gänzlich ohne Hintergedanken.

* * *

Britannien, Dover, November 2019

»Unspektakulär.« Oona Milord betrachtete das Gerät, das ihr Malleus über den Tisch schob. »Im Vergleich zu seiner Wirkung ein einziges optisches Understatement.«

Sie saßen in einer ruhigen Ecke des Hotels, tranken Mineralwasser und Espresso.

Zuvor hatte er mehrmals geprüft, ob von dem Gegenstand eine akute Gefahr ausging, aber die Lämpchen waren alle erloschen. Es gab keine Geräusche, keine Hitze, nichts, was auf eine Aktivität hinwies.

Milord hob es an, drehte und wendete es zwischen den Fingern, fuhr über die bläuliche Oberfläche, prüfte die kabelartige Verbindung zwischen Ring und Gerät sowie die Dioden und das Sichtfenster. Aufmerksamkeit erweckte lediglich eine schmale Reihe von Lüftungsschlitzen.

Malleus musterte sie unauffällig, freute sich über ihre Anwesenheit. Sie trug ein schwarzes Businesskleid, darüber ein kurz geschnittenes graues Sakko und weiße Handschuhe, die Füße steckten in halbhohen Absatzschuhen.

Er roch das Parfum, das er sich genau in Erinnerung behalten hatte: Meer, frisches Gras, herb-süßliche Blüten.

Milord legte es auf den Tisch zurück. »Erzählen Sie mir, was Sie und Lagrande nach der Rettung der Schiffbrüchigen herausgefunden haben?« Sie warf mit einer Kopfbewegung die langen brünetten Haare auf den Rücken, die rote Strähne am linken Stirnansatz leuchtete dank der Downlights.

»Gerne.« Malleus versuchte, sich seine Freude nicht anmerken zu lassen. »Die Frau, die von der Küstenwache erschossen wurde, konnte als Caswyna Silversmith identifiziert werden, 49 Jahre, verwitwet, nach neuer Heirat geschieden. Sie lebte in Helston und galt als freundlicher Sonderling, die ihr Leben dem Gott Lir widmete und jeden Tag kultische Anrufung anbot. Im normalen Leben arbeitete sie als Verkäuferin in einer Bäckerei. Die Polizei und ich fanden in ihrem Haus zahlreiche Zeichnungen von Orten, an welche sie durch den Gott gelangt sein will.« Er machte eine entschuldigende Handbewegung. »Ich dachte zunächst, es könnte sich um eine fremde Entität handeln. Deswegen rief ich Sie an.«

»Ich weiß Ihre Umsicht zu schätzen. Aber woher wissen Sie von den Reisen auf andere Welten?«

»Sie hatte das Datum darauf vermerkt. Die Dateien schicke ich Ihnen.« Malleus versank kurz in ihren braunen, dunklen Augen. Er wollte sich nicht verlieben. Nicht jetzt, nicht in sie. *In keine mehr.* »Das Artefakt bekam sie vor vier Jahren, wie sie stolz in ihrem Tagebuch vermerkt hat.«

»Und seitdem verzeichnet die Gegend rund um Lizard und die kleinen Städte eine steigende Vermisstenzahl«, führte Milord fort.

Malleus nickte. »In ihren Tagebüchern gab es viele Eintragungen dazu, wie sehr sie die Menschen gehasst hat, die den Entitäten nicht alles gaben, um ihnen zu Willen zu sein. Es gab diverse Tötungsfantasien, bereits vor Jahren schon, die mit dem Auftauchen der Gottheiten eine neue Kanalisierung erhielten.« Er überlegte, ob er sich eine Culebra erlauben durfte, eine von den neuen, die großartig nach Orient schmeckten, wartete aber noch damit. Sie könnte zu Höhenflügen führen, auch emotional. »Sie erhöhte die Pausen zwischen den Morden, die sie vom Meer aus beging, mal aus dem Boot, mal mit einer Taucherausrüstung.«

»Ich verstehe. Aber wie ist die Sache mit dem Arm zu erklären, der aus den Zwanzigern des letzten Jahrhunderts stammt?«

»Miss Silversmith fand den halbmumifizierten Toten bei einem ihrer Tauchgänge in einer Höhle. Sie experimentierte mit der Energie und versetzte ihn durch einen Zufall in diesen Zustand. Auch das hat sie aufgezeichnet.« Malleus trank seinen Espresso aus und bestellte sich mit einem Wink neuen.

»Fall gelöst. Glückwunsch.«

»Danke. Man sagt, der König sei ebenfalls zufrieden mit mir.«

»Das« – Milord legte den Zeigefinger auf den Gegenstand – »habe ich schon einmal gesehen, allerdings nicht in einem intakten Zustand.« Sie fuhr mit dem Fingernagel über die Schlitze, es ratschte leise. »Das Gerät ist für den Unterwassereinsatz gedacht. Es saugt Meereswasser ein und wandelt es – wie auch immer – in Energie um. Es kann ein Werkzeug sein, und es kann als Waffe benutzt werden.«

»Wie bei Silversmith.« Malleus hörte interessiert zu. »Und woher stammt es?«

»Komischerweise fanden wir es bei einem getöteten Anhänger des Gottes Loki. Er schien wegen des Geschenks in einen Streit verwickelt worden zu sein. Anscheinend nehmen die Götter ihre Anhänger gerne zu den gleichen Orten mit.«

Malleus fand, dass das Geschenk zu Loki passte. Ein Werkzeug, nichts weiter – aber der Mensch entschied, was er damit anstellte: ob er es zum Guten oder zum Schlechten nutzte.

Milord hob einen schmalen Metallaktenkoffer hoch, öffnete ihn und verstaute das Gerät, um das Behältnis neben sich zu platzieren. »Wir lagern es ein und befragen Loki, sobald wir eine Gelegenheit bekommen. Die Priester sollten endlich auf ihn einwirken, dass er mit Gaben zurückhaltender ist, die Tod und Verderben bringen.«

Als ob sich eine Entität wie er darauf einlassen würde. Malleus nickte trotzdem. Er wollte kein Spielverderber sein. »Besser bei Ihnen, als dass es in Hände gerät, die damit erneut schlimme Dinge anrichten.«

»Vielen Dank nochmals, dass Sie an mich dachten.« Milord schenkte ihm ein Lächeln, das sein Herz ins Stolpern geraten ließ. Sie spielte mit ihrem Weißgoldanhänger: Aeracura und Dis Pater, Totengöttin und Herrscher der Unterwelt. »Sie kommen in letzter Zeit viel herum, Mister Bourreau.«

»Das ist oft so.«

»Ich würde Ihnen dabei schönere Anlässe wünschen als die Untersuchungen von Kriminalfällen.« Sie erhob sich und reichte ihm die Hand. »Sollten Sie einmal nach Stockholm reisen, schreiben Sie mir. Ich zeige Ihnen gerne die Stadt.« Der Blick, den sie ihm dabei zuwarf, war eine Einladung, sich *bald* zu melden. »Natürlich nur, wenn es Ihnen passt.«

Malleus sprang geradezu auf. »Ich werde mich sicherlich daran erinnern.« Er griff nach ihrer Hand.

Sie beugte sich nach vorne und gab ihm drei angedeutete Küsse abwechselnd auf die Wange. Er fühlte ihre Wärme, roch das Parfum noch einmal in aller Deutlichkeit und spürte ihr Haar auf seiner Haut kitzeln. »Bis denn, Inspektor.« Oona Milord lächelte ihm noch einmal zu und verließ die Lobby.

Malleus setzte sich ganz langsam in den Sessel und verfolgte ihren Abgang mit Blicken. »Stockholm«, wiederholte er.

Lebt sie dort? Hat D. E. M. dort die Zentrale?

Von der Rezeption löste sich ein junger Mann, der ihm zuvor bereits aufgefallen war, da er so gänzlich anders wirkte als das, was man in Britannien sonst an Menschen zu sehen bekam – und das Land galt nach wie vor als multiethnisch aufgestellt.

Aus seiner Herkunft machte der Mann kein Geheimnis. Sein tadellos sitzender Anzug aus ockerfarbenem Stoff und schwarzem Leder wies sauber gefertigte animistische Stickereien auf, die zusammen mit demn Gesichtszügen den Schluss erlaubten, es mit einem Vertreter der First Nations zu tun zu haben.

Er steuerte auf Malleus zu, an den Handgelenken saßen Armbänder aus geprägtem schwarzen Leder, die Finger wurden von Silberringen mit Schmucksteinen geziert. Eine Reihe von schwach sichtbaren Tätowierungen lief am Hals hinauf, die stilisierten Krähen ähnelten.

»Mister Bourreau«, sagte er freundlich und blieb einen Meter vor ihm stehen, deutete eine Verbeugung an. Die schwarz glänzenden

Haare waren am Hinterkopf mit einer geschnitzten Gebeinspange zusammengesteckt. »Mein Name ist Keish, und mein Vater schickt mich zu Ihnen, damit wir reden.« Seine Augen besaßen die ungewöhnliche Farbe von Bergkristall und erweckten den ersten Eindruck, der junge Mann sei blind; sein Verhalten und auch der Ausdruck in den schwarzen Pupillen sprachen jedoch dagegen.

Malleus deutete anbietend auf den Stuhl, auf dem eben noch Oona Milord gesessen hatte. »Sie sind vom Volk der Tlingit, und es geht um die Rahmentrommel samt Maske«, nahm er den Grund des Treffens vorweg.

»Danke.« Keish, der Mitte zwanzig sein durfte, setzte sich. »Sie sagen es, Mister Bourreau. Mein Vater ist das Oberhaupt in Hoonah, der größten Siedlung meines Stammes. Ihn hatte die Geschichte um das Ende der Artefakte niemals losgelassen. Er recherchierte, wobei ich ihm half.«

»Sie stießen auf den Fall von Hannes Hein.«

»Wir wussten, welchen Weg Trommel und Maske nahmen, aber wir kamen zu spät, um sie zu retten.« Keish bestellte bei dem Kellner, der Milords Gedeck abräumte, ein Mineralwasser. »Ich erfuhr, dass Sie die Ermittlungen leiteten.« Erwartungsvoll sah er Malleus an, der Blick wirkte irritierend.

»Sie wollen von mir wissen, wie weit die Ermittlungen sind.«

»Ich bin hier, um Ihnen meine Hilfe anzubieten. Sie brauchen sie dringend.«

Die ungestüme Jugend. »Bei allem Respekt, Sir, aber ich denke … mein Team und ich schaffen das. Aber ich informiere Sie und Ihren Vater umgehend.«

Keish bekam das Wasser gebracht, und er trank einen Schluck. »Es geht nicht ums Finden, Sir. Ich habe mich über Sie informiert. Sie sind ein ausgezeichneter Ermittler.« Er kniff die hellen Augen zusammen. »Meine Hilfe bezieht sich darauf, eine Katastrophe zu verhindern.«

»Inwiefern?«

»Sobald man die Trommel zusammen mit der Maske einsetzt und man *kein* Tlingit ist, erfolgt eine Reaktion, die nicht wünschenswert ist«, erklärte Keish andeutend. »Sollte das geschehen, kann ich die Katastrophe aufhalten. Sofern ich nahe genug bin.«

»Ist das so etwas wie eine … Explosion?«

»Eher wie in *Indiana Jones*, als die Bundeslade von den Falschen geöffnet wird: Verschiedene Ahnengeister erscheinen, prüfen die Umstehenden und lassen alles vergehen, was sie nicht als Teil des Tlingit-Volkes erkennen.«

Davon stand nichts in Heins Beschreibung. Malleus nahm das Etui heraus. *Maske und Trommel sind weit entfernt von ihrer Heimat.* Keish dürfte so ziemlich der einzige First-Nation-Tlingit in Europa sein.

Das wiederum bedeutete, die Geister hätten *viel* zu vernichten.

Verflucht viel. Malleus atmete tief ein und räusperte sich beim Ausatmen. Es wurde Zeit für eine Culebra.

Solch eine Culebra.

* * *

Marianne Lagrande saß in dem abgegrenzten Bereich vor dem Hotel, unter einem aufgespannten Regenschirm und gasgetriebenen Wärmelampen am Rand des Raucherbereichs.

Es gab genug Hotelgäste, die sich ihr Pint Guinness oder ein Glas Wein mit hinausgenommen hatten. Der auffrischende Wind, der sich gemäß Vorhersage über dem Meer zu einem Sturm entwickeln sollte, spielte mit der Kleidung.

Sie wurde mehrmals angeflirtet, aber sie lächelte stets und antwortete auf übelstem Banlieue-Slang-Französisch. Keiner der Männer verstand sie, also ließ man sie in Ruhe.

Lagrande sah auf ihren Tabletcomputer, auf dem eine nicht beglückende Nachricht von Crick einging. Er lehnte ein Treffen mit ihr und Bourreau bedauernd ab, weil er sich gerade auf Geschäftsreise befände.

Wäre zu einfach gewesen. Sie nahm den heimlich aufgeklaubten Culebra-Stummel aus der Tasche ihres Anoraks. Wenn ihr der Kommissar nicht verraten wollte, was die Zigarren so besonders machte, würde sie es selbst ausprobieren. Aus Neugier.

Das Mundstück hatte sie großzügig abgeschnitten, was auch ein Drittel der Banderole kostete, aber es reichte aus, um zur Probe zu paffen und dem Geheimnis auf die Spur zu kommen. *Die Neugier.*

Sie entzündete den kleinen Rest an der Wärmelampe, paffte mehrmals.

Zuerst schmeckte es nach Rauch, mild-würzig, der an einen Zigarillo erinnerte. Nach weiteren Zügen entwickelte sich ein mentholartiger Charakter in ihrem Mund, das Zitronige stieg durch Rachen und Nase scheinbar unmittelbar in ihr Gehirn und machte es wach.

Lagrande besah sich den Stummel, unterdrückte das Husten. *Pas mal.*

Der Speichelfluss erhöhte sich, sie orderte gestenreich durch die Glasscheibe ein Bier, um sich dann um Cricks Nachricht zu kümmern, während Bourreau drinnen mit Oona Milord sprach.

Zu ihrem Ärger war die Agentin nicht kackhässlich.

Keines der Weiber, die ihmn umschwärmen, ist kackhässlich, dachte sie resigniert und erinnerte sich an ihren Reinfall auf dem Montmartre.

Sie richtete ihre Konzentration, die sie dank der Culebra summend wie Elektrizität wahrnahm, lieber auf die Mail.

Überhaupt gab es mit jedem Einatmen mehr Gerüche um sie herum, als sie jemals zuvor bemerkt hatte. Und Geräusche und Nuancen – in allem.

Details fielen ihr auf, aus dem Augenwinkel, ein kurzer Blick, ein Lauschen genügte. Sogar das ansonsten glatte Display des Tablets wies leichte Unebenheiten auf.

Kein Wunder, dass Bourreau gut ist, dachte sie erheitert und paffte. *Wunderstoff.*

Crick schrieb ihr, er habe anhand des Gruppenfotos, das Bourreau aus Bolivien mitgebracht hatte, und seinen Informationen aus der Sammlerszene zwei Männer ausfindig machen können, auf die Bourreaus vage Beschreibungen beim virtuellen Zusammentreffen im Jet passten. Beide führten die Elemente von Auge und Pyramide in ihren mitunter erfundenen Wappen, die Statur von beiden kam ungefähr hin.

Das eine war Gaff Olmos, amerikanisch-mexikanischer Multimillionär mit Häusern überall auf der Welt, in denen Kunstschätze lagerten, auf die viele Museen neidisch waren. Seine Verbindungen zu Nazi-Kunstraub-Händlern waren oft Thema der Klatschpresse.

Der andere hieß James Wu Chew, ein Chinese, der es in Shanghai und Hongkong auf zwielichtige Weise zu extrem viel Geld gebracht hatte, das er schnellstmöglich zu Kunst wandelte, weil er keiner Papierwährung dieser Welt traute.

Lagrande betrachtete die Bilder der Männer, deren Alter jenseits der siebzig lag. *Damit habe ich nicht gerechnet.*

Die Gerüche und Geräusche um sie herum nervten sie allmählich.

Es wurde zu intensiv, zu aufdringlich, wie auf einem überdrehten Jahrmarkt. Sie warf den Stummel weit weg, sodass Bourreau ihn nicht finden würde.

Aber der Effekt auf ihre Nerven legte sich nicht.

Lagrande konzentrierte sich auf die zweite Mail, die von Interpol kam. Es ging um das Phantombild des Schattens, das der Inspektor nach Ove Schwans Aussage gezeichnet und zum Abgleich durch die Datenbanken hatte laufen lassen. Nach mehrmaliger Prüfung gelangten die Programme zu dem Ergebnis, dass der Mann nicht in den Interpol-angeschlossenen Staaten aktenkundig geworden war. Zusätzlich waren Dossiers zusammengesucht worden, in denen Männer vorkamen, die eine gewisse Ähnlichkeit zu dem Unbekannten aufwiesen. Lagrande zählte fast fünfzig Verbrecher, von notorischen Dieben und Betrügern bis hin zu Killern und brutalen Bankräubern.

Da muss er sich selbst durchsuchen. Sie bekam das Bier gebracht und trank in großen Schlucken gegen das Speicheln an. Hätte sie das vorher gewusst, wäre der Stumpen niemals an ihre Lippen gelangt.

Das 120-Dezibel-Jahrmarktgefühl hielt an, und sie wünschte sich eine Sonnenbrille gegen das grelle Licht der Umgebung. Vorbeifahrende dröhnende Autos mit ihren dämlichen Scheinwerfen schienen ihr in die Augen zu schneiden, das nasse Abrollgeräusch der Reifen brachte sie zum Aufstöhnen. Es peitschte ihre Trommelfelle.

Nie wieder eine seiner Culebras!, schwor sie sich und bemerkte aufsteigenden Schwindel, ihre Beine wurden weich wie zu lange gekochte Spaghetti, knochenlos, kraftlos. Selbst wenn einhundert wilde Stiere die Straße entlanggerannt kämen, sie müsste sitzenbleiben und Opfer der Corrida werden. Sie würde nicht einmal vor Schnecken davonlaufen können.

Lagrande trank hastig das Bier aus und hoffte, dass der Alkohol gegen die mehr als rätselhafte Wirkung des Tabaks ankam. Das hatte weder mit Kiffen noch mit anderen Drogen zu tun, die sie kannte.

In dem Gewusel auf den Gehsteigen entdeckte sie die schwarzhaarige Verrückte, die sie zuletzt in der Brasserie in Montmartre gesehen hatte – wo sich deren Zunge unempfindlich gegen Messerklingen erwies. Sie kam langsam auf Marianne zu, die grünen Augen leuchteten unangenehm hell.

Prima. Jetzt auch noch Halluzinationen, dachte Lagrande und schloss die Lider. *Ich brauche noch ein Bier.*

* Α Ω *

Dover.

Genauso mies wie Calais. Muss dran liegen, dass es Fährenorte sind: Lastwagen, Bullen. Nichts, wo man sich wohlfühlen kann.

Das Tauchteam checkt in einem Hotel am Hafen ein, klar. Hier herrscht echtes Dreckswetter, es pisst und nieselt im schnellen Wechsel. Haben mir geschrieben, dass die Dienste vom gekillten Kilian nicht mehr nötig wären. Ja, sicherlich.

Ausboten wolltet ihr den armen Jungen.

Habe ein bisschen gejammert, dann haben sie gedroht und was von seiner Mutter geschrieben. Von mir aus.

Wenn sie gedacht haben, sie werden mich los – Irrtum.

Ich suche die ganzen Absteigen am Hafen durch, weil mir ja der Triton … also der Jeremy aus dem Tauchteam sein Foto geschickt hat, sein Profilbild. Idiot.

Damit kriege ich sie, und damit bin ich wieder an den Artefakten dran.

Zwei Hotels habe ich schon durch und jetzt … Das glaube ich nicht: Da ist die verrückte Nonne!

Aber … das bedeutet … er ist auch da!

Er, dem ich folge!

Wie hieß sie? Genau, Marina. Es gab mal einen alten Schlager. Ganz furchtbar, dieses Lied, man bekommt es nicht mehr aus dem Kopf.

Sie geht rüber, über die Straße, zum Hotel, schwenkt zum Raucherbereich und … das ist die Achtziger-Dame!

Ist die betrunken? Sitzt da, Augen zu, macht einen angeschlagenen Eindruck.

Egal, ich habe sie wieder, alle sind da! Wie wundervoll.

Ich gehe mal näher ran, kleiner Schwenk, ab in den Raucherbereich, mit dem Rücken zu den beiden und Ohren auf. Über die Spiegelung der Wärmelampe kann ich sehen, was geschieht.

»… dir gesagt, dass du deine Finger von ihm lassen sollst.«

Oh, ein Cat-Fight steht an. Oder hat die Irre vor, das zu Ende zu bringen?

»Verschwinden Sie«, *sagt Blondie müde, und, haha, sie hat die Augen immer noch zu.* »Ich bilde mir Sie nur ein.«

Es schüttet regelrecht, die Raucher flüchten ins Innere. Ein Sturm kommt auf, der die Tropfen bis unter die Deckung treibt.

»Nein, tust du nicht.« *Die irre Nonne greift an den Oberschenkel und zieht den Dolch, den ich schon mal bei ihr gesehen habe. Dieses verzierte Ding, das sie sich im Vatikan angeschnallt hat.* »Aber lass die Augen ruhig zu. Dann schmerzt es vielleicht nicht so.«

Jetzt hebt sie schläfrig die Lider. »Ein Dolch?« *Sie greift unbeholfen unter ihre Jacke, versucht, eine Waffe zu ziehen.* »Ich habe was Besseres.«

Der Wind, verdammt, er rüttelt und wackelt an den Schirmen. Woher kommt der?

Die irre Nonne lacht. »Es ist der Dolch, den meine Mutter eines Tages führen wird. Aber Bourreau hat ihre dreifaltige Rückkehr verhindert. Dafür sandte sie mich aus, um Rache zu nehmen.« *Sie hebt den Dolch.* »Und da er mich nicht lieben will, sehe ich keinen Grund, ihn länger zu schonen. Weder ihn noch irgendwen in seinem Umfeld.«

Jetzt sollte Blondie was tun.

Gleich.

Am besten sofort.

Ach, fuck, die ist zu groggy und kriegt ihren Arsch nicht hoch!

Und fuck auf die verbale Entgleisung!

Ich habe der Irren das letzte Mal was versprochen, das ich halten muss. Denn ich halte meine Versprechen. Alle.

Der Wind weht viele Schirme um, die einen hübschen Paraventwald für mich bilden. Kann losgehen!

Die Irre führt voller Grazie und unbeirrt vom prasselnden Regen einen horizontalen Schlag, die surrende Klinge soll der Achtziger-Frau die Kehle aufschlitzen.

Raus mit der APB, Schalldämpfer drauf und umdrehen, die Blonde greifen, fallen lassen, sodass ich unter ihr liege.

Der Dolch schießt knapp über uns weg. Ich habe immer noch ein gutes Auge. Das verlernt man nicht. Meine rechte Hand greift unter den

Anorak der Achtziger-Frau und zieht die Beretta U22 Neos. Schick und schwer, entsichern, warten.

Meine Linke richtet den Schalldämpfer auf die irre Nonne, die mich anstarrt, als wäre ICH der Wahnsinnige. »Du wagst es? Ich bin die Tochter von Kostjanaja Noga, Sterblicher, eine Halbgöttin, die …«

Mir egal.

Abdrücken, vollautomatischer Modus.

Der Verschluss klackert metallisch vor und zurück, der tosende Sturm reißt das Geräusch mit sich. Dabei lasse ich den Finger am Abzug, die APB wandert durch den Rückstoß empor, fräst an der falschen Nonne vom Nabel an aufwärts eine Linie bis hinauf zum Hals, dann schieße ich mit der Beretta, verballere das ganze Magazin. Wollen es der Spurensicherung nicht zu leicht machen. Oha, ist die laut. Bockt ganz gut, ist aber präzise.

Und … weg mit dem Kopf, auch wenn er hübsch ist. Hilft ja nix, sonst taucht sie wieder auf. Das kann ich gar nicht gebrauchen.

So, die U22 Neos noch der Achtziger-Frau in die Hand drücken und geduckt verschwinden. Die Stühle und das Grün geben gute Deckung. Mich hat keiner gesehen.

Und Blondie ist eine Heldin.

So geht das.

* Α Ω *

Britannien, Dover, November 2019

Malleus half Lagrande aus dem Rettungswagen, in dem man sie untersucht hatte.

Sie stand unter leichtem Schock, so lautet die offizielle Diagnose – was er allerdings bezweifelte. Denn Lagrande hatte sich angesichts größeren Grauens und dem Beschuss in der eigenen Wohnung oder in Treva wesentlich abgehärteter gezeigt.

Ich weiß, was geschehen ist. Malleus sah ihre Augen, mit den leicht veränderten Pupillen, was jedoch nur den versierten Medizinern auffallen würde, wenn sie gezielt danach suchten. Es wich von jeglichen bekannten Markern in Sachen Drogen ab, fiel damit durch sämtliche Screenings. *Sie hat eine meiner Culebras geraucht.*

Aber in seinem Etui fehlte keine der krummen Zigarren. Sie hatte sich seine besondere Rauchware anders besorgt. *Vielleicht ein Stumpen?*

Der Platz vor dem Hotel war großräumig abgesperrt. Die britischen Kollegen der Spurensicherung stapften in weißen Anzügen durch den eilends aufgestellten Pavillon, vorbei an Marinas Leiche, fotografierten und markierten die Lage der Toten, des Dolches, der Hülsen.

Lagrande hatte ihre Beretta abgeben müssen, mit der die Frau erschossen worden war. Die britischen Ermittler hatten angekündigt, sie im Anschluss vernehmen zu wollen.

Malleus wusste, dass sie noch eine Weile brauchte, bis die Wirkung der Zigarre nachließ. Solange würde er Lagrande die Kommissare vom Hals halten.

Aber *seine* Neugier verlangte nach Antworten.

Sie zogen sich ins Hotel zurück, setzten sich erneut in die dunkle Ecke der Lobby. Im Vorbeigehen machte er Keish, der wieder an der Bar stand, klar, dass er im Anschluss zu ihm zurückkehrte, um weiter über ihre Zusammenarbeit zu sprechen. Den Kellner bat er, Wasser zu bringen.

Lagrande sackte in den Sessel, Malleus reichte ihr das Glas.

»Sie war schon mal da«, brachte sie über ihre blassen Lippen. Zum ersten Mal sah sie zerbrechlich aus, nicht wie eine furchtlose Frau, die Schlauchboote durch die See steuerte, als würde sie es jeden Tag machen, oder die den i8 durch ein Naturschutzgebiet hetzte.

»Sie wurden von ihr bedroht?« Seine Culebra mit dunkelpurpurfarbener Banderole lag noch angeraucht im Aschenbecher. Er nahm sie hoch und klopfte sie ab, verpackte sie im Etui.

»Ja. Im Restaurant, auf dem Montmartre, als Sie früher wegmussten.« Sie trank einen großen Schluck, die Hand zitterte.

Malleus war bestürzt. »Warum haben Sie nichts gesagt?«

Lagrande verzog den Mund und lehnte sich in die Polster. »So was regle ich selbst.«

»Was wollte sie?« Malleus konnte sich die Antwort denken.

»Etwas Persönliches.«

Es schwang ein deutlicher Unterton mit, der ihm bewusst machte, dass es wirklich etwas Persönliches war. *Es ging um … mich?* Darauf wusste er nichts zu erwidern.

»Sie hat sich als Tochter von Kostjanaja Noga vorgestellt. Es muss mit dem Fall in Riga zu tun haben«, sprach sie erschöpft weiter. »Sie habe den Auftrag, Rache wegen Ihres Eingreifens, Inspecteur, zu nehmen, und bei mir wolle sie anfangen. Ach ja, und weil Sie sich nicht in die Verrückte verliebt haben. Sonst wäre alles gut geworden.« Lagrande trank das Wasser aus und stellte das Glas zu hastig ab, es klirrte laut. »Verzeihung. Ich hatte ein Bier zu viel, denke ich, und der Wind warf die Schirme um, eine Böe riss mich mit, und die Irre stach vorbei. Danach muss ich die Beretta gezogen haben und …«

Malleus lauschte angespannt, sinnierte.

Das erklärte die Andeutungen, die Marina im vatikanischen Park gemacht hatte, was sie alles auf sich nehmen würde und dergleichen: die Tochter der Kostjanaja Noga, die sich in einen Sterblichen verliebte und ihn gegen die Anordnung schonen wollte. Aus ihrer manischen Liebe wurde durch seine neuerliche Ablehnung im Hotelzimmer – Hass.

Tragisch. Er rieb sich über den Fu-Manchu und betrachtete die gebeutelte Lagrande. Er hatte die Getränkerechnung gesehen, die auf dem Hotelkonto von Interpol aufgelaufen war. Ein Bier. Von einem Bier wurde man auch als leichte Frau wie sie nicht in diesen Zustand versetzt.

Er verzichtete darauf, ihr Vorhaltungen wegen der Culebra zu machen. Es war nicht die Zeit. *Und woher hätte sie es wissen sollen?*

Malleus zauberte ein beruhigendes Lächeln auf sein Gesicht. »Gehen Sie auf Ihr Zimmer, Madame, und schlafen Sie das *Bier* aus. So lange halte ich Ihnen die englischen Kollegen vom Hals.«

»Danke.« Lagrande erhob sich umständlich, schleppte sich zu den Aufzügen und verschwand im Lift.

Malleus hatte sich von den Kollegen den Dolch erbeten, sobald er freigegeben war. Es schien ein sehr besonderes Stück zu sein, was die Aussage untermauerte, dass Marina nicht einfach nur eine verrückte Stalkerin gewesen war.

Eine tote Tochter. Damit würde ihn eine weitere Entität hassen. Ihn oder Lagrande. Notwehr ließ Kostjanaja Noga sicher nicht gelten.

Gerade wollte er Keish zu sich winken, als sein PDA eine eingehende Nachricht meldete. Es war die Bitte um die Entgegennahme eines Videoanrufs, die Gegenseite wurde mit *EXITUS* angezeigt.

Malleus zwang sich zur Ruhe und zog den Sessel so, dass er die Wand hinter sich hatte, damit ihm niemand über die Schulter sehen konnte, dann aktivierte er das Programm.

Auf dem kleinen Display erschien das Gesicht von Ove Schwan vor einem weißen Hintergrund, er schien ein olivfarbenes Shirt zu tragen. Stoppeln standen auf dem markanten Gesicht, die hellblonden Haare waren nass wie frisch geduscht.

»Hallo, Koios. Ich wollte dir sagen, dass ich vorerst nicht als Aufpasser für die Kleine zur Verfügung stehe. Die Umstände zwingen mich zum Untertauchen.«

»Sicher. Verstehe ich. Und danke dafür, dass du den Job überhaupt übernommen hast.« Er fragte nicht, wie und wann *GodsEnd* seinen Ausbruch aus dem Krankenhaus organisiert hatten. Sein Freund würde es ihm nicht sagen.

»Solltest du was Größeres haben, bei dem ich mit Feuerkraft dienen kann, sag Bescheid. Das werde ich immer hinbekommen.«

Malleus nickte. *Es muss sein.* »Sag mir bitte, dass du nichts mit den Aktionen von *GodsEnd* in Tiwanaku zu tun hast«, sprach er mit gedämpfter Stimme.

Ove Schwans Gesicht entgleiste. »Woher …«

»Ich war dort, mitten in den Unruhen, die deine Leute geschürt haben. Und sie haben auch deinen Namen genannt.«

»Wer?«

»Ich habe ein Funkgespräch mitgehört, weil sie dachten, sie hätten mich erschossen. Als Tourist. Um Europa mit in die Auseinandersetzungen hineinzuziehen«, erklärte Malleus voller Verachtung. »Was *GodsEnd* da treibt, ist schrecklich, Ove! Ihr hetzt Menschen aufeinander, um zu beweisen, dass Entitäten erfunden sind – welchen Sinn ergibt das?«

»Sie haben dich …«

»Ich habe es überlebt, wie du siehst«, unterbrach ihn Malleus scharf. »Ich hatte immer eine gewisse Sympathie für *GodsEnd*, aber was ich da erleben musste, das hat sie für mich auf alle Zeiten diskreditiert.« Er lehnte sich nach vorne, sah ernst in die Linse. »Sie lassen es zu, dass Unschuldige bestialisch abgeschlachtet werden. Frauen, Kinder.«

Schwan wand sich. »Ich weiß«, räumte er ein. »Aber ich schwöre, dass ich alles versuche, das in Zukunft zu verhindern. Doch ich habe zu wenig Einfluss. Ich stehe in der Hierarchie noch …«

»Und bis dahin siehst du zu, wie sie Chaos und Vernichtung über die Menschen bringen?«

Ove biss die Zähne zusammen, die Wangenmuskeln arbeiteten. »Ohne sie säße ich im Knast.«

»Ohne sie *wärst* du nicht im Knast«, hielt Malleus dagegen. »Steig aus, Ove. Was immer *GodsEnd* plant, es wird nicht aufgehen, sondern eine Katastrophe auslösen. Willst du die Verantwortung für alles, was bis dahin geschieht, übernehmen?«

Ove schnaubte. »Wir tun etwas gegen die Entitäten. Nicht wie du, Malleus«, ging er zum Gegenangriff über. »Du ziehst dich auf deine eigenen Erklärungsversuche zurück, verlachst die Welt für ihre Einfältigkeit, den Göttern auf den Leim zu gehen, und machst dein Ding. Aber du bist nutzlos. Deine ganzen Fälle, fein, aber die Menschen folgen den Gottheiten weiterhin.« Er lehnte sich nach vorne, der Arm streckte sich. »*Wir* handeln, Malleus. *Wir* sind *GodsEnd*.« Dann wurde die Verbindung unterbrochen.

Malleus senkte den PDA. In ihm keimte der Verdacht, dass er und Ove sich zum letzten Mal gesprochen hatten. *GodsEnd* war gewissenlos, verblendet durch ihre an sich gute Mission. Der Kollateralschaden ließ sich nicht rechtfertigen.

Wer weiß, was sie sich noch ausdenken, um zu beweisen, dass es falsche Götter sind. Malleus konnte sich jedoch ebenso wenig den Worten seines Freundes verschließen, der ihn *nutzlos* genannt hatte.

Es steckte ein kleiner, schmerzhafter Teil Wahrheit darin.

Seine Fälle müssten öffentlicher gemacht werden, er müsste sie im Internet ausbreiten, die Leute wachrütteln und auf die Inkonsistenzen in der Rückkehr und der Begründung verweisen.

Aber wollen die Menschen das? Hat sie Betrug jemals gestört, solange sie mit einem Zustand zufrieden waren? Malleus grübelte vor sich hin, und es verlangte ihn nach einer Zigarre, die er gleich darauf aus dem Etui suchte. Grüne Banderole. *Denken.*

Gleich darauf brannte die Culebra und malte flüchtige Rauchbildchen in die Lobby. Malleus nebelte sich ein und checkte den Standort der Wanze, die sie in der APB versteckt hatten.

Die Waffe befand sich auf dem Weg nach Celtica, wie der Tracker meldete. Sein unbekannter Schatten schien sich in Lutetia auf die Lauer legen zu wollen, um zu ihm aufzuschließen, was an sich keine schlechte Idee war.

Es wird Zeit, dass wir ihn ausschalten. Malleus befand sich in der richtigen Stimmung, sich mit dem Fremden anzulegen, von dem sie immerhin ein Phantombild hatten. Nichts lief richtig gut im Moment, und das verstimmte ihn.

Sicherheitshalber prüfte er die neuesten Berichte zum Fährunglück, doch es gab nichts Erfreuliches.

Das Schiff war aufgrund einer fehlerhaften Klappenverriegelung im Sturm vollgelaufen und gesunken, so die Angaben zum Grund des Vorfalls. Von den Passagieren konnte die Hälfte gerettet werden, der Rest sank zusammen mit der Fähre hundert Meter in die Tiefe oder ertrank oder erfror in den hohen, eisigen Wogen.

»Verzeihen Sie, Mister Bourreau.«

Malleus sah missmutig paffend vom PDA auf und erkannte Keish, den er total vergessen hatte. »Oh, ich muss mich bei Ihnen entschuldigen«, sagte er peinlich berührt.

Der Mann lächelte verständnisvoll. »Müssen Sie nicht. Nach so einem Vorfall wäre ich sicherlich ebenso mit meinen Gedanken woanders, und Sie haben noch Ihre eigentliche Arbeit bei Interpol.« Keish setzte sich, die tätowierten Krähen an seinem Hals schienen sich zu bewegen. »Es ist die reine Dringlichkeit, die mich dazu gebracht hat, Sie zu belästigen. Sie sagten, dass Sie sich eine Zusammenarbeit vorstellen können.«

Malleus fiel es schwer, seine Konzentration auf den Tlingit und die Angelegenheit mit Rahmentrommel und Maske zu richten. Marina, Lagrande, die knapp dem Tode entronnen war, der Zwist und Bruch mit Ove, der Verlust der Artefakte – seine Unternehmungen kamen an zu vielen Fronten zum Halten.

Er sah auf dem PDA, dass ihm Lagrande von ihrem Zimmer aus die neusten Erkenntnisse von Crick zum Bild weitergeleitet hatte.

Zwei Verdächtige, von denen einer vielleicht der Sammler ist. Er betrachtete die Porträtaufnahmen von Gaff Olmos und James Wu Chew. *Superreiche. Genug Geld, das alles ermöglicht.*

Doch wenn Crick sich täuschte, hatte Malleus nichts. Nicht ein Fitzelchen einer Spur. Er sog am Mundstück der Culebra, als ließen sich Erkenntnisse oder Lösungen herausrauchen.

»Darf ich Ihnen mehr zu den Artefakten berichten?«, bot Keish an, um sich in Erinnerung zu rufen, und bestellte beim herangeeilten Kellner einen Tomatensaft. »Auch wenn es mir ein wenig seltsam vorkommt, mit einem Atheisten über Dinge zu sprechen, die nicht rational sind.«

Malleus lächelte erzwungen. »Für mich ist es als Atheist noch merkwürdiger, in einer Welt zu leben, in der es scheinbar Entitäten gibt. Da wäre ich fast mehr bereit, an die Geister zu glauben, die Sie erwähnt haben, Mister Keish.«

»Kein *Mister*. Keish reicht aus.« Er saß in einer aufrechten Haltung in dem weichen Möbel, was Malleus bewunderte. Ihm gelang das nicht. »Es wären die Ahnen der Tlingit und einige animalische Geister, die man unwissentlich heraufbeschwören würde.«

»In dem Fall gilt wie bei den Gottheiten: Ich kann es ablehnen, aber mich dennoch nicht der Wirkung entziehen, die sie erzielen«, räumte Malleus ein. »Dieser Effekt, dass die wütenden Geister erscheinen und über Nichttlingits herfallen, weil sie …?«

»Sie wollen nichts Böses, sondern nur einen Missbrauch verhindern«, warf Keish erklärend ein. »Oder sie wähnen sich im Krieg und verteidigen ihren Stamm.«

»Ich verstehe, weil sie Schaden abwehren wollen. Wie groß« – Malleus beschrieb mit der Culebra einen Kreis, ein feuriger Ring entstand, der sich mehr und mehr dehnte – »ist der Radius?«

Keish sah sehr besorgt aus. »Beim letzten Mal, als unser Schamane diese Macht bewusst hervorrief, belief es sich auf knappe zehn.«

»Meter?«, hakte Malleus nach; der glutrote Kreis zog sich zusammen.

»Meilen. Im Radius.«

Explosionsartig dehnte sich das Feuerrad wieder aus und schoss durch die gesamte Lobby, gefolgt von leichtem Wind und Rauch der Culebra.

Malleus fuhr sich mehrmals über den Fu-Manchu. Das wäre wirklich katastrophal, zumal wenn der Dieb die Artefakte in einer Metropole einsetzte. Millionen von Menschenleben standen auf dem Spiel.

GodsEnd würde darüber in Jubel ausbrechen. Das gab dem Fall eine Brisanz, die es ihm ermöglichte, sämtliche Register bei Interpol zu ziehen.

Aber wie evakuierte man Großstädte innerhalb weniger Minuten?

Gar nicht. Wir müssen die Katastrophe im Keim verhindern.

Malleus sah zu Keish. »Sie sind ein Schamane, nehme ich an?«

Er nickte. »Ich habe dabei, was benötigt wird, die Ahnengeister zu beschwichtigen, vorausgesetzt, wir kommen rechtzeitig in die Nähe.« Keisha schwenkte den Saft im Glas. »Was sagen Ihre Ermittlungen dazu, Mister Bourreau?«

Nicht viel. Malleus paffte wie zum Anlauf und setzte zum ernüchternden Geständnis an, zwei eher mäßige Hinweise zu haben – da erschien auf seinem PDA eine Mitteilung:

TRACKER1:	**arbeitet …**
SIGNAL:	**klar …**
STANDORT:	**Calais …**
RICHTUNG:	**nordwestlich …**
GESCHWINDIGKEIT:	**ca. 250 Stundenkilometer …**
HÖHE:	**ca. 2800 Meter …**

Malleus riss den PDA in die Höhe und lachte erleichtert auf.

Wie auch immer es der unbekannte Sammler geschafft hatte, seine Beute aus dem Wrack zu organisieren, er holte sie eben zu sich. *Mit einem Hubschrauber*, schätzte Malleus anhand der Angaben und erhob sich. »Keish, kommen Sie. Es geht los.«

* * *

Episode 10

GNOSIS

Gnosis,
griech. γνῶσις, gnōsis: [Er-]Kenntnis

Agnostizismus,
altgriechisch ἀγνοεῖν a-gnoein: Unwissen

Atheismus,
altgriechisch ἄθεος átheos: ohne Gott

»Ein Volk, das noch an sich selbst glaubt, hat auch noch seinen eignen Gott.
In ihm verehrt es die Bedingungen, durch die es obenauf ist, seine Tugenden – es projicirt seine Lust an sich, sein Machtgefühl in ein Wesen, dem man dafür danken kann. Wer reich ist, will abgeben; ein stolzes Volk braucht einen Gott, um zu opfern …
Religion, innerhalb solcher Voraussetzungen, ist eine Form der Dankbarkeit. Man ist für sich selber dankbar: dazu braucht man einen Gott.«
Friedrich Nietzsche

Der Antichrist. Fluch auf das Christenthum, 1888
»Ich kenne nichts Ärmeres unter der Sonn' als euch Götter!
Ihr nähret kümmerlich von Opfersteuern und Gebetshauch!
Und darbtet, wären nicht Kinder und Einfältige hoffnungsvolle Toren.
[…]
Wer half mir wider der Titanen Übermuth?
Wer rettete vom Tode mich, von Sklaverei?
Hast du's nicht alles selbst vollendet, heilig glühend Herz?
[…]
Ich euch ehren?
Wofür?
Habt ihr die Schmerzen des Beladenen je gelindert?

Habt ihr die Tränen des Geängsteten je gestillet?
Haben nicht mich zum Manne geschmiedet
die allmächtige Zeit und das ewige Schicksal?
Denn dies sind meine Herren – und eure!
[…]
Hier schreib' ich, forme Menschen nach meinem Bilde,
ein Geschlecht, das mir gleich sei,
zu denken, zu leiden, weinen, genießen und zu freuen sich,
und euch nicht zu achten,
– wie ich!«
Auszug aus einem frühen *Prometheus*-Gedichtfragment
Johann Wolfgang v. Goethe zugeschrieben, ca. 1771
(nicht bestätigt)

Europäischer Luftraum, November 2019

Sehr geehrter,
von mir und meinen Gebrüdern hochverehrter Herr Malleus Bourreau,

wir erlauben uns, Ihnen durch unsere Niederlassung in London Ihre neuste Waffe überreichen zu dürfen: eine bad-Tentakelpeitsche.
Herzlichen Glückwunsch hierzu!
Meines Wissens ist es das einzige Exemplar dieser Art.

Sie werden nicht umhinkommen, einige Stunden des Übens damit zu verbringen, verehrter Herr Bourreau, damit Sie darin zur gleichen Meisterschaft wie als Schütze gelangen.
Daher empfehlen wir Ihnen, bei dem Training von Schwung und Schlag die Widerhaken NICHT *auszufahren, um schwerste Verletzungen bei einem eventuellen Fehlversuch zu vermeiden.*

Sie finden am Griff der Peitsche einen gesicherten Schieber, mit dem Sie die Häkchen ausfahren oder zurückziehen; sie sitzen im vorderen Drittel und werden durch eine Eigensehne im behandelten Tentakel gesteuert.

Der Präparator, den wir dabei zurate zogen, fügte sich bei der Bearbeitung viele Schnittwunden zu, versicherte aber, es sei die herausforderndste Aufgabe gewesen, die er jemals gemeistert habe.

Ein paar Hinweise von ihm:
a) Die Belastungsgrenze sollte eine halbe Tonne nicht übersteigen, die Behandlungsmethode machte das bad-Gliedmaß noch beständiger.
b) Sie sollten darauf achten, die Peitsche von Klingen fernzuhalten.
So, wie Sie es abzutrennen vermochten, hochverehrter Herr Bourreau, kann es auch wieder geschehen.
c) Die Widerstandsfähigkeit gegen Schneiden dürfte ungefähr bei dem eines guten Nylon-Bergsteigerseils liegen. Der Präparator wies darauf hin, dass eine Beschädigung vor allem der inneren Sehne irreparabel sei.

Behalten Sie das bitte im Hinterkopf!

Meine Brüder und ich wünschen Ihnen viel Vergnügen mit Ihrem neuen Accessoire, das Ihnen als leibliche Besonderheit auf dieser Erde sehr gerecht wird.

Hochachtungsvoll und stets zu Diensten
Miles Karak et Frères
Herrenausstatter
Leipzig/Paris/London/Mailand
oder auf Abruf an jeden Ort der Welt

Malleus Bourreau saß rauchend im hinteren Teil eines gecharterten Jets, obwohl ihm der letzte Flug in einer solchen Maschine in nicht allzu guter Erinnerung geblieben war.

Er hatte das kleine Köfferchen mit der aufgerollten, schwarzen Peitsche vor sich auf das Tischchen gestellt und den Begleitbrief seines Schneiders gelesen. Die Lieferung war just in dem Moment angekommen, als Keish und er das Hotel verließen. Erst im Flugzeug hatte Malleus Zeit, die ungewöhnliche Waffe in Augenschein zu nehmen.

Der Tlingit und er reisten alleine.

Marianne Lagrande verweilte erzwungenermaßen in Dover. Die britischen Kollegen wollten wegen des Vorfalls vor dem Hotel mit ihr sprechen und sich nicht davon abbringen lassen. Und so flogen Malleus und der Tlingit alleine dem verbliebenen Tracker-Signal eines Artefakts hinterher. Es war die Statuette des Oddua, die ihnen die Spur legte.

Ist es noch da? Mindestens einmal in der Minute prüfte Malleus das Signal, doch es kam beständig. Da ihr Jet sich schneller bewegte als der vermutete Hubschrauber, mit dem die Beute transportiert wurde, holten sie zu den Räubern auf, die im Auftrag des unbekannten Sammlers zugeschlagen hatten.

Aktuell befanden sie sich über den Niederlanden. Es ging mit ungefähr 280 Stundenkilometer weiter in nordöstliche Richtung, ohne dass es nach einer bevorstehenden Landung aussah.

Malleus schaute zu seinem Begleiter.

Keish saß im vorderen Teil und hatte ebenfalls ein Köfferchen aufgeklappt, in dem er schamanistische Ritualgegenstände transportierte. Er ordnete Säckchen und Beutel, murmelte dabei leise vor sich hin. Die geschnitzte Gebeinspange auf seinem Haupt sah bedeutungsvoll aus, das Haar und der Rabengefiederschmuck ergänzten sich perfekt.

Jeder bereitet sich vor. Malleus nahm die Peitsche am Griff heraus; sie erinnerte an eine Schlange, die jederzeit zum Leben erwachen konnte.

Mit leichtem Schwung aus dem Handgelenk ließ er sie ausrollen und schätzte die Länge auf mehr als zwei Meter, das Gewicht fühlte sich gut an, nicht zu schwer und nicht zu leicht. Den Schaden richteten ohnehin die Häkchen an, die sich durch dünne Bleche und in Wände gruben. *Und gegen bad.*

Keish wurde auf sein Tun aufmerksam, löste sich aus dem Sitz und schlenderte neugierig heran. Er roch nach Herbst und aromatischem Rauch, dazu gesellte sich der schwache Duft der Lederarmbänder. »Das ist Leder, wie ich es noch nie gesehen habe«, merkte er an.

Malleus hatte von dem Tlingit mit den Bergkristallaugen nichts anderes erwartet, würde ihm aber nicht verraten, worum es sich genau handelte. »Eine Sonderanfertigung.«

»Sie wollen eine Peitsche zum Einsatz bringen? Eine Waffe, die … aus der Mode gekommen ist. Das wird die Gegner sehr überraschen, wenn sie mit Schnellfeuergewehren angreifen.« Er legte den Kopf schief, wobei die tätowierten Krähen am Hals in Bewegung gerieten.

»Ich habe davon geträumt, Entitäten zu züchtigen. Mir hat die passende Waffe gefehlt«, erwiderte Malleus trocken und paffte.

Keish lachte dunkel. »Eine interessante Vorstellung.«

Malleus wickelte sie wieder auf und verwahrte sie in dem Holster, das Karak dafür angefertigt hatte. Es ließ sich mit einem stabilen Clip am Gürtel oder am Mantel befestigen. »Ich freue mich ziemlich darauf, eine Gottheit auf Schmerzempfinden zu testen.«

Keish sah auf den PDA, seine klaren Augen würden einfache Menschen ängstigen. »Sie fliegen über das offene Meer.«

Malleus folgte seinem Blick. »Ich habe keine Ahnung, wohin uns das Artefakt führen wird.« Er hoffte inständig, dass sich auch die anderen beiden Gegenstände an Bord befanden und nur deren Sender den Ausflug unter Wasser nicht überstanden hatten. »Aber das Kerosin wird uns nicht ausgehen.«

»Gut zu wissen.« Keish setzte sich ihm gegenüber, das Sakko knirschte leise, und das animistische Muster veränderte sich. »Darf ich Sie etwas fragen, Mister Bourreau?«

Malleus vollführte mit der Culebra eine einladende Geste, die Glut malte in die Luft.

»Sie bezeichnen sich als Atheist, der jegliches Göttliche ablehnt.« Keish zeigte auf das Kästchen mit seinen Utensilien, die fächerförmig angeordneten Federn an seinem Hinterkopf raschelten leise. »Das betrifft jede Form davon, jede Art des Übersinnlichen. Und doch stellen Sie sich …«

Malleus fiel ihm mit einem freundlichen Lachen ins Wort. »Ich bin ein Verleugner, der eigene Erklärungsmodelle für die Welt hat, in der er leben muss. Ich stelle mich den Entitäten, weil es sonst keiner wagt.«

»Nach *deren* Regeln.«

Malleus seufzte und atmete Rauch gegen den Tlingit, der dabei auseinanderfächerte und eine Wand zu bilden schien. »Diese Gespräche führte ich schon sehr oft, Keish. Sie bringen weder mir noch Ihnen etwas. Es sind keine Entitäten, und damit sind auch die Kräfte nicht divin.« Er hatte seine Erklärungen von Robotern, Aliens, Regierungsprojekten und eigenem Koma auf der Zunge, aber nicht die nötige Geduld, sie zu erläutern. »Jemand muss es tun«, brachte er es auf den Punkt und sah nach der Anzeige. *Noch unterwegs, gleiche Geschwindigkeit.*

»Und: Sie leben noch.« Keish sagte es mit einem allzu bekannten Tonfall.

»Sehen Sie es als Beweis, dass Entitäten nicht allmächtig sind. Wäre es so, würde mich ein Zehn-Tonnen-Gewicht begraben. Oder ein Klavier. Oder ich würde funkensprühend explodieren.« Malleus rauchte die Culebra weiter. Seine Unruhe stieg, und das machte ihn einen Hauch zu ironisch, was schnell ins Sarkastische kippen konnte.

Das Rätsel um die neun Artefakte wäre hoffentlich bald gelöst und der Verantwortliche für so viel Gewalt und Tod festgesetzt.

Lautrec wusste Bescheid, er würde die entsprechenden Behörden in dem Land, in dem der Hubschrauber landete, in Alarmbereitschaft versetzen. Danach machte sich zur Unterstützung gegen irdischen Widerstand hoffentlich ein Einsatzkommando auf den Weg zu ihnen.

Am besten wäre es, der Sammler würde weder Maske noch Trommel anfassen. Malleus sah dem leuchtenden Punkt zu, wie er sich weiter über die Karte bewegte.

Der Tlingit lachte wieder. »Sarkasmus und Ironie. Ihre Waffen.«

»Auch damit kann man die Entitäten verletzen.« Malleus lächelte schwach. »Ich bin sozusagen die wandelnde Ironie für die Gottheiten.«

Er nahm seine Apache und Cobray Deringer heraus und legte sie nebeneinander auf das Tischchen, prüfte die Kammern, den Mechanismus, die Funktionstüchtigkeit. Dabei paffte er gelegentlich, damit die Glut nicht erlosch, die Asche drehte er sorgfältig am dafür vorgesehenen Behältnis ab.

Keish sah ihm eine Weile schweigend zu. »Haben Sie niemals daran gedacht, selbst ein Gott zu sein?« Er richtete seine steinbesetzten Ringe.

»Ich würde mich sofort auflösen.«

»Nicht *wäre*, Mister Bourreau.« Der Tlingit legte die Hände zusammen. »Ich meinte damit, dass Sie *wirklich* einer von ihnen sind.«

Malleus legte den zuletzt gecheckten Cobray zurück. »Ich überlege gerade, ob das eine Beleidigung ist.« Er nahm einen Zug. »Für einen Atheisten: ja.« Keishs Schluss irritierte ihn, und so klammerte er es umgehend aus. »Es gibt nichts Übernatürliches an mir.«

»Dass Sie noch am Leben sind, kann man fast als Beweis werten, oder, Mister Bourreau?« Er erhob sich und kehrte zu seinem Kästchen zurück. »Ich bin geehrt, mit Ihnen in die Schlacht zu ziehen. Hoffen wir, dass der Große Geist mit uns ist.«

Malleus fand die Mutmaßung ins Blaue impertinent, anmaßend, abstrus und bar jeder Vernunft.

Aber seine Gedanken verhakten sich darin und suchten nach einem Ausweg. Niemand wusste besser als er, wie sterblich er war und welches Leben er vorher geführt hatte und wie oft er dem Tod im Krieg entrinnen konnte.

Und dass Namtarú mich verschonen musste.

Das Warum war in Gomorraha nicht geklärt worden … Lag in Keish's dahingeplapperter These eine Erklärung?

Schwachsinn. Er sah schnell auf den PDA. Nichts hatte ihm jemals auch nur im Ansatz den Eindruck vermittelt, etwas Göttliches in sich zu tragen. *Völliger Schwachsinn.*

Das Oddua-Signal senkte sich dem Boden entgegen und befand sich inzwischen in dänischem Luftraum, ohne die Geschwindigkeit zu verringern, was ein Hubschrauber zum Landen erst in letzter Sekunde machen musste. Es wäre eine Herausforderung für den Piloten des Jets und die Fluglotsen des Airports, auf dem sie runtergingen, auf eine ungeplante Landung einzugehen, ohne den gesamten Betrieb durcheinanderzubringen.

Stetig senkte sich der Tracker abwärts und abwärts, zog über die Inseln hinweg – und stand dann still; die angezeigte Höhe stimmte mit der geografischen Meter-über-null-Angabe des Ortes überein. Der Helikopter war gelandet.

Es ist etwas faul im Staate Dänemark. Malleus las, wo sich nun mindestens eins der gesuchten Artefakte befand, und informierte hastig den Piloten:

»Wir fliegen nach Kopenhagen.«

* * *

Britannien, Dover, November 2019

Marianne Lagrande hatte sich von den Notärzten Mittel spritzen lassen, welche die Watte aus ihrem Verstand nahmen und gleichzeitig die Überempfindlichkeit gegen Sinneseindrücke reduzierten.

Nun saß sie entspannt den beiden zivilgekleideten Ermittlern der britischen Kriminalpolizei gegenüber, die das Verhör, wie sie bei der Begrüßung in der Lobby beteuert hatten, pro forma abhielten. Kleinigkeiten, mehr nicht. Als Kollegin und Assistenzermittlerin von Malleus Bourreau sei der Fall klar. Sie trugen die Garderobe, wie man sie im Lehrerzimmer eines Colleges vermutete: gediegen, unauffällig und doch gesetzt stilvoll.

Lagrande roch an dem Kaffee und ächzte. Es war kein Laut der Freude. So viel Zucker und Milch konnte sie nicht hineingeben, damit er trinkbar wurde.

»Gehen wir den Ablauf noch ein letztes Mal durch, Madam?«, bat Inspector Green, der ebenso ein netter Cop war wie seine Kollegin Miller. Sollte es mit dem Ermittlerdasein nicht mehr klappen, konnten sie als Geschichtslehrer anfangen. »Danach steht es Ihnen frei, aus Britannien abzureisen.«

Geschichte und Literatur. Lagrande nickte. »Ich saß im Freien und prüfte die Daten zum Fall, trank dabei ein Bier.« Dank der verabreichten Mittel blieb sie gelassen, obwohl sie wusste, dass Bourreau sich eben auf der Jagd nach den Artefakten befand, während sie in Dover festsaß. Lautrec hatte ihr gesagt, dass er sie hinterherschicken würde, sollte Bourreau ihre Anwesenheit als erforderlich betrachten. *Auf der Zielgeraden.* »Dann kam die Frau über die Straße, die sich zu einem früheren Zeitpunkt als Marina beziehungsweise Marinuschka vorstellte. Sie zückte den Dolch und stach sofort zu.«

Green und Miller verglichen die insgesamt dritte Erzählung mit den anderen Versionen ab.

»Sie sagte dabei, sie würde meinen Vorgesetzten umbringen und alle, die ihm nahestünden«, fügte Lagrande hinzu. »Ich ließ mich fallen, zog meine Beretta und erledigte sie.«

Den genauen Dialog verschwieg sie. Der ging niemanden etwas an. Was ihr Chef wissen musste, hatte sie ihm ausgerichtet, den Rest konnte er sich denken.

Lagrande verschwieg ebenso, dass sie sich kaum an das Ereignis erinnerte.

Sie war vom Stuhl gerutscht, lag plötzlich am Boden, machte Bewegungen und hörte das Krachen ihrer U22 Neos.

Diese verdammte Culebra! So benebelt fühlte sie sich nicht mal beim Kiffen oder nach zu viel Schnaps. Sie hatte das Gefühl, dass ihre Erinnerung an entscheidenden Stellen hakte und sich Lücken auftaten. Es fehlten Kleinigkeiten.

Sie vermochte nicht zu sagen, wann sie die Beretta gezogen hatte. Irgendwann zwischen Sturz und Schussserie. Oder warum sie glaubte, der Boden sei weich gewesen. Lagrande wunderte sich, dass sie in ihrem Zustand überhaupt sauber getroffen hatte. *Nicht auszudenken, wenn ich einen Unschuldigen …*

Das würde sie vor Green und Miller garantiert nicht zur Sprache bringen.

Ganz, ganz sicher nicht!

»Gut, Miss Lagrande«, unterbrach Green ihre unschönen Überlegungen. »Von unserer Seite sind wir durch.« Er stoppte das Aufnahmegerät und suchte seine Sachen zusammen.

Aber Miller schaltete den Apparat nonchalant erneut ein. »Fast. Sagen wir, es ist meine persönliche Neugier.«

Lagrande fand, dass es keinen Grund gab, doch die Nummer mit dem bösen und dem guten Bullen zu spielen. *Sie ist wie die verhasste Sportlehrerin.* Ihr Herz wummerte schneller. »Ja?«

»Wir baten Sie, Ihre Waffe abzugeben, damit die Ballistiker ihre Arbeit machen können.«

»Das habe ich. Eine Beretta U22 Neos.«

»Das ist auch korrekt. Die Leiche von Marina oder Marinuschka wird erst morgen in der Gerichtsmedizin obduziert, aber die Spurensicherung fand mehrere Hülsen, die nicht zu einer U22 Neos passen.« Miller betrachtete sie. »Ich weiß, dass man als Ermittler gerne eine zweite Waffe dabeihat, gerade in Ihrer Bedrohungslage, Miss. Aber warum haben Sie sie uns nicht überlassen?« Lagrande blinzelte, dann lächelte sie entschuldigend. »Ich weiß nicht, was Sie meinen.« Diese Aussage entsprach zu einhundert Prozent der Wahrheit.

»Lass es gut sein«, raunte Green und wollte nach dem Knopf langen.

Aber Miller schob seine Hand weg. Sie bestand auf der Aufnahme. Behutsam griff sie in ihr Sakko und nahm eine leere Patronenhülse heraus, stellte sie auf den Tisch, sodass das Downlight ostentativ darauffiel.

Lagrande sah, dass es sich um eine Neun-Millimeter-Hülse handelte. Die U22 Neos verschoss Kaliber-22-Kugeln. Diese Ausrede konnte sie nicht nutzen. Außerdem erkannte sie zu allem Elend die Gravuren auf der Außenseite, die stark erdachten Symbolen ähnelten.

Der Glyphenmörder! Er ist wieder da! »Ich weiß immer noch nicht, was Sie meinen.« *Sagte Bourreau nicht, das Arschloch ist in Lutetia?*

»Sie wollen uns damit mitteilen, dass Sie es nicht *wissen* oder nicht sagen *wollen*?«

»Nicht wissen.« Lagrande spielte die ehrliche Karte, bevor diese nervige Ermittlerin auf den abwegigen Gedanken kam, sie gar als Komplizin des Serienkillers hinzustellen.

Miller machte ein Gesicht, das deutlich machte, dass sie einen Scheiß auf die Aussagen gab. »Miss Lagrande, wir befinden uns am Anfang der Ermittlungen. Aber die Lage der Leiche, die Menge und Winkel der Einschusslöcher und Ihre Beschreibung des Hergangs lassen den Schluss zu, dass die zweite Waffe aus der gleichen Position abgefeuert wurde wie Ihre Beretta.« Sie verschränkte die Arme. »Im Liegen.«

In Lagrandes Kopf entstand ihre eigene Version der Ereignisse.

Der Glyphenmörder hatte sie – wie auch immer – verfolgt, Marina bemerkt, Lagrande umgerissen und ihren Sturz mit seinem eigenen Körper abgefangen, seine APB und die Beretta eingesetzt und sich danach verdrückt. *Die Schirme. Sie haben das Areal vollkommen blickdicht gemacht.*

Doch Lagrande verstand nicht, warum er sie beschützt hatte. *Aus Gefälligkeit?* Weil er noch etwas mit ihr beabsichtigte?

»Was haben die Zeichen auf den Hülsen zu bedeuten?«, erkundigte sich Miller. »Sie sind Anhängerin von Belenos – aber das sind keine keltischen Symbole.«

»Ich weiß es nicht, scheiße noch eins!« Lagrande klang nun banlieue-ehrlich. »Das Bier hat mich umgehauen, und es geschah alles so schnell.«

»Dann haben *Sie* die Waffe gar nicht eingesetzt?«, setzte Miller nach.

»Theresa, lass es jetzt sein«, beschwichtigte Green nochmals und schaltete die Aufnahme ab. »Sie hat eine Verrückte erschossen, die sie angreifen wollte. Du hast Bourreaus Ausführungen dazu gelesen. Es geht nicht um einen Mord.«

»Es geht um Notwehr, ich weiß. Aber ich würde trotzdem gerne verstehen, *was* genau geschah.« Die Ermittlerin lehnte sich mit einem lauten Ausatmen nach vorne. »Also?«

»Ich weiß es nicht.« Lagrande ging alles auf die Nerven, und ihre Kopfhaut juckte, kribbelte. »Blackout.« Sie wollte zu Bourreau, um die Auflösung des Falles nicht zu verpassen, zu dem sie unfassbar viel Recherche und Einsatz beigesteuert hatte, für den sie in Lebensgefahr geraten war, mehr als einmal. Und die britische besserwisserische Holmes-Ausgabe mit Vagina wollte ihr die Ausreise erschweren.

»Blackout?«

Lagrande erhob sich. »Ich rufe Sie an, wenn es mir eingefallen ist.«

Green stand auf und reichte ihr die Hand, Miller blieb sitzen und sah sie durchdringend an. »Inspektor Bourreau erwartet mich bei einem wichtigen Interpol-Fall.«

Ohne die Ermittlerin mit einem Blick zu würdigen, ging sie zu den Fahrstühlen, um ihren Koffer zu holen.

Erst, als die Türen sich schlossen und die Polizisten aus ihrem Blickfeld verschwanden, gewährte sie sich einen kleinen Zusammenbruch und lehnte sich aufkeuchend gegen die Wand.

Sie war dem Tod entronnen, weil ein Verrückter sie vor einer Verrückten rettete. Dabei hatte er aus allen Rohren gefeuert und dem Ganzen den Anschein gegeben, sie habe es alleine gemeistert.

Er wollte, dass wir von seiner Rückkehr wissen. Sie fuhr sich übers Gesicht. *Was macht er als Nächstes?*

Als der Lift auf ihrer Etage anhielt, spähte Lagrande erst den Gang entlang, bevor sie ausstieg.

Sie hatte nicht einmal mehr eine Waffe.

* A Ω *

Ich sitze nur zwei Tische weiter, höre mir mit meinen technischen Spielereien das Gespräch von der Achtziger-Frau und den Cops an.

Glück für die beiden Herrschaften, dass sie sie gehen lassen. Sonst hätte ich ihnen leider zeigen müssen, woher die Neun-Millimeter-Patronen kommen.

Sie wird ihm, dem ich folge, nachreisen, und da sie eine Wanze trägt, kann sie mir nicht entwischen.

Kann ER mir nicht entwischen.

Ich habe ihr das Schätzchen zugesteckt, als wir uns ganz unromantisch auf dem Boden wälzten.

Ich schätze mal, dass er mit diesem Indianer los ist, um die Artefakte zu jagen. Das habe ich im Gespür.

Und die Achtziger-Frau, die mir ihr Leben schuldet, führt mich hin. Dann wird Zeit sein für die Strafe, die noch aussteht.

Als ob ich ihm seine Undankbarkeit vergessen würde! Ich spiele dennoch mit dem Gedanken, Gnade zu gewähren. Das wird von meiner Laune abhängen. Und von meinem mentalen Zustand.

Aber es macht Spaß. Es wird nie langweilig. Besser als in meiner Scheiß-Bude in Rom zu sitzen, zu saufen und zu zappen. Nicht mal mehr das Töten hatte Spaß gemacht.

Abgenommen habe ich auch. Nicht viel, die Kleine ist immer noch weich auf mir gelandet, aber die Hose sitzt recht locker.

Die gute APB, ich bin ganz verliebt in das neue Schätzchen. Sie ist so gut wie die andere.

Sie bedeutet aber auch, dass ich nicht mit dem Flieger reisen kann. Muss wohl zum Bahnhof, um mir ein Ticket zu schießen.

Ah, da kommt sie wieder zurück, hat ihren Koffer dabei und checkt aus.

Sie telefoniert.

»Sie wissen noch nicht, wohin *genau*? Gut, dann fahre ich zum Flughafen. Lautrec hat mir einen Hubschrauber organisiert. Ich folge Ihnen einfach. Gut, Inspecteur. Bis später.«

Sie legt auf und steuert auf den Ausgang zu.

Mh.

Sie hat einen eigenen Hubschrauber. Da kann der Zug niemals mithalten.

…

..

.

Planänderung. Blondie ist nicht nur meine kleine Wanze: Sie wird auch mein Ticket von Britannien sein! Damit komme ich mit meiner Waffe durch jede Kontrolle, und zwar hochoffiziell.

Gut, dass es nicht wieder ein Jet ist.

* * *

Dänemark, Kopenhagen, November 2019

Malleus und Keish fuhren mit einem geliehenen und viel zu kleinen BMW i3 durch Kopenhagen und folgten dem Signal, das ungebrochen deutlich von Oddua übermittelt wurde.

Beide Männer waren angespannt, starrten auf das Display des PDA, als liefe darauf ein Endspiel, dessen Ausgang sie entgegenfieberten. Malleus rieb sich sehr oft über die Bartenden.

Der Jet hatte zu ihrer Erleichterung schnell Landeerlaubnis bekommen, aber trotzdem hegte Malleus die Befürchtung, dass das Artefakt den Empfänger erreichte, bevor sie nahe genug kamen. Sollte der Sender vorher entdeckt werden, wäre die Aktion gescheitert. Sie konnten nicht die ganze Stadt durchsuchen lassen.

»Sie fahren zum Hauptbahnhof?«, vermutete Keish. »Geht es mit dem Zug weiter?«

Malleus glaubte das nicht. »Sie kämen mit dem Helikopter schneller an ihr eigentliches Ziel. Es muss in der Innenstadt liegen.«

Der Punkt änderte die Richtung und hielt.

Malleus vergrößerte die Zoomstufe. »Das ist der Eingang in den Tivoli.«

Sein PDA lieferte gleich die Informationen, dass es sich um den größten, ältesten Vergnügungspark im Staate Dänemark handelte, mit ständig neuen Attraktionen und einer gewaltigen Besucherzahl, das ganze Jahr über.

Keish und Malleus verfolgten, wie sich der rote Punkt von der Straße entfernte und in den Park wanderte.

»Die Übergabe wird dort stattfinden.« Malleus befahl dem i3, am anderen Eingang vor dem Bahnhof anzuhalten.

Auch wenn sie das Ziel nach wenigen Minuten erreichten, verging die Zeit für ihn quälend langsam.

Die Männer betraten nach dem Lösen der Eintrittskarten den Tivoli, der trotz des mäßigen Wetters gut besucht war.

Aus dem grauen Himmel rieselte feiner Schnee, der den Park in ein leuchtendes, blinkendes Wintermärchenland verwandelte. Es roch nach Wurst und gebrannten Mandeln, gelegentlich erklangen die Schreie der begeisterten Gäste aus den schnellen Fahrgeschäften.

Malleus' PDA zeigte den Lageplan exakt an und wo sich der rote Punkt befand. »Dort entlang.« Er lotste sie zwischen den Menschen hindurch, die Glühweinbecher und Teetassen in den Händen hielten.

Von einer großen Bühne sang eine Elfenkombo, die einen gefesselten Nikolaus und ein zusammengeschnürtes Christkind verhöhnten. Es hatte etwas von Tim Burtons *The Nightmare Before Christmas.*

Keish und Malleus schwenkten nach links, gingen einen leicht abschüssigen Weg zum Teich hinab, auf dem ein großes Piratenschiff an einem Ufer schwamm. Gegenüber lag eine Mühle, die ein Restaurant darstellte und mit selbst gebrautem Bier warb.

Dort befanden sich der rote Punkt – und Oddua.

Die Wahrscheinlichkeit, dass jemand aus dem Team des namenlosen Sammlers Malleus erkannte, war recht hoch. *Aber Keish kennt noch keiner.*

Er sah den Tlingit an, der einen Rucksack mit seinen Utensilien mit sich führte. »Sie gehen bitte rüber und nutzen Ihr Smartphone, um mich live mit in das Restaurant zu nehmen. Ich bleibe in Deckung«, erklärte er seinen Plan.

»Und?«

»Sie tun bitte nichts, sondern trinken was, schauen sich um und beobachten die Menschen.«

»Denken Sie, der Sammler taucht persönlich auf?«

Malleus zuckte mit den Schultern, Schnee rieselte vom Mantel herab. »Ich hätte gerne das Gesicht desjenigen, der die Artefakte trägt, damit wir ihn identifizieren können.« Er vergrößerte die Zoomstufe nochmals. Der Tracker zeigte sehr genau an, wo sich das Artefakt befand. »Hier, sehen Sie?«

Keish blickte auf das Display und ging los. »Ich schalte Sie zu.«

Malleus begab sich an Bord des Piratenschiffs, das einen sehr großen Aufbau hatte und sich ebenfalls als Restaurant herausstellte. Er legte Hut und Mantel ab.

Die Aussicht vom ausgewählten Tisch durch das kleine Fenster war gut. Er bestellte sich etwas zu trinken und eine kleine Portion Pommes, die doppelt frittiert und reichlich kross schon nach wenigen Minuten serviert wurden.

Der Teich zwischen Mühle und Schiff war noch nicht gefroren, einige abgehärtete Enten und andere Wasservögel schwammen darauf ihre Kreise. Besucher zogen Futter aus den aufgestellten Automaten und lockten sie damit.

Keish betrat die Mühle und wurde von einer Kellnerin an einen freien Tisch geführt. Das Smartphone steckte in einer kleinen Tasche seines Obergewandes, ein schmales Kabel führte zu einem Ohrstöpsel, und Malleus sah auf seinem PDA, wie alle Anwesenden ihre Blicke neugierig auf den Tlingit richteten; er avancierte in seinem auffälligen Outfit und seinem Äußeren zur Sekundenattraktion.

Der Einzige, der sich nicht für den First Nation interessierte, war ein bärtiger, braunhaariger Mann um die vierzig in grauer Cargohose, dunkelblauem Hemd und Multifunktionsjacke. Er trank ein Bier und zerkaute seine Fischstäbchen mit solcher Brutalität, als sei er nicht sicher, ob die Fische darin schon tot waren.

Ungewöhnlich.

»Gehen Sie nach links, an den anderen Platz«, wies Malleus an.

Ebenso unbeteiligt wirkte eine Mittzwanzigerin zwei Tische weiter, am äußeren Rand der Veranda. Sie sah kurz zum herumschwenkenden Keish, widmete sich dann in kleinen Schlucken ihrem Tee und ließ ihre Blicke aufmerksam schweifen.

Ihr beiden seid diejenigen, welche die Übergabe machen sollen.

Die Kellnerin versuchte kurz, ihn von der Wahl seines Sitzplatzes abzubringen, aber die Bergkristallaugen wirkten wohl überzeugend. Der Tlingit setzte sich.

Die Kamera zeigte Malleus den Außenbereich, der mit Glasdach und Wärmelampen bestens gegen die dänische Winterkälte gerüstet war.

Keine der Personen sah auch nur in Ansätzen aus wie Gaff Olmos oder James Wu Chew. Zwar befanden sich etliche Touristen im Tivoli, es gab unterschiedliche Hautfarben und Altersklassen, aber weder ein Asiate noch ein Halbmexikaner gerieten in den Fokus der Smartphonelinse.

Der Bärtige aß die Fischstäbchen, sah dabei ständig auf sein Telefon. Dann trank er das Bier plötzlich schnell leer und winkte die Kellnerin zu sich, um zu bezahlen. Gleichzeitig legte die junge Frau einen Geldschein auf den Tisch und verließ die Mühle, eine ganze Gruppe von Rentnern stand ebenfalls auf.

»Keish, machen Sie sich bitte bereit.« Malleus zahlte seine Pommes und aß sie auf. Er hatte nicht bemerkt, wie hungrig er war. »Es geht weiter.«

Der Tlingit legte ausreichend Geld auf den Tisch und setzte sich in Bewegung. Dank der Senioren fiel die Übereinstimmung seines Aufbruchs mit den Verdächtigen nicht auf.

»Bin dran«, sagte er unnötigerweise.

Malleus sah aus der verwackelten Brusttaschenperspektive, wie Keish dem Pärchen mit großem Abstand folgte, das sich nun gemeinsam einmal um den Teich bewegte, unterwegs eine Waffel erstand und sie aß, als hätten sie plötzlich alle Zeit.

Der Tracker arbeitete genau: Der Mann führte die Statuette von Oddua mit sich, was nicht bedeutete, dass er alle drei geraubten Gegenstände besaß. Platz genug wäre dafür in der schwarzen Laptoptasche, die er umgehängt hatte.

Vielleicht haben sie sie auch aufgeteilt. Malleus verließ das Piratenschiff und war unschlüssig, wohin er ausweichen sollte. Behielten sie ihren Weg bei, könnten sie aufeinandertreffen. *Will ich das? Nein.*

Er begab sich in das nächste Café, von dessen Eingang aus er einen guten Blick auf den Weg hatte.

Das Signal näherte sich Meter um Meter, gleichzeitig lieferte ihm Keish's Handylinse gelegentliche Blicke auf den Rücken der zwei.

Dann bemerkte Malleus etwas.

»Halt! Drehen Sie sich nach rechts, bitte.«

Der Tlingit kam der Aufforderung nach. Dadurch geriet ein älterer weißhaariger Mann mit dunkelgrauem Bart von kräftiger, bulliger Statur ins Bild, der von drei weiteren Begleitern umgeben war, die ihren Muskeln nach bei einem Umzugsunternehmen arbeiten könnten. Sie bewegten sich zielstrebig voran, schienen den Weg des Pärchens kreuzen zu wollen.

Das ist Crick! Malleus fluchte. Der Antiquitätenhändler befand sich also alles andere als auf Geschäftsreise. *Er muss Informationen haben, die er mir vorenthielt.*

Das Paar passierte eben unterhalb von ihm den Weg, nahm Kurs auf die Bühne. Keish blieb an ihnen dran.

Oder … Crick hat sich mit ihnen hier verabredet. Lagrande hatte den Mann verdächtigt, kein sauberes Spiel zu spielen. Sie schien recht zu behalten.

Er war hier, um die Artefakte an sich zu nehmen. *Oder um Rache zu üben.*

Malleus verließ das Restaurant und verfiel in Trab, um zu Keish aufzuschließen. »Es kann gleich gefährlich werden.«

Links von ihnen erschienen Crick und seine Entourage aus Knochenbrechern – die sich aber gar nicht um das Pärchen kümmerten.

Sie gingen stattdessen zielstrebig auf den palastartigen Bau zu, der von außen orientalisch wirkte und an dessen Fassade Hunderte von bunten Lampen brannten, was zusammen mit dem Schnee märchenhaft wirkte.

»Warten Sie«, sagte Malleus verwundert und blieb stehen.

NIMB stand in großen Lettern am Eingang. Der PDA behauptete, es sei ein sehr gutes Hotel, das vor Kurzem erst den Besitzer gewechselt hatte. Der neue Eigentümer hieß: *Gaff Olmos!*

Malleus hob den Blick vom Display zum Hotel, durch dessen Eingang Crick und das Trio aus purer Muskelmasse einmarschierten.

Das Bild aus Bolivien hatte den Briten zur richtigen Lösung geführt, wer der unbekannte Sammler war. Und nun wollte Crick es auf eigene Faust regeln. Rache nehmen. Für seinen Sohn.

Aber es ist ein Hotel. Chew kann ebenso hier abgestiegen sein. Malleus sah zum Pärchen, das vor der Bühne stand und lauschte, bis der Bärtige auf die Uhr blickte und sich zusammen mit seiner Begleiterin ebenfalls zum Hoteleingang aufmachte. *Oder jemanden, den wir gar nicht in Betracht gezogen haben.*

Keish richtete den Rucksack auf seinem Rücken. »Sollten wir nicht etwas unternehmen, Mister Bourreau?«

»Genau das tun wir.« Malleus ging langsam los.

Noch wusste er nicht, was genau er tun wollte.

* * *

Britannien, Dover, November 2019

»Marianne Lagrande, Interpol«, sagte sie zum Wachmann am Durchgang zum Rollfeld, der jenen vorbehalten blieb, die zum Flughafen gehörten oder kraft ihres Amtes dazu befugt waren. Sie zog ihren Ausweis, hielt wie immer verdeckt, dass sie offiziell nur als Sekretärin galt. »Ich bin von Ihrem Vorgesetzten angemeldet. Ein Helikopter wartet auf mich. Dringende Ermittlungen.«

Sie zeigte auf den korpulenten Mann neben sich, in dessen Gesicht eine Pilotensonnenbrille saß, die Schirmmütze warf einen Schatten auf seine Züge. Er steckte in einer Wüstentarn-Militäruniform mit französischen Abzeichen, an seiner Seite war ein Holster mit einer langläufigen Waffe, über der rechten Schulter lag ein Seesack. »Das ist mein Kollege, Capitaine François Chateau, von der Celtica-Militärpolizei.«

Der übergewichtige Chateau salutierte mit behandschuhten Fingern, sein festgeklippter Dienstausweis baumelte dabei an der Brust. »Ich war nie hier, Kamerad.«

Der Wachmann betrachtete sie nacheinander. »Das ist richtig, Miss Lagrande.« Er warf einen Blick auf den Tabletcomputer. »Aber von Ihrem Militär-Kollegen steht hier nichts.«

»Die Beteiligung des Militärs ergab sich bei dem Fall. Kein Grund zur Sorge. Wir steigen ein und sind weg.« Lagrande lächelte unsagbar freundlich.

Wieder schien der Wachmann nicht einlenken zu wollen.

»Ich kann auch meine Waffe ziehen und Sie niederschießen, Kamerad«, bot Chateau an und hakte die Daumen unter die Koppel. »Das würde es beschleunigen, und ich berufe mich anschließend auf den Bündnispakt, bei dem im Rahmen eines gemeinsamen Einsatzes der britischen mit den Celtica-Streitkräften gemäß Abkommen vom …«

Der Wachmann trat einen Schritt zur Seite und gab den Weg zum Rollfeld frei. »Gehen Sie.«

»Ich war nie hier, Kamerad«, bläute ihm Chateau im Vorbeigehen ein und salutierte zum Abschied.

Lagrande zog ihren kleinen Koffer hinter sich her, Chateau schleppte seinen Seesack ohne sichtliche Anstrengung.

Der Hubschrauber stand bereits mit kreisenden Rotoren, es war eine Maschine der Marine, die Lautrec zur Abholung organisiert hatte. Im Gegensatz zum Soldaten neben ihr gehörte die Besatzung den richtigen Streitkräften an.

»Gut gemacht«, lobte Chateau. »Und die Nerven behalten.«

Lagrande verzichtete auf eine Erwiderung. Eine streichholzschachtelgroße Sprengladung klebte an ihrer Wirbelsäule, die er über einen Fernzünder hochjagen konnte, sollte sie nicht kooperieren oder versuchen, auf sich aufmerksam zu machen.

Er hatte sie vor dem Flughafen abgefangen, sie mit der Waffe bedroht und klargemacht, was er von ihr erwartete: mit ihr zu gehen. Inzwischen war klar, wohin die Reise ging: Bourreaus Meldung kam aus Kopenhagen.

Aber was der Unbekannte wollte, wusste sie nicht.

Lagrande grüßte den Uniformierten vor dem Heli und zeigte ihren Ausweis, stellte Chateau kurz vor, der salutierte und an Bord gehen durfte. Das Militär stellte weniger Fragen, sobald Rangabzeichen auf den Schultern zu sehen waren.

Sie und der Unbekannte nahmen in der spartanisch eingerichteten Kabine Platz, schnallten sich an, und der Hubschrauber hob ab, um

Kurs nach Nordosten zu nehmen. Mit den Helmen konnten sie sich via Funk unterhalten, der Krach der Triebwerke wäre sonst zu laut.

»Was wollen Sie vom Inspektor?«, erkundigte sich Lagrande.

»Ich schaue ihm gerne zu«, erwiderte der Mann, dessen Gesicht nun vom Kopfschutz und heruntergeklapptem Sonnenvisier verdeckt wurde.

Lagrande wartete vergebens auf weitere Ausführungen und beschloss, eine andere Taktik zu versuchen. »Danke, dass Sie mir das Leben gerettet haben.«

»Klar. Dafür bringst du mich ja raus aus Britannien. Und ich kann es dir jederzeit nehmen.« Wieder schwieg er.

»Wie lange wollen Sie das Spiel mit der heimlichen Verfolgung spielen?«

»Nicht mehr lange.«

»Wieso?«

Er löste den Druckknopf des Pistolenhalteriemens. »Er weiß inzwischen zu gut, dass ich da bin. Und sobald er seinen Fall gelöst hat, wird er versuchen, mich zur Strecke zu bringen. Bin ja nicht blöd.« Chateau lachte fies. »Wie so ein Haustier, an das man sich gewöhnt hat, und dann nervt das Vieh, und man muss es doch loswerden, bevor es beißt.«

Lagrande konnte nicht einschätzen, wie ernst es der Mann meinte, den sie auf jenseits der fünfzig und auf hundert Kilogramm schätzte, ein stattliches Fett- und Muskelmassengemisch bei einer eher weniger beeindruckenden Körpergröße. Die Haare waren schwarz, aber sie wirkten wie eine Perücke. Das rundliche Gesicht sah nicht auffällig aus und würde in der Masse sofort verschwinden. *Perfekt für einen Mörder.*

»Hätten Sie ihn erschossen?«

»Wen?«

»Den Wachmann eben. Am Flughafen.«

Chateau hob den gereckten Daumen. »Auf den wäre es auch nicht mehr angekommen.«

»Wie lebt es sich so als Serienkiller?«, entschlüpfte es Lagrande, bevor ihr einfiel, dass es keine gute Idee war, einen Psychopathen zu provozieren, der eine Sprengladung an ihrem Rückgrat befestigt hatte und eine Pistole bei sich trug. *Ich sollte das lassen.*

Doch er nahm es mit Humor. »Vielleicht haben sie es alle verdient?«

»Weswegen?«

»Na, dir wird was einfallen. Oder du musst nur lange genug forschen. Oder vielleicht« – das Sonnenvisier richtete sich auf sie –» bin ich ein Gott? Ein Rachegott? Geweihte Kugeln und so.«

Lagrande lachte auf. »So habe ich mir einen Rachegott auch immer vorgestellt.«

»Ist das eine Anspielung auf meine Statur, Banlieue-Girl? Sie hat verhindert, dass dein knochiger Arsch über die Platten vorm Hotel geschrammt ist. Und hätte ich blondierte Haare und würde in solch grässlichen Achtzigerjahre-Klamotten durch die Gegend laufen, würde ich ganz schnell die Fresse halten.« Er bleckte die Zähne, was mit viel Fantasie als krampfhaftes Lächeln durchging. »Apropos: Du recherchierst doch gerne – was hast du über meine Glyphen herausgefunden?«

Lagrande bemerkte das Versäumnis, auch wenn es nicht ihr Auftrag gewesen war. Nun ärgerte sie sich dennoch. »Können Sie mir eine Patrone überlassen?«

»Mal sehen. Und danach siehst du, dass ich doch ein Gott bin. Ein gut gedämmter. Bacchus-mäßig.« Er klopfte sich gegen die Wampe, und die Oberarmmuskeln schwollen deutlich sichtbar an. »Gibt es hier was zu trinken, oder ist das Economy?«

Lagrande bemerkte eine eingehende Nachricht auf ihrem Smartphone.

Chateaus Anweisung lautete, nur nach seinen Vorgaben zu antworten. *Wenn ich gar nicht reagiere, wird Bourreau vielleicht verstehen, dass etwas schiefgeht.* Sie ließ das Gerät in ihrem Mantel unangetastet sowie Chateaus Frage unbeantwortet und blickte aus dem Fenster.

Sie flogen über Wasser hinweg, es ging über die Nordsee nach Kopenhagen.

Dänemark hatte stark profitiert als einer der Staaten, welche die zurückgekehrten nordgermanischen Entitäten als Gottheiten annahmen.

Die Übergangskriege beutelten das Land nicht, Menschen und Infrastruktur und die Wirtschaft wurden nicht in Mitleidenschaft gezogen. Die Skandinavier waren schlauer gewesen als manch andere.

»Wie geht es weiter, wenn wir in Kopenhagen landen?«, wollte sie wissen.

»Du schaust nach, wo Bourreau ist, wir fahren hin, und ich werde wieder unsichtbar. Dafür hältst du die Klappe, dass wir beide eine Reisegemeinschaft gebildet haben.« Er wies mit dem schwarzledernen Zeigefinger an ihr herum. »Ich verwanze dich noch schön, und meine Sprengladung bleibt in deinem Kreuz. Ein Wort von dir, eine Geste, irgendwas, was mich stört – *BUMM!*« Er kreuzte die breiten Unterarme vor der Brust. »Es sind Stahlsplitter eingearbeitet, nur zur Info. Ist nicht schön für deine Umgebung. Wie sagt man so schön: Bewahren Sie die *contenance.*«

Lagrande nickte und hätte Chateau am liebsten aus dem Hubschrauber geworfen. Ganz egal, ob man es Selbstjustiz oder Undankbarkeit nannte. Dieser Psychopath kannte nichts an Empathie, nichts an Mitleid, sondern nur seine eigenen Bedürfnisse, die er mit Sadismus und Gleichgültigkeit kombinierte.

Ich hoffe, Bourreau oder ich bekommen die Gelegenheit, dich festzunehmen. Die Sprengladung oberhalb ihres Steißbeins beunruhigte sie, und gelegentlich bereitete ihr Panik, dass der Sender womöglich durch einen fremden Funkimpuls ausgelöst werden könnte.

Bumm. Lagrande richtete ihren Blick auf den Unbekannten, der ihren Chef und sie verfolgte, der Ove Schwan beinahe umgebracht hätte und der in der Vergangenheit als *assassino di glifo* in die italienische Polizeihistorie eingegangen war.

Das *Bumm* wünschte sie ihm gerade.

Mit aller Macht, die sie aufbieten konnte.

Leider wollte sein Kopf nicht unter ihren Gedanken explodieren.

***

Dänemark, Kopenhagen, November 2019

Malleus hatte nicht länger vor, das Pärchen die Übergabe machen zu lassen.

Mit einer schnellen Nachricht an Lautrec gab er durch, wo er sich gerade befand und dass sich die Aktion ihrem Ende zuneigte. Unterstützung durch die dänischen Kollegen sei durchaus willkommen.

Cricks unerwartetes Auftauchen mit seinen Muskelmännern brachte eine Komponente zu viel ins Spiel, somit musste eine andere aus dem Verkehr gezogen werden. »Sie greifen sich die Frau, ich übernehme den Mann.«

Keish beschleunigte seine Schritte und zog sein Smartphone, als würde er die Bühne filmen wollen, wo der fluchende Nikolaus und das zeternde Christkind gerade mit Met übergossen und verhöhnt wurden.

»Wem gehört die Wintersonnenwende?«, rief der Moderator ins Publikum.

»Uns«, schrien die Kinder lauter als die Erwachsenen.

»Und wem noch?«

»Balder, Balder, Balder«, schallte es laut, woraufhin ein Schauspieler als göttliche Lichtgestalt die Bühne betrat und aus der Edda vortrug. Man huldigte dem Sonnengott demnächst, am 21. Dezember war Wintersonnenwende.

Keish hielt sich bereit.

Malleus tauchte an der Seite des Bärtigen auf und machte auf sich mit einem Tippen an die Hutkrempe aufmerksam, wies kurz den Apache Deringer. »Mein Name ist Bourreau, Interpol.« Gleichzeitig hakte sich der Tlingit bei der Frau ein, die nach einem beschwichtigenden

Blick zu ihrem Begleiter ruhig blieb. »Sie haben Diebesgut bei sich, das ich konfiszieren muss. Leisten Sie keinen Widerstand, bitte, Sir. Im Park sind Einheiten verteilt, die bei eventuellem Widerstand von Ihrer Seite aus losschlagen.«

Sie bugsierten das überraschte Paar aus der Menge an den Rand und blieben an einer verschneiten Bank stehen.

Malleus zeigte ihnen seinen Ausweis. »Die Artefakte, bitte.« Er hob den PDA, auf dem das Signal deutlich zu lesen war.

Der Bärtige wusste, dass Leugnen zwecklos sein durfte, und griff langsam in die Computertasche, nahm ein Päckchen heraus. »Wir haben nichts Illegales getan, Sir.«

»Ihre Ausweise, bitte. Und woher haben Sie die Gegenstände?«

»Ertaucht. Wie es unser Auftrag war«, fügte die Frau nervös hinzu. »Inspektor, wir wussten nicht, dass es illegal ist. Ein Kunde wollte, dass wir die gesunkene Fähre mit unseren Tauchrobotern prüfen und sein Eigentum beschaffen, bevor es gestohlen werden kann.«

Malleus lächelte nichtssagend. »Sie ließen sich bestimmt die Kaufverträge zeigen, habe ich recht, Miss?«

Die Frau senkte schuldbewusst den Blick.

Malleus scannte die Ausweiskärtchen mit dem PDA, glich die Daten mit Interpol ab und bekam die Bestätigung: Jeremy James White, Janet Lee-White, verheiratet, unauffällig, zweimal angezeigt wegen verbotener Wrackplünderung, Anklage fallengelassen. *Profis auf ihrem Gebiet.* »Wie wäre die Übergabe im Hotel vonstattengegangen?«

»Wir sollen in« – White sah wieder auf die Uhr – »fünf Minuten in der Suite sieben sein und dort abwarten.« Er zog einen Schlüssel heraus.

»Gut.« Malleus nahm ihn an sich. Damit blieb keine Zeit, auf die angeforderte Verstärkung der dänischen Polizei zu warten. »Wir haben Ihre Daten, Mister White und Mistress Lee-White. Sie rühren sich bitte nicht von der Stelle, bis die Ermittler Sie ansprechen. Sollten Sie zu flüchten versuchen, macht es das für Sie schlimmer.« Er bedeutete Keish, ihm zu folgen, und ging auf den Eingang zu.

»Sie denken, die bleiben hier, Mister Bourreau?«, murmelte der Tlingit.

»Ganz sicher. Außerdem sind die dänischen Kollegen gleich da. Sie kommen nicht weg, und das wissen sie.« Malleus überlegte, ob er in der Suite auftauchen sollte, weil sein Gegenspieler ihn kannte.

Dann entschied er, dass es keine Rolle mehr spielte.

Er würde sich dennoch so verbergen, dass der Sammler, von dem er annahm, dass es sich um Gaff Olmos handelte, zuerst mit dem ihm unbekannten Keish reden würde. »Ich werde mich im Badezimmer verstecken, Sie machen die Übergabe.«

»Verstehe. Falls man Sie *zu früh* erkennen sollte«, schloss der Tlingit richtig. »Einverstanden.« Er blieb äußerlich mindestens so ruhig wie Malleus, nur die Bergkristallaugen verrieten Anspannung.

Keish und er liefen durch die kleine Lobby die Treppe hoch, wo sich Suite sieben befand.

»Haben Sie das Gefühl, dass Trommel und Maske bereits eingesetzt wurden?«, fragte Malleus.

»Nein. Sonst hätten sich bereits Zeichen gezeigt. Die Geister der Ahnen verstehen keinen Spaß, wenn sie den Stamm in Gefahr wähnen.«

Malleus wollte sich die Zuversicht erhalten, dass sie das Schlimmste verhinderten. Sie befanden sich im Zentrum von Kopenhagen, in dem sehr viele Menschen lebten, Einwohner und Touristen nichtsahnend ihrer Wege gingen oder fröhlich durch den Tivoli streiften.

Der Radius von zehn Meilen, in dem die Ahnengeister – oder was auch immer dabei zum Einsatz kam – war ihm noch in zu guter Erinnerung. Er konnte wesentlich kleiner, aber auch wesentlich größer sein.

Wäre er kein Atheist, würde er jetzt um göttlichen Beistand bitten, so aber blieben ihm nur Logik, Improvisation und ein Quäntchen Glück, das er sich selbst verschaffte, wenn es ging.

Malleus öffnete die Suite, die leer vor ihnen lag.

Das Zimmer war tadellos, es wirkte dank des Holzfußbodens geräumig und stilvoll, mit großem Bett samt aufragendem Holzgestell, um ein Himmelbett daraus zu machen. Eine Espressomaschine mit Geschirr, Ölgemälde an der Wand, frische Orchideen auf dem Couchtisch, ein antiker Sekretär, ein Kleiderschrank, und durch die beiden Fenster der perfekte Blick auf den belebten, beleuchteten Tivoli.

Malleus sah auf den PDA. »Zwei Minuten«, sagte er zu Keish und betrat das Bad, das mit Schiebetüren verschlossen wurde. Durch einen Spalt sah er hinaus, den gezückten Deringer in der Hand.

Hoffentlich ist die Suite nicht mit Kameras vorbereitet worden, huschte es durch seinen Kopf. Sonst würde die Übergabe nicht stattfinden – oder viel gewalttätiger ausfallen als geplant.

Die Zeit verstrich.

Eine Minute.

Zwei Minuten.

Drei Minuten.

Vier Minuten …

Es klopfte, gefolgt von einem »Roomservice«, dann klackte es, und die Tür schwang auf.

Ein braunhaariges Zimmermädchen kam herein, in türkisfarbenem Poloshirt mit Hotelaufdruck und schwarzer Hose. Malleus schätzte sie auf höchstens achtzehn. Sie wirkte, als mache sie ein Praktikum. Sie hatte eine Kiste mit Kaffeepads, Milch und Zucker dabei, in der anderen hielt sie einen Tabletcomputer.

»Oh, verzeihen Sie.« Sie musterte den Tlingit. »Sie … sind nicht Mister White. Außerdem …« Sie sah zögerlich zu ihm. Ein Ruck ging durch sie, intern schaltete sie scheinbar auf Angestelltenmodus. »Sie sind im falschen Zimmer, Sir. Wie kann ich Ihnen helfen?«

»Wer braucht schon Mister White?«, erwiderte Keish mit einem Lächeln und nahm das Päckchen vom Bett. »Er sollte Ihnen das übergeben.«

Das Zimmermädchen wirkte unschlüssig, sah auf den flachen Computer. »Ich …«

Malleus begriff, was hier gespielt wurde. *Sie soll die Übergabe machen. Der Sammler ist über das Pad zugeschaltet. Wie im Jet.*

»Drehen Sie das Pad«, erklang die Stimme des Sammlers. Das Zimmermädchen tat es. »Ich will meine Artefakte!«

»Malleus verließ die Toilette und schnitt der jungen Frau rasch den Weg zur Tür hinaus ab, dabei schwenkte er den Ausweis. »Bourreau, ich bin Ermittler bei Interpol.«

Er nahm den Tabletcomputer an sich, warf einen Blick auf das Display, auf dem das Gesicht des Sammlers schwach zu erkennen war.

Geistesgegenwärtig machte er einen Screenshot, die Leitung wurde gleich darauf von der Gegenseite unterbrochen. *Aber ich habe dich!* Erste Zufriedenheit wollte sich breitmachen.

Das erschrockene Zimmermädchen bebte am ganzen Körper und ließ die Kiste mit dem Zubehör fallen. »Ich kann nichts dafür!«, rief sie entsetzt. »Ich habe damit nichts zu tun. Ich wurde gezwungen, und …«

»Niemand von uns beiden will Ihnen etwas Böses«, besänftigte er die aufgelöste junge Frau. »Ich …«

Von nebenan erklang plötzlich lautes Rufen und Zetern von mehreren Männern, es schepperte hörbar.

Das ist Crick!

»Keish, kommen Sie«, stieß Malleus aus und rannte den kurzen Flur entlang, horchte und eilte in einen großen Raum, dessen Doppeltür offen stand. Hier befand sich die opulente Bar des Hotels.

Der silberhaarige, kräftige Crick erhob sich vor dem älteren Gaff Olmos, Malleus erkannte die Züge sofort wieder. *Er war es!* Zur Sicherheit rief er das Bildschirmfoto auf. *Ganz sicher.*

Der graubärtige Brite musste Olmos bereits mehrere Hiebe verpasst haben, Blut rann aus dem geschundenen Gesicht, ein Auge schwoll an, und die Brille hing verbogen an einem Ohr.

Fünf Hotelangestellte in Anzügen ruhten niedergeschlagen auf dem Fußboden, Cricks Begleiter hatten offensichtlich die erste Gefahr für ihren Auftraggeber ausgeschaltet, um ihn ganz das Vergnügen mit Olmos haben zu lassen.

Zwei wandten sich zu Malleus und Keish um, bauten sich drohend auf. Teleskopschlagstöcke mit integriertenm Taser am oberen Ende wurden gezückt.

»Geben Sie mir noch eine Minute, Mister Bourreau, und ich habe ihm das Geständnis herausgeprügelt. Für den Tod meines Sohnes und die Raubüberfälle auf die Artefakt-Standorte«, rief ihm Crick zu, dessen Knöchel und Ringe voller Blut waren.

Malleus erkannte mit einem Blick, dass der gebrechlich wirkende Olmos keine weiteren Attacken überstehen würde. »Mister Crick, ich muss Sie bitten, den Verdächtigen …«

»Ich habe nichts getan!«, rief der Halbmexikaner, und Blut lief über seine Lippen, tropfte auf den Anzug und die Krawatte. »Sie sind Inspektor? Dann retten Sie mich vor diesem Verrückten! Er platzt mitten in die Besprechung, und …«

Crick schlug wieder zu, dieses Mal in den Bauch, und Olmos ächzte, würgte. »Schauen Sie auf den Tresen, Mister Bourreau. Und danach soll ich *nicht* glauben, dass dieses Arschloch nichts mit den Morden zu tun hat?«

Malleus blickte zur Bar – und erkannte die Artefakte, säuberlich aufgereiht, bis auf die Gegenstände, die Keish in der Hand trug.

»Ich weiß nicht, wer sie dahinstellte «, beteuerte Olmos und versuchte, seine Brille wieder aufzusetzen, was aufgrund des verbogenen Gestells nicht gelang. »Mir war auch nicht bewusst, dass da was steht, bis dieser …«

»Schwachsinn! Er und seine Leute trafen just Vorbereitungen für ein Ritual«, steuerte Crick seine Erklärung bei und packte den Sammler an der Kehle, zog ihn daran hoch. »Sie haben meinen Jungen umbringen lassen für diese Scheiße!«

Malleus fand die Situation unübersichtlich, zumal die muskelbepackten Herrschaften keine Anstalten machten, ihre sehr breiten Körper zur Seite zu bewegen. Dass er Inspektor war, interessierte sie nicht. Sie bekamen bestimmt sehr viel Geld von Crick.

Greife ich nicht ein, bringt er ihn um. Langsam steckte er das Pad ein, um die Hände freizuhaben.

Keish suchte seinen Blick und wollte mit behutsamen Bewegungen seiner unheimlichen Kristallaugen wissen, ob sie eingreifen sollten.

»Mister Crick, die Polizei ist gleich hier«, erlaubte sich Malleus den Hinweis. »Sie machen sich strafbar, vor dem Strafgesetz und dem Zivilgesetz, wenn Sie …«

»Lassen Sie ihn es zu Ende bringen, Inspektor«, sagte eine bebende Frauenstimme hinter ihnen. »Er hat den Tod *hundertmal* verdient: Mein Vater ist eine Bestie!«

Malleus drehte den Kopf zum Eingang.

Auf der Schwelle stand – das Zimmermädchen.

* Α Ω *

Da sitzt sie, die Achtziger-Frau, und hasst mich.

Soll sie mal.

Wir sind gelandet, fahren im Mietwagen, den sie bezahlt hat, zum Hotel, in dem sich gerade ein kleines Drama abspielen wird, schätze ich.

Bin gespannt, wer nun dahintersteckt und wie es endet.

Es dauert nicht lange vom Flughafen in die Innenstadt.

Ich dachte immer, Kopenhagen hat mehr Charme, aber das? Enttäuschend. Kein bisschen Andersen. Märchen geht anders. Andersen halt.

Viel langweiliges Zeug, nichts Besonderes wie in London oder Rom oder Treva oder … nein, nicht Lutetia. Lutetia ist überschätzt. Wie Berlin. Egal.

Wenn die Sache schiefgeht, ist es dann doch nicht so schlimm und nicht so schade um Kopenhagen. Die ein, zwei schönen Gebäude reißen es nicht raus. Ist vielleicht Geschmackssache. Ich mag ja die wenigsten Städte.

Außer Rom. Aber nur, weil ich mich da auskenne.

Ah, der Eingang zum Tivoli.

Aussteigen, Blondie bezahlt für uns, ganz gentlewoman-like, und rein ins Getümmel.

Dank der Sprengladung und den Wanzen wird sie mir nicht ausbüxsen. Braves Mädchen. So, hier noch einen Ohrstecker, damit ich ihr Anweisungen oder Tipps geben kann. Mache sie zu meiner persönlichen Spielfigur, meinem Avatar.

Soll sie mich hassen.

Ah, wir nehmen den Hintereingang des Hotels.

Dort drüben gibt es eine Brasserie. Perfekt! Ich werde was essen und dabei live verfolgen, was geschieht. Besser als jedes Kino, nur nicht 3-D. Dafür live.

Oha, da sind die ersten Bullen. Zieht sich zu.

»Dann los«, *sage ich zu ihr und grüße militärisch.* »Belenos wird bestimmt bei dir sein.«

Sie zeigt mir den Mittelfinger. Banlieue-Abschied, schätze ich.

Mögen die Spiele beginnen!

Oh, sie haben Steak-Abend. Fein, fein …

* Α Ω *

Malleus sah zum aufgebrachten Zimmermädchen, das im direkten Vergleich unstrittige Ähnlichkeit mit Gaff Olmos besaß. Sie hatte die Hände zu Fäusten geschlossen, zitterte und warf ihm hasserfüllte Blicke zu. »Miss, Sie sind …?«

»Maria Magdalena Olmos, jüngste Tochter von Gaff Olmos, dem Monster auf Erden«, erwiderte sie stolz und zugleich bebend. »Er zwang mich dazu, bei seinem Plan mitzumachen und mich als Servicekraft auszugeben.«

»Was redest du denn da?«, kam es gestammelt über Olmos' Lippen, der mehr in Cricks Griff hing als stand. Die Beine gaben nach wie ein Boxer in der zwölften Runde nach einem harten Ritt. »Maria, du …«

Aus ihren Augenwinkeln sprangen Tränen. »Er hat mich gezwungen, bei seinem Plan mitzumachen. Diese verdammten Artefakte!« Sie zeigte auf die Bar, dann zu Keish. »Besessen. Seit er davon hörte, wollte er sie für sich haben. Egal zu welchem Preis!«

Crick stieß einen dumpfen Schrei aus und schleuderte Olmos gegen den Tresen, von dem er mit einem Knacken abprallte und auf den Boden fiel.

Doch der Brite gönnte ihm keine Ruhe, packte dem Liegenden in die schütteren schwarzen Haare und riss ihn wie ein Jojo in die Höhe, legte das Genick überstreckt auf die Tresenkante.

Genug. Malleus sah Olmos' Adamsapfel hektisch zucken, er versuchte zu schlucken, zu reden, aber die Haltung machte es ihm unmöglich. »Mister Crick! Die einzige Instanz, die Olmos zur Rechenschaft ziehen darf, ist das Gesetz«, rief er entschlossen. »Nicht Sie. Sosehr ich Verständnis für Sie habe. Sie machen sich strafbar, und ich muss einschreiten.«

»Seit einem Jahr hat er kein anderes Thema als diese Dinger«, sagte Maria verächtlich. »Nichts war ihm mehr gut genug, nichts und niemand. Die Artefakte, das Zeichen darin, wie er es nannte. Und ich musste ihm helfen, weil er mich sonst …« Sie schluchzte auf. »Er gab nichts mehr auf Menschenleben. Niemand zählte mehr, nicht einmal ich. Alles wurde dem Besitz der neun Artefakte unterworfen.«

»Das Zeichen, Miss«, bat Malleus leise. »Was hat es damit auf sich? Wissen Sie es?« Er überlegte fieberhaft, wie er Crick aufhalten konnte, ohne dass es sich in ein Blutbad wandelte. »Warum all das?«

»Er ließ sie alle töten, die ihm in den Weg kamen«, raunte Maria abwesend und schwankte, sackte auf dem Boden zusammen, schluchzte. »Umbringen und entsorgen. Wie Ihren Sohn, Mister Crick. Er nannte ihn Abschaum.«

Olmos gab erstickende Geräusche von sich, sein Gesicht lief blau an.

Malleus musste eingreifen, er war ein Mann von Interpol, während ein Teil seines Verstandes noch überlegte und Puzzleteile zusammenfügte. Er konnte sich noch so anstrengen, es blieben Lücken und falsche Teile.

Aber der Schutz des Lebens besaß Vorrang.

Er zog den Apache Deringer und klappte die Revolver hoch. »Zur Seite, Gentlemen. Und Sie, Mister Crick, lassen den Verdächtigen auf der Stelle los. Sonst muss ich Sie aufhalten.«

Die Muskelmänner betrachteten abschätzend den kleinen Revolver, der auf diese kurze Distanz mit Neun-Millimeter-Kalibern dennoch tödlich wirkte. Langsam wichen sie zur Seite, legten die Schlagstöcke aber nicht weg.

Keish rannte an ihnen vorbei und fiel Crick in den Arm, der jedoch als Segler und Sportsmann über bärenhafte Kräfte verfügte. Er stieß den Tlingit mit einer Hand zurück und versetzte ihm im Anschluss einen schnellen Hieb gegen den Unterkiefer, der den Mann auf den Boden schickte.

»Ich sorge für Gerechtigkeit, Mister Bourreau«, flüsterte Crick und sah Olmos fest in die Augen. »Für das Gesetz sind Sie zuständig, nicht ich. Die Tat tötet den Mann.«

Olmos erschlaffte keuchend. Er hatte das Bewusstsein verloren, hing mit der Kehle in der umklammernden Hand des Gegners.

»Ich habe Sie gewarnt.« Malleus verzichtete auf weiteren verbalen Widerspruch, zielte auf die Schulter des Briten – und drückte ab.

Die Kugel traf, Crick schrie auf. Aber anstatt den Antiquitätenhändler freizugeben, nahm er mit dem verletzten Arm den Bronzedolch, der auf dem Tresen neben den anderen Artefakten lag.

»Nein!« Malleus schoss wieder, dieses Mal ins Bein, und rannte los, setzte über die Bewusstlosen und Keish mit Sprüngen hinweg, um dem Mord zu verhindern.

Die alte Klinge rammte sich durch die Brust in Olmos' Herz, und der Ohnmächtige erwachte durch den Schmerz mit einem lauten Todesschrei, die Lider weit aufgerissen.

»So fühlt es sich an, wenn man erfährt, dass das Kind ermordet ist!«, rief Crick, wurde von Malleus weggezerrt und zu Fall gebracht.

Keish kam auf die Füße und sah nach dem verletzten Mann, der durch die Klinge mit dem Tresen verbunden war und nicht stürzen konnte. »Nichts mehr zu machen, Mister Bourreau«, meldete er. »Der Stich ging mittendurch.«

»So sollte es auch sein!« Crick schien so voller Adrenalin zu sein, dass er die Schusswunden nicht bemerkte, aus denen das Blut auf den Boden rann, doch er verhielt sich ruhig und blieb sitzen, während sich Malleus erhob und zu Olmos ging. »Mein Junge ist gerächt.«

Die Tat tötet den Mann. Wenn er sich richtig entsann, lautete so ein Satz aus dem germanischen Gesetz, dem die nordischen Gottestreuen gerne folgten. Als bekennender Odin-Anhänger war es für den Briten klar, wie das Ende des Mörders seines Sohnes auszusehen hatte.

Malleus ließ seinen Blick durch die Bar schweifen.

Ohnmächtige, die bewaffneten Begleiter, der verletzte Crick, die vom Schock gezeichnete Tochter von Olmos, die das Geständnis für ihren leugnenden Vater ablegte. Sie wäre die wichtigste Zeugin bei den kommenden Nachermittlungen.

Aber … Er nahm den Tabletcomputer aus der Manteltasche und rief das Bildschirmfoto auf, das er während der Übertragung geschossen hatte.

Es zeigte leicht schemenhaft, doch zweifelsfrei Gaff Olmos, die Uhrzeit war eingeblendet.

Doch da musste er sich entweder in der Besprechung oder schon in Cricks Griff befunden haben. Malleus sah zu Maria, die sich eben auf die Beine zog und die Tränen mit dem Handballen aus den Augen wischte.

Aus der Lobby im Stockwerk darunter drangen laute Stimmen und metallisches Klappern durch die offene Tür. Die Einsatztruppe der dänischen Polizei hatte den Tatort erreicht.

»Keish«, rief er den Tlingit zu sich. »Gehen Sie doch hinüber zu Miss Olmos, und stehen Sie ihr bei.«

Er nickte und warf Malleus einen Blick zu, der besagte: *Ich habe verstanden, dass etwas nicht stimmt.*

Malleus suchte auf dem Display nach den Internetverbindungen der letzten fünfzehn Minuten, fand aber keine. Stattdessen bemerkte er ein geöffnetes Videoabspielprogramm. Als er es aufrief, blickte er auf mehrere kleine Sequenzen mit Gaff Olmos, die einzeln abrufbar waren.

Er aktivierte die erste Datei.

»Drehen Sie das Pad«, erklang die Stimme des Sammlers aus dem eingebauten Lautsprecher. »Ich will meine Artefakte!«

Malleus sah zu Maria, die überhaupt nicht mehr schockiert wirkte.

Sie hielt eine Fernbedienung in der Hand und drückte einen Knopf. Die Eingangstüren zur Bar schlossen sich wie von Geisterhand und verriegelten sich mit hörbarem Klacken.

»Sie und Crick haben meinen Plan nicht ruiniert, Bourreau, aber ich musste improvisieren.« Sie zeigte auf ihren toten Vater. »Es gelang einigermaßen. Ich bin die Bestie los und habe die Artefakte zusammen.«

Crick starrte zu ihr. »*Sie* waren das?«

Malleus deutete auf das Pad. »Animierte Filmchen und ein Computerprogramm, das die Videoübertragung entsprechend veränderte, um mich im Jet zu täuschen. Wie alle anderen.«

»Mein Vater wäre aus der Nummer nicht mehr rausgekommen, ich habe die Beweise entsprechend vorbereitet, wäre die Polizei zu schnell auf die Spur der fehlenden Gegenstände gekommen. Und zusammen mit der Aussage eines Inspektors hätte sich niemand für mich, die arme Tochter, interessiert.« Maria bedeutete Keish, stehen zu bleiben. »Aber es kann losgehen. Sie werden mich nicht hindern.«

»Was haben Sie vor?« Malleus hob den Deringer.

»Das sehen Sie bald, Inspektor.« Sie nahm mit der anderen Hand ein handliches Atemgerät heraus, das einen Aufsatz für Mund und Nase beinhaltete, ihr Finger betätigte einen weiteren Knopf. »Sie haben als Atheist das paradoxe Vergnügen, dabei zu sein, wenn eine

Sterbliche zu einer Göttin wird. Eine Göttin, die über allen anderen Gottheiten steht!«

Malleus wollte abdrücken, wollte die junge Frau durch die Verletzung aufhalten und verhindern, dass die Katastrophe eintrat, vor der der Tlingit gewarnt hatte. *Sämtliche Entitäten werden kommen, um sie aufzuhalten.* Kopenhagen würde dabei untergehen. *Das darf nicht geschehen!*

Es blieb bei diesem Gedanken, den er mit in die Ohnmacht nahm.

* * *

Marianne Lagrande gelangte zusammen mit dem Einsatzkommando der dänischen Polizei in die Lobby und hielt sofort ihren Ausweis in die Luft, um nicht irrtümlich für eine Touristin gehalten zu werden.

»Lagrande, Interpol«, rief sie vorsichtshalber. »Ich bin Assistenzermittlerin von Inspektor Bourreau.«

»Wir wissen Bescheid.« Einer der Vermummten nickte ihr zu und bedeutete ihr, zu ihm zu kommen. »Ich bin Kommandant Christiansen. Tragen Sie eine Weste?«

»Nein.«

Wieder eine Geste, und ein anderer Polizist reichte ihr eine Kevlarpanzerung, die sie über ihren Pullover anlegte und hoffte, dass dabei die Sprengkapsel nicht detonierte. Damit wurde sie wenigstens nicht mehr zur Gefahr für ihre Umgebung.

»Wissen Sie, wo Bourreau ist?«

Lagrande sah auf ihr Smartphone, auf dem *Suite VII* stand. »Oben.«

Sie ging los, drei Gepanzerte setzten sich mit MP5K im Anschlag vor sie und stapften sichernd die Stufen hinauf.

In dem Moment schlossen sich die Türen zur Bar mit einem leisen Rumpeln, es klackte laut, als sich Bolzen in Halterungen schoben und arretierten.

Sperrstunde. Für Lagrande klang es nach einer viel zu guten Sicherung.

Christiansen ließ zwei Männer die Suite checken, die aber gleich zurückkehrten. Dort gab es nichts.

»Sie sind in der Bar.« Lagrande machte sich Sorgen um den Inspektor. *Er schreibt nicht mehr.*

Durch die Türen drang kein Laut. Ein vorsichtiges Pochen ergab: massives Metall.

»Ich brauche einen Hotelmanager oder so was«, gab Christiansen über Funk durch. »Er muss mir die Tür aufmachen.«

Lagrande fühlte plötzlich einen Schwindel, wie sie ihn von der Culebra kannte. Zwei der Polizisten sackten rechts und links von ihr zusammen, ohne dass es einen sichtlichen Grund gab.

»Raus«, sagte Chateau plötzlich in ihrem Ohr. »Da setzt jemand Gas ein.«

Lagrande torkelte rückwärts, gelangte mit weichen Beinen bis zur Treppe und rutschte am Geländer hinab, brach am Absatz der Stufen zusammen und kroch auf allen vieren ins Freie, rollte sich im eisigen Schneetreiben auf den Rücken.

Einige Polizisten hatten es zusammen mit ihr hinausgeschafft, setzten sich oder lehnten sich an die Fassade.

»Atmen, Banlieue-Girl. Tief einatmen und ausatmen«, erteilte ihre unsichtbare Begleitung Anweisung. »Das muss in der Klimaanlage sein. Die Leute in der Brasserie sind mit dem Gesicht in die Teller gefallen. Echt lustig. Aber mein Steak kann ich vergessen.«

»Was ... soll ich ... machen?«, fragte sie keuchend. Die Winterkälte brachte sie zum Zittern, die blondierten Haare wurden trotz Mütze wegen des Matsches nass.

»Das fragst du mich?«

»Sie ... haben den besseren Überblick.« Wenn Chateau sie schon verwanzte und zu einer Figur machte, konnte er sie auch führen.

»Ich schlage vor, du versuchst es mit dem Dach. Dort gibt es einen Lichtschacht.«

Dach. Klettern. Merde. Lagrande erhob sich wacklig, spürte aber den Schwindel nicht mehr. Die Beine gehorchten ihr wieder, die Kälte tat ihr Übriges dazu. Passanten halfen ihnen auf, Rettungskräfte stiegen aus den wartenden Ambulanzen und kümmerten sich um die benommenen Polizisten.

»Es wird dauern, bis sich die Bullen was ausgedacht haben«, hörte sie den Unbekannten wieder. »Bis dahin könnte es um Bourreau geschehen sein.«

»Und Sie?«

»Auf dem Weg zum Dach, Banlieue-Girl. Treffen wir uns oben. Wer zuerst da ist, muss dem anderen einen Wunsch erfüllen.«

Am Arsch. Lagrande nahm sich eine MP5K von einem halbohnmächtigen Gepanzerten, dazu zwei Ersatzmagazine, was in dem Durcheinander niemand bemerkte. Da sie zudem die Weste mit dem weithin sichtbaren Aufdruck *Politi* trug, schien es nur legitim, wenn sie eine vollautomatische Maschinenpistole in der Hand hielt.

Sie umrundete das Hotel und stieg an der verschneiten orientalischen Fassade in die Höhe, schwang sich von Fensterbank zu Vorsprüngen, vorbei an den leuchtenden, blendenden Lampen. Sie konnte nicht vermeiden, dass sie von Touristen gesehen wurde, doch das spielte keine Rolle. Es ging um Wichtigeres als Unauffälligkeit.

Währenddessen begannen die Angestellten des Parks mit der Evakuierung, Durchsagen schallten umher und baten die Besucher, das Areal zu verlassen. Es gäbe einen technischen Defekt an einer zentralen Überwachungsanlage, man schließe deswegen früher.

Lagrande gelangte auf das im Gegensatz zur wunderschönen Front langweilige Dach, auf dem eine feine Schicht Puderschnee lag.

Die Spuren von grobstolligen Sohlen gehörten zu dem Mann, der sich als Chateau ausgab und bereits an einem der kleinen Fenster kniete; er hatte seine Kleidung gewechselt und trug eine Schneetarn-Uniform, die ihn weniger gut sichtbar machte als das Ocker-Beigefarbene.

Am Fenster gab es eine Stahlblende, die hochgefahren war.

Lagrande lud die MP durch und entsicherte sie. *Es wäre so einfach …*

»Yo, Banlieue-Girl! Zu spät!«, rief er gut gelaunt. »Der fette alte Mann ist vor dir oben.« Er zeigte auf das Blech, durch einen schmalen Spalt zwischen Metall und Glas fiel von unten Licht. »Eingefroren. Wir können nicht rein, aber wenigstens sehen wir, was passiert.«

Lagrande sah abschätzend auf die Lücke, die einer Handbreit entsprach. Der Lauf der MP5K passte hindurch, der Winkel erlaubte allerdings nur Schüsse in eine bestimmte Ecke des großen Raumes, in dem sie Bar, Sessel und eine Kaminstelle entdeckte.

Mehrere Leute waren kreuz und quer übereinandergestapelt worden wie Säcke, damit sie nicht im Weg lagen. Eine Blutlache breitete sich um sie herum aus. Lagrande erkannte Gaff Olmos und Crick, dem man zu den Schusswunden in Bein und Schulter die Kehle durchgeschnitten hatte. Sie waren nicht mehr zu retten.

Bourreau und Keish hingegen saßen zu Lagrandes großer Erleichterung auf den Sesseln, Kabelbinder fixierten sie an den Möbeln, sodass es kein Entkommen gab. Ihre Augen hatten sie geschlossen, das Gas wirkte wohl noch.

»Wir können die Sprengladung nehmen, mit der Sie mich ausgestattet haben, um das Blech wegzublasen«, schlug sie vor.

Chateau lachte sie aus. »Klar. Und du erschießt mich dann mit deiner schicken Maschinenpistole.« Er zog die APB. »Runterballern sollte aber kein Problem sein. Solange wir Bourreau den Arsch retten, bin ich zufrieden.«

Er nahm seinen Kaugummi aus dem Mund und klebte ihn an die Scheibe, setzte einen stiftartigen Gegenstand an das Glas und zog einen Kreis um Gummi, den er mit einer Hand festhielt. Nach leisem Klopfen entfernte er das ausgeschnittene Stück, warme Luft flüchtete aus der Bar.

Er ist gut vorbereitet. Lagrande mahnte sich, den Mann trotz seiner schnoddrig-einfachen Art nicht zu unterschätzen.

Chateau schob die schallgedämpfte Mündung durch das Loch

und hielt sich bereit. »Du schießt erst, wenn ich es dir sage«, schärfte er ihr leise sein.

»Okay.« *Aber auf wen?*

* * *

Malleus ersparte sich die Mühe, sich nach seinem Erwachen weiterhin benommen zu stellen. Jede Sekunde zählte, in denen er sah, was in der abgeriegelten Bar passierte.

Er öffnete die Augen und erblickte Maria, die in der Mitte des Raumes die gestohlenen Artefakte aus Hannes Heins Kabuff im Kreis aufgestellt hatte: der Fächer des Susanoo, das Horn des Nandi, der Ziegelstein von Tschogha Zanbi, die Statuette des Oddua mit dem Diamanten daneben, die Langobardenkrone, die Harpunenspitze, die Goldflieger, der Dolch.

»Willkommen zurück, Mister Bourreau.« Die acht Gegenstände waren von Maria so angeordnet worden, dass die unbekannten Symbole, die Lagrande an ihnen entdeckt hatte, zueinanderwiesen, wie er anhand der ungewöhnlichen Lage vermutete. Sie hielt in der einen Hand die Tlingit-Rahmentrommel, in der anderen die Maske.

Kabelbinder bannten Malleus' Hand- und Fußgelenke an den Sessel, ein Bewegen von Armen und Beinen war ihm nicht möglich. Keish, der ebenso erwachte, befand sich in der gleichen Lage.

Die übrigen Leute entdeckte er nach einem Rundumblick. Von ihnen lebte keiner, weder Crick noch die Leibwächter noch die Meetingteilnehmer, und Gaff Olmos ohnehin nicht mehr.

»Miss Olmos, lassen Sie es bitte sein«, bat er freundlich. »Sie haben keine Vorstellung, was Sie anrichten, wenn Sie die Gegenstände einsetzen!«

Sie schenkte ihm einen mitleidigen Blick. »Denken Sie, ich hätte mich nicht mit der Historie der Artefakte auseinandergesetzt?«

»Dann wissen Sie, dass die Ahnen …«, setzte Keish an.

»Sollen sie doch! Sollen sie kommen und Kopenhagen entvölkern und die Stadt von mir aus vernichten«, unterbrach sie ihn nahezu so euphorisch wie gleichgültig gegenüber den Menschen. »Ich bin dann längst zur Obersten Göttin geworden und werde ihnen befehlen.«

»Wie soll das angehen?« Malleus bemerkte am Lichtschacht über ihnen eine Bewegung. Das Stahlblech hatte sich nicht vollständig geschlossen, ein Stückchen Glas war herausgeschnitten, durch das eine schwarze Mündung ragte.

Mein unbekannter Verfolger. Ausnahmsweise begrüßte er die Hartnäckigkeit des Mannes, der nach Kopenhagen geeilt war, um ihm einmal mehr das Leben zu retten. Hoffte er. Wie er ihn gefunden hatte, spielte keine Rolle. *Er braucht eine Gelegenheit.*

Der Winkel machte es unmöglich, Maria zu treffen.

Also müsste Malleus sie dazu bringen, nach vorne und damit in den Schusskreis zu treten.

Maria vollführte mit der Maske eine angedeutete Halbkreisbewegung. »Ich rufe ihn. Ihn, dem alles gehorcht und der alles entwarf.«

Malleus verstand nicht. »Ihn?«

»Den EINEN Gott.«

»Wenn Sie einen Atheisten erzwungenermaßen an Ihrem Projekt teilhaben lassen wollen, würde ich gerne verstehen, was Sie beabsichtigen«, bat Malleus. Er wollte sie provozieren, damit sie zu ihm kam. In den Schussbereich. »Sollten Sie mich überzeugen, werde ich Sie sofort anbeten, Miss Olmos. Ich nehme an, Sie haben sich bereits einen Namen ausgesucht, den man auf ihre Tempel schreiben wird?«

Maria lachte verächtlich. »Es ist mir klar, dass ein Mensch wie Sie nur Hohn und Spott übrighat. Aber es wird nichts daran ändern, dass ich aufsteige. Zum höchsten Wesen werde, indem ich meinen Vorgänger vernichte.« Sie schlug mit der Maske einmal gegen die Trommel, ein dunkler, voller Laut ertönte. »Sie haben bei Ihren Recherchen bemerkt, dass dieses Zeichen sich zu unterschiedlichen Zeiten auf allen Kontinenten findet, auf diesen religiösen Artefakten und Gegenständen von höchster Bedeutung.«

»Das haben wir.«

»Ich entdeckte das erste Zeichen durch einen Zufall, in der Sammlung meines Vaters. Seitdem wusste ich: Die Menschheit wird nur von dem EINEN Gott an der Nase herumgeführt«, erklärte Maria weiter; noch ein Schlag gegen die Bespannung, noch ein Dröhnen, das in dem hohen Raum einen glockenartigen Charakter entfaltete. »Er hinterließ sein Symbol, als Demonstration seiner Allgegenwart in Raum und Zeit. Ich habe seine Spuren gefunden und die Beweise an mich gebracht, um sicherzugehen, keiner Täuschung erlegen zu sein.« Sie wies auf die übrigen Artefakte. »Doch die Menschen blieben dafür blind.« Sie zeigte auf den Ziegelstein. »Das ist die Anrufungsformel, niedergeschrieben voller Demut. Mit der Maske und der Trommel zwinge ich ihn herbei, und mit dem Dolch, gefertigt von ihm selbst, töte ich ihn, um mir seine Macht anzueignen.« Sie sah begeistert zu Malleus. »Überzeugt Sie das?«

»Sie wollen behaupten, dass dieser *eine* Gott in unzählige Verkleidungen schlüpft, um sich als die vielen Entitäten auszugeben?«

»Ja.«

»Weswegen?«

»Weil jedes Volk, jede Kultur eigene Gottheiten braucht, zu denen sie aufschauen können. Zusammenhalt. Einigkeit.«

»Und was ist mit den Christen, den Moslems und Juden?«, erlaubte sich Malleus den Hinweis.

»Ein gescheitertes Experiment. Der EINE Gott versuchte, als EIN Gott aufzutreten, aber man zerriss den Glauben in drei Teile«, erläuterte Maria überzeugt. »Deswegen der Wechsel im Jahr 2012 zurück zu seinem alten Konzept.«

Malleus lachte schallend. »Das klingt ebenso schwachsinnig und erdacht wie jede andere Erklärung, die mir jemals von Menschen gegeben wurde, die an eine Entität oder höhere Wesen glauben.« Er sah zum Tlingit. »Nichts für ungut.«

»Geschenkt«, erwiderte Keish ruhig. Er hatte sich in sein Schicksal ergeben oder konzentrierte sich darauf, die Geister Ahnen aufzuhalten.

»Sie werden gleich sehen, Bourreau, dass Ihre Zeiten als Atheist beendet sind«, erwiderte Maria überzeugt. »Ich nehme Sie beim Wort und lasse Sie vor mir knien.« Sie schlug erneut mit der Maske gegen das gespannte Fell, und nun brachte der Ton die Flaschen in den Regalen zum Beben, sogar die Kleidung vibrierte.

»Solange ich die Fesseln trage, wird das schwer. Sie haben den Tag genau geplant?«

»Natürlich. Die Übergabe der fehlenden Dinge sollte heute sein. Die Artefakte in der Bar galten bei den Idioten als neue schicke Deko, die ich bei meiner Anreise heute Morgen mitbrachte, und das Gas habe ich organisiert, um die Gäste, meinen Vater und sonstige Probleme auszuschalten, damit ich ungestört meine Anrufung beginnen kann. Gegen Polizei hilft es übrigens auch.«

Hörbar rauschte ein Hubschrauber über das Dach und blieb ganz in der Nähe schweben.

»Achten Sie auf mich«, sagte Maria und streifte die Maske über. »Vor Ihren Augen stirbt der EINE Gott, und eine GÖTTIN wird geboren.«

Mit der freien Hand begann sie, die Trommel zu schlagen, aus der Maske drang ihre dumpfe Stimme kaum gegen das Wummern an. Sie rief den einen Gott in einer unbekannten Sprache, blieb erhoben und ruhig stehen, immer wieder ging die Hand auf die Bespannung nieder.

Das Dröhnen erfüllte die Bar, schüttelte die Gläser und Flaschen aus den Regalen, ließ die Artefakte vibrieren und wandern; erste Putzstücke lösten sich aus der Decke, Risse zuckten an den Wänden entlang, wie gefangene schwarze Blitze, die verzweifelt einen Ausweg suchten.

»Sie kommen, Mister Bourreau«, flüsterte Keish neben ihm, aus dessen klaren Augen ein schwaches Leuchten einsetzte. »Ob Sie daran glauben oder nicht, die Ahnen kommen.«

* * *

»Die dumme Schlampe bewegt sich nicht«, murmelte Chateau wütend. »Komm schon. Nur zwei, drei Schritte.« Auch wenn er sich aufregte, blieb der massige Körper absolut ruhig. Er musste Scharfschütze gewesen sein oder bei einer ähnlichen Gelegenheit das Handwerk erlernt haben.

Lagrande und er verfolgten die Unterredung in der Bar zwischen Bourreau und Olmos. Der Tlingit hielt sich vornehm zurück oder schien sich auf seinen Einsatz für den schlimmsten Fall vorzubereiten.

Über ihnen donnerte ein Hubschrauber vorbei, der nicht zur Polizei gehörte, sondern verdächtig nach gechartertem Presse-Helikopter aussah. Ein Scheinwerfer huschte über sie hinweg, Schnee wirbelte auf.

»Sorg dafür, dass sie verschwinden, Banlieue-Girl«, knurrte Chateau. »Sonst denkt die Schlampe da unten, die Bullen kommen durchs Dach, und tut scheiß Dinge.«

Das tut sie ohnehin. Lagrande erhob sich, deutete auf ihre Weste mit *Politi* und machte mit der Waffe scheuchende Bewegungen.

Die Maschine drehte ein wenig ab, blieb aber in der Nähe.

Hastig sah sie durch den Schlitz in die Bar.

Das Dröhnen hatte zugenommen, die Anrufung steigerte sich. Erschütterungen liefen durch das gesamte Dach, das sich schüttelte, als säßen Lagrande und Chateau auf dem Rücken eines Tieres, das sie loswerden wollte. Das kalte Weiß bewegte sich und stob in die Höhe, leises Knacken erklang ringsherum.

»He, der Indianer hat leuchtende Augen«, machte er sie aufmerksam. »Sind bestimmt die Ahnen. Das macht ihn happy.«

Lagrande stieß einen lauten Fluch aus, heftete den Blick auf den Inspektor, der zum Greifen nahe schien und dem doch nicht zu helfen war. *Ich könnte …*

Neben ihr klackte es, und sie zuckte erschrocken zusammen.

Eine rauchende Patrone flog an ihrem Gesicht vorbei.

Es klackte, noch eine segelte vorüber.

Auf wen schießt er? Sie sah durch die Scheibe in die Bar.

Die präzisen Schüsse des Glyphenmörders hatten nicht Maria Olmos gegolten, sondern den Kabelbindern an Bourreaus Hand und an den Beinen. Von oben sah es aus, als habe er den Inspektor dabei nicht verletzt.

»Vier Schuss, vier Treffer«, kommentierte Chateau lachend. »Jetzt der Indianer.« Er wechselte die Schusshand. »Wenn ich den treffe, ist es nicht ganz so schlimm.«

Lagrande dachte an die Sprengladung in ihrem Kreuz und schwieg.

***

Malleus spürte und hörte den überraschenden Einschlag der Kugel, die den Verschluss des rechten Kabelbinders wegfetzte, ohne dass sein Gelenk Schaden nahm. Das Geschoss schlug durch den Sessel in den Boden ein, Splitter flogen davon.

Schnell winkelte er die andere Hand und Füße an, um es dem Schützen einfacher zu machen. Sekunden darauf war er frei, auch bei Keish gingen die Projektile nieder und befreiten ihn von den Fesseln. Sein psychopathischer Schutzengel bewies einmal mehr, wie gut er mit der APB umgehen konnte. *Sowohl in Dover als auch in Kopenhagen.*

Maria flutete das hohe Zimmer mit Dröhnen, die Zerstörung griff weiter um sich und riss den Putz herab. Das Mauerwerk darunter revoltierte, bebte mit und verlor ganze Brocken, die nach unten stürzten und die Bar beschädigten.

Nicht nur Keish's Augen leuchteten, auch die Maske und die Trommel glühten mit rötlichem Schein, der sich intensivierte. Aus dem Glimmen lösten sich durchscheinende Gestalten und umkreisten die junge Frau, die mit ihrer Anrufung nicht aufhörte.

»Was tun wir?«, rief Malleus gegen das Tönen und fand den zweiten Deringer in der Tasche. Maria hatte sich nicht die Mühe gemacht, ihn zu entwaffnen. Als Göttin würde sie irdische Projektile nicht fürchten müssen. *Als Frau schon.*

Aber Keish saß stocksteif auf dem Sessel, ein deutlich vernehmbarer Singsang kam über seine Lippen und mischte sich in das Trommeln. Das rötliche Leuchten nahm nicht weiter zu, aber es hielt an.

Malleus verstand, dass der Tlingit das Gegengewicht bildete und die Ahnen beschwichtigte, damit sie wussten, dass einer ihrer Nachfahren in ihrer Umgebung war.

Doch dass ein Dieb die Artefakte nutzte, mussten sie bestrafen. Allerdings schienen sie nicht durch die Larve dringen zu können. Oder die elamitische Sprache hielt sie in Schach.

Beenden wir es. Malleus streifte sich den Schlagring über und löste sich aus dem Polster, rannte auf Maria zu.

Sein Plan war schlicht: den Ring der Artefakte zerstören und die junge Frau zu Boden zwingen, ihr die Maske vom Gesicht reißen. *Damit sollte es getan sein.*

Mit einem lauten Dröhnen durchbrach ein gleißend weißer Strahl die Decke und leuchtete Maria aus, als stünde sie im Mittelpunkt eines Flakscheinwerfers. Rings um sie herum fielen Dachtrümmer – von der Energie abgefälscht, sodass sie nicht getroffen wurde; Malleus und Keish entgingen dem Hagel um Haaresbreite.

Zugleich jagten die geisterhaften Tlingit-Wesen zum Loch hinaus, als hätten sie darauf gewartet, dass sich ein Ausgang für sie und ihre Wut öffnete.

Maria wurde von der Wucht des grellen Strahls zu Boden geworfen, sie kniete und hörte doch nicht auf, die Trommel zu schlagen und nach dem EINEN Gott zu verlangen.

Das …

Malleus erkannte, dass der Strahl etwas mitgebracht hatte.

Aus den Trümmern erhoben sich nacheinander große Wesen mit aschfarbener Haut und Tentakelarmen, die ihre riesigen leuchtenden Augen auf ihn richteten.

Die Stempelbeine gingen voran, die elefantenartigen Füße mit den spitzen Nägeln zertraten den Kreis der Artefakte, verbogen die langobardische Krone, zerstörten die filigrane Harpunenspitze und zerstampften die Statuette des Oddua. Unaufhaltsam rückten sie vor, die Fangarme fächerten auseinander.

Namtarús Diener! Malleus senkte den Arm mit dem Apache Deringer, starrte auf die gänzlich unerwarteten vier Gegner, die scheinbar aus dem Himmel durch das Dach gefallen waren. *Was wollen sie hier? Das Erscheinen des EINEN Gottes verhindern?*

Maria schien zu bemerken, dass es nicht so lief, wie sie es sich erdacht hatte.

Sie blickte hastig nach rechts und links, ohne zu verstummen, und sah die *bad*. Ihre Schlaghand und die Trommel bebten plötzlich. *Sie fürchtet sich.*

Mehr und mehr Geisterwesen verließen unterdessen Maske und Bespannung, flogen zum Dach hinaus.

Keish sang unbeweglich im Sessel – und Malleus verstand. *Er kann nur verhindern, dass sie mich anfallen, aber nicht ihr Ausbrechen.*

Eines der *bad*-Wesen drehte den Kopf zu Maria, die ins Stammeln geriet, und brüllte sie an. Die weißen Augen leuchteten flackernd auf sie nieder. Sein rechter Arm aus verbundenen schwarzen Tentakeln schlug zu und zerstörte die Trommel, der zweite sirrende Hieb zersprengte die Maske mit dem Kopf der Frau darin in Stücke. Zum Abschluss stampfte der breite Fuß den Leichnam in den Boden – ein zerriebener, aufgeplatzter Kadaver, der schwer als Frau zu erkennen war.

Malleus sah die übrigen drei Wesen auf sich zukommen, und er wich zurück. *Die Peitsche.* Sie steckte in der Halterung in seinem Mantel.

Seine Gegner blieben gleichzeitig stehen, die Tentakelarme zuckten schlangengleich. Eine der Bestien öffnete das zahnreihenvolle Maul, das Gebiss schimmerte gefährlich.

»Dies ist meine Gelegenheit, dich für dein Eingreifen in Gomorrah zu strafen, Malleus Bourreau«, sprach Namtarú durch seinen Diener. »Die Fügung erweist mir diese Gunst.«

»Bist du der EINE Gott?«

»Natürlich bin ich ein Gott. Du wunderst dich, wie ich dich fand?«

Er verstand meine Frage nicht. Dann ist es nicht der EINE. »Es war die Formel!«

»Ja. Die alte Anrufung für einen Totengott, die ich schon lange nicht mehr hörte. Die unerwartete Einladung musste angenommen werden«, erwiderte Namtarú gehässig. »Manchmal sind die Sterblichen sehr nützlich.«

»Weswegen soll ich sterben? Weil ich ein Kind rettete?«

»Nicht irgendein Kind. Das Kind Baals! Es hätte niemals in Gomorrah oder Sodom sein dürfen, ebenso wie sein Vater. Du hast meinen Diener aufgehalten und einen großen Triumph über meinen Widersacher verhindert.«

»Dann befand sich in unserem Schützengraben damals auch ein kleines Kind, das du unbedingt durch deine *bad* hast vernichten müssen?«

Aus dem Schlund der Bestie erklang ein herablassendes Lachen. »Du weißt nichts mehr von damals. Es ist herrlich, wie man sehen kann, dass es dich quält und du es nicht verstehst. Rätsele darüber bis zu deinem Tod, Malleus Bourreau. Du wirst ihm in wenigen Herzschlägen in die Augen sehen. Und vielleicht erkennt er in deinen die Wahrheit.« Die Kreatur schloss das zahnbestückte Maul, und seine Artgenossen lösten sich aus der Starre.

Malleus wich weiter zurück und zog die Peitsche aus der Halterung, ließ sie ausrollen. Es war seine einzige Hoffnung, den Kampf gegen die vier *bad* zu bestehen, ohne auch nur einmal mit der tückischen Waffe geübt zu haben, die ihm nicht minder Gliedmaßen abreißen und Schnittwunden zufügen konnte.

Seine Blicke fielen auf die zerstörten Artefakte, die vernichtete Maske und die kaputte Trommel. *Was nun?* Die Ahnen flogen in Kopenhagen umher, und Keish würde sie nicht mehr in ihre Behausungen bannen können.

Die *bad* schoben sich näher, die Nägel drückten Rillen in das Parkett, ganz Stücke brachen unter der Last ein und ragten ausgefranst in die Höhe.

Eins nach dem anderen. Malleus hob den Arm und holte mit der Peitsche Schwung. Konnte er die vier Scheusale nicht bezwingen, würden der Tlingit und er sterben – und mit ihnen alles im Umkreis von zwanzig Meilen.

Die grellweißen Augen der Bestien begannen zu flackern, ganz langsam, sich stetig steigernd.

Malleus ließ mit einer Daumenbewegung die Häkchen an seiner Waffe herausgleiten. *Ich muss mich beeilen.*

* A Ω *

Leck mich …!

Da schießt ein Strahl aus dem Nachthimmel wie ein weißer Regenbogen und fetzt das Dach über der Bar weg. Kein Pott aus Gold. Nicht mal ein Pott. Aber gut, habe ich endlich freies Schussfeld.

Was sind denn … was sind denn das für Viecher? Scheiße, ist heute Tentakeltag in Dänemark? Das sind unmöglich welche von hier, und nach dem EINEN Gott sehen die auch nicht aus.

Dafür schwirren Rothautgeister ins Freie, einmal um uns rum, doch sie ziehen weiter und weiter, und weg sind sie.

Was sie wohl machen?

»Bad«, sagt Blondie.

»Ziemlich bad«.

»Nein, nicht bad wie schlecht. Dämonen aus Gomorrah.«

Ah, ich Trottel, richtig! Das Zeichen des Namtarú, jetzt sieht man es auf ihrer Stirn leuchten. Wie im Nacken der Kleinen in Neu Karthago.

»Soll ich schießen?«, *erkundige ich mich bei Banlieue-Girl.* »Sind er und die weißen Stampfer Homies oder Haties?«

Sie visiert bereits an. Ist auch eine Antwort. »Erst schießen, wenn ich angefangen habe«, *gibt sie mir dieses Mal Anweisung.*

Von mir aus.

Mh. Wo wird so ein … oha! Hat er die Olmos eben zerstampft?

Hahaha, ja, er hat sie wie ein Käferchen zermalmt. Und die Trommel mit der Maske obendrein. Das war es dann für die Beschwörung des EINEN Gottes.

Hahaha, ich lache mich weg!

Die ganze Arbeit, die sich die Schlampe gemacht hat, das Geld, die ganzen Aktionen und Morde – alles für den Arsch. Und selbst den hat sie nicht mehr. Flach wie eine Flunder, Blut und Gedärme kleben am Elefantenfuß, als wäre er in was Ekliges getreten.

Da, Schreie.

Viele Schreie.

Kommt von der Stadt und vom Park. Was ist da los?

»Bin gleich wieder da. Schieß, wenn was ist.« *Renne rüber an den Rand des Dachs.*

Woha – die Ahnengeister geben Vollgas!

Alles voller toter Menschen, wenn ich das richtig sehe. Autos, die gegen andere gefahren sind, umgestürzte Wagen, Leichen, noch mehr Leichen, teils geschmolzen, teils zerfetzt. Die verstehen keinen Spaß, die Ahnen.

Warum haben sie uns nicht zerlegt? Bestimmt wegen des singenden Indianers im Sessel. Die Fürbitten haben uns gerettet, würde ich sagen.

Okay, dann lass ich den Kollegen leben.

Zurück zum Loch im Dach, das da unten ist wichtiger. »Hab ich was verpasst?«

»Nein.«

Doch, habe ich. Höre ich ganz deutlich in ihrer Antwort.

Bourreau schwingt die Peitsche, die weißen Stampfer rücken vor, und die Rothaut hört immer noch nicht auf zu summen. Gut so. Leiste was, Pocahontas!

Dieses verdammte Adrenalin in mir macht es verflucht schwer, nicht auszuticken. Ich muss den Druck …

Banlieue-Girl fängt plötzlich an zu ballern, die MP5K spuckt kurze Feuerstöße und bockt ein bisschen. Oft hat sie das nicht gemacht.

»Stärker festhalten. Am Griff vorne.« *Flach auf das kalte Dach legen, Grüße an die Hoden. Bekomme ich garantiert eine Entzündung. APB hoch, nachgeladen ist schon.*

Dann wollen wir mal. Zu verfehlen sind sie nicht.

Luft anhalten, Feuerstoß, ausatmen. Kopftreffer.

Keine Reaktion … doch, aber… es regeneriert.

Unschön.

»Die Gelenke«, *sage ich zu Banlieue-Girl und sehe sie aus den Augenwinkeln nicken.*

Gut, dann eben die Beine. Bis die Stampfer keine Knie mehr haben.

Luft anhalten, Feuerstoß …

* Α Ω *

Malleus hatte keine Ahnung, wie man mit einer Peitsche umging, und vertraute auf Einfühlungsvermögen und seine schnelle Auffassungsgabe, bevor er sich damit selbst in Scheiben schlug.

Das Ende mit den ausgefahrenen rasierklingenscharfen Häkchen traf den vordersten *bad* und riss ihm das Gesicht weg. Aufkreischend stürzte er nieder, Flüssigkeiten ergossen sich auf den Boden, die an der Luft die Farbe wechselten.

Durch das Loch ratterte über ihm eine Maschinenpistole, er sah die Feuerblume vor dem Lauf erblühen. Die Kugeln trafen die *bad* und stanzten Löcher, die sich nicht mal eine Sekunde darauf von selbst wieder schlossen.

Das kannte Malleus viel zu gut.

Die gleißenden Scheinwerferaugen steigerten das Flackern, und Malleus spürte den gefährlichen Punkt, bei dem sein Verstand außer Kontrolle geriet.

Malleus wich den nahenden Bestien und ihren heranschnellenden Tentakeln aus, die Striemen in das Parkett droschen, Schlitze in die Wand schlugen und Möbel zerhackten.

Keish saß in dem Chaos, die Arme und Beine ruhig, die Lippen murmelten unaufhörlich. Dreck und Staub hafteten an seiner Haut und an seiner Kleidung, an den schwarzen Rabenfedern. Entweder bekam er nicht mit, dass der Tod um ihn herum tobte, oder es ging nicht anders, um die noch größere Katastrophe zu verhindern.

Malleus schwang die Peitsche und erwischte einen vorpreschenden *bad*.

Die herumschlagende Lederleine durchtrennte die Kniegelenke, entbeint stürzte die Kreatur brüllend und um sich schlagend, bevor ein weiterer Hieb den Kopf teilte.

Zwei habe ich! Lagrande wechselte das Magazin, aber dennoch sah Malleus deutlich, dass sich die Treffer bei einer anderen Bestie fortsetzten. Der unbekannte Beschützer und seine Assistenzermittlerin schienen sich verbündet zu haben, um ihm beizustehen.

Die Kugeln aus der APB richteten an den Gelenken Schaden an.

Das hintere Wesen knickte mehrmals ein und kam mit dem Heilungsprozess nicht nach. Er wandte sich kreischend um und sandte seine schwarzen Fangarme zum Dach hinauf.

Das gab Malleus die Gelegenheit, sich auf den vorletzten *bad* zu konzentrieren.

Die Bestie griff mit Wut und Wucht an. Springend kam sie auf ihn zu und riss das zahnreiche Maul auf, um ihn mit den Fangarmen zu packen und zwischen die mörderischen Kiefer zu ziehen.

»Zurück!« Malleus wirbelte die Peitsche wie ein Dompteur über seinem Kopf, um den *bad* auf Abstand zu halten, dabei schnitt er dem gefährlichen Wesen mehrere Tentakel ab, was es zu dröhnendem Brüllen brachte.

Lagrande und der Unbekannte feuerten auf die zweite Bestie, die nach ihnen schlug und das Loch im Dach systematisch vergrößerte, um sie zurückzutreiben oder zum Absturz zu bringen.

Malleus sah die Lücke, die sich für ihn im gelichteten Fangarmwald auftat. *Da!* Er machte aus dem Kreisen heraus eine Schlagbewegung.

Aber die Peitsche streifte unterwegs ein Hindernis, riss Teile des Kronleuchters weg und ging fehl.

Die riesige Lampe sauste abwärts, verfehlte dabei Keish um Haaresbreite, und Splitter bohrten sich von hinten in die Rückenlehne des Sessels.

Der Tlingit versteifte sich abrupt, geriet mit dem Singsang ins Stocken und wurde langsamer.

Scheiße! Malleus flüchtete vor dem nachsetzenden *bad*. Die Tentakel schlugen rings um ihn ein, ein Sprung über den Tresen in die zerstörte Bar bewahrte ihn vor einem tödlichen Hieb. Alles schwamm in Alkohol, es roch beißend nach Sprit.

Einer der kabelartigen, schwarzen Fangarme bohrte sich mitten durch das dicke Holz.

Fehler. Malleus nahm eine der zerschlagenen Flaschen und stach zu, das Brüllen von der anderen Seite freute ihn.

Er richtete sich blitzschnell auf und holte mit der Peitsche aus, traf den *bad* an der Brust und schnitt tief hinein, sodass durchtrennte Knochen herausstanden, an denen Feuchtigkeit herauslief.

Die Bestie stapfte heran, der Boden federte unter den Stempelbeinen und Elefantenfüßen. Sie schleuderte die Theke zur Seite, die Tentakel flogen surrend heran.

Die Zeit reichte gerade aus, um sich darunter wegzuducken.

Was sagst du dazu? Malleus zückte sein Feuerzeug und setzte die verteilten Spirituosen in Brand.

Die Flammen zuckten vorwärts und fraßen sich an dem *bad* empor, der in einer Lohe verschwand und grässlich schreiend im Inferno herumtaumelte. Brennende Fangarme schlugen feurige Striemen in Boden und Wände, das Scheusal schien geblendet. Die aschgraue Haut brannte grün, es stank nach vergehender, kochender Lakritze.

Malleus hieb dennoch mit der Peitsche in die Feuerwand – und traf.

Das Gekreisch endete schlagartig, dann fiel der aufgeschlitzte Leib des *bad* aus dem Brandherd und lag still. Zischend erstickten die Flammen unter den literweise vergossenen Flüssigkeiten.

Noch einer. Er sah sich um und entdeckte die Bestie, die nach wie vor gegen die Decke schlug. Lagrande feuerte kurze Salven von oben auf sie herab, ohne dass es dem Gegner viel ausmachte.

Malleus näherte sich dem *bad* und erlaubte sich trotz der unfassbaren Erfolge keinerlei Euphorie. Es blieben noch die unkontrollierten Ahnengeister, die sicherlich in Kopenhagen wüteten und die nur Keish aufhalten konnte.

Schnell sah er hinüber zum Tlingit, der stoßweise atmete. *Halte durch.*

»Achtung!«, schrie Lagrande über ihm.

Malleus machte instinktiv einen Schritt nach hinten.

Die schwarzen Tentakel sirrten vor seinen Füßen ins Parkett und zerstörten es. Umherwirbelnde, scharfkantige Stücke trafen Malleus im Gesicht, er taumelte zur Seite und fiel. Dabei rutschte ihm die Peitsche aus den Fingern.

Dann rollte stinkender Dampf vom ersterbenden Feuer heran und hüllte ihn ein.

Er sah nichts mehr.

* * *

Lagrande lud das letzte Magazin in den Schacht. *Gleich ist es geschafft.* Sie warf einen Blick nach unten und schrie dem Inspektor eine Warnung zu. Er war einen Moment unaufmerksam, weil er nach Keish schaute.

Dank ihres Rufs entkam er dem Angriff, fiel aber – und verlor die Peitsche.

Lagrande sah, dass er aus mehreren kleinen Wunden im Gesicht blutete, er wirkte desorientiert. Bevor er den Griff zu fassen bekam, verschwand er in einer Wolke aus Wasserdampf.

Der *bad* ging zum Angriff über, um jenen Gegner endlich auszuschalten, der drei seiner Artgenossen getötet hatte, was gewiss nicht oft vorkam.

Sie sah sich nach Chateau um, doch der korpulente Mann war verschwunden. *Merde.*

Lagrande blieb nur eins.

Belenos, sei mir gnädig! Ohne zu zögern, lief sie parallel zum *bad* am Loch in der Decke entlang und sprang; dabei löste sie die MP5K aus und traf Kopf, Schultern und Tentakel des Scheusals, das sich aufbrüllend umdrehte, um gegen die Angreiferin vorzugehen.

Der Aufprall auf den erstaunlich harten Leib versetzte Lagrande einen schmerzhaften Schlag in die Kniegelenke. Sie rutschte über die graue Haut nach unten, was ein raschelndes Geräusch erzeugte und sie an das Zerdrücken eines Wespennestes erinnerte.

Lagrande landete ungeschickt, rutschte und nutzte die ungewollte Bewegung, um sich in eine Rolle zu flüchten. Solche Stunts machte sie selten im Leben.

Das Geflecht aus surrenden Greifarmen streifte sie und schleuderte sie in die Sitzgruppe, die ihren Flug gnädig abfederte. Am Arm öffnete sich plötzlich eine Schnittwunde, die vom Kontakt mit den Tentakeln herrühren musste. Die Schmerzen breiteten sich in dem Moment aus, als sie die Verletzung wahrnahm, und sie waren höllisch.

Der *bad* stampfte heran, schleuderte zerbrochene Möbelstücke zur Seite und holte zum Schlag gegen sie aus, die schwarzen kabeldünnen Tentakelarme kringelten sich in scheinbarer Vorfreude. Die scheinwerferhellen Augen flackerten schnell wie Stroboskope, was jede Bewegung surreal machte.

Mistding! Lagrande hob ächzend die MP5K, drückte ab.

Ein einzelner Schuss erklang, die Kugel jagte in die Brust des Gegners, und das Loch schloss sich gleich wieder.

Das Magazin war leer.

Das Scheusal führte die Arme von hinten nach vorne, die Tentakel zuckten, schwarzen Schlangen gleich, von zwei Seiten auf sie zu.

Belenos, ich trete vor dich. Lagrande hoffte, dass es nicht schmerzte, in Fetzen geschlagen zu werden, was bei der Menge von Fangarmen schnell gehen sollte.

Da wurde der *bad* ansatzlos nach hinten gerissen, sein Angriff erreichte die Frau nicht mehr.

Um seinen Leib hatte sich Bourreaus Peitsche geschwungen. Es gab einen heftigen Ruck, und das Ende mit den Häkchen zog eine Linie einmal rund um die Bestie, dann klaffte der Strich auf, und das Wesen riss in zwei Teile.

Es fiel zu Boden und flutete den vollkommen zerstörten Holzboden mit noch mehr Innereien und Flüssigkeiten.

Hinter dem *bad* wurde der Inspektor sichtbar, der Lagrande zunickte. »Halten Sie durch, Madame. Es ist gleich geschafft.« Er schnappte sich den Rucksack des Tlingit und rannte zu ihm.

Gleich geschafft. Lagrande atmete durch und biss die Zähne zusammen, ließ die leergeschossene MP fallen und erhob sich vom Sofa, um Bourreau zu helfen, soweit sie konnte.

Malleus kniete sich vor Keish, öffnete den Rucksack mit den Beuteln, die der Schamane wohl für seine Beschwörung der Ahnengeister gebrauchen konnte. »Sie müssen sie zurückpfeifen.«

Die Bergkristallaugen leuchteten schwächer als vorher, die Verletzung und die Anstrengung machten ihm schwer zu schaffen.

Lagrande kam zu ihnen, sie blutete aus einer großen Wunde am Arm. Auch ihre Kevlarweste hing in Fetzen herab, *Politi* war kaum mehr zu lesen. Ohne das Kevlar hätte der *bad* sie zerteilt.

Keish nahm unter größter Anstrengung mehrere Beutel heraus, öffnete die farbig markierten Lederbänder behutsam, ohne seinen Singsang zu unterbrechen. Den Zeichen nach, die er ihnen gab, verlangte er ein Feuer. Ein großes.

»Einen Augenblick.« Malleus schichtete hastig Holzstücke aus Möbelfragmenten und Parketttrümmern aufeinander, rannte zur verrußten Bar und suchte Flaschen, in denen noch hochprozentiger Alkohol schwappte.

Er wurde fündig, kehrte zum kleinen Scheiterhaufen zurück und tränkte ihn damit. Die Flamme aus seinem Feuerzeug ließ eine Lohe entstehen, die auf das Holz übergriff. *Das wird ausreichend sein, hoffe ich.*

Keish gab mit bebenden Händen einen Beutelinhalt nach dem anderen hinein, sein für europäische Ohren ungewohnter Gesang wandelte sich und wurde eindringlicher, unheimlicher.

Der Rauch stieg in dicken Wolken hinauf und ins Freie, als wollte er die Ahnen zu sich rufen und aufsaugen, damit sie keinen Schaden mehr anrichteten.

Gebannt verfolgte Malleus die Handgriffe. Die Flammen veränderten ihre Farbe und auch das Geräusch, mit dem sie brannten. *Gelingt es?*

Plötzlich tauchten die ersten wabernden Gestalten durch die leuchtende Rauchsäule in dem zerstörten Raum auf, umkreisten die drei Menschen und senkten sich eine nach der anderen in das Feuer, wo sie sich prasselnd mit hellem Funkenregen auflösten.

Über Keishs Lippen sickerte Blut, doch er hörte nicht auf, bis das letzte Säckchen leer war. Erst dann schloss er die Augen, die ihr Leuchten aufgegeben hatten, sein Körper verlor die Spannung und sackte nach vorne.

Malleus fing ihn auf.

Aus der Rückenlehne ragte ein Splitter, an dem das Blut des Tlingit haftete. Aber noch lebte der Mann, der Kopenhagen vor dem größten Schaden bewahrt hatte, den die Stadt in ihrer Historie zu verzeichnen gehabt hätte.

»Wir müssen raus. Irgendwo in dem Schutt liegt die Fernbedienung, mit der man die Türen entriegelt«, sagte Malleus und erhob sich. »Sie bleiben bei Keish, Madame.«

Er ging dorthin, wo die Überbleibsel von Maria Olmos lagen. Ob sich in dem Gemisch aus Kleidung, Knochenbrei, Haut, zerstampften Organen und Blut das intakte Gerät fand, wagte er nach einem Blick zu bezweifeln. *Hoffentlich schafft es die Polizei bald herein.*

»Suchst du das?«

Malleus sah in dem herabrieselnden Schnee eine korpulente Gestalt in Wintertarnkleidung aus dem hinteren Teil des Raumes treten, die eine Schirmmütze und eine Sonnenbrille trug. In der rechten Hand hielt er die Fernbedienung, in der linken die APB. *Mein verrückter Fan.* »Würden Sie bitte die Türen entriegeln, damit die Ärzte nach Madame Lagrande und Keish sehen können?«

»Kein *Hallo*, kein *Danke fürs Leben retten* oder so?« Der Mann machte ein enttäuschtes Gesicht, das durch den Schnee und die Dunkelheit schwer zu erkennen war.

»Später vielleicht, Sir.« Malleus deutete auf die Verletzten. »Es ist dringend.«

»Und du wirst mich dann festnehmen wollen.«

»Ich fürchte, ja. Bei aller Dankbarkeit. Sie sind ein Mörder, Sir. Ein vielfacher.«

Der Mann lachte. »Ich habe nur die umgelegt, die es verdient haben. Frag Lagrande. Wir haben ein bisschen geplaudert. Aber solltest du tatsächlich versuchen, mich zu verhaften, Malleus Bourreau, jage ich Moneypenny in die Luft. Ich habe ihr eine Sprengkapsel mit Fernzünder auf den Rücken geklebt.«

»Das stimmt«, kam es von ihr gequält.

»Das macht Sie mir leider nicht sympathischer.« Malleus nahm den PDA heraus und filmte scheinbar damit. »Verraten Sie mir Ihren Namen? Damit ich in Zukunft weiß, wen ich jage?« Malleus blickte auf das Namensschild an der Uniform. »*Chateau* wird nicht stimmen.«

»Ach, lieber nicht. Halten wir es spannend.« Der Mann lachte glucksend, sein ganzes Gesicht bebte dabei. »So, genug geredet. Wollte mich vorgestellt haben und dich wissen lassen, dass ich Fan bleibe und mich in deiner Nähe rumtreibe. Solltest du mich nochmal von deinem Wissen und deinen Fällen abschneiden, bestrafe ich dich, indem ich anderen wehtue. Haben wir uns verstanden?«

Malleus nickte.

»Und *weil* du es einmal schon gewagt hast, muss ich dich einmal bestrafen. Sonst glaubst du mir am Ende nicht.«

Malleus zog den Apache Deringer und zielte auf den Unbekannten. »Sie werden Lagrande nichts tun.«

»Ich kann sie sprengen, wenn dir das lieber ist.«

»Können Sie nicht.« Malleus hob den PDA. »Störsender.«

Die Miene des Mannes entgleiste. »Das war ungehörig!«

»Sie sind festgenommen«, erklärte er ihm. »Wegen mehrfachen Mordes. Ich mache Sie darauf aufmerksam, dass …«

Der Arm mit der APB ruckte in die Höhe.

Malleus drückte ab.

Einmal, zweimal, dreimal, viermal wurde Chateau getroffen, von Vollmantelgeschossen und Schrot im Wechsel, die großen und kleinen Projektile drangen in ihn ein und ließen das Blut spritzen, die Kugeln traten teilweise aus dem Rücken aus. Sie zerstörten die Brille, fegten die Mütze und die Perücke vom kahlen Schädel.

Ungläubig lachend, brach der Mann zusammen und sackte verstummend nach hinten um.

»Ich hatte ihn gewarnt.« Malleus ging zu dem Toten, entwand ihm die Fernbedienung und suchte ihn ab, ohne einen Funkauslöser zu finden. *Nichts?* Er eilte zu Lagrande, ließ sich die Stelle in ihrem Kreuz weisen, wo die Sprengkapsel lag.

»Wir sind ihn los«, sagte sie erleichtert. »Wie gerne hätte ich das selbst gemacht, Inspektor. Schon auf dem Dach, als er mir den Rücken zudrehte.«

»In meinem Fall war es Notwehr, bei Ihnen wäre es Mord gewesen, fürchte ich.« Der Geruch verriet ihm, worum es sich handelte. *Das ist kein Explosivstoff.* Malleus zog ihn zusammen mit dem Tape von ihrem Rücken. *Ein Klumpen Knet. Knet mit einer Diode.* »Gefahr gebannt, Madame.« Er schaltete den Störsender ab, den er gar nicht gebraucht hätte, und ließ die Verriegelung der Eingangstüren aufschnappen.

Malleus rief in der Polizeizentrale an und landete prompt in einer Zuständigkeitsschleife. Also schrieb er mit dem PDA eine Nachricht, dass die Lage unter Kontrolle sei, und erbat sich dringend medizinische Hilfe.

Keine zehn Sekunden nach dem Versenden rannten die Sanitäter mit einem Rudel Polizisten unter der Leitung von Christiansen herein.

Jetzt ist es wirklich geschafft. Malleus verfolgte, wie sie sich um Keish und Lagrande kümmerten. Er lächelte ihr zu. »Ab sofort sind Sie offiziell meine Partnerin.«

»Ich hätte auf Sie geschossen, Monsieur l'Inspecteur, wenn Sie mir das verwehrt hätten«, gab sie zurück und streifte die schmutzigen Strähnen zur Seite, damit sie ihn besser sah. Auch sie lächelte, trotz allem, was sie eben durchgemacht hatte.

Malleus verließ mit ihr zusammen die zerstörte Bar. Das Aufräumen begann, im Hotel, in Kopenhagen. *Und das alles, weil eine Sterbliche zu viel sein wollte.* Nach einem Tag Pause würde Malleus das Wissen zusammentragen und schauen, wie weit er mit der Erklärung kam.

»Aber wenigstens ist der Fall abgeschlossen«, murmelte er.

Der verstorbene Crick und Amarud würden sagen: Es hatte viel Gerechtigkeit gegeben.

* Α Ω *

Er hat mich liegenlassen.

Schießt mich um, mit Schrot und Kugeln, und lässt mich liegen!

Na, ich verstehe ihn irgendwie. Hätte es an seiner Stelle auch so gemacht. Vielleicht noch in die Eier getreten, als Demütigung.

Kann mich nicht bewegen, muss irgendwas mit der Wirbelsäule passiert sein. Aber Denken geht noch. Und das mit der Contenance lasse ich auf den letzten Metern auch bleiben.

Nicht mehr lange. Geht zu Ende, irgendwas läuft da in mir aus, es wird überall warm. Magensäure vielleicht. Oder Pisse.

Das überlebe ich nicht.

Muss aber sagen: Die letzten Wochen haben Spaß gemacht.

Sehr viel Spaß.

Besser, als eines Tages in meiner verfickten Bude in Rom einen Herzinfarkt beim Wichsen zu bekommen.

Die Bullen, ja, und auch die Sanitäter, schön. Alle da. Aber mich ignorieren sie. Und der, dem ich folgte, sagt ihnen nicht mal, dass ich rumliege und durch das Loch im Dach zugeschneit werde.

Sterbe ich eben.

…

..

.

Mh, das dauert.

…

..

.

Ah, jetzt kommen zwei, leuchten mir ins Gesicht, testen meine Pupillenreflexe.

Ja, da staunt ihr, was? Der fette alte Mann lebt noch.

»Wen haben wir denn da, Professor Doktor Doktor Loki?«

»Ich würde sagen, einen Sterblichen, der seiner Bezeichnung alle Ehre macht, Professor Doktor Doktor Susanoo.«

Die beiden lachen.

Wollen die mich verarschen? Haben sich die Idioten vorher ein paar Pillen eingeworfen, oder was soll das? Ich sehe nichts, nimm die Scheiß-Taschenlampe weg, du Penner!

»Lassen wir ihn sterben, Professor Doktor Doktor Loki?«

»Ich weiß nicht. Er ist lustig. Er sorgt für jede Menge Chaos, Professor Doktor Doktor Susanoo.«

Ah, gut, ich sehe sie. Der eine ist ein Schlitzauge, der andere … fuck! Das ist … er sieht aus wie der Loki, der die Spielshow Loki's Lost moderiert!

»Genau wie Ihre Idee, diese sinnlosen Zeichen überall in den Artefakten anzubringen. Um die anderen Götter zu ärgern.«

»Oh, ich bedanke mich für Ihre Hilfe, Professor Doktor Doktor Susanoo. Sie haben die Zeichen nicht weniger listig und heimlich angebracht. Aber dass es *so* kommt, das konnte wohl keiner von uns absehen. Was hat diese kleine Frau nicht alles in dieses Symbol hineininterpretiert! Und dann auch noch die Anrufung vollkommen vergeigt und Namtarú aufgeschreckt. Aber er freute sich, oder?«

DIE haben das gemacht? Um die anderen zu ärgern? Scheiße. Die Götter und ihre Spielchen untereinander.

War dieser Susanoo nicht dieser japanische Gott, den sie wegen seiner Streiche aus dem Himmel geworfen haben? Weil er es übertrieben hat?

Und DIE beiden sind Freunde geworden? Ho, ho, ho, da kann sich die Erde aber warm anziehen.

»Doch, wahrlich. Unsere Streiche gegen unseresgleichen sorgten bei den Menschen für Aufruhr. Auch das ist ganz in unserem Sinn, nicht wahr?«

»Sehr sogar. Das sollten wir wiederholen. Vielleicht mit einem neuen Zeichen?«

»Guter Gedanke, Professor Doktor Doktor Loki. Involvieren wir dann ein paar werte Kolleginnen und Kollegen, die wir auf die Sterblichen hetzen? Ein wenig *Schnetzel*jagd? Wer die meisten Herzen sammelt oder dergleichen? Das wird die Menschen verunsichern.«

Ja, ganz toll. Ein Götterkrieg. Das braucht kein Mensch! Hauptsache, ihr zwei habt euren Spaß. Wie viele Welten habt ihr schon ruiniert, hä? Gebt mir meine APB, und ich mache euch kalt! Nee, eher nicht. Fuck.

»Ich merke, wir sind wie immer auf einer Linie. Es lebe der Schalk!«

»Unbedingt. Die Wintersonnenwende würde sich doch anbieten. Ein mystisches Datum, längste Nacht und dergleichen. Balder ist dann immer so schrecklich aufgeregt. Schlimmer als Odin, Wotan und Freya zusammen.«

Wieder lachen sie.

Wintersonnenwende. Ist ja bald. Wie gut, dass ich vorher abkratze. Muss ich die Scheiße nicht mehr mitmachen.

»Zurück zu unserer ursprünglichen Frage: Was machen wir mit dem Sterblichen, Professor Doktor Doktor Loki? Er war durchaus amüsant.«

»Mh.«

»Wir können Schere, Stein, Papier spielen.«

»Und dann, Professor Doktor Doktor Susanoo? Sollte nicht *er* mit uns spielen? Es geht um sein Leben.«

»Oh, wie dumm von mir. Gut, soll er spielen.«

Es kribbelt in mir, ich kann meinen rechten Arm fühlen.

»Hey-ho, Sterblicher. Wackle doch mal mit den Fingern«, *sagt Loki.* »Versuchs. Nur Mut.«

Ich wackle, zeige den Mittelfinger.

»Sehr gut. Sehr beherzt. Das gefällt mir. Du darfst gegen Loki um dein Leben spielen«, *erklärt mir der Schlitzaugengott.* »Schere, Stein, Papier. Ist dir das ein Begriff?«

Ich hebe den Daumen.

»Sehr gut. Ich zähle, und die Herrschaften werden bei drei ihr Symbol zeigen. Bei Gleichstand gibt es Wiederholung. Wenn der Sterbliche gewinnt, retten wir ihn. Und wenn Loki gewinnt, dann …?«

Spiele ich mit? Scheiß ich drauf?

Aber wenn ich gewinne, könnte ich ihm folgen. Wieder. Hahaha, damit rechnet er nicht!

»… lasse ich mir etwas einfallen, Professor Doktor Doktor Susanoo.«

Konzentration. Wie war das: statistisch ist das am meisten ausgesuchtestes Symbol …

»Gut. Achtung, es geht los.«

Schere? Nein.

»Eins …«

Brunnen. Brunnen ist fast immer am besten.

»Zwei …«

Nein, nein, das weiß er auch. Kann er eigentlich Gedanken lesen? An nichts denken und einfach was machen. Das versuche ich.

Jetzt sag es schon, Schlitzaugengott. Sag schon:

»D R E I !«

* * *

Dänemark, Kopenhagen, Dezember 2019

Malleus saß in seinem Hotelzimmer und sandte den Abschlussbericht an Lautrec. Er taufte den Fall *Gnosis*, weil er mit Erkenntnissen endete.

Drei Tage hatte er mit den dänischen Kolleginnen und Kollegen zusammen den Fall aufgearbeitet, die Details zusammengetragen und auch anhand der Aufzeichnungen von Maria Olmos die Entwicklung rekonstruiert.

Alles in allem führte menschlicher Größenwahn in die Katastrophe. *Wie so oft.* Olmos war fest von ihrer Theorie überzeugt gewesen und hatte alles darangesetzt, alles geopfert, um ihr Ziel zu erreichen, eine Göttin zu werden. *DIE Göttin zu werden.*

Letztlich erwies es sich als kompletter Fehlschlag.

Sämtliche Schuld schob Malleus auf die Tote, auch die *bad*, deren Erscheinen Olmos erst möglich gemacht hatte.

Er ärgerte sich ein wenig, dass er bei der Suche nach den Artefakten zu wenig auf den Text des elamitischen Ziegelsteins geachtet hatte. Der Tempel, aus dem der Stein stammte, war Inšušinak geweiht worden. Die Entität hatte Bestand, zog sich im Gegensatz zu manch anderer Göttin oder anderem Gott durch zahlreiche Epochen. Und ebenjener Inšušinak galt als Gott der Unterwelt und Totenrichter. *Anscheinend eine andere Erscheinungsform von Namtarú, der die Einladung nach Kopenhagen sofort angenommen hat.*

Die Dänen kamen zum gleichen Ergebnis, hatten Runenorakel zu

Absicherung zurate gezogen und den Entitäten geopfert, angeblich wurde auch Allvater Odin zum Gespräch gebeten, um die Ereignisse zu klären und zu erklären.

Die Artefakte waren beim Kampf zerstört worden, verloren für immer und unerreichbar für Missbrauch. Was es mit dem Zeichen auf ihnen auf sich hatte, blieb im Verborgenen und ausgenommen von der Gnosis. Es würde Keish, der noch im Krankenhaus lag, nicht gefallen, Maske und Trommel der Tlingit verloren zu haben.

Besser so als eine zweite Katastrophe bei einem nächsten Diebstahl und Missbrauch. Malleus würde bei Gelegenheit nach der Bedeutung des Symbols in den Gegenständen forschen, doch er glaubte, dass es mit dem Ende der Artefakte seine Wichtigkeit verlor. Keine unbekannte Entität war erschienen, um Olmos beizustehen. Ein Scherz der Gottheiten? Doch ein schier unerklärlicher Zufall? Die Antwort darauf reizte ihn nicht mehr.

Keish's Eingreifen hatte Kopenhagen zweifelsohne vor dem Untergang gerettet. Mehr als zehntausend Menschen waren den wütenden Ahnengeistern zum Opfer gefallen, auch Gebäude gingen in Flammen auf oder stürzten durch deren Einwirken zusammen.

Es hätte wesentlich schlimmer kommen können. Malleus hatte die dänische Regierung davon überzeugt, auch diese Schuld auf Maria Olmos zu übertragen. Niemandem war damit gedient, wenn die First Nations mit hineingezogen wurden, wobei sie nichts dafürkonnten. Man ließ ihn wiederum wissen, dass man es im nordischen Pantheon ebenso sah. Es blieb ruhig, auch in den Gefilden der Entitäten.

Seinen wahnsinnigen Stalker war er ebenso los. Das Wissen, den Mann erledigt zu haben, reichte ihm aus. Die dänischen Behörden würden rausfinden, wer Chateau wirklich gewesen war, und es den italienischen Kollegen melden. Für Malleus spielte es keine Rolle mehr.

Gnosis. Malleus rieb sich über den Fu-Manchu und erhob sich. Er schloss den Laptop und schlüpfte an der kleinen Garderobe in seine Schuhe, warf sich den Militärmantel über und langte nach dem Hut.

Dabei fiel sein Blick in den kleinen Spiegel und auf seine Augen, auf denen wie immer die verbergenden, blauen Kontaktlinsen schwammen.

Rätsele darüber bis zu deinem Tod, Malleus Bourreau. Du wirst ihm in wenigen Herzschlägen in die Augen sehen. Und vielleicht erkennt er in deinen die Wahrheit.

Die Worte waren ihm nicht mehr aus dem Kopf gegangen.

Gerade wollte Malleus die Wahrheit nicht wissen. Die letzten Wochen waren sehr anstrengend gewesen. *Ich brauche ein bisschen Ruhe.*

Er wandte sich ab und setzte den Hut auf die schwarzen Haare, zog eine Culebra mit dunkelpurpurfarbener Banderole aus dem Etui und öffnete die Tür. Ein wenig feiern sollte obendrein gestattet sein.

Davor stand, pünktlich wie abgemacht, Marianne Lagrande, in einem schicken weißen Kleid und hochgesteckten hellen Haaren; die blaugrünen Augen mit Kajal betont. Sie sah mehr elegant als Achtziger aus. »Mein Magen knurrt, Monsieur l'Inspecteur. Haben Sie das gehört?«

»Der Tisch ist reserviert. Schön zu wissen, dass man uns beim Abendessen dieses Mal *nicht* stören wird.« Malleus lächelte, beugte sich nach vorne und gab ihr einen sanften Kuss auf den Mund. Nicht zu stark, dass sie es für den Auftakt einer Romanze halten konnte, und nicht zu wenig, um flüchtig und nebensächlich zu erscheinen. »Danke fürs Leben retten, Partnerin.«

Die Culebra wanderte von seiner Hand in seinen Mundwinkel und wurde von ihm angesteckt. Die Rauchwolken bildeten undefinierbare Muster, als wären sie verwirrt.

Lagrande grinste. »Jederzeit wieder.«

Malleus nahm an, dass es durchaus erneut passieren konnte. Nebeneinander gingen sie den Flur entlang zu den Fahrstühlen, und er genoss die Wirkung der Zigarre mit der dunkelpurpurfarbenen Banderole. Karak hatte ihm ein wundervolles Kraut besorgt.

Sein PDA gab einen Laut von sich, der eine eingehende Nachricht meldete.

Zuerst zögerte Malleus, doch er konnte nicht anders, als Lagrande einen entschuldigenden Blick zuzuwerfen und die Meldung zu prüfen.

Es war eine Fahndungsrundmail von der Interpol-Zentrale, die routinemäßig an alle Ermittler und Ermittlerinnen ging, damit sie die Augen und Ohren bei ihren Aufträgen vor Ort offen hielten.

Was? Malleus' Augenbrauen hoben sich unmerklich, das Paffen hielt inne, und der Rauch stürzte von der Spitze abwärts, als gälte für ihn erhöhte Schwerkraft.

Das Display zeigte: Oona Milord.

* * *

AERA-Götterlexikon

Für alle, die sich in der Mythologie noch nicht so gut auskennen, hier ein Überblick über alle Götter in AERA.

Prolog

Nechtan

Nechtan ['Nˈextan], auch Elcmar ['elkvar] (»Der Schreckliche«) ist eine Sagengestalt aus dem Mythologischen Zyklus der keltischen Mythologie Irlands. Sein Name weist wahrscheinlich auf eine alte Wassergottheit hin. Sein Wohnsitz ist im Síd Nechtain am Fluss Boyne.

Loki

Loki (auch Loptr, Hveðrungr) ist eine Figur aus der eddischen Dichtung des Snorri Sturluson. Die literarischen Quellen zur Figur des Loki sind neben der Prosa-Edda und der Lieder-Edda, darunter etwa die Lokasenna (»Lokis Zankreden«), auch die Werke der Skaldendichtung. Loki gehört zu den Asengöttern, obwohl er der Sohn eines Jötunn, eines Riesen, ist. Er ist der vielseitigste aller Götter, aber auch der mit den negativsten Eigenschaften. Es gab weder einen Lokikult noch sind Ortsnamen in Skandinavien bekannt.

Hveðrungr

Anderer Name Lokis

Loki (auch Loptr, Hveðrungr) ist eine Figur aus der eddischen Dichtung des Snorri Sturluson. Die literarischen Quellen zur Figur des Loki sind neben der Prosa-Edda und der Lieder-Edda, darunter etwa die Lokasenna (»Lokis Zankreden«), auch die Werke der Skaldendichtung. Loki gehört zu den Asengöttern, obwohl er der Sohn eines Jötunn, eines Riesen, ist. Er ist der vielseitigste aller Götter, aber auch der mit den negativsten Eigenschaften. Es gab weder einen Lokikult noch sind Ortsnamen in Skandinavien bekannt.

Asase Ya

Asase Ya (or Asase Yaa, Asaase Afua) ist die Göttin der Erde und Fruchtbarkeit der in der Ashanti-Region in Ghana lebenden Bevölkerung.

Sie ist die Ehefrau des Himmelsgottes Nyame, der das Universum erschaffen hat. Sie hat mehrere Kinder, darunter Bea and Tano. Bea wird auch Bia genannt.

Außerdem ist sie die Mutter von Anansi, dem Schwindler.

Asase Yaa ist eine sehr mächtige Göttin. Dennoch sind ihr keine Tempel gewidmet. Ihre Verehrung findet auf den Feldern statt.

Manitu/Der Große Geist

Manitu, Manito, Manitou oder Manit ist in den Algonkin-Sprachen Nordamerikas ein zentraler Begriff aus der traditionellen Religion der algonkinsprachigen Indianer. Sinngemäß bedeutet Manitu das Allumfassende Geheimnis bzw. die Große Kraft, die in allen Wesen, Dingen, Tätigkeiten und Erscheinungen enthalten ist. Diese außerordentlich wirksame Kraft stellt sozusagen die Summe aller heiligen Kräfte dar, die Ursache und Beweger aller irdischen Erscheinungsformen sind.

Mictlantecuhtli

Mictlantecuhtli ist in der aztekischen Mythologie der Totengott und der König von Mictlan (Chicunauhmictlan), einem Teil der Unterwelt. Er ist einer der höchsten Götter der Azteken und einer der bedeutendsten unter den vielen Göttern der Unterwelt.

Anubis

Anubis (ägyptisch Inpu; auch Anpu) ist der altägyptische Gott der Totenriten. Im Zusammenhang des Osirismythos wird von der Entstehung seines Namens berichtet: Als Kronprinz (Inpu), der in seinen Binden ist (imiut), verbarg ihn Nephthys (für Isis). So entstand sein Name Anubis. Als Epitheton (Beiname) trägt Anubis die Bezeichnung Imiut. Insofern ist Anubis in Gleichsetzung auch die Erscheinungsform des Horus und des Osiris.

Odin

Odin oder südgermanisch Wōdan (altisländisch Óðinn, altenglisch Wōden, altsächsisch Uuoden, althochdeutsch Wuotan, langobardisch Godan oder Guodan, neuhochdeutsch nach Richard Wagner Wotan; aus diesen Formen erschließt sich der gemeingermanische Göttername *Wôðanaz) ist der Hauptgott in der nordischen Mythologie der eddischen Dichtung. Dort fungiert er als Göttervater, Kriegs- und Totengott, als ein Gott der Dichtung und Runen, der Magie und Ekstase mit deutlich dämonisch-schamanistischen Zügen.

Thor

Thor im Norden oder Donar bei den kontinentalen germanischen Völkern ist »der Donnerer« (Nomen Agentis), ursprünglich als Gattungsname »der Donner« (Appellativum) (as. Thunaer, ags. þunor, ahd. Donar, an. Þórr von urn. þunraR ›donnern‹). Daraus erschließt sich der gemeingermanische Gottesname *Þunaraz. Thor/ Donar fungierte für die zur See fahrenden Völker als Gewitter- und Wettergott und war in weiterer Funktion innerhalb der bäuerlichen germanischen Gesellschaft Vegetationsgottheit. In den mythologischen eddischen Schriften hatte er die Aufgabe des Beschützers von Midgard, der Welt der Menschen.

Mars

Mars war einer der zentralen Götter in der antiken italischen Religion, vor allem in Rom. Er wurde später als Kriegsgott mit dem griechischen Ares gleichgesetzt, unterschied sich von diesem aber durch seine größere Bedeutung und die lebhaftere kultische Verehrung; er ist neben Jupiter der wichtigste römische Gott. Die Namen »Ares« und »Mars« könnten auch etymologisch verwandt sein.

Außer in Rom wurde Mars an zahlreichen Orten Italiens verehrt; das Volk der Marser leitete von ihm sogar seinen Namen ab. In Rom bildete Mars zusammen mit Jupiter und Quirinus eine Götterdreiheit. In der Gründungslegende Roms ist Mars der Vater der Zwillinge Romulus und Remus und somit Stammvater der Römer. Der Monat März, bei den Römern ursprünglich der erste Monat des Jahres, war dem Mars geweiht.

Hepaiston

Hephaistos (griechisch Ἥφαιστος, latinisiert Hephaestus, eingedeutscht Hephäst) ist in der griechischen Mythologie der Gott des Feuers und der damaligen Metallkünstler – der Schmiede – (heute Kunstschmiede). Hephaistos entspricht dem späteren römischen Vulcanus. Er gehört zu den zwölf olympischen Gottheiten.

Hephaistos war für das gesamte künstlerische Spektrum der Metallverarbeitung »zuständig«, einschließlich der Herstellung von Geschmeide, Waffen, sakral-rituellen und profanen Gebrauchsgegenständen.

Olorun

Olorun (Olódùmarè, Odumare, Olófi) ist in der Religion der Yoruba der Schöpfer der Ashé und der Orishas. Er ist ohne ein bestimmtes Geschlecht.

Er ist zusammen mit den Orishas und den Ahnen (égún) im Himmel (òrun), aber nur die Orishas Obatala und Ellegua kennen seinen »Aufenthaltsort«.

Erdmutter

Erdmutter oder Mutter Erde ist die Bezeichnung für eine weibliche Gottheit in der Mythenwelt vieler früherer und auch heutiger Kulturen, bei denen die fruchtbringenden Wachstumskräfte der Erde in

Form einer Muttergöttin als Urmutter, Urgöttin oder Große Mutter (Magna Mater) verehrt wurden und werden.

Loa

Ein Loa (auch Lwa oder Lua) ist ein Geist im Voodoo mit großer Macht und beinahe uneingeschränkten Möglichkeiten. Die Loa sollen in der Lage sein, denen, die sie verehren, fast jeden Wunsch zu erfüllen.

Shiva

Shiva (»Glückverheißender«) ist einer der wichtigsten Götter des Hinduismus. Im Shivaismus gilt er den Gläubigen als die wichtigste Manifestation des Höchsten. Als Bestandteil der »hinduistischen Trinität« (Trimurti) mit den drei Aspekten des Göttlichen, also mit Brahma, der als Schöpfer gilt, und Vishnu, dem Bewahrer, verkörpert Shiva das Prinzip der Zerstörung. Außerhalb dieser Trinität verkörpert er aber alles, Schöpfung und Neubeginn ebenso wie Erhaltung und Zerstörung.

Kami

Kami bezeichnet in erster Linie im japanischen Shintō (Shintoismus) verehrte Geister oder Götter. Im Japanischen kann der Begriff allerdings auch auf Gottheiten anderer Religionen bezogen werden.

Eine konkrete Übersetzung des Begriffs ins Deutsche ist schwierig. Das Konzept kami kann u. a. auf Naturgeister, Gespenster und die Seelen Verstorbener angewandt werden, welche üblicherweise nicht als »Gottheiten« bezeichnet werden. Kami weisen zudem viele typische Eigenschaften heiliger Wesenheiten in anderen religiösen Kontexten nicht oder nicht unbedingt auf (z. B. Unendlichkeit, Allwissenheit, Unveränderbarkeit, Allmacht). Überdies kann alles, was in Menschen eine intensive emotionale Reaktion hervorruft – sei es Ehrfurcht, Freude, Faszination, Verwunderung, Angst oder andere Gefühle – als kami angesehen werden.

Wie der Shintō selbst haben auch die Konzeptionen von Kami im Laufe der Geschichte mehrere wesentliche Änderungen erfahren. Der Begriff »Kami« ist daher nur unter Bezugnahme auf den Kontext seiner geschichtlichen Entwicklung angemessen zu erklären.

Buddha

Buddha (wörtlich »Erwachter«) bezeichnet im Buddhismus einen Menschen, der Bodhi (wörtlich »Erwachen«) erfahren hat, und ist der Ehrenname des indischen Religionsstifters Siddhartha Gautama, auch »Buddha« genannt, dessen Lehre die Weltreligion des Buddhismus begründet.

Im Buddhismus versteht man unter einem Buddha ein Wesen, welches aus eigener Kraft die Reinheit und Vollkommenheit seines Geistes erreicht und somit eine grenzenlose Entfaltung aller in ihm vorhandenen Potenziale erlangt hat: vollkommene Weisheit (Prajna) und unendliches, gleichwohl distanziertes Mitgefühl (Karuna) mit allem Lebendigen. Er hat bereits zu Lebzeiten Nirvana verwirklicht und ist damit nach buddhistischer Überzeugung nicht mehr an den Kreislauf der Reinkarnation (Samsara) gebunden.

Cai Shen

Cai Shen ist der chinesische Gott des Reichtums. Andere Anreden für ihn sind Zhao Gongming (Chao Kung-ming) oder Bi Gan (Pi-kan).

Allah

Allah ist das arabische Wort für den einen Gott. Des Weiteren verwendet man den Begriff in der heiligen Schrift der Sikhs (Adi Granth) sowie auf Maltesisch, das von der arabischen Sprache abstammt.

Im Islam wird der Begriff ausschließlich zur Bezeichnung des als einzig und absolut aufgefassten Gottes verwendet und ist somit (ähnlich wie das deutsche, artikellose »Gott« oder das englische großgeschriebene »God«) de facto ein Eigenname und keine Gattungsbezeichnung.

Das Wort wird ebenso von arabischsprachigen Juden und Christen als Gottesbezeichnung gebraucht und wird daher auch in arabischen Bibelübersetzungen verwendet. In westlichen Ländern jedoch wird das Wort Allah (mit Ausnahme Maltas) nahezu ausschließlich als Bezeichnung für Gott nach der islamischen Gottesvorstellung verstanden.

Jahwe

JHWH ist der Eigenname des Gottes Israels im Tanach, der Hebräischen Bibel, der sich seinem Volk im ersten der Zehn Gebote vorstellt:

In der Bibel ist er als gnädiger Befreier und gerechter Bundespartner des erwählten Volkes Israel zugleich der Schöpfer, Bewahrer, Richter und Erlöser der ganzen Welt. Er wird dort auch mit Titeln wie Elohim (»Götter«), El (»Gott«; oft kombiniert mit Personennamen oder Eigenschaften) bezeichnet oder mit den Ersatzlesungen Adonai (»mein Herr«; eigentlich Plural) oder HaSchem (»der Name«) umschrieben.

Vulcanus

Vulcanus (lateinisch; auch Volcanus, Vulkan) ist der römische Gott des Feuers, und der Schmiede (Schmiedegott) sowie aller Metallhandwerker, die auf die Kraft des Feuers angewiesen sind, z. B. der Bronzegießer oder der Münzschläger.

Hekate

Hekate (griechisch Ἑκάτη) ist in der griechischen Mythologie die Göttin der Magie, der Theurgie, der Nekromantie und des Gespensterspuks. Sie ist die Göttin der Wegkreuzungen, Schwellen und Übergänge, die Wächterin der Tore zwischen den Welten.

Freyr

Die altnordische Namensform Freyr, teilweise modernisiert zu Frey (ahd. frô, älter frôjo, frouwo, gotisch frauja, ae. frēa), stammt von einer gemeingermanischen Wurzel *Fraujaz or *Frauwaz »Herr«, dazu das Femininum *Frawjō »Herrin«. Es handelt sich mit einiger Sicherheit um die tabuisierende Bezeichnung eines Gottes, dessen Name selbst nicht benutzt wurde. Ähnliches findet man bei biblischen Texten, wo JHWH durch adonai »Herr« ersetzt wird.

Skirnir

Skirnir ist in der nordischen Mythologie Freyrs Freund und Diener. Er wirbt in Jötunheim im Namen Freyrs um die Riesin Gerda. Als Lohn dafür erhält er Freyrs Schwert und sein Pferd.

Skirnir wird von den Göttern als zuverlässiger Vasall angesehen und mit Botschaften oder Aufträgen in andere Welten geschickt.

Bacchanalien

Die Bacchanalien (von lat. Bacchanalia), die Bacchusfeste im antiken Rom, waren Feierlichkeiten, die von den Bacchanten und Bacchantinnen oft mit wildester Ausgelassenheit zelebriert wurden.

Das Fest wurde bereits seit dem 2. Jahrhundert v. Chr. gefeiert und fand jährlich am 16. und 17. März am Hügel Aventin in Rom statt.

Gullinborsti

Gullinborsti (germanisch *Gullinbursti, *Gullinbyrsi, *Gúlimborsti, auch Sliðrugtanni) altnordisch »der mit den goldenen Borsten« heißt der Eber des germanischen Gottes Freyr.

Gullinborsti ist nach der germanischen Mythologie der ständige Begleiter Freyrs und zieht dessen Fuhrwerk durch die Luft, über Wasser bei Tag und Nacht. In der Dunkelheit versprühen seine goldenen Borsten Feuerfunken, die die Dunkelheit erhellen. Gullinborsti wurde von den Zwergen Sindri und Brokkr gefertigt.

Auch in anderen Mythologien tritt der Eber als verehrtes Tier auf.

Sindri und Brokk

Sindri (auch Eitri genannt) ist ein Zwerg der nordischen Mythologie, der zusammen mit seinem Bruder Brokkr den goldenen Eber Gullinborsti, den goldenen Ring Draupnir und den Hammer Mjölnir schuf. Brokkr gab den goldenen Eber an Freyr, den Ring an Odin und den Hammer Thor.

Marduk

Marduk war der Stadtgott von Babylon und später der Hauptgott des babylonischen Pantheons. Seine Attribute waren der Mardukdrache Mušḫuššu, oft auch als Marduktier bezeichnet, und der Spaten. Der Gott war im mesopotamischen Raum auch als Bel (»Herr«) bzw. Bel-Marduk bekannt.

Banshee

Eine Banshee ([ˈbʲan ˈʃiː], von Irisch-gälisch bean sí: »Frau aus den Hügeln«, mit der Bedeutung »Frau aus dem Feenreich, Geisterfrau«, ältere Schreibung »bean sídhe«; vgl. schottisch-gälisch bean sìth, »bean shìth« oder bean-nighe) ist in der keltischen Mythologie und im Volksglauben Irlands ein weiblicher Geist aus der Anderswelt, dessen Erscheinung einen bevorstehenden Tod in der Familie ankündigt. In Schottland wäscht sie die blutverschmierten Kleider oder Rüstungen der Sterbenden und kündigt so deren bevorstehenden Tod an.

Lei Gong

Lei Gong ist der chinesische Donnergott. Er trägt Hammer und Meißel, Sinnbilder des Donners. Der Gott hat den Schnabel (in dem auf manchen Darstellungen Reißzähne zu sehen sind), die Flügel und die Füße eines Vogels. Seine Frau, Dian Mu (Mutter des Blitzes) trägt jeweils einen Spiegel in ihren Händen. Damit sorgt sie für das »Beiwerk«, des Donners, nämlich den Blitz.

Venus

Venus war die römische Göttin der Liebe, des erotischen Verlangens und der Schönheit. Das ihr beigeordnete Tier ist der Delphin, da dieser in der Antike als Symbol für Liebe und Philanthropie galt.

Itzli

Gott des Steins (des Steinmessers) und der Opferungen bei den Azteken.

Xocotl

Sternengott und Gott des Feuers bei den Azteken.

Mextli

Mextli Kriegsgott und Gott des Sturms bei den Azteken.

Teil 1

Jupiter

Jupiter (lateinisch Iuppiter, seltener Iupiter, Genitiv: Iovis) oder Diēspiter, seltener Juppiter, oft mit erweitertem Namen Iuppiter Optimus Maximus (»bester und größter Jupiter«; in Inschriften meist abgekürzt zu IOM), ist der Name der obersten Gottheit der römischen Religion.

Zeus

Zeus (altgriechisch Ζεύς, klassische Aussprache ungefähr »dze-us̯«; neugriechisch Ζεύς bzw. Δίας *Dias*; lateinisch Iuppiter) ist der oberste olympische Gott der griechischen Mythologie und mächtiger als alle anderen griechischen Götter zusammen. Über ihm stand nur das personifizierte Schicksal – seine Töchter, die Moiren. Auch er hatte sich ihnen zu fügen. Der Name entspringt derselben indogermanischen Wortwurzel *diu (»hell«, »Tag«), die im lat. Iuppiter und dem vedisch-altind. Dyaúh pitá »Vater Himmel« enthalten ist. Sie ist

Ausdruck eines gemeinsamen indogermanischen Gottesbildes und von den jeweiligen Wörtern für »Gott« abgeleitet; z. B. lat. deus, germ. *Tiwaz und vedisch-altind. devá.

Tyr

Tyr (urgermanisch rekonstruiert *Teiwaz, *Tiwaz ist der Gott des Kampfes und Sieges in den altisländischen Schriften der Edda. Die altnordische Namensform ist die allgemein bekannteste und gebräuchlichste. Weitere einzelsprachliche Formen sind im Altenglischen Tiw, Tig und althochdeutsch Ziu, Tiu, Tiuz.

Die Wurzel seines Namens deutet darauf hin, dass Tyr ursprünglich ein Vater- oder Himmelsgott war, der später aus dieser Stellung verdrängt und zum Sohn entweder Odins oder Hymirs erklärt wurde. In der Interpretatio Romana wird er dem römischen Kriegsgott Mars gleichgesetzt.

Tiber (Flussgott)

Tiberinus (auch Tiberinus pater) ist in der römischen Mythologie der Flussgott des Tibers.

Nil (Flussgott)

Hapi ist seit dem Mittleren Reich als göttliche Erscheinungsform der Nilflut belegt. Zumeist trat er ikonografisch als stehende androgyne Gottheit mit Papyruspflanzen in den Händen haltend auf. Hapi genoss keinen eigenen Kult, sondern wurde stets in Verbindung anderer Gottheiten verehrt.

Sol

Sol (lateinisch sol »Sonne«) ist der Sonnengott der antiken römischen Mythologie. Bekannt ist er vor allem in seiner seit dem 2. Jh. n. Chr. gebräuchlichen Erscheinungsform als Sol invictus (lat.; »unbesiegter Sonnengott«, oft weniger treffend übersetzt als »unbesiegbarer Sonnengott«). Sol entspricht zwar dem griechischen Helios, mit dem er auch ikonographisch Übereinstimmungen zeigt, aber er wurde nicht aus der griechischen Religion übernommen, sondern ist einheimischen Ursprungs.

Luna

Luna ist in der römischen Mythologie die Mondgöttin; sie entspricht der griechischen Göttin des Mondes Selene (»die Leuchtende, Strahlende«).

In romanischen Sprachen hat sich ihr Name als Bezeichnung für den Erdmond erhalten, der hier grammatisch weiblichen Geschlechts ist. Auch in der deutschen Sprache wird die Bezeichnung Luna oder Frau Luna verwendet, vor allem in Übersetzungen, um Probleme beim Geschlechtswechsel zu »der Mond« zu umgehen.

Der römische Tag der Mondgöttin lunae dies (italienisch lunedí, französisch lundi) wurde als Montag (Mond-Tag) ins Deutsche übernommen. Gebräuchliche Beinamen der Luna in der poetischen Literatur sind Trivia, Phoebe, Lucina, Dictynna und Cynthia.

Mercurius

Mercurius (eingedeutscht Merkur) war ein Gott in der römischen Religion. Sein Name geht auf das lateinische Wort *merx*, Ware, zurück. Er wurde mit dem griechischen Hermes gleichgesetzt. Dessen Herkunft und übrige Eigenschaften wurden auf ihn übertragen. Er gilt als der »Götterbote«, Gott der Händler und Diebe.

Saturnus

Saturn (lateinisch Saturnus) ist in der römischen Mythologie der Gott der Aussaat. Er wurde schon früh mit dem griechischen Kronos identifiziert. Saturn war vor allem der Gott des Ackerbaus und galt als Symbol des mythischen Goldenen Zeitalters, der Saturnia regna.

Aeracura

Aericura, auch Aeracura, Aercura, Herecura, Hericura, Ericura oder Erecura, ist eine antike keltisch-germanische (nach einigen Theorien jedoch ursprünglich eine illyrische) Gottheit. Aericura wird zumeist mit Attributen ähnlich der Proserpina dargestellt, manchmal in Begleitung eines Wolfs oder Hundes, sehr oft jedoch mit Fruchtbarkeitsattributen wie Apfelkörben. Von einigen wird Aericura als Fruchtbarkeitsgottheit gedeutet, häufig jedoch als Totengöttin und Begleiterin oder Helferin (πάρεδρα, Paredra) von Dis Pater, beide Funktionen können sich in der keltischen Glaubenswelt überschnitten haben.

Dis Pater

Der römische Gott Dis Pater (auch Dispater oder verkürzt Dis) war ein anderer Name (bzw. eine Facette) der Götter der Unterwelt Pluto und Orcus. Auch er wurde als Herrscher der Unterwelt angesehen. Sein Kult wurde in Rom, gleich dem der Proserpina, erst aus Anordnung der Sibyllinischen Bücher 249 v. Chr. in den ersten Zeiten der römischen Republik als Staatskult eingeführt.

Pluto

Pluton (griechisch Πλούτων, lateinisch auch Pluto) ist in der griechischen und römischen Mythologie der Gott der Totenwelt in der Erdtiefe.

Orcus

Orcus (deutsch: Orkus) war in der römischen Mythologie einer der Namen für den Gott der Unterwelt. Andere Namen sind Pluto oder Dis Pater. Mit Orcus wird seine böse, bestrafende Seite bezeichnet, der Gott, der die Toten im Jenseits folterte. Ihm wurden allerdings auch Eigenschaften eines Psychopomp zugeschrieben, als welcher er die Seelen der Verstorbenen in die Unterwelt führte.

Proserpina

Proserpina war eine römische Gottheit. Sie war die Tochter des Jupiter und der Ceres und Gattin des Pluto, der sie in die Unterwelt entführte und zu seiner Gemahlin machte. Sie ist die Herrscherin über die Toten und Königin der Unterwelt. Sie entspricht der Persephone in der griechischen Mythologie.

Freya

Freya, auch Freia oder Freyja (altnordisch »Herrin«) ist der Name der nordischen Wanengöttin der Liebe und der Ehe. Sie gilt als zweite Göttin des nordischen Pantheons nach Frigg, mit der sie in neuzeitlichen Rezeptionen oft gleichgesetzt oder verwechselt wird. Sie ähnelt der Venus des römischen Götterhimmels.

Lenus

Lenus Mars war ein keltischer Gott, der besonders bei den Treverern, aber auch in Britannien verehrt wurde. In der Interpretatio Romana wurde er mit Mars gleichgesetzt.

Lir

Lir [Lʲirʲ] ist in der keltischen Mythologie Irlands der Vater von Manannan mac Lir, in den Sagen des Hoch- und Spätmittelalters die Verkörperung des Meeres (was auch sein Name bedeutet).

Kostjanaja Noga

Beiname Baba Jagas. Baba Jaga (russisch Ба́ба-Яга́), regional auch Baba Roga, Baba Zima und Ježibaba ist eine bekannte Figur aus der slawischen Mythologie, die vor allem in Ländern mit mehrheitlich slawischer Bevölkerung eine sehr populäre Märchengestalt ist. Das Wort *Baba* bezeichnet in den meisten slawischen Sprachen eine alte Frau (oft abwertend) oder einfach eine Großmutter. *Jaga* ist auch eine polnische Abkürzung des weiblichen Vornamens Jadwiga. *Roga* heißt so viel wie *die Gehörnte. Zima* meint *die Kalte* bzw. *Kaltherzige.* Bei oberflächlicher Betrachtung ähnelt die Baba Jaga der westeuropäischen Hexe, wie der in Hänsel und Gretel. Über die Deutung der Baba Jaga gibt es zahlreiche Spekulationen insbesondere von esoterischer Seite, die in ihr eine Muttergöttin erkennen will.

Perun

Perun ist der oberste Gott der slawischen Mythologie. Er ist der Gott des Gewitters, des Donners und der Blitze. Zu seinen Symbolen zählen die Schwertlilie, die Axt und die Eiche.

Haruspex

Ein Haruspex (lat.; Plural: Haruspices etrusk. = Seher) war ein antiker Wahrsager, der Blitzschläge deutete und vor allem aus den Eingeweiden von Opfertieren weissagte. Die Leber des Tiers galt dabei als Mikrokosmos, der den Zustand der Welt widerspiegelte.

Hades

Hades (griech. Ἅιδης) bezeichnet in der griechischen Mythologie den Totengott und Herrscher über die Unterwelt, die ebenfalls Hades genannt wurde.

Als Herrscher über die unterirdischen Gefilde wurde er sowohl mit Plutos (Πλοῦτος), dem Gott der (unterirdischen) Reichtümer, als auch mit dem Unterweltsgott Pluton (Πλούτων) identifiziert.

Hel

Hel ist in der nordischen Mythologie die Herrscherin der gleichnamigen Unterwelt, auch Helheim genannt.

Teil 2

Bacchus

Bacchus ist ursprünglich die lateinische Form von Bakchos (griechisch Βάκχος), einem Beinamen des Dionysos, des Gottes des Weines und des Rausches in der griechischen Mythologie. Bacchus wurde bei den Römern als Name von Liber pater, des ursprünglichen italischen Gottes des Weines und der Fruchtbarkeit, gebräuchlich.

Stribog

Stribog ist ein slawischer Gott mit unklarer Zuständigkeit, der meist als Windgottheit gedeutet wird. Er gehörte neben Perun, Dažbog, Simargl, Mokosch und Chors zu den sechs »Hauptgöttern«.

Chors

Chors (auch Chers, Chrs, Churs oder Chros) ist ein slawischer Gott, der mutmaßlich den Mond verkörperte. Er gehörte neben Perun, Dažbog, Simargl, Mokosch und Stribog zu den sechs Gottheiten, deren Standbilder Fürst Vladimir I. 980 in Kiew aufstellen ließ, und wird daher zu den Hauptgöttern der Ostslawen gezählt

Kratos

Kratos (griechisch Κράτος, Macht, Stärke) ist in der griechischen Mythologie der Gott der Macht und wird ebenso als Geist Spartas bezeichnet. Bei Hyginus wird er mit lateinischem Namen Potestas genannt.

Er ist ein Sohn des Pallas und der Styx. Seine Geschwister sind Zelos, Bia, und Nike.

Wie seine Geschwister ist er ständiger Begleiter des Zeus, mit ihrem Vater Pallas kämpfen sie in der Titanomachie gegen die Titanen. Gemeinsam mit Bia wird er damit beauftragt, Prometheus an den Kaukasus zu schmieden, da Prometheus den Menschen das Feuer gebracht hatte.

Bia

Bia (griechisch Βία »Kraft«, »Gewalt«) ist in der griechischen Mythologie die Personifikation der Gewalt. Sie ist die Tochter des Titanen Pallas und der Styx. Ihre Geschwister sind Kratos (»Macht«), Zelos (»Eifer«) und Nike (»Sieg«). Sie sind ständige Begleiter des Zeus, der ihnen diese Ehrenstellung zumaß als Dank für ihre Hilfe im Kampf gegen die Titanen (Titanomachie).

Es sind Bia und Kratos, die bei Aischylos den Richtspruch des

Zeus am Titanen Prometheus vollstrecken, der von Hephaistos auf ewig an einen Felsen im Kaukasus geschmiedet werden soll.

Titanen

Die Titanen (griechisch Τιτάνες, Einzahl: Titan griechisch Τιτάν) sind in der griechischen Mythologie Riesen in Menschengestalt und ein mächtiges Göttergeschlecht, das in der legendären Goldenen Ära herrschte. Wie die Kyklopen und Hekatoncheiren sind sie Nachkommen der Gaia und des Uranos. Die weiblichen Titanen werden auch Titanide (Τιτανιδες) genannt. Vom Titanenkampf zwischen Olympiern, Hekatoncheiren und einer Reihe von Titanen berichtete das verlorene Epos Titanomachie, in welchem sie nach hartem Kampf schließlich besiegt und in die Tiefen der Unterwelt, den Tartaros, getrieben werden.

Das griechische Wort »τιταίνω/titainō« bedeutet übersetzt »sich recken«.

Apollo

Apollon (altgriechisch Ἀπόλλων, lateinisch Apollo, deutsch auch Apoll) ist in der griechischen und römischen Mythologie der Gott des Lichts, der Heilung, des Frühlings, der sittlichen Reinheit und Mäßigung sowie der Weissagung und der Künste, insbesondere der Musik, der Dichtkunst und des Gesangs; außerdem war er der Gott der Bogenschützen. Als Sohn des Zeus und der Göttin Leto gehörte er wie seine Zwillingsschwester Artemis zu den Olympischen Göttern, den zwölf Hauptgöttern des griechischen Pantheons. Das Heiligtum in Delphi, die bedeutendste Orakelstätte der Antike, war ihm geweiht.

Helios

In der griechischen Mythologie war Helios (altgr. Ἥλιος Helios »Sonne«) der Sonnengott. Zusammen mit Selene (Mondgöttin) und Eos (Morgenröte) war er das Kind von Hyperion und Theia.

Oddua

Oduduwa (Oddudua, Oddua, Odùduwà) ist der erste König von Ile-Ife und Ahnvater der Yoruba, der sich nach seiner Gottheit Oduduwa benannte. Bronzekopf des Oduduwa Yoruba (Ife) 12. Jh. Die Herkunft von Oduduwa ist ein Mysterium. Mythologisch ist er der erste Mensch. Eine andere Yoruba Tradition besagt, dass er aus Mekka geflohen sei. Nach seinem Tod wurde sein jüngster Sohn Oranmiyan, der auch erster König in Benin war, sein Nachfolger. In der Religion der Yoruba löste er Obatala bei seiner Weltschöpfung ab, nachdem dieser in Trunkenheit Missbildungen geschaffen hatte. Dementsprechend wird Oduduwa in Ife auch als männliche, in anderen Königreichen der Yoruba aber als weibliche Gottheit verehrt.

Obatala

Obatala (Obàtálá; Obatalá; Oxalá; Òrìşànlá; Orixanlá; Òrìsànlá; Orixalá; Oxalufã) ist in der Religion der Yoruba, in der kubanischen Santería und im brasilianischen Candomblé die große Schöpfergottheit, der die Menschen aus Lehm geformt oder aus Metall gegossen hat. Weil er dabei betrunken war, schuf er auch behinderte Menschen.

Er ist der Gott des Friedens und der Gnade, der Reinheit und der Weisheit. Sein Name Obatala bedeutet »Herr der weißen Kleidung«. Er ist der Patron von behinderten und verletzten Menschen und der Altersschwachen.

Seine Farbe ist das Weiß und sein ihm geweihter Tag ist der Freitag, weshalb viele Gläubige im brasilianischen Bundesstaat Bahia an diesem Wochentag nur weiße Kleidung tragen.

Horus

Horus (auch Horos, Hor) war ein Hauptgott in der frühen Mythologie des Alten Ägypten. Ursprünglich ein Himmelsgott, war er außerdem Königsgott, ein Welten- oder Lichtgott und Beschützer der Kinder. Im Mittleren Reich wird Horus als Gottheit des ersten und elften oberägyptischen Gaues (Ta-seti und Seth-Tier-Gau) aufgeführt, in der griechisch-römischen Zeit dagegen als Gott des 16. oberägyptischen und 14. unterägyptischen Gaues. Meist wurde er als Falke dargestellt.

Teil 3

Baba jaga

Baba Jaga (russisch Ба́ба-Яга́), regional auch Baba Roga, Baba Zima und Ježibaba ist eine bekannte Figur aus der slawischen Mythologie, die vor allem in Ländern mit mehrheitlich slawischer Bevölkerung eine sehr populäre Märchengestalt ist. Das Wort *Baba* bezeichnet in den meisten slawischen Sprachen eine alte Frau (oft abwertend) oder einfach eine Großmutter. *Jaga* ist auch eine polnische Abkürzung des weiblichen Vornamens Jadwiga. *Roga* heißt so viel wie *die Gehörnte. Zima* meint *die Kalte* bzw. *Kaltherzige.* Bei oberflächlicher Betrachtung ähnelt die Baba Jaga der westeuropäischen Hexe, wie der in Hänsel und Gretel. Über die Deutung der Baba Jaga gibt es zahlreiche Spekulationen insbesondere von esoterischer Seite, die in ihr eine Muttergöttin erkennen will.

Preta

Pretas gehören in Indien zu den Bhutas (Geistern). Sie ziehen vom Augenblick des Todes bis zur Ankunft der Seele an ihrem Bestimmungsort im heimatlichen Luftraum des Verstorbenen umher. In manchen Regionen kann Preta auch der Geist eines totgeborenen Embryos sein, wenn bei der Schwangerschaft nicht die erforderlichen Riten durchgeführt wurden. Im westindischen Bundesstaat Gujarat kann ein Preta durch den Mund eines Leichnams sprechen. Pretas gehören zum Umfeld des Todesgottes Yama. Sie werden gefürchtet, weil sie grundsätzlich übelwollend sind und Menschen schaden. Zur Besänftigung erhalten sie vegetarische und nichtvegetarische Opfergaben. Götter (Devas), niedere Gottheiten (Daivas) und andere Bhutas können sie unter Kontrolle bringen.

Yama

Yama verkörpert den hinduistischen Gott des Todes und den »Dharmaraja«, den Herrn des Dharma, der Rechtschaffenheit.

Für das Glaubensleben der Hindus spielt er kaum eine Rolle, die Mythologie dagegen kennt unzählige Geschichten, in denen er erscheint um sein Opfer zu holen. Yama ist ursprünglich eine vedische Gottheit, die die Unterwelt regiert (und selbst noch nach Erleuchtung strebt). Leben und Tod sind in ihm (und seinem Palast) vereint. Besuchern der Unterwelt teilt Yama mit, welchen der fünf (sechs) Schicksalspfade er zu beschreiten hat, basierend auf seinem Karma d.h. der Summe seiner guten und schlechten Taten.

Kali

Kali (»Die Schwarze«) ist im Hinduismus eine bedeutende Göttin des Todes und der Zerstörung, aber auch der Erneuerung. In der indischen Mythologie stellt sie eine Verkörperung des Zornes der Durga dar, aus deren Stirn sie entsprungen und dann das Weltall mit ihrem schrecklichen Brüllen erfüllt haben soll. In anderen Mythen ist sie die dunkle Seite Parvatis und eine der Mahavidyas.

Barrex

Barrex, auch Barrecis (eventuell »der Höchste«), ist der Name einer keltischen Gottheit, die in Nordengland verehrt wurde. Die Interpretatio Romana stellt ihn mit Mars gleich.

Teutates

Teutates ist ein Gott aus der Keltischen Mythologie. Er wird allgemein als eigentlicher Stammesgott (Touto-tati-s »Vater des Stammes/Volkes«) gesehen, als väterlicher Führer in Krieg und Frieden. Manchmal wird vermutet, dass Darstellungen von gallischen Kriegsgöttern mit Widderhörnern oder in Begleitung eines Ebers Teutates zeigen sollen.

Nach der Interpretatio Romana glichen die Römer die keltischen

Götter und Kulte den eigenen an. Teutates steht hierbei als Beiname bei Mars und Mercurius.

Es ist eine lange Reihe ähnlicher Gottheiten wie Toutais, Teutanus, Toutiorix oder Toutanos bekannt, die als Beinamen des keltischen Mars, Mercurius, Apollon und Jupiter auftauchen.

Inšušinak

Inšušinak (Inschuschinak, sumerisch: Herr von Susa), ist eine der Hauptgottheiten in Elam und die Hauptgottheit von Susa. Inšušinak ist in fast allen Epochen der elamitischen Geschichte bezeugt, während andere Gottheiten nur in kurzen Perioden belegt sind. Inšušinak hatte in Susa eine Zikkurat, die allerdings nur durch Inschriften bezeugt ist. Auch die Zikkurat von Tschoga Zanbil ist ihm geweiht. Inšušinak war Gott der Unterwelt und Totenrichter. In Susa erscheint er oft in Rechtsurkunden.

Teil 4

Hugin & Munin

Hugin und Munin sind in der nordischen Mythologie die beiden Raben Odins, der auch den Beinamen *Hrafnáss* »Rabengott« trägt. *Hugin* gehört zum altnordischen Verb *huga* »denken«, das hierzu zu stellende Substantiv *hugi* »Gedanke, Sinn« ist seinerseits die Grundlage für den Namen *Hugin*, der mit dem altnordischen Schlussartikel *-in* gebildet wurde. *Hugin* bedeutet folglich »der Gedanke«. *Munin* gehört zum altnordischen Verb *muna* »denken an, sich erinnern«, der Name *Munin* bedeutet folglich »die Erinnerung«.

Ra

Re (auch Ra), ist der altägyptische Sonnengott. Das heißt, die Sonne selbst ist der Gott und nicht ein göttliches Wesen, das die Sonne erschuf. Er kann bis in die späten Perioden als wohl wichtigster altägyptischer Gott bezeichnet werden, denn durch das Wirken seiner

Kraft (der Sonne) ermöglichte er überhaupt erst das Leben auf der Erde und ließ es fortbestehen. Sein Name bedeutet im Ägyptischen schlicht »Sonne«.

Sokar

Sokar ist einer der ältesten Totengötter des alten Ägypten. Zu früheren Zeiten galt er als Fruchtbarkeitsgott, änderte dann aber seine Gestalt im Laufe der Zeit.

Poseidon

Poseidon (griechisch Ποσειδῶν) ist in der griechischen Mythologie der Gott des Meeres und Bruder des Zeus. Das Pferd ist ihm heilig, weshalb Hippios (lateinisch Hippius) einer seiner Beinamen ist.

In der etruskischen Mythologie wurde er dem Nethuns gleichgesetzt, in der römischen dem Neptun. In der Tiefe des Meeres steht sein kristallener Palast.

Tanit

Tanit (tnt, auch Tannit, Thanit, Tinnit) ist die punische Göttin der Fruchtbarkeit, eine Apotheose der phönizischen Göttin Astarte und Schutzgöttin von Karthago. Ihr Beiname ist »Klagende im Angesicht des Baal«. Sie war die weibliche Hauptgottheit Karthagos und löste in dieser Rolle Astarte ab. Sie gilt als Jungfrau, aber auch als Mutter des Baal. Als Spenderin der Fruchtbarkeit hat sie den Namen »Nutrix« (= Amme, Ernährerin). Sie erweckt den Fruchtbarkeitsgott Baal jedes Jahr zu neuem Leben. Ihre Attribute sind Granatapfel, Feige, Ähre und die Taube. Ihr Symbol ist das Tanit-Zeichen: ein Dreieck mit waagrechtem Balken darüber, auf dem eine Scheibe liegt. Sie dürfte auch die dargestellte Frau auf den karthagischen Münzen ab dem 3. Jh. v. Chr. sein. Die Etymologie des Namens ist umstritten.

Ursprünglich eine niedere Erdgottheit, lösten Tanit und Baal-Hammon im 5. Jahrhundert v. Chr. Astarte und Melkart als Hauptgötter der Punier ab.

Susanoo no mikoto

Susanoo no mikoto veraltet auch Susanowo, ist im Shintō der Kami (deutsch: »Gott«) des Windes und des Meeres und der Bruder der Sonnengöttin Amaterasu und des Mondgottes Tsukuyomi no Mikoto.

Kek

Kek, auch Kuk, ist ein altägyptischer Gott, der seit dem Mittleren Reich belegt ist. Seit dem Neuen Reich bildete er mit seiner Gemahlin Keket ein Götterpaar und zählt seit dieser Zeit als Urgott zu der Achtheit von Hermopolis.

Keket

Keket, auch Kauket, ist eine altägyptische Göttin, die seit dem Alten Reich in den Pyramidentexten belegt ist. Mit ihrem Gemahl Kek wurde sie seit dem Neuen Reich als Urgöttin zu der Achtheit von Hermopolis gezählt. Von der 21. bis zur 24. Dynastie wird Keket als »Herrin des Westens« bezeichnet.

Teil 5

Neptun

Der römische Gott Neptun (lateinisch neptunus; etruskisch netun(u)s) entspricht dem griechischen Wassergott Poseidon und war ursprünglich vermutlich der Gott der fließenden Gewässer, der springenden Quellen oder sogar des Wetters. Ab dem beginnenden 3. Jahrhundert v. Chr. wurde er dem griechischen Poseidon gleichgesetzt, womit er auch zum Gott des Meeres wurde. Damit wurde er zweitmächtigster Gott des Olymps. Seine Eltern sind der Mythologie nach Saturnus und Ops, seine Brüder Pluto und Jupiter, mit Letzterem teilte er sich zudem die Herrschaft über die Oberwelt. Neptun war auch im römischen Mythos mit Amphitrite verheiratet. Ob Triton auch in der römischen Mythologie als sein Sohn angesehen werden kann, ist ebenfalls umstritten. Es wird vermutet, dass er keine Nachkommen hatte. Auch ist seine Verwandtschaft mit Jupiter und Pluto nicht vor der Gleichsetzung mit dem griechischen Poseidon belegt.

Sedna
Sedna ist eine Meeresgöttin der Inuit. Sedna wurde als Alte der Meere, Königin der Tiefe und der Stürme und Mutter aller Meeresgeschöpfe verehrt. Sedna bestimmte darüber, welche und wie viele Meerestiere gefangen und gegessen werden durften. Verstießen die Menschen gegen ihr Gebot, dann schickte sie einen Sturm oder zog den Jäger und seine Familie in die Tiefe.

Nandi
Nandi ein Buckelstier der hinduistischen Mythologie ist das Reittier (Vahana) und treuer Diener des Hindu-Gottes Shiva.

Kushinadahime
Kushinadahime ist eine weibliche Kami in der Mythologie des Shintō und die Frau des Susanoo.

Teil 6

Adamastos
Beiname des Hades. Hades (griech. Ἅιδης) bezeichnet in der griechischen Mythologie den Totengott und Herrscher über die Unterwelt, die ebenfalls Hades genannt wurde.

Als Herrscher über die unterirdischen Gefilde wurde er sowohl mit Plutos (Πλοῦτος), dem Gott der (unterirdischen) Reichtümer, als auch mit dem Unterweltsgott Pluton (Πλούτων) identifiziert.

Brigantina
Tochter der Brixia, Ehefrau des Adamastos

Brixia

Brixia, ist eine keltische Göttin. Der Name Brigantia ist als lateinische Angleichung eines altkeltischen Namens zu verstehen, der als *Brigantī erschlossen wird. Er bedeutet eigentlich »die Erhabene«. Brigantia war zur Zeit der Römerherrschaft die Stammesgöttin des keltischen Stammes der Briganten, von denen verschiedene Stammesverbände sowohl in Britannien als auch in Gallien und der Gallia Belgica ansässig waren. Dargestellt wurde sie oft als ernst blickende junge Frau mit Helm, Speer, Schild und Rüstung. Brigantia wurde aber auch als Nymphe bezeichnet – wohl weil sie als Gottheit des Landes und als Flussgöttin des Afon Braint und des River Brent galt. Obwohl sie hauptsächlich in Britannien verehrt wurde, wie zahlreiche Inschriften bezeugen, war ihr Kult wahrscheinlich auch auf dem Festland bekannt.

Zerberus

Kerberos (griech. Κέρβερος, latinisiert Cerberus, dt. auch Zerberus –»Dämon der Grube«, bei Plutarch Phoberos –»Der Furchtbare«) ist in der griechischen Mythologie der Höllenhund, der den Eingang zur Unterwelt bewacht, damit kein Toter herauskommt und auch kein Lebender eindringt.

Ehecatl

Ehecatl war in der aztekischen Mythologie und den Mythologien anderer präkolumbianischer Kulturen Mittelamerikas eine besondere Erscheinungsform des Schöpfergottes Quetzalcoatl, der anderen Ortes auch als Gott der Gelehrsamkeit bezeichnet wird und der den Dinge ihr Leben einhauchte. Ehecatl war der Westen zugeordnet. Tempel, die ihm geweiht waren, waren zylindrisch und standen auf runden Unterbauten. Somit boten sie dem Wind keine Angriffsfläche[2]. In seiner Erscheinungsform Ehecatl wurde Quetzalcoatl mit Bart und Schnabelmaske dargestellt. Ehecatl spielte auch in den Schöpfungsmythen der Azteken eine Rolle[3]. Er war der Herrscher des Zeitalters der Zweiten Sonne (Vier-Wind), das in einem Wirbelsturm unterging. Er war es auch, der durch seinen Atem die Sonne, die zunächst bewegungslos am Himmel stand, in Bewegung setzte und die Wege des Regengottes Tlaloc freiblies. Als Ehecatl sich in das Mädchen Mayahuel verliebte, verlieh er den Menschen die Fähigkeit zu lieben, damit Mayahuel seine Liebe erwidern konnte.

Shintoismus

Shintō (im Deutschen meist übersetzt mit »Weg der Götter«) – auch als Shintoismus bezeichnet – ist eine fast ausschließlich in Japan praktizierte Religion. Shintō und Buddhismus, die beiden in Japan bedeutendsten Religionen, sind aufgrund ihrer langen gemeinsamen Geschichte nicht immer leicht zu unterscheiden. Als wichtigstes Merkmal, das die beiden religiösen Systeme trennt, wird oft die Diesseitsbezogenheit des Shintō angeführt.

Oni

Oni sind [monsterähnliche Wesen] aus der japanischen Mythologie. Die Vorstellung reicht von dummen, ogerähnlichen Unholden bis zu abgrundtief bösen Dämonen.

Jupiter Dolichenus

Iuppiter Dolichenus war ab dem letzten Drittel des 1. Jahrhunderts ein Soldatengott, der vor allem in der römischen Armee verehrt wurde. Er hatte seine Ursprünge in der Stadt Doliche (Dolike), wo sich seit langem eine bedeutende Kultstätte des Ba'al befand.

Koios

Koios (griechisch Κοῖος, Frage, Hinterfragung) oder Polos (Πόλος) ist einer der Titanen der griechischen Mythologie.

Ebenso wie die anderen Titanen wurde er nach ihrer Niederlage gegen die olympischen Götter in den Tartaros gestoßen, wo die Hundertarmigen vor dessen eherner Türe Wache stehen.

Teil 7

Aphrodite
Aphrodite ist in der griechischen Mythologie die Göttin der Liebe, der Schönheit und der sinnlichen Begierde und eine der kanonischen zwölf olympischen Gottheiten. Ursprünglich zuständig für das Wachsen und Entstehen, wurde sie erst später zur Liebesgöttin. Das Pendant in der römischen Mythologie ist Venus.

Frea
Die nordische Göttin Frigg (ahd. Frîja, langobardisch: Frea) ist die Gemahlin von Odin in der Nordischen Mythologie und gehört zu den Asen. Nach einigen Autoren ist ein anderer Name für sie Saga. Sie ist die Schutzherrin der Ehe und Mutterschaft. Sie ist Hüterin des Herdfeuers und des Haushaltes.

Es bestehen viele Parallelen zur Göttin Freya, der Göttin der Liebe und der Fruchtbarkeit, mit der sie in neuzeitlichen Rezeptionen oft gleichgesetzt oder verwechselt wird. Frigg bekleidet jedoch durch ihren Gatten eine zentralere Rolle. Ihre Dienerinnen sind Gna, Fulla, Sygn, Vara, Eira, Hlin, Lofn und Vjofn.

In der germanischen Mythologie zeugte Frigga mit Odin die Götter Balder, Hödur, Hermor, Bragi und die Walküren. In Asgard ist Fensal, der Sumpfsaal, als ihr Wohnsitz überliefert. Sie soll die Wolken gewebt haben.

Xochiquetzal
Xochiquetzal (»Blumenfeder«) war die aztekische Göttin des Mondes, der Erde, der Blumen, der Liebe, der Tänze und Spiele.

Sie war Schutzgöttin des weiblichen Kunsthandwerks, sowie Kalendergöttin des zwanzigsten Tages im Monat. Sie ist Zwillingsschwester des Xochipilli und ihr Gatte ist Tlaloc. Tezcatlipoca entführte sie und machte sie zur Liebesgöttin. Alle acht Jahre stand sie im Mittelpunkt eines Festes mit Maskentänzen, bei denen Tiere und Pflanzen »auftraten«.

Xochipilli

Xochipilli ist in der Mythologie der Azteken der Gott der Liebe, der Blumen, der Musik, des Tanzes, aber auch des Maises. Der Name leitet sich aus den beiden Nahuatl-Begriffen xochitl (Blume) und pilli (Prinz) ab. Oftmals wird er auch Macuilxochitl (Nahuatl: fünf Blumen) genannt. Einer umstrittenen Theorie zufolge wurde Xochipilli auch als Gottheit der Drogen und des Rausches angebetet.

Xochipilli war mit der menschlichen Frau Mayahuel verheiratet, seine Zwillingsschwester war Xochiquetzal, ebenfalls eine Blumen- und Liebesgöttin, aber auch die Patronin der Schwangeren und der Prostituierten.

Tlaloc

Tlaloc (auch als Nuhualpilli bekannt) ist in der Nahuatl-Sprache der Azteken und Totonaken der Name einer der ältesten und wichtigsten Gottheiten des präkolumbischen Mesoamerika. Sein Äquivalent im Maya-Bereich war Chaac; im Gebiet der Zapoteken (Monte Alban) wurde er Cocijo genannt.

Tezcatlipoca

Tezcatlipoca war der Gott der Nacht und der Materie der Tolteken und der Azteken. Er wird auch der »Rauchende Spiegel« genannt, denn er wird mit seinem magischen Spiegel dargestellt, mit dem er in die Herzen und in die Zukunft blickt. Weitere Attribute waren sein Opfermesser aus Obsidian und sein Jaguar-Gewand.

Tezcatlipoca war der Gott des Nordens, der Kälte, des Nachthimmels samt Mond und Sterne, der Farbe Schwarz, der Materie, des Krieges, der Helden, der Versuchung und der schönen Frauen.

Tezcatlipoca war an der Erschaffung der Welt zur Zeit der ersten Sonne beteiligt. Sein Gegenspieler Quetzalcoatl zerstörte diese Welt, aber später vertrieb Tezcatlipoca ihn aus Tollan/Tula.

Einst verführte Tezcatlipoca die Blumengöttin Xochiquetzal, die Schwester von Xochipilli.

Namtaru
Namtaru ist ein sumerischer und akkadischer Unterweltsgott.

Ereškigal
Ereškigal (auch Ereschkigal, Irkalla; sumerisch DINGIREREŠ.KI.GAL, Die Göttin der Weite oder die große Herrin der Unterwelt; akkadisch Allatum) ist die oberste sumerische Schlangengöttin, die ihren Status einer Urgottheit bei der Weltschöpfung später mit der Unterwelt Kurnugia wechselt.

Familie: Ereškigal ist die Schwester von Ištar. Ihr Sohn ist der Pest- und Totengott Namtaru, der auch ihr Wesir ist. Ereškigals Gatte war in der sumerischen Mythologie Gugalanna, in der babylonischen Mythologie Nergal.

Teil 8

Bad
Bestienartige Wesen mit Fangarmen aus der sumerischen Mythologie.

Goibniu
Goibniu ['gov^{j}n^{j}u] (altirisch gobae, gobann »Schmied«), auch Goibhniu oder Gavida, ist eine Sagengestalt aus der keltischen Mythologie Irlands. Er und seine Brüder Credne und Luchta sind auch bekannt als die drei Götter des Handwerks (Trí dée Dána) der Túatha Dé Danann. Er ist ein Sohn der Danu und der Bewahrer des unsterblich machenden Mets für die anderen Götter. In der Schlacht von Mag Tuired schmiedet er für die Kämpfer mit drei Schlägen Lanzenspitzen und Schwerter, Luchta haut mit drei Beilschlägen den Schaft zu und Credne befestigt sie mit drei Schlägen daran. Goibnius Waffen verfehlen nie das Ziel und sind durch Wundbrand absolut tödlich. Von Ruadan mit seinem eigenen Speer verwundet, tötet er ihn und wird durch die Lebensquelle der Túatha wieder geheilt.

Wie die Bezeichnung Trí dée Dána erkennen lässt, galt Goibniu ursprünglich als Gottheit, ihm entspricht der walisische Govannon. Als Vorbild für die Figur gilt der altkeltische Gott Gobanos, der unter anderem auf der Berner Zinktafel genannt wird.

Eine dreimalige Anrufung des Gottes Goibniu soll die Butter vor dem Ranzigwerden beschützen.

Dem altirischen gobae entspricht das mittelkymrische gof, gofein (»Schmied«) und das gallische gobedbi (»mit den Schmieden«).

Inti

Inti, auch Tayta Inti (Quechua: »Vater Sonne«) ist der Sonnengott und der Gott der Regenbögen in der Mythologie der Inka. Er wurde als goldene Scheibe mit menschlichem Gesicht dargestellt. Der herrschende Inka wurde als Inkarnation von Inti betrachtet. Er soll der Vater von Manco Cápac und Mama Ocllo gewesen sein. Seine Frau wurde Mama Killa genannt. Eingeführt wurde der Inti-Kult vom 9. Herrscher Pachacútec Yupanqui, dem ersten historisch eindeutig belegten Inka, in der ersten Hälfte des 15. Jahrhunderts. Alljährlich wurde zur Wintersonnenwende am 21. Juni das Fest der Sonne (Inti Raymi) in der Inkahauptstadt Cusco gefeiert.

https://de.wikipedia.org/wiki/Inti %28Gottheit%29

Bei Wiraqucha (in spanischer Schreibweise: Huiracocha oder Viracocha) handelt es sich um eine pan-andine Schöpfergottheit, die vor der Eroberung durch die Spanier (Conquista) von allen Völkern des Kulturraumes der Anden verehrt wurde. Wiraqucha wird oft (nicht jedoch von den Inka) auch gleichgesetzt mit dem Weltenschöpfer Pachakamaq (Pachacámac), und es taucht stellenweise auch der Doppelname Pachakamaq Wiraqucha auf.

In der Inka-Mythologie ist Qun Tiksi Wiraqucha (im Huarochirí-Manuskript: Quniraya Wiraqucha) der Schöpfer der Zivilisation und einer der wichtigsten Gottheiten in der Mythologie der Inka. In einer Legende wird erzählt, dass er mit seiner Frau Mama Qucha

(Mutter Meer) einen Sohn hatte, Inti (Sonne), und eine Tochter, Mama Killa (Mond). In dieser Legende lässt Wiraqucha fast alle Menschen um den Titicacasee in einer Sintflut sterben, die Unu Pachakuti (Wasser-Zeitenwende) genannt wird. Zwei lässt er überleben, um die Zivilisation in die Welt zu bringen. In einer anderen Legende schuf Wiraqucha die ersten acht zivilisierten Menschen.

Pachamama

Die Göttin Pachamama oder Mama Pacha (Quechua: »Mutter Welt, Mutter Kosmos«) gilt vielen indigenen Völkern Südamerikas, insbesondere in den Anden als personifizierte Erdmutter, die Leben in vielfacher Hinsicht schenkt, nährt, schützt und zu ritueller Kommunikation fähig ist. Pachamama ist Vermittlerin zwischen Ober- und Unterwelt. Die Quechua und Aymara verehren die Pachamama als allmächtige Göttin, die allen Kreaturen das Leben schenkt und sie nährt. Pachamama wird heute als Faktor für Identität, sozialpolitischer Widerstand und als Hoffnung auf ein umfassenderes Leben angesehen. Im Jahre 2008 wurde Pachamama neben Sumak kawsay (»gutes, harmonisches Leben«) als ein Grundprinzip in die neue Verfassung von Ecuador aufgenommen.

Zu unterscheiden ist zwischen Pacha als einem eher geschlechtslosen Prinzip für das universale kosmische Gefüge, wie es von den Indigenen verstanden wurde, und der weiblichen Götter-Personifizierung, wie sie im Verlauf der europäischen Kolonisierung durch die Verknüpfung des Prinzips mit der christlichen Marienverehrung in zahlreiche Formen des Pachamama-Kultes mündete.

Teil 9

Triton

Triton (altgriechisch Τρίτων) ist ein Meeresgott der griechischen Mythologie, von dem später die mythologische Gattung der Tritonen abgeleitet wurde.

Er wurde als Mischwesen gedacht und oft als Sohn des Poseidon und der Amphitrite angesehen. Seine Geschwister waren Rhode und Benthesikyme.

Teil 10

Balder

Balder (altnordisch baldr, altenglisch Bældæg, althochdeutsch Balder, Palter zu urgermanisch Nom. Sg. *balđraz ›Herr, Held, Fürst‹[1]) ist ein Gott in der germanischen Mythologie. Eine konkrete Funktion bei der rituellen Kultpraxis in den germanischen Religionen ist ungewiss und wird in der fachwissenschaftlichen Forschung kontrovers diskutiert.

Balder ist nach der Prosa-Edda des Isländers Snorri Sturlusons Sohn des Odin und der Frigg, somit Bruder von Hödur und Hermodr. Mit seiner Gattin Nanna hat er den Sohn Forseti.

Alle Informationen in dem vorliegenden Götterlexikon stammen aus der freien Enzyklopädie Wikipedia.